De vrouwen van kasteel Deverill

Santa Montefiore bij Boekerij:

Onder de ombu-boom
Het vlinderkistje
De Vergeet mij niet-sonate
De zwaluw en de kolibrie
Valentina's laatste reis
De zigeunermadonna
Het geheim van Montague
De Franse tuinman
In de schaduw van het palazzo
De affaire
Villa Magdalena
Fairfield Park
De vuurtoren van Connemara
Het gouden licht
De dochter van de imker
De witte duif
De vrouwen van kasteel Deverill
Als de rododendron bloeit

www.boekerij.nl
www.santamontefiore.co.uk

SANTA MONTEFIORE

De vrouwen van kasteel Deverill

De levens van drie vrouwen zijn voor altijd
verbonden met Kasteel Deverill

BOEKERIJ

Eerste druk april 2015
Zevende druk april 2016

ISBN 978-90-225-7782-0
ISBN 978-94-023-0336-0 (e-book)
NUR 302

Oorspronkelijke titel: *The Deverill Chronicles: Into the Flames*
Vertaling: Erica Feberwee
Omslagontwerp: Johannes Wiebel | PunchDesign
Omslagbeeld: Shutterstock
Zetwerk: Mat-Zet bv, Soest

Voor Tim Kelly, mijn dierbare vriend,

zonder wiens steun en goede raad ik nooit de moed zou hebben gehad om dit boek te schrijven.

Is mise Peig Ni Laoghaire. A Tiarna Deverill,
dhein tú éagóir orm agus ar mo shliocht trín ár dtalamh
a thógáil agus ár spiorad a bhriseadh. Go dtí go gceartaíonn tú na
h-éagóracha siúd, cuirim malacht ort féin agus d-oidhrí,
I dtreo is go mbí sibh gan suaimhneas síoraí I ndomhan
na n-anmharbh.

'Ik ben Maggie O'Leary. En ik zeg u, Lord Deverill, door ons land te roven, hebt u onze ziel gebroken en mij en mijn nakomelingen groot onrecht aangedaan. Tot u dat onrecht ongedaan maakt, vervloek ik u en uw erfgenamen, en zal uw ziel geen rust vinden en dolen door het rijk der on-doden.'

Maggie O'Leary 1662

Proloog

Graafschap Cork, Ierland 1925

De twee kleine jongens, met geschaafde knieën en zwarte vegen op hun gezicht, kwamen bij het roestige hek aan het eind van het pad dat, overwoekerd door gras en onkruid, in een flauwe bocht van de weg afboog. Aan de andere kant van het hek verhieven zich de zwartgeblakerde resten van kasteel Deverill, ooit de zetel van een van de voornaamste Anglo-Ierse families in het land, maar nu vergeten nadat een brand het bijna volledig in de as had gelegd. De stapelmuur was hier en daar afgebrokkeld, niet alleen door gebrek aan onderhoud, maar ook door de wrede winterstormen en de vraatzucht van het omringende woud. Het mos kon ongehinderd zijn gang gaan, onkruid zaaide zich naar hartenlust uit, graspollen groeiden als weerbarstige plukken haar op de bovenkant van de muur, klimop slokte er met zijn groene tentakels complete stukken van op, zodat de stenen op die plekken nauwelijks meer te zien waren. De jongens lieten zich niet ontmoedigen door het bord waarop 'onbevoegden' hoge boetes in het vooruitzicht werden gesteld, noch door de aanblik van de donkere, modderige oprijlaan, bezaaid met rottend gebladerte en afgewaaide takken die zich daar herfst na herfst hadden opgestapeld. Het hangslot rinkelde vergeefs aan zijn ketting toen de jongens het hek openduwden en naar binnen glipten.

Het was stil in het bos, de grond drassig, want de zomer had plaatsgemaakt voor de herfst, die met ijzige stormwinden en kille regens zijn intrede had gedaan. Ooit bloeiden er rododendrons langs de oprijlaan, maar inmiddels gingen de struiken bijna schuil onder brandnetels, varens en laurier. De jongens renden erlangs. Ze hadden geen weet van rododendrons met hun stralendrode bloemenweelde, van de rijtuigen die over de oprijlaan hadden gerateld om de elite van het graafschap naar het schitterende kasteel te brengen, hoog boven de zee. Tegenwoordig was de oprijlaan weinig meer dan een zandpad, en het kasteel verworden tot een ruïne. Een plek waar zich alleen nog raven en duiven waagden, en dappere kleine jongens die op avontuur uit waren en die wisten dat niemand hen hier zou zoeken.

De kinderen haastten zich opgewonden door het hoge gras naar wat restte van de eens zo deftige vertrekken. De indrukwekkende trap was allang verdwenen, de centrale schoorsteen ingestort en nog slechts een berg stenen waarlangs de jongens omhoog konden klauteren. In de westelijke vleugel resteerde een deel van het dak in de vorm van robuuste balken die steunden op de twee muren die nog overeind stonden, als de blootgelegde ribben van een reusachtig dier.

De jongens hadden het veel te druk met andere dingen om zich bewust te zijn van het verdriet dat tussen de verkoolde resten hing, om de klaaglijke echo van het verleden te horen. Ze waren te jong om ontvankelijk te zijn voor de nostalgie, voor het weemoedige gevoel van sterfelijkheid dat nostalgie met zich meebrengt. De geesten die hier woonden en treurden om het verlies van hun huis en van hun korte leven, waren als de wind die uit zee werd aangevoerd. De jongens hoorden hem huilen rond de schoorstenen die nog overeind stonden, ze hoorden het gekreun van de sponningen waarin ooit glas had gezeten, maar ze huiverden slechts genietend, want hoe griezeliger, hoe leuker. Voor de dolende geesten hadden ze geen aandacht.

Boven de voordeur waren letters te onderscheiden, besmeurd door roet, deels verzonken in de zwartgeblakerde latei. '*Castellum Deverilli est suum regnum 1662*,' las de grootste van de twee jongens hardop.

'Wat betekent dat eigenlijk?' vroeg de kleinste.

'Dat weet toch iedereen hier? "In zijn kasteel is een Deverill koning."'

Zijn vriendje schoot in de lach. 'Nou, het lijkt niet echt meer op het huis van een koning.'

Als twee kabouters liepen ze in het afnemende daglicht van kamer naar kamer. Het gedempte geluid van hun stemmen vermengde zich met het krassen van de raven en het koeren van de duiven. De geesten die hen gadesloegen, verzoenden zich met hun aanwezigheid omdat ze terugdachten aan de tijd toen ze zelf in de weelderige tuinen hadden gespeeld. Want nog niet eens zo lang geleden had het kasteel een schitterende aanblik geboden.

Ten tijde van de eeuwwisseling had het een ommuurde moestuin gehad waarin alle mogelijke soorten groente en fruit werden verbouwd voor de familie Deverill en haar bedienden. Er was een rozentuin, een arboretum, en een doolhof waarin de kinderen Deverill regelmatig verdwaalden en ook elkaar kwijtraakten tussen de taxushagen. In een stel kassen waren behalve tomaten ook vijgen en orchideeën gekweekt. En in de tuin met wilde bloemen, waar de adellijke dames menige middag lachend en roddelend hadden gepicknickt, spiegelde de zon zich in de uitbundig groeiende gele sleutelbloemen. Ooit waren de tuinen een paradijs geweest, nu roken ze naar rotting en vergankelijkheid. Zelfs als het zonnig was hingen er schaduwen en doordat het onkruid jaar in, jaar uit geen strobreed in de weg was gelegd, waren de tuinen geleidelijk aan volledig overwoekerd geraakt. Van de vroegere luister was niets meer over, behalve een verwilderde pracht die door haar tragiek haar eigen schoonheid bezat.

Bij het geluid van een auto spitsten de jongens hun oren. Het motorgeronk werd krachtiger, de auto kwam dichterbij! Verbijsterd keken de jongens elkaar aan, toen haastten ze zich door de verlaten vertrekken naar de voorkant. Daar tuurden ze door een lege sponning naar buiten en zagen een glimmende T-Ford stilhouden bij de treden naar wat ooit de voordeur was geweest.

In hun nieuwsgierigheid verdrongen ze elkaar om alles goed te kunnen zien, ook al zorgden ze er wel voor dat ze zelf uit het zicht bleven. Hun mond viel open bij de aanblik van de auto met zijn stoffen kap en sierlijk gewelfde contouren. De gestroomlijnde groene motorkap weerkaatste het zonlicht, de zilveren koplampen glommen als de ogen van een kikker. Het portier van de bestuurder zwaaide open en er stapte een man uit in een fraaie camel jas, met op zijn hoofd een bruine vilthoed. Zijn blik ging over het kasteel, alsof het een visioen was dat hij even op zich moest laten inwerken. Toen schudde hij zijn hoofd. De uitdrukking op zijn gezicht verried hoezeer hij zich bewust was van de tragische omstandigheden waaronder het schitterende kasteel in de as was gelegd. Ten slotte liep hij om de auto heen en opende het portier van de bijrijder.

Op zijn uitnodigende gebaar werd er een kleine zwarte handschoen zichtbaar. De jongens zagen dat een hand de zijne pakte. Zoals ze daar doodstil, roerloos achter de muur hurkten, hadden ze ondeugende, uit marmer gehouwen engeltjes geweest kunnen zijn, ware het niet dat hun roze wangen en hun zwarte haren hen verrieden. Met stijgende belangstelling keken ze naar de vrouw die uit de auto stapte. Ze was gekleed in een elegante smaragdgroene japon met daaroverheen een lange zwarte mantel. De zwarte cloche op haar hoofd was diep over haar voorhoofd getrokken, zodat alleen haar vuurrode lippen zichtbaar waren die een bijna schokkend contrast vormden met haar roomblanke huid. Op haar rechterschouder glinsterde een broche in de vorm van een ster, bezet met diamanten. De ogen van de jongens werden zo groot als schoteltjes. Ze zag eruit als iemand uit een andere wereld, een wereld waarvan ook het kasteel in zijn hoogtijdagen deel had uitgemaakt.

De elegant geklede dame liep naar de zwartgeblakerde ruïne. Aan de voet van een van de muren bleef ze staan. Met een vastberaden trek om haar mond keerde ze zich naar de bestuurder en pakte zijn hand. 'Ik zweer dat ik het kasteel zal herbouwen!' verklaarde ze plechtig. De jongens moesten zich inspannen om haar te kunnen verstaan. Het bleef even stil. De man, die nog altijd naast haar stond, wachtte rustig af. Ten slotte keerde de deftige dame zich weer naar het kasteel en ze stak bijna uitdagend haar kin naar voren. 'Want ik heb er net zoveel recht op als de anderen.'

DEEL 1

1

Graafschap Cork, Ierland, 1910

Kitty Deverill was negen. Voor andere kinderen, die op een andere dag waren geboren, was hun negende verjaardag niet belangrijker dan hun achtste, of hun tiende. Maar voor Kitty, die was geboren op de negende dag van de negende maand in het jaar 1900, was haar negende verjaardag een heel belangrijk moment geweest. Dat idee had ze niet van haar moeder, de mooie, narcistische Maud. Haar moeder was niet in Kitty geïnteresseerd. Maud had nog twee dochters, die bijna op huwbare leeftijd waren, en een zoon op Eton, die ze aanbad. In de vijf jaar tussen Harry en Kitty had Maud drie miskramen gehad, als gevolg van haar wilde ritten te paard door de heuvels rond Ballinakelly. Want Maud had geweigerd haar pleziertjes op te geven voor een zwangerschap waar ze niet om had gevraagd. Maar hoe wild, hoe roekeloos ze ook door de heuvels joeg, het was haar niet gelukt de komst van haar vierde kind te verhinderen. Tot overmaat van ramp bleek het ook nog een meisje te zijn. Een broos kindje dat veel huilde en dat met haar rode haartjes en doorzichtig bleke huid wel iets weg had van een jong katje. Maud had zich vol weerzin van het kindje afgekeerd en geweigerd zich erover te ontfermen. Sterker nog, ze had vrienden en familie verboden op kraamvisite te komen en was meteen weer meegegaan met de volgende jacht, alsof de geboorte nooit had plaatsgevonden. Voor een vrouw die zo verrukt was van haar eigen schoonheid, vormde een lelijk kind een belediging. Dus nee, het idee dat ze bijzonder of belangrijk was, had Kitty niet van haar moeder.

Het was haar grootmoeder van vaders kant, Lady Adeline Deverill, die haar had verteld dat 1900 als geboortejaar een gunstig voorteken was en dat ook haar geboortedag opmerkelijk was omdat hij zo veel negens bevatte. Kitty was een kind van Mars, zei Adeline wanneer ze samen thee dronken in haar privésalon, een van de weinige kamers in het kasteel waar het altijd warm was. Een kind van Mars... Dat betekende dat haar leven zou worden bepaald door conflicten. God had haar bij het delen van de kaarten een moeilijke hand gegeven, maar dat had hij gedaan in de wetenschap dat Kitty moedig en wijs genoeg zou zijn om de uitdaging aan te kunnen. En Adeline vertelde haar kleindochter nog veel meer. Verhalen over engelen en demonen, die Kitty veel opwindender vond dan de saaie boeken die haar Schotse gouvernante haar voorlas. Zelfs opwindender dan wat de keukenmeiden bespraken – voornamelijk dorpsroddels die Kitty niet begreep omdat ze er nog te jong voor was. Adeline Deverill wíst dingen. Dingen die Kitty's grootvader welwillend omschreef als 'geleuter', waarbij hij zijn blik ten hemel sloeg. Dingen waarmee Kitty's vader liefdevol de spot dreef en die Kitty's moeder vervulden met bezorgdheid. Maud Deverill moest niets hebben van verhalen over geesten, vervloekingen en ringen van stenen. Ze had miss Grieve, de Schotse gouvernante, opdracht gegeven Kitty te straffen als bleek dat het kind zich bezighield met wat Maud beschouwde als 'achterlijk, boers bijgeloof'. Miss Grieve, met haar zuinige mond en haar zuinige klinkers, haalde maar al te graag de rijzweep tevoorschijn om Kitty de striemen in de handen te slaan. Zo kwam het dat het kind zich al jong een zekere geslotenheid had eigengemaakt. Steels als een vos had ze geleerd bepaalde interesses alleen met haar grootmoeder te delen, in Adelines knusse, warme zitkamer waar het rook naar seringen en brandende turf.

Kitty woonde niet in het kasteel, want dat was het domein van haar grootouders. Ooit zou het overgaan op haar ouders, die dan de volgende Lord en Lady Deverill zouden worden in een stamboom die terugging tot de zeventiende eeuw. Langs de rivier, op loopafstand van het kasteel, stond het oude jachthuis. Daar woonde Kitty, onopgemerkt door haar moeder, en haar gouvernante regelmatig te slim af, zodat ze vrij kon rondzwerven door de tuinen en over de hei, waar ze soms met de katholieke kinderen speelde. Als Kitty's moeder dat had geweten, zou ze op slag onwel zijn geworden en een week nodig hebben gehad om bij te komen van de schrik. Maar Maud had het zo druk met andere dingen dat ze Kitty soms volledig leek te vergeten en geërgerd reageerde wanneer miss Grieve haar aan het bestaan van haar jongste dochter herinnerde.

Kitty's boezemvriendin en trouwe bondgenoot heette Bridie. Ze was de dochter van Mrs. Doyle, de kokkin van Lady Deverill. Bridie had pikzwart haar en ze was – met een maand verschil – in hetzelfde jaar geboren als Kitty, die haar als een 'spirituele zus' beschouwde; vanwege hun geboortejaar en vanwege het feit dat het lot hen had samengebracht op kasteel Deverill, waar Bridie haar moeder hielp met de afwas en aardappels schillen, terwijl Kitty aan de grote houten keukentafel zat en wortels pikte als Mrs. Doyle even niet keek. Ze mochten dan niet dezelfde ouders hebben, maar hun ziel was voor eeuwig met die van de ander verbonden, aldus Kitty. Onder het omhulsel van hun stoffelijke lichaam verschilden ze nauwelijks van elkaar. Dankbaar als ze Kitty was voor haar vriendschap, wilde Bridie dat maar al te graag geloven.

Gezien haar onconventionele levenshouding zag Adeline geen kwaad in de vriendschap tussen de meisjes. Ze was dol op haar bijzondere kleindochter, die in zo veel opzichten op haar leek. In Kitty vond ze een verwante ziel binnen een familie die schamperde over elfen en bang was voor geesten, ook al beweerden ze allemaal dat ze daar niet in geloofden. Adeline was ervan overtuigd dat een ziel zich nestelde in een stoffelijk lichaam om op aarde te kunnen zijn en daar belangrijke lessen te leren voor zijn spirituele ontwikkeling. En dus geloofde ze dat status en rijkdom slechts uiterlijkheden waren, attributen voor een rol, die niets zeiden over de waarde van een mens. In de ogen van Adeline was een zwerver net zoveel waard als een koning en ze behandelde dan ook iedereen met hetzelfde respect. Wat kon het voor kwaad als Kitty en Bridie genoten van elkaars gezelschap? Kitty's zussen waren te oud om met haar te spelen, en Celia, haar nichtje uit Engeland, kwam alleen 's zomers logeren, dus het arme kind was eenzaam en had verder geen vriendinnetjes. Zonder Bridie zou Kitty zich misschien wel laten meelokken door dwergen en gnomen, met als gevolg dat ze haar voorgoed kwijtraakten.

Van alle verhalen die Adeline haar vertelde, was er één dat Kitty het mooist vond: de vervloeking van Barton Deverill. De hele familie kende het, maar behalve Kitty's grootmoeder en Kitty zelf was er niemand die er ook maar enig geloof aan hechtte. Kitty en haar grootmoeder geloofden het niet alleen, ze wisten dat het waar was. En het was die wetenschap waardoor grootmoeder en kleindochter onverbrekelijk met elkaar waren verbonden, want Adeline bezat een gave die ze voor iedereen verborgen hield, zelfs voor haar echtgenoot, maar die Kitty had geërfd.

'Ik zal je het verhaal vertellen van de Vervloeking van Barton Deverill,' zei Kitty op een zaterdagmiddag tegen Bridie. Het was winter en ze zaten in hun geheime hol onder de achtertrap – een oude, niet langer gebruikte kast in de bediendenvertrekken van het kasteel. De kaars die Kitty in haar hand hield, verlichtte haar bleke gezicht waardoor haar grote grijze ogen wonderlijk oud leken, als de ogen van een heks. Bridie huiverde. Ze had haar moeder horen vertellen over de *Banshee*, wier schrille kreet aankondigde dat er spoedig iemand zou sterven.

'Wie was Barton Deverill?' vroeg ze. Met haar zangerige Ierse accent klonk ze heel anders dan Kitty die duidelijk articuleerde en een Engelse uitspraak had.

'Barton was de eerste Lord Deverill. Hij heeft het kasteel laten bouwen.' Kitty dempte haar stem voor het dramatisch effect. 'En hij was een bruut.'

'O? Wat heeft hij dan gedaan?'

'Hij heeft het kasteel gebouwd op land dat niet van hem was.'

'Van wie was het dan?'

'Van de O'Leary's.'

'De O'Leary's?' Bridies gitzwarte ogen werden groot, er kwam een blos op haar wangen. 'De O'Leary's van ónze Jack O'Leary?'

'Precies. Dus je snapt dat de Deverills en de O'Leary's niks van elkaar moeten hebben.'

'Maar wat is er dan gebeurd?'

'Barton Deverill, mijn voorvader, steunde koning Karel I van Engeland. Toen zijn leger door Cromwell werd verslagen, vluchtte Barton met de koning naar Frankrijk. Jaren later beloonde Karel II, die inmiddels tot koning was gekroond, Barton voor zijn trouw met een titel en het land waarop hij het kasteel bouwde. Vandaar de wapenspreuk van de familie: "Het kasteel van een Deverill is zijn koninkrijk." Het probleem was dat het ging om land van de O'Leary's. Dus toen het hun werd afgenomen, sprak de oude heks Maggie O'Leary -'

'Ze was vast geen echte heks!' Bridie lachte nerveus.

Maar Kitty bleef ernstig. 'Ja, dat was ze wel. Ze had een ketel en een zwarte kat die je met één blik van zijn grote ogen in steen kon doen veranderen.'

'Alleen omdat ze een ketel had, en een kat, was ze nog geen heks!'

'Maggie O'Leary was een heks. Dat wist iedereen. En ze heeft een vloek uitgesproken over Barton Deverill.'

Nu lachte Bridie niet meer. 'Wat zei ze dan?'

'Dat Barton Deverill en al zijn mannelijke erfgenamen kasteel Deverill nooit zouden kunnen verlaten. Dat ze voorgoed tussen de wereld van de doden en de levenden gevangen zouden zitten. Net zo lang tot er weer een O'Leary op het kasteel zou wonen. Dus het is heel erg oneerlijk. Mijn grootpapa en mijn vader moeten hier als geesten blijven ronddolen. Misschien wel voor altijd. Want volgens grootmama is het erg onwaarschijnlijk dat er ooit een Deverill met een O'Leary zal trouwen.'

'Ach, je weet maar nooit. Ze zijn best deftig tegenwoordig,' opperde Bridie, denkend aan de vader van Jack O'Leary, die de plaatselijke dierenarts was.

'Toch zijn ze allemaal verdoemd. Ook Harry, mijn broer.' Kitty zuchtte. 'Ze willen het niet geloven, maar ik weet het zeker. En dat vind ik heel akelig.'

'Dus volgens jou spookt Barton Deverill hier nog steeds rond?' vroeg Bridie.

Kitty keek haar strak aan. 'Ja, hij doolt nog steeds door het kasteel. En hij is heel erg ongelukkig.'

'Dat geloof je toch niet echt?'

'Natuurlijk wel. Ik weet dat het zo is. Ik kan hem zíén.' Kitty beet op haar lip. Misschien had ze nu te veel gezegd.

Nu werd Bridie nóg nieuwsgieriger, want ze wist dat haar vriendin altijd eerlijk was. 'Hoe kan dat nou, als hij een geest is? Hoe kan je hem dan zien?'

Kitty boog zich naar haar toe. 'Ik kan dode mensen zien,' fluisterde ze. De kaarsvlam flakkerde griezelig, als om haar bewering te onderschrijven.

Er ging opnieuw een huivering door Bridie heen. 'Je kan dode mensen zien?'

'Ja. Ik zie ze de hele tijd.'

'Dat heb je me nooit verteld.'

'Omdat ik niet wist of ik je kon vertrouwen.'

'Hoe zien ze er dan uit, die dode mensen?'

'Doorzichtig. Sommige licht, sommige donker. Sommige zijn aardig, sommige niet.' Kitty haalde haar schouders op. 'Barton Deverill is erg donker. Ik geloof niet dat hij erg aardig was toen hij nog leefde.'

'Vind je het niet eng?'

'Nee. Vroeger wel. Maar grootmama heeft me geleerd dat ik niet bang hoef te zijn. Zij ziet ze ook. Het is een gave, zegt ze. Maar ik mag het aan niemand vertellen.' Ze wreef onbewust met haar duim over de palm van haar andere hand.

'Misschien sluiten ze je wel op.' Bridies stem beefde. 'Want dat doen ze. In dat gebouw van rode baksteen, in Cork. Daar sluiten ze mensen wel voor minder op. En ze komen er nooit meer uit. Nooit meer.'

'Dan kun je het maar beter aan niemand vertellen.'

'Nee, natuurlijk niet!'

Kitty klaarde op. 'Wil je er een zien?'

'Een geest?'

'Ja. Barton Deverill.'

Alle kleur trok weg uit Bridies wangen. 'Ik weet het niet...'

'Kom mee, dan zal ik je aan hem voorstellen.' Kitty blies de kaars uit en duwde de deur open.

De twee meisjes haastten zich de gang door. Afgezien van de kleur van hun haar hadden ze zusjes kunnen zijn. Ze waren even lang, met hetzelfde postuur. De overeenkomst hield echter op bij hun kleren. Kitty had een jurk van witte zijde en kant, met een lichtblauwe strik om haar middel. De bruine jurk van Bridie was een hobbezak van grove, harde wol. Kitty droeg dikke zwarte kousen en zwarte rijglaarsjes, Bridie liep op blote voeten. Kitty's haar werd door haar gouvernante geborsteld en met lint uit haar gezicht gebonden. Dat van Bridie zag er ongewassen uit, het zat vol klitten en hing bijna tot op haar middel. Naast die uiterlijkheden was er ook een opmerkelijk verschil in de manier waarop de meisjes naar de wereld om zich heen keken. Kitty met de zelfverzekerde, enigszins hautaine blik van een kind uit een geprivilegieerd milieu dat alle voorrechten die het genoot als vanzelfsprekend beschouwde. Maar in Bridies ogen lag de enigszins verwilderde uitdrukking van een kind dat opgroeide in armoede, een kind voor wie niets vanzelf sprak. De kloof die er tussen de kinderen gaapte werd echter overbrugd door een diepgewortelde behoefte van Kitty. Zonder de liefdevolle aanwezigheid van haar grootouders en de sporadische, maar oprechte aandacht van haar vader – wanneer hij niet op jacht was of bij de paardenrennen – zou ze weinig warmte in haar bestaan hebben gekend. Dat zorgde voor evenwicht in de vriendschap, want Kitty had Bridie net zo hard nodig als andersom.

Terwijl Kitty zich nooit rekenschap gaf van de verschillen tussen hen, was Bridie zich daar scherp van bewust, doordat haar ouders en haar broers zich maar al te vaak beklaagden over hun lot. Bridie was echter te zeer op Kitty gesteld om jaloers te zijn. Bovendien voelde ze zich gevleid door haar vriendschap en wilde ze die niet verliezen. Dus ze aanvaardde haar lot met de willoze berusting van een schaap.

Terwijl Kitty en Bridie zich de trap op haastten, hoorden ze Mrs. Doyle mopperen op een van de keukenmeiden. Ze hielden zich muisstil, want als ze werden betrapt, was het gedaan met de pret en werd Bridie aan de afwas gezet.

Niemand beklom ooit de trap van de westelijke toren. Boven in het kasteel was het kil en vochtig, en de houten wenteltrap moest nodig gerepareerd worden. Twee van de treden hadden het begeven, zodat Kitty en Bridie een grote stap moesten nemen om het gat te overbruggen. Bridie voelde zich opgelucht. Hier zou niemand haar zoeken. Toen ze bij de zware deur boven aan de trap kwamen, duwde Kitty hem open en keek om de hoek. 'Kom mee,' fluisterde ze over haar schouder naar haar vriendin. 'En je hoeft niet bang te zijn. Hij doet niks.'

Bridies hart sloeg op hol. Zou ze echt een geest te zien krijgen? Kitty klonk zo stellig. Aarzelend, vol gespannen verwachting volgde Bridie haar de kamer in, waar ze zag dat Kitty glimlachte naar een sjofele, oude leunstoel, alsof er iemand in zat. Maar Bridie zag niets. Alleen de stoel, bekleed met bordeauxrode zijde, verschoten van ouderdom. Het ontging haar niet dat het in de kamer kouder was dan in de rest van het kasteel, dus ze sloeg huiverend haar armen over elkaar.

'Nou, wat vind je?' vroeg Kitty.

'Ik zie niks,' antwoordde Bridie hevig teleurgesteld.

'Hij zit dáár!' Kitty wees naar de stoel. 'Kijk nou eens goed!'

Bridie tuurde, en tuurde, tot ze tranen in haar ogen kreeg. 'Ik geloof je. Maar ik zie alleen een stoel.'

Nu was ook Kitty zichtbaar teleurgesteld. Ze keek naar de man die met een dreigende frons op zijn gezicht in de leunstoel zat. Zijn voeten lagen op een kruk, zijn handen op zijn dikke buik. Hoe was het mogelijk dat zij hem zo duidelijk kon zien en Bridie niet? 'Hij zit recht voor je!' Ze keerde zich naar Barton Deverill. 'Dit is Bridie, mijn vriendin. Ze kan u niet zien.'

Barton schudde zijn hoofd en rolde met zijn ogen. Dat verbaasde hem niet. In de bijna tweehonderd jaar dat hij al in de toren gevangen zat, was er maar een enkeling geweest die hem had gezien. En doorgaans onbedoeld. Aanvankelijk had hij het bestaan als geest wel amusant gevonden, maar inmiddels had hij er schoon genoeg van generaties Deverills te zien komen en gaan. En hij was grondig uitgekeken op de Deverills die, net als hij, tot een bestaan als geest in het kasteel waren veroordeeld. Hij stelde geen prijs op hun gezelschap, maar er doolden nu al zo veel wrokkige Lords Deverill door de gangen dat hij hen nauwelijks kon ontlopen. Alleen hier, in de toren, was hij van hen verlost. Alleen hier had hij geen last van hun woede wanneer ze na hun dood ontdekten dat de vervloeking van Barton Deverill geen familielegende was, maar een onontkoombare werkelijkheid. Als ze dat eerder hadden geweten zouden ze maar al te graag genoegen hebben genomen met een O'Leary als bruid, want dan zouden ze na hun dood eindelijk rust hebben gekregen, als vrije ziel in het paradijs.

Barton keerde zich blasé naar dat vreemde kleine meisje. Haar gezicht zag rood van verontwaardiging, alsof het zíjn schuld was dat haar vriendinnetje – het kind zag eruit als een pauper – hem niet kon zien. Met een zucht sloeg hij zijn armen over elkaar. Hij was niet in de stemming voor een gesprek. Dat ze af en toe bij hem langskwam, betekende nog niet dat ze vrienden waren. En het gaf haar al helemaal niet het recht hem aan anderen te laten zien, alsof hij een exotisch wild dier was in een menagerie.

Kitty keek hem na toen hij opstond en door de muur verdween. 'Hij is weg.' Ze liet verslagen haar schouders hangen.

'Waar is hij naartoe?'

'Dat weet ik niet. Hij is altijd erg chagrijnig, maar dat zou ik ook zijn als ik gevangen zat tussen de werelden.'

'Zullen we gaan?' vroeg Bridie klappertandend.

Kitty zuchtte. 'Ja, we kunnen weinig anders.' Ze daalden de wenteltrap af. 'Je vertelt het aan niemand, hè?'

'Dat beloof ik. Op mijn erewoord,' antwoordde Bridie ernstig, maar ze vroeg zich ineens wel af of haar vriendinnetje misschien een wat al te levendige fantasie had.

Beneden in de keuken rolde Mrs. Doyle met vaardige handen boterballetjes, terwijl een stel schriele keukenmeiden druk bezig was met aardappels schillen, eieren kloppen en gevogelte plukken voor het diner. Lady Deverill had die avond behalve Kitty's ouders Bertie en Maud, ook haar twee ongetrouwde zussen Laurel en Hazel uitgenodigd – de Struikjes, zoals ze liefkozend werden genoemd, vanwege hun namen, die respectievelijk laurier en hazelaar betekenden – en de dominee met zijn vrouw. De dominee kwam eens per maand, omdat Lady Deverill dat als haar plicht beschouwde. Ze vond zijn aanwezigheid echter ook een beproeving, want hij was een inhalige, pompeuze man die er niet voor terugdeinsde om tijdens het diner ongevraagd een preek af te steken. Lady Deverill had geen hoge dunk van hem, maar als Doyenne van Ballinakelly en lid van de Church of Ireland kon ze niet onder die etentjes uit. En dus instrueerde ze de kokkin, ze haalde bloemen uit de kassen en ze nodigde – een beetje opstandig – ook haar zussen uit om de dominee bezig te houden met hun weinig boeiende, maar onafgebroken gekwetter.

Toen Mrs. Doyle haar dochter in de gaten kreeg, verscheen er een afkeurende uitdrukking op haar gezicht. 'Wat loop je te niksen, Bridie. Zie je niet hoe druk ik het heb? Vooruit, maak jezelf eens nuttig.' Ze hield een patrijs omhoog die geplukt moest worden. Bridie trok een lelijk gezicht naar Kitty, maar ging met de patrijs bij de keukenmeiden aan de lange eiken tafel zitten. Kitty bleef in de deuropening staan. Terwijl Mrs. Doyle naar haar smalle, bleke gezichtje keek, met de gesloten blik en de vluchtige glimlach alsof ze geheimen kende die niemand wist, vroeg ze zich af wat het kind dacht. Iets in haar ogen bezorgde Mrs. Doyle een gevoel van onbehagen, bijna van onbestemde angst. Ze vond het niet erg dat haar dochter met Kitty speelde, maar ze wist dat hun vriendschap geen toekomst had; dat de meisjes onvermijdelijk uit elkaar zouden groeien. En dan zou Bridie met lege handen achterblijven, bezeerd en verdrietig door Kitty's afwijzing. Mrs. Doyle liep terug naar haar boterballetjes. Toen ze weer opkeek was Kitty verdwenen.

2

Kitty's aandacht was afgeleid door een reeks harde knallen. Geweerschoten! Even stond ze als verstijfd op de achtertrap. Het klonk alsof de schoten ergens in het kasteel waren gelost. Op de knallen volgde een woest geblaf. Kitty rende naar de hal, waar de drie bruine wolfshonden van haar grootvader de bibliotheek uit stormden, de trap op. Met twee treden tegelijk rende Kitty achter ze aan. Op de overloop gekomen zag ze de honden de gang in rennen, bij de hoek wegglijden op het tapijt en bijna tegen de muur botsen.

Kitty trof haar grootvader in zijn gebruikelijke uitmonstering – een verschoten plusfour en jasje van tweed – voor het raam van zijn kleedkamer. Zijn geweer stak door het open raam naar buiten. Bijna uitgelaten vuurde hij nog een schot af. Het ging verloren in de vochtige wintermist die boven het gazon hing. 'Verdomde papen!' bulderde hij. 'Dat zal jullie leren om zonder toestemming op mijn land te komen. Maak dat je wegkomt! Voordat ik raak schiet!'

Kitty keek hem vol afschuw aan, ook al was het niet voor het eerst dat Hubert Deverill katholieken de stuipen op het lijf joeg. Hij had het regelmatig aan de stok met stropers die in zijn bossen op wild joegen. Kitty had vaak genoeg aan de deur van de bibliotheek geluisterd om te weten hoe hij over hen dacht. Wat ze niet begreep, was hoe haar grootvader zo'n hekel aan mensen kon hebben, simpelweg omdat ze katholiek waren. De kinderen met wie ze soms speelde, waren ook katholiek. Zijn honden keken hijgend naar hun baasje op, terwijl Hubert zijn geweer liet zakken en de dieren liefkozend over hun kop aaide. Toen hij zijn kleindochter met afkeurend gefronste wenkbrauwen in de deuropening zag staan, als een kleine versie van zijn vrouw, grijnsde hij ondeugend. 'Dag, Kitty. Heb je trek in een plak cake, lieverd?'

'Portercake?'

'Reken maar. Met een scheutje brandewijn. Dan komt er wat kleur op je bleke wangen.' Hij belde zijn persoonlijke bediende, die op zijn beurt beneden in de keuken een belletje liet rinkelen boven het naambordje 'Lord Deverill'.

'Ik ben bleek geboren, grootpapa.' Kitty keek toe terwijl hij zijn geweer openklapte en het over zijn arm hing, zoals haar grootmoeder dat deed met haar handtas, wanneer ze naar Ballinakelly gingen.

'Hoe is het met de Slag aan de Boyne?'

Ze zuchtte. 'Dat was vorig jaar, grootpapa. Ik leer nu over de Grote Brand van Londen.'

'Mooi zo. Heel goed,' mompelde hij verstrooid.

'Grootpapa?'

'Ja.'

'Houdt u van dit kasteel?'

'Wat een domme vraag,' antwoordde Hubert bars.

'Ik bedoel, zou u het erg vinden als u hier altijd zou moeten blijven?'

'Als je soms doelt op de Vervloeking van Barton Deverill... Die gouvernante van je zou je geen volksverhalen moeten vertellen. De geschiedenis, dingen die echt gebeurd zijn, daar gaat het om.'

'Miss Grieve vertelt me geen volksverhalen. Dat doet grootmama.'

'Ja, daar was ik al bang voor...' mompelde hij. 'Lariekoek.'

'Maar u zou hier toch gelukkig zijn? Grootmama zegt altijd dat u meer van het kasteel houdt dan alle Deverills vóór u?'

'En je grootmama heeft altijd gelijk. Dat weet je.'

'Ja, maar zou u het heel erg vinden om in de -'

Hij onderbrak haar. 'Deksels, waar blijft Skiddy nou? Kom, hoogste tijd voor cake! Anders zijn de muizen ons nog te vlug af. Skiddy!'

Terwijl ze de koude gang door liepen naar de trap, kwam Frank Skiddy hun amechtig tegemoet. Hij was inmiddels achtenzestig en werkte al meer dan vijftig jaar op kasteel Deverill, oorspronkelijk voor de vader van de huidige Lord Deverill. Hij was broos en mager als gevolg van een tarweallergie en een infectie in zijn prille jeugd, waardoor zijn longen voorgoed waren beschadigd. Toch was de gedachte om met pensioen te gaan voor mensen van de oude garde, zoals hij, een gruwel. Want ook al liet het lichaam hen in de steek, ze werkten het liefst zo lang mogelijk door. 'Milord,' groette hij toen Lord Deverill met grote stappen naar hem toe kwam, op de hielen gevolgd door zijn kleindochter en de drie honden.

'Je wordt traag, Skiddy.' Hubert drukte de bediende zijn geweer in de handen. 'Het moet goed schoongemaakt worden. We hebben veel te veel konijnen in de tuin.'

'Zoals u wilt, milord,' antwoordde Mr. Skiddy onbewogen, want hij was aan het excentrieke gedrag van zijn werkgever gewend.

Lord Deverill daalde de trap af. 'Zeg, jongedame. Heb je soms ook zin in een potje schaken bij de cake?'

'Ja, fijn!' antwoordde Kitty opgetogen. 'Ik zet het bord vast klaar, dan kunnen we na de thee meteen beginnen.'

'Ik maak me wel eens zorgen dat je te veel in een fantasiewereld leeft. Dat is niet ongevaarlijk. Je gouvernante zou moeten zorgen dat je daar geen tijd voor hebt.'

'Ik vind miss Grieve niet aardig.'

'Daar zijn gouvernantes ook niet voor. Om aardig te worden gevonden,' zei haar grootvader streng, alsof hij een aardige gouvernante net zoiets onbestaanbaars vond als een aardige katholiek. 'Een gouvernante is er gewoon. Die hoef je alleen maar te verdragen. Meer niet.'

'Wanneer hoef ik geen gouvernante meer, grootpapa?'

'Wanneer je eenmaal een fatsoenlijke echtgenoot hebt gevonden. Die zul je trouwens ook moeten verdragen!'

Kitty hield meer van haar grootouders dan van haar ouders. En ze hield ook meer van ze dan van haar zussen en haar broer. Door haar grootouders wist ze zich gewaardeerd. Ze gaven haar tijd en aandacht, in tegenstelling tot haar vader en haar moeder. Wanneer Hubert niet jaagde, wanneer hij geen watersnippen schoot of stond te vissen, wanneer hij niet bij de Kildare Street Club in Dublin of bij de Royal Dublin Society zat, leerde hij zijn kleindochter schaken, bridgen en whisten. En dat deed hij met verrassend veel geduld voor een man die doorgaans niet veel van kinderen kon hebben. Van Adeline mocht Kitty haar helpen in de tuin.

Ook al had het kasteel een legertje tuinmannen in dienst, toch was Adeline ook vaak urenlang aan het werk in de kassen, die met hun koepeldaken aan puddingvormen deden denken. In de warmte onder het glas, waar het rook naar vocht en aarde, teelde ze anjers, druiven en perziken en verzorgde ze een breed scala aan potplanten met ingewikkelde Latijnse namen. Ze kweekte er ook kruiden en planten voor medicinale doeleinden en was nooit te moe om haar kennis door te geven aan haar jongste kleindochter. Jeneverbes bij gewrichtsreuma, anijszaad bij hoest en indigestie, peterselie bij waterzucht, rode klaver bij zweren, en haagdoorn voor het hart. Haar lievelingsplanten waren cannabis bij nerveuze spanning en melkdistel voor de lever.

Toen Hubert en Kitty de bibliotheek binnenkwamen, keek Adeline op van de orchideeën die ze zat te schilderen. Ze had het doek op de tafel voor het erkerraam gezet, omdat ze daar nog het langst van het late middaglicht kon profiteren. 'Ik neem aan dat jij dat was, lieve?' Over haar brillenglazen heen keek ze haar man verwijtend aan.

'Vervloekte konijnen!' Hubert liet zich in de stoel voor de haard vallen, waarin de brokken turf lustig brandden, en verstopte zich achter de *Irish Times*.

Adeline schudde toegeeflijk haar hoofd en ging verder met schilderen. 'Als je zo doorgaat, worden ze alleen maar woedender, Hubert.'

'Ze zijn helemaal niet woedend.'

'Natuurlijk wel. Ze zijn razend. Al eeuwenlang...'

'De konijnen?'

Adeline slaakte een zucht. 'Je bent onmogelijk, Hubert!' zei ze met haar kwast in de lucht.

Kitty ging op de rand van de bank zitten en keek hongerig naar de cake op de tafel voor haar, naast de theepot en de kopjes. De honden lieten zich met een diepe zucht voor het vuur neerploffen. Ze kregen geen cake, en dat wisten ze.

'Neem maar, kindje,' zei Adeline tegen haar kleindochter. 'Geven ze je thuis wel genoeg te eten?' Ze keek fronsend naar Kitty's magere armen en tengere schoudertjes.

'Mrs. Doyle kan veel lekkerder koken.' Kitty dacht aan miss Gibbons' zompige kool en vlees met vetranden.

'Omdat ik haar heb geleerd dat we niet alleen maar eten om onze maag vol te krijgen. Het moet ook nog lekker zijn. Het zou je verbazen hoeveel mensen eten om niet van honger dood te gaan, zonder ervan te genieten. Ik zal tegen je moeder zeggen dat ze jullie kok maar eens hierheen moet sturen. Mrs. Doyle zal het heerlijk vinden om haar de kneepjes van het vak te leren.'

Kitty pakte een stuk cake en probeerde het zich voor te stellen: Mrs. Doyle die iets heerlijk vond. Want ze kende geen grotere zuurpruim dan de kokkin. Even later was ook het allerlaatste middaglicht verdwenen en kwam Adeline bij haar kleindochter op de bank zitten. O'Flynn, de beverige oude butler, schonk met onvaste hand thee in, terwijl een van de dienstmeisjes zwijgend de kamer rondging om de olielampen aan te steken. Het duurde niet lang of de bibliotheek was gehuld in een zacht, goudgeel schijnsel. 'Ik heb begrepen dat Victoria ons binnenkort verlaat. Dat ze bij nicht Beatrice in Londen gaat logeren,' zei Adeline.

'Als ik later groot ben wil ik niet naar Londen,' zei Kitty.

'Natuurlijk wel. Wacht maar tot je achttien bent. Dan heb je schoon genoeg van die eeuwige jachtbals en de Ierse jongens. Dan ben je toe aan nieuwe gezichten, aan spanning en opwinding. En daar moet je voor naar Londen. Je vindt nicht Beatrice toch aardig?'

'Ja, heel erg aardig. En Celia is grappig. Maar ik vind het hier, bij jullie, het allerfijnst.'

Het gezicht van haar grootmoeder verzachtte, ze glimlachte vertederd. 'Het is natuurlijk allemaal leuk en aardig, om hier op het kasteel met Bridie te spelen. Maar je weet ook dat het belangrijk is om vriendinnetjes uit je eigen milieu te hebben. Celia is net zo oud als jij. Bovendien is ze je nichtje. Dus het ligt voor de hand dat jullie samen debuteren.'

'Dat kan toch ook in Dublin? Daar hebben ze vast en zeker ook een debutantenbal.'

'Natuurlijk. Maar je bent geen Ierse, kindje.'

'Dat ben ik wel, grootmama. Ik ben Iers. En ik geef niks om Engeland.'

'Dat komt wel, als je het eenmaal leert kennen.'

'Het kan er nooit zo mooi en zo fijn zijn als hier.'

'Zo mooi en zo fijn is het nergens, maar Engeland komt een eind in de buurt.'

'Ík zou het niet erg vinden als ik vervloekt was en hier voor altijd zou moeten blijven.'

Adeline dempte haar stem. 'Daar vergis je je in. Het is niet prettig om tussen twee werelden gevangen te zitten, Kitty. Je zou erg eenzaam zijn.'

'Dat ben ik gewend. Nu ben ik ook alleen. Dus ik zou het fijn vinden om voorgoed in het kasteel gevangen te zitten, zelfs samen met die chagrijnige oude Barton. Dat zou ik echt helemaal niet erg vinden.'

Na een partij schaak met haar grootvader liep Kitty in het donker naar huis. Een heldere maansikkel lichtte haar bij. Terwijl ze door de vertrouwde tuinen wandelde, over het pad dat ze zo goed kende, was ze volmaakt gelukkig. In de lucht hing de geur van brandende turf en van de naderende winter.

Bij het jachthuis gekomen glipte ze via de keuken naar binnen, waar miss Gibbons stond te zwoegen op een van haar ovenschotels zonder kraak of smaak. Uit de salon klonken pianoklanken. Kitty herkende het aarzelende spel van Elspeth, haar zusje van zestien. Ze grijnsde bij de gedachte aan haar moeder die – gezeten op de bank, met een kop thee in haar slanke, blanke hand – een onfortuinlijke gast onderwierp aan de beproeving van Elspeths pianospel. Op haar tenen sloop ze naar de hal, waar ze zich verstopte achter een grote varen. Het pianospel stopte abrupt, zonder een zwierige, gevoelige tempoverandering ter afsluiting. Er klonk een mager applaus, gevolgd door de enthousiaste lofzang van Kitty's moeder. In de al even enthousiaste bijval van haar bezoek herkende Kitty de stem van haar moeders beste vriendin, Lady Rowan-Hampton, Elspeths peettante. Heel even voelde Kitty een steek van verlangen. Lady Rowan-Hampton, Grace voor Kitty's ouders, was de mooiste vrouw die ze ooit had gezien en, op haar grootouders na, de enige volwassene die haar het gevoel gaf dat ze bijzonder was. Omdat ze eigenlijk niet beneden mocht zijn, behalve wanneer haar ouders dat vroegen, verdween Kitty met tegenzin via de bediendentrap naar boven.

Het jachthuis was niet zo groot en indrukwekkend als het kasteel, maar indrukwekkend genoeg voor de oudste zoon van Lord Deverill, en bovendien veel groter dan de naam deed vermoeden. Het royale huis, opgetrokken uit grijze steen, was gedeeltelijk begroeid met klimop, alsof het een halfslachtige poging had gedaan zichzelf tegen de genadeloze winterstormen te beschermen. In tegenstelling tot het kasteel, dat dankzij zijn dikke, rode bakstenen muren warmte en geborgenheid uitstraalde, oogde het jachthuis koud en streng. Binnen was het altijd kil, altijd vochtig, zelfs in de zomer, en er werd alleen gestookt in de vertrekken die gebruikt werden. Waar niet werd gestookt rook het naar schimmel en meeldauw.

Kitty's slaapkamer lag op de bovenste verdieping, in de kindervleugel, zoals dat deel van het huis werd genoemd. Helemaal aan het eind van een gang, met uitzicht op de stallen. Victoria, Elspeth en Harry waren allang vertrokken naar het elegantere deel van het huis en hadden ieder een ruime kamer met uitzicht op de tuinen. Met miss Grieve als enig gezelschap voelde Kitty zich vergeten en buitengesloten. Terwijl ze door de smalle gang naar haar kamer liep zag ze licht onder de deur van miss Grieve. Op haar tenen sloop ze verder. Toen ze langs de kamer van de gouvernante kwam, hoorde ze iemand zacht snikken. Het klonk helemaal niet als miss Grieve. Trouwens, ze kon zich niet voorstellen dat miss Grieve ooit huilde. Ze drukte haar oor tegen de deur. Misschien had de gouvernante bezoek. Maar nee, miss Grieve zou nooit de regels overtreden. En Kitty's moeder stond boven geen bezoek toe. Bovendien dacht Kitty niet dat miss Grieve vriendinnen had. Daar had ze het tenminste nooit over. Alleen over haar moeder, in Edinburgh.

Kitty liet zich op haar knieën zakken om door het sleutelgat te kijken. Miss Grieve zat op het bed, met een brief in haar schoot. Tot Kitty's verbazing had ze haar kastanjebruine haar losgemaakt zodat het glanzend, golvend op haar schouders viel. Haar gezicht zag bleek in het lamplicht en leek zachter, niet zo streng en grimmig als anders, met opgestoken haar en met haar lippen zo stijf op elkaar gedrukt dat ze bijna niet meer te zien waren. Ze leek ook jonger. Verrassend knap en gevoelig.

Kitty zou dolgraag willen weten wat er in de brief stond. Was er iemand dood? Was haar moeder overleden? Op slag stroomde Kitty's hart over van medelijden. Bijna had ze de deur opengedaan om naar binnen te gaan. Maar miss Grieve zou zich misschien betrapt voelen. Of in verlegenheid gebracht. En dus bleef Kitty als gehypnotiseerd naar haar bevende lippen kijken, naar haar betraande wangen en haar dauwfrisse huid waardoor haar gezicht ineens zo jong leek, zo ontspannen vergeleken bij de krampachtige uitstraling die ze normaal had. Plotseling vroeg Kitty zich af hoe oud de gouvernante zou zijn. Ze had altijd gedacht dat miss Grieve stokoud was, maar voor het eerst wist ze dat niet zo zeker.

Misschien was ze wel net zo oud als Kitty's moeder.

Na een tijdje richtte Kitty zich op en liep ze door naar haar eigen kamer. Nora, een van de dienstmeisjes, had het vuur aangemaakt en er hing een heerlijke geur van brandende turf. Op de ladekast stond een olielamp, onder een schilderij van elfen in de tuin dat haar grootmoeder voor haar had gemaakt. De gordijnen waren dichtgetrokken, maar Kitty schoof ze wijd open. Op de bank voor het raam keek ze naar de maan en naar de sterren, die schitterden aan een hemel van diepzwart fluweel.

Het gevoel van eenzaamheid hoorde zo onlosmakelijk bij haar, dat ze het niet eens meer herkende. Ze was zich weliswaar bewust van een verlangen, van iets wat haar vanuit het diepst van haar hart beroerde wanneer ze genoot van de schoonheid van de nacht, maar ze besefte niet dat die innerlijke beroering het verlangen naar liefde was. En omdat ze niet beter wist, ervoer ze het gevoel als iets prettigs en vond ze het heel gewoon om uren naar de sterren te kijken. Net zoals een wolf het heel gewoon vond om naar de maan te huilen.

Ten slotte verscheen miss Grieve in de deuropening. Haar gezicht stond streng, ze had haar haar weer opgestoken, alsof ze daarmee haar emoties tot overgave had gedwongen en in een korset had ingesnoerd. Haar tranen waren gedroogd. Niets in haar grijze ogen verried dat ze had gehuild. Zou ik het me verbeeld hebben, vroeg Kitty zich af. Wat was er in haar leven gebeurd waardoor miss Grieve zo verbitterd was geraakt? 'Het is tijd voor je avondeten, jongedame,' zei de gouvernante kortaf. 'Heb je je handen gewassen?' Kitty liet braaf haar handen zien, maar miss Grieve snoof misprijzend. 'Zo te zien niet. Ga ze onmiddellijk wassen. Ik vind het niet gepast voor een jongedame om urenlang buiten rond te dwalen als een zwerfhond. Ik ga met je moeder praten. Misschien is pianoles een goed idee. Dan leer je discipline en heb je geen tijd om je in de nesten te werken.'

'Bij Elspeth heeft die pianoles niet echt geholpen,' flapte Kitty eruit. 'En als ze zingt lijkt ze wel een kat die wordt gewurgd.'

'Niet zo brutaal, jongedame.'

'Trouwens, Victoria op de viool is nog erger. Die klinkt als een stel katten die worden gewurgd. Ik vind zingen leuk.' Kitty schonk koud water in de waskom en wreef haar handen in met carbolzeep. Piano- of vioolles was er voor haar nooit bij geweest, want de muzikale vorming was iets waarover haar moeder zich ontfermde. En voor Maud Deverill bestond Kitty amper. De enige reden dat ze al op haar tweede paardrijles had gekregen, was haar vaders passie voor de jacht en de rennen. Hij verwachtte van zijn kinderen dat ze de rijkunst machtig waren. Daar zou hij op toezien zolang hij leefde, had hij verklaard.

'Je bent nu negen, Kitty. Het wordt tijd dat je leert hoe je jezelf moet presenteren. Dus ik zie geen reden waarom je geen muziekles zou krijgen, net als je zussen. Ik ga morgen meteen met je moeder praten. Hoe meer je om handen hebt, hoe beter. Ledigheid is des duivels oorkussen.'

Kitty volgde miss Grieve naar de kinderkamer waar de tafel, die ook voor de lessen werd gebruikt, al was gedekt. Ze gingen achter hun stoel staan voor het dankgebed, waarna miss Grieve ging zitten en Kitty de stoofschotel en de schaal met gepofte aardappels van de stommeknecht pakte die met de lift uit de keuken naar boven was gehesen. 'Hoe komt het dat je ouders je niet beneden willen zien tijdens de maaltijden?' vroeg miss Grieve toen Kitty ging zitten. 'Ik heb van miss Gibbons begrepen dat de lunch altijd in de familiekring werd gebruikt toen je zussen en je broer nog klein waren.' Ze schepte zichzelf op van de stoofschotel. 'Misschien omdat je je nog niet weet te gedragen. In mijn vorige betrekking, bij Lady Billow, gebruikte ik de lunch met de familie en het avondeten alleen. Wat ik overigens een zegen vond. Is het de bedoeling dat wij samen eten tot je meerderjarig bent?'

Kitty was gewend aan haar hatelijkheden en liet zich niet op de kast jagen. In plaats daarvan probeerde ze haar af te troeven. 'Dat is voor uw plezier, miss Grieve. Anders zou u helemaal alleen zijn.'

Miss Grieve glimlachte wrang. 'En jij beschouwt jezelf als aangenaam gezelschap?'

'In elk geval beter dan geen gezelschap.'

'Daar zou ik maar niet zo zeker van zijn. Voor een meisje van negen ben je erg vrijmoedig. Dus het is ook eigenlijk geen wonder dat je ouders je niet aan tafel willen zien. Victoria en Elspeth zijn al echte jongedames, maar jij bent nog veel te wild. Je hebt een harde hand nodig. Helaas moet ik daarvoor zorgen. Maar ik doe wat ik kan, uit de goedheid van mijn hart. We hebben nog een lange weg te gaan voordat je op zoek kunt gaan naar een man.'

'Ik wil helemaal geen man.' Kitty prikte een stuk vlees aan haar vork.

Het was koud vanbinnen, proefde ze toen ze het in haar mond stak.
'Nee, natuurlijk wil je die niet. Je bent nog een kind.'
'Hebt u ooit een man gewild, miss Grieve?'
De onzekere blik verdween onmiddellijk weer, maar hij was Kitty niet ontgaan. Miss Grieve had zich meer blootgegeven dan haar lief was. 'Dat gaat je niets aan. Rechtop, Kitty. Je zit erbij als een zak aardappelen.'
'Mogen gouvernantes eigenlijk wel trouwen?' Natuurlijk wist Kitty het antwoord, maar ze genoot van de gekwelde uitdrukking op het gezicht van miss Grieve.
De gouvernante tuitte haar lippen. 'Natuurlijk mogen ze trouwen. Hoe kom je in 's hemelsnaam op het idee dat ze dat niet zouden mogen?'
'Omdat ze nooit getrouwd zijn.' Kitty kauwde dapper op het pezige stuk rundvlees.
'Zo is het wel genoeg, jongedame. Ik wil geen grote mond meer, anders ga je zonder eten naar bed.' Er lag een vurige blos op de wangen van miss Grieve en heel even zag Kitty haar weer als de huilende jonge vrouw met een brief in haar schoot. Toen ze met haar ogen knipperde was het beeld verdwenen. Miss Grieve staarde naar haar bord, alsof ze uit alle macht probeerde haar emoties in bedwang te houden. Kitty had spijt van haar scherpe tong, maar ze greep haar kans om het stuk vlees in haar servet te spugen en onder de tafel te laten verdwijnen. Ze wilde iets aardigs zeggen, maar ze kon niets bedenken.
'Speelt u piano, miss Grieve?' vroeg ze na een korte stilte.
'Ik heb ooit gespeeld,' antwoordde de gouvernante afgemeten.
'En waarom speelt u niet meer?'
Miss Grieve keek Kitty woedend aan, alsof die een gevoelige snaar had beroerd. 'Ik heb genoeg van je vragen, jongedame. De rest van de maaltijd wordt er gezwegen.' Kitty was verbaasd door haar norse reactie. Ze had juist geprobeerd het gesprek een prettige wending te geven. 'Nog één woord en ik pak je bij je rode haar om je naar je kamer te slepen.'
'Het is niet rood, maar titiaan,' mompelde Kitty brutaal.
'Je kan er de mooiste woorden voor bedenken, maar rood blijft rood. En dat is een erg onflatteuze kleur.'
Kitty zat de rest van de maaltijd zwijgend uit. Het gezicht van miss Grieve was verhard tot graniet. Kitty had spijt van haar poging iets aardigs te zeggen. En ze zou ook nooit meer zo dom zijn om medelijden

met miss Grieve te hebben! Toen ze waren uitgegeten, zette Kitty braaf de borden op de stommeknecht en drukte op de bel voor de keuken.

Ze waste zich met koud water. Sean Doyle, Bridies broer die heet water naar boven bracht, deed dat in de kindervleugel maar eens in de twee dagen. Miss Grieve keek toe terwijl ze haar gebeden zei. Kitty bad plichtsgetrouw voor haar ouders, haar zussen, haar broer en haar grootouders. Maar heimelijk sloot ze af met een gebed voor miss Grieve: 'God, zorg alstublieft dat ze weggaat! Ze is een akelig, naar mens! Als ik wist hoe ik iemand moest vervloeken, net als Maggie O'Leary, dan zou ik het doen. Dan zorgde ik dat ze heel erg ongelukkig was. Voor de rest van haar leven!'

3

Maud Deverill zat zwijgend naast haar man in het rijtuig. Haar gevouwen handen lagen warm ingepakt op de deken over haar schoot en ze was diep weggekropen in haar bontjas, maar toch had ze het nog steeds koud. Ondanks de heldere avond was het kil en klam, zowel door het vocht dat uit de doorweekte grond opsteeg, als door de zilte, natte zeebries die haar tot op het bot verkilde. Bertie was zoals gebruikelijk aan het begin van de avond thuisgekomen, stinkend naar hooi en paardenzweet. Hij had Lady Rowan-Hampton hoffelijk begroet, maar Maud liet zich geen zand in de ogen strooien. Ze had het parfum van Grace op zijn boord geroken en maar al te vaak hun schalkse blikken onderschept wanneer Grace en Bertie dachten dat niemand het zag. Dat ze zo'n hechte band met de maîtresse van haar man onderhield, kwam door haar overtuiging dat je je vrienden dicht om je heen moest houden, maar je vijanden helemaal. En dat gold dus ook voor Grace, de gevaarlijkste vijand die een vrouw kon hebben. Maud hield haar dan ook met argusogen in de gaten.

Het rijtuig hobbelde door plassen en kuilen over de onverharde weg naar het kasteel en de inzittenden waren bij aankomst dan ook behoorlijk door elkaar geschud. De livreiknecht opende de deur. Hij bood Mrs. Deverill zijn hand, waarop ze aarzelend haar voet uitstak, in het donker zoekend naar het trapje. Zodra ze veilig op de grond stond schoof ze haar arm door die van haar man. Bertie was een aantrekkelijke verschijning met vlasblond haar, een breed, welgevormd gezicht en lichte ogen, grijs als eendeneieren. Hij bezat een droog soort humor en een levendige belangstelling voor knappe vrouwen. In het hele graafschap was hij geliefd om zijn charme en milde jovialiteit. Alle dames zagen hem als de perfecte gentleman. Alle dames behalve Maud, die het niet kon uitstaan dat ze hem nooit alleen had.

Aan weerskanten van de kasteeldeur brandden fakkels om de gasten bij te lichten. Bertie en Maud waren weliswaar de naaste buren, maar door Mauds getalm, waarmee ze onbewust hoopte te bereiken dat haar man zonder haar vertrok, arriveerden ze altijd als laatsten.

'Als ik weer naast de dominee zit, jaag ik een kogel door mijn hoofd,' beet ze Bertie toe. In het donker leken haar vuurrode lippen bijna zwart.

'Lieve, je zit altijd naast de dominee en je hebt jezelf nog nooit een kogel door het hoofd gejaagd,' zei Bertie geduldig.

'Je moeder doet het expres. Om me te sarren.'

'Kom, kom. Waarom zou ze dat doen?'

'Omdat ze een hekel aan me heeft.'

'Onzin. Mama heeft helemaal geen hekel aan je. Jullie zijn gewoon erg verschillend. Maar ik zou niet weten waarom jullie het samen niet gewoon gezellig kunnen hebben.'

'Ik heb hoofdpijn. Ik had niet mee moeten gaan.'

'Maar nu je er toch bent, kun je er maar beter van genieten.'

'Jij hebt makkelijk praten. Jij bent overal het middelpunt. Iedereen is altijd verrukt van je. Mijn enige functie is zorgen dat jij je kunt amuseren.'

'Doe niet zo belachelijk, Maud! Kom, je krijgt nog een longontsteking. En ik heb dringend behoefte aan een borrel.' Ze betraden de hal, waar Maud met tegenzin haar bontjas aan O'Flynn gaf, samen met haar handschoenen.

Maud Deverill was een mooie, zij het nogal strenge, koele vrouw, gezegend met hoge jukbeenderen en een symmetrisch hartvormig gezicht. Ze had grote, lichtblauwe ogen, een aantrekkelijke, rechte neus en volle lippen. Haar dikke blonde haar glansde en was opgestoken in edwardiaanse stijl, met perfect gekapte krullen en golven. Ze had een roomblanke huid en kleine, sierlijke handen en voeten. Als een lieftallige beeltenis, door een welwillende schepper uit marmer gehouwen. Zo zag ze eruit. Maar het marmer bleef koud en hard, zonder een zweem van zinnelijkheid. De enige eigenschap die haar althans nog een greintje karakter verleende, was haar vermogen om zichzelf als middelpunt van het universum te zien.

Ze ging die avond gekleed in een bleekblauwe, lange japon die haar slanke figuur volmaakt tot zijn recht deed komen, met om haar hals een choker van parels. De diamanten in de sluiting glinsterden als ijskristallen in de zon. Toen ze de salon binnenkwam klonk er een bewonderend geroezemoes. Haar sombere stemming verdween op slag en ze voegde zich elegant en zelfverzekerd bij het gezelschap. Laurel en Hazel, Adelines excentrieke zussen, waren er als de kippen bij om haar te begroeten.

'Lieve Maud, wat zie je er beeldig uit,' dweepte Hazel. 'Vind je ook niet, Laurel? Dat Maud er beeldig uitziet?'

Laurel, die zelden van de zijde van haar zuster week, glimlachte met een blos op haar volle wangen. 'Inderdaad, Hazel. Ze ziet er beeldig uit. Echt beeldig.' Maud keek hooghartig neer op de twee ronde gezichten die haar gretig aanstaarden. Ze glimlachte beleefd en maakte zich toen zo snel mogelijk uit de voeten met het excuus dat ze de dominee wilde begroeten. 'Die arme Mrs. Daunt heeft het lelijk te pakken,' zei Hazel over de vrouw van de dominee die zich wegens ziekte liet verexcuseren.

'We zullen Mary vragen om een cake te bakken en die morgen bij haar langs te brengen,' opperde Laurel, doelend op hun dienstmeisje.

'Wat een goed idee,' viel Hazel haar bij. 'Een beetje cognac erin, dan knapt ze snel weer op. Denk je ook niet?'

'Vast en zeker!' riep de altijd uitbundige Laurel en ze klapte opgewonden in haar kleine handen.

De dominee was een zware, verwaten man met een lange, borstelige snor en een gezwollen, rood aangelopen gezicht. Een man die proefde van de geneugten van het leven alsof de plicht daartoe een van Gods minder bekende geboden was. Hij was een fervent jager, een prima schutter en een hartstochtelijk visser. Ook bij de paardenrennen mengde hij zich vaak onder zijn kudde en liet hij geen kans voorbijgaan om te preken, alsof zijn voortdurende gemoraliseer zijn aanwezigheid in die poel van zondigheid rechtvaardigde. Wanneer het haar uitkwam was Maud een gelovige vrouw en ze verafschuwde de dominee om zijn pronkzucht. De dominee in Engeland, in het stadje waar zij vandaan kwam, was een strenge, eenvoudige man geweest, sober en eenvoudig. En zo zouden alle dienaren van de Kerk moeten zijn, vond Maud. Maar ze stak de dominee haar hand toe en verborg haar gevoelens achter een façade van koele hoffelijkheid. 'Kijk eens wie we daar hebben! De lieftallige Mrs. Deverill.' Zijn vlezige hand sloot zich om haar slanke vingers. 'Heeft Victoria de bijbellezing voor de dienst van morgen ontvangen?'

'Ja, die heeft ze gekregen. Ik heb met haar geoefend, maar u weet hoe jonge mensen zijn,' antwoordde Maud. 'Ze lezen veel te gehaast.'

'Ik heb begrepen dat ze ons spoedig zal verlaten om naar Londen te gaan?'

'Inderdaad. Ook al weet ik niet hoe ik het zonder haar moet redden,' zei Maud, die erin slaagde elk gesprek zo te manipuleren dat het weer over haar ging. 'Wat een verlies. Dan heb ik alleen Elspeth nog.'

'Harry komt alweer bijna naar huis voor de vakantie. En u hebt natuurlijk ook -' *Kitty nog*, wilde hij zeggen, maar Maud kapte hem voortvarend af.

'Ach, je betaalt als ouder een hoge prijs voor een goede opvoeding,' zei ze ernstig. 'Maar zo gaat het in het leven. En Harry is gelukkig in Eton, dus ik zou niet moeten klagen. Maar ik mis hem zo. Hij is me tien keer meer waard dan mijn dochters. Helaas heeft God in Zijn wijsheid beschikt me maar één zoon te schenken,' besloot ze verwijtend, alsof de dominee medeverantwoordelijk was.

'Uw dochters zullen op uw oude dag voor u zorgen,' troostte hij haar en hij dronk zijn glas sherry leeg.

'Harry zal op mijn oude dag voor me zorgen. Want dan hebben mijn dochters het veel te druk met hun eigen kinderen om aan hun moeder te denken.'

Op dat moment voegde Adeline zich bij hen. Met haar lieve glimlach en twinkelende ogen bezorgde ze de dominee een warm gevoel van opluchting. 'Ach, Lady Deverill, we hadden het er net over dat dochters zo'n grote troost zijn wanneer hun moeders wat ouder worden.'

'Ik zou het niet weten. Mijn dochter is naar de andere kant van de grote plas vertrokken en nooit meer teruggekomen,' zei Adeline zonder een zweem van wrok. 'Maar u hebt ongetwijfeld gelijk. Maud is erg verwend met drie dochters.' Maud wendde onbehaaglijk haar ogen af. Het was alsof Adeline dwars door haar heen kon kijken. Alsof ze al haar tekortkomingen kon zien en ze zelfs lichtelijk amusant vond.

'De kans is groot dat Victoria en Elspeth allebei met een Engelsman trouwen en Ierland definitief de rug toekeren. Dus al mijn hoop is gevestigd op Harry. Met wie hij ook trouwt, zijn huis is hier.'

Adeline keek Maud aan. 'Je vergeet Kitty, kindje.'

De dominee grijnsde breed, want hij was dol op de jongste Deverill.

'Die gaat hier ook niet weg. Kitty blijft in Ierland. Ik durf er heel wat om te verwedden dat ze met een Ier trouwt.' Maud probeerde haar vuurrode lippen in een glimlach te plooien, maar ze kwam niet verder dan een grimas.

Adeline schudde haar hoofd en deed geen moeite haar bijzondere band met Kitty te verbloemen. 'Het kind kent geen angst. Ze gaat ons nog voor verrassingen plaatsen, daar zou ík heel wat om durven te verwedden.'

Maud voelde dat van haar ook een bijdrage werd verwacht, maar ze wist oprecht niets over haar dochter te zeggen, alleen dat Kitty hetzelfde vlammend rode haar had als Adeline en dezelfde blik in haar ogen, waarmee ze haar moeder uit haar evenwicht bracht.

Ten slotte verscheen O'Flynn in de deuropening om aan te kondigen dat het gezelschap aan tafel kon. Maud hoorde haar man enthousiast over de volgende jachtpartij praten. Hij was in gesprek met zijn vader die al aan zijn derde sherry bezig was. Lord Deverill zag er zoals altijd uit als een armoedzaaier. Zijn grijze haar stond alle kanten uit, zijn smoking had gaten op de ellebogen, alsof de muizen eraan hadden geknaagd. Hoe Skiddy ook zijn best deed, de kleren van de kasteelheer boden onveranderlijk een verfomfaaide aanblik, alsof ze onder uit een la waren opgediept.

'Mag ik het genoegen hebben je naar de tafel te begeleiden, Maud?' vroeg hij op dat moment, met een blik waaruit oprechte waardering voor zijn knappe schoondochter sprak. En omdat ze wist dat hij haar tenminste nooit zou afvallen, schoof Maud haar arm door de zijne.

Bertie had aan elke arm een van de Struikjes en liet hun opgewonden gekwetter over zich heen komen als onschuldig, onbetekenend vogelgetsjirp. De dominee begeleidde Adeline. Hun gesprek was inmiddels teruggebracht tot een monoloog van zijn kant over stemrecht voor vrouwen, waar Adeline met een half oor en met nog minder belangstelling naar luisterde.

Ze bleven achter hun stoel staan voor het gebed. Hubert en Adeline ieder aan een hoofdeind, de dominee aan Adelines rechterhand, naast de woedende Maud. Iedereen boog het hoofd en de dominee bad, met de diepe, gewichtige stem die iedere zondag van de preekstoel schalde. Het gebed was amper uitgesproken of de deur vloog open en daar stond Rupert, Berties jongere boer, verfomfaaid en zichtbaar aangeschoten, met zijn armen wijd, zijn handen aan weerskanten op de deurpost. 'Is er voor mij nog een plekje?' Hij keek vragend naar zijn moeder.

Adeline toonde zich niet in het minst verrast door de komst van haar jongste, die op het terrein van het kasteel in het huis van wijlen haar schoonmoeder woonde, de douairière Lady Deverill. 'Waarom ga je niet tussen je tantes zitten?' zei Adeline terwijl ze aan tafel plaatsnam.

Hubert had minder geduld met de zoon die niet wilde deugen. In zijn ogen had Rupert beter zijn zus achterna kunnen reizen, om in Amerika een vrouw te zoeken en te proberen iets van zijn leven te maken. 'Heeft je kok soms een dag vrijaf?' vroeg hij na misprijzend zijn keel te hebben geschraapt.

Rupert legde al zijn charme in zijn glimlach. 'Toen ik hoorde dat mijn lieve tantes Hazel en Laurel kwamen dineren, kon ik de verleiding niet weerstaan, papa.' De Struikjes bloosden van plezier. Zijn licht spottende toon ontging hun en ze schoven haastig opzij zodat O'Flynn een stoel tussen hen in kon zetten.

'Wat een verrukkelijke verrassing,' zei Laurel smachtend. 'Vind je ook niet, Hazel?'

'Verrukkelijk, Laurel. Kom maar gauw zitten, Rupert. Vertel eens, lieverd, wat doe je zoal? We zeiden gisteren nog tegen elkaar hoe heerlijk het moet zijn om nog bijna je hele leven vóór je te hebben. Waar of niet, Laurel?'

'Ja, dat hebben we inderdaad gezegd. Hazel en ik zijn al zo oud. We kunnen alleen nog maar smullen van de verhalen waarop jij ons onthaalt, Rupert, als kruimels van een rijkgevulde tafel.'

Rupert ging zitten en vouwde zijn servet open. 'Ik ben benieuwd wat voor lekkers Mrs. Doyle heeft gekookt.'

Het was al na middernacht toen Bertie en Maud terugreden naar het jachthuis. Maud was woedend, haar echtgenoot vermoeid en aangenaam aangeschoten. 'Het is een schande!' tierde ze. 'Hoe durft Rupert zomaar binnen te vallen? Onuitgenodigd. Dronken. Niet op de gelegenheid gekleed. Gezien al het geld dat je vader aan hem uitgeeft, mag je toch verwachten dat hij het fatsoen heeft zich te kleden voor het diner.' Ze schoot naar voren toen het rijtuig door een kuil reed.

'Papa en mama geven niet om dat soort dingen,' antwoordde Bertie geeuwend.

'Nou, dat zouden ze wel moeten doen! Beschaving is een kwestie van niveau. Dit land zou tot barbarij vervallen zonder mensen zoals wij, die zorgen dat het niveau hoog blijft. Uiterlijkheden zijn belangrijk, Bertie. Je ouders zouden het goede voorbeeld moeten geven.'

'Wil je daarmee zeggen dat ze zich niet gepast kleden, Maud?'

'De kleren van je vader zien eruit alsof ze door de motten zijn aangevreten. Waarom gaat hij niet gewoon af en toe naar zijn kleermaker in Londen?'

'Hij heeft belangrijker dingen aan zijn hoofd.'

'Zoals? Jagen, schieten en vissen?'

'Precies. Hij is oud, gun hem zijn pleziertjes.'

'En je tantes gedragen zich ronduit belachelijk.'

'Ze zijn altijd opgewekt en ze hebben het hart op de goede plaats. Je oordeelt erg hard, Maud. Is er eigenlijk iemand die je wél mag?'

'Rupert heeft een vrouw nodig,' zei ze om het over iets anders te hebben.

'Misschien kun jij iemand voor hem vinden.'

'Hij moet naar Londen, voor een leuk Engels meisje met goede manieren en een ferme hand om hem in het gareel te dwingen.'

'Wat klink je verbitterd. Zo erg was het toch allemaal niet?'

'Dat zul jij weten! Jij hebt je kostelijk vermaakt in de eetkamer, met port en sigaren. Ondertussen moesten wij ons maar zien te amuseren in de salon. Wist je dat je moeder en haar zussen van plan zijn een seance te houden? Heksen, dat zijn het! Het is gewoon absurd.'

'Ach, gun ze hun pleziertje, lieve. Wat heb jij er voor last van als ze met de doden willen praten?'

Maud besefte dat ze niet sterk stond. 'Het is goddeloos,' beet ze hem toe. 'Ik denk dat de dominee geen goed woord voor dat soort spelletjes over heeft. Er komt alleen maar narigheid van. Let op mijn woorden.'

'Ik zie nog altijd niet wat jij daar voor last van hebt.'

'Je moeder heeft een slechte invloed op Kitty.' Maud wist dat hij daar gevoelig voor was.

Bertie wreef fronsend over zijn stoppelige kin. 'Ach, Kitty,' verzuchtte hij met een steek van schuldbesef.

'Ze zit veel te veel bij haar grootmoeder en die brengt haar maar op onzinnige ideeën.'

'Misschien omdat jij nooit tijd voor haar hebt?'

Maud zweeg beledigd. Het was voor het eerst dat Bertie haar dit verwijt maakte. Maar ze hadden toch niet voor niets een gouvernante? Het was normaal dat jonge kinderen nog geen deel namen aan het gezinsleven. Ineens daagde het pijnlijke besef waar dit verwijt vandaan kwam. Grace zat hierachter. Door zo intiem met haar grootste vijand op te trekken had Maud een spion in huis gehaald.

Het rijtuig hield stil voor de deur van het jachthuis. Het miezerde licht. 'Zachte regen', zoals de plaatselijke bevolking het noemde. Er stond een krachtige wind die griezelig door de kale takken van de paardenkastanjes huilde. In de hal stond de butler al op hen te wachten met een olielamp. Vervuld van onvrede volgde Maud haar man naar boven, in de hoop dat hij haar stilzwijgen zou opmerken. Maar in plaats van te vragen wat haar dwarszat wenste hij haar welterusten en verdween naar zijn eigen kamer. Toen de deur achter hem in het slot was gevallen, ging Maud woedend haar eigen kamer binnen, waar haar kamenier al klaarstond om haar te helpen met uitkleden. Zwijgend keerde Maud haar de rug toe zodat ze de knoopjes kon losmaken.

De volgende morgen, na het ontbijt met miss Grieve in de kindervleugel, kleedde Kitty zich voor de kerk. De zondagsdienst, in de St. Patrick in Ballinakelly, was de enige gelegenheid waarbij de hele familie compleet was. De enige gelegenheid waarbij Kitty haar ouders echt te zien kreeg. Miss Grieve had een schone witte schortjurk voor haar klaargelegd met glimmend gepoetste zwarte laarsjes, en ze had veel langer – en veel hardhandiger – dan nodig was de klitten uit Kitty's haar gekamd. Maar Kitty zette haar kiezen op elkaar en keek naar de grijze wolken, vastbesloten geen traan te laten.

Haar ouders en grootouders gingen met het rijtuig, Kitty en haar zussen namen de ponysjees. Miss Grieve zat voorin, naast Mr. Mills die de leidsels hield. Victoria was net zo knap als haar moeder, met een hartvormig gezicht, een lange, rechte neus en helderblauwe ogen. Haar blonde haar viel glanzend, in weelderige krullen tot haar middel. Ze zat kaarsrecht, met haar kin naar voren, zich bewust van haar schoonheid en van de bewonderende blikken die ze daarmee oogstte. Elspeth was bescheidener, minder aantrekkelijk dan haar oudere zus. Ze had onopvallend bruin haar, een stompe neus, en de dommige, onderdanige blik van een schoothondje. Beide meisjes negeerden Kitty volledig en praatten uitsluitend met elkaar. Niet dat Kitty het erg vond. Ze had het veel te druk met om zich heen kijken, naar de velden met koeien en schapen. 'Mama zegt dat ik voor Londen nieuwe jurken moet laten maken,' vertelde Victoria triomfantelijk, met haar hand op haar hoed om te voorkomen dat hij afwoei. 'Ze heeft mijn maten al naar nicht Beatrice gestuurd. Ik verheug me er zo op! Want ik krijg natuurlijk het nieuwste van het nieuwste, volgens de laatste mode.'

'Je bent zo'n bofferd,' zei Elspeth, die de neiging had haar klinkers te rekken, zodat ze altijd wat huilerig klonk. 'Ik wou dat ik ook mee mocht. Maar ik zit straks helemaal alleen met mama. Zonder jou wordt het hier dodelijk saai.'

'Wen er maar vast aan,' zei Victoria scherp. 'Want ik ben vast van plan een man te vinden.'

'Ja, daar ga je tenslotte voor.'

'Als een meisje geen man vindt, komt dat doordat ze lelijk is. Of saai. Of allebei. Dat zegt mama.'

'Jij bent niet lelijk. En saai ben je ook niet,' zei Elspeth. 'En gelukkig hebben we geen van beiden grootmama's rode haar geërfd.'

'Het is niet rood,' protesteerde Kitty vanonder haar bonnet. 'Het heet "titiaan".'

Haar zussen giechelden. 'Volgens mama is het gewoon rood,' merkte Victoria vals op.

'Rood haar brengt ongeluk. Vissers gaan terug naar de haven zodra ze een vrouw met rood haar zien. Dat vertelde Clodagh,' zei Elspeth, doelend op een van de dienstmeisjes.

'Dus ik zou het maar onder die bonnet houden.' Victoria keek op haar kleine zusje neer. Maar toen Kitty haar grijze ogen opsloeg, verging haar het lachen en voelde Victoria zich ineens slecht op haar gemak. Er was iets in de blik van haar kleine zusje wat haar angst aanjoeg, alsof Kitty haar zou kunnen beheksen door haar alleen maar aan te kijken.

'Maar laten we niet onaardig zijn,' zei ze dan ook, want ze wilde Kitty niet boos maken, uit angst dat haar zusje haar seizoen in Londen op de een of andere manier zou weten te bederven. 'Rood haar kan best leuk zijn, in combinatie met een knap gezichtje. Waar of niet, Elspeth?' Victoria gaf haar een por.

'Ja, dat is zo,' viel Elspeth haar braaf bij. Maar Kitty luisterde al niet meer. Ze keek naar de katholieke kinderen die terugkwamen van de mis, benieuwd of ze Bridie en Jack O'Leary zag.

4

Ballinakelly was een schilderachtig stadje met witte huizen die zich aan de heuvel vastklampten als mosselen aan een rots, tot helemaal beneden, waar de zee het land omspoelde. Het had een kleine haven, drie kerken – behalve de St. Patrick van de Church of Ireland, ook de methodistenkerk en de katholieke All Saints – en een hoofdstraat met winkeltjes en vier cafés, die altijd vol zaten. De kinderen van Ballinakelly gingen naar een katholieke school en verzamelden zich 's avonds vaak bij de kapel van de Heilige Maagd om te zien of het beeld bewoog, iets wat regelmatig gebeurde, ogenschijnlijk zonder menselijke bemoeienis. Het kapelletje was gebouwd in 1828, toen de Heilige Maagd daar aan een jong meisje was verschenen. Tegenwoordig vormde het in de zomermaanden een soort toeristische attractie, waar pelgrims van heinde en verre naartoe kwamen, om er in de modder te knielen en devoot een kruis te slaan wanneer het beeld gedienstig zwaaide op zijn sokkel. Voor de kinderen betekende het schouwspel dolle pret. De sjofele boefjes dromden rond het beeld en zetten het gillend op een lopen als het bewoog, gierend van de lach om hun angst te overschreeuwen. Soms gebeurde het zelfs dat paarden niet verder wilden wanneer ze te dicht bij het beeld kwamen. Iets wat door de dorpelingen werd gezien als een aankondiging van rampspoed.

Terwijl de sjees langzaam door het stadje reed, keek Kitty nog altijd gretig naar de katholieke kinderen die hun tegemoet kwamen. Ze zagen bleek van de honger, want ze hadden sinds de vorige avond gevast. En na de lange dienst stonden hun ogen glazig van verveling. Eindelijk kreeg Kitty haar vriendinnetje in de gaten. Bridie was in gezelschap van haar ouders en de rest van het gezin Doyle. Ze liep somber te sloffen, haar gezicht ging half schuil achter haar wilde bos haar en om haar mond lag een grimmige trek. Kitty wist dat ze niet graag naar de mis ging. Pastoor Quinn was streng en onverzoenlijk. In zijn preken gaf hij bulderend uiting aan zijn verontwaardiging, waarbij hij niet zelden verwijtend zijn vinger hief naar die leden van zijn gemeente van wie hij vermoedde dat ze hadden gezondigd. En het waren vooral de armsten die de wind van voren kregen.

Kitty keek strak in de richting van haar vriendinnetje totdat Bridie haar ogen opsloeg, net toen de sjees haar met hoefgeklepper passeerde. Haar gezicht klaarde op, ze lachte naar Kitty en Kitty lachte terug. Een eindje achter Bridie ontdekte ze Liam O'Leary, de dierenarts, samen met zijn elfjarige zoon Jack. Toen Kitty ook naar hen lachte, trok Jack slechts vluchtig met zijn mondhoeken. Maar onder zijn lange, bruine pony dansten er pretlichtjes in zijn donkere ogen. En toen Kitty nog vluchtig een blik achterom wierp, zag ze dat Jack hetzelfde deed.

De kerk van St. Patrick zat bijna helemaal vol. Hier ontmoetten de aristocratie en de werkende klasse elkaar; winkeliers, veehandelaren, kleermakers, maar ook de opziener en de administrateur van het kasteel – allemaal afstammelingen van de hugenoten. Lord en Lady Deverill zaten op de voorste rij, samen met Bertie, Maud, Victoria en Elspeth. Miss Grieve zat op de rij achter hen, naast Kitty. En tot Kitty's verrukking kwam Lady Rowan-Hampton aan haar andere kant zitten, gehuld in een warme mantel en een bontstola. Haar man, Sir Ronald, die veel te dik was en altijd rode wangen had, koos een plekje aan het gangpad omdat hij een deel van de schriftlezing voor zijn rekening zou nemen. 'Kitty, lieverd!' fluisterde Lady Rowan-Hampton met een stralende glimlach, terwijl ze haar kerkboek op het plankje voor zich legde. 'Wat heb ik je lang niet gezien. En wat ben je mooi! Je gaat je grootmoeder achterna. In haar jeugd roemde heel Dublin haar schoonheid. Zo, wat zullen we eens doen om de tijd door te komen? Ik weet het! We doen een spelletje. Bedenk een dier dat past bij ieder van je familieleden. En bij dominee Daunt, niet te vergeten. Als jij een dier was, dan was je...' Ze vernauwde haar zachte bruine ogen tot spleetjes en Kitty keek gefascineerd naar haar blozende, enigszins mollige wangen, haar volmaakte, gepoederde huid, haar volle, sprekende mond. Als mensen een cake of een taart waren, dan was Lady Rowan-Hampton een luchtige cake van biscuitdeeg. En haar moeder een portercake, dacht Kitty. Zwaar en bitter van smaak. 'Ik weet het! Een vos, natuurlijk!' vervolgde Lady Rowan-Hampton. 'Een ranke, charmante, slimme vos.'

De dienst begon, het eerste gezang werd ingezet en iedereen ging staan. Kitty maakte zich lang en deed haar best zo mooi mogelijk te zingen, om indruk te maken op Lady Rowan-Hampton. Miss Grieve bewoog blijkbaar alleen haar lippen, want Kitty kon haar niet horen. Meestal bespeelde Mrs. Daunt, de vrouw van de dominee, het orgel, bijna net zo erbarmelijk als Elspeth de piano. Maar omdat de domineese zich nog steeds niet lekker voelde, had Mr. Deveraux, die naast het domineesechtpaar woonde en die een beetje op een varken leek, zich bereid verklaard de gemeente te begeleiden op de viool. Het klonk prachtig. Terwijl ze de zoete bloemengeur van Lady Rowan-Hamptons parfum rook, besloot Kitty dat ze later, als ze groot was, net zo wilde worden als zij. Maar dan natuurlijk niet met zo'n dikke oude echtgenoot als Sir Ronald, die behalve de plaatselijke jachtmeester ook een luidruchtige mopperaar was en met te veel drank op volstrekt onhandelbaar werd. Kitty had hem regelmatig in de eetkamer horen oreren, wanneer de vrouwen zich na het diner in de salon hadden teruggetrokken. Lady Rowan-Hampton droeg altijd sieraden, bezet met flonkerende diamanten, en lange jurken die ruisten wanneer ze liep. Kitty had nog nooit een prinses in het echt gezien, maar Lady Rowan-Hampton zou er een kunnen zijn. En nu ze naast haar zat, voelde Kitty zich meer dan ooit door haar betoverd.

Sir Ronald deed de eerste schriftlezing. Zijn bulderende stem weergalmde door de kerk, terwijl hij lettergreep voor lettergreep uitstortte over de gemeente, als een kolonel die granaten wierp. Victoria las het tweede bijbelgedeelte, met zachte stem en een beetje te snel, en doordat ze het eind van de zinnen inslikte ging hun betekenis bijna volledig verloren. Toen dominee Daunt weer aan het woord was en steeds meer opging in zijn preek, boog Lady Rowan-Hampton zich naar Kitty. 'Walrus,' fluisterde ze. Kitty smoorde een giechel, want dat was het dier waaraan ze had gedacht toen Sir Ronald zijn schriftlezing deed.

Tijdens het laatste gezang werd de collecteschaal doorgegeven. Lady Rowan-Hampton gaf Kitty een munt zodat ze er ook iets in kon doen.

Aan het eind van de dienst pakte Mr. Deveraux opnieuw zijn viool en speelde een *jig*, wat de meeste gemeenteleden een glimlach ontlokte, behalve Maud, die haar lippen nog strakker op elkaar perste. 'Aan welk dier denk je bij je vader?' vroeg Lady Rowan-Hampton.

'Aan een leeuw,' antwoordde Kitty.

'Inderdaad,' zei Lady Rowan-Hampton goedkeurend. 'Blond en knap, net als een leeuw. En bij je moeder?'

'Bij mama denk ik aan een witte wezel.'

Lady Rowan-Hampton keek haar geschokt aan. 'Maar kindje, weet je wel hoe een wezel eruitziet?'

'Ja, natuurlijk. Vindt u ook niet dat ze erop lijkt?'

Lady Rowan-Hampton bloosde en wist even niet wat ze moest zeggen. 'Nee, niet echt. Ik vind haar meer een sierlijke sneeuwluipaard.' Kitty trok haar neus op en dacht weer aan de droge portercake. 'En je zussen?' vervolgde Lady Rowan-Hampton.

'Kleine wezels,' antwoordde Kitty grijnzend.

'Lieve hemel, wat een wezelig stel.' Ook Lady Rowan-Hampton kon een glimlach niet verbijten. 'Maar ik denk wel dat we dit spelletje voor ons moeten houden. Vind je ook niet?' Kitty knikte en keek hoe de wezels opstonden en door het gangpad de kerk uit liepen.

Buiten maakten de gemeenteleden gretig van de gelegenheid gebruik om een praatje te maken in de zon. De Anglo-Ierse gemeenschap was maar klein. Iedereen kende elkaar. Generatie na generatie had samen opgetrokken en steun en herkenning bij elkaar gezocht. Ze jaagden samen, ze zagen elkaar bij de paardenrennen en ze vermaakten zich met een eindeloze aaneenschakeling van jachtbals en diners. De liefde voor de sport en voor het goede leven verbond hen, maar ook trouw aan de Kroon, een wantrouwend soort respect jegens de Ieren en een onbewuste vastberadenheid om zich staande te houden in een wereld die veranderde en waarin hun gemeenschap was gedoemd te verdwijnen.

Kitty ontdekte een spinnenweb waaraan regendruppels glinsterden in het gras, vlak bij haar vader, die met Lady Rowan-Hampton stond te praten. Toen ze besefte dat ze het over háár hadden, had ze geen aandacht meer voor de spin maar probeerde ze te verstaan wat er werd gezegd. Haar vader keek een paar keer haar kant uit en dan keek ze zogenaamd geboeid weer naar het glinsterende web. Lady Rowan-Hampton gebaarde nadrukkelijk, zag Kitty, alsof ze probeerde haar vader ergens van te overtuigen. Misschien was ze zelfs boos, te oordelen naar de driftige manier waarop ze met haar handen bewoog. Kitty was verrast haar vader zo berouwvol te zien, als een kind dat een uitbrander kreeg. Maar toen viel haar oog op iemand die ook naar haar vader en Lady Rowan-Hampton keek. Iemand die helemaal aan de andere kant van het plein voor de kerk stond. Het was haar moeder en Kitty had nog nooit zo'n kille, ijzige blik in haar ogen gezien.

De zondagse lunch werd traditiegetrouw in het kasteel gebruikt. Dan verzamelde de familie zich rond het laaiende vuur in de salon, om zich met sherry en grote glazen whiskey te warmen na de ijzig koude kerk en de winderige rit terug. Ook de Struikjes waren altijd present. De zussen kwamen met de sjees, druk pratend, met de hoofden naar elkaar toe gebogen, terwijl de wind vrij spel had met de linten van hun hoed. Rupert kwam alleen, doorgaans al aangeschoten, en converseerde innemend met de andere gasten van zijn ouders. Het gebeurde regelmatig dat ze met z'n twintigen rond de tafel zaten, maar vandaag was de familie onder elkaar. Kitty zat aan het eind van de tafel, naast haar zussen, die haar negeerden. Tot haar verrassing werd ze aangesproken door haar vader.

'Kitty, laten we vanmiddag samen een rit maken, kindje. Ik ben benieuwd hoe het staat met je vorderingen.' Elspeth keerde zich verrast, maar vooral woedend naar haar toe. Het gebeurde bijna nooit dat hun vader voorstelde een rit te maken met een van zijn dochters. 'Het wordt tijd dat je meedoet met de volwassenen,' vervolgde Bertie. 'Dat je je niet langer verstopt in de kindervleugel. Hoe oud ben je nu, kindje?'

'Negen,' antwoordde Kitty.

'Nee maar, al negen! Waar blijft de tijd? Toen ik negen was jaagde ik al jaren met de Ballinakelly Foxhounds.'

'Wat enig!' riep Hazel uit.

'Inderdaad. Enig!' viel Laurel haar bij. 'Maar geef het kind wel een makke pony, Bertie. Ik ben als meisje aan een wisse dood ontsnapt toen Teasel me afwierp, in een greppel nota bene! Het stoute beest! Weet je nog, Hazel?'

'Nou en of!' Haar zus schoot in de lach, waarop Hubert zijn favoriete jachtanekdote begon te vertellen, zodat er in het plotseling aanzwellende geroezemoes geen aandacht meer was voor Kitty. Maar haar hart bonsde van opwinding. Zou haar moeder ook meegaan? Nee, vast niet. Het voorstel van haar vader moest hem zijn ingegeven door Lady Rowan-Hampton. Bovendien reed haar moeder nauwelijks meer. Maar de zeldzame keren dat ze nog te paard zat, bood ze een schitterende aanblik in haar zwarte rijkostuum, waarvan de hoed was voorzien van een doorzichtige zwarte sluier die haar gezicht bedekte.

Kitty vond het heerlijk om te rijden. Ze hield van de wilde, ruige heuvels, van de roofvogels hoog aan de hemel, van de kabbelende beekjes en de aanrollende golven van de zee. Alles buiten haar geïsoleerde wereldje maakte haar nieuwsgierig en ze maakte gretig gebruik van elke kans om daaruit te ontsnappen. Samen met haar vader ging ze in een rustig tempo op pad, hij op zijn hoge kastanjebruine paard, zij op Thruppence, een kleine grijze pony. 'Waar gaan we naartoe?' vroeg ze terwijl ze tussen de kale bomen aan weerskanten van de oprijlaan reden.

'Zeg het maar.' Haar vader keek met vriendelijk lachende ogen op haar neer.

'Naar de Elfenkring.'

Bertie trok een wenkbrauw op. De Elfenkring was bekend terrein, ook al kwam hij er zelden. 'Goed, zoals je wilt.'

'Daar ga ik vaak heen met grootmama.'

'Dat wil ik wel geloven.' Hij lachte. 'En dansen jullie dan bij volle maan tussen de stenen?'

'Ja, natuurlijk,' antwoordde Kitty ernstig. 'En we veranderen in wolven en huilen naar de maan.'

Bertie keek haar verbaasd aan. Zijn dochter keek terug met haar verontrustende grijze ogen. Toen grijnsde ze, tot Berties opluchting. 'Voor een kind van acht heb je een wonderlijk gevoel voor humor.'

'Negen,' verbeterde Kitty hem nadrukkelijk.

Hij schudde zijn hoofd. Ondanks haar jonge leeftijd was ze merkwaardig volwassen. Grace had gelijk gehad door hem de mantel uit te vegen. Het was niet goed dat zijn jongste zat weg te kwijnen in de kindervleugel, met haar strenge, Schotse gouvernante als enig gezelschap. Hij wist drommels goed dat Maud zich niet voor het kind interesseerde, maar hij had nooit de moeite genomen zich af te vragen hoe ver zijn vrouw ging in haar verwaarlozing. Nu voelde hij zich schuldig. Hij had eerder moeten ingrijpen. 'Je bent een zwakkeling,' had Grace hem verweten. Het verwijt had hem diep geraakt. 'Je ontloopt elke confrontatie, met als gevolg dat Maud al die jaren haar gang heeft kunnen gaan. Vooruit, Bertie! Doe iets!'

'Goed,' zei hij nogmaals. 'We gaan naar de Elfenkring en dan laat jij me zien wat moeder en jij daar zoal doen.' De glimlach waarmee hij werd beloond, maakte dat hij zich afvroeg waarom hij niet vaker het gezelschap van zijn jongste dochter zocht.

De Elfenkring was een eeuwenoude, mystieke formatie van zeventien hoge grijze rotsblokken, boven op een heuvel, met uitzicht op de lappendeken van velden die zich uitstrekte tot de oceaan. Vanaf dat hoge uitkijkpunt waren de cottages te zien, huiverend weggedoken in het late middaglicht. De dunne linten rook die opstegen uit de schoorstenen vertelden dat binnen de boerengezinnen dicht rond het turfvuur zaten.

'Al dit land is van de Deverills.' Bertie liet zijn blik over de weidsheid van akkers en velden gaan. 'Voordat de Wyndham Act pachters in staat stelde hun land te kopen was ons gebied tien keer zo groot. We hebben hier meer dan tweehonderd jaar een goed leven gehad, maar de wereld zoals we die kennen is eindig. Met het slinken van de landgoederen is onze manier van leven op de lange termijn niet meer vol te houden. Ik neem niet aan dat miss Grieve je daarover iets heeft geleerd.' Kitty schudde haar hoofd. Haar vader had duidelijk geen idee wat hij tegen een kind van negen moest zeggen. 'Nee, dat dacht ik al,' zei Bertie somber. 'Wat leert ze je eigenlijk wel?'

'De Grote Brand van Londen. En de pest.'

'Het wordt tijd dat je de geschiedenis van je erfgoed leert.'

'De geschiedenis van Barton Deverill?' vroeg ze gretig.

Haar vader glimlachte. 'Dus die ken je al. Het is natuurlijk belangrijk om te leren wie je voorouders zijn. Maar je moet ook alles weten over de nationalisten en hun strijd voor een onafhankelijk Ierland. Het Ierse volk wil niet langer door de Britten worden geregeerd. Het wil zelfbestuur.'

'Dat weet ik.' Kitty dacht aan wat Bridie had verteld. 'Ze zijn boos omdat de Britten alle macht hebben en omdat de belastingen te hoog zijn.'

Bertie trok verrast zijn wenkbrauwen op. 'Dus dat weet je ook al?'

Ze was wel zo verstandig niets te zeggen over de katholieke kinderen met wie ze speelde, laat staan over hun vurige liefde voor het vaderland. 'Ik weet dat de Ieren een hekel aan ons hebben, ook al zijn we net zo Iers als zij.'

'We zijn Anglo-Iers, Kitty.'

'Ik niet.' Ze sloeg uitdagend haar armen over elkaar. 'Ik moet niks van Engeland hebben.'

'Je hebt het anders aan Engeland te danken dat je hier woont. Zonder Karel II zou Barton Deverill dit land nooit hebben gekregen.'

'Maar het land was van de O'Leary's!'

Bertie vernauwde zijn ogen tot spleetjes. Het bleef even stil, alsof hij nadacht hoe hij zo tactvol mogelijk kon reageren. 'Het land waarop hij het kasteel heeft gebouwd, was inderdaad van de O'Leary's.'

'Willen ze het terug?'

'Destijds wel. Maar het is inmiddels meer dan tweehonderd jaar geleden. Liam O'Leary is dierenarts geworden, net als zijn vader. De O'Leary's zijn al heel lang geen boeren meer.'

'Dus er is geen ruzie?'

'Nee, er is geen ruzie.'

'Zijn de O'Leary's dan onze vrienden?'

Bertie verschoof ongemakkelijk in het zadel, denkend aan Liams rancuneuze echtgenote. 'Ja hoor, ze zijn heel vriendelijk.'

'Dus het zou best kunnen dat er ooit een Deverill met een O'Leary trouwt?'

'Dat lijkt me hoogst onwaarschijnlijk,' antwoordde Bertie kortaangebonden. 'Je moet niet te veel naar je grootmoeder luisteren. Haar verhalen zijn vermakelijk, maar meer ook niet. Het is allemaal niet echt gebeurd wat ze vertelt. Dat moet je goed voor ogen houden. De verhalen van grootmama zijn net als de Griekse mythen en de Ierse legenden, zoals die over de Kinderen van Lir. Ze zijn mooi, maar je moet ze niet letterlijk nemen.' Hij wees met zijn rijzweep naar de stenen. 'Vertel eens, wat doen grootmama en jij als jullie hier zijn?'

'Dit was heel vroeger een plek waar de heidenen hun erediensten hielden,' vertelde Kitty zelfverzekerd. 'Elke steen is iemand die ooit werd vervloekt. Maar na zonsondergang komen de stenen tot leven.'

'Interessant,' zei Bertie, ook al interesseerde het hem hoegenaamd niet. Hij dacht aan de karaf met gin en aan het laaiende vuur die bij thuiskomst op hem wachtten.

'Zou u dat niet graag eens willen zien?' Kitty keerde haar gezicht naar de zon die naar de einder zakte en de hemel boven de zee met warme tinten rood en goud in vuur en vlam zette.

'Een andere keer,' antwoordde haar vader geduldig. Maud had niet helemaal ongelijk, besefte hij, wanneer ze zich beklaagde over zijn moeder die Kitty op 'onzinnige ideeën' bracht.

Ze keerden hun paarden en daalden de heuvel weer af. Het was een koude februari-avond, maar in de zware geur van vochtige aarde en hei die opsteeg van de doorweekte grond, lag de belofte van de lente al besloten. Af en toe schoot er een patrijs of een haas vanuit de gaspeldoorns voor hen langs, en een groepje koeien kwam vreedzaam loeiend aansjokken, met een nieuwsgierige blik in hun grote bruine ogen. Kitty genoot met volle teugen en wenste dat ze nog langer buiten kon blijven, dat ze niet terug hoefde naar de saaie kindervleugel, waar ze alleen met miss Grieve zou moeten dineren. Maar bij terugkeer in haar kamer stond de gouvernante haar al op te wachten in haar stijve jurk die alleen haar bleke gezicht en haar handen onbedekt liet. Kitty werd die avond beneden aan het diner verwacht, vertelde ze.

'Ik begrijp niet waar dat ineens vandaan komt,' zei ze verwijtend. 'Tot dusverre hebben ze amper aandacht aan je besteed.'

'Dat komt doordat ik nu negen ben,' antwoordde Kitty. 'En omdat papa dacht dat ik pas acht was. Domme papa.'

'Ik hoop wel dat je je weet te gedragen. Want ik ben er niet bij om je in het gareel te houden.'

'Dat hoeft ook niet, miss Grieve. Ik zal me gedragen als een jongedame.'

'Verbeeld je maar niks. Je bent nog lang geen jongedame. Waar ben je geweest met je vader?'

Kitty was wel zo verstandig niet over de Elfenkring te beginnen. Ooit had ze miss Grieve enthousiast over de stenen verteld. Dat ze had gezien hoe ze tot leven kwamen. Maar het had haar een stevige aframmeling met de rijzweep opgeleverd. Dus dat zou haar geen tweede keer overkomen. 'We hebben door de heuvels gereden. Het was heerlijk.'

‘Nou, ik zou er maar niet aan wennen. Want ik kan me niet voorstellen dat hij je nog eens meevraagt. Volgens mij gaat hij veel liever met zijn oudste dochter uit rijden. Miss Victoria is al echt een jonge vrouw en ze gaat in het voorjaar naar Londen. Ik denk niet dat we haar hier nog terugzien. Zo’n knap meisje vindt natuurlijk meteen een goede man. En daarna is het de beurt aan miss Elspeth. Voordat we het in de gaten hebben, is zij ook vertrokken. Maar hoe het met jou verder moet...’ Miss Grieve keek hooghartig op Kitty neer. ‘Zo’n schriel kind als jij... Je moet wel heel erg veel geluk hebben om net zo goed terecht te komen als je zussen. Ja, kijk maar niet zo lelijk. Als je zo’n boos gezicht trekt ben je nog onaantrekkelijker.’

Kitty trok haar beste jurk aan en balde haar vuisten terwijl miss Grieve de klitten uit haar haar borstelde. ‘Als ik het voor het zeggen had, knipte ik het kort.’ De gouvernante gaf een harde, pijnlijke ruk aan een lok op Kitty’s slaap. ‘Ik heb er zo veel werk aan! En de oplossing zou zo simpel zijn! Een schaar, meer heb ik niet nodig.’ Toen Kitty klaar was rende ze de trap af, miss Grieve alleen latend met haar chagrijn, voor een eenzaam diner in de kindervleugel. Voor de spiegel op de overloop bleef ze staan. Was ze echt zo lelijk? Had Lady Rowan-Hampton alleen maar aardig willen zijn toen ze zei dat ze mooi was? Trouwens, wat deed het ertoe? Er verscheen een glimlach op Kitty’s gezicht toen ze aan haar grootmoeder dacht. Ze was mooi omdat ze een kind van God was, zei grootmama altijd. Maar dat was iets wat miss Grieve niet zag. Of misschien wilde ze het niet zien.

5

Het was zondagavond. Dikke rook wolkte op van de brokken turf in de haard terwijl de oude Mrs. Nagle aan haar stenen pijp trok en in vroom gebed de kralen van haar rozenkrans door haar vingers liet glijden. Boven het vuur hing een grote, zwarte pan met een stoofschotel van aardappel en pastinaak. De damp die eruit opsteeg maakte de mistige walm die in de kamer hing nog dikker. De oude boerin zat op haar vaste stoel bij het vuur – een broodmagere, ineengedoken gedaante, volledig in het zwart, murmelend kauwend op haar tandvlees, want haar tanden en kiezen had ze allang niet meer. Haar kleindochter Bridie roerde braaf met een grote houten lepel in de stoofpot, terwijl de krachtige, zilte geur haar maag deed grommen als een hondje. Mrs. Doyle zat in haar schommelstoel tegenover haar moeder, met een half oor luisterend naar haar man en haar zoons, en met haar ogen op haar naaiwerk gericht. Bridie had twee oudere broers, Michael en Sean, die aan de grote tafel op gedempte toon met hun vader overlegden. Hun ruwe werkhanden waren om hun tinnen bierkroes geklemd, de gezichten stonden ernstig en leken verwrongen in het flakkerende kaarslicht. Af en toe kon Bridie een flard van hun gesprek opvangen. Het ging over de gebruikelijke problemen – de Fenians die in opstand kwamen tegen de Britten en de bezorgdheid van haar vader en haar broers dat ze voor spionnen of verraders zouden worden aangezien omdat ze voor de adel werkten.

Bridie was zich reeds lang bewust van de Ierse strijd voor de onafhankelijkheid, van de gevoelens van haat en wrok jegens de Britten. Ze had de gesprekken daarover al zo vaak gehoord, wanneer ze boven in bed lag en de geur van donker bier en tabak door de planken vloer van haar kamertje drong. Haar vader en zijn vrienden zaten regelmatig tot diep in de nacht te kaarten en naarmate het bier rijkelijker vloeide, vergaten ze dat ze voorzichtig moesten zijn en werden hun stemmen steeds luider. Bridie had ook de exemplaren van de *Sinn Féin* gezien, die Michael onder zijn bed verstopte, en ze had zelfs geprobeerd de krant van de opstandelingen te lezen. Haar vader, Tomas Doyle, was een wijze man zolang hij niet te veel dronk. Hij beweerde dat Lord Deverill van goede wil was, in tegenstelling tot veel andere landheren. En dat Sean en Mrs. Doyle die allebei op het kasteel werkten, daar fatsoenlijk werden behandeld. Tijdens de hongersnood van 1845 had de vorige Lady Deverill zelfs een gaarkeuken opgezet in een van de hooischuren, waardoor er van de pachters van Lord Deverill niemand van de honger was omgekomen en niemand, gedreven door wanhoop, op een van de drijvende doodskisten naar Amerika was gestapt. Maar Michael, Bridies oudste broer die al bijna negentien was en met zijn vader op het land werkte, wilde de Britse protestanten het land uit hebben. Allemaal. Hoe goed sommige ook voor hun pachters waren. Het ging om het principe. Om de eer. Ierland zou van de Ieren moeten zijn, verklaarde hij hartstochtelijk. De Britse 'prods' moesten weg, terug naar Engeland, waar ze hoorden. 'Hoe durven ze het een voorrecht te noemen dat we ons land mogen kopen? Wat is dat voor privilege, als we land mogen terugkopen dat ze van ons hebben gestolen?' Dan sloeg hij met zijn vuist op tafel, terwijl zijn lange zwarte haar over zijn ogen viel. 'En ze hebben ons niet alleen beroofd van ons land! Ze hebben ons ook onze cultuur, onze geschiedenis, onze taal en onze manier van leven afgenomen.'

Die zondagavond hoorde Bridie hoe hun stemmen steeds luider werden, terwijl ze probeerden elkaar te overtuigen, en ze maakte zich zorgen om Kitty, om hun geheime vriendschap die haar zo dierbaar was. Mochten er ooit onlusten uitbreken in Ballinakelly, dan hoopte ze dat de Deverills zouden worden gespaard.

Ze was teleurgesteld dat Kitty zich die dag niet had laten zien. Meestal trof Bridie haar op de muur rond het kasteel. Dan gingen ze er samen vandoor, om met de kinderen uit de buurt te spelen en een hinkelpad te maken. Ze deed enthousiast mee, want zo was ze. Als Kitty iets leuk vond, deed ze het met overgave, zonder zich er ook maar iets van aan te trekken dat ze niet met katholieke kinderen hoorde te spelen. En dat een van die kinderen een O'Leary was.

Wanneer Bridie aan Jack O'Leary dacht, met zijn dromerige blik en de tamme havik op zijn arm, kriebelde er iets in haar buik, als het zachte gefladder van vlindervleugels. Jack was stoer en zelfverzekerd, een knappe jongen met dik kastanjebruin haar en lichtblauwe ogen, zo blauw als de Ierse hemel in de winter. Om zijn mond speelde een grijns en zijn ogen lachten spottend wanneer hij de meisjes gadesloeg bij hun kinderlijke spel. Maar Jack had ook een gevoelige kant. Hij had al Gods schepselen lief, van de diep weggekropen spin tot de volgzame ezel, en was altijd in de vrije natuur te vinden. Bij het vallen van de schemering lag hij op zijn buik te wachten tot de dassen tevoorschijn kwamen, hij legde eten neer voor zwerfhonden en keek naar de vogels op het strand in Smuggler's Bay. Op een middag in januari had hij Kitty en Bridie meegenomen om hun een muizenfamilie te laten zien, in de schuur achter zijn huis. Ze hadden er meer dan een uur gezeten, roerloos als standbeelden, terwijl de muizen over de houten vloer scharrelden alsof ze zich op kleine wieltjes voortbewogen, knabbelend op de zaadjes die Jack voor ze had gestrooid. Het onbeduidende voorval had hen tot samenzweerders gemaakt en sindsdien waren ze steeds vaker samen op avontuur uitgegaan. Kitty was vrijmoedig en niet bang, nieuwsgierig naar alle dieren die Jack hun liet zien. Maar Bridie huiverde voor harige rupsen en alles wat zich nog meer kruipend voortbewoog. Jack lachte om haar angst. 'Alle dieren bedoelen het goed, zelfs ratten. Wij vinden dat ratten stinken, maar je moet proberen het leven door hun ogen te zien. Alle dieren zijn door God geschapen en daarom hebben ze allemaal recht op hun plekje op de aarde.' En als hij dan vertelde over het leven door de ogen van een rat, deed Bridie heel erg haar best om het beest leuk te vinden.

Maar Jack had zich vandaag ook niet laten zien. Zijn vader, Liam O'Leary de dierenarts, nam hem steeds vaker mee wanneer hij bij een paard met koliek werd geroepen, of bij een kreupel schaap of een hond die had gevochten. In een plattelandsstadje als Ballinakelly was er altijd meer dan genoeg werk voor hem. En dus had Bridie noodgedwongen de middag doorgebracht met andere kinderen; kinderen die ze lang niet zo leuk vond als Kitty en voor wie ze niet zoveel bewondering koesterde als voor Jack.

Voor Bridie was Kitty het zusje dat ze nooit had gehad. Maar hoeveel ze ook van haar hield, vanwege haar verhalen over geesten vroeg Bridie zich soms af of Kitty niet een beetje 'maf' was. Misschien verzon ze al die dingen omdat ze altijd maar weggestopt zat in de kindervleugel, met alleen de akelige miss Grieve als gezelschap. Bridie durfde zich nauwelijks voor te stellen dat de geesten misschien echt bestonden. 'Roeren, Bridie,' zei haar moeder scherp, opkijkend van haar naaiwerk. Bridie had helemaal niet gemerkt dat ze was gestopt en begon haastig weer te roeren.

'Ze ziet kabouters,' zei de oude Mrs. Nagle, terwijl ze misprijzend haar hoofd schudde.

Zoiets zou haar oma niet zeggen als ze de verhalen kende die Kitty vertelde, dacht Bridie.

Na het eten riep Mrs. Doyle haar gezin op om te bidden, en zoals elke avond knielde Bridie met haar vader en haar broers. Ze zette haar ellebogen op een stoel, vouwde haar handen en boog haar hoofd. De oude Mrs. Nagle bleef bij het vuur zitten, maar haar rimpelige mond bad mompelend mee. 'Heer, open Gij mijn lippen door Uw kracht,' begon Mrs. Doyle plechtig.

'Zo zal mijn mond Uw lof gestaag vermelden,' antwoordde haar gezin. Daarop vervolgde Mrs. Doyle met het gebed dat haar zo vertrouwd was dat het in haar hart gegrift stond. Ze sloot af met een haastige bede voor vrienden en familie, en voor Lord en Lady Deverill, rechtvaardig en van goede wil.

Na het gebed kwamen de buren langs, zoals altijd met hun viool en een fles *poitín*, die de oude Badger Hanratty illegaal stookte van aardappelen, achter zijn huis, in wat eruitzag als een hooiberg. Het spul mocht dan illegaal zijn, de kwaliteit was verrassend hoog. Het duurde niet lang of er werd gezongen. Bridie vond het heerlijk om met een beker karnemelk op de trap te zitten en te luisteren naar de oude volksliedjes. Om te zien hoe de oude mannen zich wentelden in nostalgie, en tranen in hun ogen kregen. Soms werd de '*Siege of Ennis*' gedanst. 'Vooruit, mannen!' riep Bridies moeder dan. 'Twee keer de keuken rond en kijk in godsnaam uit voor de ladekast!' Of Bridies vader pakte haar moeder om haar middel en danste met haar de keuken rond, terwijl de anderen op de tafel sloegen en stampten met hun voeten. Steeds maar rond gingen ze, tot het blozende gezicht van Bridies moeder gloeide van plezier en ze eruitzag als een jong meisje dat het hof werd gemaakt door een overijverige vrijer.

Bridies vader bood met zijn dikke zwarte haar en weelderige baard een ruige aanblik. Ze betwijfelde of ze hem zou herkennen als hij ooit gladgeschoren thuiskwam. Hij was niet groot, maar zo sterk als een beer. En wee degene die het met hem aan de stok kreeg. Hij had al menige vechtpartij in de kroeg gewonnen en daarbij heel wat kaken gebroken en tanden uitgeslagen. Zijn drift laaide gemakkelijk op, maar werd snel gevolgd door berouw. De paar keer dat hij zijn zoons had geslagen was hij van spijt op zijn knieën gevallen, hij had een kruis geslagen – en nog een, en nog een – en de Heilige Maagd beloofd dat het nooit meer zou gebeuren. De drank was zijn valkuil, een goed hart zijn zegen. Waar het om ging, was dat hij die twee in evenwicht wist te houden.

Plotseling zag Bridie dat haar vader zich een weg baande door de mensen en naar haar toe kwam. Natuurlijk om haar naar bed te sturen! Maar in plaats daarvan pakte hij haar hand. 'Vanavond dans ik met mijn Bridie! *Aye!*' Met die woorden trok hij haar overeind. Ze werd zo rood als een biet, verlegen omdat iedereen naar haar keek. Maar over de passen had ze zich geen zorgen hoeven maken. Ze had vaak genoeg toegekeken als de grotere meisjes dansten. Haar vader zwierde haar de keuken rond, net zoals hij dat met haar moeder deed, en terwijl ze zich genietend liet meevoeren was Bridie zich bewust van een kring van lachende gezichten, waaronder dat van haar moeder, wier vermoeide gelaatstrekken werden verzacht door vertedering. Na haar vader was het de beurt aan haar broers en nadat ze altijd alleen maar had toegekeken, genoot Bridie nu van alle aandacht en voelde ze haar hart zwellen van geluk.

Tegen de tijd dat ze in bed lag kon ze van pure opwinding niet in slaap komen. Zelfs bij het bidden van de rozenkrans waren haar gedachten telkens weer afgedwaald. Wat een heerlijke avond! Ze kon zich niet voorstellen dat Kitty zulke avonden meemaakte, waarop ze danste met haar vader. En haar broer zat in Engeland op school, dus die zag ze maar zelden. Even koesterde Bridie zich in een gevoel van superioriteit. Ze gaf zich eraan over en liet de warmte die dat gevoel haar schonk haar jaloezie verdrijven. Ze probeerde haar leven niet met dat van Kitty te vergelijken, maar hoe ouder ze werd, hoe duidelijker ze de verschillen begon te zien.

Misschien kwam het door de rancuneuze opvattingen van haar broer Michael, of doordat Kitty en zij steeds meer samen optrokken. Wat de oorzaak ook mocht zijn, Bridie kreeg een steeds duidelijker beeld van Kitty's leven, met als gevolg dat ze zich vaker dan vroeger afvroeg waarom Kitty zo veel had en zijzelf zo weinig.

Van beneden drongen stemmen tot haar door. Haar vader en haar broers zaten te kaarten, Mr. Hanratty snurkte luidkeels in de schommelstoel van haar moeder, dronken van zijn eigen poitín en anderen zongen vol weemoed '*Eileen a Roon*' op de meeslepende klanken van een eenzame viool. De geluiden waren zo troostrijk en vertrouwd dat ze Bridie uiteindelijk in slaap wiegden.

Bij het krieken van de dag schoot ze wakker doordat er luid op de voordeur werd geklopt. Het was nog donker, in het oosten verscheen een bloedrode streep aan de hemel. Het kloppen ging door. Bridie ging rechtop zitten. Wie kon dat zijn, op dit uur van de ochtend? Ten slotte hoorde ze de zware voetstappen van haar vader die de trap afliep. Een koude tochtvlaag kroop haar kamer binnen, als een van de slangen die St. Patrick uit Ierland had verbannen. Huiverend trok ze de dekens dichter om zich heen. Even later viel de voordeur in het slot, haar vader kwam naar boven en het werd weer stil in huis, op het gehuil van de wind en het knagen van een muis onder de vloer van haar kamertje na.

'*Da*, wie was er aan de deur vanmorgen?' vroeg ze later, toen ze beneden kwam voor het ontbijt.

'Niemand.' Haar vader dronk luid slurpend van zijn thee.

De oude Mrs. Nagle sloeg een kruis. 'Het was de Banshee. Ze klopt altijd drie keer. Dit was de eerste keer. God beware ons,' zei ze onheilspellend. Bridies moeder verbleekte, sloeg ook een kruis en sprenkelde snel wat druppels gewijd water uit het limonadeflesje dat altijd bij de deur stond.

'Ik denk eerder dat het een landloper was,' zei Sean grinnikend.

'Wie het ook was, toen ik opendeed was hij verdwenen,' vervolgde Bridies vader. Bridie sneed een plak sodabrood af en smeerde er een dikke laag boter op. De angstige uitdrukking op het gezicht van haar moeder maakte haar bang. Ze probeerde er niet naar te kijken.

'Het was de Banshee,' hield de oude Mrs. Nagle vol. Ze sloeg opnieuw een kruis. 'De Heer beware ons voor de Banshee!'

'Luister nou toch, mens. Er was niemand aan de deur, zeg ik toch. Sean heeft gelijk. Het zal wel een landloper zijn geweest, op zoek naar een warme haard. Kom, anders zijn we nog te laat voor de mis.' Bridies vader stond op.

Bridie wilde niet aan de Banshee denken, die volgens de legende een elfenvrouw was, wier gejammer een sterfgeval aankondigde. Nou, zij had geen gejammer gehoord, dus haar moeder en haar oma maakten zich druk om niets. Terwijl ze naar school liep zag ze tot haar opluchting een kar vol smoezelige kinderen, getrokken door een oud, sjofel paard. Achter de kar waren een paar magere geiten gebonden, in de kar lagen een paar lammetjes. De haveloze kinderen volgden haar wantrouwend met hun zwarte ogen, maar hun moeder had geen aandacht voor Bridie. Ze had het te druk met kijven tegen haar man. Landlopers! Haar vader en haar broer hadden gelijk gehad. Waarschijnlijk waren ze langs de deuren gegaan, op zoek naar een plek om te slapen. Bridie begon sneller te lopen. Haar vader had haar op het hart gedrukt landlopers niet te vertrouwen en ze nooit in de ogen te kijken.

De Onze Lieve Vrouweschool stond onder toezicht van de katholieke kerk, maar pastoor Quinn had gelukkig weinig bemoeienis met de dagelijkse lessen. Bridies juf was een non uit Cork. Zuster Hannah had een zachte stem en ze was een lieve juf. 'Kennis helpt ons hogerop te komen,' hield ze haar leerlingen voor. 'Alleen door naar school te gaan en te leren, zijn we in staat de armoede uit te bannen. Dus let goed op tijdens de les. Ze kunnen je alles afnemen, behalve je ziel en je liefde voor God. En dat is waar het om gaat. Dat zijn de dingen die er echt toe doen.' Bridie luisterde aandachtig. Maar in het aangrenzende jongenslokaal zat Jack O'Leary uit het raam te staren en naar de vogels te kijken.

Aan het eind van de dag gingen Bridie en Jack naar het kasteel, waar ze Kitty op haar vaste plekje op de muur troffen. Ze stond doodstil, als een reiger op één been. 'Wat doe je?' vroeg Jack.

'Balanceren.'

'Waarom?'

'Zomaar. Voor de lol. En omdat het moeilijk is. Wat hebben jullie vandaag gedaan?'

'Jack moet morgen op school een les geven over vogels,' vertelde Bridie. 'Voor straf. Omdat hij uit het raam zat te kijken.'

'Nou, dat zal hem geen moeite kosten,' zei Kitty. 'Hij weet alles van plevieren en aalscholvers!'

'Reken maar. Ik zal zuster Margaret een lesje leren dat ze nooit meer vergeet.' Jack begon te lachen.

'Weet ze dat dan niet? Dat je een vogelkenner bent?' vroeg Kitty.

'Dan komt ze er morgen wel achter,' zei Bridie, blozend van bewondering voor Jack.

'Kom ook op de muur staan!' riep Kitty. 'Het is veel moeilijker dan het lijkt!'

Jack klauterde als een aap naar boven, maar Bridie zocht moeizaam naar houvast. Ten slotte stak Jack haar zijn hand toe en hees haar omhoog.

'Pas op dat je niet valt!' waarschuwde hij.

Bridie keek angstig naar beneden. 'Ik weet niet of ik het kan.'

'Tuurlijk kun je het. Kijk, zo!' Hij tilde een been op. 'Er is geen kunst aan,' riep hij triomfantelijk. 'Nou jij!'

Maar net toen Bridie haar been wilde optillen, hoorden ze stemmen, tussen de bomen achter hen. Ze sprongen haastig naar beneden, zelfs Bridie, ondanks haar hoogtevrees, en verstopten zich achter de muur.

'Wie zijn het?' fluisterde Jack. 'Hebben jullie iets gezien?'

Kitty en Jack richtten zich op zodat ze over de muur konden kijken. Tussen de bomen ontdekten ze een haveloos groepje op het grondgebied van Lord Deverill. Jack liet zich weer zakken en trok Kitty ook naar beneden. 'Landlopers,' zei hij grimmig. 'Ze waren vanmorgen in Ballinakelly.'

'Ik heb ze ook gezien,' zei Bridie, blij dat ze erover kon meepraten. 'Wat komen ze doen?'

'Stropen,' zei Kitty somber. 'Ze eten alles wat ze te pakken kunnen krijgen.'

'Volgens mij willen ze veel meer. We moeten Lord Deverill waarschuwen,' fluisterde Jack opgewonden.

'Kom mee,' zei Kitty. 'Ik weet de snelste weg naar het kasteel.'

De drie kinderen kropen langs de muur tot ze bij een hek van een boerderij kwamen waar ze gemakkelijk overheen konden klimmen. Vandaar haastten ze zich over een zandpad dat uitkwam bij de stallen, aan de achterkant van het jachthuis.

‘Wat is er aan de hand? Jullie kijken alsof de duivel je op de hielen zit,’ zei Mr. Mills, die op het stalerf het paard van Lady Deverill uitspande. Ze was met de sjees naar de stad geweest.

‘Er zijn landlopers in het bos,’ bracht Kitty hijgend uit, en ze hapte naar lucht.

‘Ze zijn vast iets van plan, Mr. Mills,’ deed Jack er nog een schepje bovenop.

‘We komen Lord Deverill waarschuwen,’ voegde Bridie er gretig aan toe.

‘Rustig aan. Dus er zijn landlopers in het bos?’

‘Ja, we moeten het aan grootpapa vertellen,’ drong Kitty aan, in de hoop dat hij zijn geweer tevoorschijn haalde en uit het raam van zijn kleedkamer op de indringers zou schieten.

‘Daar hoeven we Lord Deverill niet mee lastig te vallen,’ besliste Mr. Mills. ‘Ik trommel een paar van de jongens op. Dan was ik dit varkentje zelf wel. Waar hebben jullie ze gezien?’

‘We zullen het u wijzen.’ Kitty wiebelde van opwinding van de ene voet op de andere. ‘Vlug! Anders ontsnappen ze!’

‘Nee, miss Kitty. U blijft hier. Het zou wel eens gevaarlijk kunnen zijn,’ zei Mr. Mills.

‘Dan moet ik júíst mee! Ik ben niet bang voor een stelletje landlopers.’

‘Maar uw grootvader vergeeft het me nooit als u iets overkomt.’

Kitty stak koppig haar onderlip naar voren. ‘Toch wil ik mee!’

‘Het is veiliger als u hier blijft,’ zei Mr. Mills. Het was duidelijk dat hij geen tegenspraak duldde en dus had Kitty geen andere keus dan Jack, Bridie en Mr. Mills na te kijken toen ze samen met Sean Doyle en een groepje stalknechten en drijvers, gewapend met stokken en hurleysticks, het bos in liepen.

Met haar grote broer naast zich voelde Bridie zich aanzienlijk moediger. Net als haar vader was Sean niet groot, maar hij kende geen angst, hij had spieren als kabeltouwen en hij was vurig loyaal aan de Deverills. Als er stropers op het land van Lord Deverill waren, zou hij ze zó de stuipen op het lijf jagen dat ze nooit meer terug durfden komen. Het groepje liep door de ommuurde groentetuin, langs de kassen van Lady Deverill en vandaar naar het omheinde weiland waar de paarden loom liepen te grazen in het laatste middaglicht. Zo bereikte het groepje de oostkant van het woud, de plek waar de kinderen de landlopers hadden gezien. Het schemerde al tussen de bomen en het begon koud en vochtig te worden. Geruisloos als katten slopen ze verder, alert op elk geluid.

Ineens zagen ze hen. Een groep haveloze, ongewassen, zwervers. Ze zagen er woest uit. Een van hen was een vrouw, die twee fazanten en een patrijs bij de nek hield. De mannen stonden bij een groepje dichte struiken, blijkbaar omdat zich daarin wild schuilhield. Bridie meende te zien dat een van de gestroopte fazanten nog leefde. Het dier trok af en toe met zijn poten, in een vergeefse poging zich los te rukken. Toen ze zich naar Jack keerde, zag Bridie verontwaardiging op zijn gezicht. Zodra de landlopers Mr. Mills en zijn mannen in de gaten kregen, verstijfden ze als in het nauw gedreven dieren. Het was zinloos hun buit te verstoppen. Ze waren op heterdaad betrapt. Twee haveloze, ondervoede mannen en een vrouw maakten geen schijn van kans tegen Mr. Mills en zijn gespierde helpers. 'U bent hier op verboden terrein. Dit is het land van Lord Deverill,' zei Mr. Mills streng.

'O, dat wisten we niet,' zei een van de mannen met een tandeloze grijns.

'Ik vraag u vriendelijk dat wild neer te leggen en te vertrekken.' De mannen namen hem loerend op, alsof ze hun kansen taxeerden wanneer ze het op een gevecht lieten aankomen. Sean hief zijn mestvork en de uitdrukking op zijn gezicht liet er geen enkele twijfel over bestaan hoe zo'n gevecht zou aflopen. Nijdig gaven de mannen de vrouw opdracht de vogels neer te leggen.

Ze keerde zich woedend naar Mr. Mills. 'Val dood!' vervloekte ze hem krijsend. Maar een armzalige landlopersvrouw kon hem geen angst aanjagen.

'Maak dat je wegkomt voordat we de veldwachter waarschuwen. Dan zet hij jullie achter slot en grendel!' dreigde Mr. Mills, in de zekerheid dat Lord Deverill achter hem stond. Met tegenzin liet de vrouw het wild vallen en ze liep langzaam weg, gevolgd door de twee mannen.

Mr. Mills klopte Jack op het hoofd. 'Goed gedaan, jongen. Waar is Bridie gebleven?' Mr. Mills tuurde in het schemerdonker om zich heen. Toen hij haar ontdekte, weggekropen achter haar broer, knikte hij waarderend. 'Jij ook bedankt, Bridie. Ik zal het aan Lord Deverill vertellen. Hij zal jullie vast en zeker willen belonen.' Bridie zette grote ogen op en keek Jack aan. 'En nu naar huis,' vervolgde Mr. Mills. 'Voordat het zo donker is dat je geen hand voor ogen meer kunt zien.'

De avond begon al te vallen, de wind trok aan en werd ijzig koud. Opgetogen haastten Jack en Bridie zich terug naar Ballinakelly. Wat een avontuur hadden ze beleefd! Bovendien verheugden ze zich op een royale beloning van Lord Deverill. Eenmaal in het stadje zagen ze tot hun schrik dat de landlopers nog niet vertrokken waren, maar hun paarden stonden in te spannen. De straat lag er verlaten bij. Alleen bij O'Donovan's, de pub aan de overkant, viel licht naar buiten. Zodra de landlopersvrouw hen zag, wees ze naar hen met een beschuldigende vinger en riep iets in een dialect dat Jack noch Bridie verstond. Voordat Jack besefte wat er gebeurde, beukte er een vuist tegen zijn kaak en viel hij achterover in de modder. Bridie slaakte zo'n doordringende gil dat de deur van de pub openvloog en het goudgele lamplicht naar buiten viel, op de roerloze gedaante van Jack. Vrijwel onmiddellijk kwam Tomas, Bridies vader, de pub uit stormen. Een van de landlopers haalde uit om ook Bridie een vuistslag te verkopen, maar Tomas was hem voor. Hij greep hem bij de schouder en verkocht hem een dreun op zijn neus. Het bloed spoot eruit, de landloper wankelde en viel achterover. Maar op hetzelfde moment werd Tomas in de rug aangevallen. De andere landloper had zijn mes getrokken en stak het met één krachtige stoot tussen de ribben van Tomas.

Ergens diep in de bossen klonk de roep van de Banshee, meegevoerd op de elfenwind die was opgestoken.

6

Heel Ballinakelly was diep geschokt door de laffe moord op Tomas Doyle. Mrs. Doyle jammerde zo hartverscheurend dat ze de Banshee moeiteloos zou hebben overstemd. 'Ooit, toen ik als jong meisje naar de regatta in Bantry ging, heeft een oude landlopersvrouw me de hand gelezen,' vertelde ze snikkend, met een zakdoek tegen haar ogen gedrukt. 'Mijn leven zou een tranendal zijn. God beware ons, want ze heeft gelijk gekregen.' Bridie was radeloos en verslagen, niet alleen van verdriet om haar lieve Da, maar ook omdat ze zichzelf de schuld gaf van zijn dood. Als zij niet met Mr. Miller en de jongens was meegegaan, zouden de landlopers haar niet hebben herkend. En als zij niet zo hard had gegild, zou haar vader misschien niet uit de pub naar buiten zijn gekomen. O, was ze die middag maar niet naar Kitty gegaan! Dan was het allemaal niet gebeurd en zou haar vader nog leven. Sean probeerde tevergeefs haar te troosten.

Michael maakte hun allebei verwijten. Dat ze roekeloos waren geweest en heulden met de Britten. 'Een stelletje *Shoneens*, dat zijn jullie! Voor een paar ellendige fazanten! Die hebben onze Da het leven gekost!' tierde hij. Zijn sombere gezicht zag paars van woede. 'Heeft Da ons niet altijd geleerd dat we een landloper nooit in de ogen moeten kijken?'

De ogen van de oude Mrs. Nagle bleven droog. Tijdens de hongersnood had ze zo veel mensen zien sterven dat ze geen tranen meer had. Maar in haar magere borst huilde haar hart om haar dochter en haar verlies. Had wel iemand de akte van berouw voor de stervende Tomas uitgesproken, vroeg ze zich af. Zodat hij op weg naar de hemel niet eerst in het voorgeborchte terechtkwam? Maar er was niemand die de vraag kon beantwoorden.

De landloper die de moord had gepleegd, was ter plekke opgepakt en zou waarschijnlijk tot de strop worden veroordeeld. Maar dat was voor Mrs. Doyle een schrale troost. 'Ophangen is nog te goed voor dat soort kerels,' zei ze dreigend en met bevende stem. 'God bewaar ons, maar moge de duivel hem halen! En moge hij eeuwig branden in het hellevuur!'

Tomas Doyle lag twee dagen opgebaard op de keukentafel. Mrs. Doyle had het raam opengezet om zijn ziel vrij te laten. Twee oude vrouwen die bekendstonden als de Nellies – miss Nellie Clifford en miss Nellie Moxley – kwamen in hun witte uniform met blauwe sluier om het lichaam te wassen. Pastoor Quinn werd gehaald om de dode te zalven. Hij arriveerde in vol ornaat, met zijn grijze haren verwaaid door een venijnige wind, zijn gezicht rood aangelopen van verontwaardiging omdat zijn kudde een schaapje moest missen, door de laffe daad van een dronken stroper. De pastoor was een grote man en hij moest bukken om zijn hoofd niet te stoten toen hij de boerderij binnenkwam. 'Tomas was een goed mens,' zei hij tegen Mrs. Doyle. Ze zat snikkend in haar schommelstoel bij de haard, met de rozenkrans tussen haar vingers. Pastoor Quinn liet zich naast haar op zijn knieën zakken. 'Hij is nu bij de Heer, Mariah. En de man die dit heeft gedaan zal tot in alle eeuwigheid branden in de vlammen van de hel.' Zijn stem klonk zo zacht en teder dat Bridie van pure verrassing ophield met huilen. Ze zag dat haar moeder met grote vochtige ogen opkeek naar de pastoor, dat haar gezicht ontspande in een gelukzalige glimlach, alsof zijn woorden haar verdriet hadden verjaagd en vervangen door de zekerheid dat haar lieve Tomas bij Maria en de engelen was. Als pastoor Quinn dat zei dan moest het wel zo zijn, want hij wist wat God met de mens voorhad.

'Michael.' De pastoor richtte zich in zijn volle lengte op en torende boven de zonen van Tomas uit. 'Jij bent nu het hoofd van het gezin. En Sean, jij moet je broer helpen op het land. Je bent nu hier nodig. En Bridie?' Ze begon op slag te beven door het gezag dat ze in zijn ogen las. 'Jij helpt je oma met het huishouden totdat je oud genoeg bent om op het kasteel te gaan werken, bij je moeder in de keuken.'

'Ja, pastoor Quinn,' antwoordde ze zacht.

Hij legde een zware hand op haar schouder. 'En denk erom! Wat er is gebeurd was niet jouw schuld. Begrijp je dat?'

'Ja, pastoor Quinn.' Ze kon haar tranen niet bedwingen zodat ze opnieuw over haar wangen stroomden.

'Je moet flink zijn. Voor je moeder. En Michael?' Zijn stem klonk nu weer even streng en onbewogen als altijd.

'Ja, pastoor?'

'Wijs niet met de beschuldigende vinger. Geen daad blijft zonder gevolgen. En wij mensen kennen die gevolgen niet. Maar het is Gods wil en daar mogen we niet aan twijfelen.'

'Ja, pastoor.' Michael klonk gehoorzaam, zijn donkere ogen stonden ondoorgrondelijk, maar in zijn hart smeulde de zucht naar wraak.

Lady Deverill kwam met een mand vol eten. Ze betuigde haar respect aan Tomas Doyle, ging met Mrs. Doyle en de oude Mrs. Nagle bij het vuur zitten en probeerde hen zo goed mogelijk te troosten. 'Weet u, Mrs. Doyle...' Ze keek de weduwe welwillend aan, door de rookwolken die uit de pijp van de oude Mrs. Nagle kwamen. 'We zijn geen mensenkinderen die soms het spirituele mogen ervaren, we zijn onsterfelijke zielen die ervaren hoe het is om mens te zijn. Uw Tomas zal altijd bij u zijn. Dat u hem niet kunt zien, betekent niet dat hij er niet is. Hij is een schepsel van licht geworden, als een regenboog, en de wereld waar hij naartoe is gegaan is een veel betere dan de onze.'

'Ja, want Tomas is nu bij de Heer, Lady Deverill,' antwoordde Mrs. Doyle. 'En daar heb ik vrede mee.'

Adeline gaf Bridie een schoenendoos. 'Dit krijg je van Lord Deverill. Als beloning voor je dapperheid. Ik besef dat je je vader er niet mee terugkrijgt, maar ik hoop dat het je een beetje kan troosten.' Toen ze weg was en Bridie de doos openmaakte, bleek deze een paar glimmend zwarte dansschoenen met zilveren gespen te bevatten. Bridie slaakte een zucht van verbijstering. Ze had nog nooit schoenen aangehad, haar voetzolen waren taai en dik als leer. Met ingehouden adem trok ze de schoenen aan. 'Ze zijn prachtig, Bridie,' zei Sean zacht, vurig hopend dat Michael het niet voor hun zusje zou bederven door haar te verwijten dat ze zich liet belonen voor iets wat tot de dood van hun vader had geleid. Maar Michael dacht aan de vermanende woorden van pastoor Quinn. Hij keek ernstig toe en slikte een verbitterde opmerking in.

Bridies hart begon sneller te kloppen. Heel even vergat ze haar verdriet en liet ze zich meeslepen door de opwinding en de blijdschap om haar eerste paar schoenen. Ze waren iets te groot, maar daar was ze blij om. Des te langer zou ze er plezier van hebben. Onbeholpen, stampend als een karrenpaard liep ze door de keuken, in een poging te wennen aan het gewicht en aan het harde leer tegen haar huid. Maar ze kon haar ogen er niet van afhouden. Zoiets moois had ze nog nooit gehad!

Even later kwamen buren en vrienden hun respect betuigen. Mrs. Doyle schonk whiskey, bood hun snuiftabak aan en deelde uit van de royale mand met eten die Lady Deverill haar had gebracht. Ook Liam O'Leary kwam langs met Julia, zijn vrouw, en met Jack, wiens hele wang pimpelpaars zag. Hij nam zijn pet af en schudde verdrietig zijn hoofd toen hij naar de arme Tomas Doyle keek. Julia, die zichzelf veel te goed voelde voor zulke eenvoudige mensen als de Doyles, drukte een zakdoek tegen haar neus en vertrok haar gezicht bij de aanblik van het lijk dat er in het licht van de kaarsen uitzag als een wassen beeld.

Liam O'Leary bleef maar even, net lang genoeg om zijn respect te betuigen en een glas te drinken. Bij het weggaan besprenkelde hij zichzelf met een paar druppeltjes gewijd water uit het flesje naast de deur, waarboven ook nog altijd de tak van Palmzondag hing. Julia bedankte. Voor haar geen gewijd water. Ze wilde zo snel mogelijk weg uit de armoedige boerderij met het lijk op de keukentafel.

Bridie was blij om Jack te zien. Ze toonde zich bezorgd om zijn zere wang, bezorgder dan zijn moeder, die er nauwelijks aandacht aan had geschonken. Hij zag haar schoenen direct. 'Ik heb van Lord Deverill een hond gekregen. Een brak,' vertelde hij. 'Maar van mijn moeder mag ik hem niet houden.'

'Waarom niet?' vroeg Bridie verbaasd.

'Ze moet niks van de Deverills hebben.'

'Dus je gaat hem teruggeven?'

Hij grijnsde woest. 'Ik peins er niet over! Het is mijn beloning. Ik heb hem eerlijk gekregen.' Hij streek met zijn ruwe vingers over zijn kaak.

'Doet het pijn?' vroeg Bridie.

'Nou en of.' Hij keek naar Tomas op de tafel en schudde opnieuw zijn hoofd. 'Maar ik mag blij zijn dat ik nog leef, Bridie. Je arme Da. God hebbe zijn ziel.'

De volgende dag kwam het hele dorp naar de begrafenis. Het was een stralende dag, alsof Tomas zelf voor mooi weer had gezorgd. 'Gelukkig de mens die onder een zonnige hemel deze aarde mag verlaten,' zeiden de rouwenden. De kerk was tot de laatste stoel bezet en er was zelfs nauwelijks meer plaats om te staan. Pastoor Quinn preekte bezielend, hij prees Tomas om zijn harde werk en goede hart, en hij noemde hem een voorbeeld voor anderen, waarbij hij wijselijk zweeg over zijn opvliegendheid en zijn drankzucht. 'Het zijn altijd de besten die God 't eerst tot zich roept,' zei miss Nellie Moxley zacht.

'Precies. Bij mij kan het ook niet lang meer duren,' fluisterde miss Nellie Clifford terug. 'Ik sta met één voet in het graf en met de andere op een stuk zeep.'

Tomas werd op het kerkhof begraven, bij al degenen die hem waren voorgegaan. Bridie kon bijna niet geloven dat het haar vader was die werd neergelaten in de grond. Dat ze zijn vriendelijke ogen nooit meer zou zien. Dat zijn geruststellende aanwezigheid voorgoed uit haar leven was verdwenen. Want ook al was Michael nu een man, en ook al was hij ruimschoots in staat het werk van hun vader over te nemen, toch had Bridie het gevoel dat de rotsvaste bodem onder haar bestaan was veranderd in drijfzand. Ze zou het troostende besef van haar vaders liefde zo vreselijk missen. Er kwamen tranen in haar ogen als ze dacht aan alle keren dat ze naast hem op de kar had gezeten, met hun boter op weg naar de boterbeurs in Cork. 'Ierse boter, om het rijk te voeden,' had haar vader dan altijd trots gezegd. Opnieuw hoorde ze zijn stem, zo duidelijk alsof hij naast haar stond. 'Trek je niks aan van de donder, Bridie. Dat zijn maar vaten die langs de hemel rollen.' Ze begon stilletjes te huilen.

Toen Adeline haar het verdrietige nieuws over Tomas Doyle vertelde, hield Kitty geschokt haar adem in en sloeg van afschuw een hand voor haar mond. 'Ik heb Bridie een paar schoenen gegeven, omdat ze ons voor de stropers heeft gewaarschuwd. Maar gezien de tragedie die eruit voortvloeide, is het wel een bitterzoete beloning,' zei Lady Deverill. Kitty zat naast haar grootmoeder op de bank in Adelines warme zitkamer en dacht aan haar vriendinnetje. 'Hij is vandaag begraven,' vervolgde haar grootmoeder. 'Heel Ballinakelly was er. Tomas was erg geliefd,' zei ze peinzend.

'Ik had ook graag naar de begrafenis gewild.'

'Dat had niet gekund, kindje. Dat zou niet tactvol zijn geweest.'

'Maar Bridie is mijn vriendin.'

'Ja, dat weet ik. Maar ze wordt er door sommige mensen op aangekeken als ze zouden weten dat ze met ons omgaat.'

'Maar waarom dan, grootmama?'

'Omdat er in de loop van de geschiedenis een hoop kwaad bloed is gezet, Kitty. Een volk dat is verslagen, haat zijn overwinnaars. En dat kan ook niet anders. Veel katholieken in Ierland zijn van hun land beroofd. Land dat aan de Britten is gegeven...'

'Net als de O'Leary's.'

'Precies. Net als de O'Leary's.' Adeline zuchtte, moe van de haat en de verbittering. 'Dus ze willen hun land terug. Ze willen de Engelsen hier weg hebben. Ze willen zelfbestuur. Vandaar dat ze wantrouwend staan tegenover iemand die met de Engelsen omgaat. En in dit geval zijn wij dat, Kitty. Bridie zou niet willen dat haar familie en haar vrienden denken dat ze een overloper is. Begrijp je dat?'

'Ik zou mijn land ook terug willen als iemand het had afgepakt.'

'Natuurlijk zou je het terug willen.' Adeline glimlachte toegeeflijk, trots op de scherpe geest van haar kleindochter. 'Maar als de O'Leary's hun land terugkregen, dan waren wij kasteel Deverill kwijt. Je kunt het verleden niet ongedaan maken zonder dat het verschrikkelijke gevolgen heeft. We kunnen beter in het moment leven en niet te lang stilstaan bij de gruwelen van het verleden. We zullen het samen moeten zien te redden.'

'Arme Bridie,' verzuchtte Kitty.

'Ja, ze heeft het niet makkelijk. Het is al erg genoeg om iemand te verliezen van wie je heel veel hebt gehouden. Maar het is onverdraaglijk voor wie niet beseft dat onze dierbaren niet echt verdwijnen. Voor wie niet weet dat onze dierbaren er altijd zullen zijn, ook al kunnen we hen dan niet meer zien.'

'U laat me nooit alleen, hè, grootmama?' vroeg Kitty.

Adeline sloeg een arm om haar schouders en trok haar dicht tegen zich aan. 'Dat weet je toch, lieverd. Sterker nog, jij zult het altijd weten dat ik bij je ben. Want je kunt me zien. Die gave heb je gelukkig van me geërfd en dat is een heel bijzondere, verrukkelijke gave.'

Met haar gedachten nog altijd bij Bridie, rende Kitty de tuin in. Ze voelde de warme zon op haar huid en ze rook de zoete, romige geur van bessen en peperbomen. Elk stukje van haar grootmoeders tuin was haar vertrouwd. Toen ze bij een toverhazelaar kwam, waarvan de gele bloemetjes een geruststellende, geneeskrachtige geur verspreidden, plukte ze een paar takken. Met een stukje touw uit de kassen maakte ze er een boeketje van. Daarmee liep ze naar de stallen.

'Mr. Mills, Mr. Mills!' riep ze over het stalerf.

Hij kwam door de stenen boog van het stallenblok naar buiten, met een poetslap in zijn ene hand, een blik tuigwas in de andere. 'Miss Kitty. Wat kan ik voor u doen?'

Ze rende over de keien naar hem toe en hield hem het boeketje voor. 'Dit is voor Bridie. Mrs. Doyle en Sean zijn er niet, maar ik wil dat Bridie het vandaag nog krijgt.'

Mr. Mills schudde somber zijn hoofd. 'Een afschuwelijke zaak, miss Kitty. Die arme Bridie. Om haar vader al zo jong te moeten missen.' Hij ging weer naar binnen, Kitty liep met hem mee. In de stallen rook het naar paarden, naar hooi en mest. Een groepje knechten zat op krukjes tuig te poetsen. Ze hadden hun mouwen opgerold, zodat hun gespierde armen zichtbaar waren terwijl ze de was krachtig in het leer wreven. Toen Kitty binnenkwam keken ze even op van hun werk. Als het Lady Deverill was geweest, of een van de andere dames van de familie, zouden ze zijn opgesprongen. Maar Kitty was nog een kind. Een kind dat ze regelmatig met Bridie Doyle door de tuinen zagen rennen. En dus bleven ze zitten.

Mr. Mills legde zijn poetslap neer. In de zadelkamer vond hij een stoffige glazen pot, die hij omspoelde in het vat met water. 'Ik moet vanmiddag toch naar de Doyles om mijn deelneming te betuigen.' Hij pakte de bloemen van Kitty aan. 'Zo blijven ze fris. Ik weet zeker dat Bridie het fijn vindt dat u aan haar denkt, miss Kitty.'

'Natuurlijk denk ik aan haar. Bridie is mijn vriendin, Mr. Mills,' zei Kitty eerlijk. Maar ook gekwetst, omdat hij zich verrast toonde door haar gebaar. 'Mijn beste vriendin.'

Sinds ze die middag met haar vader uit rijden was geweest, hoefde ze niet langer in de kindervleugel te eten maar gebruikte ze de maaltijden samen met het gezin. Maud nam haar vanaf het hoofdeinde van de tafel wantrouwend op. De onbevreesde blik van het kind had iets verontrustends en bezorgde haar een schuldgevoel. De ogen van haar jongste dochter waren te groot en vreemd grijs van kleur, als de ogen van een wolf. Of misschien een ander wild dier, ook al zou Maud niet kunnen zeggen welk. Bovendien vond ze dat Kitty afschuwelijk brutaal uit haar ogen keek, alsof ze, net als Adeline, tot in het diepst van haar moeders ziel kon kijken en al haar geheimen kende. Maud voelde zich door haar in de verdediging gedrongen, ook al was Kitty nog te jong om de kille afstandelijkheid van haar moeder te begrijpen. Maud deed regelmatig haar best om een gesprekje aan te knopen met haar jongste dochter, maar in Kitty's ogen las ze slechts hoon, alsof ze het amusant vond dat haar moeder probeerde met haar te praten, ondanks een volstrekt ontbreken van wederzijds begrip.

'Miss Grieve, ik zou graag zien dat u Kitty wat nederigheid bijbrengt,' instrueerde Maud de gouvernante na een bijzonder ongemakkelijke lunch. 'Ze heeft een erg vrijmoedige blik. Om niet te zeggen, onbeleefd. Een meisje van haar leeftijd moet leren haar ogen neer te slaan en mensen niet zo openlijk te observeren.'

'Ik zal ervoor zorgen, Mrs. Deverill,' antwoordde miss Grieve.

'Graag. Anders zal Kitty de maaltijden weer in de kindervleugel moeten gebruiken.'

Maud was opgelucht toen haar jongste dochter tijdens de volgende lunch voornamelijk naar haar bord keek. Kitty was echter veel te slim om zich te laten intimideren. Ze begreep al snel dat ze iedereen gewoon kon aankijken en dat alleen haar moeder ineenkromp zodra hun blikken elkaar kruisten. Maar hoe slim, hoe veerkrachtig Kitty ook mocht zijn, de vijandige houding van haar moeder liet haar bepaald niet onverschillig. Sterker nog, die deed haar oprecht pijn.

Mr. Mills zette zijn fiets tegen de gepleisterde muur van het huisje van de Doyles en duwde de deur open. De oude Mrs. Nagle zat in haar stoel bij de haard en hield het vuur onder de stoofpot brandend. In de schoorsteen hing vis te roken. Mrs. Doyle zat in haar schommelstoel een zwarte ruit op de mouw van Michaels jasje te naaien. De kamer was schaars verlicht, maar het was er warm en de geuren die opstegen uit de kookpot deden de maag van Mr. Mills knorren.

'Goedemiddag, Mrs. Nagle, Mrs. Doyle,' groette hij formeel en hij nam zijn pet af.

'Goedemiddag. Wilt u misschien een kop thee?' vroeg Mrs. Doyle. 'Bridie kan hem voor u inschenken. De pot is nog warm.'

Toen Mr. Mills zich omdraaide zag hij Bridies bleke gezichtje uit de schemering opdoemen. Door de grote donkere ogen leek het extra smalletjes en verdrietig. De gespen op haar dansschoenen glommen in het licht van het vuur. 'Wat een prachtige schoenen, Bridie.' Hij zag hoe het kleine meisje glimlachte en weer wat kleur op haar gezicht kreeg, terwijl ze bijna liefkozend naar haar voeten keek.

'Die heb ik van Lady Deverill gekregen,' zei ze zacht.

'En je hebt ze verdiend.' Mr. Mills hield haar het boeketje voor. 'Van miss Kitty.' Bridie pakte de bloemen dankbaar aan en stak haar neus erin, zo ontroerd door het lieve gebaar dat ze even geen woord kon uitbrengen. 'Ze wilde beslist dat je ze vandaag nog kreeg. Dat was belangrijk, zei miss Kitty.' Mr. Mills dacht dat zijn hart zou breken bij het zien van de verdrietige blik in Bridies ogen. 'En ze zei ook dat jij haar beste vriendin bent.'

Bridie knikte, met een aarzelende glimlach. Aan de strak gespannen spieren in haar hals zag Mr. Mills hoeveel inspanning het haar kostte haar emoties in bedwang te houden. 'Misschien wil je me wel een kop thee inschenken,' zei hij vriendelijk, om haar gelegenheid te geven zichzelf weer in de hand te krijgen. Bridie knikte dankbaar en ging voortvarend aan de slag.

'Het leven gaat door,' zei Mrs. Doyle in haar stoel bij het vuur. 'Mr. Doyle is bij onze Heer en wij moeten de draad weer oppakken. Hij zou niet willen dat we bij de pakken neer gingen zitten. Denk u ook niet?'

'Dat ben ik helemaal met u eens, Mrs. Doyle.'

'Dus genoeg gehuild. Geen tranen meer.' Ze tuitte haar lippen en wijdde zich weer aan haar naaiwerk.

Bridie gaf Mr. Mills een kom thee en had ook een kom voor haar oma ingeschonken. 'Ik heb Bridie nog en mijn jongens. Dat is zo'n troost voor me.' Mrs. Doyle schonk haar dochter een glimlach. Zo warm en liefhebbend had Mr. Mills haar nog nooit zien kijken. 'Mr. Doyle was erg trots op zijn kinderen, Mr. Mills. Michael en Sean zijn hardwerkende jongens. En het duurt niet lang meer, of Bridie is oud genoeg om ook voor Lady Deverill te gaan werken. Dus we redden ons wel. Waar of niet, Bridie? We hebben veel om dankbaar voor te zijn. Een dak boven ons hoofd, een landheer die goed voor ons is... Er zijn er maar weinig die dat kunnen zeggen.'

Bridie ging aan de tafel zitten en zette de pot met toverhazelaar erop. De bloemen waren als balsem op de wond in haar hart. Hun zoete geur vulde de rokerige kamer, maar het was de vriendschap en het begrip waarvan de bloemen getuigden, waardoor Bridie zich getroost voelde. Ze dacht aan Kitty en verbeeldde zich dat ze voor haar zat, met ogen die griezelig schitterden in het kaarslicht. En het was alsof ze Kitty's stem kon horen. '*Je vader is nog altijd bij je, Bridie. Echt waar. Hij heeft je niet alleen gelaten. De mensen die we liefhebben, blijven bij ons. Ook als ze dood zijn.*' En Bridie, die er ooit aan had getwijfeld of Barton Deverill wel echt in die leunstoel in de kasteeltoren zat, wilde nu niets liever dan geloven dat haar lieve vader nog bij haar was. Ze wenste dat ze net zo overtuigd was als Kitty en dat ze net als zij de gave had om de doden te zien. Maar ze wenste vooral dat ze de klok kon terugzetten, dat ze haar vader kon terughalen naar het land der levenden.

Michael was er de man niet naar om rust te vinden in het gebed. Hij wilde zich wreken. De zucht naar wraak verteerde hem. Zelfs de dood door de strop, die de moordenaar te wachten stond was niet genoeg als boetedoening voor het leven van Tomas Doyle. Iedereen zou voor de misdaad moeten boeten. De hele landlopersgemeenschap. Hij sloeg de inhoud van zijn kroes achterover. Hanratty's poitín brandde in zijn keel. Oog om oog, tand om tand. In zijn gekwelde ziel waren haat en verdriet niet langer van elkaar te onderscheiden, maar vormden ze een machtige, kwaadaardige drijfveer, aangewakkerd door alcohol. Terwijl hij naar de kring van armoedige karren en woonwagens kroop, was hij dankbaar dat de maan schuilging achter de wolken, want misschien had zelfs God zich van de wereld afgekeerd en het aan hem overgelaten om te zorgen dat het recht zijn loop zou krijgen.

En hij was ook dankbaar dat de landlopers nog niet naar een volgende stad waren getrokken. Misschien waren ze gebleven in de hoop dat de veroordeelde op het laatste moment gratie kreeg. Het liet Michael onverschillig. Muisstil maakte hij hun paarden los. De volgzame dieren hinnikten zacht, maar bleven waar ze waren. Michael stak de eerste fakkel aan en daarmee de andere vier die hij bij zich had. Hij sloop nog dichter naar de woonwagens. Waar een kier gaapte, stopte hij er een fakkel in. Dankzij de strozakken en de dikke laag vodden op het dak van de wagens greep het vuur razendsnel om zich heen. Er klonk gegil boven het geloei van de vlammen, mensen vluchtten als ratten de wagens uit. *Dat zal ze leren.* Michael trok zich terug in de duisternis, vanwaar hij de verwoesting gadesloeg. De hoog oplaaiende vlammen wierpen een gouden gloed op het veld waar de wagens stonden en op de hagen daaromheen. Maar net toen hij zich afwendde om naar huis te gaan, hoorde Michael een wanhoopskreet die zijn hart in een blok ijs veranderde. 'Help!' riep een vrouwenstem. 'Help! Noreen is nog binnen! Mijn kleine Noreen!'

Niemand twijfelde eraan of Michael Doyle had de brand gesticht waarbij het jongste kind van de landlopers was omgekomen. Maar toen ze door de politie werden ondervraagd, durfden de inwoners van Ballinakelly zijn naam niet te noemen. Michael Doyle was een woesteling die voor niets terugdeinsde. Met een blik van zijn kille zwarte ogen kon hij zelfs de sterkste kerels doen sidderen. Er was niemand in Ballinakelly die de woede van Michael Doyle over zich wilde afroepen. En dus sloot het dorp de gelederen en nam hem in bescherming. Mrs. Doyle, Mrs. Nagle en de oude Badger Hanratty zwoeren dat hij de hele avond thuis bij de haard had gezeten. Maar daarmee was de beproeving voor Michael niet afgelopen. Integendeel. Noreen achtervolgde hem tot in zijn nachtmerries, als een smet op zijn geweten. Zijn schuldgevoel kleurde zijn ziel nog zwarter en maakte het pantser rond zijn versteende hart alleen maar dikker.

7

In de tweede week van augustus, na de Royal Dublin Horseshow die traditiegetrouw in de eerste week werd gehouden, verruilden neef Digby Deverill en zijn gezin hun landgoed in Wiltshire voor kasteel Deverill, waar ze arriveerden met genoeg bagage om het er een jaar te kunnen uithouden. Digby en zijn vrouw, de flamboyante Beatrice, kwamen elk jaar met hun vier buitengewoon verwende en vaak onuitstaanbare kinderen bij Maud en Bertie in het jachthuis logeren. Celia was net zo oud als Kitty, de tweelingzusjes Leona en Vivien waren in hetzelfde jaar geboren als Elspeth, en hun broer George was iets jonger dan Harry. De achterneven zaten in Eton in hetzelfde studentenhuis. Digby's ouders – Stoke Deverill, een nazaat van Bartons jongere broer, en zijn vrouw Augusta – logeerden in het kasteel bij Hubert en Adeline. Zoals elk jaar maakten ze de bootreis naar Ierland met hutkoffers vol tennisrackets, rijkostuums, avondkleding, dagjaponnen en dansschoenen, klaar voor de tennisfeestjes, zomerbals, diners en lunches waar de Anglo-Ierse gemeenschap om bekendstond. Hun gevolg bestond uit kameniers, persoonlijke bedienden en Celia's gouvernante, miss Springer.

Voor Kitty was dit de fijnste tijd van het jaar. Niet alleen kreeg ze de kans te ontsnappen aan de greep van haar gouvernante, maar bovendien vormde ze met Bridie en Celia een geheim genootschap dat zich bezighield met het bespioneren van de volwassenen. Dankzij Kitty's scherpe ogen ontging hun maar weinig en het spel ging de hele vakantie door. Het hoogtepunt van het seizoen was het zomerbal, waarvoor de elite uit heel West Cork in fraaie rijtuigen en zijden avondjurken naar kasteel Deverill kwam en danste tot het ochtendgloren. Kitty en Celia mochten opblijven. En dankzij het feit dat de alcohol rijkelijk vloeide, werd er nauwelijks op hen gelet zodat ze ongehinderd door het kasteel konden zwerven. Terwijl ze van kamer naar kamer gingen, waren ze maar al te vaak getuige van wat volwassenen deden wanneer ze zich onbespied waanden.

Maud tolereerde de aanwezigheid van Beatrice, een struise vrouw, met grote borsten, een groot hart en een bijzonder grote verzameling van de meest schitterende diamanten, stuk voor stuk geschenken van haar man die rijk was geworden in de Zuid-Afrikaanse diamantmijnen. In de ogen van Maud was Beatrice ordinair en ontbrak het haar aan manieren. Maar Bertie vond het heerlijk om Digby over de vloer te hebben, wiens enthousiasme legendarisch was. Hij kon amper rijden, maar dat weerhield hem er niet van in wilde galop door de heuvels te jagen, bulderend van de lach wanneer hij weer eens uit het zadel vloog. Van vliegvissen had hij ook al geen kaas gegeten, maar hij beproefde urenlang zijn geluk in de branding en hij liet zich niet uit het veld slaan als hij tegen het eind van de dag alleen maar een lege rumfles had gevangen, afkomstig uit een gezonken piratenschip. Hij bracht altijd de beste Cubaanse sigaren, kratten wijn en Schotse whisky mee, terwijl Beatrice de meisjes overlaadde met zijde en kant in de meest stralende kleuren. Een echtpaar dat geen maat wist te houden, maar dat wel buitengewoon rijk was en bovendien dol op elkaar. Kitty was op haar beurt dol op hen omdat ze leven in de brouwerij brachten.

George, Leona, Vivien en Celia waren verwend en vonden de luxe en rijkdom waarmee ze omringd waren volkomen vanzelfsprekend. Sterker nog, voor minder haalden ze hun pedante neusjes op. De meisjes arriveerden in een dikke mantel, met een hoed en een wollen sjaal, luid klagend over de kou en niet wetend hoe snel ze bij het vuur moesten kruipen, alsof ze rechtstreeks uit de tropen kwamen. Beatrice had extra dekens bij zich en zachte slaapsokken voor koude voeten. 'Beschouw het als een avontuur!' zei ze tegen haar dochters wanneer ze mopperden over het klamme beddengoed en de zwakke, maar onmiskenbare muizengeur in de slaapkamers. Het duurde echter niet lang of ook de meisjes werden aangestoken door de Ierse manier van leven en ook zij dansten tot de zon opkwam, speelden croquet op het onberispelijk gemaaide gazon, tennisten op de grasbaan, picknickten op het strand en dineerden op het kasteel met de plaatselijke elite, heimelijk giechelend om hun excentrieke nichten en hun malle vriendinnen. Al gauw werden Leona en Vivien het hof gemaakt door Ierse jongens, want de meisjes waren niet alleen blond en knap, maar ook rijk. En op een slinkende gemeenschap als de Anglo-Ierse oefende Engels geld een onweerstaanbare aantrekkingskracht uit. Celia was dol op spanning en opwinding, en op kasteel Deverill vond ze alle avonturen en intriges waarvan ze kon dromen. In Kitty had ze de perfecte medestander. Voor een meisje dat snel verveeld raakte en neigde tot ontevredenheid, betekende Kitty een onvermoeibare bron van activiteit en plezier.

Victoria had een succesvol uitgaansseizoen in Londen achter de rug, waarin ze bij haar neef en nichtjes had gelogeerd in hun schitterende stadsvilla in Italiaanse stijl aan Belgrave Square. Ze keerde terug naar Cork als een vrouw van de wereld, alsof ze Ierland was ontgroeid en thuishoorde in de balzalen van Londen, omringd door de adel en de hogere kringen. Ze mopperde ineens net zo hartgrondig op het vocht en de motregen als Leona en Vivien en begon haar meeste zinnen met 'In Londen...' op een toon die impliceerde dat daar alles beter was. De vele brieven van vrijers die ze ontving, las ze voor aan haar moeder en Beatrice, die met onvermoeibaar enthousiasme probeerden te bepalen welke graaf of lord de beste partij zou zijn. Kitty rolde met haar ogen en vroeg zich af waarom het er blijkbaar niet toe deed of Victoria een kandidaat ook aardig vond.

Ondanks Celia's humeurigheid genoot Kitty van haar gezelschap. Haar nichtje had het gevoel voor humor van haar vader geërfd, ze was net zo ondeugend als haar moeder en ze had er geen bezwaar tegen dat Bridie meespeelde, die ze met haar grappige accent en wonderlijke vocabulaire als een curiositeit beschouwde. Al snel na aankomst van de familie kwamen Kitty, Bridie en Celia bij elkaar tussen de tomaten en druiven in een van de kassen van Kitty's grootmoeder.

'Victoria heeft het wel erg met zichzelf getroffen sinds ze terug is uit Londen,' zei Kitty, kauwend op een stengel wilde zuring.

'Ik hoorde haar tegen mama zeggen dat ze niet meer in Ierland wil wonen.' Celia plukte een vijg en controleerde hem op insecten.

'Ik steek de vlag uit als ze weer naar Londen vertrekt. Samen met Elspeth! Ik haat ze. Trouwens, mama is ook niet echt dol op ze. Die houdt alleen van Harry.' Kitty dempte haar stem. 'Weet je dat ik eigenlijk een jongen had moeten zijn?' vroeg ze geheimzinnig.

'Hoe weet je dat?' vroeg Celia.

'Dat hoorde ik mama tegen Lady Rowan-Hampton zeggen. Bij ons in de salon. "Was Kitty maar een jongen geweest..."'

'Dus ze wilde je eigenlijk niet?' Celia verslikte zich bijna in een stuk vijg.

'Natuurlijk wilde ze je wel,' sprak Bridie haar tegen, die nooit zoveel zei wanneer Celia erbij was.

'Nee, ze wilde me niet. Ik was een teleurstelling. Als ik later een dochtertje heb ga ik heel veel van haar houden.' Kitty grijnsde, want ze had een hekel aan zelfbeklag. 'Laten we iets heel ergs doen.'

'Ja!' Celia klapte juichend in haar handen. Met Kitty was het leven nooit saai, maar gevuld met avontuur en kattenkwaad.

'Misschien kunnen we een kikker gaan zoeken. En misschien geeft Victoria hem dan wel een zoen, in de hoop dat hij in een prins verandert.'

'Maar waar vinden we een kikker?'

'Bij de rivier. Als we naar de lelievijver gaan ben ik bang dat ze ons zien,' zei Kitty. 'Wat vind je, Bridie?'

'Als ik hem maar niet vast hoef te houden,' zei ze angstig. 'Van kikkers krijg je wratten.'

'Dat is ouwewijvenpraat, Bridie. Kom mee. Wie het eerst bij de rivier is!' riep Kitty.

De meisjes renden de tuin door. Bij de muur gekomen klaagde Celia dat ze haar jurk niet vies wilde maken. 'Is er geen hek?'

'Jawel, maar daar kunnen ze ons ook zien,' antwoordde Kitty.

Celia zuchtte en keek toe terwijl Kitty vlug als een hagedis over de muur klom, gevolgd door Bridie, in een jurk die toch al onder de vlekken zat. Celia stak haar onderlip naar voren. 'Ik doe het niet!' zei ze met gebalde vuisten. 'Ik ga door het hek. Dan zien ze me maar.'

'Nee, je moet over de muur. Het valt best mee,' drong Kitty aan.

Maar Celia bleef waar ze was en sloeg haar armen over elkaar. 'Je kunt me niet dwingen!' zei ze, blozend van verontwaardiging.

Op dat moment hoorden ze achter zich het geluid van ritselende bladeren. Er kwam iemand aan. Kitty draaide zich om, half en half in de verwachting dat het de landlopers weer waren. Maar tot haar opluchting zag ze Jack aankomen, met zijn pet op en met een grijns op zijn sproetige gezicht. Hij had zijn hond bij zich. 'Dus daar ben je! Ik zocht je al.'

'Ik dacht dat je een landloper was,' zei Kitty.

'Geen landloper durft nog een voet in dit bos te zetten sinds...' Hij zweeg abrupt toen hij Bridie ontdekte die in haar bruine jurk een beetje wegviel tegen de muur. Haar gezicht lichtte op toen ze hem zag en ze streek met een smoezelig handje haar verwarde haren uit haar ogen.

'Celia wil niet over de muur klimmen,' zei Kitty.

'Kom maar. Dan zal ik je helpen.' Jack sprong lenig op de muur, bukte zich en stak zijn hand uit. Met tegenzin liet Celia zich omhoogtrekken, waarna ze haastig haar jurk gladstreek en inspecteerde op vlekken. Jack schoot in de lach. 'Wat zijn jullie aan het doen?'

'We gaan op zoek naar een kikker,' zei Bridie.

'Die geven we aan Victoria, om te zien of hij in een prins verandert als ze hem kust,' vertelde Kitty giechelend.

'Je doet hem toch geen pijn, hè?' Jack keek bezorgd.

'We zetten hem meteen weer terug in het water. Dat beloof ik.'

'Kom dan maar mee. Dan zal ik je laten zien waar je een kikker kunt vinden.' Op dat moment kwam Jacks tamme havik aanvliegen en streek neer op de dikke, gewatteerde handschoen. 'Hij is op jacht geweest. Op konijnen en muizen,' vertelde Jack. 'Maar hij heeft nog niks gevangen.'

'Dat komt doordat papa met neef Digby en de jongens op jacht is. Ze schieten op alles wat beweegt,' legde Kitty uit.

Door het hoge gras ging Jack de meisjes voor naar een kloof in de helling, waar een klein stroompje zich naar zee slingerde. Het was donker tussen de varens en het mos. Bridie bleef angstig achter Kitty staan toen die zich op haar hurken liet zakken, voor het geval dat er plotseling een kikker uit het water sprong. Jack liep naar het midden van het stroompje, zette zijn handen op zijn heupen en keek om zich heen, meer geïnteresseerd in zijn havik dan in de zoektocht naar een kikker. Celia was op het bruggetje blijven staan. 'Heb je er al een?' riep ze.

Ten slotte ontdekte Kitty een kleine groenbruine kikker tussen de stenen langs de waterkant. Hijgend van opwinding legde ze heel voorzichtig haar handen eromheen. 'Jack!' fluisterde ze. 'Ik heb er een!' Jack tuurde tussen haar vingers door.

'Het is wel een kleintje,' zei Jack. 'Wist je dat hij van kleur kan veranderen, afhankelijk van de omgeving?'

'Dus dan wordt hij roze, net als mijn handen?'

'Nou, dat duurt wel een paar uur. Als je hem de tijd geeft zul je zien dat hij geel wordt. Want je moet hem op een bedje van bladeren vervoeren. Niet rechtstreeks op je huid. Dan zou je hem kunnen beschadigen.' Hij bukte zich om wat bladeren bij elkaar te zoeken.

Bridie gluurde voorzichtig tussen Kitty's vingers door. 'Is hij koud en glibberig?'

'Nee, een beetje vochtig en zacht,' antwoordde Kitty opgetogen. Jack hielp haar de bladeren onder de kikker te leggen. 'Je moet me wel even overeind helpen, Jack. Want ik kan mijn handen niet gebruiken.'

Jack schoot in de lach en nam Kitty in zijn armen. 'Je lijkt wel een zak aardappelen,' zei hij terwijl hij haar naar de waterkant droeg. Bridie sloeg hen jaloers gade. Droeg Jack haar ook maar naar de oever. Maar ze krabbelde op eigen kracht het water uit en keek toe terwijl Kitty de kikker aan Celia liet zien. Toen ze zag hoe de twee nichtjes zich naar elkaar toe bogen – een rood en een blond hoofd, maar verder elkaars evenbeeld in uiterlijk en manier van praten – voelde Bridie trots opwellen omdat Jack tot háár wereld behoorde en niet tot de hunne. Kitty en Celia waren niet alleen van adel, maar ook Engels. Zelfs Kitty was geen echte Ierse. Jack mocht dan nog zo dol op haar zijn, ze zou altijd onbereikbaar voor hem blijven.

'Bridie, weet jij iets waar we hem in kunnen stoppen?' vroeg Kitty bij terugkomst in het kasteel. Ze probeerde niet schuldbewust te kijken toen hun een livreiknecht tegemoet kwam. Celia en zij werden aan de lunch verwacht. Hun moeders en zussen zaten waarschijnlijk al in de salon, samen met Adeline en Augusta, Celia's grootmoeder.

Bridie verdween naar de keuken en kwam al snel weer terug met een doos van Harrod's. Er hadden gemengde bonbons in gezeten die Beatrice had meegebracht. De bonbons waren op, maar de doos kwam goed van pas. 'Waar wil je hem laten?' vroeg ze.

'Dat weet ik nog niet.' Kitty zette de kikker op zijn bedje van bladeren in de doos. 'Dat zie ik straks wel.'

'Leona en Vivien krijgen een flauwte van schrik,' zei Celia opgetogen. 'Ik verheug me nu al op het gezicht dat ze trekken!'

'En ik op het gezicht van Victoria en Elspeth. En van mama, niet te vergeten.' Kitty giechelde. 'Mama heeft een gruwelijke hekel aan alles wat kruipt en glibbert. Laten we de volgende keer een muis vangen! Dan stoppen we die in haar bed!'

Kitty en Celia wasten hun handen en hun gezicht, fatsoeneerden hun haar zo goed en zo kwaad als het ging, en slopen de bediendentrap op. Via de personeelsdeur glipten ze de hal in. Daar zette Kitty de bonbondoos op tafel, achter een reusachtig bloemstuk met lelies. 'Hier staat hij voorlopig goed,' zei ze vol vertrouwen. Ze pakte Celia bij de hand en samen liepen ze met een onschuldig gezicht naar de salon, waar de dames aan een glaasje sherry zaten. De vier oudere nichtjes hadden de hoofden bij elkaar gestoken in een hoek van het vertrek, waar ze op gedempte toon converseerden. De mannen stonden te roken bij de haard.

'Aha, daar zijn onze deugnieten.' Hubert keek vol trots naar zijn kleindochter, toen ze in een jurk vol vlekken en met losgeraakte haarlinten de salon binnenkwam. 'Wat hebben jullie uitgespookt?'

'Niets, grootpapa. We zijn in de kas geweest.'

'Vast en zeker om snode plannen te smeden,' zei Digby grinnikend. Maud, die op de bank zat, liet haar blik geërgerd over Kitty's verfomfaaide verschijning gaan. Maar voordat ze er iets van kon zeggen stak Adeline haar hand uit.

'Kitty, kom eens bij me, lieverd. Wat hebben jullie de hele ochtend gedaan? Je ziet eruit alsof je aan het graven bent geweest.' Kitty liep naar haar grootmoeder en keek naar haar bemodderde schoenen, zich bewust van de misprijzende blikken van haar moeder.

'Miss Grieve verzaakt haar plicht,' zei Maud ijzig. Het ontging haar niet hoe onberispelijk Celia eruitzag.

Adeline schoot in de lach. 'Ik denk niet dat het de schuld is van die arme miss Grieve. Onze Kitty bezorgt haar nog grijze haren! Hoe komt het dat jij je zo vies hebt gemaakt, terwijl Celia zo keurig schoon is gebleven?'

'Ik weet het niet.' Kitty keek haar nichtje aan en smeekte haar stilzwijgend om niets te verklappen.

'Je bent net je grootvader,' zei Adeline. 'Die maakt zich ook altijd vies.'

Beatrice viel haar uitbundig bij. 'Mijn Celia verandert in een wilde zodra ze voet op Ierse bodem zet. Het verbaast me dat ze nu nog schoon is. Misschien zit het in de lucht, maar de zomers in Ierland zijn één groot avontuur, waar of niet, Celia? Een avontuur waar we altijd vol verwachting naar uitzien.'

'Ik vermoed alleen dat het voor mij dit jaar wel de laatste keer zal zijn,' merkte Augusta grimmig op. Celia's grootmoeder was een knappe vrouw, met hoog opgestoken, dik grijs haar, enorme hangende borsten ingesnoerd door zwart kant, met daarop enorme smaragden, en brede jichtige heupen. Naast haar grote, zware gestalte viel haar echtgenoot, die aanzienlijk minder intimiderend was en wiens smalle gezicht werd gedomineerd door een zwierige witte snor, nogal in het niet. De dood, en dan vooral haar eigen levenseinde, was Augusta's stokpaardje. 'Ik heb altijd alleen maar aan anderen gedacht en mezelf weggecijferd. Maar nu kijk ik terug op een leven vol spijt en onvervulde dromen,' zei ze met een zucht. 'Als meisje kon ik me niet voorstellen dat ik ooit oud zou worden. Maar helaas, nu sta ik toch al met één been in het graf.' Ze zag niet dat Leona en Vivien met hun ogen rolden. 'Schrik niet als jullie vannacht stemmen horen. Dan ben ik het, in gesprek met God.'

'Onzin, Augusta. Je overleeft ons allemaal.' Als het om Augusta ging, leek Adeline over een eindeloos geduld te beschikken.

'Ik heb tegen Stoke gezegd dat ik geen drukte wil als het eenmaal zover is. Gewoon een simpele kerkdienst met alleen de naaste vrienden en familie.'

'Ik denk niet dat het je dan nog iets uitmaakt, Augusta,' zei Adeline. 'Want dan ben je er niet meer.'

'Mijn lieve Adeline,' Augusta legde haar hand op die van Adeline. 'Ik vertrouw erop dat jíj ervoor zorgt dat Stoke niet onnodig veel geld uitgeeft. Je weet hoe hij is. Ik ben altijd nederig en bescheiden geweest. Pracht en praal en ceremonie, dat is aan mij allemaal niet besteed. Ik wil gewoon vredig en in alle stilte afscheid nemen van dit aardse bestaan, net zoals ik heb geleefd.'

De butler verscheen, om te zeggen dat het gezelschap aan tafel kon. Voorafgegaan door Elspeth en Victoria, gevolgd door Leona en Vivien, verliet de familie de salon. Als plichtsgetrouwe echtgenoot hielp Stoke zijn vrouw terwijl ze zich moeizaam overeind werkte, zwaar leunend op haar stok en iets minder zwaar op haar broze echtgenoot. Kitty pakte Celia bij de arm en haastte zich naar de hal om de bonbondoos te pakken. Maar toen ze achter het bloemstuk keek, ontdekte ze tot haar afschuw dat de doos was verdwenen. 'Wat nu?' fluisterde Celia. 'Waar is hij gebleven?'

'Blijkbaar heeft een van de bedienden hem meegenomen.' Kitty slaakte een zucht.

'Denk je dat ze hem hebben weggegooid?'

'Ik weet het niet. Lieve hemel, wat een pech.'

'Zullen we het gaan vragen?'

'Kom mee, meisjes.' Beatrice kwam vanuit de salon de hal in lopen. 'Ik wed dat jullie rammelen van de honger. Of hebben jullie al van het fruit in de kassen gesnoept?'

'Nee, mama. We hebben erg veel trek,' antwoordde Celia.

Terwijl Kitty met Celia en Beatrice naar de eetkamer liep, probeerde ze zich geen zorgen te maken over de arme kikker en over haar belofte aan Jack.

De volwassenen gingen bij elkaar zitten, met Hubert op zijn vaste plek aan het hoofdeinde. Harry, zijn kleinzoon, zat aan het andere eind van de tafel, te midden van zijn zussen, zijn nichtjes en zijn neef. Vrouwelijk gezelschap kon hem niet boeien, dus hij praatte voor de meisjes langs met zijn neef George over hun plannen voor die middag. Kitty schoof lusteloos het eten over haar bord, nog altijd met haar gedachten bij de kikker. Victoria en Elspeth wierpen haar steelse blikken toe, alsof ze een binnenpretje hadden. En toen zag Kitty de doos. Hij stond op tafel, voor het bord van haar moeder. Het bloed schoot naar Kitty's gezicht. Blijkbaar hadden haar zussen de doos in de hal zien staan. Ze probeerde oogcontact te maken met Elspeth, maar die wendde zich haastig af, bang voor Kitty's dwingende, boze blik.

Pas bij het dessert pakte Maud de bonbondoos. Kitty verbleekte bij het zien van de vragende blik van haar moeder. 'Beatrice! Wat verwen je ons. We hadden gisteravond ook al zulke heerlijke bonbons.' Ze maakte de doos open. Kitty's adem stokte in haar keel. Elspeth en Victoria grijnsden triomfantelijk. Celia werd vuurrood. De tijd leek stil te staan. Maud staarde als verlamd naar de kikker en hield geschokt haar adem in. Even maar. Toen gilde ze het uit. 'Een kikker!'

Elspeth en Victoria trokken een verrast gezicht en keerden zich beschuldigend naar Kitty. Harry probeerde tevergeefs een glimlach te verbijten. Hij vond zijn ondeugende kleine zusje hoogst vermakelijk. Maud klapte de doos dicht en slikte krampachtig, in een poging zichzelf weer in de hand te krijgen. Bertie vloog overeind, liep met grote stappen om de tafel heen en pakte de doos. 'Wat heeft dit te betekenen?' bulderde hij, met een woedende blik op de kinderen. Kitty kreeg tranen in haar ogen. Victoria en Elspeth zouden niet aarzelen haar te verraden. Dus ze balde haar vuisten. In gedachten voelde ze de rijzweep al. Toen begon Adeline te lachen. Het was een licht, vrolijk geluid dat de geschokte stilte doorbrak. Iedereen rond de tafel keerde zich naar haar toe. 'O, wat dom van me!' riep ze uit. 'O'Flynn moet hebben gedacht dat er bonbons in zaten. Dat leuke kleine kikkertje vond ik vanmorgen in de ochtendsalon. Ik wilde het nog even houden. Is het niet schattig?'

Maud keek haar schoonmoeder verbijsterd aan. 'Dus die kikker is van u?' vroeg ze ongelovig.

'Het spijt me vreselijk, kindje. Het was niet de bedoeling je de stuipen op het lijf te jagen. Geef maar, Bertie. Misschien wil een van de kinderen hem weer buiten zetten?' Adeline keek de tafel langs, alsof ze zich afvroeg aan wie ze het zou vragen. Toen bleef haar blik op Kitty rusten, die haar grootmoeder dankbaar en vol liefde aankeek. 'Ach Kitty, jij bent zo dol op dieren. Zou jij een fijn vochtig plekje voor hem willen zoeken? Ik had hem niet in die doos mogen stoppen. Zo hoor je een dier niet te behandelen. Celia, loop jij even met Kitty mee? Trouwens, er is nog meer dessert. Wie wil er een tweede portie?'

8

De zomers in Ierland zijn uniek. Daar valt niets ter wereld mee te vergelijken. De lucht is zwanger van zachte regen, van de geuren van heide en rozen, van de roep van zeevogels die zich voeden met de rijke oogst uit zee en de overvloedige opbrengst van het vruchtbare land. Maar zodra de zon schijnt wordt het verrassend warm. De hemel is stralend helder, schoongewassen door de regen, de wolken wijken uiteen en onthullen een baldakijn van indigoblauw. De zon gaat onder met een spectaculair palet van flamingoroze tot vurig karmozijnrood en op dat moment, wanneer de dag sterft achter de horizon en het water in vloeibaar goud verandert, ben je graag bereid te geloven dat zo veel schoonheid nergens anders te vinden is, op aarde noch in de hemel.

Kitty, Celia en Bridie waren tot helemaal boven in het kasteel geklommen en keken door een raam uit over zee. Ze waren met stomheid geslagen door wat ze zagen, getroffen tot in het diepst van hun jonge ontvankelijke hart, zowel door de bovenaardse schoonheid als door het besef van iets wat oneindig veel groter was dan zij, maar waarvan ze op een wonderlijke manier toch deel uitmaakten. Bridie dacht aan haar vader. Was hij daar ergens, in dat magische licht? Ze miste hem verschrikkelijk, maar tegelijkertijd vervulde de zon die wegzonk achter de horizon haar ziel met een besef van troost, een gevoel van vrede dat ze niet onder woorden zou kunnen brengen. Celia was nog te jong om te begrijpen wat het was in de zonsondergang dat diep binnen in haar zijn weerklank vond, maar het mysterie van Ierland liet ook haar niet meer los. Ze dacht aan Kitty's Elfenkring en plotseling wenste ze vurig dat ze Engeland voorgoed vaarwel kon zeggen, dat ze hier, op deze betoverde plek kon wonen. Kitty, die haar leeftijd in wijsheid ver vooruit was, werd overweldigd door liefde voor haar land, haar thuis. Wat er in de toekomst ook gebeurde, waar ze misschien nog terecht zou komen, ze wist dat ze kasteel Deverill altijd in haar hart bij zich zou dragen. En dat niemand haar dat zou kunnen afnemen.

De zon zakte weg, de hemel boven zee kleurde steeds donkerder. Het was begin september, de avond van het zomerbal. Voorname rijtuigen ratelden over de oprijlaan van het kasteel, getrokken door schitterende paarden, met op de bok een koetsier in livrei. Aan weerskanten van de laan brandden toortsen. Het kasteel verhief zich koninklijk, majestueus, als een trots symbool van Britse dominantie, in het licht van de volle maan die aan haar baan langs de hemel begon. De kinderen renden naar de andere kant van het kasteel, naar het raam boven de voordeur, om te zien hoe dames in baljurk en heren in pandjesjas de treden beklommen en hoffelijk werden begroet door Lord en Lady Deverill.

Celia en Kitty droegen hun mooiste jurk, met een breed lint om hun slanke taille en lakschoenen aan hun kleine, sierlijke voeten. Hun haar was door hun gouvernantes geborsteld tot het glansde als gesponnen goud en koper. Bridie keek naar hen met een mengeling van bewondering en jaloezie. Zij moest straks terug naar de keuken, om haar moeder te helpen. Het was allemaal leuk en aardig dat Kitty en Celia haar mee naar boven hadden getroond, maar haar moeder zou zich afvragen waar ze bleef. En als ze hier, in de privévertrekken werd betrapt, waren de rapen gaar.

'Zullen jullie me morgen alles vertellen? In geuren en kleuren?' vroeg ze aan de nichtjes.

'Ik wou dat je kon blijven. Dat je kon meedoen met spioneren,' zei Kitty oprecht.

'Ja, dat wou ik ook!' viel Celia haar bij. 'Je bent net Assepoester. Die moest de vloer schrobben terwijl haar zussen naar het bal mochten.'

'Had ik maar een goede fee die met haar toverstokje zwaaide,' verzuchtte Bridie met een spijtige glimlach. Ze haalde haar schouders op. 'Maar die heb ik niet.'

'Je hebt wel prachtige dansschoenen,' zei Kitty. Bridies wangen werden vuurrood en ze voelde een steek van pijn bij de herinnering aan de meisjes op school die de spot met haar hadden gedreven. 'O, daar hebben we Lady Deverill,' had een van hen gezegd, met een stem die droop van de minachting. 'O, nee. Het is Bridie maar,' had een ander er honend aan toegevoegd. 'Ze loopt op schoenen van de armenzorg! Als een landloper!' Bridie had de schoenen nooit meer gedragen, maar ze als een kostbare schat in de doos teruggestopt.

'Ik heb meer nodig dan alleen mooie schoenen, Kitty,' zei ze zacht.

Daarop haastte ze zich de gang uit en glipte de deur door, naar de bediendentrap. In de keuken was het een komen en gaan van dienstmeisjes en livreiknechten. Het leek een mierennest met in het midden Mrs. Doyle, die opdrachten uitdeelde en ondertussen de laatste hand aan de schalen legde. Bridies broer Sean was ter ere van het bal ook weer een avond op het kasteel. Hij hield de haarden bij en gooide er nieuwe turf op als dat nodig was. Maar Bridie was nog te jong om in de familievertrekken te werken. Dus ze nam haar plaats in aan de gootsteen en begon met afdrogen.

Kitty en Celia stonden inmiddels boven aan de trap in de hal, waar de gasten zich verzamelden, en gaven punten voor de japonnen en de sieraden. Dames die in hun ogen niet voldoende hun best hadden gedaan, kregen strafpunten. De paren kwamen een voor een binnen en voegden zich bij het groeiende gezelschap. Lady Rowan-Hampton arriveerde aan de arm van haar dikke echtgenoot, Sir Ronald, in een oogverblindende zijden japon van heel licht bleekblauw. Kitty gaf haar tien punten voor de jurk en nog eens tien voor de diamanten en saffieren die op haar roomblanke decolleté schitterden. Alsof ze voelde dat er naar haar werd gekeken, sloeg Grace haar ogen op en glimlachte naar de twee kleine spionnen achter de leuning op de overloop. 'We kunnen maar beter op onze tellen passen, vanavond,' zei ze tegen haar man. 'Moet je die twee deugnieten zien.'

Sir Ronald keerde zijn bijziende ogen naar de trap en stak zijn hand op naar Kitty. 'Lieve, ik pas altijd op mijn tellen. Jij bent degene die de voorzichtigheid overboord zet. Dus misschien wil je vanavond proberen me niet in verlegenheid te brengen.'

'Kijk, daar heb je de hilarische zussen van Adeline. Kom, dan gaan we ze gedag zeggen.'

'Ik heb nog nooit zo'n dwaas stel vrouwen ontmoet,' zei Sir Ronald bot. 'De Struikjes, het mocht wat! De grond uit, met wortel en tak! Doe wat je niet laten kunt, maar ik zoek mijn heil elders.' Met die woorden gingen ze uiteen, Lady Rowan-Hampton naar de salon, Sir Ronald naar de bibliotheek waar Bertie zijn gasten ontving bij de haard, onder het genot van een sigaar en een glas whiskey, in gezelschap van zijn paardenvrienden en zijn neef Digby.

'Is het geen verrukkelijk bal, Grace?' vroeg Laurel toen Lady Rowan-Hampton zich bij hen voegde.

'Het kasteel ziet er prachtig uit met al die kaarsen,' antwoordde Grace.

'Inderdaad, prachtig!' echode Hazel enthousiast.

'Heb je de balzaal gezien? Ze zijn al drie dagen geleden begonnen met stoken, tegen het vocht,' vertelde Laurel. 'En O'Flynn is met een legertje knechten weken bezig geweest om de luchters naar beneden te halen en te poetsen. Stel je voor, al die kaarsen, wat een werk! Maar het resultaat is betoverend.'

'En we zullen dansen tot het ochtendgloren!' verklaarde Grace stralend. 'Maud, lieverd! Wat zie je er beeldig uit!' complimenteerde ze haar vriendin die op dat moment bij hen kwam staan. Grace kuste haar op de wang. 'Lieve hemel, je voelt steenkoud. Ga bij het vuur staan.'

'Ja, Maud. Doe dat,' viel Hazel haar bij.

'Je wordt toch niet ziek?' vroeg Laurel. Haar ronde gezicht glom van het zweet. 'Ik vind het hier juist te warm. De hitte wordt me bijna te veel.'

'Ik voel me prima,' antwoordde Maud.

'Waar zijn de meisjes?' vroeg Hazel. 'We hebben Victoria nog helemaal niet gezien sinds ze terug is uit Londen. Maar we hebben wel gehoord dat ze voor grote opschudding heeft gezorgd. Dus het zal vast niet lang duren voordat we een bruiloft kunnen vieren.'

'O, ik ben dol op bruiloften!' riep Laurel opgetogen. 'Onze lieve Victoria zal ongetwijfeld het hart weten te veroveren van een Engelse aristocraat.'

Maud zuchtte melodramatisch. 'En Ierland de rug toekeren. Dat doen ze allemaal. En ik blijf alleen achter.'

'Misschien trouwt ze wel met een Ier,' zei Grace optimistisch. 'Je kunt nooit weten. Ik heb hier vanavond al heel wat knappe Ierse mannen gezien.'

'Maar die zijn arm.' Maud keek om zich heen. Haar blik viel op de gebroeders DeCourcey, knappe mannen en van hoge komaf, maar het ontbrak hun aan wat ze nodig hadden om met een meisje als Victoria of Elspeth te trouwen: geld.

'Tom en William DeCourcey,' zei Grace, die de blik van Maud had gevolgd. 'Twee van de beste jagers in het land. Mét een kasteel.'

'Maar met erg weinig land.' Maud klonk schamper. 'En zonder geld om het nog een generatie in de familie te houden. Tom erft kasteel Dunashee, William neemt ongetwijfeld de wijk naar Amerika of Australië, en voor Toms kinderen is er straks alleen nog een huis om in te wonen, omdat Tom de erfenis heeft opgemaakt. Nee, geef mij maar een rijke Engelsman voor mijn dochters.'

'Maar zelf ben je ook met een Ier getrouwd,' merkte Grace zacht op. 'En dat was beslist geen slechte keuze.'

'Wij zijn de laatste generatie die zo kunnen leven.' Maud gebaarde met een slanke hand om zich heen. 'Na Bertie wordt Harry nog wel Lord Deverill, maar ons land slinkt en de pachters die we nog hebben betalen nauwelijks huur. Hubert is veel te toegeeflijk, dus ze nemen een loopje met hem. Het is slechts een kwestie van tijd voordat ze in opstand komen...'

Grace schoot in de lach. 'Welnee, daar zijn ze veel te lui voor!'

'Bertie zal als Lord Deverill net zo incompetent zijn als zijn vader. Hij is meer geïnteresseerd in jagen en vissen dan in het beheer van het kasteel. Mijn man denkt blijkbaar dat er een pot goud is verstopt aan het eind van de regenboog. Voor hem schijnt de zon altijd. Nu heeft hij het weer in zijn hoofd gehaald om een nieuw jachtpaard te kopen. En hij heeft er al twaalf! Voor Harry blijft er straks niks over en dan kan ik op mijn verschoten, versleten bank alleen maar zeggen: "Ik heb je gewaarschuwd." Maar dan is het te laat. Dus ik hoop van ganser harte dat mijn dochters trouwen met een Engelsman. Want hier hebben ze later niets meer te zoeken.'

Laurel en Hazel keken beduusd. Het lachen was hun vergaan. Ze wisten geen van beiden wat ze moesten zeggen, noch wat ze van Mauds verbitterde tirade moesten denken.

'Kom, kom, niet zo somber,' zei Grace. 'Ik hoop dat mijn dochters met een Ier trouwen, want het is nergens zo mooi als in Ierland. Ik ga hier nooit weg. Al bieden ze me al het geld van de hele wereld.'

Er brak weer een glimlach door op het gezicht van de Struikjes. 'Wij ook niet,' jubelden ze als uit één mond.

'Kom, Maud, laten we een praatje gaan maken met Roddy Fitzgerald. Ik heb gehoord dat hij de hele zomer blijft en dat hij bij de Claremonts logeert. Wat een buitengewoon charmante man.' Grace en Maud mengden zich tussen het gezelschap.

'Waar kwam dat ineens vandaan?' vroeg Laurel.

'Ze is niet gelukkig,' antwoordde Hazel.

'Nee, maar zo is ze geboren,' zei Laurel. 'Ik heb haar altijd al een kouwe kikker gevonden.'

'Ja, daar heb je gelijk in. Erg koud.' Hazel zuchtte. 'Arme Bertie. Ik hoop dat hij elders warmte vindt.'

'Maar kindje, dat is nu juist het probleem. Als hij thuis warmte vond, had zijn vrouw geen reden om verbitterd te zijn.'

Kitty en Celia vermaakten zich kostelijk tijdens hun zwerftocht door het kasteel. En over aandacht hadden ze niet te klagen. Ook de gasten die hen niet kenden, toonden zich verrukt over hen – 'Wat een charmante kinderen!' Het diner werd geserveerd in de lange galerij boven, waar voor tweehonderd personen was gedekt en waar de voorouders Deverill – te beginnen met Barton, de eerste Lord Deverill van Ballinakelly – vanuit grote vergulde lijsten op de gasten neerkeken. De kinderen zaten zoals gebruikelijk bij elkaar, helemaal aan het eind van de tafel. Victoria werd geflankeerd door jongens die net zo oud waren als zij. Ze kenden elkaar al hun hele leven, maar het gesprek verliep moeizaam. De jongens wisten niet goed waar ze het over moesten hebben met hun jeugdvriendinnetje dat haar belangstelling voor Ierland had verloren en dat haar zinnen op de voorname landhuizen en kastelen van Engeland had gezet. Haar nichtjes, Vivien en Leona, waren daarentegen maar al te gecharmeerd van de sportieve gebroeders DeCourcey, die hen vermaakten met verhalen over de jacht. Al voor het hoofdgerecht hadden de meisjes de toezegging gedaan om de volgende morgen samen met de broers uit rijden te gaan. Elspeth was op haar beurt altijd al onder de indruk geweest van Peter MacCartain, die ze adembenemend knap vond. Hij was een geweldige tennisser en indrukwekkende ruiter, maar haar moeder had er tegenover Elspeth nooit een geheim van gemaakt dat ze niet akkoord ging met een Ierse bruidegom, met uitzondering van de graaf van Waterford. George en Harry troffen medestudenten van Eton, die ook voor de vakantie naar huis waren gekomen en met wie ze het grootste deel van de maaltijd over cricket spraken.

Het diner duurde lang en tegen het eind begonnen de kinderen rusteloos te worden. De kaarsen waren opgebrand, de borden afgeruimd. O'Flynn had blijkbaar ook van de wijn geproefd, want hij zwalkte langs de tafel als een schip in zware storm. Toen klonk er eindelijk muziek vanuit de balzaal en lieten de volwassenen zich naar beneden lokken. De gebroeders DeCourcey ontfermden zich over Vivien en Leona, Elspeth stemde ermee in om met Peter te dansen, maar Victoria geeuwde onbeleefd en wimpelde alle mannen af. Kitty en Celia haastten zich naar beneden. De balzaal zag er schitterend uit, verlicht door honderden kaarsen waarvan de gouden vlammetjes werden weerkaatst door de spiegelpanelen langs de muren. De luchters glinsterden als de diamanten van neef Digby. Op een verhoging speelde een klein orkest, de klanken van een onweerstaanbare wals zweefden door de zaal. Paren begaven zich naar de dansvloer en begonnen in een schitterende caleidoscoop van kleuren in het rond te wervelen. Kitty en Celia keken bewonderend toe en wensten dat ze al groot genoeg waren om mee te doen. 'Elspeth heeft platvoeten,' zei Kitty lachend toen haar zuster onbeholpen kwam langs walsen.

'Vivien danst net zo beroerd,' merkte Celia op.

'Maar kijk eens naar de Struikjes!' Kitty wees naar haar twee oudtantes, die met oom Rupert en Sir Ronald walsten. 'Ze dansen het best van allemaal!'

De meisjes bleven nog lang toekijken. Het ontging Kitty niet dat de hand van Peter MacCartain gevaarlijk dicht naar Elspeths achterwerk schoof. En dat de volwassenen niet meer helemaal vast op hun benen stonden. De vrouwen hadden blozende wangen van de champagne, de mannen waren roodaangelopen en begonnen er wat verfomfaaid uit te zien. Hun sigaren verspreidden een zoete tabaksgeur. Niemand lette nog op de kinderen, die hun ogen goed de kost gaven en giechelden wanneer ze flarden van gesprekken opvingen die duidelijk niet voor hun oren bestemd waren.

Het was al ver na middernacht toen Kitty en Celia genoeg hadden van het spioneren en besloten de gangen boven te verkennen. Gewapend met een kaars slopen ze geruisloos door de kamers. Plotseling ontdekte

Kitty een schimmige figuur aan het eind van een gang. Nieuwsgierig liep ze erheen, op de hielen gevolgd door haar nichtje. Telkens wanneer ze de geest bijna hadden bereikt, glipte hij weg en lokte hij hen dieper het kasteel in waar de muziek uit de balzaal nog maar nauwelijks te horen was. 'Kom op!' spoorde Kitty haar nichtje aan. 'Doorlopen!'

'Waarom hebben we zo'n haast?' jammerde Celia.

Net toen Celia dreigde de moed te verliezen, stond Kitty abrupt stil. Ze kon de geest inmiddels duidelijk onderscheiden. Het was Egerton Deverill, Bartons zoon. Van alle Deverills die tussen de werelden gevangen zaten, was Egerton de enige met wie Kitty zich niet op haar gemak voelde. Hij had iets gemeens, iets onheilspellends. Met zijn donkere ogen keek hij haar dreigend aan, terwijl hij stilhield voor een deur waaronder een streep licht naar buiten viel.

Celia legde een hand op Kitty's arm. 'Er is iemand in die kamer.'

Kitty grijnsde. 'Zullen we gaan kijken wie het is? Ben je niet nieuwsgierig?'

'Nee, ik ben bang!'

Op dat moment doemde Barton Deverill op uit de duisternis. Kitty hield haar adem in. Barton zei iets tegen zijn zoon, maar Kitty kon niet horen wat, noch wat Egerton terugzei. Ze was zich alleen bewust van de boosheid en de kilte die er plotseling om hen heen hing. Blijkbaar wilde Barton niet dat ze de kamer binnenging.

Maar ze was behalve onbevreesd ook eigenwijs. Terwijl Celia achteruitdeinsde, legde Kitty haar hand op de deurknop. Heel voorzichtig, maar niet in staat haar nieuwsgierigheid te bedwingen, duwde ze de deur op een kiertje open. En wat ze toen zag, was zo verschrikkelijk dat ze op slag al haar branie verloor. Haar vader lag op het hemelbed, met zijn broek naar beneden, boven op Grace, die haar benen om zijn middel had geslagen. Met haar enkels gekruist en met haar schoenen nog aan! De aanblik vervulde Kitty met weerzin. Geschokt zag ze hoe Barton dwars door de muur de kamer in liep en met een krachtige beweging een porseleinen herderinnetje van de schoorsteenmantel maaide. Het viel met een harde klap op de grond en brak in duizend stukken.

Zonder af te wachten wat er verder zou gebeuren, draaide Kitty zich om en rende de gang uit, met Celia in haar kielzog.

Bridie zat op de rand van haar bed en keek naar de maan, die zo dik en rond was dat ze wel zwanger leek van een heleboel kleine maantjes. Geboeid door het mysterie besefte Bridie dat de maan zo hoog aan de hemel stond dat ze de halve aardbol moest kunnen zien. Landen waar Bridie nooit naartoe zou reizen, volkeren die ze nooit zou leren kennen, zeeën die ze nooit zou bevaren. Zou haar leven zich uitsluitend hier, in Ballinakelly, afspelen? Zou ze in de diep uitgesleten voetsporen van haar moeder treden? Of was er voor haar een andere toekomst, een andere bestemming weggelegd? En hoe moest ze de sleutel vinden om de deur naar die andere toekomst te openen? Was het simpelweg een kwestie van ernaar op zoek gaan? En zo ja, waar moest ze dan beginnen?

Moest ze stoppen met school en voor de Deverills gaan werken, net als haar moeder? Totdat ze net zo oud en versleten was als zij? Was dat alles wat ze van het leven mocht verwachten? Zou ze een man vinden, hier in Ballinakelly? Zou ze een gezin krijgen, kinderen grootbrengen en moeten toezien hoe haar dochters tot hetzelfde nederige, geestdodende werk waren veroordeeld als zij? Bridie knipperde met haar ogen, er biggelde een traan over haar wang. Dankzij Kitty had ze een glimp opgevangen van een wereld die nooit de hare zou zijn, maar waardoor haar eigen wereld iets van haar aantrekkingskracht had verloren en er een kiem van onvrede was gezaaid. Kitty zou later, net als Victoria, naar Engeland gaan. Ze zei dat ze van Ierland hield, maar op een dag zou ze met Celia mee naar Londen gaan, om te trouwen met een Engelsman. Geleidelijk aan zou de kloof tussen hen steeds groter worden, totdat Kitty voor Bridie onbereikbaar was geworden. Ze waren alle drie geboren in 1900 – Kitty, Celia en zij – maar alle negens van de wereld konden háár bestemming niet veranderen, dacht Bridie somber.

Ze pakte de schoenendoos en haalde de zwarte lakschoenen eruit die ze van Lady Deverill had gekregen. Met de zilveren gespen tegen haar borst gedrukt legde ze een plechtige gelofte af. *Ooit, als ik groot ben, ga ik weg uit Ballinakelly. Dan ga ik op zoek naar de sleutel, net zolang tot ik hem heb gevonden. En wanneer ik in Ballinakelly terugkom, trek ik mijn dansschoenen aan. Dan zal niemand me nog een landloper durven noemen. Zo waar als God mijn getuige is, zal niemand nog op me kunnen neerkijken. Want ik zal als een dame naar Ballinakelly terugkeren.*

DEEL 2

9

Ballinakelly, november 1914

Bij het uitbreken van de oorlog trok Maud zich terug in haar slaapkamer, klagend over vage en geheimzinnige ongemakken die haar wekenlang aan bed gekluisterd hielden. Beroofd van haar man en haar dierbare zoon, die in Frankrijk tegen de Duitsers vochten, was ze alleen in het jachthuis achtergebleven, samen met Elspeth die inmiddels eenentwintig was en nog altijd ongetrouwd na een nauwelijks succesvol te noemen seizoen in Londen, en met Kitty die op haar veertiende zo goed als ongezeglijk was. Victoria mocht zich gravin van Elmrod noemen en was getrouwd met Eric, een saaie, kinloze aristocraat die achttien jaar ouder was dan zij en die behalve een bescheiden maar voornaam landhuis in Kent ook een witgepleisterd herenhuis in Belgravia bezat. En zo leidde Victoria het leven waarvan Maud ooit zelf had gedroomd. Ze kon niet ontkennen dat ze haar dochter benijdde, hoewel ook Victoria haar man moest missen en doodsangsten uitstond hem – en alle materiële gemakken die ze aan hem te danken had – te verliezen. Bovendien waren er nog geen kinderen, wat voor de echtgenote van een graaf een reden tot grote bezorgdheid was.

Behalve door angst om de oorlog met Duitsland, werd Maud ook gekweld door onzekerheid in een land waar de bevolking de wapens tegen de Engelse onderdrukkers had opgenomen. Als gevolg van kleine, maar regelmatige schermutselingen tussen radicale Ierse nationalisten en het Engelse leger heerste er grote onrust. De situatie was weinig stabiel, wat voor Maud reden was om nog dieper onder haar quilt weg te kruipen en terug te denken aan de goede oude tijd toen het Britse Imperium de wereld regeerde. Ze hoopte vurig dat het krankzinnige, koortsachtige streven naar zelfbeschikking als een nachtkaars zou doven. De Ieren waren tenslotte een onbeschaafd volk dat zonder een harde hand niet kon gedijen. Beseften ze dat dan niet? Begrepen ze niet waar hun belang lag? Ach, was Bertie maar weer thuis om haar gerust te stellen. Aan haar schoonvader had ze niets met zijn redeloze tirades over 'die verdomde papen' en zijn groeiende paranoia dat ze in de bossen op de loer lagen, dat ze hun moment afwachtten en over de muren van het kasteel zouden klimmen om hen allemaal uit de weg te ruimen. Het geknal van zijn geweerschoten bezorgde Maud niet langer een veilig gevoel. Integendeel, ze werd er alleen maar nog wanhopiger van.

En ten slotte maakte Maud zich ook nog zorgen over Kitty. Hoezeer miss Grieve ook haar best had gedaan, ze had Kitty niet tot onderdanigheid kunnen dwingen. En op haar beurt slaagde Maud er niet in haar angst de baas te worden wanneer Kitty haar met die grote, griezelige ogen – de ogen van een vreemde – alleen maar aankeek. Net zomin als ze haar schuldgevoel de baas kon, want ze besefte maar al te goed dat het gebrek aan liefde voor haar eigen kind onnatuurlijk was. Bovendien werd haar schuldgevoel versterkt door het besef dat Kitty dat gebrek aan liefde van jongs af aan had gevoeld, ook al had ze nooit geweten wat de oorzaak daarvan was. Terwijl Maud rusteloos en diepongelukkig lag te woelen, steeg de koorts dusdanig dat ze begon te ijlen. Ze riep huilend om 'Eddie', tot verbijstering van de bedienden die niet wisten wie 'Eddie' was, en ze jammerde 'Ik wil dit kind niet!', wat in de keuken aanleiding gaf tot de wildste geruchten.

Als de ongemakken en de pijn van de bevalling haar niet nog levendig voor de geest hadden gestaan, zou Maud in haar koortsachtige toestand hebben durven zweren dat Kitty niet haar kind was. Kitty moest het kind van Adeline zijn, bedacht ze, verward in een halve droomtoestand. Het leek haar ineens volkomen logisch. Haar schoonmoeder had zich bediend van hekserij om een evenbeeld van zichzelf te creëren.

Toen Maud voldoende was hersteld vertrok ze met Elspeth naar Engeland om bij Victoria in te trekken. Kitty liet ze bij haar schoonouders achter. Het kind nam met haar gouvernante haar intrek in het kasteel. Maar zelfs de gevreesde miss Grieve kon weinig afdoen aan Kitty's geluk. Ongehinderd door haar moeder kon ze min of meer doen en laten wat ze wilde. Ze hoefde niet op haar tenen te lopen, uit angst haar moeder tot last te zijn. Ze hoefde niet zachtjes te praten. Het was gedaan met de gespannen sfeer in huis, met bedienden die zich met verse thee, heet water, kompressen, extra dekens, medicinale olie en reukzout de trappen op en af haastten, voortdurend bang dat hun inspanningen tekortschoten zodat ze een uitbrander kregen. Want Maud had altijd al een scherpe tong, maar tijdens haar ziekte was ze vileiner en giftiger dan ooit.

In het kasteel verliep het leven in het trage, statige tempo van een voorbije tijd. De bedienden waren stokoud en beverig, en Kitty's grootouders waren met het klimmen der jaren gewoontedieren geworden die zich hielden aan een strikte, onveranderlijke routine. Het gestage tikken van het staand horloge in de hal klonk rustgevend en verbrak de stilte, als het zachte tikken van een pook op een stoffige vloer. Door de geesten die er ronddoolden, heerste er een sfeer van tijdloosheid, alsof ook het kasteel van de rest van de wereld was afgezonderd. Kitty voelde zich er thuis, dankbaar, genietend als een kat die van een stenen vloer op een donzen matras belandde.

Ze miste haar vader, maar de geruststellende aanwezigheid van haar grootvader maakte veel goed. Hubert en Adeline hielden van gezelschap, dus er ging nauwelijks een avond voorbij of de Struikjes kwamen langs voor een partij whist, onder het genot van een glas sherry. Maar ook de buren bezochten het kasteel regelmatig; echtparen van wie de mannelijke helft oud genoeg was om in de Boerenoorlog te hebben gevochten. Met een sigaar en een glas whiskey bespraken de mannen de berichten van het front, en ze waren het er allemaal over eens dat de oorlog voor Kerstmis voorbij zou zijn. Of anders toch zeker in het voorjaar. En wat de strijd van de Ieren om zelfbestuur betrof, het House of Lords zou een wet waarin dat werd geregeld nooit aannemen. Dus als de strijd geen stille dood stierf door de oorlog, dan hoopten ze dat de Lords er een eind aan zouden maken. Voorgoed. Tweehonderd Ieren hadden zich aaneengesloten tot Ierse regimenten, die aan de kant van de Britten tegen de Duitsers vochten. De meerderheid van de Ieren steunde het Britse standpunt in de oorlog en dominee Daunt had de Struikjes ervan overtuigd dat de oorlog weliswaar gruwelijk was, maar dat er ook iets goeds uit zou voortkomen. Het zou zorgen voor een hechte band tussen de Ieren en de Britten, en het einde van het streven naar zelfbestuur, dat naar zijn mening van meet af aan geen schijn van kans had gehad.

Kitty was dol op whist, ze speelde uitstekend bridge en het scheelde niet veel of ze was haar grootvader op het schaakbord de baas. Ze schilderde met haar grootmoeder, die haar ook pianoles gaf en dat deed met geduld en humor. Ze werkte in de kassen en ze ging mee met de jacht, soms wel twee keer per week, met de dapperheid en de maling aan slecht weer van een jongen. Miss Grieve gaf haar weliswaar nog les, maar ze had haar pogingen het eigenzinnige kind onder controle te houden allang opgegeven. Kitty had zich ontwikkeld tot een onbevreesde jonge vrouw, bij wie miss Grieve niet meer met de rijzweep durfde aan te komen. Net zomin als met de vermaning dat ze Éngelse was.

Kitty was trots op haar Ierse afkomst. En hoeveel ze ook van haar grootvader hield, zijn afkeer van katholieken was iets wat ze niet begreep, noch kon vergoelijken. Dankzij haar vriendschap met Bridie en Jack wist Kitty hoeveel armoede er in Ierland werd geleden en had ze begrip voor het streven van de nationalisten naar zelfbestuur.

Kitty stond in die opvatting niet alleen. Maar het probleem was dat ze haar geestverwant verachtte sinds ze haar op heterdaad had betrapt met haar vader, op de avond van het zomerbal. Ooit was Grace Rowan-Hampton de vrouw geweest die Kitty het meest bewonderde, op haar grootmoeder Adeline na. Ze had zich vergaapt aan haar schoonheid, ze was verblind geweest door haar charme en gevleid door de aandacht die Grace haar gaf. Maar toen Kitty op de avond van het zomerbal om een hoekje van een deur had gekeken en Grace in zo'n compromitterende, om niet te zeggen onwaardige positie had gezien, had dat een diepe wond in haar kinderhart geslagen. De teleurstelling was overweldigend geweest. Ook al wist ze nog niets van seksuele relaties tussen mannen en vrouwen, Kitty had vaak genoeg dieren zien paren om te begrijpen wat ze in die kamer had gezien. En dat had haar vervuld met angst en weerzin. Ze legde de schuld volledig bij Grace. Het kwam niet eens bij haar op haar vader ook maar iets te verwijten. Grace had hem verleid, hem meegelokt en haar zondige spel met hem gespeeld.

Sterker nog, Grace had niet alleen haar vader verleid, maar ook haar moeder verraden, met wie ze bevriend was. En Kitty wist alles over vriendschap. Ondanks de kille verstandhouding was Kitty wel loyaal aan haar moeder. Ze was nog te jong om de verbittering van haar moeder en de oorzaken daarvan te begrijpen. Maar verraad was iets wat ze wel begreep. Iets wat ze kon ruiken! Het had een sterke geur, zwaar als de geur van uien. Telkens wanneer Lady Rowan-Hampton op bezoek kwam – wel drie keer in de week voordat haar moeder in een depressie was geraakt en niet meer uit bed wilde komen – had Kitty die geur geroken. Nu Bertie aan het front was en Maud herstelde in Engeland, kwam Grace niet zo vaak meer langs. Kitty zag haar nog wel tijdens de jacht, maar ze ontweek haar zodra Grace te dicht in de buurt dreigde te komen. Sir Ronald vocht ook aan het front, net als zijn zoons, en hoewel de zorgen Grace waren aan te zien, leed haar schoonheid er niet onder. Haar zwarte rijkostuum deed haar bleke huid en roze wangen nog beter tot hun recht komen. Onder de zwarte voile getuigde de glimlach om haar brede, zinnelijke mond van de dapperheid waarmee ze haar wanhoop tegemoet trad.

Kitty probeerde haar dierbare herinneringen aan Grace te verdringen, maar ze kwamen telkens weer naar boven, als braaksel met de bittere smaak van gal. Was Grace alleen maar aardig tegen haar geweest om het hart van haar vader te veroveren? Had Grace wel ooit oprechte sympathie voor haar gevoeld? Sinds het zomerbal, nu vier jaar geleden, was Kitty met een grote boog om Grace heen gelopen. En wanneer een ontmoeting onvermijdelijk was – bij diners, jachtpartijen en de diverse tennis- en croquetfeestjes – had Kitty haar beleefd gegroet en zich zo snel mogelijk weer uit de voeten gemaakt. Of Grace zich van haar afstandelijkheid bewust was, wist Kitty niet. Maar op deze ijzige novemberochtend, terwijl de Ballinakelly Foxhounds zich te paard bij het kasteel verzamelden voor een glas port of gin, stond Kitty ineens oog in oog met Grace.

‘Kindje, wat word je toch groot!’ Grace nam haar onderzoekend op. ‘Is er nog nieuws van Harry?’

Kitty zag de warmte en de genegenheid in haar zachte bruine ogen, maar deed ze af als onoprecht. Dus ze stak koppig haar kin naar voren. ‘Harry schrijft niet, tot woede van mama. Maar papa wel. Dat hij zo naar huis verlangt en mama zo mist,’ loog ze om Grace te kwetsen. Uit niets bleek echter dat ze daarin was geslaagd. Het gezicht van Grace bleef ondoorgrondelijk.

‘Ik mis Ronald en mijn jongens ook verschrikkelijk. Ze zeggen dat de oorlog met Kerstmis voorbij is, maar daar ben ik niet zo zeker van. Volgens mij gaat het allemaal veel langer duren. Ik kan alleen maar voor hen bidden. En doorgaan met het gewone leven. Voor zover dat lukt. Het is belangrijk om bezig te blijven.' Ondanks de voile ontging het Kitty niet hoe smal haar gezicht was geworden. Haar jukbeenderen waren nog geprononceerder dan anders, haar wangen ingevallen. Ze straalde niet meer zoals vroeger. 'Hoe is het nu met je lieve mama?'

'Veel beter,' antwoordde Kitty kortaf.

'Daar ben ik blij om. Trouwens, haar mis ik ook.' Grace glimlachte. 'Weet je nog, die zondag in de kerk? Toen je zei dat ze je aan een wezel deed denken?'

Kitty verstijfde. 'Ach, ik was nog een kind. Inmiddels weet ik beter.' Terwijl ze het zei verafschuwde ze zichzelf om haar botheid. Want diep van binnen snakte ze nog altijd naar de warmte en de waardering die ze bij Grace had gevonden.

'O, die verschrikkelijke oorlog!' Er gleed een schaduw over het gezicht van Grace. Haar verzuchting klonk onverwacht heftig. Ze wendde zich af. 'We zijn allemaal slachtoffer. Wat is er belangrijker dan de mensen die ons dierbaar zijn?' Ze keerde zich weer naar Kitty, die verrast was door de vurige blik in die zachte bruine ogen. 'Ik zal je vertellen wat er nog belangrijker is. De liefde voor ons land! Voor Ierland. Generaties komen en gaan. Ons leven is maar kort. En het enige wat we nalaten, zijn de herinneringen die onze kinderen aan ons hebben. Maar ook die verbleken uiteindelijk. En dan is het alsof we er nooit zijn geweest. Maar Ierland blijft. Altijd. Met behalve schoonheid ook tragedie. Ik hoop dat we de oorlog winnen, maar laten we niet vergeten dat we hier op vaderlandse bodem ook een strijd hebben te voeren. Ik weet dat jij er net zo over denkt, Kitty. In dat opzicht zijn we zusters.'

Kitty was zo verbijsterd door haar plotselinge uitbarsting dat ze niet wist wat ze moest zeggen. Doorgaans zat ze niet om een snelle repliek verlegen, maar nu deed ze er bij wijze van uitzondering het zwijgen toe.

'Je bent zo afstandelijk tegen me, kindje. Heb ik iets gezegd of gedaan waarmee ik je heb gekwetst?'

Als door een zweepslag werd Kitty opgeschrikt uit haar verdoving. Ze keek Grace recht aan. 'Wat weet u van mijn politieke opvattingen, Lady Rowan-Hampton?'

'Je lieve vader heeft me erover verteld. En het stemde hem wanhopig, dat begrijp je. Zelf is hij vurig loyaal aan vorst en vaderland.' Haar toegeeflijke glimlach verried hoezeer ze Bertie nog altijd in haar hart had gesloten.

'Dan zou u moeten weten waarmee u me hebt gekwetst.' Kitty snoof. 'Ik wens u een prettige jacht, Lady Rowan-Hampton. Met de kou zullen de honden geen moeite hebben een spoor op te pikken. Maar de grond is hard. Dus we moeten zorgen dat we in het zadel blijven.'

'Wil je me niet gewoon Grace noemen, Kitty. Ik zou zo graag...' Maar Kitty had haar hielen al in de flanken van haar paard gedrukt en reed weg.

Later die dag zat ze in haar vaders bibliotheek in het jachthuis, dat sinds het vertrek van haar moeder, een paar maanden geleden, niet meer werd gebruikt en waar de meubels waren afgedekt met stoflakens. Het rook er vochtig en er hing nog vaag een geur van sigaren. Kitty had het vuur aangestoken dat zwakjes knetterde, en een deken om haar schouders geslagen terwijl ze op Bridie en Jack wachtte. Ze zouden na het eten langskomen en hier werden ze niet gestoord.

Kitty voelde zich somber en neerslachtig door de pijnlijke confrontatie met Grace Rowan-Hampton. Ze moest zich het tafereel in de slaapkamer, op de avond van het zomerbal, steeds in herinnering roepen om geen spijt te krijgen van haar afstandelijkheid en van wat ze had gezegd. Ze was niet eenzaam. Ze had Bridie en Jack en dankzij de brieven die ze elkaar schreven, was de vriendschap met Celia nog even hecht als altijd. En vervelen deed ze zich ook niet. Toch ontbrak er iets aan haar leven. Haar dagen waren gevuld, maar 's avonds, vooral wanneer de hemel bezaaid was met sterren, snakte ze naar iets wat ze ze niet onder woorden kon brengen. Dan voelde ze een vreemd verlangen dat haar somber en lusteloos stemde.

De deur ging open, Jack en Bridie kwamen binnen en brachten een vlaag ijzige kou mee. Ze gingen op hun vaste plek zitten, Jack in Berties leren fauteuil, Bridie in haar keurige zwarte jurk met een wit schortje naast Kitty op de bank. Ze droeg haar haar opgestoken nu ze op het kasteel werkte als hulpje in de keuken. Jack rookte genietend. Hij was inmiddels zestien, een lange, knappe jongen bezield door een vurige opstandigheid dankzij de patriottische taal die hij bij O'Donovan's van de oudere jongens hoorde. Hoewel hij nog te jong was om dienst te nemen, zou hij dat hoe dan ook hebben geweigerd. Het vervulde hem met weerzin dat zijn vader zich bij de Royal Irish Fusiliers had aangesloten.

'Willen jullie een slok gin?' Kitty gaf Jack de heupfles die haar vader altijd meenam als hij ging jagen.

'Nou, daar zeg ik geen nee tegen.' Jack grijnsde. Hij bekeek de zilveren flacon en bewonderde het wapen van de Deverills dat erin was gegraveerd, met Berties initialen. 'Mooi.'

'Wat erin zit is nog veel mooier,' grapte Kitty terwijl ze keek hoe Jack een grote slok nam.

Hij wilde de heupfles aan Bridie geven, maar die schudde heftig haar hoofd. 'Toe nou maar! Een klein slokje. Het is heel erg lekker.'

Bridie koesterde een grenzeloze bewondering voor Jack en kon hem niets weigeren. Dus ze zette de fles aan haar mond, en het was alsof ze de warmte van zijn lippen nog voelde. Ze nam een slok en begon te hoesten. 'Het brandt in mijn keel!' Ze liep rood aan. Kitty en Jack schoten in de lach.

'Een kwestie van wennen.' Jack nam de fles weer van haar over en zette hem opnieuw aan zijn mond. 'Hoe is het met de lieftallige miss Grieve?' vroeg hij aan Kitty.

'Nog even lieftallig als altijd.'

'Waarom probeer je niet van haar af te komen? Trouwens, hoe lang heb je eigenlijk nog een gouvernante?'

'Tot ik meerderjarig ben.'

'Dat duurt nog een hele tijd.'

'Ja, maar ik red me wel. Volgens mij is ze een beetje bang voor me.'

'Tja, je bent ook niet voor de poes.' Er dansten pretlichtjes in Jacks lichte ogen.

'Als het echt spookt in het kasteel...' begon Bridie, trots dat ze in Kitty's geheim was ingewijd, 'dan snap ik niet dat ze nog durft te blijven. Als ik een geest tegenkwam zou ik niet weten hoe snel ik weg moest wezen.'

Kitty keek haar vriendin fronsend aan. Ze dacht aan Egerton, de zoon van Barton, die haar op de avond van het zomerbal zo'n gemene streek had geleverd. Ze had Bridie nooit verteld wat ze destijds in die slaapkamer had gezien. Ze had het zelfs niet tegen Celia gezegd. En sindsdien was ze terughoudend in haar omgang met de geesten. Maar wat Bridie zei… daar zat wel iets in. Het was het minste wat Barton kon doen om de wrede grap van zijn zoon een beetje goed te maken. 'Miss Grieve snurkt als een oude zeug,' zei Kitty vals. 'Ze wordt nergens wakker van. Zelfs niet van een luidruchtige geest.'

'Ik wil wel naar boven klimmen om haar de stuipen op het lijf te jagen.' Jack blies rook uit zijn mondhoek. 'Als jij zegt wat haar raam is, zorg ik dat het voor elkaar komt.'

Kitty vernauwde haar ogen tot spleetjes. Dat was bepaald geen gek voorstel. 'Goed,' zei ze grijnzend. 'Als je maar geen al te gekke dingen doet.' Ze beschreef het raam dat uitkeek op de doolhof van buxushagen. 'Als grootpapa je ziet pakt hij zijn geweer. Echt waar, ik maak geen grapje.'

Bridie verbleekte. 'Ik weet niet of het wel zo'n goed idee is, Jack.'

'Het is in elk geval een goede oefening.'

'Waarvoor?' vroeg Kitty.

'Ik ga bij de Volunteers, om te vechten voor zelfbestuur.'

Kitty zette grote ogen op.

Bridie keek hem verschrikt aan. 'Je hebt te veel naar Michael geluisterd! Bij O'Donovan's hebben ze het nergens anders meer over. Weg met de Engelse overheersing! En thuis hoor ik ook niets anders.'

'Je bent toch nog te jong voor de Volunteers?' vroeg Kitty.

'Ik kan vast wel wat doen.'

'Wat zou je vader daarvan zeggen?' vroeg Bridie.

'Die hoeft het niet te weten. Hij vecht aan het westelijk front, aan de kant van de Engelsen.' Jack schudde verontwaardigd zijn hoofd. 'Als kanonnenvlees voor de Britten, terwijl hij voor Ierland zou moeten vechten.'

'Dat dóét hij ook!' protesteerde Kitty. 'De oorlog tussen Engeland en Duitsland is ook ónze oorlog. De Duitsers zijn onze gemeenschappelijke vijand, zegt grootpapa.'

'Natuurlijk zegt hij dat! Nou, ik zal niet werkeloos toezien hoe de Engelsen onze identiteit de grond in stampen.' Dat had hij niet zelf bedacht, kon Kitty niet nalaten te denken. 'Ik ga schouder aan schouder met mijn broers vechten voor onze vrijheid. Voor zelfbestuur.'

‘Grootpapa zegt dat het House of Lords die wet nooit zal aannemen.’

‘Dan zullen we ze moeten dwingen!’ Jack leunde naar voren, met zijn ellebogen op zijn knieën. Zijn ogen glinsterden in het kaarslicht. ‘We moeten ze dwingen naar ons te luisteren.’

‘Met geweld,’ zei Kitty.

‘Ja. Als dat de enige manier is.’

‘We moeten eerst zien dat we deze oorlog winnen,’ zei Bridie.

‘Dat is het nu juist, Bridie. Zolang de Engelsen zijn afgeleid door de strijd tegen de Duitsers moeten wij hier onze kans grijpen.’

‘En wat gebeurt er dan met Kitty?’ vroeg Bridie nerveus, maar ze dacht ook aan haar moeder en zichzelf. Want ze werkten voor de Deverills.

‘Kitty hoeft nergens bang voor te zijn. Ze is tenslotte een van ons, waar of niet?’ Hij keek haar grijnzend aan en Kitty grijnsde terug. Het vertrouwen dat daaruit sprak, maakte dat Bridie zich nog onbehaaglijker begon te voelen.

‘De mensen in Ballinakelly hebben respect en waardering voor Lord Deverill,’ zei Bridie hoopvol. ‘Hij is altijd goed voor ons geweest. Dus er is geen enkele reden om je tegen hem te keren. Dat is toch zo, Jack?’

Hij knikte met een gewichtig gezicht. ‘Geen enkele reden,’ herhaalde hij, maar diep in zijn hart was hij daar niet zo zeker van. In de ogen van de nationalisten hoorde Lord Deverill bij de Engelse onderdrukker en lag zijn loyaliteit daarom bij de verkeerde partij. Als Michael het voor het zeggen kreeg, zou de hele familie op de boot naar Engeland worden gezet en het kasteel met de grond gelijk gemaakt.

Die avond beklom Kitty de trap naar de westelijke toren. Ze trof Barton in zijn vaste stoel, met zijn voeten op de kruk. Hij staarde somber voor zich uit, alsof hij droomde van zijn leven, in een ver verleden. Toen ze binnenkwam keek hij verrast op. ‘Ja, ik weet het. Ik ben al een tijd niet geweest.’ Kitty sloeg haar sjaal om haar schouders. Maar voor Barton betekende het niets dat ze elkaar in geen vier jaar hadden gesproken. Tijd had voor hem geen waarde meer.

‘Ik heb geprobeerd je tegen te houden,’ zei hij nors. ‘Maar je wilde niet luisteren.’

‘Ik was nieuwsgierig en dat is me duur komen te staan,’ antwoordde ze ernstig. ‘Ik heb uw hulp nodig.’

'Alweer?'

'Deze keer neem ik hem wél aan.'

'Ik kan mezelf niet eens helpen, laat staan een ander.'

'Dat is niet waar. Ik heb zelf gezien dat u dat herderinnetje van de schoorsteenmantel veegde. Als u het echt wilt, kunt u mijn gouvernante de stuipen op het lijf jagen. Dat weet ik zeker. Ze moet zo bang worden dat ze haar koffers pakt en vertrekt.'

Barton grijnsde. Het idee stond hem wel aan. 'Als jij dat wilt...'

'Het verbaast me eigenlijk dat Egerton het nog niet heeft gedaan.'

'Egerton is liever lui dan moe. Tijdens zijn leven deugde hij al nergens voor. En dat is alleen maar erger geworden. Het is erg inspannend om slecht te zijn. Dat gaat niet vanzelf.'

'Dan dank ik u alvast voor uw inspanning.'

Barton grijnsde. Een grijns die al zijn slechtheid, al zijn frustraties verried. 'Het komt voor elkaar, kleine vriendin.'

10

Als een luipaard die zijn prooi beloerde, hield Kitty haar gouvernante in de gaten. Miss Grieve was oud geworden. Haar bleke lippen waren nu zo smal dat ze een nauwelijks zichtbare streep vormden, haar jukbeenderen prikten bijna door haar ziekelijk grauwe huid. De huilende jonge vrouw naar wie Kitty had gegluurd door het sleutelgat, behoorde voorgoed tot het verleden. Hoe kwam het dat vrouwen als haar moeder en Lady Rowan-Hampton hun voordeel leken te doen met de zachte Ierse regen, terwijl de huid van miss Grieve zo oud en droog was geworden als een lap leer? Ooit had Kitty gedacht dat miss Grieve misschien net zo oud was als haar moeder. Inmiddels leek ze zelfs nog ouder dan haar grootmoeder, wier levendige gezicht altijd iets jeugdigs had behouden.

Miss Grieve keek op van haar boek en Kitty voelde zich betrapt. 'Ik heb je iets gevraagd, Kitty, maar op mijn gezicht zul je het antwoord niet vinden.'

'Hoe oud bent u, miss Grieve?'

De gouvernante verstijfde. 'Het is erg onbeleefd om een dame naar haar leeftijd te vragen.'

'Maar we kennen elkaar al zolang. En ik ben geen kind meer. Kunnen we geen vriendinnen zijn, miss Grieve?'

'Ik zou niet weten waarom de status van vriendin je het recht zou geven te weten hoe oud ik ben.' Met haar zware Schotse accent kneep ze al het leven uit haar klinkers.

Kitty grijnsde. Met het klimmen der jaren leek miss Grieve niet alleen ouder, maar ook kleiner te zijn geworden. Kitty vond haar zelfs bijna kwetsbaar en ze betrapte zich op een gevoel van medelijden met de gouvernante die haar het leven ooit zo zuur had gemaakt. Ze nam haar onderzoekend op. 'Ik denk dat u vijftig bent,' zei ze, in de overtuiging dat ze miss Grieve daarmee een enorm compliment maakte.

Er verschenen twee rode vlekken op de wangen van de gouvernante en ze werden steeds groter, als inktvlekken op een vloeibad. 'Je denkt dat ik vijftig ben?' Miss Grieve knipperde verbijsterd met haar ogen. 'Ik ben achtendertig,' verklaarde ze gesmoord. Kitty wist niet wat ze moest zeggen. Geschokt keek ze toe terwijl de gouvernante haar stoel naar achteren schoof en opstond. Ook al keerde ze haar rug naar Kitty toe, de huivering die door haar heen trok verried hoe gekwetst ze zich voelde. 'Maak jij die opgave tekstbegrip maar af. Ik ga naar mijn kamer. En ik wil niet gestoord worden.'

De opgave was nauwelijks een uitdaging. Toen Kitty ermee klaar was liep ze de trap af, op zoek naar haar grootmoeder. Uit de salon klonk pianomuziek. 'Kitty, lieverd!' Haar grootmoeder stopte met spelen. 'Zijn de lessen al klaar voor vandaag?'

'Ik ben bang dat ik miss Grieve heb beledigd.' Met een zucht streek Kitty over het glimmende oppervlak van de piano. 'Ik zei dat ik haar op vijftig schatte. En ze is pas achtendertig. Maar zo ziet ze er niet uit, of vindt u van wel?'

'Vergissen is menselijk,' antwoordde haar grootmoeder. 'Maar de leeftijd van een vrouw is altijd een gevaarlijk onderwerp.'

'Ze heeft me nooit gemogen. En dat is wederzijds,' zei Kitty. 'Ik ken niemand met zo'n volslagen gebrek aan humor.'

'Ik kan me niet herinneren dat ik erg dol was op mijn gouvernante. Het is een merkwaardige soort.'

'Waarom zijn ze zo merkwaardig?'

'Omdat het goed opgeleide vrouwen zijn die om welke reden dan ook nooit een man hebben kunnen vinden. Dus ze hebben geen andere keus dan de kost verdienen als gouvernante of gezelschapsdame. Ik heb met ze te doen. Het lijkt me erg onbevredigend om altijd onder andermans dak te moeten wonen en nooit een plek van jezelf te hebben.'

'Miss Grieve is gemeen. Ik ken niemand die zo gemeen is,' mopperde Kitty.

Adeline schonk haar kleindochter een wijze blik. 'Kindje, je moet proberen begrip voor haar te hebben. Onaardige mensen zijn meestal ook ongelukkig. En volgens mij is miss Grieve heel erg ongelukkig.'

'Dat geeft haar nog niet het recht om gemeen te zijn.'

'Nee, dat is inderdaad geen rechtvaardiging. Maar wel een verklaring. Volgens mij is miss Grieve in haar leven geconfronteerd met grote teleurstellingen. En als ze ziet hoe gelukkig jij bent, is de tegenstelling wel erg wreed. Hoe moeilijk het ook is om anderen te begrijpen en te vergeven, ik vind dat we het toch moeten proberen.'

Op dat moment kwam O'Flynn binnenschuifelen, met een brief op een zilveren blad. 'De post, milady.'

Adeline pakte de brief van het blad en keek naar het handschrift. 'Van Rupert! Wat heerlijk!' Ze gebruikte de zilveren opener die naast de brief lag en begon zwijgend te lezen. Ten slotte drukte ze de brief met een weemoedige glimlach tegen haar hart. 'Ach Rupert, die lieverd. Hij deugt niet voor de oorlog. Volgens Hubert deugt hij nergens voor, maar ik denk dat de oorlog hem tot onvermoede hoogten zal doen stijgen.'

'Schrijft hij ook over papa?' vroeg Kitty gretig.

'Ja, hij is nijdig omdat het uniform je vader beter staat dan hem.' Ze lachte weer. 'Echt iets voor Rupert, om altijd overal de grappige kant van te zien.' Ze zuchtte. 'Ik hoop toch zo dat ze met de kerst weer thuis zijn.'

Toen Kitty die avond naar boven ging was ze helemaal vergeten wat ze aan Barton had gevraagd. Ze had gedineerd met haar grootouders en de Struikjes, die bijna dagelijks langskwamen nu Rupert en Bertie aan het front zaten. Kwetterend als mussen en honderduit babbelend probeerden ze hun zus – en zichzelf – af te leiden van de angst voor de telegrammen die bij steeds meer families werden bezorgd, met nieuws over vermisten, gewonden en gesneuvelden. De realiteit van de oorlog begon door het vernis van moed en bravoure heen te schemeren.

Op weg naar haar slaapkamer kwam Kitty langs de deur van miss Grieve. Er viel geen licht onderdoor. Kitty had haar niet meer gezien sinds de gouvernante diep geschokt de leskamer had verlaten. Plotseling overweldigd door spijt bleef ze voor de deur staan. De gang lag er verlaten bij. Het enige geluid was de stormwind uit zee, die met venijnige vlagen rond de schoorstenen joeg. Ten slotte sloop Kitty verder naar haar eigen kamer, naast die van miss Grieve. Daar schoof ze de gordijnen open om naar buiten te kijken, naar de tintelend koude winteravond. Wolken zo dik als havermoutpap schoten langs de hemel. Wanneer ze af en toe even uit elkaar weken werd er een glimp van de maan zichtbaar, die een griezelig zilveren schijnsel over de doolhof van buxushagen wierp. Kitty dacht opnieuw aan miss Grieve en haar hart stroomde over van medelijden. De gouvernante was vroeg oud geworden en ze had geen ander toekomstperspectief dan lesgeven en wonen onder andermans dak. Kwam het inderdaad door verdriet en teleurstelling dat ze zo hard, zo verbitterd was geworden? Als ze een man had gevonden met wie ze gelukkig was geworden, zou ze dan aardiger zijn geweest?

Kitty stond nog lang voor het raam, maar uiteindelijk werden haar oogleden zwaar. Dus ze trok de gordijnen weer dicht, kleedde zich uit en hing haar jurk over de stoel. Ze had in het kasteel een heerlijke kamer, met een hemelbed waarvan ze de gordijnen kon dichttrekken om de kou buiten te sluiten. In de haard smeulden de laatste sintels, de wind roffelde een sussend slaaplied op het raam, en het duurde niet lang of ze was onder zeil.

Ze schrok wakker van een luide gil. Het duurde even voordat ze besefte dat ze niet droomde en dat de gil uit de kamer van miss Grieve was gekomen. Dus ze liet zich uit bed glijden en tastte naar de lucifers om de lamp naast haar bed aan te steken. Knipperend met haar ogen tegen het licht schudde ze haar hoofd en schoot nog half versuft in haar wollen kamerjas en haar pantoffels. De gang lag er donker en verlaten bij, maar de deur van de kamer van miss Grieve stond open. Kitty haastte zich erheen. Ze verwachtte de gouvernante rechtop in bed aan te treffen, maar de quilt was teruggeslagen en miss Grieve was nergens te bekennen. Toen zag Kitty vanuit haar ooghoeken iets bewegen. Ze keerde zich naar het raam en ontdekte daarachter een schimmige gedaante. Nog altijd slaperig knipperde ze met haar ogen, maar toen ze opnieuw keek, was de gedaante verdwenen. Een ijzige vuist sloot zich om Kitty's hart. Met een gevoel alsof ze door kniehoog water waadde, liep ze naar het raam. Ze hield haar adem in, doodsbang voor wat ze zou zien. Toen keek ze naar buiten, naar de tuin onder het raam. De wind joeg de wolken uit elkaar, het licht van de maan viel op de spartelende gedaante van Jack die in de buxushagen lag, onder de ladder die werd gebruikt voor het snoeien van de rozen. 'Lieve help!' bracht ze uit, opgelucht dat het Jack was en niet miss Grieve. 'Wat doet hij daar?'

Kitty rende de trap af, de keukendeur uit. Met haar kamerjas dicht om zich heen getrokken, zodat de wind er geen vat op kreeg, stormde ze de duisternis in. Maar met haar haren had de wind vrij spel. Hij blies ze alle kanten uit en rukte de linten los. Kitty trok zich er niets van aan en haastte zich om de hoek van het kasteel naar de buxustuin, met haar hoofd gebogen, haar armen om haar middel geslagen. De vorst toverde ijskristallen op het gras en ze huiverde toen het vocht door haar pantoffels drong. Tegen de tijd dat ze bij de buxustuin kwam, had Jack zich inmiddels weten te bevrijden. De opluchting was van zijn gezicht af te lezen. '*Jaysus*, Heilige Moeder Maria! Ik zag een geest. Ik zweer het je! V-voor het raam!' Hij struikelde over zijn woorden, zijn gezicht zag asgrauw, zijn lichte ogen waren groot van angst. 'God beware ons!'

'Rustig maar. Niks aan de hand. Het was maar een geest.' Kitty legde haar handen op zijn bevende schouders. Ze besefte dat hij één voet ontzag en zwaar steunde op zijn andere been. 'Heb je je bezeerd?'

'Ik wilde haar alleen maar bang maken. Maar die geest heeft míj de stuipen op het lijf gejaagd. Ik ben me doodgeschrokken.'

Plotseling klonk er boven de wind uit een hoge kreet, een scherpe, rauwe gil. Jack en Kitty keken naar de bossen. 'De Banshee!' fluisterde Jack onheilspellend.

Kitty hoorde een bons, alsof er een zak aardappels uit een raam naar beneden was gegooid. 'Nee, dat was de Banshee niet.' Nu was het haar beurt om te verbleken. 'O god!' Ze wankelde en Jack stak zijn hand uit om te voorkomen dat ze onderuitging.

'Wat is er?'

'Je moet hier weg. Vlug!' Ze probeerde wanhopig hem in beweging te krijgen. 'Toe, je moet hier weg!'

'Maar...'

'Ga weg.' In haar ogen stond pure doodsangst te lezen. 'Vlug! Voordat iemand je hier ziet!'

Jack verdween strompelend in de duisternis. Kitty liep langzaam, met een stijgend gevoel van onheil, om het kasteel heen naar de achterkant. Haar hart bonsde tegen haar ribben, haar keel werd dichtgesnoerd, want ze wist al wat ze zou vinden. Ze voelde het diep vanbinnen, ze proefde het in de gal die opsteeg in haar keel. En haar voorgevoel had haar niet bedrogen. Want daar lag miss Grieve, een gebroken hoopje mens op de bevroren grond.

Kitty liet zich naast het lichaam op haar knieën vallen. Haar hand beefde toen ze de pols van haar gouvernante voelde. Het hart klopte niet meer. Miss Grieve zag eruit als een pop, als een kapot stuk speelgoed op de vloer van de kinderkamer. Hete tranen brandden in Kitty's ogen, ze werd overweldigd door berouw en schuldgevoel. Ze zou haar armen om miss Grieve heen willen slaan, maar ze kon het niet. En dus sloeg ze haar armen om zichzelf heen en begon te snikken. In die paar korte momenten, voordat ze om hulp riep, dacht ze niet aan de wreedheid van miss Grieve, maar zag ze alleen haar jeugdige gezicht en de tranen op haar wangen terwijl ze zich over de brief in haar schoot boog.

Al heel vroeg in de ochtend kwam de Royal Irish Constabulary naar het kasteel, samen met een ziekenwagen die het lichaam van miss Grieve meenam. Kitty zat in de bibliotheek, waar ze werd getroost door haar grootmoeder. De ladder die in de buxustuin was gevonden, en de schade die Jack had aangericht, werden grondig bestudeerd en de politie had de plek afgezet als plaats delict. Kitty legde wachtmeester O'Duggan uit dat ze een kreet had gehoord en was gaan kijken, maar dat ze miss Grieve niet in haar slaapkamer had aangetroffen. Dat ze toen naar het raam was gelopen en daar het gezicht van een man had gezien. Blijkbaar had ze hem laten schrikken, want hij was met ladder en al achterover geslagen. Tegen de tijd dat ze buitenkwam was hij nergens meer te bekennen geweest. En op dat moment had ze opnieuw een kreet gehoord, gevolgd door het geluid van een vallend lichaam.

'Hebt u de man goed kunnen zien, miss Deverill?' vroeg de wachtmeester.

'Nee. Ik schrok zo dat ik amper durfde te kijken, en toen ik moed had verzameld was hij verdwenen. Het was een man. Dat is het enige wat ik u kan vertellen. Meer heb ik in het donker niet kunnen zien.'

'Het lijkt erop dat miss Grieve van het dak is gesprongen, ben ik bang.'

'Hoe is ze daar in 's hemelsnaam gekomen?' vroeg Adeline.

'Via de trap naar de zolder, Lady Deverill. En daar is ze door een raampje naar buiten geklommen.'

'Lieve hemel, wat een moeite. Dan wilde ze blijkbaar echt dood.'

'Waarom heeft ze niet gewoon om hulp geroepen?' vroeg Hubert, met zijn handen op zijn heupen. 'Ik heb mijn geweer altijd bij de hand. En ik had die vent met liefde een kogel door zijn kop gejaagd! Deksels jammer dat hij niet mijn raam had uitgekozen!'

'Denkt u dat u hem te pakken krijgt?' vroeg Kitty ongerust.

Wachtmeester O'Duggan schudde zijn hoofd. 'Dat lijkt me helaas niet erg waarschijnlijk. We hebben geen enkel bewijs en in Ballinakelly houden ze allemaal hun kiezen op elkaar. Maar we doen ons best.'

'Dank u wel,' zei Adeline.

De wachtmeester krabde enigszins verward aan zijn bakkenbaarden. 'Het probleem is dat ik niet zo goed begrijp wat het motief is geweest. Als het hem om geld of kostbaarheden te doen was, waarom dan al die moeite om met een ladder naar de eerste verdieping te klimmen? En als hij het op iemand gemunt had, waarom heeft hij dan uitgerekend dát raam uitgekozen? Het zat potdicht. En waarom is miss Grieve helemaal naar de zolder gevlucht om zichzelf van het dak naar beneden te gooien? Had ze een vrijer? Werd ze door iemand lastiggevallen?'

Adeline keek verrast. 'Dat is niet eens bij me opgekomen.' Ze keerde zich naar haar kleindochter. 'Misschien dat Kitty het weet?'

'Nee, miss Grieve had niemand. Alleen haar moeder.' Kitty besloot niets over de brief te zeggen die ze net op tijd had weggemoffeld, voordat de politie de kamer van miss Grieve kwam doorzoeken. 'In Ballinakelly praatte ze met niemand. Ze was heel erg gesloten en heel erg serieus.'

Wachtmeester O'Duggan knikte ernstig. 'In elk geval bedankt voor uw tijd. O, nog één ding, miss Deverill...'

Kitty keek hem vragend aan. Het klamme zweet sloeg haar uit van de zenuwen.

'U doet er verstandig aan niet zelf achter de dader aan te gaan. Dit soort mensen is doorgaans gewapend. En levensgevaarlijk.'

'Ik zal het niet meer doen, wachtmeester. Dat was inderdaad erg onnadenkend van me.' Met een diepe zucht sloeg ze haar ogen neer.

Toen ze eindelijk alleen op haar kamer was, haalde ze de brief onder haar kussen vandaan. Ze ging ermee op het bed zitten en begon te lezen.

18 januari 1910

Liefste Lottie,

Ik weet dat je me zei pas te schrijven wanneer ik mijn belofte gestand kon doen. En dat was ook oprecht mijn voornemen. Maar er is geen moment dat ik niet aan je denk, mijn liefste Lottie. Je lieve gezicht staat op mijn netvlies gebrand, ik draag je mee in mijn hart, en in mijn oren hoor ik je prachtige stem. Met dat lieflijke geluid word ik 's morgens wakker en ik val er 's avonds mee in slaap. Mijn dromen zijn een kwelling, want dan houd ik je in mijn armen, en met het aanbreken van de nieuwe dag verlies ik je weer. Zodra ik een noot op de piano speel denk ik aan je en voel ik me zo overweldigd door verdriet dat het me bijna te machtig wordt.

Waarom het lot zo'n wreed spel met ons speelt zal ik nooit begrijpen.

Waarom mochten we elkaar niet jaren eerder ontmoeten, toen ik nog niet gebonden was? Dat is de vraag die onophoudelijk door mijn hoofd maalt.

'Waarom…' 'Had ik maar…' Het zijn de verdrietigste woorden ooit geschreven.

Mijn hart stroomt over van verdriet. Ik ben een man van eer, maar ik vrees dat ik mijn belofte niet gestand kan doen, ondanks de vele jaren dat je op me hebt gewacht. Ik weet dat je naar Ierland bent gevlucht uit boosheid, omdat je dacht dat mijn beloften loos waren. Maar ik zweer je, mijn liefste, ze waren oprecht gemeend. Ik wachtte op het juiste moment, maar dat kwam niet. Als ik had gekund zou ik Edwina voor je hebben verlaten. En ik geloofde oprecht dat het moment ooit zou aanbreken. Maar inmiddels is alle hoop vervlogen. En kan ik alleen maar aannemen dat God ons niet voor elkaar heeft bestemd.

Mijn vreugde om het naderende vaderschap wordt overschaduwd door het besef dat jij niet de moeder bent. Mijn liefste Lottie. Mijn hart huilt om je maar je moet me laten gaan, zoals ik ook jou moet loslaten.

Ik heb niet alleen jou, maar ook mezelf diep teleurgesteld. En dat zal ik de rest van mijn leven berouwen.

Je liefhebbende Jonnie

Kitty vouwde de brief dicht en deed hem weer in de envelop. Toen veegde ze over haar ogen, ze liep met de brief naar de haard en keek toe terwijl het papier vlam vatte en tot as verteerde.

Ze staarde in het vuur, haar ogen begonnen opnieuw te tranen. Had miss Grieve een einde aan haar leven gemaakt omdat ze een toekomst zonder liefde niet aankon? Dat leek niet waarschijnlijk. De brief was tenslotte al jaren geleden geschreven. Had ze het gedaan omdat Kitty had gezegd dat ze eruitzag als vijftig, waardoor ze plotseling had beseft dat ze veel te vroeg oud was geworden? Was ze al die jaren op het kasteel wanhopig ongelukkig geweest? Had Kitty daar ooit wel eens bij stilgestaan? Was het haar schuld? Ze beefde, ondanks de warmte van de vlammen.

De politie concludeerde op basis van het onderzoek van de kamer en het gebied onder het raam van miss Grieve dat het ging om een simpel geval van zelfdoding, als gevolg van een poging tot diefstal. Niemand had er enig vertrouwen in dat de dader zou worden gevonden. Als iemand al licht op de zaak zou kunnen werpen, dan was de politie wel de laatste die dat te horen zou krijgen.

Die middag ging Kitty naar Ballinakelly, naar het bescheiden, maar keurige witte huis bij de haven waar Jack woonde. Nu zijn vader aan het front was, had Jack diens werk als dierenarts overgenomen. Kitty hoopte dat hij thuis was. Ze steeg af en klopte aan. Het duurde niet lang of Jacks moeder deed open. Ze keek bepaald niet verheugd toen ze Kitty herkende. 'Miss Deverill, waaraan dank ik het genoegen?'

'Ik ben op zoek naar Jack. Om te vragen of hij even naar mijn paard wil kijken.'

Mrs. O'Leary riep haar zoon. Toen keek ze langs Kitty heen naar de grijze merrie die aan een paal was vastgebonden. 'Hij ziet er anders niet ziek uit.'

'Nee, het is ook niets ernstigs.' Kitty voelde zich opgelaten. Waarschijnlijk was er in heel Ballinakelly geen gezonder paard te vinden.

'Jack!' riep zijn moeder nogmaals. Even later kwam hij naar de deur.

'Miss Deverill.' Hij was zichtbaar verrast.

'Ik hoop niet dat ik stoor tijdens het avondeten?'

'Nee, maakt u zich geen zorgen. Ik heb gisteravond mijn enkel verzwikt, op de trap. Dus ik heb de hele dag niets kunnen doen.' Hij schudde spijtig zijn hoofd. 'Erg vervelend.'

Zijn moeder verdween weer naar binnen, terwijl Jack de deur achter zich dichttrok.

'Ik móést je spreken,' zei Kitty zacht.

Jack strompelde naar het paard en deed alsof hij de merrie onderzocht. 'Ik heb gehoord wat er is gebeurd.'

'Het is verschrikkelijk, Jack. En het is mijn schuld,' fluisterde ze. Haar ogen vulden zich met tranen.

'Ónze schuld,' verbeterde hij haar nadrukkelijk.

'Ze denken dat het een poging tot inbraak was.'

'Des te beter.'

'Maar ík weet wat er werkelijk is gebeurd. En dat zal ik mezelf nooit vergeven.'

'We zijn samen verantwoordelijk,' zei Jack ernstig. 'Maar maak je geen zorgen. Ik vertel het aan niemand.'

'Ik had nooit gedacht dat je het echt zou doen.'

Jack keek steels de straat uit terwijl hij de merrie op haar flank klopte. 'Ik wilde indruk op je maken,' antwoordde hij somber. 'Maar ik had dat gezicht in het raam niet verwacht.' Hij richtte zich op en keek haar vragend aan. '"Het was maar een geest," zei je.'

'Ja, dat was het ook,' fluisterde ze. 'Ik kan ze zien. Dat heb ik altijd al gekund. Het is een gave.'

Hij keek op haar neer. 'Hm, ik kan moeilijk zeggen dat ik je niet geloof.'

'Nee, dat zou ik ook denken.'

'Hij heeft me de stuipen op het lijf gejaagd.'

'Je mag nog van geluk spreken. Als je niet in de haag was beland waren er misschien twee doden te betreuren geweest.'

Jack keek onder de hoeven. Kitty liep met hem mee om het paard heen. 'Waarom heb je me dat nooit verteld?'

'Ik mocht er van grootmama met niemand over praten. Maar ik heb het ooit wel aan Bridie verteld. En volgens haar worden mensen wel voor minder opgesloten.'

'Dus lady Deverill ziet ze ook?'

'Ja.'

'En vind je het niet eng?'
'Nee.'
Hij schonk haar een grijns en Kitty was hem dankbaar dat hij zo reageerde. 'Je bent een rare, Kitty Deverill.'
Ze grijnsde terug. 'Dat weet ik. Maar je blijft toch nog wel mijn vriend, hè?'
'Dat blijf ik altijd, Kitty. Je vriend.' Hij zette het been van de merrie neer en richtte zich op. 'Door het geheim dat we delen, zijn we voor altijd verbonden. En dat geheim nemen we mee in het graf.'
'Ja. Dat doen we.'
'Je merrie mankeert niks.' Jack klopte haar stevig op de hals. 'Het is een prima paard.'
'Dan moest ik er maar weer eens vandoor.' Ze sprong in het zadel. 'Hoe is het met je enkel?'
'O, die geneest wel weer. Krijg je nu een nieuwe gouvernante?'
'Niet als ík het voor het zeggen heb,' riep Kitty over haar schouder.

Die avond trof Kitty Barton op zijn vaste plek, in de fauteuil bekleed met verschoten zijde. Zijn voeten lagen op de kruk. 'Kijk eens aan! Goedenavond, Kitty!'
Ze was verrast hem zo opgewekt te zien, maar misschien werd hij vrolijk van andermans ellende.
'Ik kom vanwege miss Grieve,' zei Kitty. 'Want ik heb er zo'n spijt van dat ik u heb gevraagd haar bang te maken. Dat had ik nooit mogen doen.'
Barton fronste. 'Waarom denk je dat ík erachter zit?'
'Is dat dan niet zo?' Kitty keek hem niet-begrijpend aan.
'Nee. Ik heb er niks mee te maken. Maar trouwens, wat valt er te klagen? Dit is toch wat je wou?'
'Ik wilde alleen dat ze wegging!' zei Kitty woedend. Ze beet op haar lip. 'Niet dat ze zo bang werd gemaakt dat ze... dat ze van het dak sprong.'
'Maar er is ook helemaal niemand die haar bang heeft gemaakt. Integendeel.'
'Hoe bedoelt u?'
'Het was een aardige kerel. De man die in haar slaapkamer verscheen. Een beetje te sentimenteel naar mijn smaak, maar verder...'

‘Over wie hebt u het?’

‘Een of andere soldaat. Hij was gesneuveld aan het front, die arme donder.’ Kitty had een gevoel alsof ijzige vingers zich over haar huid bewogen. ‘Hij probeerde al een tijdje haar aandacht te trekken. Zoiets kan voor ons, als doden, erg frustrerend zijn.’

‘Hoe heette die soldaat?’

Barton Deverill krabde aan zijn baard. ‘Tja… hoe heette hij ook alweer?’

‘Weet u het nog?’ drong Kitty aan.

‘Jonnie! Dat was het. Jonnie Wilson.’

11

Na de tragische dood van miss Grieve stuurde Maud bericht naar Lady Deverill dat de gouvernante onmiddellijk moest worden vervangen. Ze wilde niet dat haar dochter haar dagen sleet in ledigheid, want daar kon niets goeds van komen. Maud vroeg nicht Beatrice om advies. Celia bleek inmiddels geen gouvernante meer te hebben maar een privéleraar, hetgeen geschikter leek voor een jongedame van veertien. En dus beval nicht Beatrice een vierentwintigjarige academicus aan, afgestudeerd in Cambridge. Robert Trench was de middelste zoon van goede vrienden van Beatrice en Digby in Londen. Een intelligente, verstandige en invoelende jongeman die Kitty een uitstekende opleiding zou kunnen geven en haar de noodzakelijke grenzen zou kunnen opleggen. Vanwege een stijf been als gevolg van een infectie in zijn jeugd was hij van de dienstplicht ontslagen. Dus hij zou de positie op kasteel Deverill maar al te graag aanvaarden. Maud ging direct akkoord, zonder Mr. Trench zelfs maar te hebben ontmoet. De man zelf liet haar onverschillig, zolang ze er maar op kon rekenen dat hij zijn werk goed deed. Dus ze schreef aan haar schoonmoeder dat Kitty's privéleraar na Kerstmis zou arriveren.

De verrassende promotie van haar vriendin zorgde voor nog meer verandering in Kitty's leven. Bridie ging van de keuken naar de familievertrekken en werd Kitty's kamenier. Dat idee kwam natuurlijk niet van Maud, maar van Adeline, die medelijden met Kitty had na het verlies van miss Grieve. Met Bridie als kamenier zou Kitty tenminste iemand van haar eigen leeftijd hebben met wie ze kon praten. En de twee meisjes hoefden nu niet meer stiekem door het kasteel te sluipen, om hun vriendschap geheim te houden.

In haar nieuwe functie deelde Bridie een kleine kamer op de zolder, waar zich de bediendenvertrekken bevonden, met Molly Seymour, een jong meisje uit Bandon. En ze was blij dat ze niet alleen hoefde te slapen. Want 's nachts blies de wind kreunend rond de torens en schoorstenen, en de eeuwenoude vloerplanken kraakten als onder de voeten van Kitty's rusteloze geesten. Aanvankelijk miste Bridie haar eigen bed op de boerderij. En ze miste de vertrouwde geuren van de stoofpot, van de tabak van haar broers, van het turfvuur en de koeien. Ze miste de stemmen van Michael en Sean, wanneer ze met vrienden aan de grote tafel zaten te kaarten. In het kasteel was het griezelig stil. Bovendien maakte Bridie zich zorgen dat haar moeder zich zonder haar niet zou weten te redden. Maar Michael was nu hoofd van het gezin en hij had gezegd dat Bridie een betrekking waarmee ze dertig pond per jaar zou verdienen niet kon weigeren. Gelukkig duurde het niet lang of ze was aan haar nieuwe omgeving gewend. Het enige wat ze verwarrend vond, was dat ze zich moest houden aan de regels die 'boven' heersten, nadat ze zo lang – zelfs als Kitty's vriendinnetje – niet verder dan de keuken had mogen komen.

Bedienden moesten zo veel mogelijk onhoorbaar en onzichtbaar zijn voor de familie en haar gasten. Ze werden geacht een stap opzij te doen wanneer ze in de gangen of de trappen een meerdere tegenkwamen. Ze hoorden te blijven staan wanneer ze werden aangesproken en ze mochten niet uit zichzelf een gesprek beginnen, of hun mening geven, of zelfs maar 'goedendag' of 'goedenavond' zeggen. Ze moesten geruisloos als schimmen hun werk doen. Voor personeel dat geen bijzondere relatie met de familie had, was dat geen probleem. Maar voor Bridie betekende het dat ze voortdurend de schijn moest ophouden. Alleen bij Kitty op haar kamer kon ze zichzelf zijn. Daar ging ze op het bed liggen om Kitty de laatste roddels van 'beneden' te vertellen. In Kitty's kamer konden ze vriendinnen zijn. In de rest van het kasteel moest Bridie zich aan de regels voor de bedienden houden. O'Flynn, de butler, stond boven hen allemaal, want hij vormde de schakel tussen 'beneden' en 'boven', tussen het personeel en Lord en Lady Deverill. Bovendien had hij een hogere status dan de meeste butlers doordat hij al voor de vader van de huidige Lord Deverill had gewerkt.

Bridie moest nog veel leren en miss Lindsay, de kamenier van Lady Deverill, was maar al te graag bereid zich over haar te ontfermen Er werd van het personeel volledige toewijding en dienstbaarheid geëist, ook al waren velen van de oude garde te zwak en te beverig om hun functie gepast uit te oefenen. Als kamenier begon Bridie de dag met thee naar boven brengen, het bad vullen waarvoor het water in kannen de trap op werd gesjouwd, en Kitty's kleren klaarleggen. Dan ging ze weer naar beneden voor het ontbijt en wachtte tot er voor haar werd gebeld – en dat duurde bij Kitty nooit lang. Bridie werd geleerd om Kitty's haar te doen, ze moest kunnen naaien en koffers pakken; ze had de zorg voor Kitty's laarzen, schoenen, hoeden, handschoenen, bonnetten, rijkleding en baljurken. Ze moest kunnen verstellen. Ze leerde hoe ze kant en het fijnste linnen moest wassen, hoe ze nieuwe knopen aan rijglaarsjes moest zetten, hoe ze de veren op Kitty's rijhoeden moest vervangen. Miss Lindsay ging prat op kwaliteit van haar werk, maar Bridie bleek een uitstekende leerling te zijn. Haar steken waren zo klein en regelmatig dat miss Lindsay diep onder de indruk was, en ook de zorg waarmee Bridie – amper veertien jaar oud en zonder ervaring met dure stoffen – Kitty's garderobe beheerde, dwong miss Lindsays respect af. Bridie was gehoorzaam, plichtsgetrouw, bekwaam en nauwgezet.

Terwijl Kitty ondanks de strenge opvoeding van wijlen miss Grieve neigde naar slordigheid en een gebrek aan discipline, was Bridie netjes en ordelijk. Ze leerde verrassend snel, toonde oprecht berouw als ze iets verkeerd had gedaan en probeerde zichzelf voortdurend te verbeteren. Miss Lindsay dacht dat haar enthousiasme voortkwam uit dankbaarheid omdat ze van het zware werk in de keuken was verlost. Maar het was louter en alleen ambitie wat Bridie dreef. Als toeschouwer bij het bevoorrechte bestaan dat Kitty en de Deverills leidden, wist ze dat ze geen genoegen zou nemen met wat haar eigen armoedige achtergrond haar kon bieden. Tegen de tijd dat Kitty op haar achttiende naar Engeland ging, zou ze haar misschien wel meenemen naar Londen. In zo'n grote stad waren de mogelijkheden onbegrensd. Misschien trouwde Kitty met een lid van de hoge adel – een hertog of misschien wel een prins. En dan zou ook Bridies aanzien stijgen. Hoger dan in haar stoutste dromen wanneer ze in Ballinakelly bleef. Kitty was niet alleen haar vriendin, maar ook haar kans op een beter leven. Bridie keek, registreerde en imiteerde, want in Kitty had ze het perfecte voorbeeld van hoe een dame zich diende te gedragen.

Mr. Trench arriveerde na de kerst, een lange, vlasblonde verschijning met een smal, expressief gezicht en intelligente bruine ogen die vanachter zijn ronde brillenglazen ernstig de wereld in keken. Behalve ernstig was hij misschien ook wat verlegen. Toen hij aan Kitty werd voorgesteld, schudde hij haar met een lichte buiging de hand, zonder een zweem van een glimlach. 'Aangenaam kennis met u te maken, miss Deverill. Ik zie ernaar uit u naar mijn beste vermogen te onderwijzen.'

Zijn formele manier van doen werkte op Kitty's lachspieren, maar ze wilde haar grootouders, die bij de begroeting aanwezig waren, niet in verlegenheid brengen. Dus ze antwoordde dat het genoegen geheel wederzijds was en vroeg vervolgens, nogal tactloos, of hij van jagen hield. De arme Mr. Trench kon niet anders dan de vraag ontkennend beantwoorden. En Kitty moest zich beheersen om niet naar zijn linkerbeen te kijken waarvan hij de knie niet kon buigen. Maar toen O'Flynn haar nieuwe privéleraar voorging de trap op kon ze haar nieuwsgierigheid alsnog bevredigen.

'Ik ben bang dat je nog wel ergere aandoeningen te zien krijgt, kindje, voordat de oorlog is afgelopen,' zei Adeline verdrietig.

'Ze zeiden dat hij met Kerstmis voorbij zou zijn.' Bij de gedachte aan haar vader voelde Kitty plotseling een steek van ongerustheid.

'Dat zeiden ze, ja. En ze hadden het mis.'

'Maar het zal nu toch niet lang meer duren?'

'Ik hoop het,' antwoordde Adeline, maar de schaduw die over haar gezicht gleed, vertelde Kitty dat haar grootmoeder in plaats van hoop vooral wanhoop koesterde.

'Ik wou dat papa ook een stijf been had.'

'Kitty!'

'Dan hoefde hij niet te vechten.'

'Je vader wíl vechten, kindje.' Adeline keek naar de trap. 'En Mr. Trench ook. Dat weet ik bijna zeker.'

Mr. Trench bleek inderdaad erg serieus. Kitty probeerde van alles om hem een glimlach te ontlokken, maar het was tevergeefs. Ze maakte grapjes, ze gaf hem complimenten, ze dreef de spot met zichzelf en maakte geestige opmerkingen, maar zijn gezicht bleef in de plooi. 'Hij is zo vréselijk ernstig,' beklaagde ze zich op een avond tegenover Bridie. Ze lagen samen op haar bed, nadat Kitty was thuisgekomen van een koude en lange, regenachtige dag jagen. 'Hij kan nergens om lachen. Wat zou hij in zijn vrije uren doen?'

'Hij leest,' vertelde Bridie.

'Wat voor boeken?'

'Dikke, blijkbaar!' De twee meisjes gierden het uit.

'Maar hij is wel erg knap, vind je ook niet. Het is echt jammer dat hij zo saai is. Wat heb je eraan om zo slim te zijn, zonder ook maar een greintje humor?'

'Nou ja, hij is tenminste aardig tegen je, en dat is al een hele verbetering,' hielp Bridie haar herinneren.

'Ja, hij is aardig.'

'Arme miss Grieve.'

Kitty begon haastig over iets anders, want ze voelde zich nog altijd slecht op haar gemak wanneer miss Grieve ter sprake kwam. 'Nicht Beatrice had geen leraar met een mank been moeten sturen, maar iemand die kon paardrijden. Waarom zou je naar Ierland komen als je niet kunt jagen?'

'Hij komt hier niet om te jagen, Kitty. Hij is hier om jou les te geven.'

'Ja, en ik heb hem gevraagd om de geschiedenis van Ierland met me te behandelen. Wat moet ik met de geschiedenis van Engeland? Daar ben ik nog nooit geweest en ik moet er ook niks van hebben. Dit is het land waar ik woon en waar ik van houd.'

'Het is alsof ik Michael hoor praten. Hij is er fel op tegen dat Ieren voor Engeland vechten. De Ieren moeten zelfbestuur hebben, vindt hij. Daar windt hij zich altijd erg over op.'

'Over zelfbestuur weet ik genoeg, dankzij Jack. Die zorgt wel dat ik weet waar mijn loyaliteit hoort te liggen.'

'En, gaat Mr. Trench je inderdaad de geschiedenis van Ierland leren?' vroeg Bridie.

'Hij zal wel moeten. Ik heb mijn armen over elkaar geslagen en ben heel hard gaan zingen zodra hij over Oliver Cromwell begon, gezien door de ogen van de Britten. Natuurlijk kon er geen lachje van af, maar hij is uiteindelijk wel gezwicht. Dus nu hebben we het over Ierse vrijheidsstrijders zoals Robert Emmet. Die verzette zich meer dan een eeuw geleden al tegen de Britse overheersing. De Ieren hebben zevenhonderd jaar gezucht onder het juk van de Britten. De eerste veroveraars, daar horen mijn voorouders ook bij. Ze hebben de oorspronkelijke bevolking teruggedreven naar Connaught, en naar de bossen en moerassen achter de Shannon, terwijl ze voor zichzelf de vruchtbaarste gebieden opeisten. Daar wist ik allemaal niets van. En ook niet van wat er hier op kasteel Deverill is gebeurd.' Ze slaakte een diepe zucht alsof de kennis die ze had verworven zwaar op haar geweten drukte. 'Ik mocht het niet aan grootpapa vertellen, zei Mr. Trench.' Kitty schoot in de lach. 'Iedereen is bang voor grootpapa. Misschien vanwege zijn geweer. En omdat hij niet bang is het te gebruiken!'

Naarmate het jaar 1915 voortschreed, wees niets erop dat de oorlog spoedig ten einde zou zijn. In plaats daarvan groeide de angst voor de koerier die telegrammen bezorgde, in zijn blauw-met-rode uniform. Wie een dierbare had verloren, was herkenbaar aan een zwarte rouwband om de arm. Gezichten werden getekend door de onuitwisbare sporen van verlies. In alle kerken van Ierland werd gebeden. In hun verdriet waren katholieken en protestanten eindelijk verenigd.

Bertie, oom Rupert en Harry kwamen met verlof naar huis en hielden vol bravoure de schijn op van dapperheid. Maar 's nachts hoorde Kitty haar broer huilen en zag ze de streep licht onder zijn deur, omdat hij bang was in het donker. Maud kwam met Victoria en Elspeth naar huis en logeerde in het kasteel, want voor een verblijf van slechts enkele weken was het niet de moeite het jachthuis in gebruik te nemen. Kitty vond haar zussen met hun gebabbel over Londen en hun geweeklaag over hoe vochtig het in Ierland was, onverdraaglijk. Ze klonken net als hun Engelse familie, en zo wilden ze ook klinken. Maar Kitty sloeg terug met hatelijke opmerkingen die een gevoelige snaar raakten. 'Zei Victoria niet ooit dat een meisje blijkbaar lelijk is, of saai, of allebei, als ze geen man vindt? O nee, ik vergis me. Neem me niet kwalijk, Elspeth. Dat zei mama.' En ook Victoria werd niet gespaard. 'Had je onderhand niet een paar kinderen moeten baren? Of op zijn minst een erfgenaam? Ik heb gehoord dat een gravin haar hoofd verliest op het hakblok als ze niet voor zonen zorgt.' Het gevolg was dat haar zussen haar zo veel mogelijk ontliepen. Tot opluchting van Kitty. Onnozele, oppervlakkige wichten waren het, die niet zo'n snelle geest hadden als zij en met wie ze geen fatsoenlijk gesprek kon voeren. Kitty praatte liever met Jack en Bridie.

Die waren tenminste geïnteresseerd in de Ierse geschiedenis en de kans – of het ontbreken daarvan – op zelfbestuur.

Maud had gehoopt dat Bertie, door zijn ervaringen aan het front, meer aandacht en waardering zou hebben voor haar aanwezigheid. Geen vuriger liefde dan een verre, tenslotte. En aan vurige liefde ontbrak het hem niet. Helaas voor Maud gold die liefde niet haar, maar Grace. Bertie zadelde elke ochtend zijn paard en kwam pas na donker weer thuis. Maud wist dat hij naar Grace ging, want bij vertrek was hij een en al gretigheid en enthousiasme, maar bij thuiskomst stond zijn gezicht somber en spijtig. Als de geur van haar parfum op zijn kleren hem niet had verraden, dan zou zijn dromerige blik dat wel hebben gedaan. Een blik die hij niet eens probeerde te verhullen. Maud deed wat ze kon om zijn aandacht op te eisen, maar hij toonde zich doof voor haar gejammer.

Toen ze haar jongste dochter na een afwezigheid van zes maanden terugzag, ontdekte Maud tot haar verbazing dat Kitty opbloeide tot een schoonheid. Behalve dat ze langer was geworden en haar gezicht smaller, bezat ze een kalme zelfverzekerdheid die Maud nog niet eerder bij haar had gezien. Uit de gesprekken aan tafel bleek dat haar ontwikkeling met sprongen vooruit was gegaan. Ze discussieerde met haar grootvader over de Ierse kwestie en bediende zich daarbij van steekhoudende argumenten. Zelfs Bertie en Rupert waren verrast door haar formuleringen en door het gezag waarmee ze haar mening poneerde. Door de intelligentie die uit haar ogen sprak, maakte ze nog meer indruk. Maud kon niet anders dan concluderen dat Kitty zich tijdens haar afwezigheid had ontpopt tot een zelfstandige jonge vrouw. Het was een illusie te denken dat ze nog controle op haar jongste dochter kon uitoefenen.

Pas toen ze aan Mr. Trench werd voorgesteld, begreep Maud wat de oorzaak was van Kitty's intellectuele bloei. En ze begreep ook dat het proces onomkeerbaar was. Mr. Trench had krachten in Kitty losgemaakt waarmee ze mensen wist te betoveren en waartegen zij, als haar moeder, nog maar heel weinig kon uitrichten. Toen ze haar jongste dochter vergeleek met Victoria en Elspeth, die lang niet zo'n goede opleiding hadden genoten, vervulde het Maud met wrok dat uitgerekend Kitty zo'n opzienbarende ontwikkeling had doorgemaakt. Het kind dat ze altijd had weggemoffeld, had haar vleugels uitgeslagen en werd door iedereen op handen gedragen. Nog één loftuiting op haar briljante jongste dochter en ze zou gaan gillen! Kitty kon kaarten als de beste, had Maud van Laurel gehoord. Kitty was een onbevreesde amazone, aldus een uitbundige Hubert. Kitty was een lust voor het oog op de dansvloer, had Hazel haar toevertrouwd, na haar bekentenis dat zíj het Kitty had geleerd. Maud had het alleen maar aangehoord en vervolgens haar andere dochters nog nadrukkelijker naar voren geschoven. Elspeth vierde triomfen in Londen en werd door ontelbare vrijers het hof gemaakt, vertelde ze aan iedereen die het maar wilde horen. Dat de enige jongeman die interesse had getoond, de derde zoon was van een armzalige baronet en dat hij bovendien op dat moment aan het front zat, zoals alle begerenswaardige huwelijkskandidaten, liet ze wijselijk ongezegd.

Kitty maakte zich zorgen over Harry. Hij was in zichzelf gekeerd, rusteloos en zag ziekelijk bleek. Het leek wel alsof de oorlog zijn zenuwen aan flarden had geschoten. Hij kon geen moment stilzitten en de kleinste beweging deed hem schrikken. Maud, die er nooit een geheim van had gemaakt dat haar enige zoon haar van alle kinderen het dierbaarst was, overlaadde hem met zorg en aandacht, waardoor hij zo mogelijk nog nerveuzer werd. Ze probeerde het hem in alle opzichten naar de zin te maken, vroeg wel twintig keer per dag of alles goed met hem was en drong erop aan dat hij zijn ervaringen aan het front met haar deelde. Het effect was echter averechts. Hoewel hij een hekel had aan jagen, trok hij er zo veel mogelijk op uit en ging met elke jachtpartij mee. Alles was beter dan thuiszitten bij zijn moeder. Maud had geen idee of hij zijn vader wel in vertrouwen nam. De twee mannen gingen samen op pad, met de honden en hun geweren, en schoten hazen en watersnippen. Wat ze daarbij bespraken, vertelde Bertie niet aan zijn vrouw. Maar misschien wel aan Grace. Die gedachte maakte Maud razend. Want het idee dat Grace meer wist over haar dierbare zoon dan zij, was onverdraaglijk.

Op de laatste avond voordat hij weer naar het front zou vertrekken, besloot Kitty met haar broer te gaan praten. Het brak haar hart wanneer ze zich voorstelde dat hij de slaap niet kon vatten en lag te snikken in zijn kussen, zonder iemand die hem troostte. Hoe ging dat in Frankrijk, vroeg ze zich af? Was daar iemand die zich over hem ontfermde? Zou hij in dat verre, vreemde land de dood vinden, zoals zovelen? Zou ze hem misschien nooit meer terugzien? Ze schoot haar kamerjas aan, pakte een kaars en liep op haar tenen de gang door. Het was koud, maar ze haastte zich voort, vastberaden haar broer een beetje op te beuren.

De deur van zijn kamer zat dicht, maar er viel een zwakke streep licht onderdoor. Kitty drukte haar oor tegen het hout. Even bleef het stil, toen hoorde ze een gesmoorde snik. Meer aanmoediging had ze niet nodig. Ze draaide de knop om en duwde de deur zachtjes open. De gordijnen van het hemelbed waren gesloten, in de haard smeulden de laatste sintels. Buiten joeg de wind om het huis, huilend als een roedel wolven. Kitty liep op haar tenen naar het bed. Toen ze het gordijn opentrok keek ze in twee geschokte gezichten. Haar mond viel open. Harry schoot overeind. 'Wat doe jij hier, verdomme?'

Kitty keek van haar broer naar Joseph, de eerste livreiknecht. Beide jongemannen waren naakt, hun ogen stonden schuldbewust. Het bed lag bezaaid met vellen papier, beschreven met gedichten. Kitty herkende Harry's handschrift.

'Ik hoorde huilen. Dus ik wilde je troosten.' Ze grijnsde. Door de schrik moest ze zich beheersen om niet in lachen uit te barsten. 'Maar ik zie dat Joseph me voor is geweest.'

Harry werd vuurrood, er kwam een angstige blik in zijn ogen. 'Je vertelt het toch niet, hè?'

'Natuurlijk niet. Er zijn wel meer dingen die ik aan niemand vertel. Je hebt geen idee hoeveel geheimen ik ken.'

'Beloof je dat? Ook als ik sneuvel aan het front? Zul je het echt aan niemand vertellen?'

'Dat beloof ik. Op mijn erewoord.'

'Dank je wel. We doen alsof het nooit is gebeurd. Afgesproken?'

'Afgesproken.' Ze deed het gordijn dicht en haastte zich de gang door, terug naar haar eigen kamer. Daar liet ze zich bevend op het bed vallen. Ze dacht aan die avond van het zomerbal. Wat Harry met Joseph deed, was dat hetzelfde als waarop ze haar vader en Lady Rowan-Hampton had betrapt? Nee, vast niet. Ze knuffelden gewoon wat. En waarom zou Harry zich niet mogen laten troosten door een trouwe bediende? Maar terwijl ze onder de dekens kroop en haar kaars uitblies, wist ze instinctief dat wat Harry en Joseph deden – in hun blootje en met een schuldige blik in hun ogen – verder ging dan troosten. Maar Kitty kon als geen ander een geheim bewaren. Dus ze zou ook dit voor zich houden, net als alle andere. De verborgen kennis die ze bezat, gaf haar een gevoel van macht.

De volgende dag vertrok Harry weer naar het front. Hij omhelsde haar, wat hij anders nooit deed, en smeekte haar met zijn ogen zich aan haar belofte te houden. Bertie volgde hem een paar dagen later. Kitty's vader had geen idee van de geheimen die ze voor hem had, maar ook hij omhelsde haar. En oom Rupert nam afscheid alsof hij op een plezierreis ging. Hij zwaaide uitbundig en gooide lachend zijn hoofd achterover, maar alleen híj wist hoeveel moeite het hem kostte een dapper gezicht op te zetten en de angst te verbergen die dreigde hem te verlammen.

Voordat Maud weer naar Engeland vertrok, nam ze Mr. Trench apart, onder het voorwendsel dat ze het over de ontwikkeling van haar jongste dochter wilde hebben. Maar zodra ze met hem alleen was, kwam de aap uit de mouw. 'Mr. Trench, mijn man en ik zijn u erg dankbaar voor de uitstekende opleiding die u Kitty geeft. Maar ik heb het gevoel dat u in Engeland gelukkiger zou zijn. Ierland is koud en vochtig, en in zo'n oud kasteel is het comfort bepaald niet optimaal.' Ze sloeg haar ogen neer en keek naar zijn been. 'Bovendien zou ik me kunnen voorstellen dat u zich niet helemaal op uw plaats voelt in een land waarin iedereen is geobsedeerd door paarden. Dus ik vroeg me af of u er oren naar zou hebben om met ons mee terug te gaan en in Engeland mijn dochter Elspeth les te geven? Ze is bepaald niet dom en ik verwacht dat ze op korte termijn in het huwelijk zal treden. Maar jonge vrouwen moeten naar mijn mening toch een zekere mate van ontwikkeling hebben, vindt u ook niet?' Maud twijfelde er niet aan dat Mr. Trench de kans die ze hem bood met beide handen zou aangrijpen. Net als zij nam hij geen blad voor de mond. Afkomstig als hij was uit de hogere kringen, liet hij zich niet door haar intimideren.

'Mrs. Deverill, ik voel me gevleid door uw aanbod, maar ik moet u teleurstellen. Kitty is een buitengewoon inspirerende leerling. Ik vind het een vreugde haar les te geven. En wat Ierland en het kasteel betreft, ik heb beide in mijn hart gesloten. Dus ik ben bang dat u me niet kunt verleiden naar Engeland terug te gaan.'

Inwendig woedend gooide Maud het over een andere boeg. 'Ach, wat is het leven toch gruwelijk oneerlijk.' Ze zette een zielig gezicht. 'Kitty zit alles mee, maar mijn arme Elspeth...'

‘Ik ben niet uniek, Mrs. Deverill. Sterker nog, ik weet zeker dat er in Londen talloze goede privéleraren zijn die uw aanbod maar al te graag zullen aannemen.’

‘Nee, er is in Londen niemand zoals u,’ antwoordde Maud afgemeten. ‘Helemaal niemand. Iedereen is naar het front. Enfin, mijn aanbod blijft geldig. Mocht Ierland u alsnog te veel worden, en dat is onvermijdelijk, dan verandert u misschien wel van gedachten.’

Maud vertrok met Victoria en Elspeth naar Engeland, en Kitty had het kasteel weer voor zich alleen. Ze hervatte haar lessen met Mr. Trench en hoe meer ze leerde over de Ierse geschiedenis, hoe meer haar patriottische vuur werd aangewakkerd. Ze zag Jack regelmatig, want zijn vader vocht nog altijd aan het front en als enige dierenarts in Ballinakelly werd hij maar al te vaak bij een van de vele dieren op kasteel Deverill geroepen. En als hij niet op het kasteel moest zijn, dan kwam zij naar hem. Of ze spraken af in de heuvels. Dan galoppeerden ze over de heidegronden, waar hun lach, net als de weemoedige kreten van de meeuwen, werd meegevoerd door de wind. Toen de dagen begonnen te lengen en de kleine paarse bloemetjes van de bergtijm zich openden naar de zon, lagen ze in het gras en praatten honderduit. Het gebeurde ook vaak dat ze afspraken bij de Elfenkring, om te zien hoe de zon onderging achter de stenen waardoor de schaduwen zo lang werden dat het leek alsof de stenen tot leven kwamen.

In het voorjaar van 1915 begon Jack met andere ogen naar Kitty te kijken. Op haar beurt voelde Kitty zich nog hechter met hem verbonden door hun liefde voor Ierland en door het geheim dat ze deelden, maar ze werd zich bovendien bewust van een ontluikend verlangen. Vol ongeduld keek ze uit naar hun ontmoetingen en bij het zien van de intense blik in zijn ogen leek het alsof er vlinders in haar buik begonnen te dansen. Thuis, op haar kamer stond ze vaak dromerig uit het raam te staren, met haar gedachten bij Jack. En zo kwam hun gedeelde vaderlandsliefde hoe langer hoe meer in een romantisch licht te staan.

12

Het jaar 1916 brak aan en alle hoop dat de oorlog niet lang meer zou duren, was vervlogen. Er werd gevochten in Europa en het Midden-Oosten, waarbij aan beide kanten enorme verliezen aan mensenlevens werden geleden. Soldaten groeven zich in als konijnen, in een doolhof van loopgraven, maar in plaats van de overwinning leek hun enige perspectief de dood. In Ballinakelly liepen steeds meer rouwende moeders en echtgenotes met een zwarte band om hun arm. Toch was de schaduw van de dood nog niet over kasteel Deverill neergedaald. De familie bad voor het behoud van haar dierbaren en probeerde het gewone leven zo veel mogelijk te laten doorgaan. Er was ook niet veel anders wat ze kon doen.

In 1915 waren de Engelse nichten zoals gebruikelijk voor de zomer naar het kasteel gekomen, maar met Digby en George aan het front, net als Bertie, Harry en Rupert, rustte de taak om de dames bezig te houden op Hubert en Stoke. Hoewel Eric met verlof thuis was geweest, was Victoria nog altijd niet zwanger. En Elspeth was nog steeds ongetrouwd. Kitty moedigde haar van harte aan op zoek te gaan naar een aardige Ier. Er waren er genoeg die hadden geweigerd dienst te nemen. Maar een Ierse man, daar zou alleen Kitty voor kiezen, zei Elspeth. En dan zou hun arme mama bezwijken van verdriet.

Er werd gepicknickt op het strand, er werd getennist en croquet gespeeld, er werden de verrukkelijkste diners en lunches georganiseerd, maar onder alle vrolijkheid gingen angst en wanhoop schuil, want via de kranten kon iedereen kennisnemen van de gruwelen van de oorlog en van de hoge aantallen gesneuvelden. Op een avond toen Beatrice wat al te diep in het glaasje had gekeken, barstte ze in tranen uit en vertelde over de schokkende aanblik van de soldaten in Londen die te zwaar gewond waren om zich weer bij hun regiment te kunnen aansluiten. 'Ze zien eruit als levende doden,' zei ze snotterend. 'En als ik ze zie, dan moet ik aan George en Digby en al onze jongens denken.' Augusta stelde ieders geduld op de proef door te verklaren dat ze haar dood zou verwelkomen, om een einde te maken aan de lijdensweg die ze door haar zoon en haar kleinzoon moest doormaken.

Maar in april 1916 werd Ierland in de paasweek opgeschrikt door een tragedie op eigen bodem. Door de opstand van Ierse Republikeinen tegen de Britse overheersing klonken er ook in de straten van Dublin geweerschoten. 'Die verdomde idioten!' Hubert smeet de *Irish Times* op de tafel. 'Alsof er nog niet genoeg bloed wordt vergoten!' Kitty vond het daarentegen heimelijk maar al te opwindend. De rebellen hadden sleutelposities in Dublin veroverd en de onafhankelijke Ierse Republiek uitgeroepen. Zes glorieuze dagen zag het ernaar uit dat ze hun zegetocht zouden vervolgen, toen zette het Britse Leger de artillerie in en werden de opstandelingen als rijpe aren neergemaaid.

'In de naam van God en van de voorbije generaties aan wie het zijn nationale traditie dankt, roept Ierland, middels ons, zijn kinderen op zich onder zijn vlag te scharen en vecht het voor zijn vrijheid,' las Kitty. Zo begon de proclamatie die Jack haar had gegeven. Deze was ondertekend door de zeven leiders van de Paasopstand in het hoofdpostkantoor van Dublin, waar ze zichzelf hadden uitgeroepen tot de voorlopige regering van de republiek.

'Drie van de zeven zijn door de Britten doodgeschoten,' vertelde Jack. Zijn gezicht stond ernstig. Hij plukte een takje hei en draaide het tussen zijn vingers.

'Wat erg,' zei Kitty oprecht. 'Denk je dat de Britten ze allemaal doodschieten?'

'In elk geval alle ondertekenaars van de proclamatie, neem ik aan. En waarschijnlijk nog veel meer. Misschien inderdaad wel alle opstandelingen.'

'Wat verschrikkelijk om zo te moeten sterven,' zei Kitty zacht.

'Ik sterf liever vechtend dan geblinddoekt voor een vuurpeloton met een witte lap op mijn borst waar ze op moeten richten.'

Kitty kromp ineen. 'Doen ze dat?'

'Het Irish Citizen Army kon niet tegen het Britse leger op. Wij waren met tweeduizend. De Britten met twintig. Jaysus, ze hadden geen schijn van kans!'

'En als de Duitsers hadden meegeholpen? Hadden ze dan wel een kans gehad?'

'Misschien, als de Duitse wapenleveranties op tijd waren geweest.'

'En nu?'

Jack keek haar strak aan. 'Nu blijven we bij elkaar komen om te trainen, en we blijven de druk opvoeren. We geven niet op.'

'Jack...'

'Je denkt toch niet dat ze het streven naar zelfbestuur kunnen uitroeien door honderden rebellen voor het vuurpeloton te zetten of naar de galg te sturen! Nee, de beweging wordt hier alleen maar sterker van. Er is in heel Ierland niemand meer, en dat geldt zelfs voor vrouwen en kinderen, die het Britse juk niet wil afwerpen. Daar heeft de Opstand voor gezorgd.'

'En jij? Wat ga jij doen?'

'Ik heb me aangesloten bij de Volunteers. Hier in Ballinakelly zijn we met een man of vijftig. Maar zoals Napoleon al zei: "In de oorlog gaat het niet om aantallen, maar om iedere man afzonderlijk."'

'Hoe weet je wat Napoleon heeft gezegd?' vroeg Kitty met een glimlach.

'Dat heb ik gehoord.' Zijn toon verried dat hij zich in de verdediging gedrongen voelde. 'Ze hebben niet allemaal zo'n armzalige opleiding gehad als ik.'

'Ik wil ook meedoen.'

Jack staarde haar verbaasd aan. 'Je bent Engels, Kitty. Je hoort bij de vijand.'

Kitty keerde zich woedend naar hem toe. 'Ik ben Iers, Jack! Denk je nou echt dat ik met jou bevriend zou zijn als ik bij de vijand hoorde? Nou?'

'Je bent nog veel te jong.'

'Ik word in september zestien.'

'Je bent nog een kind.'

Kitty ging rechtop zitten en keek naar de zee. 'Ik ben volwassen voor mijn leeftijd. En als iemand weet dat ik goed geheimen kan bewaren, ben jij het.'

'Dit is geen spelletje, Kitty. Je hebt gezien wat er met gravin Markievicz is gebeurd. Ze is Engelse, maar ik bang dat ze de kogel krijgt.'

Kitty keerde zich geschokt naar hem toe. 'Ze zullen toch geen vrouw doodschieten?' vroeg ze vol afschuw.

'Door zich bij de opstandelingen aan te sluiten, heeft ze afstand gedaan van haar privileges als vrouw. Dus ze zal voor de krijgsraad moeten verschijnen. En ik vrees dat ze veroordeeld wordt. Je wilt een onafhankelijk Ierland, net als wij,' vervolgde hij met een warme glimlach. 'Je wilt, net als wij, een einde maken aan de armoede. Aan de uitbuiting van het Ierse volk door de Britten. Maar heb je ook nagedacht over de consequenties? Heb je je afgevraagd wat er met kasteel Deverill gaat gebeuren? En met je grootouders? Jullie zullen het land uit moeten. Wanneer Ierland onafhankelijk wordt, is het hier voor Engelsen niet langer veilig. Heb je daar wel bij stilgestaan? Ben je bereid dat allemaal op te geven?'

'Ik geef niets op. De Deverills zijn Iers. We wonen hier al sinds 1661...'

'Op óns land.' Jack grijnsde.

Kitty sloeg haar ogen neer. 'Ik kan niets veranderen aan wat er eeuwen geleden is gebeurd.'

'Maar daar gaat het nu juist om. Jullie zullen altijd verbonden blijven met de veroveraar, doordat jullie land hebben aangenomen waar jullie geen recht op hadden.'

'Wat wil je dan dat ik doe? Moet ik het teruggeven?'

'Daarvoor is het te laat.'

'Nou zeg je het zelf. Er is niets meer aan te doen.'

'En toch zullen ze jullie het land uit zetten, Kitty.'

'Niet als ik meevecht aan de kant van de opstandelingen.'

Jack glimlachte om haar naïviteit. 'Je gaat niet vechten. Voor niemand,' zei hij zacht.

Kitty keek hem met haar grijze ogen veelbetekenend aan. 'Ooit hebben jullie me nodig, Jack O'Leary. En dan schaam je je dat je me hebt uitgelachen.'

'Van de honderden die ze hebben gearresteerd, zijn er maar veertien geëxecuteerd,' klaagde Hubert tijdens het ontbijt. Driftig smeet hij de krant neer. 'Nou vraag ik je! Die vervloekte Shinners! Ze hadden de hele bliksemse bende moeten neerknallen.' Verontwaardigd snuivend liep hij de eetkamer uit, pakte zijn geweer en liep naar buiten, met de honden in zijn kielzog. Bij het zien van de jongen die in marineblauw uniform kwam aanfietsen, bleef hij met een ruk staan. De honden lieten zich neerploffen aan zijn voeten.

Achter op de fiets ontdekte Hubert een bruin pakketje, dichtgebonden met touw. Zijn mond werd droog. Van zijn bravoure was op slag niets meer over. Angst sloot zich als een ijzige vuist om zijn hart. 'Goedemorgen, Lord Deverill,' groette de jongen. Hubert kon geen woord uitbrengen. Hij stond daar maar en wachtte af. Eindelijk, na wat hem een eeuwigheid leek, werd hem het pakketje overhandigd, samen met een telegram, voorzien van een zwarte rand. De jongen keerde zijn fiets en peddelde weg. Hij had al zo vaak slecht nieuws afgeleverd dat hij ervoor was afgestompt. Hubert stond nog altijd roerloos op het grind. Een van de honden jankte en keek met een vragende blik naar hem op. *Watersnippen, hazen*, leek die blik te willen zeggen. Maar Hubert woog het pakketje op zijn hand en snikte.

Gedreven door een onheilspellend voorgevoel kwam Adeline naar buiten. Uit de dikke, donkere wolken begon een lichte motregen neer te dalen. Adeline keek van het pakje naar zijn asgrauwe gezicht en zijn bleke lippen. Door een waas van tranen las ze het telegram. Rupert was gesneuveld bij Gallipoli.

Ze schoof haar arm door die van haar man en loodste hem langzaam terug naar binnen. O'Flynns vermoeide oude ogen bleven op hun gezicht rusten, en toen op het pakketje. Zijn hangende schouders zakten nog iets lager. Hij liep naar de bibliotheek en schonk een stevige whiskey in. 'Milord.' Toen hij zag hoe Lady Deverill eraan toe was, gaf hij ook haar een glas. Ze gooiden de inhoud dankbaar achterover, maar niets kon de pijn van het verlies van hun zoon verzachten.

Met een diepe zucht maakte Adeline het touwtje los. Het pakje bevatte Ruperts uniform, zijn militaire notitieboekje, een stapeltje brieven, bijeengebonden met een lint, en de zilveren heupfles die hij ter ere van zijn achttiende verjaardag van zijn vader had gekregen. Met bevende vingers streek ze over haar betraande wang. Nu was ze net als alle andere rouwende moeders in Ballinakelly. De dood maakte geen onderscheid.

Kitty werd uit de les geroepen. Ze had om onverklaarbare redenen altijd gedacht dat haar familie gespaard zou blijven, misschien omdat ze zichzelf had wijsgemaakt dat de Deverills niet in de voorste gelederen vochten. Dat ze bijzonder waren en een uitzonderingspositie innamen. Maar in de oorlog was iedereen gelijk.

Ze rende naar haar slaapkamer en liet Bridie bovenkomen. 'Oom Rupert is dood,' vertelde ze snikkend. 'Gesneuveld. Ik ben zo bang dat papa de volgende is.' Bridie omhelsde haar en voelde hoe Kitty's tranen op haar uniform drupten. 'Jij begrijpt het, want je hebt je vader al verloren.'

'Ja, ik begrijp het,' zei Bridie zacht.

'Wanneer houdt het eindelijk op? Wanneer komen papa en Harry weer thuis? Het is beestachtig! Verschrikkelijk!'

'Ooit is het zover. Dan komen je vader en master Harry weer thuis. Dat moet gewoon. Het kan toch niet altijd maar doorgaan?'

'Ik weet het niet. Misschien wel.' Kitty nam Bridies handen in de hare. 'Wat zul je je vader missen.'

'Ja, ik mis hem heel erg. Er gaat geen dag voorbij dat ik niet aan hem denk. God hebbe zijn ziel.'

'Ik weet dat oom Rupert nu in de hemel is. Maar dat maakt het niet minder erg. Hij zou hier moeten zijn! Grootmama moest heel erg huilen, ook al weet ze dat zijn ziel in de hemel is en dat alleen zijn lichaam op dat slagveld is achtergebleven. Maar een ziel, een geest, is iets anders dan een levend mens. Een geest kun je niet aanraken. En hij kan jou niet vasthouden.' Kitty kneep haar ogen dicht. 'O God, zorg alstublieft dat papa niet doodgaat.'

Rupert was dood, maar ze hadden geen lichaam dat ze konden begraven. En dat maakte het allemaal nog zwaarder. Zijn huis werd dichtgetimmerd, als een graftombe, want Adeline kon het niet opbrengen zijn spullen eruit te halen. En ze zou het niet kunnen verdragen als er iemand anders ging wonen. Ze organiseerde een bescheiden herdenkingsdienst in de kerk van St. Patrick in Ballinakelly, waar zich buiten, voor de deuren, talloze pachters en inwoners van het stadje verzamelden om hun respect te betuigen. Voor het eerst besefte Adeline hoe hongerig ze eruitzagen. Ze was geschokt door de broodmagere kinderen met hun ingevallen wangen. Waarom had ze dat niet eerder gezien? De ontdekking zette haar hardhandig met beide benen in de werkelijkheid. Haar daadkracht was gewekt. De volgende dag laadde ze de sjees vol manden met eten en reed ze samen met Kitty weer naar het stadje.

Geholpen door de tuinlieden plunderden ze de kassen, terwijl Mrs. Doyle opdracht kreeg tot het bakken van sodabroden.

Haar goedgeefsheid werd met zo veel dankbaarheid begroet, dat Adeline zich tot taak stelde voor de armen te zorgen. Het was een manier om haar verdriet hanteerbaar te maken. Om het althans enigszins naar de achtergrond te dringen door bezig te blijven en het gevoel te hebben iets zinvols te doen. De tuinen waren groot genoeg om veel meer op te leveren en ze liet nieuwe gewassen inzaaien zodat de opbrengst zou stijgen. 'Het is niet goed om alles voor onszelf te houden,' zei ze tegen Hubert die snoof en pruttelde als een oude stoommachine. De armenzorg van zijn vrouw werd zijn bankroet, klaagde hij.

Toen de familie uit Engeland die zomer overkwam, zette Adeline de vrouwen aan het werk. De dagen van croquet en tennis waren voorbij, net als de lunches en diners en lome middagen in de zon, het whisten en bridgen in de schaduw van een parasol. De mensen van Ballinakelly hadden hen nodig, ze zouden hun nood lenigen en hen redden van de hongerdood, net zoals Adelines schoonmoeder dat met haar gaarkeuken tijdens de hongersnood had gedaan.

Maud mopperde dat Adeline gek was geworden van verdriet. Maar Beatrice rolde haar mouwen op en ging enthousiast aan het werk. In haar ogen had het wel iets van Marie Antoinette die boerinnetje had gespeeld op Petit Trianon. Ze zag het als een verrukkelijk spel waarmee ze zich de hele zomer kon vermaken, totdat ze terugging naar haar luxe leventje op Deverill Rising, het landgoed in Wiltshire, waar ze geen aardappels hoefde te rooien en uit te delen aan de armen. Victoria, Elspeth en de tweeling klaagden steen en been terwijl ze bonen dopten en frambozen plukten. Maar Kitty en Celia genoten! Waarschijnlijk omdat hun zussen zo diep ongelukkig waren.

Aan het eind van de zomer werd er niet zoals anders een bal gegeven. Er was een gebrek aan jongemannen, bovendien leek het niet gepast te feesten en te dansen terwijl de gasten die er eerder altijd bij waren geweest, hun leven waagden aan het front. Toen de familie was teruggekeerd naar Wiltshire en Maud met Victoria en Elspeth weer naar Kent was vertrokken, werd het stil en daalde de rouwsluier die tijdelijk was weggenomen opnieuw neer over kasteel Deverill.

Adeline zakte weg in een soort verdoving. Het leek alsof ze haar krachten had uitgeput met plukken en doppen. In september kwamen de vaste seizoenswerkers om de fruitoogst binnen te halen – appels, vijgen, peren, pruimen, loganbessen, aardbeien en aalbessen. Adeline deed alsof ze niet zag dat de plukkers onopvallend van de vruchten aten en hun mand verzwaarden met stenen om meer betaald te krijgen.

In haar kleine zitkamer luisterde ze naar haar grammofoon en dronk ze kruidenthee met cannabis. Daar hield Kitty haar 's avonds, wanneer Hubert nog buiten was, vaak gezelschap. Haar grootmoeder leek ineens oud en broos zoals ze daar zat, ineengedoken in de grote fauteuil, starend in de vlammen alsof ze daar de antwoorden op haar vragen hoopte te vinden. De aangename geur van het turfvuur en de kruidenthee zorgde voor een sfeer van geborgenheid. Kitty vond het prettig om met een boek bij haar grootmoeder te zitten. Ze genoot van de rustgevende klassieke muziek, van de vertrouwde aanwezigheid van haar grootmoeder. In de veilige cocon van die knusse kamer leek de onzekerheid van een wereld die werd verscheurd door oorlog ver weg.

'Rupert was een tobber, een piekeraar,' zei Adeline zacht terwijl ze in de vlammen staarde. 'Hij deed zich voor als een branie, als een man van de wereld, maar daarmee probeerde hij zijn onvermogen te maskeren. Zo was hij als kind al. Een enorme praatjesmaker, om niet te laten merken hoe onzeker hij eigenlijk was. Terwijl Bertie een aangeboren zelfvertrouwen bezit. Ik neem aan omdat hij de oudste is. Als oudste zoon weet je van meet af aan wat je bestemming is. Als hij de oorlog overleeft, erft hij bij Huberts dood het kasteel. En uiteindelijk erft Harry het weer van Bertie. Het ligt allemaal vast, het is allemaal voorspelbaar.'

'Maar wat gebeurt er als Ierland onafhankelijk wordt?' vroeg Kitty. 'Moeten we hier dan weg? Moeten we dan in Engeland gaan wonen?'

'Natuurlijk niet. Dat er revolutie wordt gepreekt, wil nog niet zeggen dat we hier niet kunnen blijven wonen. We laten ons met nog geen tien paarden hier vandaan slepen. Dit is ons thuis. Hier horen we. En God weet dat we het volste recht hebben om te blijven. Dat hebben we verdiend. We zorgen goed voor onze pachters en wanneer ze de boerderij willen kopen en zelfstandig willen zijn, dan respecteren we dat...'

'Grootpapa niet.'

Adeline keerde zich naar Kitty, die op de bank zat, en zette rinkelend haar kopje op het schoteltje. 'Ach, grootpapa.' Ze grinnikte loom en een beetje slaperig. 'Door iets heel hard te ontkennen denkt Hubert dat hij het kan afwenden. Hij is opgegroeid met het geloof in de macht en het gezag van de Kroon. Dat heeft hij van zijn ouders meegekregen.' Ze haalde haar schouders op. 'Loyaal als hij is aan vorst en vaderland, kan hij de situatie niet vanuit een ander perspectief zien. Maar door de dood van Rupert is hij wel gaan beseffen dat het Britse leger niet onoverwinnelijk is. En dat de Deverills niet anders zijn dan anderen. Dat de vijand ook ons moeiteloos kan neermaaien. Ik ben bang dat ook in Ierland het geweld zal losbarsten, Kitty. Het Ierse volk zal het de Britten nooit vergeven dat ze die mannen na de Paasopstand hebben terechtgesteld. De doden zijn martelaars geworden. En er is niets zo gevaarlijk als martelaars. De Ieren geloven dat de doden zijn opgenomen in Tir na nÓg, het Land van de Eeuwige Jeugd. Ik weet zeker dat hun dood zal worden gewroken.'

'Wanneer is de oorlog eindelijk afgelopen?' Kitty slaakte een zucht. 'Hij duurt nu al twee jaar. Ooit moet er toch iemand winnen?'

'Pas als ze elkaar volledig hebben uitgeroeid,' zei Adeline ongewoon somber. 'Het ego van de mens is de wortel van het kwaad. Pas als mensen daar bovenuit kunnen stijgen, krijgen we vrede op aarde. Maar dat kunnen ze niet. Mensen zijn geen haar beter dan dieren.'

Kitty zag de ogen van haar grootmoeder dichtvallen, haar kin op haar borst zakken. Ze schoot haastig overeind en pakte de kop en schotel voordat ze uit Adelines handen gleden. Nieuwsgierig naar het kruid waardoor haar grootmoeder zo beneveld raakte, schonk ze het laatste restje uit de pot in haar eigen kopje. Het smaakte niet onaangenaam, bijna zoet. Zou haar grootmoeder er honing bij hebben gedaan? Het duurde niet lang of ze werd doezelig. Ze wist nog net op tijd de bank te bereiken en terwijl ze zich erop liet vallen, voelde ze zich ineens minder somber. Niets leek er ineens meer toe te doen. De strijd om zelfbestuur, Jack, Ierland… Glimlachend nam ze nog een slok. Haar grootmoeder was een heks, de thee haar heksendrankje.

In de lente van 1917 werd Harry naar huis gestuurd met een schotwond in zijn schouder. Maar hij kwam niet naar kasteel Deverill. Gezien het toenemende geweld vond Maud het in Ierland te gevaarlijk voor hem, dus ze liet hem naar Kent komen. Om Kitty maakte ze zich geen zorgen en ze peinsde er niet over haar ook naar Engeland te halen. Ze zou zich geen raad met haar weten. Bovendien zou Elspeth volledig worden overvleugeld door haar knappe, intelligente, welbespraakte jongere zus. Er waren toch al te weinig geschikte huwelijkskandidaten, dus Maud was niet van plan de kansen van Elspeth te verkleinen door Kitty ten tonele te voeren.

Hubert probeerde zichzelf wat op te beuren door een glimmend rode Daimler te kopen. De auto kwam per boot uit Engeland en veroorzaakte grote opschudding in Ballinakelly. Kinderen renden er in drommen achteraan, oude vrouwen keken alsof ze een geestverschijning zagen en volwassen kerels schudden lachend hun hoofd om de flamboyante Lord Deverill die zich van niemand iets aantrok. Op het kasteel stroomden de bedienden naar buiten, het grind op. Bridie had nog nooit zoiets wonderbaarlijks gezien. Mrs. Doyle schudde haar hoofd om dit 'werk van de duivel', maar O'Flynn streek met zijn hand over de motorkap en dacht vol weemoed terug aan de trein waarmee hij als jongetje had gespeeld en die net zo glimmend rood was geweest. Toen Hubert hem een ritje over het landgoed aanbood, werd O'Flynn van een oude, broze man van tachtig weer dat kleine jongetje en sprong hij zwierig de auto in.

Toen ze over de oprijlaan zoefden, kwam Jack O'Leary hen op zijn paard tegemoet. Hij was op weg naar het kasteel om een kreupele merrie te onderzoeken. Jack nam zijn pet af. Lord Deverill wuifde in het voorbijgaan. Wat een verspilling om geld uit te geven aan zo'n duur stuk speelgoed, kon Jack niet nalaten te denken.

Bij het kasteel gekomen reed hij rechtstreeks naar de stallen. De merrie had niets ernstigs, alleen een verrekte spier. Een paar dagen rust, dan was ze weer de oude. Net toen hij de staldeur dichtdeed, kwam Kitty aanlopen. 'Ik rijd met je mee naar huis,' zei ze, maar hij wist dat ze met hem naar de Elfenkring wilde, om te praten. Kitty en hij hadden hun eigen humor, hun eigen vaste stokpaardjes, maar natuurlijk zou het gesprek ook over de politiek en de oorlog gaan.

Kitty reed in amazonezit. Ze zag er voornaam en elegant uit in haar rijkostuum dat bestond uit een zwarte hoed en een lange zwarte mantel met een witte kraag. Haar rode haar had ze in een dikke vlecht bij elkaar gebonden die tot haar middel reikte. Haar volmaakte huid was roomblank, haar volle lippen krulden ondeugend, maar haar grijze ogen stonden ernstig en keken helder de wereld in. Jack sloeg haar bewonderend gade. De kalme zelfverzekerdheid waarmee ze reed, was niet alleen het resultaat van jarenlange ervaring, maar duidde ook op moed. Zodra hij ook in het zadel zat, reden ze de laan in waar de knoppen van de bomen op uitkomen stonden.

Eenmaal in de heuvels dwongen ze hun paard in galop en stoven ze over de hei, lachend van genot om de wind en de zee die een schitterende aanblik bood. Bij de Elfenkring gekomen stegen ze af. Ze bonden hun paarden niet vast. 'Ik weet nog dat ik tegen mijn vader zei dat de stenen bij zonsondergang tot leven komen,' zei Kitty, terwijl ze tussen de stenen door liep. 'Hij dacht dat ik niet goed wijs was. Ik zie nog hoe hij me aankeek. En ik heb tot nu toe geen kans gekregen om het hem uit te leggen. Dat het lijkt alsof ze tot leven komen doordat de schaduwen langer worden. Met een moeder als Adeline is hij opgegroeid met verhalen over het bovennatuurlijke, dus hij dacht natuurlijk dat dit ook weer zo'n verhaal was. Arme papa. Hij heeft zoveel geduld.' Ze keek uit over het strand, waar de golven kwamen aanrollen over de weidse uitgestrektheid van wit zand. 'Ik bid voor hem, Jack. Ik bid dat hij weer veilig thuiskomt. Niet gewond, zoals Harry. Maar gewoon zoals hij was toen hij wegging.'

Jack kwam naast haar staan en keerde zijn gezicht naar de horizon. 'Jij kunt geesten zien. Wat gebeurt er met ons, als we doodgaan?'

'Dan verlaten we ons lichaam en we zweven weg naar een plek zonder oorlog, zonder geweld, zonder armoede.'

'Daar geloof je echt in, hè?'

'Ik weet dat het zo is. Trouwens, jij weet het ook. Je hebt het zelf gezien.'

'Je bedoelt dat gezicht achter het raam. Maar dat was iets anders.'

'Dat was Jonnie Wilson. Hij kwam terug naar de vrouw die hij liefhad, nadat hij was gesneuveld aan het front. Romantisch, hè?'

'Erg romantisch. En jij denkt dat miss Grieve de hand aan zichzelf heeft geslagen om bij hem te kunnen zijn?'

'Ja.'

Jack keerde zich naar haar toe. De zon die naar de horizon zakte, hulde haar in een warme, goudgele gloed. 'Als ik doodging zou ik ook terugkomen om bij de vrouw die ik liefheb te zijn.'

Kitty glimlachte. 'En voor wie zou je dan terugkomen, Jack?' Maar bij het zien van de tedere blik in zijn ogen stokte de adem in haar keel. Er kwam een blos op haar wangen, haar lippen weken verrast uiteen.

Jacks gezicht stond ernstig, maar ook een beetje angstig. Hij keek haar aan. Haar ogen werden groot. Haar blik verried dat ze op haar hoede was. Het lukte hem niet om die blik vast te houden, noch om haar gevoelens te peilen. Hij haalde diep adem, alsof hij op het punt stond een enorm risico te nemen, toen pakte hij teder haar hand. 'Ik zou terugkomen voor jou,' zei hij zacht.

Haar ogen begonnen te glanzen. 'Hou je van me, Jack?'

'Ja, Kitty. Ik hou van je.'

Ze voelde hoe de pijnlijke leegte in haar hart werd gevuld door een zoete, verrukkelijke warmte. De leegte waarvan ze zich bewust was geweest wanneer ze naar de maan en de sterren keek. Nu pas herkende ze die leegte als eenzaamheid. 'Ik... ik hou ook van jou, Jack,' antwoordde ze hees. Om haar bleke lippen, die niet langer ondeugend krulden, verscheen een schuchtere glimlach.

Jack nam haar in zijn armen en drukte zijn mond op de hare. Willoos gaf ze zich over aan zijn vurige kus. Zijn huid rook naar hooi en paarden, zijn haar naar brandende turf. Het was haar allemaal zo vertrouwd dat ze tranen in haar ogen kreeg. Ze sloeg haar armen om zijn hals, kroop dicht tegen hem aan en sloot haar ogen. Zo liet ze zich meevoeren door de onbekende gevoelens die bezit van haar namen. Terwijl de schaduwen lengden en de stenen begonnen te bewegen, wist Kitty dat Jack O'Leary en zij bij elkaar hoorden. En dat ze met hem net zo onverbrekelijk verbonden was als met Ierland.

13

Het ontging Bridie niet dat Kitty veranderd was – afwezig, ongewoon stil. De scherpe blik in haar ogen was zachter geworden, ze stond vaak voor het raam naar buiten te staren, naar de bladeren die verkleurden, en de woeste zee. Ze giechelde niet meer om Mr. Trench, terwijl Bridie en zij samen op bed lagen. In plaats daarvan staarde ze zuchtend, smachtend naar de zijden baldakijn boven haar hoofd, als de romantische heldinnen in de boeken die Bridie las. De enige verklaring die Bridie kon bedenken, was dat Kitty een oogje had op haar leraar. Wie anders kon haar uitbundige, eigenzinnige vriendin in een teruggetrokken dromer hebben veranderd?

Mr. Trench was ontegenzeggelijk knap om te zien. Zijn zachte ogen achter de ronde brillenglazen waren diep kastanjebruin. Zijn gezicht was weliswaar erg serieus, maar prettig om naar te kijken, met regelmatige gelaatstrekken. Hij had een rechte neus, een wilskrachtige kin, een hoekige kaak en welgevormde jukbeenderen. Bridie vond hem een echte heer. Hij groette haar altijd beleefd, wat ze van de meeste gasten van de Deverills niet kon zeggen. Die gunden het personeel doorgaans geen blik waardig en 'alsjeblieft' of 'dank je wel' leek niet tot hun vocabulaire te behoren. Bridie wist niet wat zich in het leslokaal afspeelde en in tegenstelling tot Kitty was ze geen geboren spion. Dus het sleutelgat was geen optie. Ze kon alleen maar afwachten totdat Kitty haar in vertrouwen nam. En dat ze dat zou doen, dat stond voor Bridie vast. Want Kitty vertelde haar altijd alles.

Ondertussen woedde de oorlog voort, als een niet te blussen bosbrand die zonder onderscheid slachtoffers maakte. George Deverill, de zoon van Digby en Beatrice, die elke zomer met Harry optrok, sneuvelde in Italië. Digby werd voor dood achtergelaten op het slagveld, onder een berg lijken, en werd pas een dag later gevonden, gewond aan zijn been maar nog springlevend. Hij werd naar huis gestuurd om te herstellen, maar niets kon de schade aan zijn hart ongedaan maken na het verlies van zijn enige zoon. Kitty treurde ook om George en bad nog vuriger dat haar vader gespaard zou blijven. Bridie troostte haar zo goed als ze kon.

Haar loon was thuis meer dan welkom. Michael en Sean werkten hard op het land om de pacht te betalen en brood op de plank te hebben. Mrs. Doyle maakte lange dagen in de keuken van het kasteel, de oude Mrs. Nagle kookte voor het hele gezin en ze waren altijd allemaal op tijd voor de mis. Waar ze ook waren en wat ze ook deden, tweemaal daags, bij het luiden van het angelus, namen ze hun pet af, bogen hun hoofd en zegden hun gebed. Twee keer per dag dacht Bridie aan haar vader. Ze had zichzelf voorgehouden dat de pijn en het verdriet minder zouden worden naarmate de tijd verstreek. Maar het gemis was nog net zo groot als op de dag van zijn dood. '*Angelus Domini nuntiavit Mariae...*' Dan drong ze haar tranen terug en zag hem weer voor zich, meer dan levensgroot. En ze beloofde hem dat ze iets van haar leven zou maken, dat hij trots op haar zou kunnen zijn.

Bridie zag Jack elke zondagochtend in de kerk. Zijn ondeugende grijns en vurige blikken deden haar hart sneller slaan. Alle angst en alle ongerustheid die een schaduw over haar heen wierpen, verdampten als sneeuw voor de zon en het leek alsof haar hele wezen zich vulde met licht. Na de mis bracht Jack haar thuis en onder het lopen vertelde ze hem over het kasteel. Hij wilde het liefst verhalen horen over Kitty. Dan gooide hij zijn hoofd achterover, schaterend om alles wat ze uithaalde. Dus Bridie zorgde ervoor dat ze altijd wel iets te vertellen had.

'Kitty is verliefd,' zei ze op een zondag in oktober terwijl ze naar huis slenterden.

'Waarom denk je dat?'

'Ze is dromerig.'

'Ze is altijd dromerig,' zei Jack met een vertederde glimlach.

'Nee, nu is het anders. Heel anders. Ze loopt de hele dag te zuchten, met zo'n smachtende blik in haar ogen.'

'O. En op wie is ze dan verliefd?'

'Volgens mij op Mr. Trench.'

Het gezicht van Jack betrok. 'Mr. Trench?'

'Haar leraar.' Bridie haalde haar schouders op. 'Wie zou het anders moeten zijn?'

'Heb je aan de deur geluisterd, Bridie?'

Ze keek hem beledigd aan. 'Nee, en ik gluur ook niet door het sleutelgat. Maar Kitty en hij zijn elke ochtend samen. En hij is best knap om te zien.'

'Ik geloof je ook wel.' Jack slaakte een zucht. 'Ik ben alleen verrast.'

'Ik niet. Waarom zou ze niet verliefd op hem zijn? Dat stijve been maakt hem alleen maar romantischer.'

'Je klinkt alsof je zelf ook een oogje op hem hebt.'

'Nee, natuurlijk niet!' Ze bloosde. Kon ze maar eerlijk zijn! Kon ze hem maar vertellen dat ze tot over haar oren verliefd was op hém!

'Bridie Doyle! Zie ik het goed? Volgens mij bloos je!' zei hij lachend. Toen ze niet reageerde gaf hij haar een kameraadschappelijke por. 'Ik plaag je maar!'

'Dat moet je niet doen. Over zulke dingen maak je geen grapjes.'

'Wat klink je toch deftig, Bridie. Je luistert te veel naar die lui op het kasteel.'

'Ik moet daar netjes praten.' Bridie was aangenaam verrast dat het hem was opgevallen. 'Ik ben tenslotte kamenier.'

'Je hebt het ver geschopt, Bridie.'

Ze keek opzij. Wat was hij volwassen! De kleine jongen was een man geworden. 'Michael wil niet dat mam en ik voor de Deverills werken, maar mijn loon pakt hij maar al te graag aan.'

'Ze betalen royaal. Dat moet ik ze nageven.'

'En hoe is het met jou? Je komt haast nooit meer langs.'

Jack zuchtte. Het was de diepe zucht van een man wiens dagen werden getekend door onzekerheid en hard werken. 'Het is ploeteren, Bridie. Dus ik heb geen tijd voor andere dingen. Nu pa nog altijd aan het front zit…'

'Ik bid voor hem, Jack.'

'Ik ook,' zei hij zacht.

Toen ze afscheid namen aan het eind van de straat, waar het stadje ophield en het vrije veld begon, draaide Bridie zich nog even om. 'Je zegt niks tegen Kitty, hè?'

'Moge de duivel me halen als ik ook maar iets verklap!' Hij nam zijn pet af. 'Doe haar de groeten.'

Bridie lachte. 'Verbeeld je maar niks. Kitty heeft alleen ogen voor Mr. Trench!' Met veerkrachtige tred liep ze verder naar het kasteel.

Kitty haastte zich de tuin door, met haar sjaal strak om zich heen geslagen zodat hij niet weg kon waaien. Ze wierp een steelse blik om zich heen, om zeker te weten dat niemand haar zag. Overal lagen bergen bruin blad, door de wind op het zomergroen gegooid om weg te rotten. De borders, die ooit een feest van kleur waren geweest, lagen er verlaten bij. En wat er nog groeide, rotte ook weg. De oude tuinmannen hadden geen tijd en geen kracht meer om te harken, te wieden, te snoeien. Kitty liep snel verder. Haar adem was zichtbaar als grijze wolkjes. Haar rode haren dansten om haar hoofd en krulden door het vocht in de lucht.

Bij de muur gekomen bleef ze staan. Ze keek nogmaals om zich heen, als een vos die op het punt stond een kip te stelen. Toen ze zeker wist dat alleen de roeken in de boomtoppen haar in de gaten hielden, liet ze zich op haar hurken zakken en haalde ze een losse steen uit de muur, begroeid met een zacht groen dekentje van mos. In de opening daarachter lag een wit velletje papier, keurig tot een vierkantje gevouwen. Jack vouwde zijn briefjes altijd zodanig – dubbel en in elkaar geschoven – dat ze, eenmaal open, niet meer dichtgevouwen konden worden. Uit de zak van haar rok haalde ze haar eigen briefje, legde het in de opening en deed de steen er weer voor.

Opgewonden liep ze naar een van de kassen. Daar ging ze op de ijzeren bank zitten, waar Celia, Bridie en zij vroeger hun snode plannen hadden gesmeed. Nu was ze alleen. Met een diepe zucht vouwde ze het briefje open.

Mijn mooie Kitty, op weg naar Morgan's Point heb ik vandaag een vos gezien. Met zijn heldere, waakzame blik deed hij me meteen aan jou denken. En aan ons. Mijn hart stroomde over van geluk. Wat er ook gebeurt, ik zal God altijd dankbaar blijven voor jou, lieve Kitty, mijn eigen kleine vos. Ik ben de gelukkigste man van heel Ierland.

Terwijl ik dit schrijf, besef ik dat ik het mis had toen ik zei dat je Engels was. Voor mij ben je Ierland, Kitty. Als het je lukt weg te komen, zie ik je bij zonsondergang bij de Elfenkring. Ik hoop het vurig. Want ik mis je kussen. Je liefhebbende Jack.

Kitty las het briefje nogmaals en drukte het met een gelukzalige zucht tegen haar hart. Ze vroeg zich geen moment af of Jack en zij wel een toekomst hadden samen. Behalve een religieuze, gaapte er ook een maatschappelijke kloof tussen hen. Bovendien werd ze geacht met een Engelsman te trouwen. Maar ze hield van Jack en ze was ervan overtuigd dat hun liefde sterk genoeg zou zijn om elk obstakel te overwinnen. Diep in haar hart wist ze dat niets hen kon scheiden, zelfs haar vader en haar moeder niet. En ze wist ook dat haar grootmoeder onvoorwaardelijk achter haar zou staan.

Ze verspilde geen tijd met omkleden, maar haastte zich in haar jurk en op haar zwarte knooplaarsjes naar de stallen. Mr. Mills was nergens te bekennen, maar een van de staljongens sloeg haar vanonder zijn lange, zwarte haren nieuwsgierig gade terwijl hij zijn handen afveegde aan een oude lap.

Kitty voelde zich vrij, ze kon de hele wereld aan! Er was niemand die zei wat ze moest doen of laten. Nu ze zeventien was, stonden de knechten voor haar op wanneer ze de stallen binnenkwam. Haar moeder was in Engeland, haar vader aan het front, haar grootvader in Dublin, waar hij steeds meer tijd leek door te brengen. En als haar grootmoeder zag dat ze in een jurk ging rijden, zou ze glimlachend haar hoofd schudden. Adeline bewonderde haar kleindochter om haar lef en haar eigenzinnigheid. En wat Mr. Trench betrof, hij was haar leraar, niet haar kindermeisje, dus hij had geen enkel recht te vragen wat ze deed of waar ze naartoe ging. Maar terwijl Kitty de laan uit galoppeerde, kwam hij net terug van een wandeling. Hij liep over het gazon, waar ze 's zomers croquet speelden en waar zijn voetstappen donkere plekken maakten in het gras. Maar Kitty zag hem niet, en dus zag ze ook niet de verlangende uitdrukking op zijn gezicht toen hij zijn bril afzette en haar nakeek. Het enige waar Kitty oog voor had, was de ondergaande zon.

Bij de Elfenkring gekomen liet ze zich uit het zadel glijden en viel ze Jack om de hals. De wind was zilt en koud, dus hij sloeg beschermend zijn armen om haar heen. Zijn lippen vonden de hare door de wirwar van rode lokken, die als het haar van een zeemeermin om haar hoofd wapperden. Ze drukte zich tegen hem aan, zodat zelfs de wind niet tussen hen kon komen. Hij voelde warm en veilig en vertrouwd, en ze ademde zijn geur in als een dronkaard die na langdurige onthouding whiskey rook. Jack kuste haar koude wangen, haar zachte hals, toen legde hij zijn handen langs haar gezicht en keek haar aan. 'Je bent prachtig, Kitty Deverill.'

'En jij bent ook niet lelijk, Jack O'Leary.' Ze keek lachend in zijn ogen, waarin ze een wijsheid las die zijn jaren ver te boven ging.

'Ik ben smoor op je!'

'En ik op jou!'

'Hou je meer van mij dan van Mr. Trench?' Hij klonk luchtig, maar zijn ogen verrieden dat hij er niet helemaal gerust op was.

Kitty fronste haar wenkbrauwen. 'Hoe kom je daar nou bij? Ik hou helemaal niet van Mr. Trench.'

'Dan is het goed.'

'Waar haal je dat vandaan?'

'Ik ben gewoon jaloers.'

'Nou, daar is geen enkele reden voor. Ik ben van jou, met lichaam en ziel. Denk erom dat je daar nooit aan twijfelt.' Hij kuste haar nogmaals, lang en hartstochtelijk, alsof hij diep in zijn hart wist dat de dag ooit zou komen waarop hij haar voor het laatst zou kussen, dat Kitty nooit de zijne zou worden. En Kitty, die geen vermoeden had van zijn verborgen angst, lachte om zijn vurigheid en helde haar hoofd naar achteren zodat hij zijn gezicht kon begraven in haar hals.

Maud kwam met Victoria, Elspeth en Harry voor de kersttijd naar het kasteel. Daar had Harry op gestaan. Hij was nog herstellende van zijn verwondingen en Kitty was geschokt te zien hoezeer hij was veranderd; van een onbekommerde jongen in een volwassen man. Maud keek hem meer dan ooit naar de ogen en in plaats van haar te laten begaan, verloor hij regelmatig zijn beheersing en legde haar woedend het zwijgen op. Hij eiste Joseph weer op als persoonlijke bediende en alleen Kitty wist wat daarachter stak. Ze durfde zijn kamer niet meer binnen te komen, uit angst dat ze de mannen in bed aantrof, maar ze had zo'n gevoel dat

Harry daar geen moeite mee zou hebben. Het leek hem niet langer te storen dat ze zijn geheim kende. Integendeel, het bracht hen zelfs nader tot elkaar. Hij zocht vaak haar gezelschap en dan maakten ze lange wandelingen over het strand of ze roeiden de zee op in de boot waarmee hun vader altijd ging vissen. Hoewel het geheim nooit ter sprake kwam en er zelfs niet op werd gezinspeeld, voelde hij zich in haar gezelschap beter op zijn gemak dan bij de anderen.

Bridie luisterde naar wat er in de keuken werd gefluisterd. En Molly, met wie ze de kamer deelde, deed niets liever dan roddelen. Als tijdelijke kamenier van Kitty's moeder en zussen, wist ze te vertellen dat Maud de neiging had woedend uit te vallen tegen haar dochters. De meisjes waren bang voor haar; zelfs Victoria, die tegenwoordig als gravin door het leven ging. Maar vooral Elspeth moest het ontgelden. Maud greep elke gelegenheid aan om haar erop te wijzen dat ze niet meer de jongste was, dat ze haast moest maken met het vinden van een man, om niet 'over te schieten'. 'Als je geen hertog kunt vinden, dan maar een kreupele hertog!' had ze Elspeth toegebeten toen die zich beklaagde dat er maar weinig geschikte mannen rondliepen. 'Weet je wel hoe vernederend het is voor een moeder, om een dochter te hebben die niemand wil?' Bridie was geschokt. Hoe kon een moeder zo harteloos zijn? Maar Maud was ijdel en egocentrisch. De enige voor wie ze bereid was zichzelf weg te cijferen, was Harry. 'Reken maar dat hij een goed huwelijk weet te sluiten,' zei ze tegen haar dochters, aldus Molly. 'Hij is knap, een oorlogsheld en bovendien erfgenaam van een groot landgoed. Ze zullen om hem vechten. Het is doodzonde dat jullie niet allemaal als jongen zijn geboren.'

Kitty sprak haar moeder alleen wanneer het onvermijdelijk was. Ze bleef altijd beleefd, vertelde zo min mogelijk over zichzelf, maar vroeg naar wat haar moeder bezighield. 'Er worden dit voorjaar in Londen geen debutantes gepresenteerd. Het hele uitgaansseizoen is afgeblazen,' vertelde Maud tijdens de lunch. Het was de dag voor Kerstmis. 'Dus je kunt net zo goed hier blijven.'

'Hoe moet Kitty dan ooit een man zien te vinden?' vroeg Victoria zelfvoldaan. 'Die arme Elspeth heeft ook al niet veel geluk gehad.'

'Is dat het enige wat je interesseert, Victoria? Het huwelijk?' vroeg Kitty.

'Hoezo? Wat zou me nog meer moeten interesseren?'

‘Als een vrouw geen andere optie heeft dan trouwen, dan had ik liever een man willen zijn,’ verklaarde Kitty.

Elspeth rolde met haar ogen. ‘Je klinkt als een suffragette.’

‘Suffragettes willen geen man zijn, Elspeth. Ze willen gewoon gelijke rechten voor mannen en vrouwen,’ wees Kitty haar terecht, geërgerd door de onwetendheid van haar zussen.

‘De plaats van een vrouw is thuis,’ mengde Hubert zich in de discussie. ‘Het zwakke geslacht heeft in de politiek niets te zoeken.’

‘Ik heb te doen met de jonge vrouwen van vandaag,’ zei Adeline. ‘Door de oorlog is er een hele generatie mannen weggevaagd.’

‘Dan moeten we allemaal maar met een Ier trouwen,’ zei Kitty uitdagend. De reactie waarop ze had gehoopt, bleef niet uit.

Maud tuitte woedend haar lippen. ‘Dat is natuurlijk belachelijk!’

‘We kunnen niet te kieskeurig zijn. En lieverkoekjes worden hier niet gebakken,’ merkte Elspeth op, denkend aan Peter Packenham, die ze altijd al aantrekkelijk had gevonden.

‘Nou en of de meisjes Deverill kieskeurig moeten zijn,’ protesteerde Hubert. ‘Mijn kleindochters trouwen met het beste wat Engeland te bieden heeft.’

‘Het beste wat Engeland te bieden heeft, wordt aan het front genadeloos neergemaaid.’ Harry verbrak abrupt zijn stilzwijgen. ‘Het spijt me, moeder, maar ik vind het werkelijk weerzinwekkend, dat het uithuwelijken van uw dochters het enige is waaraan u kunt denken. Op het continent sterven ze met honderden, met duizenden tegelijk. En degenen die het overleven, zullen nooit meer dezelfde zijn. Dus vergeef me als ik geen enkele compassie kan opbrengen voor uw beproeving.’

Maud verbleekte. Hubert veegde zijn mond af met zijn servet. O’Flynn stond in de houding en deed alsof hij niets had gehoord. ‘Zo is het wel genoeg, Harry,’ zei zijn grootvader streng. ‘De oorlog berooft ons land van zijn jonge mannen, daar heb je gelijk in. Maar het leven gaat door en je zussen moeten trouwen. Het is heel begrijpelijk dat je moeder zich daar zorgen over maakt.’

‘En denk maar niet dat ik me niet óók zorgen maak om je vader, Harry,’ zei Maud afgemeten, met een ijzige, grimmige trek om haar mond. ‘Denk maar niet dat ik niet treur om Rupert en George en om alle anderen die hun leven hebben verloren aan het front. Dat ik niet treur om jou en me afvraag waar de lieve, zachtmoedige jongen is gebleven die ik heb grootgebracht.'

Harry keek haar recht aan. 'Die is gestorven op het slagveld, moeder. Lieve jongens hebben aan het front niets te zoeken.'

De ogen van Maud glinsterden vochtig.

Adeline gebaarde naar O'Flynn dat hij kon afruimen. 'Laten we het glas heffen op Bertie,' zei ze. 'Laten we bidden voor zijn behouden thuiskomst en voor een eind aan deze afschuwelijke oorlog.' Ze hieven hun wijnglas, althans verenigd in die vurige wens.

De volgende dag ging de familie naar de kerk. Hubert nam Adeline, Harry, Maud en Victoria mee in de Daimler, de anderen werden door Mr. Mills gereden, in de sjees. Kitty en Elspeth zaten naast elkaar met een deken over hun knieën. Allebei verdiept in hun gedachten keken ze vanonder hun hoed naar het sombere landschap, naar de meeuwen die zwenkend en duikend langs de ijzige hemel joegen. 'Ik vind mama walgelijk,' zei Elspeth plotseling.

Kitty wist niet wat ze hoorde. Ze keerde zich naar haar zus en besefte ineens hoe mager en bleek ze was geworden. 'Voel je je niet goed?'

'Ik ben misselijk! Van haar,' antwoordde Elspeth verbitterd. 'Ik benijd je, Kitty. Jij woont hier, bij grootpapa en grootmama. Jij kunt doen wat je wilt. Maar ik moet straks weer met mama mee, terug naar Kent. Het voelt als een gevangenis.'

'Zo erg kan het toch niet zijn?'

'Eric is zo saai.' Elspeth lachte schuldbewust. 'De saaiste man in heel Engeland.'

Kitty sloeg een hand voor haar mond. 'Elspeth, Victoria zou je vermoorden!'

'Ze houdt niet van hem. Ik weet niet eens of ze hem wel aardig vindt. Maar hij is rijk en dat is het enige wat telt.' Met een verloren blik in haar ogen keerde ze zich naar Kitty. 'Maar er moet toch meer zijn? Je moet als vrouw toch kunnen trouwen met een man van wie je houdt?'

'Grootmama houdt van grootpapa, dat weet ik zeker.' Terwijl ze het zei dacht Kitty aan Jack en voelde ze de vertrouwde warmte die haar als een bontmantel omhulde.

'Denk je dat mama van papa houdt?' vroeg Elspeth.

'Ja. Op haar eigen manier,' antwoordde Kitty naar waarheid. 'Voor zover mama van iemand kan houden. Buiten zichzelf.'

Elspeth wendde zich zuchtend af. 'Ze heeft jou nooit gemogen. Waarom eigenlijk niet?'

Kitty haalde haar schouders op. Ook al was het gebrek aan liefde wederzijds, de afwijzing door haar moeder deed nog altijd pijn. 'Ik weet het niet.'

'Volgens mij is ze bang voor je. Dat zie ik in haar ogen. Ze heeft geen vat op je omdat je haar de baas bent. Je gaat je eigen gang. Je laat je niets zeggen. Ik wou dat ik dat kon.'

'Ik ben anders dan mama,' zei Kitty.

'Je bent ook anders dan papa. Je lijkt op grootmama. Jullie zouden moeder en dochter kunnen zijn.'

'Grootmama is meer een moeder voor me geweest dan mama.'

Plotseling pakte Elspeth haar hand. 'Ik wil dat we vriendinnen zijn, Kitty,' zei ze hartstochtelijk. 'Het spijt me dat ik altijd zo akelig tegen je heb gedaan. Dat spijt me echt heel erg. Ik heb je afschuwelijk behandeld.'

'Ik wil ook graag dat we vriendinnen zijn.' Kitty glimlachte naar haar zus. Niemand was alleen maar goed of slecht, wist ze. 'Ik ben alleen bang dat ik je niet tegen mama kan beschermen.'

'Nee, maar wie dan wel?' Elspeth klonk wanhopig.

'Een man,' antwoordde Kitty. 'Je moet verliefd worden en trouwen. Dan ben je van mama verlost.'

'En dan moet ik vervolgens doen wat mijn man zegt. Dus daar schiet ik weinig mee op,' zei Elspeth dof.

'Nee, je moet zien dat je een man vindt die je als zijn gelijke behandelt. Je hoeft niet met iemand zoals Eric te trouwen. Je moet je hart volgen, Elspeth.' Kitty vouwde haar handen in haar schoot en rechtte haar rug. 'Dat doe ik ook.'

14

Maud bleef tot nieuwjaarsdag, toen stapte ze met Victoria, Elspeth en Harry op de boot naar Engeland, warm ingepakt in een kostbare bontjas. Harry was degene die met de meeste tegenzin vertrok. Kitty besefte dat het kwam door de liefde. Want ook al was die dan onconventioneel, op zijn manier hield Harry van Joseph, net zo oprecht als zij van Jack hield. Ze had met hem te doen en terwijl ze hem bij het afscheid omhelsde, zag ze de spijt in zijn ogen. Hij moest in de loop van januari terug naar het front, dus Kitty vroeg zich angstig af of hij zijn erfgoed ooit nog terug zou zien.

In haar voortdurende bezorgdheid om haar vader en haar broer betekende Jack een troost. Wat er ook gebeurde, hij zou niet naar het front gaan. Tenminste, dat dacht ze. Maar toen kwam de dag waarop David Lloyd-George, de Britse premier, besloot ook Ierland de dienstplicht op te leggen.

'Een verdomd goed idee!' Met zijn sigaar tussen zijn tanden keek Hubert zijn kleindochter aan over zijn kaarten. 'Ierland maakt deel uit van Groot-Brittannië, dus we moeten samen vechten, schouder aan schouder.'

Een ijzige vuist sloot zich om haar hart. 'Dus de jonge mannen in Ierland moeten ook naar het front?' vroeg ze fluisterend.

'Reken maar!'

De Struikjes, die zoals zo vaak waren langsgekomen voor het diner en een partij whist, waren minder overtuigd. 'Ik vind het onverdraaglijk dat er nog meer jonge mannen de dood in worden gejaagd,' zei Hazel. 'Vind je ook niet, Laurel?'

'Ik vind dat we ons onmiddellijk moeten overgeven, om een eind te maken aan die beestachtige oorlog,' zei Laurel.

'Goeie God, wat zit er in dat hoofd van je? Zaagsel?' sputterde Hubert.

'Als we ons overgeven zijn al die jonge mannen voor niets gestorven,' zei Adeline vanuit haar fauteuil bij de haard, waar ze nipte van haar thee met cannabis.

'Maar ze kunnen de Ieren toch niet dwingen om dienst te nemen?' Kitty dwong zichzelf kalm te blijven.

'Natuurlijk wel. En dat zullen ze doen ook,' zei Hubert. 'Wel verduiveld, we moeten die oorlog winnen! Maar als we niet meer manschappen krijgen, verliezen we! En die manschappen hebben we hier. Dan kunnen ze dat geweld van ze voor een goed doel inzetten. Het wordt tijd dat ze weten wie de werkelijke vijand is.' Hij richtte zijn aandacht weer op zijn kaarten. 'Wie was er aan de beurt?'

Angst dreigde Kitty te verlammen. 'Ik moet even een frisse neus halen.' Abrupt schoof ze haar stoel naar achteren.

'Hè, ik heb net zulke goede kaarten,' zei Hubert teleurgesteld. 'Blijf niet te lang weg.'

Kitty liep naar buiten, ging op de treden bij de voordeur zitten en sloeg haar armen om haar knieën. Stel je voor dat Jack naar het front moest. Dat zou ze niet overleven! Ze keek omhoog naar de sterren, die helder, twinkelend aan de hemel stonden, en vroeg zich af hoe God dacht over de chaos die de mens ervan had gemaakt. Ze verlangde naar Jack. Ze wilde dat hij haar in zijn armen nam en haar beloofde dat hij nooit naar het front zou gaan. Dat hij zou weigeren, ondanks de dienstplicht. Ze konden hem vast niet dwingen. Vechtend tegen haar tranen sloeg ze haar handen voor haar gezicht. Diep in het bos klonk de roep van een uil. Zou Jack hem ook horen? Dacht hij aan haar?

Toen ze zichzelf weer in de hand had, liep ze terug naar de bibliotheek. Het leek wel alsof ze allemaal dronken waren, was haar eerste gedachte. Maar het was de cannabis, die haar grootmoeder royaal met haar zussen deelde. De Struikjes hingen achterover op de bank, wezenloos giechelend. 'O, hij was zo'n knapperd!' Laurel was zo traag dat ze de woorden nauwelijks over haar lippen kreeg. 'Vertel Adeline eens wat je tegen mij zei, Hazel.'

'Nee, dat kan niet!' Hazel schaterde het uit. 'Dat kan echt niet. Onze lieve moeder zou zich omdraaien in haar graf.'

'Hè, toe! We zijn met familie onder elkaar.' Laurel legde een hand tegen haar hoofd. 'Ik ben duizelig.'

'Waarom komt hij nooit meer jagen?' vroeg Hazel. 'Hubert nodigde hem altijd uit. Het was zo'n dappere man. Zwierig en vol bravoure. Een ouderwetse ridder.'

'Wie?' vroeg Kitty vanuit de deuropening.

'De hertog van Rothmeade,' antwoordde Hazel. 'Die kwam hier vroeger altijd. Hij hoorde min of meer bij het meubilair.'

'En hij was beeldschoon,' zei Laurel. 'Maar ineens kwam hij niet meer. Ik heb nooit begrepen waarom.'

'Had hij niet een oogje op Maud?' Hazel begon weer te giechelen. 'Ik weet nog dat ze onafscheidelijk waren. En zoals Maud naar hem keek...'

'Zo is het wel genoeg,' kapte Adeline haar af.

'Wat zit er eigenlijk in de thee, Adeline? Een behoorlijk sterk goedje, als je het mij vraagt.'

'Cannabis,' antwoordde Adeline slaperig. 'Dat kweek ik. Het heeft een kalmerende werking.'

'Een heks, dat is ze,' zei Hubert die nog altijd aan de kaarttafel zat. En aan zijn derde whiskey. Kitty keek verbaasd om zich heen. De hele familie was beneveld.

'O, maar dat wisten we allang,' zei Laurel. 'We zijn alle drie heksen, waar of niet, meisjes?'

'Waarom ben jij eigenlijk niet naar een struik genoemd, Adeline?' vroeg Hubert.

'Geen idee. Moeder had niet echt groene vingers, dus misschien kon ze niet nog een struik bedenken.' Opnieuw gierden de drie zussen het uit van de lach.

Adeline dronk haar kopje leeg en gaf de zilveren theepot aan Laurel door, die zichzelf gretig inschonk en de pot aan Hazel doorgaf.

'Kitty, neem ook een kopje! Het is echt heerlijk,' drong die aan.

Kitty slaakte een zucht. Als Jack naar het front moest, had het leven voor haar geen zin meer. 'Ach, waarom ook niet,' zei ze berustend, want ze herinnerde zich het verrukkelijke gevoel van zorgeloosheid dat de thee haar al eerder had bezorgd.

'Zeg, we zijn nog niet uitgespeeld!' riep Hubert vanaf de kaarttafel. Kitty nam een paar slokken en keek naar de Struikjes. De zussen keken terug, de cannabis begon ook bij Kitty zijn werk te doen en even later schaterden ze het allemaal uit, in een verrukkelijke, ongeremde uitbarsting van vrolijkheid.

De volgende morgen weigerde Kitty uit bed te komen. Ze stuurde Bridie naar Mr. Trench met de boodschap dat ze zich niet goed voelde. Zouden ze ruzie hebben gehad, vroeg Bridie zich af, maar Mr. Trench reageerde slechts bezorgd, niet alsof hij zich tekortgedaan voelde. 'Ik hoop dat ze zich snel weer beter voelt. Als ze vanmiddag even een frisse neus wil halen, ben ik beschikbaar voor een voorzichtige wandeling in de tuinen.' Bridie was diep onder de indruk van zijn hoffelijkheid en benijdde Kitty om zo'n knappe, charmante leraar.

'Ze zeggen dat de Ieren naar het front moeten,' zei Kitty somber toen Bridie terugkwam. 'Dus dat geldt dan ook voor je broers.'

'Michael zou liever sterven dan dat hij voor de Britten gaat vechten,' verklaarde Bridie met grote stelligheid.

'En Jack denkt er waarschijnlijk net zo over.'

De gedachte dat Jack naar het front zou gaan, verontrustte Bridie hevig. 'Jack neemt geen dienst. Trouwens, geen van onze mannen. De Britten krijgen nóg een oorlog aan hun broek. Hier in Ierland.'

'Die hebben ze al.' Kitty ging rechtop zitten en dronk van de thee die Bridie haar had gebracht. Ze keek uit het raam. De voorjaarszon stond stralend aan de hemel. Een zoete bries voerde het gezang van vogels met zich mee. 'Denk je dat Jack het weet?'

'Natuurlijk weet hij het. Ze hebben het er allemaal over.'

'En wat zeggen ze dan?'

'Dat ze geen dienst nemen. Dat de Britten de hele mannelijke bevolking zullen moeten arresteren en gevangenzetten.' Bridie ging op het bed zitten. 'En volgens Michael werkt de maatregel alleen maar in ons voordeel. Want die komt onze zaak ten goede, waar of niet?'

'Ja, daar heb je gelijk in. Zo had ik het nog niet bekeken.' Kitty fleurde er helemaal van op, liet zich uit bed glijden en begon zich aan te kleden.

'Ik dacht dat je ziek was,' zei Bridie verbouwereerd.

'Ik voel me alweer een stuk beter,' verklaarde Kitty opgewekt. 'Dat komt vast door de thee. Wat heb je erin gedaan?'

'Niks,' antwoordde Bridie onschuldig. 'Moet ik tegen Mr. Trench zeggen dat je weer beter bent?'

'Nee, alsjeblieft niet!' zei Kitty lachend.

'Hij zei dat hij wel een wandelingetje met je wilde maken, als je je weer wat beter voelde.'

Kitty glimlachte. 'Nee, daar voel ik me nog niet goed genoeg voor. Trouwens, ik heb vast iets onder de leden, dus ik zou niet willen dat hij ook ziek werd. Nee, ik ga wel even alleen de tuin in.'

Bridie begreep er niets van. Dit was niet het gedrag van een verliefde vrouw. En ook niet van een vrouw die iets onder de leden had.

Toen Kitty beneden kwam zag ze tot haar verrassing behalve haar grootmoeder ook de Struikjes aan de ontbijttafel zitten. 'We zijn blijven slapen,' zei Hazel glimlachend. 'Want we waren niet meer in staat om naar huis te gaan, hè Laurel?'

'Nee, inderdaad. Ik weet niet wat er met ons aan de hand was, maar het was verrukkelijk.'

'Je grootvader is gaan vissen,' zei Adeline. 'Volgens mij werd het hem allemaal te veel en is hij gevlucht.'

'We hebben ons spelletje nooit afgemaakt,' zei Hazel.

'Volgens mij stonden wij op winst, Kitty. Waarom zijn we in 's hemelsnaam gestopt?'

Kitty ging aan tafel zitten en schonk zichzelf een kop thee in. O'Flynn kwam aanschuifelen. 'Wilt u eieren, miss Kitty?'

'Ach, waarom ook niet? Wat een verrukkelijke dag! Misschien ga ik wel een eind rijden.'

'Moet je niet naar Mr. Trench?' vroeg Adeline.

Kitty zuchtte. 'Ik heb hoofdpijn,' loog ze. 'Dus ik zou me onmogelijk kunnen concentreren.'

Adeline glimlachte. 'Ik moet zeggen, die Mr. Trench mag van mij in een gouden lijstje dat hij het hier uithoudt. In Engeland is voor een man als hij zoveel meer te beleven.'

'Maar zo'n aantrekkelijke leerling als Kitty vindt hij niet gauw weer,' zei Laurel.

'Precies,' viel Hazel haar bij. 'Ik weet zeker dat hij smoorverliefd op je is.'

'Onzin,' zei Kitty. 'Ik heb nog nooit zo'n serieuze man ontmoet als Mr. Trench.'

'Serieus, maar niet saai,' protesteerde Adeline. 'En hij is buitengewoon intelligent.'

'Wat doet hij de hele dag, behalve jou lesgeven?' vroeg Laurel. 'Met dat been kan hij niet rijden.'

'Hij leest,' antwoordde Kitty. 'Hij leest. En hij leest. En als hij klaar is met lezen, dan leest hij nog meer.' Ze keek grijnzend over de rand van haar theekop. 'Ik heb alles geprobeerd om hem aan het lachen te krijgen. Maar er kan amper een glimlach af.'

'Nou, als jij hem niet aan het lachen kunt krijgen, dan lukt het niemand,' zei Adeline.

'Geef hem een kopje thee met cannabis. Dan ontdooit hij wel. Wat zeg ik, dan opent hij zich als een mossel in een hete pan,' zei Laurel.

'Precies,' viel Hazel haar lachend bij. 'Als een mossel in een hete pan.'

Kitty haastte zich naar de muur. Ze haalde Jacks brief uit de opening en liep naar de kas om hem te lezen. Maar toen ze op de bank ging zitten, hoorde ze stemmen. Ze klonken zacht en steels, als het geritsel van muizen. Kitty stond op, stopte de brief in de hals van haar jurk en verborg zich achter een grote varen. Maar hoe gespannen ze ook luisterde, ze kon niet horen wat er werd gezegd. Het gefluister klonk gejaagd en werd afgewisseld met lange stiltes. Voorzichtig, om zichzelf niet te verraden, gluurde ze tussen de bladeren door. Bij de radijsjes ontdekte ze twee sjofele kinderen die gretig zaten te kauwen. Kitty was verbaasd. Kinderen! Dat had ze niet verwacht. Toen ze beter keek, zag ze dat het geen landlopers waren, maar kleine boefjes uit Ballinakelly. Hun haar was vies en zat vol klitten, hun gerafelde kleren boden een haveloze aanblik en ze liepen op blote voetjes. Kitty keek muisstil toe terwijl ze zich tegoeddeden aan sla, worteltjes en pastinaak. Niet doen, wilde ze hen waarschuwen. Van rauwe pastinaak krijg je afschuwelijke buikpijn. Maar ze zei niets en wachtte af tot de kinderen genoeg hadden gegeten en zich haastig uit de voeten maakten. Toen liep ze terug naar de bank en vouwde ze de brief open.

Nadat ze die had gelezen, besloot ze iets te eten neer te zetten, voor het geval dat de kinderen de volgende dag terugkwamen. Met wat brood en boter en een paar plakken ham zouden ze hun maag beter kunnen vullen dan met groenten alleen. Het was verkeerd dat kinderen honger hadden, terwijl zij op het kasteel in overvloed leefden. Mrs. Doyle stelde geen vragen toen ze om eten vroeg, en ze keek ook niet verbaasd toen Kitty ermee naar buiten liep. Ze was eraan gewend dat Lady Deverill manden met proviand vulde voor de armen. Kitty zette het eten onder een vliegennet op een tafel, vlak bij de plek waar ze de kinderen had gezien. En waar de kroontjes van de radijsjes die ze hadden verorberd, nog op de grond lagen.

Toen ze weer binnenkwam, liep ze Mr. Trench tegen het lijf die net op weg was naar buiten. 'Ach, Kitty, ik ben blij dat je je weer wat beter voelt.'

Waarom kon er geen glimlach vanaf om te laten zien hoe blij? 'Dank u wel.' Ze probeerde niet schuldig te kijken.

'Ik ga met de sjees naar Ballinakelly. Er is vandaag markt. Waarom ga je niet mee? De frisse lucht heeft je duidelijk goed gedaan.'

Ze kon geen geloofwaardig excuus bedenken. 'Heel graag,' zei ze dan ook beleefd. Misschien had ze geluk en kwam ze Jack tegen. 'Ik ga even mijn hoed halen.'

Toen ze naar de stallen liepen zag ze dat Bridie hen nakeek vanachter het raam van een van de slaapkamers. Haar vriendinnetje wuifde. Bridie wendde zich af met een veelbetekenende glimlach. Het was maar al te duidelijk dat Kitty haar ziekte had verzonnen om met Mr. Trench de tuin in te gaan. Maar waarom had ze haar niet in vertrouwen genomen?

Het was een warme lentedag. De vogels zongen, overal hing de geur van ontluikend nieuw leven. Knoppen werden groen en openden zich in de zon. Het landschap had de somberheid van de winter afgelegd. Op zo'n stralende dag was het nauwelijks voorstelbaar dat er elders op de wereld een oorlog woedde.

Mr. Mills had de pony al ingespannen en stond met de sjees te wachten op het stalerf. Toen hij Kitty zag nam hij zijn pet af. 'Goedemorgen, miss Kitty.'

'Goedemorgen, Mr. Mills. Wat een verrukkelijke dag, vindt u niet?'

'Inderdaad, miss Kitty. Een prachtige dag.' Mr. Mills keerde zich ernstig naar Mr. Trench. 'Wees voorzichtig in de stad,' waarschuwde hij. 'Er lopen nogal wat mensen rond die niet gelukkig zijn met de huidige politieke situatie.'

'Ik zal goed oppassen, Mr. Mills.' Mr. Trench klom in de sjees en nam de leidsels. Mr. Mills bood Kitty zijn hand en hielp haar op de bok, naast haar leraar, waarop Mr. Trench de leidsels liet knallen en de pony in een rustige draf aansprong.

Gedurende enige tijd werd er niet gesproken. Kitty was buiten het leslokaal niet aan het gezelschap van haar leraar gewend, dus ze wist niet waar ze het over moest hebben. En Mr. Trench was geconcentreerd op de weg. Toen de wind haar hoed bijna afwoei, zag Kitty daarin een kans de ongemakkelijke stilte te verbreken. 'Dat was op het nippertje.' Ze legde een hand op haar hoed.

'De wind is onvoorspelbaar,' zei Mr. Trench.

'Nou en of. Is het in Engeland ook zo winderig?'

'Dat hangt ervan af. Aan de kust kan het erg stormachtig zijn. En in de winter sneuvelen er nogal wat bomen.'

'Wat bedoelde Mr. Mills? Toen hij het had over mensen die niet gelukkig zijn met de huidige situatie? Komt dat omdat ze honger hebben?' Kitty dacht aan de kinderen die ze in de kas had gezien.

'Nee, het komt door de oorlog. Niemand wil gedwongen worden om naar het front te gaan.'

'De dienstplicht.' Ze slaakte een zucht. 'Nee, mensen zouden inderdaad niet gedwongen mogen worden.'

'Ierland maakt deel uit van het Verenigd Koninkrijk, net als Wales en Schotland. Het is niet meer dan rechtvaardig dat de Ieren ook hun steentje bijdragen.'

'Veel Ieren doen dat al.'

'Maar blijkbaar niet genoeg.'

'Zou u willen dat u naar het front had gekund?'

Mr. Trench was gewend aan haar bijna botte directheid. Hij antwoordde net zo direct. 'Ja.'

'Ik wou dat papa ook een stijf been had gehad.'

'Nee, dat wil je niet. Dat wens je niemand toe. Met zo'n handicap voel je je een mislukkeling.'

Ze keerde zich fronsend naar hem toe. Het was voor het eerst dat hij zichzelf blootgaf. 'U bent geen mislukkeling, Mr. Trench. Misschien bent u uiteindelijk wel de laatste man die overblijft. Dan zullen alle jonge vrouwen zich in uw armen werpen. Dankzij uw been zou u wel eens de gelukkigste man van heel Engeland kunnen worden.'

'Dat betwijfel ik.' Hij klonk gegeneerd.

Kitty glimlachte. 'God sluit geen deur zonder een raam te openen.'

'O ja?'

'Dat zegt mijn grootmoeder. En die heeft altijd gelijk.'

Ze reden Ballinakelly binnen. Vanwege de markt was er geen school. Sommige kinderen verhuurden zich voor een paar penny's om op de beesten te passen, terwijl de boeren naar O'Donovan's gingen om te drinken. Andere kinderen speelden tikkertje en renden als een roedel zwerfhonden de straat op en neer. Vrouwen in Bandon-cape, met een arm om hun rieten mand, stonden te praten en te roddelen. Het was niet ongebruikelijk dat er een koe tussen de mensen zwierf, omdat de kinderen die op het beest hadden moeten letten, verveeld waren geraakt en zich bij de pleziermakers hadden aangesloten. Zoals elke eerste vrijdag van de maand stond het grote plein tjokvol kippen en schapen, varkens en paarden. De menigte die zich tussen de dieren bewoog, bestond niet alleen uit inwoners van Ballinakelly. Ook vanuit de omliggende stadjes en dorpen kwamen de mensen naar de markt. En dan waren er nog de landlopersvrouwen die bedelden en afbeeldingen van heiligen verkochten. Het was een drukte en een herrie van belang. Boven het geroezemoes van stemmen kon Kitty muziek horen, en even later ontdekte ze drie vioolspelers op een hoek van het plein.

Reikhalzend liet ze haar blik over de massa gaan, op zoek naar Jack. Op een markt met zo veel dieren lag het voor de hand dat hij er ook was. Mr. Trench bond de pony vast en liep om de sjees heen om Kitty te helpen, maar ze was zelf al van de bok gesprongen en liep met grote stappen in de richting van de bedrijvigheid.

'Kitty!' Hij haastte zich achter haar aan en trof haar bij een kraam met geslachte konijnen die nog gevild moesten worden.

'Arme stumpers,' verzuchtte ze. 'Gisteren zaten ze nog tevreden op een grasspriet te knabbelen, en daar hangen ze nu, klaar voor de stoofpot. Mensen moeten eten, maar ik vind het toch zielig.'

'Kijk eens aan wie we daar hebben! Dag, Kitty,' klonk een bekende stem. Kitty sloeg haar ogen op en keek in het gezicht van Lady Rowan-Hampton die haar vanonder een stralendblauwe hoed verrast toelachte.

'Goedemiddag, Lady Rowan-Hampton,' zei Kitty koel. Ze wilde echter niet onbeleefd lijken. 'Ik geloof niet dat u Mr. Trench al hebt ontmoet.'

Grace Rowan-Hampton stak hem de hand toe. Mr. Trench begroette haar met een beleefde buiging. 'Aangenaam kennis met u te maken,' zei Grace opgewekt als altijd.

'Mr. Trench is mijn leraar,' vertelde Kitty.

'Ja, je vader vertelde al dat je zo'n geweldige opleiding van hem krijgt.'

Kitty fronste. 'Wat heeft mijn vader u nog meer verteld?' vroeg ze ijzig.

'Hoe trots hij is op zijn eigenzinnige, welbespraakte dochter.'

'Ik geloof niet dat ik daaraan heb bijgedragen,' zei Mr. Trench.

'Nee, misschien niet. Kitty heeft altijd al een eigen mening gehad.' Grace schoot in de lach. 'Je vertrekt binnenkort naar Londen, neem ik aan?'

'Ik heb in Londen niets te zoeken,' antwoordde Kitty afgemeten. 'Ik hoor hier.'

'Nou, dat is dan iets wat we gemeen hebben,' zei Grace. 'Onze vurige liefde voor Ierland.'

'En niet alleen voor Ierland,' zei Kitty zo nadrukkelijk dat Grace haar wenkbrauwen fronste. 'Nog een prettige dag verder, Lady Rowan-Hampton.'

Kitty liep weg. 'Was dat nou nodig?' vroeg Mr. Trench toen hij haar had ingehaald. 'Om zo onbeleefd te zijn?'

Kitty keerde zich naar hem toe en zag dat er een blos van verontwaardiging op zijn gezicht lag. 'Nee maar, mr. Trench, dat is voor het eerst dat u uit uw slof schiet.'

Hij ging er niet op in. 'Lady Rowan-Hampton leek me buitengewoon vriendelijk en charmant.'

'O, ze is ook buitengewoon charmant. En nog een heleboel meer.'

'Dat zal best, maar ik vind dat we altijd moeten proberen beleefd te blijven.'

'Waarom?' vroeg Kitty fel. 'Omdat anders onze ware gevoelens zichtbaar worden? God verhoede dat we onbeleefd zijn en onze gevoelens tonen.' Ze klonk cynisch.

'Je bent onredelijk.'

'En u bent mijn leraar. Dus u moet me geschiedenis en wiskunde en aardrijkskunde en Frans leren. Maar u bent niet aangenomen om me manieren bij te brengen. Dat heeft miss Grieve al gedaan. En hoe! Ik was onbeleefd tegen Lady Rowan-Hampton omdat ze iets onvergeeflijks heeft gedaan. Iets wat ik nooit zal vergeten! Ik verwacht van u niet dat u het begrijpt, maar het minste wat u kunt doen is het daarbij laten. En dan ga ik nu even bij de paarden kijken. Ik ben over een halfuur weer bij de sjees. Hebt u dan genoeg tijd voor wat ú wilt doen?'

Mr. Trench zuchtte. 'Ja, dat lijkt me lang genoeg.'

'Dan zie ik u over een halfuur.' Kitty wendde zich af en werd bijna onmiddellijk opgeslokt door de menigte.

Ze ging op zoek naar Jack, maar die zag ze nergens. Zijn moeder wel. Mrs. O'Leary stond met Robin Nash te praten, de eigenaar van de beste stoeterij in Ierland. Maar Kitty durfde haar niet naar Jack te vragen. Mrs. O'Leary mocht haar niet, dat was wel duidelijk, ook al had Kitty geen idee waarom. Tussen de menigte ontdekte ze leden van de Royal Irish Constabulary in zwart uniform met soldatenpet, maar ook pastoor Quinn in zijn lange zwarte soutane en dominee Daunt, gehuld in tweed met een helderwitte domineesboord. Ze slaagde erin zowel de dominee te ontlopen als Mr. Trench, die wat verloren tussen de schapen slenterde.

Na een onbevredigend halfuur liep ze terug naar de sjees. Mr. Trench was er al. Voor O'Donovan's stond een groepje jongemannen die hem vanonder hun pet grimmig gadesloegen. Hij bood haar zijn hand, ze tilde haar rok een eindje op en liet zich in de sjees helpen. Daarop liep hij om de pony heen en ging naast haar zitten. Net toen ze wilden vertrekken, werd er iets gegooid wat Kitty in haar gezicht raakte. Ze slaakte een kreet van pijn, sloeg haar hand voor haar oog en boog voorover. Mr. Trench begon de boosdoener de huid vol te schelden, maar ineens stond Jack op de sjees en sloeg zijn arm om Kitty's schouders. Ze begon op slag nog harder te huilen, bang om haar hand weg te nemen. Jack wist haar echter met zachte aandrang toch zover te krijgen. Tot haar opluchting was ze niet blind en zou de schade waarschijnlijk beperkt blijven tot een blauw oog.

Jack sprong van de sjees om de man, die de aardappel had gegooid, te lijf te gaan, maar er baande zich al een agent door de toegestroomde nieuwsgierigen waardoor een vechtpartij werd voorkomen. Na wat heen en weer gepraat bleek de dader een zekere Mr. Murphy te zijn, die Kitty als symbool van de Britse overheersing had bekogeld, uit woede over de dienstplicht. 'Gaat u een aanklacht indienen, miss Deverill?' De agent hield Mr. Murphy bij de arm die Kitty uitdagend aankeek.

Het liefst had ze gezien dat hij achter de tralies verdween, maar toen ze zich naar Jack keerde besefte ze dat hij die aardappel ook gegooid had kunnen hebben, als hij haar niet had gekend. 'Nee, ik dien geen aanklacht in,' zei ze dan ook. 'Ik wil alleen wel dit zeggen, Mr. Murphy. Ik ben net zo vurig tegen de dienstplicht als u! Maar door aardappels te gooien naar iemand die zich niet kan verdedigen, zult u Mr. Lloyd-George niet tot andere gedachten brengen.' De agent liet de dader los, die zich haastig uit de voeten maakte en met een groep vrienden bij O'Donovan's naar binnen verdween.

'Gaat het een beetje?' vroeg Jack fluisterend terwijl hij op de treeplank ging staan.

'Ik ben bang dat ik een afschuwelijk blauw oog ga krijgen,' antwoordde ze met een matte glimlach.

'Maar gelukkig héb je nog een oog.'

Ze lachte. 'En als ik dat niet had? Zou je dan nog wel van me houden?'

'Natuurlijk! Dat weet je best.'

'Wanneer zie ik je weer?'

'Morgenmiddag, vier uur? Smuggler's Bay?'

'Ik zorg dat ik er ben.'

Hij liet zijn ogen liefkozend over haar gehavende gezicht gaan. 'Pas goed op jezelf. De sfeer wordt steeds grimmiger.'

'Zeg maar tegen Mr. Murphy dat hij goed kan mikken,' zei ze hardop, want ze besefte ineens weer dat Mr. Trench naast haar zat. 'Daar kan hij beter wat nuttigs mee doen.'

'En dat doet hij ook vast en zeker.' Jack stapte van de treeplank. 'Wel thuis.'

Mr. Trench pakte de leidsels en Kitty rukte zich los van de aanblik van Jack, die met zijn handen in zijn zakken de sjees nakeek. Tijdens de terugrit naar het kasteel was Mr. Trench ongewoon spraakzaam, opgewonden door alle commotie. Hij gaf Kitty zijn zakdoek om haar tranen te drogen en haar pijnlijke oog te bedekken. 'Ik zag meteen dat ze naar me keken. En dat ze niets goeds van plan waren.'

Kitty wilde hem duidelijk maken dat ze aan hún kant stond. Dat de mannen konden rekenen op haar steun, haar sympathie, maar ze kwam niet verder dan: 'Stelletje dwazen! Met aardappelen gooien bereiken ze niets.'

De volgende morgen had ze een dik oog, zo groot als een golfbal. Toen haar grootouders het zagen, dreigde haar grootvader eigenhandig met de aardappelgooier af te rekenen. Haar grootmoeder wist het hem uit zijn hoofd te praten. Met dat soort gedrag zou hij het alleen maar erger maken. Ze zei tegen Kitty dat ze het rustig aan moest doen en een koud kompres van smeerwortel op de blauwe plek moest leggen. Maar Kitty sloop het kasteel uit om het briefje van Jack uit de muur te halen. Hij had ook een boeketje wilde kamperfoelie voor haar neergelegd, bijeengebonden met een stukje touw. Terwijl ze de zoete geur opsnoof, zwol haar hart van geluk. Jack hield van haar! Bij binnenkomst in de kas viel haar oog onmiddellijk op de lege borden. De kinderen waren er weer geweest en hadden al het eten verorberd. Kitty glimlachte bij de gedachte aan hun gevulde magen. Maar hoe moest het nu verder? Misschien namen ze morgen hun vriendjes wel mee. Zou ze uiteindelijk alle kinderen uit heel Ballinakelly te eten moeten geven?

15

In de zomer van 1918 luwde de crisis die was ontstaan door het invoeren van de dienstplicht, maar op het continent ging de strijd nog altijd door en bleef het dodental stijgen. De nichtjes kwamen weer naar het kasteel, maar over hun anders zo feestelijke aankomst hing een schaduw van somberheid. De ooit zo opgewekte, daadkrachtige Beatrice was uitgedijd door haar verdriet, alsof ze haar gekwelde hart pantserde met vet. Ze bewoog zich statig door de tuinen, als een klein galjoen met zwarte zeilen. Augusta beklaagde zich dat God háár niet had thuisgehaald in plaats van George. 'Die jongen had zijn hele leven nog voor zich. Terwijl ik oud en versleten ben. Nu hoop ik maar dat God onze lieve Digby spaart en mij eerst tot Zich roept. Ik ben er klaar voor.'

Digby's vader, Stoke, en Hubert trokken er zoals altijd op uit om te vissen, maar ze bleven veel langer weg dan vroeger, want ze wisten zich niet goed raad met al die verdrietige vrouwen. Zelf spraken ze liever niet over hun gevoelens. Natuurlijk waren ze ook verdrietig en verbitterd, maar dat hielden ze voor zich.

Maud kwam met Victoria en Elspeth uit Engeland over. Ze ruziede met Elspeth en maakte Vivien en Leona het leven zuur. De zusjes hadden zich verloofd, allebei met een militair. Zodra de oorlog voorbij was zouden ze in het huwelijk treden. De jaloerse opmerkingen van Maud gingen langs Beatrice heen, wier emoties waren verdoofd door een gebroken hart in combinatie met Adelines thee met cannabis. Maar Elspeth werd er zo wanhopig van dat ze Kitty in vertrouwen nam en vertelde dat ze overwoog om in het klooster te gaan. 'Alleen daar ben ik verlost van onze moeder en de gruwelijke conventies van het huwelijk.'

Kitty, Celia en Bridie kwamen bij elkaar in Bartons toren, waar ze niet bang hoefden te zijn dat iemand hen stoorde. Kitty en Celia beklaagden zich over hun zussen. Bridie vertelde de roddels uit de keuken en dat Victoria aan Mrs. Doyle had gevraagd of ze geen wijze vrouw wist in Ballinakelly die haar kon helpen zwanger te worden. Voor een sixpence wilde zij wel voor wijze vrouw spelen, zei Bridie giechelend. Barton Deverill luisterde vanuit zijn stoel. Zijn gezicht verloor zijn gebruikelijke grimmigheid en er verscheen een geamuseerde trek om zijn mond, terwijl hij, slechts hoorbaar voor Kitty, commentaar leverde.

In november was de oorlog eindelijk afgelopen. Het vechten stopte, de geweren zwegen, maar de naweeën zouden voorgoed voelbaar zijn in de door artillerie verkrachte aarde en in het denken en voelen van allen die in deze hel waren afgedaald en er weer levend uit waren gekomen. De euforie van de overwinning werd al spoedig verdrongen door het ontnuchterende besef dat bijna een hele generatie was uitgeroeid. Ieder gezin, iedere familie had wel iemand verloren. Rouw was niemand bespaard gebleven. Het Britse rijk had gewonnen, maar iets in de oude wereld was voorgoed verloren gegaan.

Bertie, Digby en Harry keerden terug naar hun gezin dat hen dankbaar weer in de armen sloot. Uiterlijk waren ze nog de mannen die naar het front waren vertrokken, alleen wat magerder en vier jaar ouder. Maar vanbinnen waren ze onherroepelijk veranderd. Zoals alle mannelijke Deverills zochten ze hun toevlucht in de drank en verscholen ze zich achter een glimlach. Want door te praten over wat ze hadden meegemaakt, zouden ze alle beelden, alle herinneringen weer naar boven halen.

In december waren er verkiezingen, waarbij de radicale Sinn Féin een verpletterende overwinning behaalde op de nationalistische Irish Parliamentary Party die de Ierse politiek sinds de jaren tachtig van de negentiende eeuw had gedomineerd. Van de honderdvijf gekozen parlementsleden hadden de meeste meegevochten in de Paasopstand. 'Allemachtig! Wie had kunnen denken dat die verdomde Shinners zo'n overwinning zouden behalen?' tierde Hubert verontwaardigd boven zijn krant.

'Dat was anders volstrekt voorspelbaar, lieve,' zei Adeline geduldig. 'En dat hebben de Britten aan zichzelf te wijten. Als ze de opstand niet met bloedig geweld de kop in hadden gedrukt, zou het land zich nooit zo overweldigend achter Sinn Féin hebben geschaard. Ik denk dat het tij gaat keren. Dat de Britten worden weggevaagd.'

Maud kwam ter ere van het kerstfeest terug naar Cork. Het jachthuis werd weer bewoond. De stoflakens werden van de meubels gehaald, de vertrekken gelucht en de bedienden aan het schrobben, poetsen, stoffen en dweilen gezet. Maud stuurde Mr. Trench terug naar Engeland. Kitty was inmiddels achttien. Ze had een man nodig, geen leraar, aldus haar moeder, ook al verwachtte ze niet dat die man gemakkelijk te vinden zou zijn gezien het gebrek aan nog levende huwelijkskandidaten. Spijt tekende zich af op het gezicht van Mr. Trench en even leek het erop dat de emoties hem te machtig zouden worden. Maud was geschokt. Ze begreep niet hoe een erudiete man als hij zo gesteld kon zijn op een eigenzinnig en onbeleefd kind als Kitty. Maar voordat hij zichzelf kon aanbieden, voegde Maud eraan toe dat er in Londen vast nog wel geschikte aristocratische kandidaten moesten rondlopen die niet aan het front waren gesneuveld. 'We gaan na de kerst terug naar Londen en voor we het weten is de kwestie geregeld. Daar twijfel ik niet aan.'

Bij het afscheid maakte Mr. Trench een verslagen indruk. Kitty bedankte hem beleefd voor alles wat hij haar had geleerd. 'Je bent erg intelligent,' zei hij. 'En ik hoop dat je het uitstekende stel hersens waarmee je gezegend bent niet zult verspillen. Dat je er iets nuttigs mee doet.'

'Daar kunt u op rekenen, Mr. Trench. Ik wens u goede reis en behouden aankomst in Engeland.'

Even liet Mr. Trench zijn afstandelijkheid varen en gaf hij zich bloot. Alle kleur verdween uit zijn wangen, zelfs zijn lippen werden bleek en zijn bruine ogen glansden donker als vochtig suède. 'Pas goed op jezelf.' Zijn doorgaans zo heldere, krachtige stem brak. 'Het is niet veilig in Ierland, Kitty, en ik zou het afschuwelijk vinden als je iets overkwam.'

'Maakt u zich geen zorgen,' stelde Kitty hem vol vertrouwen gerust. 'Ik ben Ierse. Mij doen ze niks.'

'Daar dacht Mr. Murphy anders over toen hij die aardappel gooide.'

Kitty zuchtte. Ging hij nu maar weg! Het was haar te veel moeite om het allemaal uit te leggen. 'Misschien was die aardappel wel voor u bedoeld. Hebt u daar wel eens aan gedacht?' Mr. Trench wist niet wat hij moest zeggen. 'Maar dat doet er niet toe. Tenslotte gaat u ons verlaten. Ik hoop dat we elkaar in de toekomst nog eens tegenkomen. En nu kunt u beter voortmaken, anders mist u uw trein.' Ze stak hem haar hand toe en hij had geen andere keus dan afscheid van haar te nemen. Diep ongelukkig stapte hij in de Daimler, die inmiddels door een chauffeur werd bestuurd, en liet hij zich wegvoeren van de vrouw aan wie hij zijn hart had verloren.

Bertie en Harry pakten het oude leven weer op, ze schoten hazen en watersnippen, ze voeren de zee op om te vissen en ze joegen met de Ballinakelly Foxhounds. Anders dan vroeger, toen hij er een hekel aan had gehad, ging Harry nu zo vaak mogelijk mee, omdat de opwinding van de jacht, van het galopperen door de bossen, hem dwong in het moment te leven. Want alleen dan was hij bevrijd van zijn herinneringen. Troost vond hij bij Joseph, zijn bediende, die naast hem kroop om hem in zijn armen te houden wanneer de gruwelen van de nacht opdoemden uit de duisternis en hem naar de keel grepen.

Bertie was vaak urenlang weg, en als hij dan eindelijk – laat – thuiskwam, rook hij naar het zoete bloemige parfum van Grace. Hij deed niet eens de moeite het te verbergen. Met zijn vrouw sprak hij nog maar nauwelijks, met als gevolg dat ze scènes maakte om hem te dwingen aandacht aan haar te schenken. Om haar klachten en protesten niet te horen ging hij steeds meer drinken. En uiteindelijk dronk hij zo veel dat Grace er genoeg van kreeg. Sir Ronald had haar affaires getolereerd zolang ze zich in alle discretie afspeelden – tenslotte had hij zelf zowel in Londen als in Dublin een maîtresse – maar Bertie werd hoe langer hoe roekelozer, waardoor Sir Ronald voor een smet op zijn reputatie moest vrezen. 'Als Deverill zijn drankzucht niet weet te beheersen, zul je een andere man moeten zoeken om je mee te vermaken,' zei hij tegen zijn vrouw. 'Ik kan niet tolereren dat onze goede naam wordt besmeurd.' Grace stelde Bertie een ultimatum. Hij moest kiezen, maar hoewel Bertie niet zonder haar kon, was hij bang dat hij de drank ook niet kon missen.

Na Kerstmis waren er de gebruikelijke jachten, bals, steeplechases en andere sociale gebeurtenissen die structuur en inhoud gaven aan het leven van de Anglo-Ierse gemeenschap. Het land vierde de overwinning en degenen die zoons, broers en vaders uit de oorlog hadden zien terugkeren, hadden veel om dankbaar voor te zijn. Maar terwijl in kasteel Deverill muziek klonk en feest werd gevierd, breidde de Ierse strijd voor zelfbestuur zich uit tot voorbij de grenzen.

Het was 22 januari 1919. Hubert zat aan het ontbijt en wat hij las in de *Irish Times* van die ochtend deed zijn snor trillen van verontwaardiging. '"*De Vergadering deed de Britse regering de formele aanzegging haar gezag niet langer te erkennen en riep de volledige onafhankelijkheid uit.*" Het is een vervloekte schande!' bracht hij hijgend uit, met een stem vol ongeloof. 'Dat zal de regering niet accepteren!'

'Ik ben bang dat ze voor niets zullen terugdeinzen om hun doel te bereiken,' zei Adeline kalm.

'Je zou denken dat ze met de Paasopstand hun lesje hadden geleerd,' tierde Hubert. 'Denk maar niet dat de Britten zich hierbij zullen neerleggen.'

'Lieve, dankzij de dwaze poging van de Britse regering om Ierland de dienstplicht op te leggen, stijgt het aantal Volunteers met de dag. Hun steun groeit, in heel Ierland. Ook hier in Ballinakelly. Ik ben bang dat er een burgeroorlog...'

Hubert kapte haar af. 'Als ik onder onze bedienden ook maar een zweem van steun aan de rebellen bespeur... Ik eis loyaliteit jegens vorst en vaderland.' Zijn gezicht zag zo rood als een biet.

'Je kunt wel met de vuist op tafel slaan, maar daar bereik je niets mee. Het Ierse streven naar zelfbestuur is niet meer terug te dringen, lieve.'

'Bolsjewieken, dat zijn het,' vervolgde hij grommend. 'Zien ze dan niet wat die verdomde idioten met Rusland hebben gedaan? Dat is geen manier om een land te besturen. Op die manier help je een land naar de verdommenis!'

'Het zijn idealisten, Hubert.'

'Onvolwassen dromers zul je bedoelen! Een kind kan zien wat er van Ierland wordt als de opstandelingen hun zin krijgen. Ze zullen de landbouw en de industrie te gronde richten, om nog maar te zwijgen van het geloof, de rechtsstaat, de maatschappelijke orde. Een schande, dat is het! Een vervloekte schande!'

Adeline liep naar buiten, de tuin in. Ze had genoeg van de tirades van haar man. Het was ijzig koud, met een heldere, waterig blauwe hemel.

Ze ademde de frisse zeelucht in en keek naar een roodborstje dat neerstreek op de voedertafel waar ze zaad had gestrooid. Met haar handen in haar zakken slenterde ze over het gazon. Rijp knerpte onder haar schoenen. Haar scherpe blik dwaalde over de struiken en de taxushagen die met een dun laagje poedersuiker besprenkeld leken. Ze hield van Ierland, tot in het diepst van haar ziel, en de gedachte aan het geweld dat uit naam van het nationalisme in het hele land zou uitbreken, vervulde haar met wanhoop. Ze begreep het verlangen naar onafhankelijkheid, maar waarom moesten de vrijheidsstrijders hun toevlucht nemen tot bloedvergieten om hun ideaal te verwezenlijken? Soms kwam de gedachte bij haar op dat het misschien verstandiger zou zijn om te vertrekken, maar ze weigerde zich gewonnen te geven. De Deverills hoorden bij het kasteel. Die band was onverbrekelijk.

Terwijl ze naar een van de kassen liep, ontdekte ze een groepje haveloze kinderen bij de deur. Ze propten gejaagd iets in hun mond. Maar wat? In deze tijd van het jaar viel er niets te plukken. Toen zag ze dat het hompen brood waren. Ze versnelde haar pas, bang dat de landlopers waren teruggekomen en denkend aan wat er met de arme Tomas Doyle was gebeurd. Een van de kinderen kreeg haar in de gaten en waarschuwde de rest. Als opgeschrikte konijnen gingen ze ervandoor. In een oogwenk waren ze over de muur geklommen en verdwenen. Met bonzend hart keek Adeline naar binnen en zag een rij lege borden, als stille getuigen van een feestmaal. Er was bijna geen kruimeltje achtergebleven. Wie zat hierachter? Wie had het eten voor de kinderen neergezet, vroeg Adeline zich af. Over het antwoord hoefde ze niet lang na te denken. Er was er maar een in de familie die zich net zo vurig om de armen bekommerde als zij.

'Lieverd, had jij dat eten neergezet in de kas?' vroeg ze later op de dag aan haar kleindochter. 'Ik zag er vanmorgen een heel stel kinderen.'

Kitty trok een schuldbewust gezicht. 'Ja, dat heb ik gedaan,' gaf ze eerlijk toe. 'Ik dacht dat u het niet erg zou vinden. Die arme kleintjes hadden zo'n honger. Ik kon het niet aanzien.'

Adeline glimlachte toegeeflijk. 'Je had het moeten zeggen. Waarom organiseren we niet iets in een van de boerenschuren, in plaats van de kinderen aan te moedigen naar het kasteel te komen. Je weet hoe je grootvader is. Als hij er lucht van krijgt, ben ik bang dat hij zijn geweer pakt. En dat zouden we niet op ons geweten willen hebben.'

'We zouden eens met de school kunnen gaan praten. Om daar een paar keer per week te zorgen voor soep tussen de middag.'

'En we kunnen de Struikjes vragen om te helpen. Dan hebben ze wat te doen,' stelde Adeline voor.

'Ja, dat is een geweldig idee, grootmama.'

'En we kunnen Grace Rowan-Hampton er ook bij vragen. Ze geeft de kinderen al Engelse les. Helemaal voor niets. Trouwens, ik vind dat we alle dames in Ballinakelly moeten vragen om mee te doen. Het is onze plicht om te zorgen voor wie zich niet op eigen kracht kunnen redden. Grace weet van aanpakken. Dat soort vrouwen hebben we nodig. Vrouwen die niet bang zijn om de handen uit de mouwen te steken.'

Kitty verstijfde. Ze had Grace sinds de markt in het voorjaar niet meer gezien. 'Zeg dat wel. Als Grace ergens haar zinnen op heeft gezet, dan zorgt ze dat ze het krijgt.' De ironie ontging Adeline, want die was in gedachten al bezig met een lijstje van wie ze allemaal wilde benaderen. 'Het is belangrijk dat we ons nuttig maken. En dat onze inspanningen niet onopgemerkt blijven,' voegde ze er weloverwogen aan toe.

Met een bezwaard gemoed keerde Kitty terug naar het jachthuis. Alles in haar verzette zich tegen de betrokkenheid van Grace bij de gaarkeuken die ze wilden opzetten. Er was maar weinig wat haar grootmoeder ontging. Hoe kwam het dan dat ze Grace niet doorzag? Waarom besefte ze niet dat achter dat fraaie uiterlijk een manipulatieve, achterbakse verleidster schuilging? Eenmaal thuis liep ze direct door naar boven, waar ze zich zuchtend op haar bed liet vallen. Het duurde niet lang of er werd zacht op haar deur geklopt. Bridie, wist ze uit ervaring. 'Binnen!'

De deur ging open. Het was inderdaad Bridie. Ze had niet veel tijd om te roddelen nu Elspeth weer thuis was en ze voor beide zussen moest zorgen. 'Ik heb nieuws,' fluisterde ze terwijl ze haastig naar het bed kwam.

'O?' Kitty werkte zich op een elleboog overeind.

'Over miss Elspeth. Mr. MacCartain maakt haar het hof.'

'Peter MacCartain?'

'Ja, die!'

Kitty ging helemaal rechtop zitten. 'Lieve hemel. Hoe weet je dat?'

Bridie bloosde. 'Hij stond net aan de achterdeur. En hij vroeg naar haar.'

'Aan de achterdeur?'

'Miss Elspeth gaf me een knipoog en legde haar vinger op haar lippen.'

'Mama vermoordt haar als ze erachter komt,' zei Kitty grijnzend. 'Nou, ik ben blij voor Elspeth. Ik vond het klooster al niets voor haar.'

'Volgens mij is ze verliefd. Ze loopt de hele dag te blozen. Met zo'n dromerige glimlach. Ik heb haar nog nooit zo gelukkig gezien.'

'Het verbaast me dat ze het voor mama verborgen heeft weten te houden.' Kitty liet zich weer met een zucht achterover vallen.

'Wat is er?' Bridie ging op het voeteneind van het bed zitten. 'Mis je Mr. Trench?'

'Mr. Trench? Lieve hemel, hoe kom je daar nou bij?'

'Dus je bent niet verliefd op hem?'

'Verliefd? Op Mr. Trench?' Kitty schoot weer overeind. 'Dat is wel de laatste op wie ik verliefd zou worden. Daar is hij veel te saai voor.'

Bridie fronste. 'Waarom moet je dan steeds zo zuchten?'

Kitty lachte. 'Dacht je echt dat het kwam door Mr. Trench?'

'Nou, je zucht de laatste tijd wel heel erg vaak.'

'Lieve hemel, ik zou echt ten einde raad moeten zijn om met Mr. Trench te willen trouwen.'

Bridie keek haar ernstig aan. 'Denk je daar wel eens over na, Kitty? Over trouwen?'

'Soms,' zei Kitty met gespeelde onverschilligheid. 'En jij?'

Bridie glimlachte verlegen. 'Soms.'

'Met wie zou je willen trouwen?'

Bridie keek nerveus naar haar handen die in haar schoot lagen. Kitty vernauwde haar ogen tot spleetjes. 'Je bent verliefd!' Ze was geschokt dat ze het niet eerder had gezien. 'Wie is het? Is hij ook verliefd op jou?'

Er verscheen een diepe fronsrimpel op Bridies voorhoofd. 'Nee, dat denk ik niet. Maar hij vindt me wel aardig. En dat is tenminste al iets.'

'Is het iemand van het personeel? Is het John McGivern?' vroeg ze, doelend op de tweede livreiknecht.

'Nee!' Bridie trok haar neus op. 'Het is Jack.'

Kitty staarde haar vriendin aan. Dankzij haar ervaring met het bewaren van geheimen slaagde ze erin haar schrik over Bridies bekentenis te verbergen. 'Jack O'Leary?'

'Ja.'

'Hoe lang ben je al verliefd op hem?'

'O, al jaren,' antwoordde Bridie met een dromerige glimlach. 'Ik had het je al veel eerder willen vertellen, maar ik dacht dat je me zou uitlachen.'

'Waarom zou ik je uitlachen?'

'Omdat ik niet goed genoeg ben voor Jack. Ik weet zeker dat zijn moeder hogere verwachtingen voor hem heeft.'

'Heeft hij je de indruk gegeven dat hij misschien ook verliefd zou kunnen worden op jou?' Kitty wendde schuldbewust haar ogen af, want ze wist het antwoord al.

'Nee.' Bridie sloeg opnieuw haar ogen neer. 'Maar we zijn goede vrienden, dus...' Ze haalde hulpeloos haar schouders op.

'O, Bridie,' zei Kitty met een zucht. 'Als hij niet verliefd is op jou... maak je jezelf dan niet erg ongelukkig? Misschien wordt het wel nooit iets.'

'Jack is voor mij de enige, Kitty. Ik wil niemand anders.' Er blonken tranen in Bridies ogen. 'Al ging hij naar het eind van de wereld, ik zou met hem meegaan.'

'Weet hij dat?'

'Nee.'

'En is er verder nog iemand die het weet?'

'Nee.'

Kitty slaakte weer een diepe zucht. Wat zou ze tegen Bridie zeggen als ze niet zelf ook verliefd was geweest op Jack? 'Er is vast wel iemand anders in Ballinakelly die je leuk vindt.'

Bridie schudde haar hoofd. 'Nee. Er is er maar een zoals Jack.'

'Tja, misschien wel.'

Bridie legde haar hand op Kitty's knie. 'Ooit zul jij ook weten hoe het is om van iemand te houden. Net zoveel als ik van Jack houd. En dan hoop ik dat je meer geluk hebt dan ik.'

Toen Bridie weg was liet Kitty zich wanhopig in de kussens vallen en legde kreunend een hand op haar voorhoofd. Wat een drama! De ironie wilde dat Jack waarschijnlijk voor hen allebei onbereikbaar was. Voor Bridie omdat ze van te lage komaf was. En voor haarzelf omdat haar ouders Jack niet als schoonzoon zouden accepteren. Kitty dacht weliswaar dat hun liefde alle obstakels zou overwinnen, maar het standsverschil viel niet te ontkennen. Als haar moeder al bezwaar maakte tegen een huwelijk tussen Elspeth en Peter MacCartain, wat zou ze dan vinden van Jack O'Leary als echtgenoot van haar jongste dochter? Het ging Maud niet om haar dochters, maar om de goede sier die zij met hen – en met hun huwelijken – kon maken. Dankzij Victoria, gravin van Elmrod, bewoog haar moeder zich met trots in de hoogste kringen van Londen. Elspeth MacCartain zou daarentegen een smet op haar blazoen betekenen. Om over Kitty O'Leary maar te zwijgen. Die schande zou Maud niet overleven. Bij die gedachte schoot Kitty in de lach. Maar het klonk hol, vreugdeloos. En haar vader? Wat zou die ervan vinden? Het lachen verging haar. Haar vader dronk zich onbekwaam in de armen van Lady Rowan-Hampton. Die had geen oog voor zijn dochters.

Het duurde een paar dagen voordat Kitty en Jack elkaar weer zagen. In een van de kassen, veilig voor nieuwsgierige ogen en beschut tegen de regen, nam hij haar handen in de zijne. 'De toestand wordt steeds grimmiger, Kitty,' waarschuwde hij. 'Ze hebben de Britten de oorlog verklaard. Maar die zullen zich niet zo gemakkelijk gewonnen geven. Geweld kan niet uitblijven. Ik ben bang dat je hier niet langer veilig bent.'

'Ik ben Ierse,' protesteerde Kitty uitdagend.

'Nee, Kitty. Dat zeg je wel, maar daarom ben je het nog niet. In hun ogen ben je de vijand en dus loop je gevaar. Ik wil niet dat je hier blijft. Ga naar Londen en wacht tot het overwaait.'

'Ik ga helemaal nergens heen! Ik blijf hier. Bij jou en bij het kasteel. Het is mijn thuis. Ik hou van kasteel Deverill. En ik hou van jou, Jack O'Leary. Ik hou heel, heel, heel erg veel van je.' Ze schonk hem een hartveroverende glimlach.

Jack legde zijn handen langs haar gezicht. 'Ik hou ook van jou, Kitty, en daarom wil ik dat je ergens heen gaat waar je veilig bent, waar ik me geen zorgen over je hoef te maken.' Hij kuste haar.

Ze sloot genietend haar ogen. 'Ik wil jullie helpen,' zei ze toen.

'Kitty...'

'Er zijn vast wel dingen die ik kan doen!' hield ze vol.

'Ik wil niet dat je bij de strijd betrokken raakt.'

Ze sloeg haar armen over elkaar. 'En toch ga ik hier niet weg.'

'Je bent zo koppig als een ezel.'

'Maar wel een stuk aantrekkelijker.' Ze grijnsde.

'Ik maak me zorgen om je.'

'Dat is niet míjn probleem,' zei ze vinnig.

'Dat wordt het wel. Als je merkt dat je buiten het gebied van het kasteel niet meer veilig bent.'

Angst bekroop haar bij het zien van de ongeruste blik in zijn ogen. 'Wees voorzichtig, Jack.' Ze nam zijn hand en legde die weer langs haar wang. 'Wees alsjeblieft voorzichtig.'

'We krijgen die Britten wel op de knieën. Maak je geen zorgen.' Maar de stelligheid waarmee hij het zei, kon het loden gewicht dat plotseling op haar maag drukte niet wegnemen.

Het was donker toen Michael en Sean Doyle, Jack O'Leary en nog zes leden van de Third West Cork Brigade van het Irish Republican Army op weg gingen naar de kazerne van de Royal Irish Constabulary. Zwarte wolken rolden langs de hemel, uit zee woei een ijzige, geselende wind. Geruisloos slopen ze door de smalle achterafstraten van Ballinakelly, dicht langs de muren, steels en lenig als zwerfhonden. Hun gezicht ging schuil achter een masker, ze hadden hun pet diep over hun voorhoofd getrokken, hun ademhaling was gespannen, oppervlakkig. Ze hadden de overval voorbereid in een van Hanratty's schuren, verborgen in de heuvels. Kaartlezen, het leggen van hinderlagen, de techniek van het straatvechten, ze hadden het allemaal geleerd, verbonden door een vurige liefde voor het vaderland. Terwijl ze bijeenkwamen voor de goede zaak, werd hun kameraadschap steeds hechter, in het besef dat bijna iedereen in het graafschap Cork achter hen stond. Michael was als enige gewapend. Munitie had hij echter nauwelijks, dus hij was niet van plan kostbare kogels te verspillen.

Ze bleven staan toen het strenge grijze gebouw van de politiekazerne in zicht kwam. Het voormalige hotel was klein en weinig indrukwekkend. De grotere Britse garnizoens waren gelegerd in Bandon, Clonakilty, Dunmanway, Skibbereen, Bantry en Castletownbere, maar door spionage hadden ze erachter weten te komen dat hier, in de kelder van deze onbeduidende kazerne een grote hoeveelheid wapens lag opgeslagen. Het enige wat de opstandelingen hoefden te doen, was zorgen dat ze het arsenaal in handen kregen.

Op het afgesproken teken van Michael maakten twee leden zich los uit de groep en haastten zich naar het plein waar elke eerste vrijdag van de maand de markt werd gehouden. Op dit uur van de nacht lag het er verlaten bij, de grond was bevroren, het enige wat bewoog was de wind die over het plaveisel joeg. Even later werd de stilte verscheurd door een granaatexplosie. Jack voelde het bloed bonzen achter zijn slapen. Hij zette zich schrap voor wat er ging gebeuren. Zonder de adrenaline die door zijn aderen joeg, zou angst zich als een ijzige vuist om zijn hart hebben gesloten. Even bleef het onheilspellend stil, alsof het stadje zijn adem inhield, toen verscheen er licht achter de ramen van de kazerne. De mannen die naar buiten stroomden, knoopten hun overhemd dicht, gespten hun riem vast en richtten hun wapen op de onzichtbare vijand. De verwarring was bijna tastbaar.

Michael stond met zijn hand omhoog terwijl de politie naar het plein stormde en de kazerne nauwelijks bewaakt achterliet. Verborgen in de schaduw trilden de mannen als renpaarden in hun startbox, gretig om in actie te komen. Eindelijk was het zover. Michael liet zijn hand vallen, de mannen schoten naar voren en bestormden het gebouw. De achtergebleven agenten probeerden nog hun pistool te grijpen. Maar het was al te laat. Ze werden met vuisten en bajonetten genadeloos tegen de grond gewerkt.

Van het ene op het andere moment stond de ruimte in lichterlaaie. Jack hield boven aan de trap de wacht, terwijl de rest van de mannen de kelder in dook. Het duurde niet lang of hun voetstappen roffelden op de treden en ze kwamen triomfantelijk weer naar boven, met armen vol revolvers, geweren en munitie. De vlammen sloegen inmiddels uit het hele gebouw en verteerden het archief en het houten meubilair. De opstandelingen vluchtten door de ramen aan de achterkant en maakten zich, zoals afgesproken, ieder voor zich uit de voeten.

Jack schoot een smalle straat in, maar besefte al snel dat de politie hem op de hielen zat. Het waren twee agenten, zag hij over zijn schouder. Hij dook een tuin in, rende over een gazon dat glinsterde van de rijp in het maanlicht, en klauterde over het hek naar de aangrenzende tuin. Zijn hart bonsde als een legertrom.

Ten slotte kwam hij bij een groot roze huis, achter een muur met een ijzeren hek en omringd door een keurig onderhouden tuin. Toen hij zag dat er op de benedenverdieping een raam op een kier stond, sprong hij over het hek, werkte het raam verder open en dook naar binnen. Hij kwam onzacht terecht, maar krabbelde gejaagd overeind en slaagde erin het raam dicht te doen, net voordat de twee politiemannen de hoek om kwamen. 'Waar is hij gebleven?' vroeg de een.

'Ik zie niks,' antwoordde de ander. Jack maakte zich zo klein mogelijk.

Boven was Hazel wakker geschrokken. Ze schoot overeind en hoorde stemmen buiten. Angstig stak ze haar kaars aan en liep op haar tenen naar de kamer van Laurel, naast de hare.

'Laurel! Word eens wakker!' Ze pakte haar zus bij de schouder.

'Wat is er?' vroeg Laurel geschrokken.

'Heb jij dat ook gehoord? Die bons, beneden?'

'Nee, ik sliep.'

'En ik hoor stemmen buiten.' Hazel haastte zich naar het raam en trok het gordijn opzij. De twee politiemannen stonden nog altijd verbijsterd om zich heen te kijken.

'Wat zie je?' vroeg Laurel.

'Twee politiemannen.'

'Wat doen ze?'

'Ze zoeken iets.'

'In het holst van de nacht?'

'O, nu lopen ze weg.'

'Gelukkig maar.'

'Ik geloof niet dat ze het hebben gevonden. Ze kijken tenminste niet erg vrolijk.'

'We vragen morgen wel wat er aan de hand is. Misschien kunnen we helpen. Want zoeken, daar zijn we goed in.'

'Ja, weet je nog de leesbril van Hubert?' Hazel schoof het gordijn weer dicht.

'Nou en of! Die lag tussen de kussens van de bank. En Adelines collier? Weet je dat nog?'

'Dat hebben we niet gevonden.'

'O nee.' Laurel slaakte een zucht. 'Misschien moeten we nog eens zoeken.'

'Welterusten, Laurel.'

'Welterusten, Hazel.'

Jack wachtte tot de politiemannen waren doorgelopen. Toen deed hij muisstil het raam weer open en kroop als een dief naar buiten. Zodra hij zeker wist dat de kust veilig was, klom hij over het hek en haastte zich naar huis.

16

Tegen het eind van 1919 had het anti-Britse sentiment zich als een olievlek over het land verspreid. De Struikjes waren druk met de gaarkeuken die ze samen in het schooltje hadden opgezet. Maar doordat ze in het stadje woonden, merkten zij als eersten dat de verhoudingen begonnen te veranderen. Ze werden steeds vaker geschoffeerd. Door mannen die hun pet niet langer voor hen afnamen. Door schooljongens die spottende opmerkingen maakten. Door boeren die weigerden hen te laten voorgaan. Door winkelbedienden die hen negeerden. Geen schoffering ontging de gezusters en elk incident werd verontwaardigd gerapporteerd onder het genot van een kopje thee op het kasteel.

'Vanmorgen, toen ik van de slager kwam, werd ik door een jonge kerel met een steen bekogeld!' De hand waarin Laurel haar kopje hield, beefde. 'Ik weet het zeker. Het was geen verbeelding. En toen ik er iets van zei, grijnsde hij alleen maar honend. Anders kan ik het niet noemen. Honend en alsof hij erg trots was op zichzelf.'

'Wat een brutaliteit!' riep Hazel uit. 'En hij weet dat hij het ongestraft kan doen. Want de ouders geven het verkeerde voorbeeld. En dus denkt de jeugd dat het geoorloofd is om een oude dame te beledigen...'

'Een Engelse oude dame,' voegde Laurel eraan toe, met van verontwaardiging trillende neusvleugels.

'Vandaag is het een steen. Wat zal het morgen zijn?' peinsde Hazel somber.

'Maar ik schrok vooral van de blik waarmee hij me aankeek. Het was de blik van een opstandeling. Nog een paar jaar en dat joch loopt met een pistool!'

Adeline, die bij het raam kalmpjes zat te schilderen, keek op. 'Merkwaardig, als je bedenkt dat wij zorgen dat de kinderen te eten krijgen.'

'Gaarkeuken of niet, we zijn de vijand, Adeline,' zei Laurel. 'Een boterham is snel vergeten wanneer de maag eenmaal gevuld is.'

'Ze zouden ons het liefst zien vertrekken.' Hazel tuitte misprijzend haar lippen.

'Trouwens, ik bedenk ineens dat Mr. O'Callaghan me niet groette toen ik de winkel binnenkwam.' Laurel zette beverig haar kopje op het schoteltje. 'Hij negeerde me tot ik goedemorgen tegen hem zei. En toen knikte hij alleen maar.'

'Hij knikte?' vroeg Hazel.

'Ja, hij knikte.' Laurel keek verbolgen, om haar mond verscheen een grimmige trek. 'Wat een brutaliteit. Ik ben bang dat de situatie inderdaad heel ernstig is, Hazel.'

Terwijl de maanden verstreken, werden de schofferingen steeds frequenter en steeds bedreigender. Totdat er op een dag een steen door het raam van de Struikjes vloog. Adeline nodigde haar hevig ontdane zussen onmiddellijk uit om op het kasteel te komen wonen. 'Kamers genoeg,' zei ze opgewekt. 'Wie hier een steen door een ruit durft te gooien, heeft binnen een vloek en een zucht een kogel in zijn rug!'

Maar toen het nieuws hun bereikte dat het huis van hun goede vrienden de Goodes, in Brandon, was afgebrand, maakte ongerustheid plaats voor angst. 'Hierna zijn wij aan de beurt.' Laurel reikte naar haar sherry en nam luid slurpend een slok. 'De Shinners deinzen voor niets terug.'

'Die arme Arthur en Lizzie hebben amper het vege lijf weten te redden. En verder niets. Het hele huis is in één nacht in de as gelegd. Het brandde als een hooiberg, zeggen ze,' verzuchtte Adeline.

'Hoe kunnen we ons tegen dat soort mensen beschermen?' vroeg Hazel geschokt. 'We zijn niet meer veilig in ons eigen huis! Misschien moeten we toch onze koffers maar pakken. Er zijn er al zoveel van ons vertrokken.'

Adelines ogen spuwden vuur. 'We blijven hier! We hebben niets te vrezen van de Shinners. Iedereen weet dat we goed zijn voor onze pachters. En dat is bij de Deverills nooit anders geweest. Hubert wordt gewaardeerd en gerespecteerd door de mensen in Ballinakelly. Niemand zou het zelfs maar in zijn hoofd halen ook maar een vinger naar hem uit te steken. Of naar het kasteel.' Dat leek de Struikjes gerust te stellen.

Laurel slenterde naar de kaarttafel en streek over het groenfluwelen blad. 'Hier zijn we tenminste samen,' zei ze. 'Samen staan we sterk. En een robber bridge helpt om de narigheid te vergeten.'

Sinds Kitty in september negentien was geworden had Maud haar aandacht, waaraan het vroeger zo schrijnend had ontbroken, op haar jongste dochter gericht. Het werd tijd dat ze trouwde, maar met wie? In Ierland waren geen geschikte kandidaten te vinden. Alle mannen waren te arm of van te lage komaf. Dus er was maar één optie. Kitty moest naar Londen. Maar toen Maud dat op een avond tijdens het diner ter sprake bracht, kreeg ze niet de reactie waarop ze had gehoopt. 'Ik ga niet naar Londen,' zei Kitty kalm. De koele blik die ze haar moeder toewierp, verried dat ze er niet aan twijfelde of ze de discussie zou winnen.

Maud keerde zich naar Bertie, in de hoop dat hij haar zou steunen. 'Hier in Cork vinden we nooit een geschikte man voor haar. Nicht Beatrice vindt het heerlijk als we komen. En bij Victoria in Broadmere zijn we ook meer dan welkom. Door de oorlog is Kitty nooit in Londen gepresenteerd. Maar het is nog niet te laat.'

Met een wazige blik in zijn ogen keek Bertie van zijn vrouw naar zijn dochter en weer terug. 'Wil Kitty wel een man?'

'Het is geen kwestie van willen. Als ze te lang wacht schiet ze over. Net als Elspeth.' De verbeten trek om Elspeths mond verried niets over het geheim dat ze koesterde. Harry staarde naar zijn eten. Hij had een hekel aan ruzie.

'Ik wil niet naar Londen,' zei Kitty. 'Ik blijf hier. U krijgt me met geen tien paarden naar Londen.'

'Kitty, hoe durf je zo'n toon aan te slaan?' Maud bloosde van woede.

'Wat voor toon? Ik zeg gewoon waar het op staat.'

'Van een grote mond ben ik niet gediend. Ik dacht dat miss Grieve je manieren had geleerd.'

Kitty liet haar moeder haar handen zien. De verbittering in haar ogen bezorgde Maud koude rillingen. 'Miss Grieve was gemeen, met haar zweep. Dat heeft me geleerd sterk te zijn.'

Maud wendde zich af. Ze gaf er de voorkeur aan onplezierige zaken uit het verleden te negeren. Opnieuw deed ze een beroep op Bertie. 'Zeg jij nou ook eens wat. Je dochter is onbeleefd tegen me, maar jij doet er niets tegen.'

Bertie nam een grote slok wijn. 'Als ze niet naar Londen wil, zal ik haar niet dwingen, lieve. Dat zou buitengewoon ongepast zijn.'

Maud verstijfde, als een kat in het nauw. 'Ik moet ook altijd alles alleen doen. Zonder ook maar iemand die me steunt. Waarom ben ik altijd de enige die aan de toekomst van onze dochters denkt? Het zou makkelijker zijn om achterover te leunen, maar je zult het me niet in dank afnemen als de meisjes een onfortuinlijk huwelijk sluiten, met een man die onze familienaam door de modder haalt.'

'Is Victoria gelukkig?' vroeg Bertie.

'Wat heeft dat ermee te maken?'

'Maar lieve, begrijp je dat dan niet? Dat is waar je de plank misslaat. Als je niet je eigen ambities, maar het geluk van onze dochters op de eerste plaats zou zetten, zouden ze sneller geneigd zijn met je plannen mee te gaan.'

'Het huwelijk heeft niets met geluk te maken. Als iemand dat zou moeten weten, ben jij het.' Maud keerde zich naar Kitty. 'Dus als Elspeth en ik weer vertrekken, dan ga je niet mee naar Londen?'

Elspeth legde langzaam haar mes en vork neer. 'Ik ga ook niet mee,' verklaarde ze dapper, ook al klonk ze niet zo stellig en vrijmoedig als Kitty. De twee zussen wisselden een blik van verbondenheid. Harry's mond viel open van verbazing. Elspeth was altijd een toonbeeld van volgzaamheid geweest.

De oren van Maud werden vuurrood. 'Pardon?'

Elspeth keek weer naar Kitty, op zoek naar steun. 'Het spijt me, mama. Maar ik ga niet mee naar Londen.'

Maud glimlachte alsof ze ineens begreep wie de oorzaak was van Elspeths ondermijnende gedrag. 'Goed, zoals je wilt,' zei ze zacht. 'Ik ga niet proberen je om te praten. Stel je voor! Als moeder heb ik jouw geluk altijd boven het mijne geplaatst, maar dat heeft weinig zin als je vader me niet steunt. Je moet alleen niet denken dat je hier een geschikte man vindt.'

'En jij, lieve?' vroeg Bertie aan zijn vrouw. 'Blijf jij dan ook hier?'

'Ik blijf voor Harry.' Ze stak haar kin naar voren. Harry keek gegeneerd toen zijn moeder zich naar hem keerde. 'Maar zodra ik denk dat het hier niet langer veilig is, zal ik niet rusten voordat je met me mee naar Londen gaat. In Cork vind je geen rijke erfgename en die heb je nodig als je later het kasteel overneemt. Want God mag weten waar het geld anders vandaan moet komen.' Ze keerde zich naar haar dochters. 'Als jullie zo dom willen zijn te wachten tot je hier een man vindt, dan moeten jullie dat zelf weten. Maar kom later niet bij mij je beklag doen. Ik heb jullie gewaarschuwd.' Met die woorden legde ze haar servet neer. Ze stond op en liep de kamer uit. Kitty grijnsde naar Elspeth, die begon te beven.

Hun vader wachtte tot de deur achter zijn vrouw was dichtgevallen en vroeg toen, alsof er niets gebeurd was: 'Harry, wat vind je van je nieuwe paard? Ze heeft goede gangen, hè?'

De week daarop maakte Peter MacCartain zijn opwachting. Terwijl Bertie en hij met elkaar spraken in de bibliotheek, stonden Kitty en Elspeth met hun oor tegen de deur gedrukt. Helaas konden ze niet verstaan wat er werd gezegd. Daarvoor praatten de mannen te zacht. Toen de deur na een uur weer openging en Peter naar buiten kwam, stond Elspeth hem in de hal op te wachten. 'Wat zei hij?' vroeg ze fluisterend terwijl ze met hem meeliep naar de voordeur.

'Dat hij het met je moeder moet bespreken.'

Elspeths gezicht betrok. 'Die gaat er nooit mee akkoord.'

Peter pakte haar hand. 'Misschien niet, maar je vader vindt het belangrijk dat je gelukkig wordt.'

'Dus er is misschien een sprankje hoop?'

Peter grijnsde. 'Er is een heleboel hoop, liefste.' Hij kuste haar bemoedigend op haar wang.

Tijdens de daaropvolgende ruzie tussen Bertie en Maud zaten Kitty en Elspeth in de kamer boven de bibliotheek met een glas tussen hun oor en de vloer. Maud ging verschrikkelijk tekeer, met hoge uitschieters en met de nadruk op het woordje 'ik' dat ze veelvuldig bezigde terwijl ze zichzelf zoals gebruikelijk tot middelpunt van de discussie maakte. 'Ik heb een afschuwelijk jaar achter de rug,' jammerde ze. 'En nu dit! Wat moet ik allemaal nog meer slikken?' Het bleef even stil. 'Na alles wat ik voor dat kind heb gedaan!' hervatte ze haar aanklacht. 'Het leven van een moeder is een aaneenschakeling van offers. Ik heb mezelf volledig weggecijferd. Het minste wat ik van jullie zou mogen verwachten, is een beetje waardering!' Elspeth begon al te wanhopen. Er welden dikke tranen op in haar reebruine ogen. Als ze niet met Peter kon trouwen, dan werd ze een bruid van Jezus, verklaarde ze resoluut.

Toen werd het stil. Even later kwam een bediende zeggen dat Elspeth in de bibliotheek werd verwacht. Kitty bleef waar ze was, nog altijd met het glas tegen de vloer. Hoewel er niet langer met stemverheffing werd gesproken, kon ze duidelijk verstaan wat haar vader zei. Hij zou zijn toestemming geven voor het huwelijk. 'Als de oorlog me iets heeft geleerd, dan is het de waarde van de liefde,' zei Bertie plechtig. 'De liefde voor je strijdmakkers, voor je kinderen, voor het leven. Aan het front ben ik gaan beseffen dat de liefde het enige is wat telt. Dus als jij denkt dat Peter je gelukkig kan maken, dan hebben jullie mijn zegen, Elspeth.'

'O, papa!' jubelde Elspeth. Kitty stelde zich voor dat ze hun vader om de hals viel. Hun moeder zei niets. Het was maar al te duidelijk hoe zij over de verbintenis dacht. Kitty wist echter maar al te goed dat zelfs haar vader haar geen toestemming zou geven om met Jack te trouwen, hoe hartstochtelijk ze ook zou verklaren dat Jack haar gelukkig kon maken. Er waren grenzen aan Berties inschikkelijkheid. Los van het feit dat Jack tot een andere klasse behoorde en katholiek was, zou haar vader nooit een aanhanger van Sinn Féin als schoonzoon accepteren.

Even later kwam Elspeth met twee treden tegelijk de trap op stormen. 'Hij heeft ja gezegd!' Ze viel haar zus om de hals. 'Zonder jou had ik me nooit tegen mama durven verzetten.' Elspeth stond te trillen op haar benen. 'Maar ik heb het gedaan en papa zegt dat ik met Peter mag trouwen als hij me gelukkig kan maken.'

'En mama?' vroeg Kitty.

'Die is de kamer uit gelopen. Lijkwit.'

Maud trok de deur achter zich dicht, liet zich op de kruk voor haar kaptafel vallen en sloeg haar handen voor haar gezicht. Tussen haar vingers door keek ze naar zichzelf in de spiegel. Wanneer was het misgegaan? Ze had Elspeth toch met de juiste normen en waarden opgevoed? Waarom kon het kind zich daar niet aan houden? Hoe haalde ze het in haar hoofd te willen trouwen met een man zonder geld. Een man die weliswaar tot de Anglo-Ierse gemeenschap behoorde en die gold als een van de beste jagers in het land, maar die nooit in staat zou zijn om Elspeth te onderhouden zoals ze dat gewend was. Trouwens, wat moest er van Elspeth worden in een land dat dreigde uiteen te vallen? Besefte ze dan niet dat haar toekomst in Engeland lag? Victoria had de juiste keuze gemaakt. Ze was gravin, getrouwd met een man met een groot landgoed. Maud wreef over haar slapen. Na Huberts dood zou Bertie zijn vader opvolgen en zou zij Lady Deverill worden. Maar lady van wat? Van een kasteel dat ooit tot de beroemdste van Ierland had behoord, maar dat nu weinig meer was dan een berg stenen met een schamele hoeveelheid land, omringd door opstandelingen die niet zouden rusten voordat ze de Deverills het land uit hadden gejaagd. Wat had ze aan een kasteel in Ierland? Ze vervloekte zichzelf om haar dwaze keuze voor Bertie. En gelukkig was ze ook niet met hem geworden. Tenminste, ze kon zich niet herinneren wanneer ze voor het laatst gelukkig was geweest. En als je dan toch een slecht huwelijk moest hebben, dan liever met een man van adel in een deftig huis, met geld in overvloed en een indrukwekkende titel. Begreep Elspeth dan niet dat een vrouw daar troost uit kon putten?

Aan het begin van het nieuwe jaar stuurden de Britten een speciale eenheid naar Ierland om de politie te ondersteunen. Vanwege een tekort aan de traditionele flesgroene uniformen werd de eenheid gekleed in een kaki broek met een zwarte baret. Vandaar de bijnaam *Black and Tans*. Kort na aankomst van de manschappen nodigde Hubert hun bevelhebber uit voor het diner. Kolonel Manley was een onberispelijke verschijning, misschien iets té onberispelijk. Een lange man met glanzend bruin haar en een zware, zorgvuldig bijgehouden snor boven zijn vlezige lippen. De oorlog had hem een reputatie als held opgeleverd en hij had een erg hoge dunk van zichzelf. Hubert begroette hem hartelijk, met een schouderklop en een glas whiskey. 'Goed dat u er bent, kolonel Manley. De situatie begint uit de hand te lopen. Dit soort onbeschaafd gedrag kan simpelweg niet getolereerd worden.'

'En dat zullen we ook niet tolereren, Lord Deverill. Maakt u zich geen zorgen,' antwoordde kolonel Manley zelfverzekerd. 'We zullen die Ieren hun plaats wijzen. Paddy moet terug in zijn hok!'

'Ik ben blij dat te horen,' zei Hubert. 'Met u in de buurt zullen de dames zich aanzienlijk veiliger voelen.'

Toen de Struikjes en Adeline binnenkwamen, maakte kolonel Manley een buiging. 'Hij knikte niet, hij bóóg,' vertelde Laurel later. Daarna kuste hij hun de hand, waarbij ze het gekriebel van zijn snor maar wat opwindend vonden. Aan tafel zat de kolonel aan Adelines rechterhand, met Hazel aan zijn andere kant en Laurel tegenover hem, zodat ze gretig in zijn helderblauwe ogen kon kijken waarmee hij alle drie de zussen even geïnteresseerd opnam.

'Wat een charmante man,' zei Hazel toen de dames zich na het diner terugtrokken in de salon, terwijl de heren achterbleven met een sigaar en een glas port.

'Echt een man op wie we kunnen vertrouwen,' vulde Laurel aan.

'Nou, dat weet ik nog zo net niet,' zei Adeline nadenkend. 'Hij heeft een wrede glinstering in zijn ogen.'

'Denk je dat hij de spot met ons dreef?' vroeg Hazel.

'Ach, hij weet in elk geval hoe hij een dame een compliment moet maken,' antwoordde Laurel. 'Hij is een echte heer. Want alleen een echte heer weet de juiste balans te vinden tussen koketteren en wellevendheid.'

'En met die wrede glinstering in zijn ogen is hij misschien de juiste man om de mensen hier weer in het gareel te brengen, Adeline. Ik moet de kolonel nog vertellen dat de winkelmeisjes bij Flanagan's me gisteren hoonlachend aankeken...' Hazel liet zich op de bank ploffen om haar zussen in geuren en kleuren verslag te doen.

Naarmate de winter zich terugtrok en plaatsmaakte voor de lente, kreeg Bertie steeds vaker nul op het rekest bij Grace, hoewel hij zijn best deed minder te drinken en uiterste discretie te betrachten, net als voor de oorlog. Grace had het druk, zei ze, en verbleef regelmatig weken achtereen in Dublin. Bertie bleef achter, als een schooljongen met liefdesverdriet. Sir Ronald zag hij tijdens de jacht en bij de paardenrennen, maar Grace die een hartstochtelijke amazone was, liet zich ook daar nog maar zelden zien. Bertie miste haar verschrikkelijk. Het waren haar brieven en haar bemoedigende woorden geweest die hem de oorlog door hadden geholpen. Als de wind onder de vleugels van een adelaar, dacht hij somber. Zonder haar had hij niet de kracht om te vliegen en bleef hij op de grond, als een gekortwiekte haan, gedompeld in wanhoop.

Maud praatte niet meer tegen hem. En hoewel hij haar stilzwijgen verwelkomde, gold dat niet voor de onaangename sfeer die ze om zich heen verspreidde. Ze was onbeleefd tegen de bedienden en nog onbeleefder tegen haar dochters. Alleen Harry bleef gespaard. Dus terwijl haar dochters een veilige afstand van hun moeder bewaarden, zocht Harry uit schuldgevoel en loyaliteit haar gezelschap. Maud was behendig in het manipuleren van haar zoon, met een mengeling van emotionele chantage en voortrekkerij. En ze was vastberaden hem niet ook te verliezen. De kwade genius achter Elspeths opstandigheid was natuurlijk Kitty, maar ze zou het niet laten gebeuren dat ze ook haar greep op Harry kwijtraakte.

Toen Bridie op een ochtend met haar armen vol beddengoed uit Kitty's kamer kwam, zag ze een ineengedoken gedaante aan het andere eind van de gang op de grond zitten. Het was Mr. Deverill. Bridies eerste gedachte was te doen alsof ze hem niet had gezien en zich door de personeelsdeur uit de voeten te maken. Maar haar goede hart was sterker dan haar terughoudendheid, dus ze legde het beddengoed neer en ging naar hem toe. 'Mr. Deverill, voelt u zich niet goed?' Bertie keek naar haar op, met een vreemde, troebele blik in zijn ogen. 'Zal ik iemand roepen om u te helpen? Mr. O'Lynch? Of Mrs. Deverill?'

Bij het noemen van zijn vrouw leek hij weer tot leven te komen. 'Nee nee...' stamelde hij en hij probeerde wankel overeind te komen. Toen ze zag hoe hulpeloos hij was, aarzelde ze niet langer en pakte zijn arm, zodat hij zich aan haar kon optrekken.

'Voelt u zich niet goed?' herhaalde ze zodra hij weer op zijn benen stond. Het was een overbodige vraag, want het antwoord was maar al te duidelijk.

'Misschien wil je me naar mijn kamer brengen.' Steunend op Bridie liet hij zich door de gang escorteren. Bij zijn kamer gekomen maakte ze aanstalten hem alleen te laten. Hoofdschuddend liet hij zich op de rand van het bed zakken. 'Het spijt me dat je me zo moest zien, Bridget.'

'Ik heet Bridie, milord. En ik ben de kamenier van miss Kitty.'

'Bridie,' herhaalde hij.

Plotseling zag ze een straaltje bloed van zijn slaap over zijn wang sijpelen. 'U bloedt, milord.'

'O ja?' Met trillende vingers voelde hij aan de wond.

Bridie haastte zich naar de badkamer en kwam terug met een handdoek. 'Mag ik u helpen, milord?' Hij knikte, met een frons op zijn voorhoofd alsof hij niet goed begreep waarom hij bloedde. Terwijl ze de wond depte, rook ze de geur van alcohol die uit zijn poriën leek op te stijgen. 'Ik denk dat ik beter Mr. O'Lynch kan gaan halen, milord,' zei ze, doelend op zijn persoonlijke bediende.

'Ik ben blijkbaar gevallen. En toen moet ik mijn hoofd hebben gestoten,' mompelde hij. 'Ja, zo moet het zijn gegaan. Ik heb mijn hoofd gestoten. Wat dom van me.'

'Ik denk dat ik beter Mr. O'Lynch kan gaan halen, milord,' zei ze nogmaals.

'Doe dat dan maar, als je dat nodig vindt.'

Ze luidde de bel naast het bed. 'Wilt u misschien een beetje water?' Ze ging naar de ladekast, met een kan en een glas.

'Dank je wel, Bridget.' Hij pakte het glas van haar aan.

'Ik heet Bridie, milord.'

'Bij mij heet je Bridget.' Hij nam de handdoek van haar over en keek verbijsterd naar de bloedvlekken. Toen drukte hij hem weer tegen zijn hoofd. Bridie zag dat zijn hand nog altijd beefde. 'Je bent een lief kind, Bridget. En een knap meisje. Laten we dit onder ons houden. Afgesproken?'

Bridie glimlachte. 'Natuurlijk, milord. Dank u wel, milord.' Na een reverence verliet ze de kamer. Ze raapte het beddengoed weer op en liep de gang uit, waar Mr. O'Lynch haar al gejaagd tegemoet kwam.

'Bridie! Wat doe jij hier?'

'Ik moest miss Kitty's bed afhalen, Mr. O'Lynch.'

'Vlug dan maar.' Hij bleef niet staan.

Neuriënd waste Bridie even later het beddengoed. Het was voor het eerst dat iemand had gezegd dat ze knap was.

De Struikjes meldden dagelijks nieuwe beledigingen en gingen vaak ook zonder reden het stadje in, om nog meer munitie te hebben voor kolonel Manley. Elke ochtend rapporteerde Hubert aan het ontbijt 'gruwelijke gewelddaden' gepleegd door 'die verdomde Shinners'. Verscholen achter de *Irish Times* gromde en steunde hij als een oude walrus om de moordpartijen op leden van het Britse leger en het in brand steken van Engelse bezittingen. 'Het wordt tijd dat kolonel Manley en zijn mannen duidelijk maken dat ze niet met zich laten spotten,' verklaarde hij, waarop hij de wandaden in geuren en kleuren beschreef, terwijl de vrouwen thee dronken en hun sodabrood beboterden.

De reactie van de Black and Tans op de wreedheden was snel en doeltreffend. Er verspreidden zich geruchten over represaillemaatregelen in heel Ierland waarbij onschuldige burgers werden mishandeld en zelfs vermoord. Winkels en hooischuren, huizen en bedrijven werden vernield. Mannen werden met volslagen willekeur aangehouden en gefouilleerd, beschoten, overvallen, gearresteerd, gemarteld, bedreigd en het land uit gezet. Het leek alsof de Black and Tans konden doen en laten wat ze wilden, zonder enige vorm van censuur. 'Ze staan boven de wet,' zei Jack tegen Kitty toen ze eindelijk weer eens hadden kunnen afspreken bij de Elfenkring. 'Kolonel Manley is de meest gehate man in Ballinakelly. Hij deinst er niet voor terug onschuldigen te doden om daarmee de bevolking in het gareel te krijgen.'

'Wees voorzichtig, Jack,' zei Kitty ongerust. 'Doe geen gekke dingen. Ik zou niet willen dat ze jou gaan verdenken.'

'Ik vind het akelig om te zeggen, Kitty, maar je grootvader moet oppassen. In zijn positie kan hij beter niet met Manley gezien worden.'

'Grootpapa heeft hem alleen voor het diner uitgenodigd.'

'Dat weet ik, maar het praatje doet de ronde en dat brengt hem onvermijdelijk in problemen.'

'Grootpapa is al zo oud.'

'Maar we willen niet dat hij voor zijn tijd onder de groene zoden belandt.'

Kitty verbleekte. 'De mensen van Ballinakelly zijn loyaal...'

'Nee, dat zijn ze niet.' Met een grimmig gezicht pakte Jack haar bij de armen, als om haar wakker te schudden. 'Het is oorlog, Kitty. Het gaat niet om gaarkeukens en armenzorg. Dat is allemaal prachtig, maar het neemt de haat en de vijandigheid niet weg. De Britten hebben zichzelf met die terechtstellingen na de Paasopstand een slechte dienst bewezen. Het gebruik van geweld wakkert de haat onder de bevolking en het streven naar vrijheid alleen maar aan.' Hij trok haar in zijn armen met een heftigheid die haar schokte. 'Ik wou dat je naar Engeland ging.'

'Dat moet je niet zeggen, Jack.'

'Ik ben bang dat je hier niet meer veilig bent.'

'Jij zorgt ervoor dat me niets overkomt.'

Hij trok haar nog dichter tegen zich aan. 'Dat kan ik niet, Kitty. De enige manier om te zorgen dat je veilig bent, is dat je naar Londen gaat...'

'Ik hou van je, Jack.'

'En ik hou van jou.' Hij begroef zijn gezicht in haar hals. 'Maar soms zou ik willen dat het niet zo was. Onze liefde maakt me gelukkig. Heel erg gelukkig. Maar het is ook een vloek.'

17

Vanwege het geweld besloten Digby en Beatrice te breken met de jarenlange traditie en de zomermaanden op Deverill Rising door te brengen. De Britse kranten stonden bol van de wreedheden in Ierland die uit naam van het nationalisme werden gepleegd, en de Engelse Deverills vreesden voor het leven van hun Anglo-Ierse familie. Maar Hubert en Adeline hadden vertrouwen in de Britse overheid en waren ervan overtuigd dat de rust spoedig zou weerkeren dankzij de snelle en doeltreffende vergeldingsmaatregelen van kolonel Manley en zijn mannen.

'Hij heeft onze steun nodig, Kitty,' legde Hubert uit toen zijn kleindochter hem waarschuwde dat hij de kolonel beter niet op het kasteel kon ontvangen.

'Maar de mensen moeten kunnen zien dat u boven het conflict staat, grootpapa.'

'Integendeel. Als ik jonger was ging ik zelf met mijn geweer de straat op. Manley gaat de rust in het graafschap herstellen en dus moeten we hem laten zien dat we achter hem staan. Barton, de eerste Lord Deverill, heeft zijn titel en zijn land niet te danken aan wankelmoedigheid, maar aan zijn loyaliteit jegens de koning. Datzelfde wordt van ons verwacht als we de naam van de familie willen hooghouden.'

Kitty slaakte een diepe zucht. Het had geen zin om tegen haar grootvader in te gaan. Hij stamde uit een andere eeuw, toen het Britse rijk nog op het hoogtepunt van zijn macht was. Dus tot wanhoop van Kitty werd kolonel Manley een regelmatige gast op kasteel Deverill en had ze geen andere keus dan zijn neerbuigendheid en zijn onoprechte charme te tolereren. Want in de ogen van kolonel Manley waren vrouwen niet meer dan vlinders; schepselen om te bewonderen, om mee te spelen of om te vermorzelen. En het was maar al te duidelijk dat hij grote bewondering koesterde voor Grace Rowan-Hampton die, wanneer ze niet in Dublin verbleef, eveneens regelmatig kwam dineren, samen met Sir Ronald. En dus moest Kitty ook haar aanwezigheid verdragen en toezien hoe haar vader met droefgeestige hondenogen naar zijn maîtresse zat te staren, terwijl Maud grimmig en verbeten haar lippen zo stijf op elkaar drukte dat ze bijna niet meer te zien waren.

Terwijl het kasteel terugschrok voor verandering en vasthield aan het verleden, diende zich in Ballinakelly in hoog tempo een nieuwe wereld aan. Het gonsde in het stadje van anti-Britse sentimenten, samenzweringen schoten als paddenstoelen uit de grond. De strijd voor de vrijheid ging door. Bridie had 's avonds vrij wanneer Kitty in het jachthuis of bij haar grootouders dineerde. De vijfgangendiners op het kasteel duurden uren en dan haastte Bridie zich via de kortste weg, door de bossen naar huis. Daar trof ze haar broers met hun vrienden rond de tafel, waar ze met een glas donker bier onder handbereik op gedempte toon overlegden. Zodra ze de klink optilde, viel het gesprek stil en draaiden de mannen zich naar de deur, bang voor de Black and Tans. Zodra ze zagen dat zij het was, staken ze de koppen weer bij elkaar, met een spel kaarten bij de hand, als dekmantel bij een inval door de politie.

Jack was er ook vaak bij. Hij glimlachte als ze binnenkwam en ze glimlachte terug, aangemoedigd door de warme genegenheid in zijn ogen. Dan maakte ze een kom warme melk voor zichzelf, met suiker en een snee brood, en ze ging in de stoel van haar moeder zitten. Terwijl ze het brood met de melk tot een dikke brij roerde, luisterde ze naar de gesprekken van de mannen, over wapendiefstallen, over hinderlagen voor de Auxiliaries, zoals de hulptroepen heetten, en over een moordaanslag op kolonel Manley. Dan hoorde Bridie in de schemerige keuken verhalen over de wreedheden die de kolonel had begaan. Over onschuldige mannen die werden gearresteerd en gemarteld, zelfs gedood. Over de willekeur waarmee de kolonel wist te bereiken dat niemand in het graafschap zich nog veilig voelde. Hij was de meest gehate man in heel Ballinakelly.

De Britse overheid reageerde op het toenemende bloedvergieten door in een groot deel van het zuiden de staat van beleg uit te roepen. Het Irish Republican Army werd eindelijk erkend als leger en niet langer gezien als een bende moordzuchtige opstandelingen. Op zondag 21 november werden in Dublin veertien Britse soldaten vermoord, waarop de Royal Irish Constabulary bij wijze van represaille het vuur opende op onschuldige toeschouwers bij een voetbalwedstrijd. Er vielen veertien doden en talloze gewonden. In de daaropvolgende decembermaand was ook Cork het doelwit van geweld toen het centrum van de stad door Britse troepen in de as werd gelegd. Hubert las het verslag in de *Irish Times* maar deed er het zwijgen toe. Hij was uitgeput, als een oude stoomtrein die zijn eindpunt had bereikt. Het was allemaal te gruwelijk en bovendien angstig dichtbij, want van Ballinakelly was het amper tachtig kilometer naar Cork. Vanaf die dag trok Hubert zich terug in zijn eigen wereld vol watersnippen en konijnen, waar hij naar hartenlust kon jagen op vossen en waar de jachthonden altijd gretig waren erop uit te gaan, ongeacht het weer. Hij sprak over paarden, over de rennen, over zijn jonge jaren en de goede oude tijd toen de plaatselijke bevolking nog respect had voor de familie en loyaal was aan de Kroon. De Onafhankelijkheidsoorlog had hem eindelijk klein gekregen.

Adeline liet hem begaan, maar de Struikjes maakten zich grote zorgen. Als zelfs Hubert bang was, hoe moest het dan met hen? Ze nipten van Adelines thee met cannabis, ze speelden whist en ze baden tot God, want alleen Hij kon hen verlossen.

In januari 1921 werd het kasteel opgeschrikt door het nieuws dat kolonel Manley was vermoord, even buiten Ballinakelly. 'God bewaar ons!' bulderde Hubert terwijl hij de hoorn op de haak legde en van de hal naar de eetkamer liep, waar Adeline en de Struikjes aan het ontbijt zaten. 'Dat was luitenant Driscoll. Kolonel Manley is vermoord.' De vrouwen hielden geschokt hun adem in. Laurel zette haar kopje zo hardhandig neer dat de thee over de rand klotste. 'Gisteravond. In een oude boerderij aan de weg naar Dunashee. Ze hebben hem vanochtend pas gevonden. Die vervloekte idioot was alleen op pad, zonder escorte. Wat bezielde hem?' Hij ging zitten, ineens een oude man van vierenzeventig. 'Eergisteren zat hij hier nog aan tafel.'

Adeline schudde haar hoofd. 'De gevolgen voor Ballinakelly zullen verschrikkelijk zijn,' verzuchtte ze, denkend aan de onschuldige burgers die het slachtoffer zouden worden van de onvermijdelijke represailles.

'Wat een drama.' Ook Hubert schudde zijn hoofd. 'Manley was een goed mens.'

'Wat is er gebeurd?' vroeg Laurel, wit als een doek.

'Ja, wat is er precies gebeurd, Hubert?' viel Hazel haar bij.

'De details ken ik niet. Alleen dat Manley gisteravond met een van zijn mannen de weg naar Dunashee heeft genomen...' Hubert keek fronsend naar Adeline. 'Uitgerekend hij moet toch hebben geweten hoe gevaarlijk die verlaten wegen zijn!'

'En de man die bij hem was? Wat is daarmee gebeurd?'

'Doodgeschoten.'

'Wat verschrikkelijk!' bracht Hazel ademloos uit.

'En met de kolonel?' drong Laurel aan.

'Ze hebben hem een mes tussen zijn ribben gestoken.'

'Wat verschrikkelijk!' verzuchtte Hazel nogmaals.

'Wat deed hij op die boerderij?' vroeg Adeline zich hardop af.

'De dag is voor de levenden, de nacht voor de doden,' zei Laurel.

'Maar wat had hij daar te zoeken?' Adeline vernauwde haar ogen tot spleetjes. 'Ik weet bijna zeker dat er een vrouw in het spel was.'

'Een vrouw die hij geheim wilde houden,' vulde Hazel opgewonden aan. 'Een katholieke vrouw.'

'Op de weg naar Dunashee? Dat betwijfel ik ten zeerste,' zei Hubert. 'Driscoll komt vanochtend langs. Hij wil me spreken.'

'Heeft hij ook gezegd waarom?' vroeg Adeline.

'Nee.'

'Ik kan me niet voorstellen hoe jij de politie zou kunnen helpen.'

'Ik ook niet.'

'Ach hemeltje,' jammerde Hazel. 'Het was zo'n charmante man.'

'En knap,' voegde Laurel eraan toe.

'Een echte heer. Wat zonde. We zullen hem missen.' Hazel glimlachte verstolen achter haar theekopje. 'Misschien vergis ik me, maar ik had kunnen zweren dat hij een oogje op ons had.'

Kitty was bij Elspeth op de kamer, om de bruiloft van haar zus te bespreken. Ze lagen samen op bed toen Bridie op de deur klopte. 'Post voor... voor u, miss Kitty.' Ze bedacht nog net op tijd dat ze Kitty met gepast respect moest behandelen wanneer er anderen bij waren. 'Kolonel Manley is vermoord.' De twee zussen schoten overeind.

'Wanneer?' vroeg Kitty.

'Gisteravond. Ze zeggen dat hij in een hinderlaag is gelokt.'

'Lieve hemel, wat verschrikkelijk!' zei Elspeth ademloos. 'Weet papa het al?'

'Ik denk dat heel Ballinakelly het al weet, miss Elspeth.'

'En dan te bedenken dat het ook op weg naar het kasteel had kunnen gebeuren,' verzuchtte Elspeth.

'Volgens mij leent de weg tussen het kasteel en Ballinakelly zich niet voor een hinderlaag,' zei Kitty terwijl ze de brief aanpakte. Ze herkende Jacks handschrift meteen.

'Van wie is die brief?' vroeg Elspeth.

'Geen idee. Ik lees hem straks wel.' Kitty liet de brief met gespeelde onverschilligheid in haar zak glijden. 'Ik denk dat kant erg mooi is, Elspeth. Tenslotte is het lente tegen de tijd dat je trouwt. Bovendien, kant is altijd prachtig.'

Bridie liep de kamer uit. Van wie was die brief, vroeg ze zich af. De jongen die hem kwam bezorgen, had speciaal naar haar gevraagd en gezegd dat ze hem onmiddellijk aan Kitty moest geven. Maar ze zette de brief al snel weer uit haar hoofd, want er was iets anders wat haar niet met rust liet, namelijk het afschuwelijke vermoeden dat Michael en Sean bij de moord betrokken waren. Ze hadden het er zo vaak over gehad. Als ze gepakt werden, kregen ze de kogel. En zelfs al werden ze alleen maar verdacht, dan zouden ze worden gearresteerd en gemarteld. Hun enige hoop was dat Manley in het hele graafschap werd gehaat. De politie kon onmogelijk iedereen arresteren.

Toen Kitty weer alleen was, las ze het briefje van Jack. *Je was gisteravond bij Lady Rowan-Hampton. Jullie hebben samen gegeten. Rundvlees met aardappels. Je bent om acht uur gekomen en om elf uur vertrokken. J.* Geschokt dat Jack blijkbaar iets met de moord op kolonel Manley te maken had, las ze het briefje nogmaals. Waarom moest ze doen alsof ze bij Grace had gegeten? Stond ze onder verdenking? En zo ja, waarom kon ze dan niet gewoon de waarheid vertellen? Namelijk dat ze met Elspeth en Harry had gedineerd, terwijl haar ouders op het kasteel aten, samen met dominee en Mrs. Daunt. En trouwens, waarom zou de politie haar verdenken? Haar hart begon wild te bonzen bij de gedachte aan Jack; aan het gevaar dat hij liep. De moord op kolonel Manley zou worden gezien als verraad. Dat betekende dat de daders zouden worden geëxecuteerd. Als ze werden gepakt. Maar dat zou niet meevallen. Want Kitty wist dat heel Ierland om hen heen zou gaan staan. Maar hoe zouden de Black and Tans de moord op de kolonel wreken?

Later die ochtend stopte de auto van luitenant Driscoll voor de deur, gevolgd door twee legervoertuigen met Auxiliaries en Black and Tans. Het was duidelijk dat de Britten geen enkel risico meer namen. Terwijl zijn mannen de wacht hielden bij de voordeur en door de tuinen patrouilleerden, werd Driscoll de bibliotheek binnengelaten waar Hubert al op hem wachtte. 'Goedemorgen, Lord Deverill.'

'Goedemorgen, luitenant Driscoll. Wat een toestand! Pak een stoel.'

O'Flynn trok de deur achter zich dicht en de twee mannen waren alleen. Driscoll ging tegenover Hubert zitten, die een sigaar opstak.

'Het bewijst op werkelijk misselijkmakende wijze dat die lui voor niets terugdeinzen. Kolonel Manley was een eerlijke kerel, hij deed zijn werk met inzet en toewijding. In hem verliezen we een goed mens, Lord Deverill.'

'Dat kan ik alleen maar onderschrijven. Zoals u weet was hij hier regelmatig te gast. Maar zegt u het eens, wat kan ik voor u doen?'

'Ik vertrouw erop dat we onder ons zijn?' Driscoll keek achterdochtig om zich heen.

'Inderdaad.'

'Dan kan ik vrijuit spreken.' Driscoll boog zich voorover, met zijn ellebogen op zijn knieën, zijn handen gevouwen. 'We hebben reden aan te nemen dat kolonel Manley gisteravond had afgesproken met een vrouw.'

Hubert trok zijn wenkbrauwen op. Dus Adeline had gelijk. 'O?'

'Een vrouw die al enige tijd onder verdenking staat. Vandaar dat we haar gangen zijn nagegaan. Daardoor weten we dat ze vriendschappelijke contacten onderhoudt met de Fenians in Dublin. Kolonel Manley probeerde meer duidelijkheid te krijgen en we geloven dat hij gisteravond een...' Hij aarzelde, zoekend naar het juiste woord. '... een amoureus rendez-vous had geregeld. Vandaar dat hij zonder volledig escorte ging. We vermoeden dat zij het lokaas was. Maar ze beweert dat ze gisteren de hele avond thuis is geweest.'

'En wat kan ik voor u betekenen?'

'U bent met haar bevriend, Lord Deverill. Haar man zit op het moment in Londen en ze beweert dat ze gisteravond in gezelschap was van uw kleindochter, miss Kitty.'

'En wie mag deze geheimzinnige, om niet te zeggen lichtzinnige vrouw dan wel wezen?' vroeg Hubert grinnikend, nog altijd met zijn sigaar tussen zijn tanden.

'Lady Rowan-Hampton.'

Hubert verslikte zich in de rook. 'God allemachtig, man! Lady Rowan-Hampton een Fenian! Het idee alleen al! Je reinste lariekoek. Maar als u mijn kleindochter wilt spreken, wil ik haar met alle plezier laten halen.'

'Heel graag. Ik wil zo snel mogelijk duidelijkheid zien te krijgen in deze kwestie.'

Toen Kitty werd ontboden haastte ze zich met bonzend hart door de tuinen naar het kasteel. Ze had Jacks briefje verbrand, maar pas nadat ze het zo vaak had gelezen dat de tekst in haar geheugen gegrift stond. Waarom had ze een ander alibi nodig dan ze al had? Ze had niets misdaan. En waarom moest ze zeggen dat ze bij Grace was geweest? Alleen al bij de gedachte kwam haar maag in opstand.

Ze was geschokt door de hoeveelheid Auxiliaries. Waakzaam, nerveus, met de vinger aan de trekker zagen ze eruit alsof ze beleg rond het kasteel hadden geslagen. De mannen lieten haar passeren en eenmaal binnen liep ze rechtstreeks naar de bibliotheek, waar haar grootvader en luitenant Driscoll op haar zaten te wachten.

Nadat ze de vlezige hand van de luitenant had geschud ging ze op de bank zitten. 'Luitenant Driscoll wil je een paar vragen stellen,' zei Hubert. 'Je weet dat kolonel Manley is vermoord?'

'Ja, grootpapa.' Ze deed haar best om haar stem vast te doen klinken.

'Het spijt me dat ik u lastigval, miss Deverill. Het enige wat ik van u wil weten, is waar u was, gisteravond.'

'U denkt toch niet dat ik iets met de dood van kolonel Manley te maken heb?' vroeg ze geschokt.

Ze keek Driscoll aan. Zijn ronde gezicht was glad en roze als dat van een schooljongen, zijn blonde haar met pommade naar achteren gekamd. En ineens besefte ze tot haar afschuw dat niet *zij* het was die onder verdenking stond en een alibi nodig had, maar Grace. Even leek de tijd stil te staan. In haar herinnering keek ze weer door de kier van de slaapkamerdeur en zag ze haar vader, terwijl hij als een dier de vrouw besteeg die zij altijd zo had bewonderd. De haat die in haar naar boven kwam, brandde in haar keel. En werd gevolgd door een duizeligmakend besef van macht. Dit was haar kans om zich voorgoed van Grace Rowan-Hampton te ontdoen. Als ze betrokken was geweest bij de moord op kolonel Manley zou Grace op zijn minst de gevangenis in gaan. Maar toen Kitty zich naar luitenant Driscoll keerde, keek ze hem recht in de ogen en zei: 'Ik was gisteravond bij Lady Rowan-Hampton.' Het leek alsof ze droomde, alsof ze zich had losgemaakt van haar lichaam en erboven zweefde.

'Bij haar thuis?'

'Bij haar thuis, ja. Waarom wilt u dat weten? Heb ik iets verkeerds gedaan?' Ze keerde zich met grote, onschuldige ogen naar haar grootvader.

'Nee hoor, kindje. Maak je geen zorgen. Was dat alles?' Dat laatste was tot luitenant Driscoll, die knikte en een zucht slaakte alsof hij teleurgesteld was dat dit spoor niets had opgeleverd.

'Ja, dat was alles. Ik dank u voor uw tijd, miss Deverill.' Hij zette zijn pet weer op.

'Het spijt me heel erg van kolonel Manley. Hij was zo hoffelijk en charmant,' zei Kitty.

'Inderdaad.' Luitenant Driscoll stond op en liep naar de deur, maar toen hij zijn hand op de knop legde, leek hem iets te binnen te schieten. 'Nog een laatste vraag, miss Deverill. Wat hebt u gisteravond gegeten?'

Kitty beantwoordde zijn blik kalm en zelfverzekerd. 'Rundvlees. En daar houd ik niet van. Het was bovendien te lang gebraden en taai.' Haar antwoord was weliswaar bevredigend, maar opnieuw een teleurstelling, getuige het gezicht van luitenant Driscoll.

'Wat is er aan de hand?' vroeg Kitty toen hij weg was aan haar grootvader.

'Dat weet ik ook niet. Belachelijk, dat is het. Ik heb hem gezegd dat Grace er niets mee te maken heeft.'

'Waar wordt ze van beschuldigd?'

'Ze zou het lokaas zijn geweest. Blijkbaar is ze in Dublin met de vijand gezien. Ze wordt al enige tijd in de gaten gehouden. De politie en de

Auxiliaries denken dat ze met Manley had afgesproken voor een romantische liaison in de oude boerderij langs de weg naar Dunashee. En zodra hij arriveerde, zou zij of een haar medeplichtigen hem hebben doodgestoken. Ik heb mijn leven lang nog nooit zoiets belachelijks gehoord. Grace is een dame, een Engelse dame, geen Shinner. Wacht maar tot Ronald dit te horen krijgt.'

Voor Kitty's geestesoog verscheen het beeld van Grace en een man – niet haar vader, maar kolonel Manley – en ze werd plotseling licht in het hoofd. Het beeld maakte plaats voor een ander, dat van Grace in de boerderij aan de weg naar Dunashee, met een mes onder haar rok.

Bij terugkeer in het jachthuis trok Kitty haastig haar rijkleding aan. 'Waar ga je heen?' vroeg Elspeth toen ze de kamer binnenkwam.

'Even een frisse neus halen.'

Elspeth keek teleurgesteld. Ze was nog lang niet uitgepraat over haar huwelijk en haar jurk. 'Wat wilde grootpapa?'

'O, hij maakt zich zorgen over de Struikjes,' improviseerde Kitty.

'Waarom?'

'Ze komen de deur niet meer uit, uit angst voor de Shinners. Ze zijn bang dat ze ook worden vermoord, net als kolonel Manley.'

'Ik denk niet dat iemand twee weerloze oude dames zal vermoorden.'

'Dat heb ik ook gezegd.' Kitty speldde haar hoed vast.

'Misschien kunnen wij ze af en toe mee de stad in nemen. Met ons erbij zijn ze vast minder bang.'

'Precies.' Kitty was weinig spraakzaam, want ze vond het afschuwelijk te moeten liegen. 'Tot straks.'

'Je gaat toch niet in je eentje de stad in, hè?' vroeg Elspeth bezorgd.

'Nee, ik ga naar de heuvels.'

'Weet je zeker dat het wel veilig is, helemaal alleen? Kun je Harry niet beter meenemen?'

'Welnee. Maak je geen zorgen. God helpe de Shinner die míj lastigvalt.' Lachend liep ze de kamer uit.

Kitty galoppeerde over de heuvels naar het huis van Grace. Schapen en koeien liepen vredig te grazen, het gras was nog mals en sappig en had niet van de winter te lijden gehad. Al rijdend voelde ze dat haar boosheid door de wind werd meegenomen. En dat haar hart, als een ballon, zwol van liefde voor Ierland. Hoe meer ze om zich heen keek, naar het ruige, rotsachtige landschap, hoe groter de ballon werd, en uiteindelijk lachte ze hardop in ongeremde blijdschap. Ze duwde haar hielen in de flanken van haar paard om het over een stenen muur te drijven, genietend van de gevaarlijke sprong, vertrouwend op haar ervaring.

Bij het grote, grijze landhuis gekomen reed ze naar de stallen en steeg af. Ze gaf haar paard aan de stalknecht, trok haar handschoenen uit en liep kordaat naar de voordeur. 'Ik moet Lady Rowan-Hampton spreken,' zei ze tegen de butler die haar verbaasd en een beetje ongemakkelijk opnam toen ze langs hem heen naar binnen liep, zonder in de hal te blijven wachten.

'Ik zal zeggen dat u er bent.' De butler haastte zich achter haar aan.

'Grace!' riep Kitty. Voordat de butler het bezoek had kunnen aankondigen, verscheen Grace in de deuropening van de zitkamer. Ze zag bleek, haar ogen stonden vermoeid, maar haar dieprode jurk en groene vest verrieden haar liefde voor kleur. Dat ze de moed had gehad iemand dood te steken, kon Kitty zich niet voorstellen.

'Het is in orde, Brennan. Zou je ons een pot thee willen brengen?'

'Zoals u wenst, milady.' Hij tuitte zijn lippen en wierp Kitty een afkeurende blik toe.

'Kom binnen.' Grace gebaarde uitnodigend. 'Dus ik ben eindelijk Grace,' zei ze met een glimlach.

'Ik kan je moeilijk Lady Rowan-Hampton noemen nu we blijkbaar zulke dikke vriendinnen zijn. Ik heb tenminste begrepen dat we gisteravond samen hebben gedineerd.'

Grace keek haar aan. 'Dank je wel,' zei ze zacht. Haar ogen stonden ernstig.

Kitty liep langs haar heen, naar het hekje rond de haard. 'Wat is er precies aan de hand?'

Grace kwam naast haar staan. Ze dempte haar stem, maar in haar ogen lag een felle schittering. 'Ik was gisteravond in die boerderij. Samen met Michael en de jongens...'

Kitty's mond viel open. 'Heb jij hem vermoord?'

'Nee.' Grace keek Kitty recht aan. 'Dat heeft Jack gedaan.'

'Jack...'

'Jouw Jack.'

Daar had Kitty niet op gerekend. Ze had gedacht dat niemand op de hoogte was van haar en Jack. Grace al helemaal niet. 'Hoe weet je dat?'

'Ik weet een heleboel. Onder andere dat jij een van ons bent. Vandaar dat ik jou als mijn alibi heb gekozen.'

'Je had geen keus. Mama zou nooit voor je hebben gelogen. Trouwens, dat geldt waarschijnlijk voor al je Engelse vrienden.'

'Maar ik wist dat jij het zou doen.'

'Hoewel je ook wist dat ik een hekel aan je heb?'

'Ja, want je zou het niet doen voor mij, maar voor Jack.' Grace sloeg haar ogen neer. 'Ik weet waarom je een hekel aan me hebt, maar ik ga me niet verontschuldigen.'

'Je hebt wel lef, Grace.'

'Ik vertrouw op mijn instinct.'

'Dus het was een test?'

'In zekere zin.'

'Was dat niet een beetje roekeloos? Als ik had geweigerd, was je aan de galg geëindigd.'

'Maar je hebt niet geweigerd.' Er verscheen een vluchtige glimlach om haar lippen. 'Ik had goed gegokt.'

'Ik heb je een alibi verschaft en je leven gered. Dat betekent dat je bij me in het krijt staat.'

'Nee, het betekent dat je nu echt een van ons bent.'

Kitty trok een wenkbrauw op. Een wilde vreugde maakte zich van haar meester. 'Ik hoor erbij, ik doe mee, of Jack het nu leuk vindt of niet?'

'Precies. Dat is toch wat je altijd hebt gewild?'

'En nu?' vroeg Kitty.

Grace keerde zich naar de deur. Brennan kwam binnen met een dienblad, gevolgd door een jong dienstmeisje met een portercake op een schaal. 'Aha, daar is de thee. Maar om antwoord te geven op je vraag. Dit zou wel eens het begin kunnen zijn van een heel boeiende vriendschap.'

Bij terugkeer in het jachthuis vroeg Kitty haar broer en zus naar haar kamer te komen. Ze deed de deur zorgvuldig dicht en leunde ertegen, alsof ze bang was dat ze zouden worden afgeluisterd. Tenslotte had ze zelf maar al te vaak door een sleutelgat geloerd. 'Jullie moeten me helpen,' zei ze ernstig.

Elspeth en Harry keken elkaar aan. 'Wat is er aan de hand?' vroeg Elspeth.

'Heb je je in de nesten gewerkt?' vroeg Harry.

'Nee. Maar dan moeten jullie me wel helpen.'

'Natuurlijk helpen we je, waar of niet, Harry?'

'Ja, natuurlijk. Wat is er aan de hand?'

Kitty haalde diep adem. 'Ik kan niet uitleggen waarom, maar we moeten doen alsof ik gisteravond niet met jullie heb gedineerd. Alsof ik bij Lady Rowan-Hampton was.'

Harry fronste zijn wenkbrauwen. 'Waarom?'

'Nogmaals, dat kan ik niet zeggen. Daarvoor is het te ingewikkeld. Dus jullie moeten het zonder uitleg stellen. En gewoon doen wat ik vraag.'

'Heeft het iets te maken met vanmiddag, toen je bij grootpapa moest komen?' vroeg Elspeth.

'Ja,' gaf Kitty toe. 'Daar heeft het mee te maken.'

Elspeth glimlachte. 'Je leek me al een beetje van streek.'

'Dus jullie doen het? Als iemand vraagt waar ik was, willen jullie dan zeggen dat ik niet met jullie heb gedineerd?'

Harry knikte. Gezien het geheim dat ze over hem bewaarde was dit wel het minste wat hij kon doen. Elspeth knikte ook, hoe graag ze ook zou willen weten wat er aan de hand was. 'Dat beloof ik.'

'Bedankt.' Kitty glimlachte. 'En dan te bedenken dat ik ooit dacht dat we geen vrienden konden zijn.'

Harry grijnsde. 'Niets schept zo'n sterke band als een gedeeld geheim.'

Elspeth viel hem bij, ook al wist ze niets van het geheim dat Kitty over haar broer bewaarde. 'En niets schept zo'n sterke band tussen broers en zussen als een moeder die alleen maar aan zichzelf denkt.'

18

Bridie had zich vergist toen ze zei dat de Black and Tans niet iedereen konden arresteren. Ze kwamen in hun legerauto's, gewapend met geweren, pistolen en hun dorst naar wraak. En terwijl de vrouwen huilend en jammerend probeerden de arrestaties te voorkomen, dreven de Black and Tans alle jonge mannen uit Ballinakelly bijeen. Ook Michael en Sean werden gearresteerd, net als Jack. Zonder dat iemand wist waarheen, werden ze allemaal weggevoerd. Bridie zat op Kitty's bed te snikken, terwijl Kitty haar omhelsde en uit alle macht haar eigen verraderlijke tranen verdrong. Mrs. Doyle bedierf de lunch en liet de room schiften, wat een erg slecht voorteken was. Dus toen ze de rest van de dag vrijaf vroeg, stemde Adeline daar maar al te graag mee in. Samen met haar moeder en alle andere vrouwen uit Ballinakelly bracht Mrs. Doyle daarop de hele middag in de kerk door. Ze brandden kaarsen, baden de rozenkrans en de novenen en probeerden het met God op een akkoordje te gooien.

Zodra Bertie had gehoord dat Grace onder verdenking stond, reed hij naar haar toe. Hij parkeerde de Daimler voor de deur en klopte aan. De butler deed open en ging hem voor naar de zitkamer, waar Grace aan haar bureau brieven zat te schrijven. 'Bertie!' riep ze verheugd. Het ontging haar niet dat hij nuchter was en dat zijn gezicht bezorgd stond. Ze legde haar pen neer en kwam hem tegemoet. 'Wat is er aan de hand?' De butler trok zoals altijd discreet de deur achter zich dicht en liet hen alleen.

'Ik hoorde dat ze proberen je medeplichtig te verklaren aan de moord op Manley. Het is toch verdomme...'

'O, dat,' kapte Grace hem onverschillig af. 'Ach, ze doen hun werk. Ik weet niet precies waarom mijn naam is gevallen, maar het zal zo'n vaart niet lopen.'

Toen Bertie haar in zijn armen wilde nemen ontglipte ze hem en ging bij het vuur zitten. 'Maar waarom zouden ze jou verdenken?' Hij begon geagiteerd de kamer op en neer te lopen.

Grace zuchtte. 'Ik geef de kinderen Engelse les. Daar zal het wel mee te maken hebben. Hun grote broers en hun vaders komen ook mee en dan praat ik met ze. Groepsvorming wordt met wantrouwen bekeken, en dat is begrijpelijk. Hoe dan ook, ze denken blijkbaar dat ik in Dublin contacten heb met de Sinn Féin.' Ze lachte schamper, alsof alleen al het idee belachelijk was. 'Ik ben gravin Markievicz niet!'

'Maar wat is het verband tussen jou en Manley?' drong Bertie aan. De vurige blos op zijn wangen verried dat hij jaloers was.

'Manley was verkikkerd op me.'

'Manley?'

Ze lachte weer. 'Bij een vrouw die hem beviel gooide hij al zijn charmes in de strijd. Dat kan je niet zijn ontgaan. Hoe dan ook, ik kon hem bijna niet van me afhouden. Hij was erg hardnekkig.'

'Maar je bent getrouwd!'

Ze trok een wenkbrauw op. 'Dat heeft jou er ook nooit van weerhouden.'

'Dat ligt anders. Jij en ik... Wij behoren tot de landadel. Manley is beroepsmilitair!'

'Hij wás beroepsmilitair.'

'Waarom zouden ze in 's hemelsnaam denken dat jij een amoureus afspraakje met hem had?'

'Omdat ze zich aan het kleinste strootje vastklampen, lieve Bertie.' Ze glimlachte toegeeflijk, alsof ze het tegen een pruilend kind had. 'Je denkt toch niet dat ik daar ben geweest, hè?'

'Nee, natuurlijk niet! Het is belachelijk dat je naam zelfs maar is genoemd. Ronduit belachelijk! En dat heb ik ze gezegd ook.'

'Kitty was hier.' Ze keek hem aan, benieuwd naar zijn reactie.

'Dat hoorde ik van papa.' Bertie leek slecht op zijn gemak.

'We zijn vriendinnen geworden,' zei Grace zacht.

Zijn ogen werden donker van angst alsof hij al wist wat er ging komen. 'En dat heeft gevolgen voor ons,' zei hij, voordat zij het kon zeggen.

'Ja. Ik ben bang dat we niet op de oude voet kunnen doorgaan. Onze affaire is voorbij.'

Bertie verbleekte. 'Voorbij? Maar waarom? Ik heb voor jou de drank afgezworen.'

Grace stond op en nam zijn handen in de hare. 'Ze weet het. Van ons. Vraag me niet hoe, maar ze weet het. En het heeft jarenlang een wig tussen ons gedreven. Ik ben blind geweest dat ik dat niet eerder heb gezien.' Ze keek hem aan en zag de geschokte blik in zijn ogen. 'Het spijt me, Bertie, maar het is afgelopen.'

'Dat kun je me niet aandoen! Onze affaire heeft niets met Kitty te maken. Ik hou van je!'

'Ik hou ook van jou, lieve Bertie.'

'Van Maud heb je je ook nooit iets aangetrokken.'

'Omdat Maud je zelf in mijn armen heeft gedreven. Maud heeft alles aan zichzelf te wijten. Maar Kitty is nog een kind. Een onschuldig kind.'

'Ze is twintig! Dan ben je geen kind meer.'

'Ze is mijn vriendin. En ik moet loyaal zijn. Net als zij,' zei ze weloverwogen.

Bertie fronste zijn wenkbrauwen. 'Loyaal? Wat bedoel je?'

Grace zuchtte. 'Ik kan het je niet uitleggen. Het is een vrouwenkwestie. Ze heeft iets voor me gedaan en het zou erg ongepast zijn als ik vervolgens de maîtresse van haar vader bleef. Ongepast en oneerzaam.'

'Sinds wanneer trek jij je daar iets van aan? Daar heb je je vroeger ook nooit druk over gemaakt!'

'Omdat het nooit aan de orde is geweest.'

Bertie liep rood aan van woede. 'Ik begrijp je niet. Ik dacht dat je van me hield.'

'Dat is ook zo en ik hou nog steeds van je. Maar je kunt niet alles hebben in het leven. Soms moeten we luisteren naar de stem van ons geweten, zelfs als dat een gebroken hart oplevert.'

Bertie liep naar het raam en keek zwijgend, in gedachten verzonken, naar de tuinen. Ten slotte draaide hij zich om. 'Denk maar niet dat ik het erbij laat zitten. Ik zal je de tijd geven om na te denken.' Hij liep naar de deur. 'Na alles wat we voor elkaar hebben betekend, vind ik niet dat je me zomaar kunt wegsturen. Dat accepteer ik niet.' Na die woorden liep hij de kamer uit en gooide de deur zo hard dicht dat de ramen rammelden in hun sponningen. Grace zocht houvast bij de rugleuning van haar stoel en slaakte een zucht van spijt. Maar voor de vrijheid van Ierland was ze bereid alles en iedereen op te offeren.

'Ze zouden het hele vervloekte stel moeten opknopen,' zei Hubert die avond, terwijl hij zichzelf nog een whiskey inschonk bij het blad met drankflessen.

Adeline en de Struikjes zaten op de bank, Maud leunde stijfjes tegen het hekje bij de haard, haar man ijsbeerde door de kamer, verzonken in gedachten. 'Ze hebben de zoons van Mrs. Doyle ook meegenomen, Hubert,' zei Adeline. 'Maar ik geloof er niets van dat ze er iets mee te maken hebben.'

'Ik weet zeker dat ze loyaal zijn aan jullie,' zei Laurel.

'Volkomen loyaal,' viel Hazel haar bij.

'Ze zijn aan niemand loyaal, alleen aan elkaar,' mengde Maud zich in de discussie. 'Ik ben het met Hubert eens. Ze moeten ze ophangen. Allemaal!'

'Het probleem is dat ze zo ongrijpbaar zijn. Het valt niet mee om ze te pakken te krijgen,' zei Hubert.

'Ze hebben er in Ballinakelly anders wel een heel stel gearresteerd,' zei Maud.

'In andere plaatsen ook,' wist Adeline te vertellen. 'Het bestaat niet dat ze allemaal schuldig zijn.'

'Maar zo zullen ze wel behandeld worden,' voorspelde Maud. 'De goeden moeten nu eenmaal altijd lijden onder de slechten. Maar als dat de manier is om die raddraaiers achter slot en grendel te krijgen, vind ik het prima. De mensen in Ballinakelly gedragen zich zo vijandig. Ik zie hoe ze naar me kijken, met ogen vol haat. Dus ik ga zo min mogelijk de stad in. Ik kom eigenlijk alleen nog in de kerk. Want ik vertrouw niemand. Zelfs onze eigen bedienden niet.'

'O Maud, nu overdrijf je,' zei Adeline met een glimlach. Maud reageerde verontwaardigd. Haar schoonmoeder nam haar nooit serieus. Het was duidelijk dat ze haar opvattingen banaal vond, louter en alleen ingegeven door eigenbelang.

'Hazel en Laurel zijn het met me eens, waar of niet?' vroeg Maud, in een poging bijval te krijgen.

'Nou, ik voel me ook nogal geïntimideerd,' gaf Laurel toe.

'Dat is begonnen sinds we die steen door de ruit kregen,' vulde Hazel aan. 'Maar hier voel ik me veilig. De bedienden zijn volkomen loyaal, daar twijfel ik niet aan.'

'Precies,' zei Hubert. 'Hun loyaliteit staat buiten kijf.'

'Totdat ze door hun eigen mensen onder druk worden gezet,' zei Maud onheilspellend. Ze keek naar haar echtgenoot die nog altijd zwijgend op en neer liep, met zijn handen in zijn zakken en met een grimmige trek om zijn mond. 'Heb jij ook iets bij te dragen aan het gesprek, Bertie? Of probeer je ons allemaal duizelig te maken met dat heen en weer geloop? Ik krijg er hoofdpijn van.'

Bertie keek verrast op. 'Als ze alle mannen in Ballinakelly gevangennemen, wie moet dan het werk doen? Daar liep ik over na te denken,' loog hij en hij maakte zich met moeite los van zijn gedachten aan Grace.

'Dan gaat het hier net als in Engeland tijdens de oorlog,' zei Maud. 'Dus dan zullen de vrouwen de handen uit de mouwen moeten steken.'

'Dat doen ze al,' zei Adeline. 'Trouwens, waar blijven Harry en de meisjes? Ze eten toch wel mee?'

Toen Elspeth, Kitty en Harry verschenen, blozend van de jacht, kwam het gesprek al snel op Elspeths huwelijk. Zoals gebruikelijk had Maud alles naar zich toe getrokken en richtlijnen uitgevaardigd voor de gastenlijst, de jurken van de bruidsmeisjes en de orde van dienst. 'Het wordt een schitterende bruiloft, met alles erop en eraan. Want dat verwachten de mensen wanneer er een Deverill trouwt. Ook al zullen sommigen de bruidegom misschien wat teleurstellend vinden. Een huwelijk is precies wat we nodig hebben! Dan hebben we voor de verandering iets opbeurends om over te praten.'

'Ja, wat zal het heerlijk zijn om in de Britse kranten weer eens goed nieuws over Ierland te lezen!' jubelde Hazel.

'*The Tatler* heeft destijds uitvoerig aandacht besteed aan het huwelijk van Victoria!' voegde Laurel er trots aan toe.

'Omdat Victoria in Londen is getrouwd,' zei Elspeth. 'Ik denk niet dat ook maar iemand erg geïnteresseerd zal zijn in mijn huwelijk.' Ze grijnsde breed. 'Ik trouw met liefde in een koeienstal.'

'Ach, voor Maria en Jozef was een stal ook goed genoeg,' zei Harry laconiek.

Adeline schoot in de lach. 'Harry, jongen, wat kun je toch grappig uit de hoek komen!'

'En wanneer ga jij trouwen?' vroeg Hazel.

'Harry moet nog een bruid zien te vinden,' zei Maud scherp.

'Dat heeft geen haast,' merkte Hubert op. 'Neem je tijd, Harry. Kijk goed om je heen. Er zijn meer dan genoeg leuke meisjes.'

'Niet in Ierland,' zei Maud haastig. 'Je moet naar Londen. Daar heb je het neusje van de zalm om uit te kiezen.' Ze keek naar Bertie, maar die luisterde niet.

'Ik ben hier gelukkig,' zei Harry en de manier waarop hij achterover leunde in zijn stoel deed vermoeden dat hij niet van plan was Ierland ooit te verlaten.

'Groot gelijk, Harry,' viel Hubert hem bij. 'Er gaat niets boven thuis.'

'Helemaal niets.' Harry's blik kruiste die van Kitty. Ze glimlachte veelbetekenend. 'Als je me hier vandaan wilt hebben, zul je me los moeten wrikken, mama. Als een zeeslak van een rots.'

Na twee angstige dagen werden de mannen vrijgelaten. En vond Kitty eindelijk weer een briefje in de muur, met daarin een tijd en een plek om elkaar te ontmoeten. Ze stopte het in de zak van haar rok en rende dolgelukkig naar het jachthuis om haar rijkleding te pakken. In haar kamer belde ze Bridie om boven te komen. 'Ze zijn weer vrij!' riep ze toen haar vriendin in de deuropening verscheen.

'Ik hoorde het van mama. Maar ze zijn er verschrikkelijk aan toe. Michael heeft een oog zo dik als een hurleybal. En ze zijn bont en blauw geslagen.'

'Maar er is niemand aangeklaagd?'

'Nee.'

Kitty stapte uit haar rok en liet hem op de grond liggen. 'Zijn ze allemaal weer vrij?'

'Allemaal. Tot de laatste man.' Bridie grijnsde. 'Dankzij pastoor Quinn. Hij heeft gezegd dat ze in de kerk zaten, bij de mis.'

'De hele avond?'

'Hij had ze langer laten blijven om een hartig woordje met ze te spreken.'

'Maar dat is niet zo.'

'Nee, maar als pastoor Quinn dat zegt durft niemand hem tegen te spreken.'

'Kun je mijn rijkleding aangeven? Ik ga een ritje maken.'

'Helemaal alleen?'

'Ik ben toch altijd alleen? En ik kom ook altijd weer veilig thuis. Waar of niet?'

'Je moet het noodlot niet tarten, Kitty,' zei Bridie ongerust. 'Voor een Engels meisje zoals jij is het niet veilig om alleen op stap te gaan.'

Kitty keerde zich nijdig naar haar toe. 'Ik ben net zo Iers als jij!' zei ze boos. 'Hoe vaak moet ik dat nou nog zeggen? Het gaat om wat je diep vanbinnen voelt. In je hart.'

'Probeer dat Michael maar eens duidelijk te maken.'

'Doe jij dat maar! Namens mij,' snauwde Kitty, in het besef dat Michael en de anderen al heel snel zouden ontdekken hoe Iers ze was.

Zodra ze zich had verkleed, haastte ze zich de kamer uit, zonder nog achterom te kijken. In gedachten was ze al bij Jack en stelde ze zich voor dat ze zijn pijn zou weg kussen. Bridie raapte de kleren op en legde ze op het bed. De bloes hing ze op een haakje in de kast. Terwijl ze de rok pakte hoorde ze iets ritselen in de zak. Ze voelde en haalde er een briefje uit. Onder andere omstandigheden zou het niet bij haar zijn opgekomen iemands post te lezen, maar het kleine stukje papier, dat eruitzag alsof het tot een heel klein vierkantje opgevouwen was geweest, had iets dwingends. Bridie kon de geheimzinnige aantrekkingskracht niet weerstaan, want ze voelde dat dit briefje de reden was waarom Kitty zo overhaast was vertrokken.

Ze vouwde het open en terwijl ze het las, verscheen er een vurige blos op haar wangen, op haar hele gezicht. Ook als de J er niet had gestaan, zou ze hebben geweten dat het briefje van Jack was. In gedachten hoorde ze zijn stem. Ze liet zich op het bed vallen, snikkend als een kind. Met het briefje tegen haar hart gedrukt smoorde ze een wanhoopskreet. *Ik hou van je. Voor altijd. J.*

Zo eindigde het briefje. Dus al die tijd had Kitty stiekem, achter haar rug, afspraakjes met hem gehad! De dromerige blik in haar ogen wanneer ze voor het raam stond... De verlangende glimlach die een blos op haar gezicht toverde... De plotselinge haast om haar paard te zadelen en de heuvels in te rijden... Allemaal vanwege Jack. En Bridie had nog wel gedacht dat Kitty verliefd was op Mr. Trench. Hoe had ze zo onnozel kunnen zijn? Kitty had al die tijd van Jack gehouden. En wat nog erger was, Jack ook van haar. Met trillende vingers stopte Bridie het briefje weer in de zak van de rok. Kitty mocht niet weten dat ze het had gelezen. En dat ze Bridies hart had gebroken. In duizend stukken. Het kon nooit meer heel worden, dacht Bridie ongelukkig.

Toen Kitty bij de Elfenkring kwam, stond Jack al op haar te wachten. Zodra hij zeker wist dat ze alleen was, kwam hij vanachter een van de hoge stenen tevoorschijn. Haar blijdschap om het weerzien werd overschaduwd toen ze zag hoezeer hij was toegetakeld. Zijn gezicht zat onder de bloedige schrammen, zijn arm was in verband gewikkeld en rustte in een doek die hij om zijn hals had geknoopt. 'Wat zie je eruit! Wat verschrikkelijk!' jammerde ze terwijl ze zich van haar paard liet glijden en naar hem toe rende.

'Rustig maar, het valt wel mee.'

'Hoe durven ze!' Kitty's ogen glinsterden, de tranen stroomden over haar wangen. Heel voorzichtig ging ze met haar vingers over zijn gezicht. Het zag bont en blauw, een van zijn ogen zat dicht. 'Wie heeft dat gedaan? Ik vermoord hem!' fluisterde ze.

'Ik hoop je voor te zijn,' zei hij grijnzend, gevolgd door een grimas van pijn. 'Ze hebben ook nog een paar ribben kapot geslagen.'

'O Jack!' Ze kuste hem zacht op zijn mond. 'Wat ben je toch een idioot.'

'Maar je houdt nog wel van me?'

Ze lachte. 'Natuurlijk hou ik van je! Trouwens, ik had nooit verwacht dat pastoor Quinn het voor jullie zou opnemen.'

'O nee? Maar hij is ook een van ons, Kitty.'

Ze fronste haar wenkbrauwen. 'Echt waar?'

'Hij verstopt wapens voor ons in de sacristie.'

'God bewaar ons!' bracht ze ademloos uit.

'Reken maar. God staat aan onze kant. Dat is wel duidelijk.' Jack legde zijn goede hand om haar hals. 'Dank je wel dat je Grace een alibi hebt gegeven.'

'Dat deed ik voor jou. Niet voor haar.'

'Dat weet ik.'

Ze voelde zich plotseling overweldigd door emotie. 'Ze heeft mijn vader verleid, Jack. Ze is jarenlang zijn maîtresse geweest.' Hortend en stotend vertelde ze verder. 'Ik haatte haar… vanaf dat ik ze heb gezien… in bed… op de avond van het zomerbal.' Ze legde haar hoofd op zijn schouder.

'Stil maar. Hij blijft je vader, wat hij ook doet. Het is alleen jammer dat je het hebt gezien.'

'Het heeft me jaren achtervolgd.'

'Je moet het van je afzetten. En je moet proberen haar niet meer te haten. Wat Grace doet is moedig. Ze staat aan de goede kant.'

Kitty hief haar gezicht naar hem op. 'Ik heb gezorgd voor een alibi. Dus nu hoor ik er ook bij.'

Jack schudde zijn hoofd en wilde het al ontkennen.

'Wel waar,' zei ze met stemverheffing. 'En dat heb je zelf gedaan. Ik hoor erbij. Dat kun je niet meer terugdraaien. Ik sluit me aan bij de strijd, Jack. En bij jou.'

'Ik wil niet dat jou iets overkomt.'

'Dat had je eerder moeten bedenken. Voordat je me om hulp vroeg. En je zult eens zien hoe nuttig ik me maak. En ooit komt de dag, dan vieren we dat Ierland vrij en onafhankelijk is.'

'Daar drink ik op.' Jack streek met zijn duim over haar kin.

'Laten we er eerst op kussen.' Ze hief haar gezicht weer naar hem op, sloot haar ogen en probeerde met alles wat ze in zich had, vast te houden aan dat stralende toekomstbeeld.

Bridie dacht dat ze stikte. Ze moest hier weg, naar buiten. Met haar mouw veegde ze over haar ogen. Maar ze liep nog niet door de gang of de tranen stroomden opnieuw over haar wangen. Het leek alsof er geen eind aan zou komen. Met haar hoofd gebogen liep ze verder. Ze zag niets, hoorde niets, was zich alleen bewust van het verdriet dat als een loden last op haar hart drukte. Plotseling botste ze tegen iets aan. Tegen iemand! Het was Mr. Deverill! Ze herkende hem aan zijn schoenen en hield geschokt, vervuld van afschuw haar adem in. Met haar hoofd nog altijd gebogen deed ze een stap naar achteren en mompelde een verontschuldiging. 'Huil je, Bridget?'

Ze had niet de kracht om hem te verbeteren. 'Nee, Mr. Deverill. Er zit iets in mijn oog. Het spijt me dat ik u voor de voeten loop.'

'Je loopt me niet voor de voeten.' Zijn spraak sleepte licht, zijn adem rook naar whiskey. Het was geen onaangename geur.

'Jawel, je huilt. Ik zie tranen. Een heleboel tranen. Dat is niet goed, Bridget. Een knap meisje zoals jij, in tranen. Ik hoop niet dat je om een man huilt. Want hij is het niet waard. Laat me je dat vertellen. Mannen zijn ellendelingen. Schurken zijn het. Tenminste, de meeste.'

Bridie begon te snikken. 'Het spijt me...' Ze sloeg haar handen voor haar gezicht.

'Kom, laten we niet in de gang blijven staan.' Hij loodste haar mee de gang door, naar zijn privévertrekken. 'Ga maar op het bed zitten, dan zullen we je tranen drogen.'

Ze deed wat hij zei. 'U bent erg vriendelijk, milord.'

'Welnee, ik doe wat iedere heer zou doen.' Hij haalde een schone zakdoek uit de bovenste la van de kast. Toen liet hij zich naast haar op zijn knieën zakken en bette teder haar ogen. 'Zo mag ik het zien. Dat kunnen we niet hebben, een knap meisje als jij met een betraand gezicht.' Door de manier waarop hij dat zei – 'een knap meisje' – voelde ze een plotseling verlangen opwellen in haar gekwelde hart.

'Ik ben niet knap. Daar geloof ik niks van,' zei ze somber, nog zacht nasnikkend.

'Nou en of je knap bent. Je bent een erg knap meisje.' Hij zwaaide licht op zijn knieën. 'En je bent nog zo jong. Zo jong dat je nog geen mannenharten hebt gebroken. Maar dat ga je uiteindelijk wel doen. Want dat doen ze allemaal.'

Verward sloeg ze haar ogen op. Hij keek haar aan met een blik in zijn ogen die ze nog niet eerder in de ogen van een man had gezien. Maar toch herkende ze die blik meteen. Instinctief. Wat ze in zijn ogen las, was begeerte. En ineens wilde ze niets liever dan hem behagen. Ze hief haar hand naar zijn gezicht. Haar vingers beefden, en heel even was ze bang dat hij haar hand zou grijpen en woedend tegen haar zou uitvallen. Maar dat deed hij niet. In plaats daarvan legde hij zijn hand om haar hals en trok hij haar naar zich toe, om haar te kussen. Bridie was nog nooit door een man gekust, maar de smaak van whiskey en de vochtige sensatie van zijn tong die haar mond binnendrong en zich om de hare kronkelde, wonden haar op. Ze sloot haar ogen en liet zich door die opwinding meevoeren.

Het duurde niet lang of ze lag op het bed en Mr. Deverill zoende haar in haar hals. Haar ademhaling ging zwaar en hijgend, zweetdruppeltjes verzamelden zich op haar neus. Hij maakte de knopen van haar bloes los en zijn hand gleed naar binnen, over de lichte zwelling van haar borst, over haar harde tepel. Bridie dacht nergens meer aan. Zich slechts bewust van de vreemde nieuwe gevoelens die bezit van haar namen, gaf ze zich over aan het machtige ontwaken van haar lichaam. Hij drukte zijn lippen op haar borst, hij plaagde haar tepel met zijn tong, hij bracht haar in een verwarrende staat van opwinding die ze nooit eerder had ervaren. Toen hij zijn hand onder haar rok, over haar dij omhoogschoof, kon ze amper stil blijven liggen door het intense genot dat hij haar bezorgde. Ze hoorde hem hijgend, oppervlakkig ademhalen. Zijn vingers bereikten de bovenkant van haar dij, waar ze niet verder konden. Het genot van zijn strelingen werd nog intenser. Het duizelde Bridie, ze werd licht in haar hoofd, de pijn in haar hart was vergeten.

Ze voelde iets hards in zich glijden, gevolgd door een felle pijn die haar uit haar verdoving wekte. Heel even maar, toen was de pijn weer weg. Ze sloeg haar armen om hem heen, sloot haar ogen weer en gaf zich aan hem over. Mr.Deverill vond haar knap. Hij kuste haar en bedreef met haar de liefde alsof ze voor hem de enige vrouw op de hele wereld was. Even kwam de gedachte aan Kitty bij haar op, maar haar rancuneuze glimlach was vluchtig. Toen zonk ze weer weg in zijn omhelzing. Hij had gezegd dat hij haar knap vond.

19

Kitty bewees inderdaad haar nut. Als Deverill werd ze door de Royal Irish Constabulary nooit staande gehouden in de stad en hoefde ze nooit haar tas open te maken. Niemand vroeg waar ze naartoe ging of wat ze ging doen. Ze kon met haar mand vol wapens door Ballinakelly lopen zonder dat er ook maar iemand extra aandacht aan haar besteedde. Behalve de verrukkelijke spanning van het verbodene, was er ook het opwindende gevoel dat ze op haar manier een bescheiden bijdrage leverde aan het afschudden van het Britse juk.

Nadat de mannen, dankzij de tussenkomst van pastoor Quinn, waren vrijgelaten moesten ze nog voorzichtiger zijn. De pastoor zou hen geen tweede keer kunnen helpen. Omdat ze onder verdenking bleven, werden ze voortdurend staande gehouden en gefouilleerd – op de maandelijkse veemarkt, op weg naar de kerk, of wanneer ze aan het eind van de dag naar O'Donovan's gingen voor een glas bier. Ze werden overal lastiggevallen. En dus waren Kitty en Grace waardevoller dan ooit. Zelfs Michael moest toegeven dat ze hen nodig hadden, ook al bleef hij hen als Engelsen zien.

Kitty wantrouwde hem. Ze kende hem als Bridies broer. De ondoorgrondelijke, ernstige zoon van Tomas Doyle was een stuk ouder dan zij en had haar altijd een lichte angst ingeboezemd. Net als alle mannen in de familie was hij gespierd en robuust, maar hij miste het tedere van zijn vader en de gevoeligheid van zijn broer Sean. Michael was langer en knapper en hij bezat een grimmig charisma dat vrouwen blijkbaar onweerstaanbaar vonden. Volgens Bridie waren de meisjes in Ballinakelly voor haar broer tot alles bereid. Maar in plaats van onweerstaanbaar vond Kitty hem dreigend, gevaarlijk. De dikke bos zwarte krullen die over zijn voorhoofd viel, gaf hem de sluwe, steelse aanblik van een stroper, zijn ogen waren hard en zo zwart als steenkool, zijn kaak onwrikbaar als graniet, zijn blik dwingend als de loop van een pistool. Michael Doyle liet niet met zich spotten. Alleen Grace leek bij hem respect en bewondering af te dwingen, ook al vertegenwoordigde ze alles waartegen hij in opstand kwam.

Terwijl Kitty zich onmisbaar maakte voor de strijd, werd Michael verteerd door wrok. Het was alsof alles aan haar hem tegenstond, van haar mooie kleren en het beschermde, veilige leven dat ze leidde, tot haar scherpe geest. Hij liet geen gelegenheid voorbijgaan om een hatelijke opmerking te maken en slaagde er nauwelijks in zijn afkeer te verbergen onder het dunne laagje vernis van zijn stekelige humor. Voor hem bleef ze voorgoed deel uitmaken van de onderdrukker tegen wie ze hun strijd voerden. 'Ze heeft misschien een romantisch idee van een vrij Ierland, maar wat ze niet beseft, is dat er in een vrij Ierland voor haar geen plaats meer is,' zei hij wanneer de mannen bij elkaar zaten met een glas donker bier. 'Of ze nou meevecht of niet, ze zal nooit een van ons worden.' Jack nam het altijd hartstochtelijk voor haar op, met als gevolg dat Michael ook hem begon te minachten, omdat Jack het hart van Kitty en haar loyaliteit had veroverd. Hij sloeg hen gade als een jakhals die loerde op een stel schapen, met een duivelse schittering in zijn ogen. Maar Kitty kon goed voor zichzelf opkomen en genoot ervan hem de wind van voren te geven.

'Ik heb dan misschien niet zo'n zwaar leven gehad als jij, en mijn wortels mogen dan in Engeland liggen, maar mijn hart is net zo Iers als het jouwe. Ik ben Iers tot in het diepst van mijn ziel. Ik waag mijn leven als koerier met berichten en munitie, en zelfs door hier, in jouw huis te zijn. En dat doe ik niet omdat ik het leuk of romantisch vind. Dat doe ik voor Ierland. En dat weet je donders goed. Dus stap over je vooroordelen heen, want daar koop je niks voor. We voeren deze strijd samen, maar als we elkaar niet steunen wordt het niets.' Dan keek Michael haar met zijn fonkelende zwarte ogen woedend aan en voelde ze zijn weerzin, bijna tastbaar, alsof zijn afkeer dwars door haar huid kon dringen. Hij zocht naar woorden om haar onderuit te halen, maar ze was verbaal sterker dan hij, mede dankzij het feit dat ze een betere opleiding had genoten, en dat maakte hem zo mogelijk nog woedender. Er was niemand die hem zo'n gevoel van minderwaardigheid bezorgde als Kitty Deverill.

In de lente van 1921 trouwde Elspeth met Peter MacCartain, in de kerk van St. Patrick in Ballinakelly. De familie en enkele dappere vrienden kwamen uit Londen over voor de feestelijkheden die vier dagen zouden duren, ondanks de overvloedige, negatieve aandacht in de kranten. Het bruidspaar, de familie en hun gasten werden gerustgesteld door de aanwezigheid van een zware politie-eenheid op het terrein en door de stevige muren van het kasteel. Maud was vastbesloten Ierland op zijn meest imposant en allermooist aan haar vrienden uit Londen te laten zien. Kosten noch moeite werden gespaard. Die extravagantie was ook bedoeld om de tekortkomingen van de bruidegom te camoufleren, zodat niemand zou beseffen dat hij niet alleen geen titel, maar ook amper geld had.

Het kasteel was gevuld met de gasten uit Engeland. Neef Stoke en Augusta hadden hun gebruikelijke vertrekken boven de hal, maar na de eerste nacht klaagden ze over geluidsoverlast vanuit de salon en werden ze overgeplaatst naar het verste gedeelte van het kasteel. Na de tweede nacht mopperde Augusta echter over de vochtige lakens en het vreemde geluid van voetstappen in het holst van de nacht, met als gevolg dat ze terugverhuisden naar de vertrekken boven de hal. Verder verspilde ze de tijd van de bedienden door ze te laten zoeken naar oordoppen. Het huwelijk werd haar dood, klaagde ze, vooropgesteld dat de opstandelingen haar niet eerst bruut zouden vermoorden. Het geduld van Adeline werd zwaar op de proef gesteld.

Maud had ervoor gezorgd dat Hubert bij het huwelijk in het nieuw zou verschijnen want ze weigerde zich door hem te laten blameren met zijn sjofele garderobe. En dus had ze Huberts maten naar Berties kleermaker aan Savile Row in Londen gestuurd en diverse kledingstukken laten maken. Een schitterend avondkostuum voor het bal, een groenfluwelen smokingjasje voor het diner en een jacquet voor de kerkdienst. Hubert snoof van ongenoegen en beklaagde zich luidkeels tegenover Adeline. 'Dat dwaze vrouwmens! Ze probeert me te veranderen. Begrijpt ze dan niet dat je een oude hond geen nieuwe kunstjes meer kunt leren?' Hij liet de nieuwe kleren in de kast hangen en hees zich opstandig brommend in zijn oude vertrouwde haveloze plunje. Maud was hevig verontwaardigd. Niet alleen had de nieuwe garderobe een fortuin gekost, maar bovendien deed Hubert in zijn oude kleren ernstig afbreuk aan het cachet van de bruiloft. Het was ronduit ongepast dat Lord Deverill van kasteel Deverill zich vertoonde met gaten in de ellebogen van zijn truien en met lappen op zijn jasjes op de plekken waar ze door motten waren aangevreten. In tegenstelling tot Hubert zag Sir Digby Deverill van Deverill Rising er altijd smaakvol en voornaam uit, van zijn keurig verzorgde kleding tot zijn diamanten overhemdknopen.

Victoria verbleef met haar kinloze echtgenoot, de graaf van Elmrod, in het jachthuis. Bridie was aangewezen als haar kamenier. Bovendien moest ze zich ook om Kitty en de bruid bekommeren. Haar hoofd liep om, al was het maar vanwege de eisen van de gravin. Victoria belde voor het minste of geringste, zonder ook maar enigszins rekening te houden met Bridies zware taak. Ze eiste dat haar lakens overdag werden gelucht en dat ze werden verwarmd voor het slapen gaan. Ze liet kleding wassen die amper gedragen was, of persen wanneer er nauwelijks een kreukel in zat. Ze haalde haar neus op voor het beperkte sanitair en klaagde dat Ierland vergeleken bij Engeland, waar elektriciteit en warm en koud stromend water tot het normale comfort behoorden, was blijven steken in de middeleeuwen.

Bridie had Victoria nooit gemogen, maar nu kreeg ze ronduit een hekel aan haar. Elspeth was daarentegen met het klimmen der jaren steeds aardiger geworden. Ze behandelde Bridie beleefd, toonde zich dankbaar en was net zo bescheiden als haar oudere zus veeleisend. Maud besteedde nauwelijks aandacht aan haar, ook al was zij de bruid. In plaats daarvan keek ze Victoria naar de ogen alsof ze koningin Mary was. Ze vond het verrukkelijk dat haar dochter met een graaf getrouwd was en ze gebruikte Victoria's titel dan ook te pas en te onpas. 'Lady Elmrod wil graag warme melk in haar thee. Gravin Elmrod is voornemens om elf uur een wandeling te maken, dus misschien zijn er gasten van Lord Deverill die haar willen vergezellen?'

Dankzij haar dubbelleven genoot Kitty des te meer van de festiviteiten rond het huwelijk. Haar nieuwe rol als opstandeling gaf haar nog meer zelfvertrouwen. Aan de veelbetekenende, steelse blikken die Grace en zij uitwisselden, ontleende ze een gevoel van trots en plezier. Haar afkeer van Lady Rowan-Hampton had plaatsgemaakt voor respect vanwege de verrassende moed die Grace had getoond en vanwege de manier waarop ze in het verborgene de opstand wist te steunen. Sinds de moord op Manley werkten ze samen. Ze hadden een gemeenschappelijk doel, een gedeeld belang. En dankzij alles wat ze van elkaar wisten, hadden ze geen andere keus dan loyaal te zijn aan de ander. Nadat Kitty twaalf jaar lang slechts minachting voor Grace had gekoesterd, ontdekte ze nu dat de grens tussen liefde en haat zo dun en broos was als de schaal van een ei. Haar genegenheid voor de vrouw die ze als klein meisje had bewonderd, bloeide op dankzij de geheimen die ze deelden.

Beatrice had de diepe depressie waarin ze was beland nadat haar dierbare George was gesneuveld, achter zich gelaten door moeizaam, tree voor tree vanuit de duisternis weer naar het licht te klimmen. In een poging haar gebroken moederhart te vergeten, concentreerde ze zich op de aaneenschakeling van feestjes, lunches en bals in Londen. Dan tooide ze zich met Digby's diamanten en koesterde zich in de aandacht die haar weelde en rijkdom haar opleverden. Hoe oppervlakkiger, hoe beter. Want zodra ze ook maar enigszins dieper groef, kwam ze gevaarlijk dicht bij de stille pijn en het duistere verdriet diep vanbinnen die ze uit alle macht probeerde te verdringen. Ze stortte zich dan ook vol overgave in de feestelijkheden rond het huwelijk, danste tot haar voeten pijn deden, dronk tot het haar duizelde, koketteerde tot haar man haar discreet mee naar buiten nam om een frisse neus te halen en lachte zo hard dat ze er zelf door werd verrast. In haar korte en zeldzame momenten van reflectie ontdekte ze dat haar hart uitging naar Harry. Hij deed een beroep op haar moederlijke kwaliteiten die sinds de dood van George onaangesproken waren gebleven. Harry maakte zo'n verloren indruk. Ze zou hem onder haar vleugels willen nemen om hem een heerlijke tijd te bezorgen in Londen. En wanneer ze hem zag praten met andere jonge mannen, rokend, lachend, een en al charme en elegantie, bedacht ze dat hij een aanwinst zou zijn voor haar dinsdagavondsalon.

Haar dochters Vivien en Leona hadden allebei een uitstekende partij gevonden, hetgeen de woede van Maud om Elspeths teleurstellende keuze zo mogelijk nog bitterder maakte.

Terwijl ze Kitty met haar broer zag dansen, vroeg Maud zich af of ze met de juiste aandrang en overtuigingskracht niet alsnog een geschikte partij voor haar in Londen zou weten te vinden. Tenslotte was Kitty veruit de mooiste en de intelligentste van haar dochters, moest ze met tegenzin toegeven. En dan Harry! Wat was hij knap en geestig! Het werd de hoogste tijd dat hij naar Londen ging. Een jonge man als hij, erfgenaam van een titel en een kasteel, zou beslist aantrekkelijk zijn voor gefortuneerde huwelijkskandidates. Desnoods een Amerikaanse, dacht Maud. Waarschijnlijk waren alleen Amerikanen nog zo dwaas om Ierland romantisch te vinden.

De Struikjes genoten van de bruiloft en alles eromheen als kinderen tijdens het kerstfeest. Het kasteel had er nog nooit zo prachtig uitgezien. 's Avonds werd het verlicht door fakkels en het was uitbundig versierd met bloemen, alsof ook de oude familiezetel een bruid was. De Struikjes hadden maar één keer eerder zo veel bloemen bij elkaar gezien: toen hun vader hen als kleine meisjes had meegenomen naar Covent Garden in Londen. Als opgewonden vogeltjes fladderden ze van de ene bloemdecoratie naar de andere, luid kwetterend over Mauds uitstekende smaak en extravagantie. 'Ze heeft kosten noch moeite gespaard!' verklaarden ze nadrukkelijk, zodat iedereen het kon horen. Maud wenste dat ze zich niet zo provinciaals zouden gedragen want ze wilde dat haar Engelse vrienden dachten dat het kasteel er altijd zo uitzag.

De Anglo-Ierse vrouwen tooiden zich in hun volle pracht, als krokussen na een strenge winter. Erop gebrand niet te worden overschaduwd door de Engelse gasten, droegen ze hun prachtigste juwelen en zijden japonnen, onder aanvoering van de mooiste vrouwen in het graafschap Cork: Maud Deverill en Grace Rowan-Hampton. In schoonheid overtroffen ze alle andere vrouwen, op het gebied van de mode moesten ze hun meerderen erkennen in hun Engelse rivales, dankzij de laatste ontwerpen van de couturiers uit Parijs. Maar met hun perfecte huid versloegen de Anglo-Ierse vrouwen de concurrentie uit Engeland glansrijk. Dankzij de zachte regen en de vochtige lucht was zowel het gezicht van Maud als van Grace nog rimpelloos. En ook Adeline en de Struikjes zagen er veel jonger uit dan ze waren. De Engelse vrouwen moesten jaloers toegeven dat ze in dat opzicht het nakijken hadden, want zelfs de duurste crèmes en balsems konden niets uitrichten tegen de verouderende effecten van de smog en de luchtvervuiling in Londen.

Bertie ervoer de feestelijkheden als een beproeving, want Grace was mooier dan ooit. Met elke nieuwe jurk leek ze nog stralender. Ze droeg flonkerende saffieren, ze zag er oogverblindend uit in haar zijden japonnen, en ze glansde in het kaarslicht alsof ze vanbinnen uit werd verlicht, als een Chinese lantaarn. Bertie hunkerde naar haar en de afstand die was ontstaan, het ravijn dat zich tussen hen had geopend, maakte zijn verwarring en gekweldheid alleen maar erger. Tijdens de vier dagen dat de festiviteiten duurden, week Grace amper van de zijde van haar echtgenoot. Het was maar al te duidelijk dat ze ongemakkelijke situaties met haar ex-minnaar wilde vermijden.

Op de laatste avond van de viering keerde hij, ziek van frustratie en hevig aangeschoten, het bal de rug toe en ging hij naar het jachthuis, op zoek naar Bridie. Hij vond haar in de kamer van Victoria waar ze bezig was met opruimen. Zonder een woord te zeggen nam hij haar mee naar zijn eigen vertrekken. Daar legde hij haar op het bed, hij maakte haar bloes los, tilde haar rokken op en trok haar onderbroek naar beneden. Terwijl hij zijn gezicht tussen haar borsten drukte stelde hij zich voor dat ze Grace was. Bridie op haar beurt bloosde van plezier dat Mr. Deverill het feest had gelaten voor wat het was, om bij haar te kunnen zijn. Ze koesterde zich in zijn aandacht en liet zich door zijn strelingen meevoeren om haar pijn en verdriet te vergeten.

Aan het eind van de vierde dag vertrokken Elspeth en Peter op huwelijksreis naar Rome. De Daimler bracht hen naar het station. Kitty had de auto versierd met linten en bloemen, Harry had er lege blikjes aan gehangen die zorgden voor een heksenketel van lawaai. De gasten vertrokken met de indruk dat Ierland weliswaar in brand stond, maar dat het kasteel zich binnen zijn muren handhaafde als een laatste bolwerk van beschaving, pracht en rijkdom. En dat was precies de indruk waarmee Maud had gewild dat ze zouden vertrekken.

Niet lang na het huwelijk verraste Harry zijn moeder met de mededeling dat hij naar Londen wilde. 'Nicht Beatrice heeft me uitgenodigd om tijdens het uitgaansseizoen bij haar te komen logeren en ik vind dat ik van die uitnodiging gebruik zou moeten maken.'

Mauds welgevormde lippen weken verbaasd uiteen. 'Nee maar, Harry! Wat een heerlijk nieuws! Ik ga natuurlijk met je mee. Als jij naar Londen gaat is er voor mij geen reden om hier te blijven. Bovendien wordt de situatie wel erg dreigend. We zitten zo goed als gevangen in ons eigen huis.' Maud fleurde helemaal op bij het vooruitzicht van feestjes, lunches in het Ritz, de Chelsea Flower Show, de regatta van Henley, en Royal Ascot. Stuk voor stuk gelegenheden waarbij ze haar fraaie garderobe weer eens kon tonen en waarbij ze de bewondering kon oogsten van erudiete mannen en vrouwen uit de hoogste kringen. In Ballinakelly hoefde ze niet op bewondering te rekenen en Bertie liep te mokken en te pruilen omdat Grace hem blijkbaar zijn congé had gegeven. Maud stak haar kin naar voren. Van haar hoefde hij geen greintje medeleven te verwachten! 'We vertrekken meteen.' Ze stond op van haar stoel en streek haar jurk glad. 'Elspeth zit in Italië, Victoria is terug naar Kent, dus ik heb dringend behoefte aan een verzetje. Een logeerpartij in het prachtige huis van nicht Beatrice in Kensington is precies wat ik nodig heb.'

Kitty vond het jammer dat haar broer vertrok. Ze had van zijn gezelschap genoten. Bovendien vormde hij de perfecte buffer tussen haar en haar moeder. Zolang Maud zich om Harry kon bekommeren, was ze blind en doof voor alle anderen in haar omgeving. Kitty omhelsde hem hartstochtelijk en terwijl hij haar omhelzing beantwoordde, was ze zich bewust van de geheimen die hun verbondenheid nog intenser maakte. Uiteindelijk liet ze hem met tegenzin los. 'Je schrijft toch wel, hè?' vroeg ze. Hij knikte en terwijl hij dat deed gleed zijn blik over haar schouder, alsof het afscheid van zijn thuis hem zwaar viel. Kitty zwaaide de auto na, de oprijlaan af, op weg naar de boot die haar moeder en haar broer naar Wales zou brengen. Haar moeder keek strak voor zich uit, haar profiel was hard en onbewogen. Er was niets wat haar nog aan Ierland bond. Even later waren ze uit het zicht verdwenen.

Toen Kitty zich omdraaide ontdekte ze achter een van de bovenramen het verdrietige gezicht van Joseph. Hij stond roerloos, achter het glas leek zijn huid doorzichtig, alsof hij een van de reeds lang gestorven Deverills was die uitkeek over wat hij eens had bezeten. Zou Harry's geheim in het onmetelijk grote Londen minder zwaar op hem drukken, vroeg Kitty zich af. En zou hij daar anderen leren kennen die net zo waren als hij? Misschien waren er wel heel veel verloren zielen die troost en acceptatie zochten in de wereldstad. Kitty had medelijden met de vrouw wier hart hij zou veroveren, want het zijne zou haar nooit toebehoren.

Bertie wist dat Grace hem ontweek. Ze sloeg uitnodigingen af om in het jachthuis te komen dineren en verbleef steeds vaker, steeds langer in Dublin. Ronald maakte regelmatig de oversteek naar Londen, hetgeen Bertie zo mogelijk nog frustrerender vond, want toen Grace en hij nog geliefden waren geweest, hadden ze de weken van zijn afwezigheid in elkaars gezelschap doorgebracht. Hij miste haar verschrikkelijk. Hij miste de geur van haar haar, het zachte timbre van haar stem, haar warme, borrelende lach. Met het vertrek van zijn vrouw was ook de drukkende sfeer uit het jachthuis verdwenen. Het leek wel alsof het huis al die tijd zijn adem had ingehouden en zich eindelijk weer vrij voelde. Het werd zomer, met lange, zonnige dagen en milde nachten. Bertie sliep met de ramen wijd open, maar hij kon niet genieten van de zoete geuren die opstegen uit de tuin, want al wat mooi en heerlijk was herinnerde hem aan Grace.

Hij putte troost uit het gezelschap van Kitty. Ze ging met hem uit rijden, ze tenniste met hem en ze speelde regelmatig met hem en zijn ouders een partij whist of een robber bridge op het kasteel. Zijn jongste dochter hielp hem de pijn in zijn hart te vergeten. En wanneer de begeerte hem soms te machtig werd, hielp Bridie hem van het hunkerende gevoel in zijn lendenen af.

Maar op een dag, midden in de zomer, verscheen Bridie in de deuropening van de bibliotheek. Ze zag spierwit, zelfs uit haar lippen was alle kleur geweken. Haar tikje op de deur was zo bescheiden, dat hij haar aanvankelijk niet hoorde. Bij haar tweede poging draaide hij zich om en zag het ineengedoken figuurtje in de deuropening staan. Ze beefde en had haar ogen neergeslagen, alsof ze hem niet durfde aan te kijken.

'Wat is er, Bridget?' vroeg hij ongeduldig. Hij was er niet van gediend dat ze zomaar ongevraagd voor zijn neus stond.

'Kan ik u even spreken, milord?'

Hij zuchtte. Het was buitengewoon ongepast om hem te storen bij zijn werk. 'Kom maar binnen,' zei hij nors, zonder te merken dat ze ineenkromp bij het horen van de onverschilligheid in zijn stem.

'Het gaat om een privékwestie, milord.'

'Doe de deur dan maar achter je dicht,' commandeerde hij geërgerd. Hij vond het plezierig af en toe bezit van haar te nemen, maar dat gaf haar niet het recht ongevraagd zijn aandacht op te eisen, en zeker niet wanneer hij aan het werk was. 'Wat is er aan de hand?' Het ontging hem niet dat er vluchtig een blos op haar wangen verscheen, als een laatste opgloeien van sintels in een haard.

Ze peuterde nerveus aan een velletje op haar duim. 'Ik ben…'

'Je bent wat?' drong hij aan.

'Ik ben…' Ze haperde, en toen wist hij het. Natuurlijk! Hij had het moeten weten op het moment dat ze in de deuropening verscheen. Hij stond op en liep naar de gedoofde haard. Met zijn handen op de schoorsteenmantel staarde hij niets ziend voor zich uit.

'Je bent zwanger.' Hij zei het bijna fluisterend, maar de woorden dreunden als beierende kerkklokken in haar oren.

Ze slikte, in een poging haar angst te verdringen. 'Ja, milord.'

Bertie had het gevoel dat de kamer om hem heen begon te draaien. Hij omklemde de schoorsteenmantel, op zoek naar houvast. Met zijn kiezen op elkaar sloot hij zijn ogen. Waarom was hij niet voorzichtiger geweest? Ten slotte draaide hij zich naar haar om. Zijn blik ging naar haar buik, verborgen achter haar witte schort. 'Is het al te zien?'

Ze schudde haar hoofd. 'Nee, nog niet.'

'Weet je zeker dat je zwanger bent?'

'Ja, milord. Dat weet ik zeker.'

'En hoe weet je dat het van mij is?'

Haar lippen weken uiteen, haar wangen begonnen te gloeien als een vuur dat weer werd opgepookt. 'Omdat u de enige bent, milord.' Ze klonk verbaasd. Dat wist hij toch wel?

Bertie snoof, niet overtuigd. 'Met zulke dingen kun je niet voorzichtig genoeg zijn.'

Bridies ogen vulden zich met tranen. 'U bent de enige, Mr. Deverill. En er zal nooit een ander zijn.'

'Ja, ja. Dat moet ik dan maar van je aannemen.' Bertie wist niet wat hij moest zeggen.

'Wat moet ik doen?' Ze begon te huilen.

Bertie begon zich erg ongemakkelijk te voelen. Hij wist zich geen raad met vrouwentranen, en al helemaal niet bij een vrouw als Bridie. Doorgaans bemoeide hij zich niet met het personeel. 'Is er verder nog iemand die het weet?'

Ze schudde heftig, vervuld van afschuw, haar hoofd. 'Nee, natuurlijk niet!'

Dat luchtte Bertie iets op. 'Mooi zo. Dit moet ons geheimpje blijven, Bridget. Dat begrijp je toch wel?'

'Ja, milord.'

Hij wenste vurig dat het probleem vanzelf weer zou verdwijnen. Toen kwam er een idee bij hem op. 'Ik stuur je naar Dublin.' Hij voelde zich meteen alweer wat beter. 'Ja, ik zoek een betrekking voor je in Dublin. Dan kun je het kind daar krijgen. En dan komt hier niemand er iets van te weten. Je vertelt ze thuis dat ik een goede betrekking voor je heb gevonden in de stad. Dat je bij een nicht van me gaat werken die een kamenier nodig heeft. Dus je kunt zeggen dat je promotie hebt gemaakt. Ik zal regelen dat het kind naar de nonnen gaat. Dat doen ze toch met buitenechtelijke kinderen? En daarna kom je weer hier, alsof er niets is gebeurd.'

Bridie voelde haar knieën knikken. Ze was bang dat ze het zouden begeven. Vol afschuw en ongeloof keek ze hem aan. Hij wilde haar kind... hún kind weggeven? De woorden echoden door haar hoofd, galmend en alsof ze van heel ver kwamen, als de echo van een steen die in een diepe put was gegooid.

Bertie zag hoe ze naar hem keek, haar donkere ogen leken zwarte gaten. Had hij iets verkeerds gezegd? 'Is dat alles?' Hij liep terug naar zijn bureau.

Bridie voelde zich vermorzeld door zijn kille bejegening. Ze wilde iets zeggen, maar er kwam geen woord over haar lippen, alleen haar gejaagde, oppervlakkige ademhaling. Bertie zat inmiddels weer achter zijn bureau en pakte zijn pen. Plotseling sloeg Bridie de schrik om het hart. Ze draaide zich om en vluchtte de bibliotheek uit.

Toen Bertie opkeek was ze verdwenen. Hij pakte een schoon vel papier. In een dergelijke gevoelige situatie was er maar één die hij om raad kon vragen, maar één die hij kon vertrouwen. In zijn keurige, zwierige handschrift begon hij zijn brief. *Liefste Grace...*

20

Kitty liep door de hoofdstraat van Ballinakelly. Kaarsrecht, waakzaam, terwijl ze onopvallend om zich heen keek. Ze had een doos bij zich, met daarin een paar schoenen, een pistool en een kleine hoeveelheid munitie. Af en toe kwam ze een bekende tegen en dan knikte ze. Maar haar aandacht was toch vooral op de winkels gericht, om de indruk te wekken dat ze nergens heen hoefde en dat ze zomaar wat liep te wandelen, dat ze – en daar ging het om – niets in haar schild voerde.

Er stond een harde wind op deze zomerdag en het was maar goed dat ze haar hoed stevig had vastgespeld. Ze hield een hand op het deksel van de schoenendoos, want ze durfde er niet aan te denken dat het deksel zou wegwaaien en de inhoud van de doos zichtbaar werd. Tijdens het ritje met de ponysjees naar de stad had ze genoten van de wilde, dieprode fuchsia's die in de hagen woekerden. Het leken net vuurrode rokjes met witte kniebroekjes die te drogen waren gehangen. Tijdens het rijden had ze zacht geneuried, ten prooi aan een steeds grotere opwinding. Elke geheime missie bezorgde haar een gevoel alsof ze een stoomtrein was, waarvan de ketel steeds hoger werd opgestookt. Het was alsof ze werd voortgedreven, de spanning en het avontuur tegemoet. En elk avontuur bracht haar dichter bij Jack. Kitty geloofde oprecht dat dit haar bestemming was.

Maar terwijl ze naar de All Saints liep, de katholieke kerk, begon ze nerveus te worden. Niemand keek ervan op als ze door het stadje slenterde, maar wat had een protestant te zoeken bij de katholieke kerk? Ze begon weer te neuriën, om het bonzen van haar hart niet te horen dat als een oorlogstrom tegen haar ribben sloeg. Ze dacht aan het lieve, ernstige gezicht van Jack. De angst in zijn ogen bij de gedachte haar te verliezen gaf haar moed en ze liep verder, met grote stappen en met een zweem van een glimlach om haar mond. Ze proefde het zout van de zee op haar tong, of was het angst? Ze had dit al vele malen gedaan, maar ze was nog nooit naar de katholieke kerk gestuurd. Het was Michaels idee geweest. Ineens vroeg ze zich af of hij haar misschien bewust een levensgevaarlijke opdracht had gegeven, in de hoop dat ze werd gearresteerd. Had haar arrogantie haar blind gemaakt voor de gevaren?

Toen zag ze de twee Black and Tans voor de kerk. De mannen stonden met de hand op hun wapen en hielden de inwoners van het stadje nauwlettend, wantrouwend in de gaten. Niemand keek naar hen. Iedereen haastte zich voort, bang om de aandacht te trekken en te worden aangehouden en gefouilleerd. Niemand legde de Black and Tans ook maar een strobreed in de weg en ze deinsden er niet voor terug hun absolute macht te gebruiken. Toen hun spiedende blik op haar viel, was het alsof Kitty de vlijmscherpe bijl van de beul al op haar schouders kon voelen. Met ingehouden adem liep ze door, terwijl ze vergeefs probeerde door te neuriën. Vanuit haar ooghoeken kon ze zien dat ze met elkaar overlegden. 'Waar gaat u naartoe, miss Deverill?' riep de dikste van de twee.

Ze bleef staan. 'Naar pastoor Quinn,' antwoordde ze glimlachend. 'Hoezo?'

'Pastoor Quinn is er niet,' zei de andere Black and Tan.

'Wat hebt u daar?' vroeg de dikke weer.

'Schoenen. Een cadeautje van mijn grootmoeder, Lady Deverill.'

'En waarom wilt u pastoor Quinn spreken?'

'Dat ligt nogal gevoelig.' Ze deed een stap dichter naar hen toe en dempte haar stem. 'Het gaat om een van mijn bedienden.' Ze trok een spijtig gezicht. 'Ze is... Het lijkt me ongepast u de bijzonderheden te vertellen. Maar ik wil pastoor Quinn om raad vragen.'

De dikke keek naar de schoenendoos, die ineens loodzwaar leek. 'Laat eens kijken. Mijn vrouw is dol op schoenen.'

Het bloed steeg naar Kitty's hoofd. Het beukte tegen haar slapen als golven tegen een rots. 'Ik denk niet dat u deze erg bijzonder zult vinden.' Ze deed alsof ze het deksel wilde optillen.

Op dat moment klonk er een woest gebulder. Kitty en de Black and Tans draaiden zich om. Pastoor Quin kwam woedend op hen afstormen.

Zijn grijze haar wapperde om zijn hoofd, en met zijn opbollende zwarte gewaden zag hij eruit als een engel der wrake. Hij hield een witte onderrok in zijn hand die hij omhooghield alsof het kledingstuk symbool stond voor de vleselijke zonde. 'Dit heb ik op het strand gevonden!' tierde hij. 'God beware ons!' De Black and Tans keken hem verbijsterd aan. 'Wanneer ik de schuldige vind zal ik Gods ongenoegen verwoorden over een dergelijk onzalig vertoon van vulgariteit en disrespect. De onderrok lag op het strand, in het volle zicht van de kinderen die daar spelen. Waar moet het heen met de wereld als mensen hun lusten in het openbaar botvieren?' Met nog altijd van woede fonkelende ogen keerde hij zich naar Kitty. 'En wat doet u hier? Hebt u mijn kerk misschien per abuis aangezien voor de uwe, miss Kitty?'

Kitty verbleekte. 'Ik wilde u om raad vragen, pastoor Quinn. Het gaat om een delicate kwestie. Er is een van uw parochianen bij betrokken. Kan ik u onder vier ogen spreken? Of hebt u liever dat ik terugkom wanneer u...' Ze aarzelde en keek naar de onderrok. 'Wanneer u de eigenaresse hebt opgespoord?'

Hij verfrommelde de onderrok en propte hem onder zijn arm. 'Nee, ik heb nu wel even tijd. Komt u maar mee. Heren!' Hij knikte naar de Black and Tans die hen nakeken toen ze de kerk binnengingen, niet goed wetend wat ze van de situatie moesten denken.

'Dat gebeurt alleen in Ierland,' zei de dikke hoofdschuddend.

'Rare lui, die Ieren,' zei de ander en hij stak een sigaret tussen zijn lippen.

Kitty volgde pastoor Quinn de kerk door, naar de sacristie. Daar deed hij de deur achter hen dicht en nam de schoenendoos van haar over. 'U bent erg moedig, miss Kitty.'

'Ik dacht dat ik erbij was.' Haar knieën dreigden haar plotseling in de steek te laten, dus ze liet zich op een stoel zakken.

'Ik ook. Ik dacht echt dat het verkeerd zou aflopen.' Hij keek naar de onderrok. 'Ik zal deze maar gauw teruggeven aan Mrs. O'Dwyer, voordat ze denkt dat een meeuw ermee vandoor is. Maar ik moet eerst iets bedenken. Het zal niet meevallen uit te leggen hoe ik aan dat ding ben gekomen.' Hij gooide de onderrok op de tafel.

Kitty nam hem verbaasd op. 'Dus dat van het strand... dat was niet waar? Dat zei u alleen om ze af te leiden?'

'Ja, natuurlijk. Ik zag dat u in moeilijkheden dreigde te raken en het was het eerste wat bij me opkwam. Noem het goddelijke inspiratie.' Hij sloeg een kruis. 'God zij dank.' Hij haalde het pistool en de munitie tevoorschijn en gaf haar de doos terug. 'Neem hem maar mee naar huis. Je weet maar nooit.'

'Dank u wel, pastoor Quinn.'

'U hoeft mij niet te bedanken, miss Kitty. We voeren deze oorlog samen en het lijkt erop dat we God aan onze kant hebben, waar of niet?'

'Ja, daar lijkt het inderdaad op.'

'U bent erg dapper. Maar het was bijna zelfmoord om met een pistool naar mijn kerk te gaan. Michael had een dergelijk risico nooit mogen nemen. Hij staart zich zo blind op het einddoel dat hij zich niet bewust is van de gevaren. Ik zal eens met hem gaan praten.' Hij schonk Kitty een warme glimlach. 'Denk erom dat u zoiets nooit meer doet. U bent te waardevol voor het verzet. We mogen u niet door roekeloosheid kwijtraken.'

'Ik zal het nooit meer doen.'

'Mooi zo. Het lijkt me beter dat u door de zijdeur vertrekt. En mochten ze u weer aanhouden, dan zit er alleen een paar schoenen in die doos.'

'Dank u wel, pastoor Quinn.'

'God zij met u, miss Kitty.'

Kitty liep terug naar de pony, die geduldig stond te wachten. Ze aaide hem over zijn neus en stapte in de sjees. Net toen ze Ballinakelly uit reed zag ze Michael aankomen, samen met zijn broer Sean. Hij liep met zijn handen in zijn zakken, zijn weerbarstige krullen gingen schuil onder zijn pet. Kitty keek strak voor zich en negeerde hen, iets wat haar grote moeite kostte want ze mocht Sean erg graag. Ze liet de leidsels knallen en de pony ging van stap over in draf. Terwijl ze Michael passeerde voelde ze zich uitgelaten en triomfantelijk. Ze had een onmogelijke opdracht met succes uitgevoerd. Vanuit haar ooghoeken zag ze dat hij zijn kin naar voren stak en haar met zijn zwarte ogen onheilspellend opnam. Maar ze haperde geen moment. In plaats daarvan reed ze door zonder ook maar een spier van haar gezicht te vertrekken. Alleen de vluchtige glimlach om haar mond verried de triomf die ze voelde.

Toen ze weer thuis was, op haar kamer, belde ze Bridie. Haar geheime missies en haar stiekeme afspraakjes met Jack hadden haar volledig in beslag genomen. Daardoor was het haar ontgaan dat Bridie steeds witter en steeds stiller was geworden, terwijl ze even bescheiden en zorgvuldig als altijd haar werk deed. Maar toen Bridie de kamer binnenkwam, schrok ze van haar rode ogen en van de dikke wallen daaronder. 'Bridie, wat is er?' Kitty haastte zich naar haar vriendin en loodste haar naar het bed, waar Bridie zich slap als een lappenpop op de matras liet vallen.

'Ik ga weg, Kitty.' Het verdriet werd haar te machtig.

'Hoezo, je gaat weg? Waarom zou je weg willen?'

'Mr. Deverill zegt dat het een goede kans is. Een promotie. Ik kom hogerop, Kitty.' Ze begon te snikken.

'Papa stuurt je weg?' vroeg Kitty vervuld van afschuw. Bridie knikte, haalde een zakdoek uit haar mouw en depte haar ogen droog. Bij het zien van de initialen van haar vader klakte Kitty met haar tong. 'Hij stuurt je weg, tegen je zin?' Ze pakte de zakdoek uit Bridies hand en hield hem omhoog. 'Hoe kan hij zo harteloos zijn? Wanneer heeft hij dat gezegd?'

'Vanmorgen.' Bridie reikte naar de zakdoek en drukte hem tegen haar hart. Kitty zou nooit weten hoeveel die voor haar betekende.

'Hij heeft je tenminste iets gegeven om je tranen te drogen!' Kitty stond op. 'Ik ga met hem praten. Hij kan je helemaal niet wegsturen. Ik heb je hier nodig.'

'Ik wil graag weg,' zei Bridie zacht. 'Het is een goede betrekking voor een meisje zoals ik. En ik ben nog nooit in Dublin geweest.'

Kitty draaide zich om. 'In Dublin? Stuurt papa je naar Dublin?'

'Ja.' Bridie draaide de zakdoek tot een knoop. 'Had ik dat niet gezegd?'

'Je gaat hier niet weg, Bridie! We zijn bijna zussen, jij en ik. Ik heb je nodig!'

Bridie dacht aan Jack, aan zijn liefde voor Kitty. Dat sterkte haar in haar vastberadenheid. Ze keek naar de zakdoek waarmee Mr. Deverill haar tranen had gedroogd, die eerste keer dat hij haar had gekust, en vouwde hem netjes op. 'Ik moet het doen, Kitty. Hier heb ik alleen jou. Als ik blijf word ik net als mijn moeder. En dan kom ik nooit verder.'

'Wat is daar zo erg aan?' protesteerde Kitty.

'Ik wil meer van het leven.'

'Maar wat heeft papa dan in Dublin voor je geregeld?'

Bridie kon niet schaamteloos liegen terwijl ze haar aankeek. Dus ze sloeg haar ogen neer. 'Ik ga als kamenier voor een deftige dame in een mooi huis werken. Dat is het enige wat ik weet.'

'Wat is het verschil met je werk hier? Ben ik niet deftig genoeg?' Kitty grijnsde, maar Bridie zag dat ze boos was. 'Ik ben altijd goed voor je geweest, Bridie. En dat zal nooit veranderen. Dat weet je. Als geld het probleem is... Ik weet zeker dat papa wel wat meer wil betalen.'

'Het gaat niet om geld.' Bridie keek haar recht aan. 'Ik was verliefd op iemand, maar hij...'

'Waarom heb je dat nooit verteld?'

'Het is over. Hij wil me niet.' Bridies schouders schokten. 'Ik moet hier weg. Heel ver weg.'

Kitty ging ook op het bed zitten en sloeg haar armen om haar heen. 'O Bridie, je had het me moeten vertellen. Heeft hij je hart gebroken?' Bridie knikte. 'De ellendeling!'

'Het maakt niet uit. Ik was toch niet goed genoeg voor hem.'

Had ze het over Jack? Kitty durfde het niet te vragen. 'Onzin,' zei ze sussend. 'Jij bent juist te goed voor hem. Je hebt een hart van goud. De man die jou als vrouw krijgt, mag zijn handen dichtknijpen.'

Bridie legde haar hoofd tegen Kitty's schouder en voelde zich warm worden, alsof er een zachte deken over haar heen werd gelegd. 'Wat er ook gebeurt, we blijven altijd vriendinnen, hè?' vroeg ze.

Kitty trok haar nog dichter tegen zich aan. 'Je bent mijn beste vriendin van de hele wereld, Bridie. Ik hou van je alsof je mijn zusje bent. Zul je me elke week schrijven? Beloof je dat?'

'Ja, dat beloof ik.'

'En als die deftige dame gemeen tegen je is, of als je daar niet gelukkig bent, of als je ons mist, dan kun je altijd terugkomen.' Er brandden tranen in haar ogen. Ze omhelsde Bridie nog stijver. 'En als je alleen mij mist, dan kom ik naar Dublin. Ja, dat doe ik! Je hoeft het maar te zeggen, dan kom ik je opzoeken.'

Bij aankomst in Dublin was Bridie ziek van de zenuwen, door het afscheid van alles wat haar vertrouwd was, en door de angst voor een onzekere toekomst. Haar enige troost was het kindje dat in haar groeide en dat haar nu al dierbaar was. Ze hield van haar kind met de hartstocht van iemand die alles kwijt was. Als ze haar hand op haar buik legde, werd ze overspoeld door een golf van tederheid die haar angsten verdreef en haar de toekomst met vertrouwen tegemoet deed zien. Ze kon de nonnen in het klooster vast wel overhalen om haar het kindje te laten houden, dacht ze in haar naïviteit.

Grace had Berties noodkreet verhoord. Bridie kon zolang haar zwangerschap duurde in Dublin voor haar werken. In het huis dat ze daar had. Toen Bertie haar vertelde over de benarde positie waarin het meisje verkeerde, had Grace meteen begrepen hoe de vork in de steel zat en met militaire kordaatheid maatregelen genomen. De moeder moest discreet verdwijnen en Berties kind zou onmiddellijk na de geboorte worden afgestaan voor adoptie. Grace nam de uitdaging aan. Ze ging er niet voor niets prat op dat ze altijd alles voor elkaar wist te krijgen. 'Zodra het kind er is, regel ik je overtocht naar Amerika,' zei ze tegen Bridie. 'Sir Ronald en ik hebben heel veel vrienden in New York en ik ben al op zoek naar een betrekking voor je. Stel je eens voor hoe opwindend het zal zijn, om een nieuw leven te beginnen in een nieuwe stad. En stel je eens voor hoe trots ze thuis op je zullen zijn.' Grace haperde bij het zien van Bridies geschokte gezicht. En toen ze zag hoe de sprankeling uit haar ogen verdween, besefte Grace dat Bridie had gehoopt het kind te kunnen houden. Maar dit was niet zomaar een kind. Dit was het kind van Bertie en niets zou Grace hebben kunnen overhalen het kindje bij de moeder te laten. 'Een meisje in jouw positie kan niet alleen een kind grootbrengen, Bridie. Het is beter zo. Voor jullie allebei.' Grace wendde zich af. Ze kon de wanhoop in Bridies ogen niet verdragen. Het meisje was zelf nog een kind, net zo oud als Kitty. 'Ooit zul je me dankbaar zijn,' zei ze, toen droeg ze Bridie over aan haar huishoudster. Maar Bridie had het gevoel dat haar zojuist haar doodvonnis was aangezegd.

Na Bridies vertrek versomberde de zomer tot een aaneenrijging van regendagen, van vallende bladeren die naar de zompige grond dwarrelden. De herfst bracht storm uit zee, waarbij de golven woest tegen de kliffen beukten en de wind de kasteelmuren geselde. Kitty sprak zo vaak mogelijk met Jack af, maar ze mochten niet samen worden gezien. Dat was te gevaarlijk. Omdat ze haar geheime werk dan niet langer zou kunnen doen, mocht ze niet het risico lopen te worden betrapt in gezelschap van iemand die ervan werd verdacht banden te hebben met de IRA. En dus ontmoetten ze elkaar in het verborgene, bij de Elfenkring, of in de grotten in Smuggler's Bay, of in de kassen van Adeline. Hun gestolen kussen werden daardoor nog kostbaarder. Ze waren een eilandje geworden in een vijandige oceaan, aan alle kanten omringd door vijandelijke schepen. Ze klampten zich aan elkaar vast en leefden intens in het moment, want ze durfden geen van beiden naar de dag van morgen te kijken, naar een toekomst die even duister was als de donkerste nacht.

In juli van dat jaar hadden beide partijen ingestemd met een wapenstilstand, maar het geweld en de gevechten waren doorgegaan, vooral in het noorden. Toen Hubert las dat er in Belfast dertig doden waren gevallen, smeet hij de krant vol weerzin op de ontbijttafel, pakte zijn geweer en riep dat hij een eind ging lopen met de honden. En wee de Shinner die zijn pad kruiste! In december vierden Kitty en Jack de ondertekening – in Londen – van het Anglo-Ierse Verdrag, dat werd gesloten tussen de Britse overheid en de Ierse delegatie, waarbij het zuiden van Ierland werd uitgeroepen tot de Ierse vrijstaat. Het noorden werd de mogelijkheid geboden Brits te blijven en sloot zich niet bij de vrijstaat aan. Het verdrag leidde echter tot nog grotere verdeeldheid in het zuiden en zette de opstandelingen in Ballinakelly tegen elkaar op. Michael Doyle geloofde vurig dat het Anglo-Ierse verdrag strijdig was met de belangen van het land en wilde de Onafhankelijkheidsoorlog voortzetten totdat Ierland niet langer deel uit maakte van het Britse Gemenebest. Hij daagde Jack uit zich achter hem te scharen, maar die had genoeg van het geweld. Het vuur van zijn idealisme was getemperd door zijn liefde voor Kitty. Hij droomde van een toekomst met haar, een toekomst waarin ze samen een gezin zouden stichten. En hoe klein de kans ook was dat die droom ooit werkelijkheid zou worden, hij bleef erin geloven. Want hoe hartstochtelijker hij ernaar verlangde, hoe reëler zijn toekomstvisioen leek te worden. Het visioen van een land waar vrede heerste en waar Kitty en hij hand in hand door de heuvels konden lopen, zonder bang te hoeven zijn dat iemand hen zag.

Maar zo gemakkelijk liet Michael hem niet gaan.

In de nacht voor Kerstmis schrok Adeline wakker en schoot overeind in bed. Het was aardedonker, de wind blies kreunend rond de muren, als een rusteloze geest. Maar de geesten zelf deden er het zwijgen toe. Adelines hart bonsde in haar keel, alsof er gevaar dreigde. Ze liet zich uit bed glijden, liep door de ijzige kamer naar het raam en schoof het gordijn open. Het enige wat ze zag, was de weerspiegeling van haar eigen bleke gezicht dat haar boven haar witte nachtjapon verschrikt aanstaarde. Ze slaakte een diepe zucht. Moest ze Hubert wakker maken? Ze hoorde hem snurken, in de kamer naast de hare. En ze werd plotseling overweldigd door het verlangen om tegen hem aan te kruipen, net als vroeger, toen ze nog jong en verliefd waren. Om geruststelling te zoeken bij zijn grote, warme lijf dat rook naar sigaren en whiskey en honden. Maar vanwege zijn oorverdovende gesnurk betwijfelde ze of ze nog een oog dicht zou doen. Dus uiteindelijk kroop ze weer in haar eigen bed en maakte zich zo klein mogelijk, diep onder de dekens. Maar de rusteloosheid bleef, ondanks de tedere, liefdevolle gedachten waarmee ze probeerde zichzelf in slaap te sussen.

In het jachthuis lag Kitty ook wakker, starend naar de duisternis. Boven het gehuil van de storm uit hoorde ze de roep van een uil en ergens diep in het bos klonk het schorre 'keukeukeuk' van een fazant. Ze huiverde. Haar maag verkrampte door een rusteloosheid waarvan ze de oorzaak niet begreep. Totdat ze zich plotseling bewust werd van een aanwezigheid in haar slaapkamer. Ingespannen tuurde ze de duisternis in en naarmate ze contouren begon te onderscheiden besefte ze dat ze bezoek had van een geest. Ze schoot overeind. In de gedaante die aan het voeteneind van haar bed stond, herkende ze Tomas Doyle, de vader van Bridie. De gloed die hij verspreidde, was vaag en gedempt, alsof het hem moeite kostte zichtbaar te blijven. Er lag een bezorgde uitdrukking op zijn gezicht. Met zijn pet in de hand keek hij haar met zijn vriendelijke ogen doordringend aan, maar ze begreep niet wat hij probeerde duidelijk te maken. Ten slotte begon hij te verbleken, maar voordat hij verdween wees hij, wanhopig, dwingend, naar het raam.

Kitty schoot haar kamerjas aan en liep erheen. Toen ze de zware gordijnen openschoof zag ze tot haar verbazing een rosse gloed aan de donkere hemel, alsof de zon opkwam. In het westen! Verward staarde ze naar buiten. Ze wist zeker dat het nog midden in de nacht was. Toen rook ze een brandlucht. Een zware geur die door de wind werd meegevoerd als mist op zee, een mist die zo dicht was dat hij hele schepen zou kunnen opslokken. In paniek rende ze de kamer uit, de gang door, de trap op naar de zolder. Met elke stap die ze zette, werd de brandlucht sterker. Vanuit het zolderraam zag ze boven de boomtoppen een vurige gloed aan de hemel en ze besefte, ziek van angst, dat het kasteel in brand stond.

Adeline rook de brandlucht al voordat ze zich bewust werd van de geesten die zich in haar kamer verdrongen. Toen ze haar ogen opendeed werd ze omhuld door hun schijnsel. Ze hadden zich rond haar bed verzameld. 'Het kasteel staat in brand!' riepen ze wanhopig. Adeline schoot uit bed en haastte zich naar Huberts kamer. Haar hart bonsde zo hard dat ze zijn gesnurk amper hoorde. 'Hubert!' Ze pakte hem bij de schouder. 'Hubert! Wakker worden! Het kasteel staat in brand! We moeten hier weg!'

Hubert bromde iets, toen deed hij zijn ogen open en staarde haar verschrikt aan. 'Wat is er aan de hand?'

'Het kasteel staat in brand!' schreeuwde Adeline. Hubert sprong uit bed en schoot zijn kamerjas aan. Bij het zien van de rook die als een kwaadaardige grijze slang onder de deur door kronkelde, pakte hij een handdoek en dompelde die in de kan met water op de ladekast. 'Rustig maar, meisje. Druk dit tegen je neus.' Hij duwde zijn vrouw de natte doek in de handen. Toen pakte hij er ook een voor zichzelf, deed de deur open en liep de gang in die vol stond met rook. Samen haastten ze zich de trap af, terwijl om hen heen het geraas van de bulderende vlammen en van brekend, brandend hout steeds luider werd.

Toen hij Adeline veilig in de hal had afgeleverd, ging hij terug om de Struikjes te halen. Adeline keek hem na terwijl hij in de rook op de trap verdween. Zijn grote gedaante leek plotseling klein en angstaanjagend kwetsbaar.

Iedereen verzamelde zich op het grind voor het kasteel, waar Huberts wolfshonden zoekend om zich heen keken, ongerust over het lot van hun baasje. O'Flynn, Skiddy en de dienstmeisjes staarden met open mond langs de kasteelmuren omhoog, hun gezicht werd door het vuur gehuld in een gouden schijnsel, er blonken tranen in hun ogen. Achter de ramen laaide de gloed van de vlammen hoog op, alsof er op het kasteel een feest werd gegeven dat zijn weerga niet kende. Adeline beefde van schrik en machteloosheid. Niemand kon ook maar iets doen. Het vuur greep zo snel om zich heen dat niets het zou kunnen doven. Het oude kasteel brandde als een tondeldoos. Het enige wat Adeline kon doen, was bidden voor Hubert en haar zussen.

Ze keek zo strak, zo gespannen naar de voordeur dat ze Bertie en Kitty niet zag, die met de bedienden van het jachthuis kwamen aangesneld, in de hoop iets te kunnen doen. Bertie rende het kasteel in, doof voor Kitty's protesten. Ineens was er een keten van loyale mannen en vrouwen die emmers doorgaven en water tegen de muren gooiden. Maar het was zinloos. Het water kon zelfs de kleinste vlammen niet doven. Toch gingen de blussers door, niet in staat werkeloos toe te kijken. De enige die niets deed, was Adeline. Ze wist dat alleen God hen nog kon helpen.

De deur van het kasteel bleef tergend lang omhuld door rook. De vlammen laaiden steeds hoger op, de rook werd zo dicht dat de blussers zich hoestend, happend naar lucht moesten terugtrekken, de hitte zo intens dat de omstanders het zweet uitbrak, ondanks de ijzige kou. Ineens doemde Bertie op uit de rook, met aan weerskanten een Struikje, half stikkend, bevend, dodelijk geschrokken, maar ongedeerd. Adeline voelde een overweldigende opluchting. Maar toen ze zag dat het Bertie was en besefte dat Hubert zich nog in het kasteel moest bevinden, lieten haar krachten haar in de steek en zakte ze in elkaar.

Kitty haastte zich naar haar toe. 'Grootmama!' Ze sloeg haar armen om Adeline heen maar wist niets te zeggen om haar te troosten.

'Waar is Hubert?' vroeg Adeline fluisterend. En nog eens: 'Waar is Hubert?' Maar ze wist het antwoord al. Ze voelde het. Hubert was er niet meer.

21

Terwijl de hemel in het oosten zich bij het begin van de nieuwe dag rood en goud kleurde, viel dat stralende schouwspel in het niet bij de grimmige, oogverblindende gloed die kasteel Deverill omhulde. Inmiddels was bijna heel Ballinakelly, zowel protestant als katholiek, uitgelopen om te helpen met blussen. Ook de politie en de Britse troepen waren ter plekke. Maar ondanks de massaal toegestroomde hulp was het nog altijd onmogelijk het kasteel binnen te gaan om Hubert te zoeken. Adeline was naar het jachthuis gebracht. Bertie bleef bij het kasteel. Kitty keek om zich heen, op zoek naar Jack. Sean was er wel, samen met Mrs. Doyle. Maar Jack zag ze nergens, net zomin als Michael.

Kitty bleef bij haar grootmoeder tot Adeline in slaap viel. Ze lag in Kitty's bed. De dokter had haar laudanum voorgeschreven om haar emoties wat af te vlakken, waarop ze als een kind haar ogen had gesloten en vergetelheid had gevonden in de slaap. Zodra haar grootmoeder sliep trok Kitty haastig haar rijkleding aan en rende ze naar de stallen. Zonder tegen iemand iets te zeggen galoppeerde ze even later door de heuvels naar Ballinakelly. Er was storm op komst. Aan de horizon verzamelden zich dichte, donkerpaarse wolken, als een vloot duistere schepen opgejaagd door een kwaadaardige wind. Haar intuïtie zei haar rechtsomkeert te maken, maar ze weigerde naar die innerlijke stem te luisteren en galoppeerde voort, gedreven door een wilde woede.

Bij de boerderij van de Doyles gekomen bond ze haar paard aan een paal. 'Michael Doyle!' riep ze luid, terwijl ze het huis binnenstormde. 'Michael Doyle! Kom tevoorschijn als je durft!' Maar er was niemand. In de haard smeulden nog de sintels van de vorige avond. Zelfs de stoel van de oude Mrs. Nagle stond er verlaten bij. Toen vloog de deur open. Michael stond in de opening. Hij leek reusachtig in de kleine kamer. Zijn donkere gezicht glom van het zweet. Hij stonk naar olie en er ging iets dreigends van hem uit. Met vingers die zwart waren van het roet, wreef hij over de stoppels op zijn kin. 'Kijk eens aan! Goeiemorgen, Kitty. Dat is een aangename verrassing.' Maar er klonk geen blijdschap in zijn stem.

'Moordenaar!' schreeuwde ze hysterisch. 'Je hebt mijn huis in brand gestoken! Je hebt mijn grootvader vermoord... mijn lieve, lieve groot...' Ze verdrong het verdriet dat haar dreigde te overweldigen en probeerde uit alle macht sterk te blijven. 'Hier zul je voor boeten!'

Michael gooide zijn pet op tafel. Zijn zwarte krullen vielen voor zijn ogen. Met een smerige hand streek hij ze uit zijn gezicht. 'Het was niet de bedoeling dat er doden vielen. Maar waar gehakt wordt vallen spaanders.'

Vervuld van weerzin keek Kitty hem aan. 'Heb jij geen hart, geen geweten? Mijn grootvader heeft je nooit iets misdaan!'

'Ik wilde je vaders erfenis in de as leggen.' Ook zijn gezicht verried nu weerzin. 'Maar als ik hem in het hart heb geraakt, des te beter. En wat je grootvader betreft, beschouw hem als een slachtoffer van de strijd die we voeren.'

'Voor die strijd heb ik mijn leven op het spel gezet! Hoe durf je? En wat heb je tegen mijn vader? Hij is altijd goed voor je geweest. En voor je familie.'

Michael kwam naar haar toe en bracht zijn gezicht zo dicht voor het hare dat ze de alcohol in zijn adem kon ruiken. De arrogante stelligheid die hij uitstraalde, benam haar de adem. 'Wat ik tegen je vader heb? Moet je dat nog vragen?'

'Ja! Vertel op!' Ze maakte zich zo lang mogelijk.

'Hoezo? Wou je soms zeggen dat je dat niet weet?' Zijn ogen fonkelden van woede, maar ze hield stand onder zijn blik.

'Nee, ik heb geen idee.'

'Je vader heeft mijn zuster verkracht.'

Kitty was zo geschokt dat ze wankelde op haar benen. 'Mijn vader? Mijn vader heeft Bridie verkracht?' vroeg ze ademloos, ongelovig.

'Ja.'

'Dat lieg je. Mijn vader is geen verkrachter.'

'O nee?' Michael glimlachte vals. 'Waarom zit Bridie dan nu in Dublin? Hoogzwanger en zo dik als een drachtige zeug?'

'Bridie is zwanger?' Kitty legde haar handen op haar buik alsof Michael haar een stomp in haar maag had verkocht.

'Waarom denk je dat je vader haar naar Dublin heeft gestuurd?'

'Omdat hij daar een betrekking voor haar had gevonden. Dat heeft ze me zelf verteld.' Maar Bridie had zich niet aan haar belofte gehouden en nooit geschreven. En Kitty had het te druk gehad met Jack en met wapens smokkelen om zich af te vragen waarom ze niets hoorde.

'Hij heeft haar naar Dublin gestuurd om van haar af te zijn. Want hij heeft haar verkracht. En daarmee heeft hij mijn familie en het hele Ierse volk beledigd. Daarom heb ik het kasteel in brand gestoken. Om wraak te nemen namens mijn familie!'

'Ik geloof er geen woord van!' beet Kitty hem toe, maar het zaad van de twijfel was gezaaid.

'Vraag het dan aan je vader.' Hij wendde zich af en begon onverschillig zijn jasje en zijn overhemd los te knopen. 'Volgens mij hebben we elkaar niets meer te zeggen. Dus als ik jou was ging ik naar huis, om water tegen die Britse burcht van je te gooien. Niet dat het veel zal helpen.'

'Schoft die je bent! Maar zo gemakkelijk kom je er niet van af. Ik ga naar de politie! En dan krijg je de strop!'

'Misschien. Maar dan wordt Jack ook opgeknoopt.'

Kitty verbleekte. 'Jack? Wat heeft die ermee te maken?'

'Hij zat ook in het complot. Terwijl de politie het druk heeft met de brand, steelt hij hun hele wapenvoorraad en brengt de spullen naar een geheime schuilplaats. Tenminste, als hij niet gepakt wordt. En daar durf ik mijn hand niet voor in het vuur te steken,' zei hij met een valse grijns.

'Wat wil je daarmee zeggen?' Ze had het gevoel alsof de lucht uit haar longen was geslagen. 'Die hele brand heeft niets met mijn vader te maken! Of met Bridie! Het gaat om mij!'

'Haal je maar niks in je hoofd, Kitty Deverill. Je bent niet mijn type.' Hij trok zijn overhemd uit. Zijn schouders waren breed en gespierd, gehard door een leven van zwaar lichamelijk werk. 'Zo, en laat me nou alsjeblieft met rust. Ik moet zorgen dat ik schoon ben voordat mijn oma thuiskomt uit de kerk.'

'Je hebt Jack verraden! Je hebt ervoor gezorgd dat hij wordt opgepakt, alleen maar omdat je het niet kunt uitstaan dat ik van hem hou! Dat ik niks van jou wil weten!' Ze begon hysterisch te lachen, overweldigd door de waanzin die voortkwam uit de oorlog, de brand en haar vurige liefde. 'Je bent een zielige figuur, Michael Doyle. Jack is tien keer zoveel waard als jij!' De uitdrukking op zijn gezicht verhardde. En ze besefte dat hij haar begeerde. Dat hij op zijn eigen verwrongen manier waarschijnlijk zelfs van haar hield. 'Door te moorden en brand te stichten ben je nog geen man, Michael. En dat zul je nooit worden ook! Een man zoals je vader dat was! En zoals Jack dat is! Je kunt zelfs niet in zijn schaduw staan!'

Ze had het nog niet gezegd of ze wist dat ze te ver was gegaan. De spanning was plotseling te snijden. Het werd donker in de kamer toen de paarse stormwolken zich boven de boerderij verzamelden. Een ijzige wind woei onder de deur door. Michael greep haar met zijn reusachtige handen bij de keel. 'Ik zal je laten zien dat ik een man ben!' beet hij haar hees toe, met een duivelse blik in zijn ogen. Hij gooide haar voorover op de tafel en drukte haar gezicht tegen het hout. Ze worstelde om los te komen, maar hij hield haar hoofd in zo'n onwrikbare greep dat ze het niet kon bewegen. Met zijn vrije hand trok hij haar rok omhoog. Paniek maakte zich van haar meester. Ze kronkelde en worstelde, ze beukte met haar vuisten op de tafel, maar het haalde allemaal niets uit. Met zijn knie duwde hij ruw haar benen uit elkaar, greep haar onderbroek en scheurde hem van haar lijf alsof hij van papier was. Ze probeerde te schreeuwen, maar er kwam geen geluid over haar lippen. Een golf van angst overspoelde haar. Een verstikkende angst die haar verlamde, waardoor ze tot niets meer in staat was. Vervuld van afschuw besefte ze dat hij met haar ging doen wat haar vader met Bridie had gedaan. En dat ze daar niets tegen kon uitrichten. Ze verstijfde van pure doodsangst toen ze iets hards tussen haar benen voelde, tastend, dwingend tot het met meedogenloze wreedheid diep in haar drong. De pijn was gruwelijk, er scheurde iets, en plotseling kon ze schreeuwen! Maar hij leek het niet te horen. Hijgend, grommend stootte hij in haar, steeds sneller, steeds dieper, met zijn volle gewicht, alsof hij zo pervers was te denken dat hij haar door geweld tot de zijne kon maken. Ze sloot haar ogen en probeerde aan de tuin van haar grootmoeder te denken, aan de bloemen in het voorjaar.

Maar het beeld dat oprees voor haar geestesoog, was dat van haar vader die Grace binnendrong. En toen veranderde Grace in Bridie. Vol weerzin opende Kitty haar ogen en begon ze te huilen.

Toen het voorbij was, liet Michael haar los en knoopte zijn broek dicht. Kitty werkte zich van de tafel. Warm vocht sijpelde langs haar dijen, haar knieën bezweken bijna onder een nieuwe golf van pijn en uitputting. Maar dankzij een jarenlange leerschool om haar pijn te verbijten, slaagde ze erin althans uiterlijk kalm te blijven. Ze streek beheerst haar rok glad en in plaats van zich vernederd te tonen, richtte ze zich waardig op. Toen ze eindelijk haar ogen opsloeg zag ze op Michaels gezicht de afschuw die zijzelf verborgen wist te houden. Hij keek haar zwijgend aan, geschokt door wat hij had gedaan. 'Ik hoop dat je nu tevreden bent, Michael Doyle.' Haar stem klonk verrassend vast. Nu las ze ook angst op zijn gezicht, alsof hij iets in haar ogen had gezien wat hem de stuipen op het lijf joeg. 'Dit zul je berouwen! Zolang als je leeft! Je had me beter kunnen vermoorden. Maar door me te laten leven heb je een furie geschapen die je zal achtervolgen tot achter de poorten van de hel! Je hebt geen idee waartoe een misbruikte vrouw in staat is. Je zult wensen dat je me had vermoord.' Ze raapte haar gescheurde onderbroek op, rechtte haar schouders en liep met opgeheven hoofd het huis uit.

Zodra de deur achter haar was dichtgevallen werd ze overweldigd door misselijkheid. Het gevoel begon in haar buik, kwam omhoog in haar keel en werd met een golf van braaksel uitgedreven. Met haar handen tegen haar maag gedrukt stond ze voorovergebogen, kokhalzend boven het gras. Uit angst dat Michael getuige zou zijn van haar zwakheid zette ze haar kiezen op elkaar en liep strompelend naar haar paard. Haar knieën knikten zo dat ze drie pogingen nodig had om op te stijgen. Toen ze eindelijk in het zadel zat, greep ze de teugels en dreef ze haar merrie in galop, ineenkrimpend van pijn bij elke onverwachte beweging.

Pas toen ze de boerderij van de Doyles ver achter zich had gelaten, gaf ze lucht aan haar wanhoop en jammerde zo luid, met zoveel woede, dat ze zelfs de Banshee de rillingen zou hebben bezorgd. En terwijl de tranen over haar wangen stroomden, wenste ze dat ze een dolk dwars door zijn hart had gestoten.

Toen ze bij de Elfenkring kwam steeg ze af. Omringd door de kring van stenen, op de plek waar ze zo vaak met Jack had afgesproken, liet ze haar geteisterde ziel troosten door de regen. Nog los van de vernedering die ze had ondergaan, van het verdriet om het verlies van het familiekasteel, om de dood van haar grootvader, om de beschuldiging dat haar vader Bridie zou hebben verkracht, werd ze verteerd door angst om Jack. Was hierdoor het kostbaarste, het meest dierbare in haar leven kapotgemaakt? Was ze nog wel goed genoeg voor hem? Of was ze voorgoed bedorven, bezoedeld? Zodra ze thuiskwam zou ze haar besmeurde lichaam schoonwassen en althans uiterlijk weer zichzelf zijn.

Meer dan een uur liep ze rusteloos over de zompige aarde tussen de stenen, tot het gras was veranderd in modder en ze huiverde van de kou, doorweekt als ze was van de regen. Ten slotte waren haar tranen uitgeput, haar ademhaling werd weer normaal en ze werd zich bewust van iets, een emotie, heel diep binnen in haar, die er altijd was, als de vredige, stille bedding van de oceaan, diep onder de golven. Langzaam maar zeker werd ze opgetild uit haar wanhoop door de betovering van de natuur om haar heen. Werd ze opgetild en genezen door haar land, haar mooie, ruige Ierland, de rotsvaste pijler onder haar bestaan. De zachte regen, de verlaten kreet van een meeuw, de meedogenloze wind die op de kust beukte en de vreemde menhirs geselde die al honderden jaren standhielden. Dat alles koesterde ze omdat het nooit zou veranderen en omdat niemand het haar ooit zou kunnen afnemen.

Boven zee hing een dichte mist en het geluid van de golven die braken op de rotsen, had een kalmerende uitwerking op haar. Ze bleef abrupt staan, staarde naar de mistige verten en luisterde naar de geluiden die ze haar hele leven had gekend en liefgehad. Een verrassende kalmte daalde over haar neer, met een vederzachte streling als van engelenvleugels. Ze stelde zich ervoor open en terwijl ze dat deed, opende ook haar hart zich, haar hoofd werd helder en uit een bron die buiten het bereik van haar zintuigen lag, putte ze kracht.

Ten slotte klom ze weer in het zadel en ze begon aan de weg naar huis, of naar wat daar nog van over was. Maar wat ze ook zou aantreffen, ze zou zich staande weten te houden. Michael had haar lichaam bezoedeld, maar haar ziel had hij niet kunnen besmeuren, en haar gedachten, haar gevoelens behoorden alleen haar toe. Ze zou de herinnering heel diep begraven. Zo diep dat ze nooit meer zou denken aan wat er die ochtend was gebeurd. En als haar vader Bridie had verkracht, waarom koesterde ze zijn zakdoek dan als iets dierbaars? Bridie had zich vrijwillig aan hem gegeven, daar was Kitty van overtuigd. Maar ze zou haar vader nooit vergeven wat hij had gedaan. Haar gedachten gingen naar haar grootvader. Nu hij dood was, zat hij voorgoed gevangen in het kasteel, samen met Barton en Egerton en alle andere rusteloze erfgenamen van kasteel Deverill. Michael had het kasteel in de as gelegd en de kasteelheer de dood in gejaagd. Ze dacht aan het motto van het huis Deverill. 'Het kasteel van een Deverill is zijn koninkrijk.' Betekende dat nu nog wel iets? Het kasteel was met de grond gelijkgemaakt, de familie beroofd van haar nestor. Maar ineens begreep ze dat Michael haar juist daar had willen treffen. In haar familietrots. En ze besefte dat hem dat niet was gelukt. Dat ze alleen maar sterker was geworden door zijn poging haar kapot te maken. Dat ze de naam Deverill nu meer dan ooit waardig was.

Het kasteel brandde nog steeds. En toen de regen de laatste smeulende sintels eindelijk wist te doven, stonden alleen de buitenmuren en de westelijke toren nog overeind. Het leek wel alsof dat gedeelte van het kasteel door bovennatuurlijke krachten werd beschermd, want de kamer waar Barton Deverill in zijn leunstoel zat had zelfs geen rookschade opgelopen. Adeline verklaarde koppig dat ze daar zou blijven, want zelfs Huberts 'verdomde Shinners' konden haar niet weghouden bij zijn geest die nu samen met zijn ongelukkige voorouders door de toren spookte. De Struikjes waren bang dat ze haar verstand had verloren. Bertie vreesde voor instortingsgevaar en smeekte haar in het jachthuis te komen wonen. Alleen Kitty begreep haar grootmoeder. Ze ontleende zoals altijd troost aan Adelines gezelschap en zocht haar op in de toren, waar ze bij het vuur zat in de stoel van Barton en met een kopje cannabisthee praatte met haar man alsof hij nog springlevend was en die mopperde om wat hij in de krant las. Alleen mopperde hij nu over de andere geesten, die zo brutaal waren hem in de toren van zijn kasteel te komen storen.

Het duurde niet lang of Kitty hoorde van Grace dat Jack en Michael waren ondergedoken. Jack was gepakt bij het smokkelen van gestolen wapens naar een geheime bergplaats even buiten Ballinakelly. Maar hij was erin geslaagd de twee Auxiliaries die hem wilden arresteren, te overmeesteren en te ontsnappen naar de heuvels. Voor Michael was een arrestatiebevel uitgevaardigd wegens brandstichting. Grace ging ervan uit dat Jack en hij samen waren en dat ze contact zouden opnemen zodra ze daar kans toe zagen. 'We hebben in het hele land mensen die ons steunen, Kitty. Je hoeft je over Jack en Michael geen zorgen te maken.'

'Michael Doyle kan wat mij betreft branden in de hel,' verklaarde Kitty.

Grace was geschokt door het venijn in haar stem.

'Maar kindje, je denkt toch niet dat hij echt verantwoordelijk is voor de brand? Ik weet zeker...'

'Michael is een monster, Grace,' viel Kitty haar heftig in de rede. 'Hij heeft Jack verraden en het kasteel in de as gelegd.'

Grace verstijfde. Ongewild krampachtig omklemde ze Kitty's arm. 'Michael heeft verschrikkelijke dingen gedaan,' zei ze zacht. 'Maar dit niet. Echt niet. Je vergist je.'

Het verbaasde Kitty dat ze Michael niet doorzag als de bruut die hij was. 'Hij heeft het gedaan, Grace. Ik weet het zeker! En hij heeft Jack verraden...'

Er kwam een angstige blik in de ogen van Grace. 'Je vergist je,' herhaalde ze stellig. 'Je bent van streek en dat is begrijpelijk. Maar Michael is ontzettend loyaal, Kitty. Hij mag dan grof en lomp zijn, en een woesteling, maar wanneer hij erachter komt wie het kasteel in brand heeft gestoken, zal hij niet rusten voordat de schuldige is gevonden. En dat Jack bijna gearresteerd was, dat is gewoon stomme pech. Maar gelukkig heeft hij weten te ontsnappen. En inmiddels zijn ze veilig, allebei. Je moet me vertrouwen.' Maar Kitty voelde slechts wantrouwen. Ze schaamde zich zo voor wat er in de boerderij van de Doyles was gebeurd, dat ze Grace de waarheid nooit zou kunnen vertellen. En zelfs al zou ze dat wel doen, dan betwijfelde ze of Grace haar zou geloven. Want de koppigheid waarmee ze het voor Michael opnam, deed Kitty vermoeden dat ze meer voor hem voelde dan ze wilde toegeven.

Huberts begrafenis was bijna een requiem voor de Anglo-Ierse gemeenschap. 'De Ierse landadel is geschokt door de voortijdige dood van mijn dierbare vriend Lord Deverill van Ballinakelly. Hubert, voor zijn intimi,' schreef burggraaf Castlerosse in de *Express*. 'Zelfs in Londen is zijn dood overal het gesprek van de dag, van de tearoom van het Ritz Hotel tot de salons en ontvangkamers in Mayfair. Ik was een van de talloze aanwezigen bij de begrafenis...'

Maud rouwde om Hubert en om de verloren erfenis van haar man. Hoe kon ze zich in de hogere kringen van Londen vertonen nu haar kasteel was verworden tot een ruïne? Iedereen verwachtte dat Bertie, de nieuwe Lord Deverill, zijn landgoed zou ontvluchten en zich in Engeland zou vestigen, zoals zovelen vóór hem dat al hadden gedaan. Maud kwam, als Lady Deverill, voor de begrafenis over, maar dat vond ze voor Harry te gevaarlijk. Hij bleef in Londen, bang dat hij de aanblik van de verwoesting niet zou kunnen verdragen, noch het weerzien met Joseph, zijn eerste grote liefde. Victoria, die eindelijk zwanger was van haar eerste kind, stuurde haar grootmoeder een condoleance met haar initialen in goudreliëf als briefhoofd. Vanwege haar zwangerschap durfde ze de zeereis niet aan. Maar de hoogzwangere Elspeth kwam met Peter naar de begrafenis. Ze mochten dan niet rijk zijn, zij hadden hun kasteel nog.

Stoke en Augusta trotseerden de golven, samen met Digby, Beatrice en hun dochter Celia. Ondanks de wandaden gericht tegen hun familie weigerden ze het hoofd te buigen. 'We zijn Deverills, lieve Celia,' zei Digby toen de Ierse kustlijn opdoemde uit de mist. 'We moeten onze familie steunen en die Shinners laten zien dat wij Deverills ons niet laten intimideren. Dat geweld ons niet klein zal krijgen. "Het kasteel van een Deverill is zijn koninkrijk."'

Beatrice liet haar blik over de groene heuvels gaan en dacht terug aan de milde zomers op kasteel Deverill die nu voorgoed tot het verleden behoorden. Weemoed vervulde haar en het verdriet om haar dierbare George laaide weer op, want haar zoon had net zo uitbundig van die zomers genoten als zij.

De begrafenis was een verdrietig, plechtig gebeuren op een koude, druilerige dag. De inwoners van Ballinakelly hadden zich voor de St. Patrick verzameld om hun respect te betuigen, want zelfs de vurigste aanhangers van Sinn Féin hadden geen goed woord over voor de moord op Lord Deverill, ook al vonden sommigen het wel terecht dat het kasteel, als bastion van de Britse overheersing, met de grond gelijk was gemaakt. Mrs. Doyle, de oude Mrs. Nagle en Sean hielden zich op de achtergrond, want ze wisten dat Michael de hand had gehad in de brand en de schaamte drukte zwaar op hen, net als de onzekerheid over hun toekomst nu Mrs. Doyle door de verwoesting van het kasteel haar betrekking kwijt was.

Celia vond haar nichtje Kitty erg veranderd. De ondeugende schittering was uit haar ogen verdwenen en had plaatsgemaakt voor een afstandelijkheid die Celia deed verlangen naar het verleden toen ze als zusjes samen hadden opgetrokken. Het leek alsof ze met het volwassen worden uit elkaar waren gegroeid en alsof hun jeugd zich had afgespeeld in een ander leven. Alsof niet zij, maar andere jonge meisjes al die avontuurlijke zomers hadden beleefd. Celia begreep niet waarom haar nichtje niet met haar mee terugging naar Londen. 'We zouden zo veel plezier hebben samen,' zei ze opgewonden. 'Er is altijd wel iets te beleven en de knapste mannen zullen voor je in de rij staan. We gaan van feest naar feest, we worden bedolven onder uitnodigingen, en ik ga je aan iedereen voorstellen. Londen zal aan je voeten liggen, Kitty. Zeg alsjeblieft dat je meegaat.'

Maar alleen al de gedachte dat ze Ierland zou moeten verlaten, bezorgde Kitty een gevoel alsof haar hart werd uitgerukt. 'Ik hoor hier,' zei ze en de ernstige uitdrukking op haar gezicht maakte Celia duidelijk dat ze zich niet zou laten ompraten.

'Beloof me dan dat je er in elk geval over nadenkt. Want wat heb je hier nu nog? Van het kasteel is bijna niets meer over.' Ze pakte de hand van haar nichtje bij het zien van de vastberaden trek om Kitty's mond. En terwijl de kleur wegtrok uit haar wangen werd er even een glimp van de oude Kitty zichtbaar die door haar zorgvuldig in stand gehouden façade heen schemerde. 'Als je naar Londen gaat, betekent dat niet dat je geen Ierse bent. Dat ben je en dat blijf je. Maar je moet aan de toekomst denken. Zorg dat je een rijke man vindt. Dan kun je het kasteel met zijn geld herbouwen.' Celia schonk haar een bemoedigende glimlach.

'Voor mijn part trouw ik nooit, Celia. Ik ben gelukkig als ik de rest van mijn leven hier mag blijven. En op dit moment heeft grootmama me nodig. Ze zit helemaal alleen in die toren. Ik ben de enige die haar durft op te zoeken. De anderen denken allemaal dat ze op de rand van de waanzin verkeert. Behalve mij heeft ze niemand meer.' Kitty slaakte zo'n diepe, zwaarmoedige zucht dat Celia dacht dat ze onder het gewicht zou bezwijken. 'De Struikjes zijn terug naar hun eigen huis, maar ze durven amper de deur nog uit. Als iemand naar Engeland zou moeten gaan, dan zijn zij het. Maar dat willen ze niet. We horen hier, Celia. We zijn Iers. In Engeland zijn we vreemden. En dat blijven we. Ik sterf liever hier, op Ierse bodem, dan dat ik in Londen zou moeten wonen.'

'Maar je moeder...'

'Mijn moeder heeft nooit van Ierland gehouden,' kapte Kitty haar af. 'En ook niet van mij. Mijn moeder houdt alleen maar van zichzelf. En dat is maar goed ook, want ze is de enige. Het kan me niets schelen als ik haar nooit meer zie.'

Celia hield geschokt haar adem in. 'Maar Kitty, dat meen je toch niet echt?'

'Natuurlijk wel. Je weet hoe ik over haar denk. Ik hoop dat ze snel weer naar Engeland vertrekt en nooit meer terugkomt.'

Celia's hart zwol van compassie, want hoezeer ze ook haar best deed om sterk te zijn, Kitty zag er ineens erg verloren uit. 'O, Kitty, je lijkt zo verbitterd.' Celia zuchtte. 'En zo alleen.'

'Ik ben niet alleen. Integendeel. Ik heb Ierland en dat laat me nooit in de steek. Iets wat ik van de meeste mensen niet zou durven zeggen.' Toen wist Celia dat haar verdriet Kitty onbereikbaar had gemaakt. Dat ze niets meer kon doen om haar nichtje te helpen.

Toen iedereen weer was vertrokken, bleven Bertie, Adeline en Kitty met een kleine groep bedienden achter. Bertie wilde dolgraag weg, naar Londen. Maar hij moest rekening houden met zijn moeder, ook al was hij ervan overtuigd dat ze haar verstand had verloren. In zijn ogen zat ze weg te kwijnen in de toren van het kasteel, druk in zichzelf pratend met haar onafscheidelijke cannabisthee die ze 'haar medicijn' noemde. Omdat hij het druk had met het testament van zijn vader en het in veiligheid brengen van kostbare voorwerpen uit de ruïne, merkte hij niet hoe ijzig en afstandelijk zijn dochter hem bejegende. En als hij niet met de nasleep van de brand bezig was, vertoefde hij in gedachten bij Grace. Ze was een geweldige steun voor hem geweest door hem de problemen rond de zwangerschap van dat dienstmeisje en de geboorte van haar zoon uit handen te nemen. Grace was erin geslaagd de hele zaak stil te houden en efficiënt af te handelen. Sinds de brand zag hij haar weer regelmatig. Omdat Ronald de laatste tijd zo veel van huis was, kwam ze bijna dagelijks bij hem dineren. En ook al waren ze geen geliefden meer, ze waren wel vrienden gebleven. En daar was hij dankbaar voor.

Kitty wachtte vol spanning op nieuws van Jack. Ze ging wel vijf keer per dag naar de geheime holte in de muur, maar het enige wat ze vond, was haar eigen brief die inmiddels doorweekt was geraakt van het vocht. Ze hield zich echter flink en gaf de hoop niet op. In gedachten zag ze hem in zijn veilige schuilplaats, ergens in de heuvels, en ze bad vurig dat er mensen waren die hem te eten gaven en misschien zelfs een warm bed. Het optreden van haar maandelijkse bloeding betekende een overweldigende opluchting. Nu kon ze proberen de gruwelijke beproeving definitief achter zich te laten. Toch bleef in haar achterhoofd de angst dat Jack zou voelen dat er iets was veranderd en haar daarom zou afwijzen.

En toen, op een ochtend tegen het eind van januari, vond ze geen briefje van Jack, maar Jack zelf, verscholen achter de muur. Haar mond viel open van ongeloof. Toen vulden haar ogen zich met tranen en werd het verdriet dat ze zo lang krampachtig had verdrongen, haar te machtig. Zonder iets te zeggen sprong hij over de muur en nam hij haar in zijn armen. Haar dicht tegen zich aan trekkend drukte hij zijn lippen op haar slaap. En op dat moment huilde ze om haar verloren maagdelijkheid. Ze huilde omdat Jack niet de eerste man zou zijn die haar tot de zijne zou maken. En omdat ze hem dat nooit zou kunnen vertellen.

Maar Jack geloofde dat haar tranen voortkwamen uit haar verdriet om het afgebrande kasteel en om het verlies van haar grootvader. Met zijn armen om haar heen wachtte hij tot ze weer rustig werd. Ten slotte keek hij haar diep in de ogen. 'Ik ben teruggekomen voor jou, Kitty. Laten we samen weggaan. Om ergens ver hier vandaan een nieuw leven op te bouwen. Ergens waar niemand ons kent. Ik wil met je trouwen. Ik wil samen met jou een gezin stichten en oud worden.' Kitty wist niet wat ze moest zeggen. 'Ik hou van je, Kitty Deverill. Ik ben helemaal smoor op je. Maar hier hebben we geen toekomst. We moeten ergens heen waar ik veilig ben voor de lange arm van de wet, en waar je familie jou niet kan vinden. Ergens waar we bevrijd zullen zijn van het verleden.'

'Maar waar wil je dan heen?' Kitty's hart bonsde zo luid dat ze haar eigen stem amper kon horen.

'Naar Amerika.'

'Weg uit Ierland?' vroeg ze verbijsterd.

'In elk geval tot de rust is weergekeerd. Ik wil samen met jou een nieuw leven opbouwen, Kitty. En hier kan dat niet.'

'En... en Ierland dan? En de strijd om de vrijheid?'

'De strijd is voorbij, Kitty. Ik leg me neer bij het Verdrag. Het geweld heeft lang genoeg geduurd. Ik wil rust, ik wil een gewoon leven, samen met jou.'

'Maar ik kan mijn grootmoeder niet alleen laten, en mijn huis...' Haar blik gleed weemoedig over de tuinen.

'Kijk me aan, Kitty. Je hebt hier niets meer. Het kasteel is in de as gelegd. En ik moet hier weg voordat ze me doodschieten.'

De gedachte dat Jack misschien voor het vuurpeloton zou eindigen, maakte haar bewust van de ernst van de situatie. 'Goed dan. Ik ga met je mee, op voorwaarde dat het niet voorgoed is.' Ze begon weer te huilen. 'Beloof me alsjeblieft dat we uiteindelijk terugkomen.'

'Dat beloof ik. We komen hier terug.'

'Dan ga ik met je mee,' zei ze zacht.

'Gelukkig. Er vertrekt overmorgen een boot uit Queenstown. Dat betekent dat we hier morgen in alle vroegte weg moeten. Met de eerste trein. Alles is geregeld.'

'Maar...'

'Maak je geen zorgen. Het is allemaal in orde. Ik heb vrienden die de overtocht hebben betaald. En wanneer we in Amerika aankomen is daar iemand die borg voor ons staat.'

'Maar ik heb helemaal niets. Geen geld...'

'Je hebt mij.' Hij omhelsde haar opnieuw. 'Je hebt mij, Kitty. Meer heb je niet nodig.' Hij schonk haar een grijns en haar ongerustheid werd verdreven door het vertrouwen dat hij uitstraalde. 'Morgenochtend zes uur. Dan zie ik je hier. Zorg dat je op tijd bent.'

Terwijl ze zich terughaastte naar het jachthuis besefte ze dat ze beefde over haar hele lichaam. Jack was teruggekomen, haar hart bonsde, maar niet van blijdschap. Haar hart klopte in haar keel van angst. Ze had niet verwacht dat ze uit Ierland weg zou moeten. Maar terwijl ze haar blik over de ruïne van het kasteel liet gaan, wist ze dat Celia gelijk had. Er was niets meer wat haar nog hier hield. Toch wist ze niet of ze de kracht had zich los te rukken. Want als ze wegging, zou een deel van haar hier achterblijven.

Ze ging langzamer lopen. De druk in haar borst werd zo zwaar dat ze hijgend, zwoegend ademhaalde. Ze legde een hand op haar hart. Plotseling was het alsof alle verschrikkingen van de afgelopen weken als een loden last op haar schouders drukten. 'Ik weet niet of ik het kan,' fluisterde ze, terwijl ze in een kringetje over het gras liep. Telkens weer hetzelfde rondje. 'Ik weet niet of ik het kan. Ik hou van je, Jack. Maar ik hou ook van Ierland. Ik weet niet of ik de moed kan opbrengen om hier weg te gaan.' Van wanhoop en besluiteloosheid kreeg ze opnieuw tranen in haar ogen. Ze stopte een vuist in haar mond om een snik te smoren. 'O God, help me alstublieft. Ik ben bang dat ik gek word.' Maar uiteindelijk wist ze haar emoties weer onder controle te krijgen. 'Ik kan het!' zei ze om zichzelf moed in te spreken. 'Ik hou van Jack. Er is niets meer wat me hier houdt. Ik hou van Jack. Ik hou van Jack. Ik hou van hem, vanuit het diepst van mijn ziel!' En ze vervolgde haar weg naar het jachthuis.

Al van een afstand zag ze dat er een mand op de veranda stond. Een mand met eten, was haar eerste gedachte. Maar toen ze dichterbij kwam zag ze het kindje. Ze bukte zich en keek recht in een klein roze gezichtje. Een rode krul viel over het bleke voorhoofdje. Ze schrok toen het kindje zijn oogjes opendeed en haar leek aan te staren. De vrijmoedigheid van zijn blik was adembenemend. Tussen het dekentje was een briefje gestopt. Ze vouwde het met trillende vingers open. *Zorg alsjeblieft goed voor me. Ik ben een Deverill, Kitty. Net als jij.* Ze draaide het briefje om, maar de achterkant was blanco. Aarzelend liet ze toe dat het kindje haar vinger pakte. Het kind keek haar zo indringend aan dat ze haar ogen er niet vanaf kon houden. En ze wist het meteen. Dit kleine jongetje was Bridies kind. Haar halfbroertje.

'Dag, klein vriendje van me,' zei ze zacht en haar blik vertroebelde. 'Ik zal goed voor je zorgen. Niet alleen omdat ik dat Bridie verschuldigd ben. Ik doe het ook voor mezelf. Want ik zal iemand nodig hebben om van te houden.'

22

'Een schande, dat is het!' bulderde Bertie. Hij wendde zich af van de mand waarmee Kitty de bibliotheek was binnengekomen.

'Het is uw zoon, papa. En ik ga voor hem zorgen.' Kitty keek haar vader recht aan.

Hij nam een grote slok van zijn whiskey en keek in het vuur. 'Dus je weet het,' zei hij zacht.

'Ja, ik weet het.' Het bleef geruime tijd stil. Kitty wilde geen bijzonderheden horen. Ze was ineens bang dat hij Bridie toch had verkracht. Misschien was het naïef van haar om te denken dat haar vader niet tot zoiets in staat was. Ze had het beeld van haar vader met Grace verdrongen en durfde zich hem al helemaal niet voor te stellen met Bridie. Ze wilde haar vader kunnen bewonderen. Ze wilde een vader tegen wie ze kon opkijken. Een vader tegen wie iedereen opkeek. Haar blik ging naar het kindje, dat weer in slaap was gevallen. 'Waar is Bridie nu?'

'In Amerika.'

'Hebt u haar naar Amerika gestuurd?' vroeg Kitty verbaasd.

'Ze is een nieuw leven begonnen, Kitty. Dat is wat ze wilde.'

Kitty's ogen vulden zich met tranen. 'U hebt haar weggestuurd zonder haar kind? Hoe kon u zo wreed zijn?'

'Dat is wat ze wilde,' herhaalde hij.

'Ik geloof er niets van. Bridie heeft een groot, warm hart.' Ze keek in de mand. 'Het is mijn halfbroertje,' voegde ze eraan toe.

'Een bastaard, dat is het.'

'Dan is het mijn bastaard.' Kitty voelde een golf van liefde voor het hulpeloze wezentje en van loyaliteit aan haar vriendin.

'Ik wil hem hier niet in huis hebben.' Het gezicht van haar vader liep rood aan. Toen hij zich weer naar haar toe keerde, was ze verrast door het ontbreken van zelfs maar een zweem van mededogen in zijn blik. 'Hij gaat terug naar het klooster. Dat was al geregeld. Jij bent niet in de positie om alleen een kind groot te brengen. Hoe denk je ooit een man te vinden met zo'n smet op je goede naam?'

'Nu klinkt u net als mama,' zei ze scherp.

'Misschien had je moeder gelijk.'

'Ik red me wel.'

'En hoe staat het met mijn goede naam? Hoe ga je aan de buitenwereld uitleggen dat je ineens een kind hebt?'

'Ik zeg dat het bij ons te vondeling was gelegd. En dat ik me erover heb ontfermd. Dat is toch ook zo? Ik weet niet hoe het haar is gelukt, maar op de een of andere manier heeft Bridie gezorgd dat haar zoon bij ons op de veranda terechtkwam. En ik laat haar niet in de steek. Het kind hoort hier, op kasteel Deverill.'

Bertie sloeg de inhoud van zijn glas achterover en liep naar het blad met flessen. Zijn hand beefde toen hij de kristallen karaf optilde. 'Ze is uit zichzelf bij me gekomen,' zei hij zacht terwijl hij de goudbruine vloeistof in zijn glas schonk. Kitty zei niets. Voor haar geestesoog zag ze het beeld van Michaels dreigende gezicht. In gedachten hoorde ze zijn stem. *Hij heeft mijn zuster verkracht.* 'Ik ben onvoorzichtig geweest,' voegde Bertie eraan toe. Hoofdschuddend bracht hij het glas aan zijn lippen. 'Dat kind is het gevolg van mijn onvoorzichtigheid.'

'Maar ik ga van hem houden en hem als een Deverill grootbrengen. Hij is familie. Kijk, hij heeft zelfs mijn rode haar. Het kan me niet schelen wat u of de rest van de wereld ervan vindt. Ik ben het aan Bridie verplicht.'

'Van mij krijg je geen penny!' zei haar vader.

Zijn kille afwijzing voelde als een klap in haar gezicht, maar Kitty putte moed en kracht uit de bron diep binnen in haar. 'Ik zal ook nooit om een penny vragen.' Ze liep de kamer uit en trok de deur achter zich dicht. Ze wist iemand die haar wel zou willen helpen. Tenslotte had Grace Rowan-Hampton haar leven aan haar te danken.

Bertie sloeg zijn tweede whiskey achterover en deed zijn ogen dicht. Het was alsof alles om hem heen begon te draaien. Hij voelde zich plotseling misselijk, hondsberoerd. Tot op dat moment had hij gedacht dat hij zijn faux pas geheim zou weten te houden door Bridie naar Amerika te sturen en het kind aan de nonnen te geven. Grace had hem verzekerd dat hij zich geen zorgen hoefde te maken. Maar door een wonderbaarlijke beschikking van het lot was het kind alsnog bij hem terechtgekomen. Hij wreef over zijn ogen. De gedachte alleen al was hem te veel. Het schuldgevoel had hem achtervolgd als een jachthond en nu had het hem eindelijk gevonden. Hij gaf zich eraan over, als een in het nauw gedreven prooi.

Het feit dat de bastaard zijn kind was, zou niet lang verborgen blijven. De schande zou gruwelijk zijn. Ineens maakte hij zich zorgen over wat Maud zou zeggen. Maud, die hij verachtte om haar bekrompen kleinzieligheid en haar burgerlijke ambitie. Als ze een echte aristocrate was zoals Grace, zou ze het kind in huis nemen en grootbrengen als het hare. Maar Maud had geen niveau, geen gevoel voor het excentrieke. Hij was met haar getrouwd om haar schoonheid en om haar koele afstandelijkheid die ooit een enorme uitdaging was geweest voor een man zoals hij die iedere vrouw kon krijgen. Wie zou hem nu nog willen? Zelfs Grace had zich van hem afgekeerd.

Hij liep naar zijn bureau en ging zitten. Zweet parelde op zijn voorhoofd. Hij trok de onderste la open. Onder een stapel papieren lag daar zijn pistool. Hij tilde het voorzichtig uit de la. De laatste keer dat hij het in handen had gehouden, was op de dag dat Grace hem had afgewezen. De dag dat hij het tegen zijn slaap had gezet. De dag dat hij het niet had kunnen opbrengen er een eind aan te maken, maar als een dronken lafaard onderuit was gegaan, met zijn hoofd tegen het bureau. Vervolgens was hij bloedend, verslagen door Bridie in de gang aangetroffen. Toen was het allemaal begonnen. Tot op dat moment had hij haar zelfs nooit opgemerkt. Maar geen daad bleef zonder gevolg. Op dat moment was zijn lot ingrijpend veranderd. Grace had hem niet meer gewild, maar Bridie wel.

Opnieuw drukte hij de loop tegen zijn slaap. Opnieuw sloot hij zijn ogen. Opnieuw legde hij een bevende vinger om de trekker. En opnieuw ontbrak het hem aan de moed om er een eind aan te maken.

Kitty liet zich met het kindje in de Daimler naar Grace brengen. De stallen en garages waren niet ten prooi gevallen aan het vuur en de chauffeur was blij dat hij zijn betrekking nog had. Brennan, de butler van Grace, wierp een nieuwsgierige blik op het kind voordat hij haar binnenliet en droeg haar vervolgens op te wachten terwijl hij haar bezoek aankondigde bij 'milady'. Kitty gehoorzaamde, ongeduldig haar gewicht van de ene naar de andere voet verplaatsend. De butler leek lang weg te blijven, maar toen verscheen Grace zelf. Haar hakken tikten zacht op de marmeren vloer. Zodra ze de mand zag verscheen er een uitdrukking van bezorgdheid op haar gezicht. 'Wat hebben we hier?'

Verlangde ze te veel van haar vriendin? Kon ze wel van Grace vragen haar te helpen met het buitenechtelijke kind van haar vader? 'O Grace, het is een lang verhaal...' begon Kitty, zich ineens ten volle bewust van de verantwoordelijkheid die op haar drukte. 'Het spijt me dat ik jou ermee confronteer. Maar ik kon nergens anders heen.'

'Het is Bridies kind,' zei Grace.

'Dus je wist het?'

'Kijk maar niet zo verrast. Je vader kon ook nergens anders heen. Blijkbaar ben ik de enige veilige haven in de storm.'

'Weet jij wie hem bij ons in een mand voor de deur heeft gezet?' vroeg Kitty.

'Is hij te vondeling gelegd?'

'Ja, met een briefje.'

'Mag ik het eens zien?'

Kitty haalde het uit haar zak. Grace las het, haar bezorgdheid leek toe te nemen. 'Ik weet niet wie dit heeft geschreven,' zei ze gejaagd terwijl ze het briefje teruggaf. 'Maar óf Bridie is erin geslaagd haar zoon het klooster uit te smokkelen, óf het kind is te vondeling gelegd door iemand die erg graag wil dat jij het grootbrengt. Je vader is er vast niet gelukkig mee.'

'Hij wil dat ik het kind terugstuur naar de nonnen. Ik geloof niet dat ik hem ooit zo kwaad heb gezien.'

'Je moet hem even de tijd geven. Uiteindelijk krijgt hij spijt van zijn uitbarsting, dat weet ik zeker. Tot die tijd ben je hier meer dan welkom.'

'Dank je wel.' Kitty liet zich op de bank vallen en sloeg haar handen voor haar gezicht. Er kwamen tranen in haar ogen en ze begon te beven.

De ergernis van Grace verdween. Ze ging naast haar zitten en trok haar moederlijk tegen zich aan. 'Het komt allemaal goed,' zei ze sussend. 'Het is een enorme verantwoordelijkheid voor een jong meisje zoals jij. Helemaal na alles wat je hebt meegemaakt.' Maar Kitty dacht aan Jack. Ze sloot haar ogen en in de armen van Grace gaf ze lucht aan haar wanhoop.

'Jack wil dat ik met hem meega naar Amerika,' vertelde ze. 'Hij wacht op me, morgenochtend om zes uur, bij de muur van de moestuin. Maar ik kan niet...' Haar stem brak. 'Ik kan niet...'

'Je kunt hier nu niet weg. Nee, natuurlijk niet. Je hebt nu de verantwoordelijkheid jegens Bridies zoon en het is alleen al om praktische overwegingen onverstandig om met een pasgeboren kind naar Amerika te vertrekken. Dat zal Jack heus wel begrijpen. Als jullie liefde sterk genoeg is, zullen jullie op elkaar wachten.'

Kitty voelde zich een beetje gerustgesteld. 'Hij komt terug zodra de rust hier is weergekeerd, denk je ook niet?'

Grace veegde met haar duim een verdwaalde traan weg. 'Natuurlijk komt hij terug, kindje.'

'Je bent erg lief voor me, Grace.' Kitty keek diep in de zachte bruine ogen van haar vriendin, overweldigd door dankbaarheid. 'Het spijt me dat ik ooit aan je heb getwijfeld.'

De volgende morgen ging Kitty volgens afspraak naar de muur. De nacht begon te wijken voor de nieuwe dag, de zonsopgang kleurde de donkere hemel met heldere banen goud en indigo. Ze was te rusteloos geweest om te kunnen slapen. En ook al wist ze dat het erg veel gevraagd was, toch kon ze alleen maar hopen dat Jack op haar zou wachten. Ze was het aan haar vriendin en aan de Deverills verschuldigd om voor Bridies zoon te zorgen.

Eindelijk zag ze Jack aankomen, met zijn pet op en een sjofele tas om zijn schouder. Zijn brede glimlach verbleekte toen hij zag dat ze niet op een verre reis gekleed was en geen tas bij zich had. Hij trok wit weg. 'Je gaat niet mee, hè?' Bij het zien van de teleurstelling in zijn ogen dacht Kitty dat haar hart zou breken.

'Nee, ik kan hier niet weg.' Ze stopte haar handen in de zakken van haar jas. Haar vader, Bridie, het kindje... Ze kon het hem allemaal niet vertellen. Daarvoor was het te complex en nog te vers. Jack zou erop aandringen dat ze het kindje achterliet. Hij zou proberen haar over te halen alsnog met hem mee te gaan. En misschien zou ze voor zijn argumenten bezwijken. En wat dan? 'Ik kan grootmama niet in de steek laten. En papa heeft me nodig.'

'O, Kitty...' verzuchtte hij kreunend. Hij zette zijn handen op zijn heupen en wendde zich af. Zijn profiel was hard en onverzettelijk, als uit graniet gehouwen. Hij staarde peinzend voor zich uit. Zijn mond vormde een grimmige streep en dat herinnerde haar aan de jonge Jack, aan die dag waarop de landloper hem tegen zijn kaak had gestompt. Even dacht ze dat hij zou zeggen dat het voorbij was. Dat dit een afscheid voor altijd zou zijn. Maar toen nam hij zijn pet af, hij keek haar aan met zijn intens blauwe ogen en sloeg zijn armen om haar heen. 'Ik kom terug. Zo waar als God mijn getuige is.' Hij trok haar dicht tegen zich aan en de hartstocht in zijn stem liet er geen enkele twijfel over bestaan dat hij meende wat hij zei. 'Wanneer de rust in Ierland is weergekeerd, kom ik terug om met je te trouwen.'

'En dan blijven we hier, in Ballinakelly,' antwoordde ze door haar tranen heen. 'Ze moeten er maar aan wennen.' Ze haalde een envelop uit haar zak. 'Voor jou. Zodat je me niet vergeet.'

'Ik zal je nooit vergeten, Kitty. Zolang ik leef staat je gezicht geëtst in mijn hart.' Hij kuste haar en Kitty sloot haar ogen om zijn laatste kus zorgvuldig aan haar geheugen toe te vertrouwen.

Toen stopte hij de envelop in zijn binnenzak, hij wendde zich af en verdween in het bos. Kitty bleef alleen achter, omringd door het gekwetter van de kibbelende kraaien die op de ruïne van het kasteel waren neergestreken, als grafdieven op een kerkhof.

Ze liet haar blik over de vertrouwde paden van haar jeugd gaan. Over de koepeldaken van de kassen, over de veldjes waar in het voorjaar de groenten in keurige rijen werden ingeplant, over de muren waarover 's zomers de jasmijn en de clematis woekerden, over de vroeger zo onberispelijk onderhouden gazons waar ze croquet en tennis hadden gespeeld en die er nu verwaarloosd bij lagen, verstikt door onkruid. En opeens snakte ze naar haar verloren jeugd, naar het opstandige, onbekommerde kind dat ze was geweest. Ze had destijds niet beseft hoe gelukkig ze was. Want ondanks de wrede opvoeding van miss Grieve, ondanks de afwijzing door haar moeder, had ze een beschermd, gekoesterd bestaan geleid. Ze herinnerde zich hoe ze de natuurgeesten in hun kleine bollen van licht rond de bloembedden had zien dansen, en ze dacht aan de geesten die haar vaste metgezellen waren geweest, aan de heimelijke gesprekken over elfen, in de kleine zitkamer van haar grootmoeder waar het rook naar seringen en brandende turf. Het behoorde allemaal tot het verleden. Het meisje was een vrouw geworden, maar wie was ze, waar hoorde ze thuis? Ze leek zelf wel een geest, rondspokend in een kasteel dat er ook niet meer was.

Een verschrikkelijk besef van verlies overviel haar, want ineens wist ze dat ze een gruwelijke vergissing had begaan. Ze greep naar haar hoofd en slaakte een luide jammerkreet. 'Wat heb ik gedaan!' riep ze tegen de verlaten tuin. Met bonzend hart rende ze naar de muur, waar Jack zoeven nog had gestaan. Het bloed raasde achter haar slapen. Wat had haar bezield om hem te laten gaan? Terwijl ze wist dat ze niet zonder hem kon? Hoe had ze de liefde van haar leven kunnen opofferen voor een kind dat niet eens van haar was? Wat had haar bewogen om haar geluk op te geven? Er was niemand die dat van haar verlangde. Alleen haar eigen misplaatste plichtsgevoel.

Paniek snoerde haar keel dicht terwijl ze het bos in rende, de kortste weg naar Ballinakelly, waar Jack inmiddels op de trein stond te wachten, verslagen doordat zij hem in de steek had gelaten. Haar zicht werd vertroebeld door tranen. Ze had niets bij zich, behalve de kleren die ze aanhad, maar het deed er niet toe. Zolang ze maar bij Jack kon zijn. Zolang ze samen waren, zolang ze vrijuit konden ademen, zouden ze genoeg hebben aan hun liefde. Ze struikelde over een boomstronk, maar ze krabbelde weer overeind; ze bleef met haar jurk aan de braamstruiken haken, de doorns schaafden haar huid, maar het kon haar niet schelen. De gedachte die haar beheerste, was dat ze niet te laat mocht komen. Als de trein al was vertrokken, was ze bang dat het afscheid onherroepelijk zou zijn.

Eindelijk bereikte ze het stadje. Strompelend, met verwarde haren en een besmeurd, betraand gezicht. Terwijl ze zich voorstelde dat ze hem om de hals zou vallen, voelde ze de opluchting al. Het zou allemaal goed komen. Nog even, dan waren ze weer samen en dan zou niets hen ooit nog kunnen scheiden.

Ze werkte zich gejaagd door een groepje bomen aan de achterkant van het stationnetje. In het gedempte licht kon ze het perron zien, het stationsgebouw van rode baksteen met een witte luifel, de gammele loopbrug over het spoor... en toen zag ze Jack. Hij bood een verloren aanblik zoals hij daar stond, helemaal alleen op een verlaten perron, somber voor zich uit starend naar het niemandsland tussen de werkelijkheid en het stralende rijk waar dromen uitkwamen. Ze was zo overweldigd door opluchting dat het niet veel scheelde of haar knieën begaven het. Met haar hand opgestoken om te wuiven, probeerde ze hem te roepen. Ze kwam niet verder dan een gesmoorde kreet, die werd overstemd door het gestamp van laarzen dat weerkaatste tegen de muren van het station, toen een groep Black and Tans het perron op stormde en Jack onder schot nam. Kitty dacht dat haar hart stilstond. Ze viel op haar knieën. De hoeveelheid Black and Tans leek absurd groot voor de arrestatie van een opstandeling, maar het was duidelijk dat ze geen enkel risico namen. Tenslotte was hij hun al eerder te slim af geweest.

Hulpeloos moest ze toezien hoe Jack met een berustende uitdrukking op zijn gezicht zijn tas liet vallen en zijn armen omhoog deed. Hij werd ruw behandeld, de mannen sloegen hem tegen zijn hoofd en beukten de kolf van hun wapen in zijn maag zodat hij voorover klapte en in elkaar zakte. Kitty sloeg haar armen om haar buik en slaakte een wilde wanhoopskreet. Het geluid ging verloren in het gefluit van de trein die op dat moment het station binnenreed, brullend als een draak, gehuld in wolken stoom. Ze probeerde door de raampjes naar het perron erachter te kijken, maar ze was verblind door tranen. En tegen de tijd dat de trein weer in beweging kwam, lag het perron er verlaten bij. Jack was verdwenen. Alleen de diepe, ongeneeslijke wond die in Kitty's hart was geslagen, herinnerde eraan dat hij er ooit was geweest.

Verteerd door een plotseling verlangen naar alles wat ze had verloren, rende ze naar het kasteel, de zwartgeblakerde trap op naar de westelijke toren, waar haar grootmoeder met een boek op schoot zat, geanimeerd converserend met haar man, alsof de brand nooit had plaatsgevonden. Adeline schrok toen Kitty kwam binnenstormen. Ze was geen bezoek van de levenden gewend. Haar zoon stond erop dat ze elkaar beneden zagen, in wat nog restte van de bijkeuken. Daar had hij een tafel laten neerzetten zodat ze althans samen konden eten. Het eten werd uit het jachthuis naar het kasteel gebracht, want Adeline weigerde Hubert alleen te laten. Berties enige hoop was dat de kou haar uiteindelijk van gedachten zou doen veranderen. 'Grootmama!' Kitty liet zich op haar knieën aan Adelines voeten vallen. 'Ik ben zo ongelukkig!' Snikkend legde ze haar hoofd in de schoot van haar grootmoeder.

Adeline legde haar boek neer en streelde haar kleindochter zwijgend over het haar, rustig afwachtend tot het ergste snikken begon weg te ebben. 'Je moet flink zijn, kindje,' zei ze ten slotte. 'En dat moeten we allemaal. Het leven is een aaneenschakeling van veranderingen, maar daar moeten we ons niet door laten afschrikken. We moeten ons eraan aanpassen.'

'Maar alles is ineens veranderd. Echt alles. Ik weet amper meer wie ik ben.'

'Kom, kom. Dat de wereld om je heen verandert, wil niet zeggen dat jij niet meer dezelfde bent.'

'Nee, u begrijpt het niet. Maar ik zal het u uitleggen. U bent de enige die ik kan vertrouwen.' En ze vertelde haar grootmoeder het hele verhaal. Over Jack, over haar betrokkenheid bij de opstand, over haar vader en Bridie, en ten slotte over het kindje in de mand. Toen ze was uitgesproken keek ze met grote, betraande ogen naar haar grootmoeder op. Het gezicht van Adeline stond sereen, alsof niets van wat haar kleindochter had verteld haar ook maar enigszins had verrast. 'Hij is gearresteerd,' vertelde Kitty verder. 'Misschien wordt hij wel veroordeeld! En geëxecuteerd! Dan zie ik hem nooit meer! Maar ik denk niet dat ik zonder hem kan leven, grootmama.'

'Natuurlijk kun je dat. En je zult wel moeten,' zei Adeline hartstochtelijk. 'Jack zou niet willen dat je alle hoop laat varen en bij de pakken neer gaat zitten. Dat weet ik zeker.'

'Maar hij heeft me niet gezien bij het station. Hij dacht dat ik niet met hem meeging. Ik heb hem geroepen, maar hij hoorde me niet.'

Adeline gaf haar teder een klopje op haar hoofd. 'Dan moet je hem schrijven, Kitty. En zodra hij wordt vrijgelaten zijn jullie weer samen.'

'Maar denkt u dat ze hem vrijlaten, grootmama? Ziet u dat? En ziet u ons samen? Wat ziet u? Want voor mij is de toekomst een grote leegte.'

Adeline keek haar kleindochter recht in de ogen. 'Ik heb je toch verteld dat je een moedig meisje bent, een kind van Mars. Het was van meet af aan duidelijk dat je weg door het leven niet gemakkelijk zou zijn, dat je met een aaneenschakeling van kuilen en obstakels geconfronteerd zou worden. Maar daar kies je zelf voor. Het ligt in je aard om het jezelf niet gemakkelijk te maken.' Ze streek zuchtend over Kitty's rode haar. 'Van al mijn kleinkinderen ben jij me het dierbaarst. Dat is altijd zo geweest. We lijken op elkaar, maar jij bent veel roekelozer dan ik ooit heb durven zijn. Ik weet niet van wie je dat hebt.' Ze lachte. 'Volgens Hubert heb je dat van hem, maar daar geloof ik niks van.' Kitty sloeg haar ogen op en zag haar grootvader in de leunstoel zitten. Hij leek zo echt. Even geloofde ze bijna dat hij niet in de vlammen was omgekomen. Haar hart maakte een sprongetje. 'Nee, kindje. Hij is maar een geest. Net als de andere Deverills. En als jij met je Jack trouwt, kunnen jullie hier gaan wonen en de gevangen erfgenamen bevrijden.'

'Ach, wat zou dat heerlijk zijn,' zei Kitty weemoedig.

'Dat kleine jongetje is je bestemming, Kitty. Je vader wil niets met hem te maken hebben. En dat had ik je van tevoren kunnen vertellen. Bertie is helaas een verschrikkelijke lafaard. Dus jij zult voor het kind moeten zorgen.'

'Maar hoe moet ik dat doen? Van papa krijg ik niets, nog geen penny, heeft hij gezegd. Maar het kind is mijn halfbroertje. De zoon van Bridie...'

'En een Deverill. Dus hij is een van ons.' Adeline stak vastberaden haar kin naar voren. 'Ik ga je helpen. Hubert heeft me goedverzorgd achtergelaten, dus ik heb geld genoeg. Het kind is mijn kleinzoon. Je kunt op me rekenen. Het zal hem aan niets ontbreken.' Kitty richtte zich op en veegde de tranen uit haar ogen. 'Zet je schrap, dochter van Mars. Want de weg die voor je ligt, is lang en gevaarlijk. En ik voel ineens dat je hier weg moet. Nu meteen. Mijn gevoel zegt me dat je Ierland zult moeten verlaten. Moge God je op je reis vergezellen.'

Kitty liep terug naar het jachthuis waar de chauffeur al op haar wachtte om haar weer naar Grace te brengen. Met een bezwaard gemoed stapte ze in de auto en liet ze het kasteel achter zich.

Toen ze bij het landgoed aankwam stond Grace handenwringend op de stoep. De uitdrukking op haar gezicht verried dat er iets verschrikkelijks moest zijn gebeurd. 'Goddank, daar ben je!' Grace haastte zich de treden af. 'Kom mee naar binnen. Jack is gearresteerd. Op het station.'

'Hoe weet jij dat?' vroeg Kitty verbaasd.

'Er gebeurt hier maar weinig wat ik niet weet.' Grace loodste Kitty met een veelbetekenende blik de hal in.

Kitty pakte haar arm. 'Ik was erbij, Grace,' fluisterde ze. 'Ik had me bedacht. Ik wilde naar hem toe en ik heb het zien gebeuren.'

'Maar ze hebben jou niet gezien?' vroeg Grace geschrokken.

'Nee. Wat gaat er nu met hem gebeuren?' vroeg Kitty, hijgend van ongerustheid. 'Ze zullen hem toch niets doen?' In paniek herinnerde ze zich de envelop. 'O god!' Ze kneep Grace nog harder in haar arm. 'Ik heb hem een foto meegegeven… en een brief.'

Grace aarzelde geen moment. 'Dan moet je hier onmiddellijk weg. Nu meteen.'

'Maar waar moet ik heen?'

'Naar Londen, natuurlijk.' Grace pakte haar bij de hand en trok haar mee de trap op. 'Met het kind. Je kunt mijn huis in Mayfair gebruiken. Daar kun je blijven zo lang als je wilt. Hier in Ierland ben je niet langer veilig. Dus pak je spullen. En maak voort!'

Voordat ze op de overloop verdwenen, wierp Grace een blik naar beneden, naar de hal, waar op dat moment een man uit de schaduw tevoorschijn kwam. Hij streek met zijn ruwe hand door zijn dikke krullen en begon zijn overhemd dicht te knopen. Hun blikken ontmoetten elkaar in stilzwijgend begrip. Toen haastte Grace zich met Kitty de gang in. Michael Doyle zette zijn pet op, schoot zijn jasje aan en verdween.

Bridie lag te slapen op de smalle brits in de hut die ze deelde met drie andere Ierse meisjes, toen ze werd gewekt door luide stemmen, afkomstig van het dek. Ze knipperde met haar ogen en toen ze besefte waar ze was, overviel haar een gevoel van moedeloosheid. De smaragdgroene heuvels van thuis waren slechts een droom geweest. Ze schoot overeind, verstijfd door de harde matras en verzwakt doordat ze bijna twee weken lang amper genoeg te eten had gekregen. Eten waar bovendien kraak noch smaak aan zat. Terwijl ze gespannen luisterde, zwol het geroezemoes van stemmen aan tot een gebrul. Doodsangst overviel haar. Was de boot aan het zinken? Ze riep naar Eileen, het meisje uit Wicklow met wie ze tijdens de reis bevriend was geraakt. Maar toen ze van haar brits klauterde en omhoogkeek, was de slaapplaats boven haar leeg. Gejaagd kleedde ze zich aan, ze propte haar spullen in de kleine koffer en zo snel als ze kon ondanks haar knikkende knieën haastte ze zich de gang in, de trap op naar het dek.

Zo te zien hadden alle passagiers zich daar verzameld. Het eerste daglicht beloofde een koude, mistige dag, maar vanuit de grijze schemering doemden de indrukwekkende contouren op van een schitterende vrouwenfiguur die oprees uit zee. Een eerbiedige stilte daalde over de passagiers neer. Allemaal keken ze naar dit symbool van vrijheid als naar een welwillende godheid die hun een nieuwe, hoopvolle toekomst zou schenken. Christenen vielen op hun knieën en sloegen een kruis. Joden begonnen te bidden in hun talliet. Oude mannen en vrouwen huilden van geluk. Kinderen snikten omdat hun ouders dat deden. Ook Bridie begon te huilen, niet om de aanblik van het Beloofde Land, maar om het land waarvan ze voorgoed afscheid had genomen, om het kind dat ze in de steek had gelaten. Omringd door onbekenden die allemaal, net als zij, hoopten een nieuw leven op te bouwen, huilde ze om alles wat ze was kwijtgeraakt.

DEEL 3

23

Londen, Engeland, 1922

Celia zat voor haar kaptafel terwijl Marcie, haar kamenier, haar haar deed. Het was dinsdag, de avond van haar moeders salon. Ze keek afwezig naar de *Express* van die ochtend, waarin burggraaf Castlerosse, de schrijver van de roddelrubriek, haar moeder noemde in zijn Londense Logboek: *Ik zou voor geen goud de wekelijkse salon willen missen van mijn dierbare vriendin Lady Deverill, in haar schitterende huis aan Kensington Palace Gardens, waar de aristocraten, politici en Amerikaanse filmsterren elkaar ontmoeten, de nieuwste Amerikaanse cocktails drinken en genieten van jazzmuziek. Deze week kwam ik daar Mr. Douglas Fairbanks tegen met zijn nieuwe vrouw Mary Pickford. Mr. Fairbanks sprak over zijn nieuwe film,* Robin Hood, *terwijl Ivor Novello, de veelbelovende tekstdichter uit Wales, achter de piano kroop en een van zijn populaire nummers zong, begeleid door The Sax, de zwarte muzikant uit New Orleans die zich mag verheugen in een groot aantal aanbidsters onder de gastvrouwen in Londen. In een andere hoek vertelde de Russische émigré prins Joesoepov – voor de tiende keer – aan minister van buitenlandse zaken Lord Curzon, hoe hij Raspoetin had vermoord. Ook aanwezig was…*

Harry hing in een zijden kamerjas op de chaise longue, genietend van een Turkse sigaret die hij uit de salon had gebietst, uit een met parelmoer ingelegd tabakskistje. Sinds zijn aankomst in Londen was er tussen hem en Celia een hechte vriendschap gegroeid en week hij nauwelijks van haar zijde. Met hun blonde engelenhaar, hun albasten huid en blauwe ogen hadden ze gemakkelijk voor broer en zus kunnen doorgaan, ware het niet dat George iedereen die hem had gekend nog helder en levendig voor de geest stond. Terwijl Maud met een sleepnet naar een geschikte bruid voor haar zoon viste – een uitdaging die alleen maar groter was geworden nu ze niet langer een kasteel als lokaas kon gebruiken – bezocht Harry het ene feest na het andere, samen met zijn onvermoeibare nicht en met de knappe, laconieke Boysie Bancroft, een jeugdvriend van George.

'Wat vond je van Charlotte Stalbridge?' vroeg Celia. 'Je mama heeft de hele avond geprobeerd jullie met elkaar in contact te brengen.'

Harry nam een lange trek van zijn sigaret en blies een kringetje. 'Ik vond haar gruwelijk saai.'

'Maar wel knap.'

'Ach, wat heb je aan een mooie etalage als er in de winkel niets te koop is wat je de moeite waard vindt?'

Celia giechelde. 'En ze mag dan een hoop geld hebben, maar ze weet niet hoe ze zich moet kleden.'

'Dat lichtroze flatteerde haar helemaal niet,' viel Harry haar bij. 'Een meisje met haar teint zou zulke bleke tinten moeten mijden. Jij kunt daarentegen werkelijk alles dragen.'

'Schrijf je ooit een gedicht over me? Ik wil onsterfelijk worden. Door een lang, romantisch vers. Zoals *De jonkvrouw van Shalott*.'

'Die kwam anders behoorlijk akelig aan haar eind. *Uit te zien naar Camelot. De aard der vloek werd niet gehoord, dus weeft zij steeds gestadig voort, door weinig andere zorg verstoord, de jonkvrouw van Shalott.*'

'Is het niet romantisch? En wat knap dat je die regels uit je hoofd kent.' Haar kapsel was klaar, dus Celia gebaarde de kamenier dat ze kon vertrekken. 'Ik zag dat je een gedicht voor Boysie had geschreven,' vervolgde ze toen ze alleen waren. Harry stond op en liep met de asbak naar het raam, waar hij neerkeek op de tuin en de welgedane duiven op het gras. 'Ik wilde niet indiscreet zijn, maar ik zag het op je nachtkastje liggen. En ik heb het natuurlijk niet gelezen,' voegde Celia er haastig aan toe. 'Maar ik zou zo dolgraag willen dat je ook een gedicht over mij schreef. Je hebt zo veel talent. Ooit ben je beroemd. Net zo beroemd als Oscar Wilde.'

De vergelijking ontging Harry niet. Hij nam nog een laatste trek van zijn sigaret en maakte hem uit. 'Oscar Wilde wordt niet alleen herinnerd om zijn werk als dichter en schrijver. Een tragische figuur,' zei Harry zacht.

'Maar zo verrukkelijk schandaleus. Het is toch niet verkeerd als een man van een andere man houdt? Dat lijkt me een soort broederliefde. Denk je ook niet?'

'Ik hou niet van Boysie, als je dat soms bedoelt. Ik bewonder hem. Hij is buitengewoon intelligent. En ik schrijf gedichten over iedereen.'

'Dat weet ik. Maar als je wel van hem hield, zou ik daar niets verkeerds in zien.'

'Ach meisje, je kunt toch soms zulke domme dingen zeggen.' Hij liet de asbak op de vensterbank staan. 'Ik zal me maar eens gaan verkleden. De gasten zijn er al bijna.'

Toen hij naar de deur liep kwam Beatrice binnenstormen met een telegram in haar mollige hand, waaraan de ringen en armbanden flonkerend het licht weerkaatsten. 'Celia, Harry, hou je vast! Ik heb groot nieuws.' Harry keek naar Celia en ging weer op de chaise longue zitten. 'Je zus Kitty is onderweg hierheen.'

'O, mama! Wat verrukkelijk!' riep Celia uit.

Terwijl Beatrice verder las werden haar ogen zo groot als schoteltjes. 'En ze heeft een kindje bij zich! Het is nog maar een paar weken oud!'

'Een kind?' herhaalde Harry. 'Van wie dan wel?'

'Een vondeling.'

'Ach, die Kitty! Ze is echt te goed voor deze wereld,' verklaarde Celia lachend. 'Weet je nog, die zomer dat we bonen moesten doppen voor de armen?'

'Wie heeft het telegram verstuurd?' vroeg Harry. Beatrice gaf het hem. 'O, Lady Rowan-Hampton. Dan neem ik aan dat papa er niets mee te maken wil hebben. Anders zou ze wel in Ierland zijn gebleven. Ik dacht, eerlijk gezegd, dat niemand haar ooit zo ver zou kunnen krijgen om uit Ierland weg te gaan.'

'Nee, dat zei ze ook toen ik haar bij de begrafenis van neef Hubert voorstelde om mee terug te gaan naar Londen. Ik heb echt alles geprobeerd, maar ze wilde er niets van weten.' Celia vernauwde haar ogen tot spleetjes. 'Ik vraag me af wiens kind het is.'

'In elk geval niet het hare,' zei Beatrice.

'Komt ze hier wonen?' vroeg Celia hoopvol.

'Nee, in Mayfair, in het huis van Grace.'

'Weet mama het al?' vroeg Harry.

‘Nog niet. Aan mij de taak om het haar te vertellen,’ antwoordde Beatrice somber.

‘Nou, dan wens ik u veel sterkte,’ zei Harry.

‘Wat kan het haar schelen?’ vroeg Celia. ‘Je moeder heeft nooit iets om Kitty gegeven.’

‘Haar ongetrouwde dochter die met een klein kind in Londen arriveert? Dat levert een schandaal op van jewelste. Iedereen zal denken dat het kind van Kitty is,’ legde Harry uit.

‘En wat dan nog?’ zei Celia, die zich graag als modern afficheerde. ‘We leven niet meer in de negentiende eeuw!’

‘Dat zal best, maar mama hecht erg veel belang aan haar reputatie.’

‘Dat is dan ook het enige wat ze nog heeft,’ zei Celia hatelijk.

Toen Maud het nieuws te horen kreeg, liet ze zich op een stoel zakken en sloeg een sierlijke witte hand voor haar mond. ‘Waarom komt Kitty in godsnaam met een kind naar Londen? Wil ze me soms ruïneren?’

Beatrice had die reactie wel verwacht, maar ze had haar antwoord ook al klaar. ‘Ze heeft zich ontfermd over een vondeling. Dat vind ik buitengewoon bewonderenswaardig.’

‘Het is niet bewonderenswaardig, Beatrice. Het is ronduit dwaas! Hoe denkt ze zo ooit een man te vinden? Hoe heeft Bertie dit kunnen goedvinden? Waarom is ze niet in Ierland gebleven?’

‘Het telegram was afkomstig van Grace. Dus ik denk dat Bertie er niets mee te maken wilde hebben.’

‘Nee, natuurlijk niet. Trouwens, van wie is dat kind?’

‘Dat weet ik niet. In het telegram stond alleen…’

Maud schoot overeind. ‘Hoe kan ze me dit aandoen? Eindelijk leek alles voor de wind te gaan. Victoria is in verwachting. En ik denk dat ik misschien een bruid voor Harry heb gevonden. Wat zal Lady Stalbridge wel niet denken als Harry’s zus met een buitenechtelijk kind komt aanzetten? Wil ze hem dan nog wel als bruidegom voor haar enige dochter? Nee, natuurlijk niet. Wat bezielt Kitty om de naam van onze familie zo door het slijk te halen? Na alles wat ik heb moeten doorstaan?’

‘Er is ongetwijfeld een goede reden waarom ze zich over het kind heeft ontfermd. Dus laten we ons oordeel opschorten tot ze hier is.’

‘Ze is altijd al een nagel aan mijn doodskist geweest,’ zei Maud verbitterd. 'Ik weet niet wat ik heb misdaan om dat te verdienen. Maar ze haat me. Mijn eigen dochter haat me. Anders kan ik het niet verklaren. Het had beter wel haar eigen kind kunnen zijn. Dan hadden we kunnen doen alsof haar man was gestorven. Dat is tenminste nog eerzaam.'

'Het is blijkbaar een kind van iemand die haar erg dierbaar is.'

'Zodra ze hier is eis ik een verklaring.'

'Ze logeert niet hier, Maud, maar in het huis van Grace.'

'In Mayfair? Waarom niet hier?' Maud schudde haar hoofd vol zelfbeklag. 'Natuurlijk, ik had het kunnen weten. De zoveelste klap in mijn gezicht. Ik geloof niet dat ik vanavond in de stemming ben voor gezelschap. Dus ik ga naar mijn kamer. Zeg maar tegen Lady Stalbridge dat ik me niet goed voel.' Met die woorden vertrok ze, net op het moment dat de eerste gasten arriveerden.

Harry genoot van de salon die Beatrice organiseerde. Wie er kwamen en hoeveel gasten er zouden zijn, was telkens weer een verrassing. Er werd gegeten en gedronken. Er werd gekaart en charade gespeeld. Er werd gedebatteerd en gediscussieerd en alle aanwezigen amuseerden zich kostelijk. Ook Harry, die op een van die avonden Boysie had leren kennen en op slag hopeloos verliefd op hem was geworden, maar Boysie leek het niet te merken wanneer Harry hem volgde met zijn blikken.

Boysie Bancroft was de mooiste man die Harry ooit had gezien – lang, slank als een den, met lange, welgevormde vingers die de toetsen leken te strelen wanneer hij piano speelde, en waarmee hij zwierig gebaarde wanneer hij poëzie declameerde. Boysie was een estheet, met een hemelse zangstem, licht hees van het roken, de cognac en het uitgaan. Zijn diepliggende, dromerige ogen waren diepgroen als toermalijn met gouden vlekjes. En over zijn volle, roze lippen als van een cherubijn rolden de vileine kleineringen van een duivel. Hij was vierentwintig, maar hij had een volmaakte gladde huid en hoefde zich nog niet te scheren. Zijn dikke kastanjebruine haar viel over zijn voorhoofd als de fraaie manendos van een jong paard. Iedereen was verrukt van hem vanwege zijn charme, zijn gevatheid en zijn humor waarmee hij ook zichzelf niet spaarde. Maar Beatrice droeg hem een bijzonder warm hart toe omdat hij de boezemvriend van George was geweest en omdat ze zich in aanwezigheid van Boysie nog altijd een beetje dichter bij haar zoon voelde.

Boysie en Harry vonden elkaar vanaf de eerste kennismaking sympathiek. Beide jonge mannen waren knap en intelligent, ze hielden van kunst en musea, van theater en ballet, en ze waren allebei dol op Celia. Volmaakte metgezellen die lachten om dezelfde grappen, doorgaans die van elkaar, en die dezelfde saaie mensen onverdraaglijk vonden. Maar wat de liefde betrof, wist Harry niet of de bewondering die hij voor Boysie voelde wederzijds was. Net toen hij begon te denken dat zijn gevoelens misschien werden beantwoord, verscheen Boysie met een knap meisje aan zijn arm en stelde hij de nogal plompe, onopvallende Deirdre Mortimer voor als zijn aanstaande vrouw.

Op dit moment stond Harry in de hal, waar hij, uiterlijk kalm, de gasten begroette en hoopte op de komst van Boysie. Hij was met zijn gedachten zo volledig bij de man van zijn dromen, dat hij zijn zus en haar vondeling volledig was vergeten. Toen Boysie eindelijk verscheen, samen met de bête lachende Deirdre Mortimer in een onflatteuze groene jurk, reageerde hij verrast, alsof hij toevallig net de hal binnenkwam. 'Nee maar! Dat treft!' Hij sloeg zijn vriend op de schouder. 'Miss Mortimer, wat buitengewoon aangenaam om u weer te zien.'

'Jij dekselse kerel! Je hebt een nieuw jasje gekocht.' Boysie liet zijn blik over Harry's onberispelijke verschijning gaan. 'Ben je weer naar Savile Row geweest?'

'Ik ben bang van wel.' Harry's hart stroomde over van geluk.

'Met jou vergeleken voel ik me ineens erg sjofel. Dus dat zal ik moeten compenseren aan de piano! Ben je klaar voor een lied?'

Harry maakte aanstalten om Boysie voor te gaan naar boven, toen de voordeur opnieuw opengíng en Lady Stalbridge binnenkwam, samen met haar dochter Charlotte. 'Kijk eens, lieverd, daar is Harry. Wat lief dat je op Charlotte hebt gewacht. Je weet hoe nerveus ze is, als ze helemaal alleen in een volle kamer naar binnen moet.'

Verbijsterd en heimelijk woedend schudde Harry haar de hand. 'Het is me een genoegen.' Hij hielp Charlotte uit haar mantel en gaf die aan de butler. 'Waarom gaan we niet allemaal samen naar boven?' stelde hij voor. 'Volgens mij is Boysie van plan om achter de piano te kruipen. Heb jij een goede zangstem, Charlotte?'

'Nee, ik kan helemaal niet zingen,' antwoordde ze blozend.

'Ik ook niet,' viel Deirdre haar bij.

'Dan gaan Harry en ik voor jullie zingen. En als jullie dan voor ons klappen, voelen we ons briljant en getalenteerd!' Boysie ging voorop, gevolgd door Harry die vol bewondering bedacht dat Boysie iedereen altijd een goed gevoel over zichzelf wist te bezorgen.

De avond verliep zoals gebruikelijk. Het duurde niet lang of de stemming werd uitgelaten. Het zingen werd luider, het gelach rauwer, het gedrag onbetamelijker, en ondertussen raakte Harry hoe langer hoe meer in verwarring doordat Boysie hem vanachter de piano liefdevolle blikken toewierp, maar ondertussen ook uitvoerig aandacht besteedde aan Deirdre. Om middernacht kondigde Celia aan dat er gedanst ging worden. Stoelen en tafels werden aan de kant geschoven, de jeugd verzamelde zich rond de vloer en de oudere gasten vertrokken naar rustiger vertrekken. Of ze gingen naar huis. De grammofoon verdrong de piano en jazzmuziek zorgde voor koortsachtige opwinding op de dansvloer dankzij de foxtrot. Boysie was geen goede danser. Hij keek liever toe, met in zijn ene hand een cocktail, in de andere een sigaret, terwijl hij zijn blikken over het uitbundige gezelschap liet gaan om munitie voor roddels op te doen. Harry was dol op dansen en pakte Celia bij haar middel, tot grote teleurstelling van Charlotte, die niets liever wilde dan in Harry's armen te worden rondgewerveld.

Beneden in de studeerkamer speelde Beatrice bridge met een kleine kring van intimi, waarbij ze ongegeneerd Turkse sigaretten rookte en klaagde over de tragische situatie in Ierland. 'Waarom kopen jullie dat kasteel niet?' opperde een van haar vrienden. 'Digby heeft geld genoeg voor wel tien kastelen.'

Beatrice slaakte een diepe zucht en keek aarzelend naar haar kaarten. 'Digby is dol op Ierland, maar kasteel Deverill komt hem niet toe. Het is van Bertie en Bertie is erg trots. Als Digby het kasteel zou kopen, ervan uitgaande dat Bertie het zou willen verkopen, of als Digby zelfs maar de restauratiekosten voor zijn rekening zou nemen, zou dat de verhoudingen onherroepelijk veranderen. Dus helaas zal Bertie zelf de wederopbouw ter hand moeten nemen, of hij zal het kasteel moeten opgeven. Ik ben bang dat het doek is gevallen voor de Anglo-Ierse gemeenschap.' Ze glimlachte weemoedig. 'Maar wat hebben we daar een prachtige tijd gehad!'

'Beter terug naar Engeland dan vermoord worden in je eigen bed,' zei een ander. 'Ik heb begrepen dat die Ieren nogal ruwe types zijn.'

'Dat zijn ze zeker,' moest Beatrice toegeven. 'Maar geen mooier land dan Ierland. Als Bertie kasteel Deverill moet opgeven, is dat echt een tragedie van formaat.'

Terwijl Harry door de kamer danste was hij zich ervan bewust dat Boysie hem volgde met zijn blikken. Toen hij eindelijk de kans kreeg zijn kant uit te kijken, werd hij getroffen door de ernstige, bijna wanhopige uitdrukking op Boysies gezicht. Hij stopte abrupt met dansen, maar Celia trok hem aan zijn arm. 'Je bent toch niet moe?'

'Nee, natuurlijk niet!' Terwijl Harry het zei zag hij dat Boysie de kamer uit liep. 'Je moet me even excuseren, schat. Ik ben zo terug.' Hij haastte zich achter zijn vriend aan. Op de overloop zag hij nog net een zwarte schoen van Boysie de trap op verdwijnen. Harry riep hem, maar toen hij geen antwoord kreeg stormde hij met twee treden tegelijk naar boven. Daar was Boysie nergens te bekennen. Harry riep hem nogmaals. En kreeg weer geen antwoord. Met zijn handen in zijn zakken liep hij langzaam de gang door. Met elke stap die hij zette, begon zijn hart sneller te slaan. Ten slotte stond hij voor de deur van zijn eigen kamer. Hij aarzelde even, toen draaide hij de knop om. Een hand trok hem naar binnen. 'Boysie?' fluisterde hij. Voordat hij verder nog iets kon zeggen had de mond van Boysie de zijne gevonden in een hartstochtelijke kus. Harry's hart stroomde over van geluk. Hij legde zijn handen langs Boysies gezicht en beantwoordde de kus. Hij proefde zeep, rook de kruidige geur die bij Boysie hoorde. Het was allemaal zo vertrouwd alsof ze elkaar al hun hele leven kenden. 'En Deirdre dan?' vroeg hij toen ze elkaar eindelijk loslieten.

'Ik kan mezelf niet langer voor de gek houden. Het is sterker dan ik, Harry. Ik hou van je. En ik weet dat jij ook van mij houdt.'

'Ja, ik hou van je, Boysie,' antwoordde Harry en terwijl hij het zei, besefte hij dat 'houden van' nog nooit zo verrukkelijk had geklonken.

Boysie legde zijn voorhoofd tegen dat van Harry. 'Dan valt er verder niets meer te zeggen.'

Na een lange reis arriveerde Kitty eindelijk bij de villa van rode baksteen aan Mount Street. De treinreis van Fishguard naar Paddington Station had uren geduurd en was erg vermoeiend geweest, maar Grace had een dienstmeisje met Kitty meegestuurd om haar te helpen met het kindje.

Kitty was nog nooit in Engeland geweest. Ze had het zich altijd saai en onaantrekkelijk voorgesteld, maar het landschap verraste haar door zijn schoonheid. Zelfs in februari boden de weelderige groene heuvels en de sappige weiden met grazende schapen een lieftallige aanblik. Wales deed haar sterk aan Ierland denken en die ontdekking was balsem op haar gekwelde ziel, verteerd door heimwee. Terwijl ze uit het raampje van de trein keek, vroeg ze zich af waar Jack nu was. Ze dacht aan de opgejaagde klank in zijn stem toen hij zei dat hij moest zorgen dat hij wegkwam voordat hij werd doodgeschoten. En opnieuw stroomden de tranen over haar wangen om het verlies van de man die ze boven alles liefhad, en om haar dromen die in duigen waren gevallen. Wat had haar moed, haar roekeloosheid haar opgeleverd? Ze had gedacht dat niemand haar klein kon krijgen, dat ze iedereen aankon en tot alles in staat was. Maar uiteindelijk bleek ze net zo'n hulpeloze, nutteloze vrouw als haar zussen. Jack was gearresteerd. Ze had haar huis achter zich gelaten. Haar vader had haar min of meer onterfd. Grace en haar grootmoeder waren de enigen die ze nog had. Maar ze kon niet de rest van haar leven op hun zak teren. Wanneer zou ze naar Ierland kunnen terugkeren? Ach, wist ze dat maar! En als ze terugging, zou Jack dan op haar wachten?

Het was donker tegen de tijd dat ze aankwam op Paddington Station. Grace had een auto gestuurd en tijdens de korte rit naar Mayfair keek Kitty vol verwondering om zich heen. De straten vlak bij het station waren gevuld met mensen, auto's, bussen; hier en daar zocht zelfs een paard-en-wagen nog langzaam zijn weg door de drukte. Maar toen ze Mayfair binnenreden, werd het rustig. De straten lagen er verlaten bij, op een enkele Daimler en Bentley na, glimmend in het licht van de straatlantaarns.

Het huis van Grace telde vijf verdiepingen en bood een statige, weelderige aanblik met zijn hoge grijze zuilengang en indrukwekkende zwarte voordeur. Uit de ramen, bekroond door fraaie gebeeldhouwde timpanen, viel zacht, gouden licht naar buiten. Een gevoel van opluchting daalde over Kitty neer. Daarbinnen zou ze veilig zijn.

Ze werd door een vriendelijke, mollige dame die zich voorstelde als Mrs. Blythe, naar haar kamer gebracht. 'Zodra u zich hebt opgefrist staat het avondeten klaar in de kleine zitkamer. Daar eet Lady Rowan-Hampton ook vaak als ze alleen is. Het is minder formeel. Een gezellige, warme kamer. Wij zorgen ondertussen voor de kleine, zodat u een beetje tot uzelf kunt komen. Lady Rowan-Hampton heeft ons strikte instructies gegeven. Het mag u aan niets ontbreken.' Ze deed de deur open van een royale slaapkamer met een groot koperen ledikant. In de haard knapperde een vuur. Op het nachtkastje stond een boeketje heide. 'Daar heeft Lady Rowan-Hampton speciaal om gevraagd,' vertelde Mrs. Blythe met een gewichtig gezicht. 'Want dat zou u aan thuis herinneren, zei ze.'

Kitty pakte het boeketje en rook eraan. 'Ja, daar had ze gelijk in. Het ruikt naar thuis.' Maar ze was te moe om heimwee te hebben.

'Kan ik een bad voor u maken?'

'O, dat zou heerlijk zijn.' Kitty verwachtte dat Mrs. Blythe een mannelijke bediende zou bellen om emmers warm water naar boven te sjouwen. Maar tot haar verrassing liep ze de badkamer in, waar Kitty prompt het geluid van stromend water hoorde. Ze moest denken aan Victoria die had geklaagd over het ontbreken van elektriciteit en fatsoenlijk sanitair. Nu begreep ze wat haar zus had bedoeld. Ze liep naar de badkamer en zag dat de kuip zich al begon te vullen. Mrs. Blythe schonk iets uit een groen flesje in het water. Vermoeid en murw als ze was door alle ervaringen en indrukken, voelde Kitty zich onmiddellijk gekalmeerd door de rustgevende geur van dennenbossen. Ze besefte ineens hoe smoezelig ze moest zijn van de reis, en haar armen en benen waren plotseling ondraaglijk zwaar van vermoeidheid. 'Terwijl u een bad neemt pakken Becky en ik uw bagage uit. Hebt u maar één koffer bij u?' vroeg Mrs. Blythe verrast. 'Nou, dan zijn we snel klaar.'

Kitty genoot van haar bad en lag er zo lang in, dat Mrs. Blythe zich blijkbaar ongerust begon te maken, want ze klopte op de deur om te vragen of alles in orde was. Na haar bad kleedde Kitty zich voor het avondeten en ging naar beneden. Ondanks de royale afmetingen van het huis, maakte het een intieme indruk dankzij de nonchalante charme en de persoonlijke stijl van Grace. Er was voor Kitty gedekt in de kleine zitkamer, met wanden vol boeken, een zachte bank en geriefelijke fauteuils. Het vuur brandde en in het midden van de tafel stond een vaas met een stralend rood boeket. Het eten smaakte verrukkelijk. Terwijl ze een stuk kip aan haar vork prikte en een hap aardappelpuree nam, besefte ze pas goed hoeveel trek ze had. Het vlees was zacht en mals, de jus rijk van smaak. Wat een verschil met het eten dat de kok in het jachthuis op tafel zette! Nadat Kitty haar bord schoon leeg had gegeten, stond ze op om naar bed te gaan. Toen ze haar hoofd op het kussen legde, was ze te moe om haar thuis te missen. Te emotioneel gesloopt om zelfs maar aan Jack te denken. In plaats daarvan deed ze haar ogen dicht en liet ze zich meevoeren door de slaap, weg van haar problemen en haar zorgen over de toekomst.

De volgende morgen werd ze gewekt door Mrs. Blythe die op de deur klopte. 'Goedemorgen, miss Deverill. Het spijt me dat ik u wakker maak, maar Lady Deverill zit beneden. Ze zei dat ik u direct moest waarschuwen.'

'Hoe laat is het?' vroeg Kitty slaperig.

'Elf uur, miss Deverill.'

'Lieve hemel, ik heb een gat in de dag geslapen!'

'Inderdaad. En het is nog wel zo'n verrukkelijke, zonnige dag.' Mrs. Blythe schoof de gordijnen open. 'Misschien vindt u het prettig om straks een wandeling door het park te maken?'

'Dat lijkt me heerlijk. Maar ik denk dat ik beter eerst mijn moeder te woord kan staan.'

'Ik heb voor het ontbijt gedekt in de ochtendkamer. Daar zit u heerlijk, met uitzicht op de tuin. Lady Rowan-Hampton geniet er altijd van om naar de vogels te kijken. Ik zal Lady Deverill vragen daar op u te wachten.'

'Dank u wel, Mrs. Blythe.' Kitty voelde haar maag verkrampen bij het vooruitzicht van de confrontatie met haar moeder.

Ze trok de kleren aan die Mrs. Blythe voor haar had klaargelegd. Blijkbaar had de huishoudster haar reiskleding meegenomen en in de was gedaan. Kitty zou de rest van haar garderobe zo spoedig mogelijk laten nasturen. Toen ze vond dat ze er toonbaar uitzag, ging ze naar beneden, zich afvragend wat ze haar moeder over het kind moest vertellen. Want ze kon onmogelijk open kaart spelen.

Maud stond op haar te wachten in een ivoorkleurige japon met verlaagde taille, geheel volgens de laatste mode. Onder haar zwarte hoed was haar korte haar recht afgeknipt ter hoogte van haar kaaklijn, waardoor haar gezicht nog strenger leek. Maar het meest opmerkelijk waren haar vuurrode lippen, die ze tot een smalle streep had samengeknepen. 'Dag, mama.' Kitty liep naar de tafel, waar voor haar was gedekt met fraai blauw servies en een bijpassende placemat. Ze schonk zichzelf thee in. 'Wilt u ook een kopje?'

'Nee, ik blijf maar even,' zei Maud.

'Neem me niet kwalijk maar ik begin vast te eten. Want ik rammel van de honger.' Kitty pakte een stuk toast en smeerde er boter op.

'Dus je bent uit Ierland gevlucht met een kind.' Maud was zo geagiteerd dat ze alle beleefdheden en plichtplegingen achterwege liet. 'Van wie is dat kind? En waarom moest jij je er zonodig over ontfermen? En trouwens, waarom ben je niet in Ierland gebleven? Heb je enig idee wat de mensen zullen zeggen? Ze zullen denken dat het kind van jou is. Er komt een afschuwelijk schandaal van. Hoe denk je in 's hemelsnaam nog een man te vinden? Geen man is bereid het kind van een ander groot te brengen. Heb je ook maar een moment níét alleen aan jezelf gedacht? Nou?'

Kitty nam kalm een hap van haar toast. 'Was dat alles wat u te zeggen hebt?'

Maud liet zich verbijsterd op een stoel vallen. 'Ik eis een verklaring, Kitty.'

Op dat moment kwam de butler binnen. 'Goedemorgen, miss Deverill. Wenst u ook een eitje bij het ontbijt?'

'Dat lijkt me heerlijk. Twee gekookte eieren graag.' Kitty voelde haar zelfvertrouwen terugkeren.

'Kan ik u ergens mee van dienst zijn, Lady Deverill?' vroeg de butler aan Maud.

'Nee, dank u. Ik blijf maar even.' Toen de butler weer was vertrokken keek ze Kitty vol verwachting aan. 'Nou? Komt er nog wat van?'

Kitty slaakte een zucht. 'Ik ben uit Ierland weggegaan omdat papa weigerde het kind in huis te nemen.' Dat was weliswaar niet de volledige waarheid, maar het leek Kitty verstandig het daarbij te laten.

'En daar geef ik hem groot gelijk in. Je had het kind naar een weeshuis moeten sturen. Maar in plaats daarvan neem je het mee hierheen, met als gevolg dat onze goede naam wordt besmeurd. Je broer had misschien een geschikte bruid gevonden...' De emoties werden haar even te veel. 'Maar door het schandaal dat jij gaat veroorzaken, is het huwelijk misschien wel van de baan. Heb je ook maar een moment aan je familie gedacht?'

‘Ik heb aan het kind gedacht.’

‘Wiens kind is het eigenlijk? Van jou kan het niet zijn.’

‘Nee, niet in de biologische zin. Maar in alle andere opzichten is het mijn kind.’

‘Wat een onzin! Natuurlijk is het niet jouw kind. Je kunt niet zomaar andermans kind laten doorgaan voor het jouwe.’

‘Hij is niet zomaar andermans kind, mama.’

Maar Maud luisterde al niet meer. In plaats daarvan dacht ze koortsachtig na over de vraag hoe ze het probleem zo snel en zo discreet mogelijk kon oplossen. ‘Ik regel wel een plekje voor hem. Er zijn hier in Engeland tehuizen genoeg waar er goed voor kinderen wordt gezorgd.’

‘Hij gaat niet naar een tehuis.’

Maud keerde zich met fonkelende ogen naar haar toe. ‘Waarom niet? Wat betekent dat kind voor je?’

Op dat moment kwam de butler binnen met de eieren, gevolgd door het dienstmeisje dat met Kitty uit Ierland was meegekomen. Ze droeg het kindje op de arm, gewikkeld in een katoenen dekentje. Maud stond op en keek naar het kleine gezichtje, het rode haar, de lichtgrijze ogen. Toen deinsde ze vol afschuw terug en keerde zich weer naar Kitty. ‘Het is wel jouw kind!’

‘Nee.’

‘Maar hij heeft jouw haar en jouw ogen.’

‘Hij heeft het haar van grootmama. En ook haar ogen. Net als ik.’

Maud legde een witte hand op haar borst, alsof ze ineens moeite had met ademhalen. ‘Maar dan... dan is het...’

‘Het is papa’s kind,’ vertelde Kitty haar koel en beheerst, maar heimelijk genietend van het geschokte gezicht van haar moeder.

Maud slikte krampachtig. ‘Haal dat kind hier weg,’ snauwde ze.

‘Neem hem maar weer mee, Hetty. Ik kom zo. Lady Deverill blijft niet lang.’

‘Neemt u me niet kwalijk, miss Deverill, maar hoe heet hij eigenlijk?’ vroeg het dienstmeisje.

Kitty dacht even na terwijl Maud zich verslagen weer op haar stoel liet vallen. ‘Jack,’ antwoordde ze toen vol overtuiging. ‘Hij heet Jack. Master Jack Deverill.’

24

New York, Amerika, 1922

Bridie moest nog twee dagen aan boord blijven voordat er een kleine ferryboot langszij kwam om haar en de andere passagiers uit de derde klasse naar Ellis Island te brengen voor de immigratieprocedure. De passagiers van de eerste en de tweede klasse waren allang doorgereisd, maar Bridie stond eindeloos in de rij, onderging urenlange medische onderzoeken en werd ook juridisch binnenstebuiten gekeerd voordat ze eindelijk werd overgedragen aan Bessie McGuire, de huishoudster van een vriendin van Lady Rowan-Hampton, die zich voordeed als haar nicht. Op de officiële passagierslijst, waarvan de gegevens door de bemanning van het schip aan de immigratiebeambten waren verstrekt, stond Bridie vermeld als 'Bridget'. Omdat Mr. Deverill haar ook zo had genoemd, beschouwde Bridie het als een beschikking van het lot, dus ze nam niet de moeite het te veranderen. Ze begon aan een nieuw leven, met een nieuwe identiteit. En ze zou zorgen dat ze iets van haar leven maakte.
'Zien we elkaar nog, Bridie?' vroeg Eileen uit Wicklow.

Bridie schudde haar hoofd. 'Nee, Eileen. We nemen voorgoed afscheid.' Met die woorden liet ze Ellis Island en haar verleden achter zich.

Bessie McGuire was twintig jaar eerder met haar man naar Amerika geëmigreerd en had zich in New York gevestigd, zoals zo veel anderen die Ierland waren ontvlucht, op zoek naar een beter leven. Wijlen haar man, Paddy, was bouwvakker geweest en had aan wegen, spoorlijnen en wolkenkrabbers gewerkt totdat de steiger waar hij op stond het had begeven en hij te pletter was gevallen. Bessies kinderen waren volwassen. Haar oudste zoon woonde helemaal in Texas en werkte op een ranch. Bridie vond Mrs. McGuire meteen aardig. Een warme, uitbundige, praktisch ingestelde vrouw, die niet te veel vragen stelde. Het enige wat ze wilde weten, was of Ierland in de twintig jaar sinds haar vertrek erg was veranderd.

Eenmaal in de stad keek Bridie haar ogen uit. Zelfs in haar stoutste dromen had ze zich niet zoiets prachtigs als de wolkenkrabbers kunnen voorstellen, die zo hoog reikten dat de top – net als die van een berg – in de wolken verdween. Door het jarenlange geweld hadden veel gebouwen in Dublin schade opgelopen. Hier zag alles er even fraai en deftig uit, zeker in de ogen van Bridie die nog niets van de wereld had gezien. Omdat ze ook nog nooit in een auto had gezeten, balanceerde ze verkrampt van angst op het puntje van de achterbank, met haar handen om de leren zitting geklemd omdat ze bang was dat ze er anders uit zou vallen. De auto, die ter beschikking was gesteld door de werkgever van Mrs. McGuire, baande zich een weg door het drukke verkeer in het hart van Manhattan. Terwijl Bridie uit het raampje keek voelde ze ineens een sprankje hoop oprijzen uit de peilloze diepten van haar verdriet.

'Je mag jezelf gelukkig prijzen, Bridget. Mijn werkgeefster, Mrs. Hamer, heeft een betrekking voor je gevonden,' vertelde Mrs. McGuire toen ze stopten voor een hoog huis, opgetrokken uit bruine stenen, en de treden afdaalden naar de bediendeningang.

'Nu al?'

'Ja, je begint morgen.'

Bridie had dankbaar moeten zijn, maar haar hele lijf deed pijn van vermoeidheid. Ze snakte ernaar haar hoofd te kunnen neerleggen en ze dacht dat ze wel een week zou kunnen slapen. 'Voor wie ga ik werken?'

Ze liepen inmiddels in een gang. Mrs. McGuire bleef staan. In haar ogen las Bridie medelijden. 'Voor een oudere weduwe. Mrs. Eliot Grimsby. Ze is schatrijk, maar niet gemakkelijk. Daar zal ik maar eerlijk over zijn.' Blijkbaar keek Bridie haar verschrikt aan, want Mrs. McGuire haastte zich haar gerust te stellen. 'Ze verslijt dienstmeisjes zoals mijn Paddy zijn sokken versleet. Maar jij ziet eruit alsof je niet voor een kleintje vervaard bent. Wij Ieren zijn zo taai als oud leer, zeg ik altijd. Als je eenmaal een paar dagen goed hebt gegeten, ben je weer helemaal op krachten. En over eten gesproken, kom maar mee, dan zal ik iets voor je klaarmaken. En daarna neem je een bad. Dan ben je morgen zo fit als een hoentje.'

Tegen de tijd dat Bridie eindelijk in bed lag was ze bijna te moe om te slapen. Uit de kamer naast de hare klonk luid gesnurk. En een van de mannelijke bedienden die ze niet had ontmoet, knorde als een varken. Even deed het haar aan thuis denken en ze voelde een steek van heimwee in haar hart. Ze had haar moeder niet meer gezien sinds de vorige zomer, toen ze naar Dublin was vertrokken. Ze had gelogen over haar nieuwe betrekking, terwijl ze niets liever had gewild dan haar moeder vertellen dat ze zwanger was. Ze had gesnakt naar de liefde en het medeleven van haar moeder, in plaats van de kille, zakelijke bejegening van Lady Rowan-Hampton die haar behandelde alsof ze een soort ongemak was waar Mr. Deverill zo snel mogelijk vanaf wilde. En toen had ze ineens oog in oog met Michael gestaan. Hij wachtte haar op om de hoek van het huis van Lady Rowan-Hampton in Dublin. Bij het zien van haar dikke buik begreep hij dat ze had gelogen. 'Vuile hoer! Ik wist wel dat er meer achter zat!' Hij had haar aan haar haren een zijstraat in getrokken en haar zo hardhandig tegen een muur gedrukt dat ze in haar paniek had verteld dat Mr. Deverill haar had verkracht. Over de gevolgen had ze niet nagedacht. Ze wist waartoe Michael in staat was, maar ze bad dat hij het naast zich neer zou leggen omdat hij belangrijker dingen aan zijn hoofd had, zoals de onafhankelijkheid van Ierland en het afschudden van het Britse juk. Michael zou thuis vertellen dat ze naar Amerika was vertrokken. 'Je mag moeder schrijven, maar pas als je daar bent. En denk erom, geen woord over je zwangerschap! Is dat duidelijk? Ik wil niet dat je haar lastigvalt met het verhaal dat je verkracht bent. En zeg tegen niemand dat je me hebt gezien,' had hij haar nageroepen toen ze zich terughaastte naar haar werkhuis. 'Ik ben hier nooit geweest.'

Waar zou hij nu zijn? Waren ze allemaal samen op de boerderij, in de veronderstelling dat zij haar droom verwezenlijkte van een nieuw leven in Amerika? Ze stelde zich haar moeder voor, met haar naaiwerk in de schommelstoel; haar oma die takken op het vuur onder de stoofpot legde en haring voor het avondeten rookte in de schoorsteen. Misschien zaten Sean en Michael met hun vrienden rond de tafel, plannen te beramen en donker bier te drinken. Misschien was Jack er ook. Ze sloot haar ogen. Voor haar geestesoog zag ze zijn lieve gezicht dat bemoedigend naar haar glimlachte. En zo liet ze zich meevoeren, helemaal terug naar de tijd dat ze een kikker hadden gezocht, in het riviertje, samen met

Kitty en Celia. Naar de spelletjes die ze hadden gespeeld op de muur. Naar de tedere blikken die Jack haar had toegeworpen wanneer pastoor Quinn waarschuwend met zijn wijsvinger naar zijn zondige gemeente zwaaide en zijn schaapjes dreigde met hel en verdoemenis. Wat was dat een gelukkige tijd geweest! Dat besefte ze nu pas goed, nu haar huidige verdriet alles in perspectief had geplaatst. Ze wist nu pas dat ze toen, in die voorbije dagen, echt gelukkig was geweest.

Haar gedachten gingen ook naar Kitty, haar beste vriendin, maar ook de vrouw van wie Jack hield. Op slag werd haar visioen verstoord. Zou Kitty haar missen? Zou ze ooit aan haar denken? Of was ze haar geheime vriendinnetje, beneden uit de keuken, vergeten? Bridie draaide zich op haar andere zij en probeerde niet langer aan Ierland te denken. Ook niet aan haar kindje. Ze durfde zich niet af te vragen hoe het haar zoontje verging in het klooster van Onze Lieve Vrouwe Koningin van de Hemel. Maar de schok dat ze een tweeling ter wereld had gebracht, had nog niets aan hevigheid ingeboet. Twee kindertjes, van wie er maar een was blijven leven. De nonnen hadden het dode kindje bij haar weggehaald, zonder dat ze het zelfs maar had mogen zien. Ze hadden haar alleen verteld dat het een meisje was. Een arm klein meisje dat nu bij God was. Toen het verdriet om de kinderen die ze had verloren ondraaglijk dreigde te worden, sloot ze de deur naar haar herinneringen. Ze sloot hem voorgoed en zwoer dat ze die deur nooit meer open zou doen. Dat ze nooit meer achterom zou kijken. Alleen maar vooruit. Luisterend naar haar eigen ademhaling viel ze ten slotte in slaap en zakte ze weg in een gezegende vergetelheid.

De volgende morgen werd ze al vroeg gewekt door Mrs. McGuire. Ze trok het uniform aan dat ze op kasteel Deverill en later in Dublin had gedragen, totdat de zwangerschap zo ver gevorderd was dat haar buik er niet meer in paste. Het uniform kwam gekreukt uit de koffer die Lady Rowan-Hampton haar had gegeven, maar het was tenminste schoon. Na een haastig ontbijt van een kop thee en een bord pap bracht Bessie McGuire haar naar het huis van Mrs. Eliot Grimsby aan Fifth Avenue. De wandeling voerde door een prachtig, uitgestrekt park waar kindermeisjes in uniform hun beschermelingen voortduwden in kinderwagens en waar modieus geklede dames hun hond uitlieten. Toen Bridie het huis van Mrs. Grimsby zag, werd haar keel dichtgesnoerd door paniek.

Het voorname pand in gotische stijl was opgetrokken uit donkerbruine baksteen en had een onheilspellend ogende toren die in Bridies ogen wel een beetje op een heksenhoed leek. 'Laat je niet ontmoedigen door het huis,' zei Mrs. McGuire terwijl ze de treden naar de dubbele voordeur beklommen. 'Binnen is het erg informeel.'

Bridie begon te beven over haar hele lichaam. Dit was haar bestemming, haar nieuwe thuis. Haar nieuwe leven als Bridget Doyle. En Bridget Doyle was niet bang.

Een oude butler deed open en vroeg hun in de hal te wachten. Mrs. McGuire keerde zich naar Bridie. 'Als je het niet erg vindt, ga ik terug. Ik moet weer aan het werk. Je redt je wel, Bridget. Dat weet ik zeker. En kom gauw eens bij me langs, als je een beetje gewend bent, om te vertellen hoe het met je gaat. God zij met je.'

'Dank u voor uw goede zorgen, Mrs. McGuire,' zei Bridie, plotseling doodsbang om alleen achter te blijven in dit griezelige huis.

'Je kunt altijd bij me terecht. Maak je geen zorgen. Doe je best. Hard werken is de enige manier om de armoede buiten de deur te houden.' Met die woorden liep ze naar buiten, de treden af naar de straat, voordat Bridie haar bij de mouw kon pakken en haar kon smeken niet weg te gaan.

Toen de deur achter Mrs. McGuire was dichtgevallen, ging ze op de harde bank in de enorme hal zitten. Haar blik ging van de zwart-witte marmeren tegelvloer, als een reusachtig glimmend schaakbord, naar de rijk gebeeldhouwde stenen haard met daarboven het portret van een man die een beetje op een varken leek. Een man met een hoge hoed en een gesteven boord met opstaande punten die vanuit de hoogte gebiedend op haar neerkeek. Het huis rook muf, er hing een geur van rottende bloemen. In de muur achter de indrukwekkende houten trap bevonden zich ramen, maar ze zaten allemaal potdicht. De enige geluiden waren het regelmatige tikken van een staand horloge en het verre geraas van de stad. Maar binnen heerste de drukkende stilte van een kerk, waar de gelovigen amper durfden te praten uit angst de doden te wekken.

Ten slotte kwam de butler terug. 'Mrs. Grimsby kan u ontvangen.' Hij ging haar voor, de trap op. Bridie hoorde zijn stijve knieën kraken terwijl ze angstig de kennismaking tegemoetzag met de dame die net zo snel dienstmeisjes versleet als wijlen de man van Mrs. McGuire zijn sokken. Dat beloofde niet veel goeds.

Aan het eind van een gang, aan de achterkant van het huis, werd Bridie binnengelaten in een soort oranjerie met een koepelvormig glazen dak. De ruimte was gevuld met enorme groene planten in stralend gekleurde potten. In het midden van dat fleurige oerwoud zat een kolossale vrouw in een enorme stoel. Ze hield een kat op schoot, die ze aaide met vingers als roze worstjes, waaraan ringen bezet met edelstenen flonkerden. Op haar hoofd droeg ze een kap met ruches en kant, en ze was gekleed in een lange zwarte japon tot op haar enkels. Haar boezem was zo weelderig dat het leek alsof haar onderkinnen eruit oprezen. In haar decolleté hing een enorm gouden medaillon, als een bergbeklimmer die hulpeloos boven een afgrond bengelde. 'Laat me je eens bekijken,' zei ze toen de butler zich geruisloos terugtrok. Bridie deed een stap naar voren en maakte een reverence. Hoorbaar door haar neus ademend nam Mrs. Grimsby haar met haar diepliggende ogen langzaam, onderzoekend op, alsof ze een paard keurde. 'Omdraaien.' Ze gebaarde gebiedend, waarbij de sieraden om haar pols en haar vingers het licht weerkaatsten. Bridie gehoorzaamde. 'Dat uniform kan zo niet. En we zullen je haar moeten afknippen. Want je hebt hier geen tijd om het op te steken. En verder ben je veel te mager. Ik zou je in mijn holle kies kunnen stoppen.'

'Zoals u wilt, milady.'

'Ik ben geen lady, dus ik wil dat je me aanspreekt met "madam". En jij bent geen madam, dus ik noem je Bridget.' Ze drukte op een zilveren knop op de armleuning van haar stoel. 'Miss Ferrel zal je je kamer wijzen en uitleggen wat er van je wordt verwacht. Ik hoop dat je taaier bent dan de vorige en niet zo overgevoelig. Want ik kan niet tegen tranen. Je bent toch geen huilebalk, hè?'

'Nee, madam.'

'Mooi zo. Ik neem aan dat je kunt lezen en schrijven?'

'Ja, madam.'

'Je ziet, het staat hier vol met boeken. Van alles wat ik heb, zijn mijn boeken me het dierbaarst. Dat zijn mijn kostbaarste schatten. Je mag ze niet uit de kast halen, alleen als ik je dat vraag. Is dat duidelijk?'

'Ja, madam.'

'En je kunt ook verstellen, naaien, schoonmaken en alles wat er verder in de huishouding gedaan moet worden?'

'Ja, madam.'

'Mrs. Hamer vertelde dat je kamenier bent geweest bij Lady Deverill in Cork, op kasteel Deverill. Klopt dat?'

Bridie nam niet de moeite haar te verbeteren. 'Ja, madam.'

'Waarom ben je uit Ierland weggegaan?' Mrs. Grimsby vernauwde haar ogen tot spleetjes en tuurde naar Bridies buik alsof ze wist van de smet in haar verleden.

'Om iets van mijn leven te maken, madam,' antwoordde Bridie zonder aarzeling.

De oude dame snoof, maar nam genoegen met Bridies antwoord. 'Ik ben blij dat je nog meer kan zeggen dan "Ja, madam"!'

'Ja, madam.'

'"Ja, madam."' Mrs. Grimsby slaakte een zucht, waarbij een van haar onderkinnen in haar boezem verdween. 'En ik hoop ook dat je geen teer poppetje blijkt te zijn. Want als ik ergens een hekel aan heb, dan is het aan die angstige, tengere vogeltjes. En Precious moet er ook niets van hebben.' Ze keek naar de kat op haar schoot. 'Precious vreet ze op. Ach, miss Ferrel.' Bridie draaide zich om. In de deuropening stond een vrouw met een streng gezicht in een onflatteus, bruin, gesteven uniform. Ze droeg haar donkere haar strak naar achteren gekamd in een knot.

'Bent u tevreden over haar, madam?' vroeg ze.

'We zullen zien. Ze is niet moeders mooiste. Anderzijds, schoonheid zou de gasten maar afleiden. Ik wil dat u haar haar kort knipt en uitlegt wat er van haar wordt verwacht. Ze kan het uniform van Alice wel aan. Mijn neef komt om elf uur, dan kan ze ons thee inschenken. Hebt u die uitnodigingen de deur uit gedaan?'

Miss Ferrel knikte. 'Ja, madam. Ze zijn vanmorgen in alle vroegte persoonlijk bezorgd.'

'Mooi zo. U kunt gaan.'

Miss Ferrel ging Bridie voor naar de bediendenvertrekken, beneden in het grote huis. Eenmaal buiten gehoorafstand slaakte ze een zucht. 'Ik vrees dat u het hier niet lang zult volhouden,' zei ze niet onvriendelijk. 'Ze is erg onhebbelijk tegen nieuwe meisjes. Dus het valt niet mee om telkens weer iemand te vinden. Maar volgens mij is ze gewoon eenzaam.' Ze schonk Bridie een medelevende glimlach. 'Ik begreep dat u net met de boot uit Ierland bent aangekomen?'

'Ja, dat klopt.'

'Nou, misschien houdt u het dan iets langer vol, omdat u nergens anders heen kunt.'

'Ik zal heel hard werken.'

'Natuurlijk, dat zeggen ze allemaal. Maar uiteindelijk vinden ze haar ook allemaal onverdraaglijk.'

'Hoelang werkt u hier al?' vroeg Bridie.

'Twaalf jaar.'

'Zo erg kan het dan toch niet zijn?'

'Ik heb een vertrouwensband met haar opgebouwd, miss Doyle. Er is niemand die ze zo volledig vertrouwt als mij. En ik hoef haar niet uit te kleden.' Bridie verbleekte. 'O, wist u dat niet? U moet haar ook wassen. Mrs. Grimsby is een oude dame die veel zorg nodig heeft. Dus ik hoop dat u het aankunt.'

Miss Ferrel gaf haar een lelijk bruin uniform met een witte schort en pootte haar toen op een stoel om haar haar te knippen. 'Zonde. U hebt prachtig haar,' zei ze terwijl ze het optilde en op haar hand woog.

Het huilen stond Bridie nader dan het lachen. Ze beet op haar lip om het trillen te doen ophouden. 'Het is maar haar,' zei ze dapper.

'Wacht er een man op u in Ierland?'

'Nee,' antwoordde Bridie terwijl haar haren als roekenveren naar de grond dwarrelden.

'Dat is maar beter ook. Het valt allemaal niet mee, en als je dan ook nog smacht naar een verre geliefde... Afijn, uw taak is als volgt. Uw slaapkamer ligt naast de kamer van Mrs. Grimsby zodat ze u 's nachts kan roepen als ze u nodig heeft. En reken er maar op dat ze u nodig heeft. U staat om zes uur op, dan steekt u het vuur bij haar aan zonder haar wakker te maken. U laat het bad vollopen en legt haar kleren klaar...' Terwijl miss Ferrel haar taken opsomde hield Bridie zichzelf voor dat het allemaal binnen haar capaciteiten viel. Tenslotte had ze zelfs op miss Lindsay indruk gemaakt met haar naai- en verstelwerk. Ze zou beter zijn dan alle andere kameniers. Ze zou zich door het vele werk niet laten ontmoedigen, noch door Mrs. Grimsby's onhebbelijkheden. Bij de nonnen had ze het wel erger meegemaakt. 'U hebt één vrije dag in de maand en toestemming om op zondag naar de kerk te gaan. Bent u katholiek?'

'Ja.'

'Er is hier om de hoek een katholieke kerk. U zult Gods hulp hard nodig hebben, dus ik zou u aanraden zo vaak mogelijk naar de kerk te gaan. Maar kom na de mis wel direct naar huis. Die ouwe kraai houdt de tijd in de gaten, dus blijf niet rondhangen om na te praten, want dan zwaait er wat!' Miss Ferrel gaf Bridie een spiegel. 'Niet moeders mooiste' had Mrs. Grimsby gezegd. Maar nu was ze ronduit lelijk, dacht Bridie terwijl ze somber naar haar haar keek dat tot net iets onder de kaaklijn viel. Op het moment dat ze de spiegel teruggaf, schalde het geluid van de voordeurbel door het huis. 'Dat zal haar neef zijn, Mr. Heskin. Een plichtsgetrouwe ziel. Hij komt drie keer in de week langs. Kom, dan stel ik u voor aan Mrs. Gottersman, de kokkin, en daarna kunt u thee naar boven brengen. Mrs. Grimsby verwacht meteen perfectie, dus probeer het blad niet te laten vallen!'

Bridie bedekte haar schokkende nieuwe kapsel met een wit kapje en bracht, zoals opgedragen, de thee naar boven. Met de zilveren theepot, porseleinen kopjes en een sappige vruchtencake die haar het water in de mond deed lopen, was het blad loodzwaar. Maar Bridie liep heel voorzichtig de trap op. Mrs. Grimsby keurde haar geen blik waardig toen ze het blad neerzette en thee inschonk. Bridie had op het kasteel vaak genoeg thee zien serveren om te weten hoe het hoorde. Dus ze schonk Mrs. Grimsby als eerste in en bood haar een plak cake aan, die de oude dame met haar korte dikke vingers gretig aanpakte. Pas daarna bediende Bridie de neef. Ze bedankten haar geen van beiden, maar dat stoorde haar niet. Ze was bij de Deverills ook gewend geweest dat ze genegeerd werd.

Paul Heskin was een magere, pezige man met een slappe kin en een berekenende blik in zijn ogen die de kleur hadden van gewreven walnotenhout. Hij zat dicht naast zijn tante en leek zijn uiterste best te doen haar te amuseren. Bridie kon zich niet aan de indruk onttrekken dat hij zelfs naar de oude dame lonkte, want hij charmeerde haar en maakte haar complimentjes alsof ze een mooie jonge vrouw was. Mrs. Grimsby luisterde naar zijn verhalen, maar haar diepliggende ogen verrieden geen enkele emotie, dus Bridie wist niet of ze zijn gezelschap prettig vond of het verafschuwde. Precious, die ook nu weer op haar schoot lag, sloeg Bridie wantrouwend gade en spinde hoorbaar wanneer het vrouwtje haar achter de oren kriebelde.

Toen Bridie later terugkwam om de theespullen weg te ruimen, trof ze Mrs. Grimsby alleen. Haar neef was vertrokken. De oude dame zat met haar ogen gesloten, haar hand rustte op de rug van de kat. Bridie zette zachtjes de kopjes op het blad en nam alles mee naar beneden. Daarna vroeg ze miss Ferrel haar de kamer van Mrs. Grimsby te wijzen, zodat ze het bed kon verschonen. Toen de deur openging, schrok Bridie van de staat waarin de kamer verkeerde. Het reusachtige bed was niet opgemaakt, de zware gordijnen zaten nog dicht en overal slingerden kleren rond, op de stoelen en zelfs op de grond. Op de kaptafel stonden flesjes parfum en lotion zonder de dop erop. 'Alice is vanmorgen vertrokken,' vertelde miss Ferrel, doelend op de vorige kamenier. 'Ze had er schoon genoeg van, dus ze heeft niet de moeite genomen de kamer van Mrs. Grimsby nog op te ruimen.'

Bridie schoof de gordijnen uit elkaar, zette de ramen open, verschoonde het bed en maakte de kamer aan kant. Met het vuile beddengoed haastte ze zich naar beneden, naar de bijkeuken. Ze ontleende er een zekere bevrediging aan om haar werk goed te doen. Dat was haar manier om te leven in het moment, zodat het verleden niet aan haar trok om haar terug te halen naar het verdriet dat ze achter zich had gelaten. Er kwamen gasten voor de lunch, waarbij Bridie de butler hielp met serveren en afruimen. Om vijf uur schonk ze opnieuw thee, waarvan ze de spullen om halfzeven wegruimde. Toen het bezoek weer weg was, stak ze het vuur aan in de salon en klopte de kussens op. Om zeven uur werd ze geroepen om Mrs. Grimsby te helpen met uitkleden en baden. Mrs. McGuire had de vorige avond laten zien hoe ze de kranen moest opendraaien om het bad te laten vollopen. Bridie goot een beetje olie in het water uit de kristallen fles op de marmeren console, zodat de hele badkamer naar rozen geurde.

Grimsby commandeerde en Bridie haastte zich te gehoorzamen, zonder een zweem van ergernis. Integendeel, ze vond het een opluchting om bezig te zijn. En tot haar verrassing was ze Mrs. Grimsby zelfs dankbaar voor haar onhebbelijke gedrag – als de oude dame aardig was geweest, zou ze misschien in huilen zijn uitgebarsten – want daardoor kon ze zich blijven verschuilen achter het pantser van Bridget, de nieuwe Bridie. Bridget liet alle commando's, al het gemopper van zich afglijden, terwijl Bridie zich diep binnen in haar schuilhield, weggekropen voor de wereld die haar zo veel pijn en verdriet had gedaan.

Bridie deinsde niet terug voor de groteske vetzucht van de oude dame, noch voor het feit dat ze de plooien van haar rug moest schrobben terwijl ze in bad zat. 's Nachts werd ze om de paar uur gewekt om Mrs. Grimsby op haar andere zij te draaien, hetgeen niet meeviel gezien haar enorme gewicht. En soms riep de oude dame dat Bridie een deken over haar voeten moest leggen, omdat ze zich bloot had gewoeld waardoor ze het koud had. Of ze belde om de po. Maar zelfs die nachtelijke plichten waren een onverwachte zegen, want ze bevrijdden haar uit haar nachtmerries waarin de nonnen als een heksenkring op haar af kwamen, haar afkeurend toespraken vanwege haar zondige gedrag en haar kinderen bij haar weghaalden. Terwijl de dagen verstreken en Bridie de nagels van Mrs. Grimsby's vingers en tenen knipte, haar haren waste, lotion in haar huidplooien wreef om smetten te voorkomen, raakte ze gewend aan de zurige geur en de veeleisendheid van de oude dame. Het leek wel alsof Mrs. Grimsby probeerde hoe ver ze kon gaan. Ondertussen sloeg Precious haar afwachtend gade, ook al wist Bridie niet waar de kat op wachtte.

Op haar eerste zondag ging Bridie op weg naar de kerk, een paar straten verderop. Het was ook voor het eerst dat ze het huis verliet en ze genoot van de stralende lentezon op haar gezicht, van de warme bries die langs haar huid streek. Het liefst zou ze het park in zijn gelopen, om naar het lied van de vogels te luisteren. Thuis had ze de natuur als iets vanzelfsprekends beschouwd. Maar nu dacht ze vol weemoed terug aan de roep van kwartelkoningen en roeken, aan het gekwetter van de mussen in de hagen. En terwijl ze de geuren van de stad inademde, verlangde ze naar de zilte zeelucht, naar de geur van vochtige aarde.

In de grote kerk was het koel, de geur van wierook deed haar aan thuis denken. Naast de kansel stond een grote vaas met lelies. De aanblik van de bloemen maakte Bridie blij. Ze zocht een plekje op een van de voorste rijen en wachtte tot de mis begon. Het ging er in deze kerk heel anders aan toe dan in Ballinakelly. De priester was een vriendelijke man met een zachte stem, het koor klonk als engelengezang en de gelovigen keken haar glimlachend aan en gaven haar het gevoel dat ze welkom was. Wat een verschil met pastoor Quinn die zijn kudde voornamelijk angst aanjoeg. Aan het eind van de mis stak ze kaarsen op en zegde ze een stil gebed voor haar familie, thuis in Ierland. Opnieuw werd ze verteerd door heimwee bij de gedachte aan haar moeder en haar oma die voor het vuur zaten, aan haar broers rond de tafel, en uit de duisternis van haar verlangen doemde ook het beeld van haar vader op. En ten slotte maakte het heimwee plaats voor een schrijnend verdriet terwijl ze twee kaarsen aanstak voor de kindertjes die ze in het klooster had achtergelaten. Met een hand op haar borst deed ze een vruchteloze poging de pijn in haar gekwelde hart te verzachten. Omdat miss Ferrel haar had gewaarschuwd dat Mrs. Grimsby de klok angstvallig in de gaten hield, durfde ze na afloop van de mis niet te blijven om nog wat na te praten. Ze ging meteen naar huis, en dat was maar goed ook. Want ze had haar schort nog niet voorgebonden of er werd gebeld. Mrs. Grimsby had haar nodig in de oranjerie.

De oude dame kreeg veel bezoek. Onder anderen van haar advocaat, Mr. Beaumont Williams, die zo rond was als een ton. Toch straalde hij gezag uit, dankzij zijn zwarte, achterover gekamde haar en zijn donkere bril waarachter zijn intelligente ogen helder de wereld in keken. Hij droeg steevast een driedelig pak met een gouden zakhorloge waarvan de ketting over zijn enorme buik was gedrapeerd. Zijn zwarte hoge hoed zette hij bij binnenkomst hoffelijk af. Doorgaans waren zijn bezoeken aan Mrs. Grimsby, waarbij ze thee dronken en waarbij Mr. Williams officieel ogende documenten uit zijn koffertje haalde, van lange duur. Wanneer de advocaat weer was vertrokken, liet Mrs. Grimsby soms haar butler bij zich komen; Mr.Gordon, die al meer dan veertig jaar bij haar in dienst was, een rijzige, magere man met een glimmend kaal hoofd en een lang hoekig gezicht. Dan klopte ze hem welwillend op zijn hand en vertrouwde hem fluisterend iets toe alsof ze een geheimpje met hem deelde. Of ze liet miss Ferrel bij zich komen en klopte haar welwillend op de hand. 'Wat zou ik zonder jou moeten beginnen, Ferrel? De wereld is een tranendal, maar dankzij jou zie ik ook de goede dingen.'

En dan was er natuurlijk de neef, als vaste bezoeker. De manier waarop hij Mrs. Grimsby naar de ogen keek kwam Bridie onoprecht voor, en de zelfingenomen uitdrukking op zijn gezicht wanneer hij weer vertrok, vond ze ronduit walgelijk. Ook al had ze geen idee wat de reden was voor die zelfingenomenheid.

Maanden verstreken. De dagen werden langer, de zomer deed zijn intrede en het werd verstikkend heet in de stad. Bridie werkte zonder klagen. Haar naaiwerk was keurig; als ze iets verstelde deed ze dat zo goed als onzichtbaar; en zelfs de meest ervaren kamenier bracht het er met wassen en strijken niet beter af dan zij. Ze zei tegen zichzelf dat God haar misschien haar zonden zou vergeven als ze hard werkte. Tenslotte had pastoor Quinn altijd gepreekt dat lijden de ziel reinigt. Maar behalve dat ze op die manier gespaard hoopte te blijven voor de verdoemenis, leidde het harde werken haar ook af van gedachten aan thuis die onveranderlijk een kwellend verlangen en een gevoel van spijt opriepen. En dus zocht ze troost in haar verplichtingen. Ze leerde Mrs. Grimsby een stap voor te zijn. Wanneer de oude dame haar iets vroeg, merkte ze tot haar verrassing dat Bridie het al had gedaan – geduldig, onvermoeibaar en plichtsgetrouw. Miss Ferrel stond versteld, want de vorige kameniers hadden het nooit langer dan een maand uitgehouden.

In juli werd de hitte ondraaglijk. Mrs. Grimsby kondigde aan dat het hele huishouden tot september naar de Hamptons werd verplaatst. Ondanks de hoge temperaturen wilde Bridie niet weg uit New York, want ze voelde zich inmiddels thuis in haar kleine wereldje van het gotische huis aan Fifth Avenue en de kerk. Ze had troost gevonden in haar vertrouwde routine. Nu zou ze weer aan een ander huis moeten wennen en zich opnieuw door de strenge Ferrel moeten laten vertellen wat Mrs. Grimsby daar van haar verwachtte.

In tegenstelling tot de sombere kolos in Manhattan zag de cottage in de Hamptons eruit als een schitterend roze chateau, met groene luiken en een brede veranda die uitkeek op zee. De grote lichte kamers hadden hoge ramen en houten vloeren, de meubels waren bekleed met lichtgekleurde stoffen. Daardoor ademde het een heel andere sfeer uit dan het huis in de stad waar de stemming altijd drukkend en somber was. Net als in New York ontving Mrs. Grimsby ook hier veel gasten. De mensen kwamen haar in groten getale bezoeken en uitnodigingen werden dagelijks afgeleverd door jongens in uniform. Het gebeurde regelmatig dat Mrs. Grimsby bij buren of vrienden op bezoek ging. Bezoeken waarvan ze vaak laat en soms zelfs een beetje aangeschoten thuiskwam. Toch wekte ze niet de indruk plezier te beleven aan die uitstapjes. Op haar gezicht lag permanent een grimmige uitdrukking, en ze was net zo tiranniek en onhebbelijk als in Manhattan. Bridie was overweldigd door de serene aanblik van de lange witte stranden en de stralend azuurblauwe zee, maar Mrs. Grimsby leek er niet van onder de indruk te zijn. Wat maakte haar gelukkig, vroeg Bridie zich af. Wat zou de sleutel zijn tot haar hart?

25

'Bridget, je hebt mijn japon te heet gewassen! Hij is gekrompen,' zei Mrs. Grimsby beschuldigend toen Bridie uit alle macht probeerde de haakjes en ogen op de rug dicht te maken. 'Je verwacht toch niet dat ik hierin de deur uit ga?' Het lag voor op Bridies tong om te zeggen dat niet de jurk kleiner was geworden, maar dat Mrs. Grimsby nog volumineuzer was geworden dan ze al was. Ze was echter wel zo verstandig haar mond te houden. 'Ik begrijp niet hoe Lady Deverill het met je heeft uitgehouden. Wat heb je aan een sloddervos als kamenier? Ik zie je toekomst somber in als je geen japonnen kunt wassen zonder ze te laten krimpen tot een kindermaatje. Maar daar denk jij natuurlijk anders over. Jij denkt dat ik dikker ben geworden. Ja, ik weet heus wel wat er omgaat in dat nare hoofd van je!'

Bridie liet haar uitrazen. Ervaring had haar geleerd dat ze beter niets kon zeggen, want Mrs. Grimsby wenste niet te worden tegengesproken. Na lang zwoegen had ze eindelijk alle haakjes dicht, ook al stonden de naden van de japon op knappen. 'Ik krijg amper lucht, Bridget. Wil je me soms dood hebben? Net als de rest? Ze zouden me allemaal het liefst onder de groene zoden zien verdwijnen.' Mrs. Grimsby keerde zich naar Bridie toe. Haar bezwete gezicht zag vurig roze. 'Ze verbeelden zich dat ik ze niet doorheb, maar ik kijk dwars door ze heen. Ze denken dat ik niet goed wijs ben, maar het is andersom! Want ik weet hoe ze zijn. Hebzuchtige, inhalige, schijnheilige lijkenpikkers, dat zijn het. Geld is een vloek, Bridget. Dat kun jij je niet voorstellen, maar als je rijk bent weet je nooit of mensen je aardig vinden om wie je bent of om wat ze van je hopen te krijgen. Soms zou ik liever net zo arm zijn als jij. En dan hoeft er maar één te zijn die oprecht om me geeft. Meer heb ik niet nodig. Heb jij mensen die om je geven, Bridget?'

'Nee,' antwoordde Bridie zacht.

'Dat komt omdat je jezelf niet weet te presenteren. Het zou al helpen als je af en toe glimlachte.' De oude dame grinnikte, maar dat viel niet mee in de dwangbuis van haar japon. 'Nu ga je natuurlijk zeggen dat er niets te lachen valt. Dat ik je het leven wel erg zwaar maak. Nou, dan kan ik je uit de droom helpen. Míjn leven, dat is pas zwaar! Na Eliots dood is alles veranderd. Toen was ik ineens helemaal alleen, net als jij. Toen moest ik ineens leren voor mezelf op te komen. Maar net zoals het mij is gelukt, gaat het jou ook lukken om een sterke vrouw te worden, Bridget. Misschien leer je zelfs om te glimlachen. En als je dat eenmaal kunt, vind je misschien ook wel een man. Dan kun je zijn kleren ook te heet wassen. Zo, en nu wil ik dat je me uit deze japon helpt. Die kan ik onmogelijk aan. Je hebt hem geruïneerd. Haal maar een andere. Die blauwe. Of is die soms ook gekrompen?'

Mrs. Grimsby verliet het huis in de blauwe japon, die strak om haar enorme boezem spande. Ze waaierde zichzelf krachtig koelte toe en hijgde van inspanning. Bridie keek haar met een zucht van verlichting na. Ook al was ze aan haar tirades gewend, ze voelde zich er nog altijd door geraakt. In haar herinnering ging ze terug naar die eerste keer dat Mr. Deverill haar in zijn armen had genomen en ze voelde een overweldigend verlangen om bemind te worden. Terwijl Mrs. Grimsby vertrok naar haar afspraak, leunde Bridie tegen de muur in de hal. Het duizelde haar toen ze de herinneringen die ze zo lang diep had weggestopt, niet meer kon weerstaan; herinneringen aan de tijd toen ze in Kitty nog een vriendin had gehad. De periode waarin Mr. Deverill haar minnaar was geweest. Een man met sterke armen, een charmante glimlach en ogen die tot in haar ziel leken te kijken en die haar het gevoel gaven dat ze werd gekoesterd. Het gezicht van haar moeder verscheen voor haar geestesoog, gevolgd door dat van haar oma, de oude Mrs. Nagle, met haar pijp in de schommelstoel bij het vuur. Maar voordat ze zich door de beelden kon laten meeslepen, kwam Mr. Gordon nadrukkelijk hoestend de hal in lopen. 'Wat doet u hier?' vroeg hij streng, want de voordeur viel onder zijn verantwoordelijkheid, niet onder de hare.

'Ik heb Mrs. Grimsby naar de auto gebracht.' Bridie drong de beelden van Ierland en de weemoed die ze opriepen haastig naar de achtergrond.

'Dan had u mij moeten roepen. Ik werk al veertig jaar voor Mrs. Grimsby. Ze geeft er de voorkeur aan om door mij in de auto te worden geholpen. Hebt u wel gezorgd dat ze een fles water bij zich heeft?'

'Nee... ik...'

'Lieve hemel,' verzuchtte hij, zichtbaar genietend van haar onzorgvuldigheid. 'Het is snikheet. Dan krijgt ze dorst. Dus ze wil altijd een fles water bij de hand hebben.'

'Ik nam aan dat de chauffeur...' begon Bridie.

'U moet nooit iets aannemen, miss Doyle. Door dingen zomaar "aan te nemen" ben ik niet haar meest toegewijde en vertrouwde bediende geworden. Er wordt van u verwacht dat u uw hoofd gebruikt, zodat zij dat niet hoeft te doen. Ze is oud en broos, ook al denkt u misschien van niet. Ik ben een van de weinigen die zo bevoorrecht zijn ook haar zachtere kant te zien te krijgen. Wanneer ze straks thuiskomt, zal ze last hebben van de hitte. Dus ik zou maar zorgen dat u een verfrissend bad en koud water klaar hebt staan. Heeft ze ook gezegd waar ze heen ging?'

'Nee, daar heeft ze niets over gezegd.'

Mr. Gordon glimlachte hautain. 'Aha, laten we het er maar op houden dat ze luncht met familieleden die ze verfoeit. Met alle gevolgen van dien voor haar humeur. Bereid u daar maar vast op voor. Het is een wonder dat u het hier al zo lang volhoudt. Volgens miss Ferrel komt dat doordat u nergens anders heen kunt.' Hij schudde zijn hoofd. 'Deze betrekking trekt ongetwijfeld een zware wissel op u. Of hoopt u soms haar zachte kant ook te mogen ontdekken?'

'Nee, Mr.Gordon, ik zou niet durven.'

'Mooi zo. Want ik heb er dertig jaar over gedaan om haar vertrouwen te winnen. Ik denk niet dat Mrs. Grimsby er over dertig jaar nog zal zijn. En het zou me verbazen als u het hier nog dertig dagen volhoudt.'

Bridie liep de hal uit, de trap op. Terwijl ze de kamer van Mrs. Grimsby aan kant maakte en de versmade japonnen weer in de kast hing, veegde ze af en toe een traan weg. Waarom bakte Mrs. Gottersman in 's hemelsnaam al die cakes en taarten? De kokkin zag toch ook dat de oude dame veel te zwaar was? Bridie liet zich op een stoel vallen en sloeg haar handen voor haar gezicht. Ze was moe. Ze had in geen maanden meer een nacht ongestoord kunnen doorslapen. Mrs. Grimsby wekte haar voor het minste of geringste. Om achter de gordijnen te kijken of zich daar een geest verborgen hield. Om haar gerust te stellen dat ze niet alleen was. Of om haar de kamerpot te brengen. Bridie kende niemand die zo vaak en zo graag op de po ging.

Ze zou het liefst naar Mrs. McGuire zijn gegaan, om haar te vragen een andere betrekking voor haar te zoeken. Maar Bessie McGuire had al genoeg voor haar gedaan. Als ze tijd had gehad, zou Bridie wel bij haar langs zijn gegaan, al was het maar om een vriendelijk gezicht te zien. Maar ze mocht amper de deur uit en ze had maar één vrije dag in de maand. Bovendien weigerde ze op te geven. Dat voelde als een nederlaag, zowel tegenover Mrs. McGuire, als tegenover zichzelf. Ze had gezondigd door ongehuwd zwanger te raken. Daar moest ze voor boeten door hard te werken en offers te brengen. Haar enige hoop was dat God haar dan misschien zou vergeven.

Toen Mrs. Grimsby tegen het eind van de middag weer thuiskwam, werd ze bij de deur verwelkomd door Mr. Gordon. Bridie keek toe, verscholen op de overloop. Ze spraken op gedempte toon, de butler helde als buigend riet naar de oude dame toe, zodat hun hoofden elkaar bijna raakten. Mrs. Grimsby klopte hem dankbaar op de hand en schudde haar deinende kinnen. Met zijn hoofd een beetje schuin luisterde Mr. Gordon aandachtig en vol medeleven naar wat ze zei. De oude dame glimlachte vluchtig en wuifde zichzelf koelte toe. Haar gezicht was rood en bezweet, van de hitte maar ook van de wijn, zoals haar licht zwalkende tred deed vermoeden. Ze klopte Mr. Gordon nogmaals op de hand en keek vanonder haar zwart geverfde wimpers bijna lonkend naar hem op. Als een jong meisje dat een jongen die haar leuk vond een sprankje hoop gaf.

Toen Mrs. Grimsby naar de trap liep kwam Bridie haar tegemoet. 'Goedemiddag, madam.'

Op slag verhardde het gezicht van de oude dame. Van het meisje dat naar Mr. Gordon had gelonkt, was niets meer over. Het had plaatsgemaakt voor de norse, onhebbelijke werkgeefster die moeizaam, in een veel te strakke japon de trap op klom. 'Help me onmiddellijk uit deze jurk!' snauwde ze terwijl ze driftig naar haar slaapkamer liep. 'Je had me nooit zo de deur uit mogen sturen. Ik heb me de hele dag ellendig gevoeld.' Ze strompelde de kamer binnen en keerde haar rug naar Bridie, steun zoekend bij de ladekast. Toen Bridie alle haken en ogen had losgemaakt, liet Mrs. Grimsby zich in haar onderjurk op het bed vallen. Haar enorme lijf lag uitgeteld op de sprei. Wasbleek, met haar ogen gesloten en haar mond open zag ze eruit als een lijk. Op haar reutelende ademhaling na. 'Wuif me koelte toe!' commandeerde ze. Bridie pakte de waaier van de ladekast en vouwde hem open. Terwijl ze ermee voor het gezicht van Mrs. Grimsby heen en weer bewoog, keek ze naar het trillende grijze dons langs de haarlijn en zag ze hoe de zweetdruppeltjes rond de neus en tussen de zachte haartjes op de bovenlip geleidelijk aan verdwenen. Zwijgend luisterde ze naar de ademhaling van de oude dame en bleef ze haar koelte toewuiven tot ze zeker wist dat Mrs. Grimsby sliep. Af en toe trok er een huivering door het kolossale lichaam en ademde Mrs. Grimsby diep en zwaar door haar neus. Eén keer deed ze haar ogen open, zichtbaar verrast dat haar dienstmeisje nog altijd over haar heen gebogen stond. Maar Bridie durfde niet weg te gaan. Want als Mrs. Grimsby wakker werd en ontdekte dat ze was verdwenen, dan zwaaide er wat. En dus bleef Bridie haar koelte toewuiven tot haar armen pijn deden.

De dagen werden korter. Mrs. Grimsby sloeg tijdens haar thee op de veranda een sjaal om haar schouders wanneer de zon achter het huis verdween en het begon af te koelen. Ze leek geen behoefte meer te hebben aan mensen om zich heen, ze ging steeds minder op bezoek en ontving ook minder vaak gasten. In plaats daarvan zat ze liever alleen in de tuin of op de veranda, uitkijkend over de oceaan of verdiept in een boek, met haar leesbril op haar neus. Op een zondag, tegen het eind van augustus, werd Bridie in de tuin ontboden. Mrs. Grimsby zat in een duifgrijze japon op de schommelstoel, luisterend naar het zingen van de vogels. Ze leek in gedachten verzonken, haar gezicht stond verrassend zacht en ontspannen.

'Ik wil dat je me voorleest.' Ze gaf Bridie een boek. 'En met gevoel! Alice las alles op dezelfde toon. Haar stem klonk doods. Trouwens, in haarzelf zat ook niet veel leven. Ze zag eruit als zo'n geprepareerde vis in een lijstje aan de muur. Nou, vooruit. Je hoeft niet "mooi" te zitten, alleen maar te lezen.' Ze aaide haar kat en sloot vol verwachting haar ogen.

'*Een verzameling gedichten, door William Butler Yeats*,' las Bridie.

'Het is het eerste cadeau dat ik van mijn man heb gekregen. Yeats is een Ier. Dus ik dacht dat je dat wel leuk zou vinden. En door je accent klinken zijn gedichten nog authentieker, stel ik me voor.' Mrs. Grimsby hield haar ogen nog altijd gesloten. Bridie verbaasde zich over zo veel vriendelijkheid. Of had de oude dame een Ierse dichter uitgekozen om haar pijn te doen? 'Ken je Yeats?' vroeg Mrs. Grimsby.

'Ja.'

'Gelukkig maar. Niets zo saai als een onnozele vrouw, zei mijn vader altijd. Hij heeft mijn moeder alles geleerd wat hij wist. Ze kwam niet uit een geprivilegieerd milieu, maar ze bezat een scherpe geest. Je bent geen schoonheid, Bridget, maar als je ook nog onnozel zou zijn kwam je nooit aan de man.' Ze deed haar ogen open en keek Bridie aan als een havik die zijn prooi fixeerde. 'Je wilt toch wel een man, hè?'

'Nee, ik trouw niet,' antwoordde Bridie vastberaden, misschien zelf wel het meest verrast door de stoutmoedigheid waarmee ze de blik van Mrs. Grimsby beantwoordde.

'Merkwaardig,' oordeelde Mrs. Grimsby. Bridie sloeg alsnog haar ogen neer, niet langer opgewassen tegen haar dwingende ogen. 'Natuurlijk trouw je,' klonk de snerpende stem van Mrs. Grimsby. 'Dat doen alle meisjes, want we leven in een mannenwereld, Bridget. Als vrouw alleen ben je hulpeloos, tenzij je geld hebt. Want geld mag dan niet gelukkig maken – kijk maar naar mij – het geeft je wel macht.' Ze begroef haar dikke vingers in de vacht van de kat. 'Het is alleen de kunst om de juiste man te vinden. En dat blijft altijd een gok.'

'Ik ben bij u in betrekking, madam. Verder dan dat denk ik niet.'

Mrs. Grimsby fronste haar wenkbrauwen. 'En kinderen dan? Wil je die ook niet?'

'Daar denk ik ook nooit aan,' antwoordde Bridie zonder blikken of blozen, terwijl ze de stem van haar hart wanhopig het zwijgen oplegde.

'Ik heb nooit kinderen gekregen, maar ik ben wel gezegend met enorme rijkdom. Eliot was uitzonderlijk getalenteerd. En een buitengewoon succesvol industrieel. Het gevolg is dat ik word omringd door parasieten die zich aan me vastklampen vanwege mijn geld. Neem Paul bijvoorbeeld, mijn neef de hyena. Denk je dat hij voor zijn plezier bij me langskomt?'

'Hoezo, vindt hij het dan niet prettig u te bezoeken?'

'Nee, natuurlijk niet. Hij hoopt dat ik snel doodga. Ze hopen allemaal dat ze van me erven.' Mrs. Grimsby snoof minachtend. 'Enfin. Ik had je gevraagd om me voor te lezen. Begin maar met "Het meereiland Innisfree".'

Bridie bladerde naar het gedicht, haalde diep adem en begon te lezen. '*Ik wil hier alles laten en heengaan, en gaan naar Innisfree…*' Toen ze vluchtig opkeek, zag ze dat Mrs. Grimsby opnieuw haar ogen had gesloten. Haar onderkinnen rustten op haar boezem, haar vingers woelden nog altijd door de vacht van de kat die vredig lag te slapen op haar schoot. '*Een hut zal ik er bouwen, gemaakt van bies en klei.*'

Zonder haar ogen open te doen, sloot Mrs. Grimsby zich bij Bridie aan. '*Ik zal er negen rijen bonen hebben, een korf voor de honingbij, en in het zacht gegons zal ik wonen, alleen…*' De stem van de oude dame stierf weg en tot Bridies verrassing zuchtte ze van genot. 'Prachtig, Bridget. Echt prachtig.' Ze zuchtte nogmaals.

Bridie las door, blozend dankzij het zeldzame compliment dat zo warm en oprecht had geklonken. Toen ze bij het slot van het gedicht was aangekomen vulden haar ogen zich met tranen. Het kostte haar moeite haar stem vast te doen klinken, want elke regel, elke strofe bracht haar dichter bij huis. '*Ik wil hier alles laten en heengaan, want nacht en dag, Hoor ik hoe het water aan de oevers fluistert; Ik hoor het langs de weg, of lopend langs de huizen, Ik hoor het in het diepst van wat ik ben.*' Terwijl ze het las, zag ze hun kleine boerderij, waar haar vader en moeder rond de keukentafel dansten. Hun ogen schitterden, ze lachten stralend, alsof ze alles om zich heen waren vergeten en alleen op de wereld waren. Bridie had kunnen zweren dat ze de klanken van een viool hoorde, aangevoerd door de wind, over de zee van tijd en afstand.

'Dat heb je schitterend voorgelezen,' zei Mrs. Grimsby zacht. Bridie keek op. Er lag een blos op het gezicht van de oude dame, haar wangen glommen als de wangen van een kind. 'Vertel me eens over Ierland,' zei ze en Bridie was opnieuw verrast door de tedere klank in haar stem. 'Is het echt zo mooi als Yeats het beschrijft?'

'Het is nog veel mooier.' Denkend aan haar verre thuis voelde Bridie een steek van pijn in haar hart.

'En hoe zit het met de elfen? Bestaan ze echt?'

'Mijn vriendin Kitty kan ze zien,' zei Bridie zacht, ineens bang dat ze te veel had gezegd en dat Mrs. Grimsby haar vrijmoedigheid zou afkeuren.

In plaats daarvan leek ze over Bridies woorden na te denken. 'Die Kitty, is dat miss Kitty Deverill?' vroeg ze ten slotte.

'Ja.'

'En ze was je vriendin?'

'Ja, dat was ze...' Bridies stem stierf weg. De vriendschap tussen Kitty en haar was voorbij.

'Dat is wel erg ongebruikelijk.' Mrs. Grimsby deed haar ogen open. 'Kitty's moeder was vast niet gelukkig met die vriendschap.'

'Kitty's moeder heeft er nooit iets van geweten.'

Mrs. Grimsby trok haar wenkbrauwen op. 'Dus het ging allemaal in het geniep! Wat een uitgekookt stel waren jullie.' Bridie schaamde zich, maar Mrs. Grimsby lachte erom. 'Vertel eens wat over Kitty.'

'Ze is voor niets of niemand bang.'

'En verder...' drong Mrs. Grimsby aan. 'Hoe ziet ze eruit? Wat is ze voor iemand?'

Bridie legde het boek op haar schoot. 'Ze heeft titiaanrood haar en ze is onstuimig, eigenzinnig, niet in het gareel te houden. En ze kan geesten zien. Dat is een gave. Die heeft ze geërfd van haar grootmoeder.'

'Geesten? Wat voor geesten?' Mrs. Grimsby boog zich naar voren.

Bridie klapte het boek dicht. 'Er wonen een heleboel geesten op kasteel Deverill.'

'Hoe komt dat zo?'

'O, dat is een lang verhaal.'

'We hebben de hele middag de tijd.' De oude dame leunde weer naar achteren en ze installeerde zich genietend, als een broedse kip. 'Dus vertel maar. Ik wil het van a tot z horen.'

Bridie haalde diep adem, ze vertrouwde het plotselinge enthousiasme van de oude dame nog niet helemaal. 'Het is het verhaal van Barton Deverill en van de vloek waardoor hij werd getroffen.'

26

Londen, Engeland, 1922

Gekweld door onzekerheid hunkerde Kitty naar nieuws over Jack. Ze putte troost uit de zorg voor het kleine jongetje dat ze naar hem had vernoemd, en uit de drukke agenda van Celia die haar overal mee naartoe sleepte. Toch was Jack op de achtergrond altijd in haar gedachten. En toen kwam er in maart eindelijk een brief. Via Grace, die hem had doorgestuurd.

15 maart 1922

Liefste Kitty,
Ik schrijf je vanuit Cork waar ik mijn dagen slijt in de gevangenis. Je zult wel gehoord hebben dat het me niet is gelukt weg te komen naar Amerika. Het enige lichtpuntje is dat ik hier in Cork dichter bij jou ben. Wanneer ik naar de lucht kijk, weet ik dat jij hetzelfde blauw ziet. Daar put ik troost uit. Ik denk niet dat ze me tot het vuurpeloton zullen veroordelen. Misschien hebben de Britten door 1916 van hun fouten geleerd! Maar ik verwacht ook niet dat ze me zullen vrijlaten. Toch zal een bestaan achter tralies minder ondraaglijk voor me zijn, als ik weet dat jij doorgaat met je leven. Wacht niet op mij, mijn lieve mooie Kitty. Wacht niet tot ik vrijkom, tot je oud en verbitterd bent. Zoek een ander om van te houden. Een ander die ook van jou houdt. Ik ontsla je van je belofte, net zoals jij mij van de mijne moet ontslaan. We zijn niet voorbestemd om samen te zijn. Tot dat inzicht ben ik inmiddels gekomen. Maar dat jij van me hebt gehouden, heeft mijn leven oneindig verrijkt.

Houden van is loslaten, zeggen ze. En daarin schuilt een diepe waarheid. Ik hou van je, Kitty. Meer dan van mijn eigen leven. Jack

De inkt vlekte door de tranen die op het papier drupten. Haastig legde ze de brief weg, ze sloeg haar handen voor haar gezicht en zwoer dat ze op hem zou wachten, hoe lang het ook zou duren. Alleen al de gedachte dat ze op zoek zou gaan naar een ander, vervulde haar met afschuw. Haar hart behoorde Jack toe en dat zou altijd zo blijven.

Sinds haar aankomst in Londen, samen met de kleine Jack, was ze aangenaam verrast door de reacties die ze kreeg. Celia vond het 'een giller', een ongetrouwde vrouw met een kind. Beatrice had haar bewondering uitgesproken voor Kitty's 'daad van naastenliefde'. En Digby vond dat de kleine Jack sprekend op haar leek, waarop Maud vinnig had opgemerkt dat half Ierland rood haar had. Victoria toonde niet de minste interesse in de kleine Jack. Harry daarentegen nam Kitty apart. Ze hadden geen geheimen voor elkaar, zei hij. Dus hij eiste dat ze open kaart speelde. Toen Kitty hem de waarheid vertelde, had hij geen goed woord over voor de handelwijze van hun vader, maar hij schaarde zich volledig achter Kitty's besluit om het kind groot te brengen. 'Misschien ben ik de kleine Jack ooit wel dankbaar, want de kans dat ik ooit vader word lijkt me niet groot,' fluisterde hij grijnzend.

'Mama zal hevig teleurgesteld zijn als je niet voor een stamhouder zorgt,' zei Kitty.

'Arme mama, ze krijgt de ene teleurstelling na de andere te verwerken. Ik zou bijna medelijden met haar hebben.'

'Bespaar je de moeite. Mama is net onkruid. Niet uit te roeien en ze duikt altijd daar op waar je haar niet kunt gebruiken.'

Kitty schreef Elspeth dat ze zich had ontfermd over een kind dat bij het jachthuis te vondeling was gelegd. En dat ze naar Londen was gegaan omdat hun vader weigerde een kind in huis te nemen dat niet van haar was. Het was althans gedeeltelijk de waarheid. Openhartiger durfde ze niet te zijn. Maar ze wilde ook niet dat haar zusje het nieuws van anderen zou horen. Elspeth zou haar steunen. Mocht ze ooit een toevluchtsoord nodig hebben in Ierland, dan kon ze op haar rekenen.

Misschien werd er in de hogere kringen van Londen over haar geroddeld, maar daar merkte Kitty niets van. En daar maakte ze zich ook niet druk om. Nu ze Ierland achter zich had moeten laten, stortte ze zich met overgave in het Londense uitgaansleven, alsof ze zich op die manier probeerde los te maken van het verleden. Ze werd een vaste bezoeker van de dinsdagavondsalon van Beatrice, waar ze de andere gasten zowel charmeerde als verbaasde met haar uitgesproken opvattingen die ze intelligent onder woorden wist te brengen, waarbij ze in vrijmoedigheid niet onderdeed voor de aanwezige heren. Wie zo onvoorzichtig was over de situatie in Ierland te beginnen, kreeg daar al snel spijt van, want Kitty deinsde er niet voor terug zich uit te spreken vóór de IRA en bewees dat ze beter op de hoogte was dan de meeste andere gasten. Beatrice was dan ook maar al te blij met haar nicht, die met haar spraakmakende levenswandel en gedurfde meningen voor vuurwerk zorgde tijdens de wekelijkse bijeenkomsten.

Samen met Celia en haar grote vriendenkring lunchte Kitty in de beste, populairste restaurants en danste ze tot in de kleine uurtjes in nachtclubs waar jazz werd gespeeld, de muziek die recentelijk uit Amerika was overgewaaid. Ze leerde de charleston, ze volgde de laatste mode van verlaagde tailles en kortere rokken, en ze begon te roken. Met Harry en Boysie ging ze naar musea, waarbij ze deed alsof ze de steelse blikken en vluchtige liefkozingen niet zag die de mannen uitwisselden. Ze was een graag geziene gast, het stralende middelpunt in elk gezelschap, ook al werd ze door bejaarde douairières 'losbandig en zedeloos' genoemd, wat in combinatie met haar Ierse afkomst zo mogelijk nog gevaarlijker was.

Hoezeer Kitty haar nieuwe leven ook omhelsde, Jack vergat ze niet. Ze schreef hem soms wel drie keer in de week en stuurde haar brieven naar de gevangenis in Cork. Maar hoe verlangend en ongeduldig ze ook uitkeek naar antwoord, Jack liet niets van zich horen.

De angst van Maud dat haar jongste dochter niet aan de man zou komen, bleek ongegrond. De oorlog mocht dan bijna een hele generatie hebben uitgeroeid, de jonge mannen die het front hadden overleefd, verloren al snel hun hart aan Kitty. Dat ze de zorg voor een kind op zich had genomen, leek hun niet te ontmoedigen. Het was tenslotte niet haar eigen kind. Bovendien wekte de manier waarop ze zich over het kleine jongetje ontfermde, slechts bewondering. Maar Kitty liet zich niet strikken, met als gevolg dat ze de mannenharten nog vuriger liet slaan.

De zomer deed zijn intrede en Victoria's dochter werd geboren. Lady Alexandra Mary Victoria Casselwright, zoals het kleine meisje ging heten. 'Had ze geen naam kunnen bedenken die niet naar een koningin verwijst?' mopperde Kitty tegen Celia.

'De volgende wordt een jongen. George William Edward Eric,' zei Celia grinnikend. 'Want "Eric" moet er natuurlijk wel bij. Het arme schaap!'

'Met een kind waarmee ze kan pronken, hebben we deze zomer gelukkig geen last van mama,' zei Kitty. 'De zoon van Elspeth telt niet, want die heet maar heel gewoontjes John MacCartain. Bovendien moet mama niets van Ierland hebben. Trouwens, ook niet van Elspeth. Wat zal ze het heerlijk vinden om grootmoeder te zijn van een kleinkind dat van adel is!'

Voor de zomer ging de familie naar Deverill Rising, Digby's uitgestrekte landgoed in de heuvels van Wiltshire. Toen de auto de indrukwekkende oprijlaan insloeg, tussen glooiende weiden met hoog gras en wilde bloemen, over een schilderachtige brug met daaronder het riviertje de Deverill, besefte Kitty pas hoezeer ze het platteland had gemist. De hellingen waren bespikkeld met schapen, als pluizige paardenbloemen. Vogels vlogen hagen van sleedoorn en haagbeuk in en uit. Hoog oprijzende kastanjebomen verleenden beschutting tegen de brandend hete zomerzon, terwijl de paarden in de schaduw daaronder werden belaagd door dikke vliegen die zich niet lieten wegjagen en zich verzamelden rond hun ogen en hun fluweelzachte lippen. Kitty's hart zwol bij het vooruitzicht weer te kunnen rijden en haar blik gleed verlangend over de krijtheuvels.

Het indrukwekkende landhuis was opgetrokken uit natuursteen, de gevel werd over de volle breedte bekroond door een timpaan en langs de dakrand verhief zich een robuuste balustrade met amfora's. Hoge ramen keken uit op weelderig bloeiende, liefdevol verzorgde tuinen. Zodra de auto stilhield op het grind sprong Celia eruit en sleepte Kitty mee. De kleine Jack bleef onder de hoede van Hetty, die er ook op toezag dat de bagage naar binnen werd gebracht. Ondertussen renden de nichtjes het huis door, naar de openslaande deuren aan de achterkant die uitkwamen op een geplaveide tuin met een overvloed aan wilde tijm, vrouwenmantel, vergeet-mij-nietjes en reusachtige potten vol rozemarijn. Een ronde witte duiventil met een rieten dak bood een serene aanblik tegen de achtergrond van een dicht bos.

De meisjes renden de tuinen door, onder sierlijke bogen begroeid met klimrozen, over slingerende paden tussen uitgestrekte borders met campanula en pioenrozen, en door de ommuurde groentetuinen waar lathyrus tussen rijen worteltjes en spinazie groeide. Gretig om haar alles te laten zien – van de tennisbaan en het croquetveld, tot de boomhut die ze voor haar tiende verjaardag van haar vader had gekregen – trok Celia haar nichtje achter zich aan. Uiteindelijk ploften ze neer op een houten bank rond een perenboom, doodmoe en lachend van opwinding. 'Is het hier niet heerlijk?' jubelde Celia.

'Ik had niet gedacht dat het ergens mooier kon zijn dan thuis, maar Deverill Rising is adembenemend,' antwoordde Kitty hijgend.

'En reken maar dat we plezier gaan maken. Net als vroeger, in Ierland. Vivien en Leona komen met hun saaie mannen en hun krijsende kinderen. En vanavond verwachten we Harry en Boysie met Archie Mayberry. Volgens mij gaat Archie me ten huwelijk vragen.'

'En wat zeg je dan?'

Celia haalde haar schouders op. 'Ik denk dat ik ja zeg. Ooit moet het er toch van komen en Archie is geen verkeerde keuze. Bovendien is hij rijk. Schat- en schatrijk.'

'En knap,' opperde Kitty behulpzaam.

'Ja, het is geen straf om naar hem te kijken, hè? Ik hou natuurlijk niet van hem, maar hij wel van mij, geloof ik. Bij de keuze van een man moet je praktisch te werk gaan. Hij is rijk, van goede komaf en intelligent. Dat laatste is ook erg belangrijk, want ik zou het niet kunnen verdragen om getrouwd te zijn met een domme man. Als ik me verveel ga ik me misdragen. Dus ik trouw met Archie, ik krijg een stel kinderen en dan word ik verliefd op een ander.' Celia zuchtte tevreden. 'Zo gaat het toch altijd?'

'Ik heb er eigenlijk nog nooit over nagedacht. Mijn vader is mijn moeder inderdaad ontrouw geweest, dat weet ik wel.'

'Natuurlijk. De mijne ook. Van mama weet ik het niet zeker. Als ze minnaars heeft gehad, dan is ze daar discreter mee omgesprongen dan mijn vader. Trouwens, laten we een eind gaan rijden als de jongens er zijn. Ik wed dat je dat mist.'

'Ja, ik mis de paarden heel erg.'

'In deze tijd van het jaar valt er niets te jagen, maar we kunnen in galop over de heuvels en ik kan je de Man laten zien. Dat is een reusachtige kalkfiguur op de helling, want de bodem onder het gras bestaat uit kalk. Hij is niet zo indrukwekkend als jouw Elfenkring want hij komt bij zonsondergang niet tot leven.' Celia pakte Kitty's hand. 'Konden we de klok maar terugzetten, om desnoods nog één zomer op kasteel Deverill te kunnen doorbrengen. Heb jij dat ook?' Bij het zien van de doffe blik in Kitty's ogen begon Celia snel over iets anders. 'Kom, dan laat ik je het huis zien.'

Het duurde niet lang of het grote landgoed vulde zich met gasten. Ze kwamen onverwacht en bleven soms dagen. Beatrice vond het allemaal prima. Ze troonde op het terras, met op haar hoofd een grote zonnehoed, terwijl Digby, in een fonkelnieuw geel geruit jagerskostuum compleet met kniebroek, de mannen rondleidde over het landgoed en ze de bijbehorende boerderij liet zien. Sir Digby Deverill mocht dan uit een oud, adellijk geslacht stammen, hij gedroeg zich als een nouveau riche en deinsde er niet voor terug te pronken met zijn diamantmiljoenen. Beatrice genoot vooral van haar jeugdige gasten die in glimmende auto's naar het landgoed kwamen. De meisjes droegen hun haar kort en de taille laag, volgens de laatste mode. Ze hadden hun lange nagels rood geverfd, net als hun lippen. De mannen in hun lichtgekleurde pakken of gestreepte jasjes, met crickettruien en platte strohoeden, zagen eruit als echte levensgenieters. Opgewekt en ogenschijnlijk onbekommerd. Beatrice sloeg hen gade terwijl ze tennis en croquet en charade speelden; bij het blikje trappen en de picknicks op de heuvel. Ze zag hoe ze elkaar plaagden, hoe ze flirtten, rookten, dansten en plezier maakten. O, wat zou ik graag weer jong zijn, dacht ze verlangend. De rijkdom van de jeugd, als je hele leven nog voor je ligt.

Op een avond in augustus, toen de hemel was bezaaid met sterren, nam Archie plechtig Celia's hand in de zijne en vroeg haar of ze met hem wilde trouwen. Celia zei ja, waarop het stel naar binnen stormde en een spelletje buut verstoorde dat werd gespeeld volgens de regels van de Deverills en was uitgegroeid tot een traditie. Het aanstaande bruidspaar vertelde zijn grote nieuws, de champagne werd ontkurkt, er werden gelukwensen uitgewisseld en vervolgens trok Celia zich terug met haar vriendinnen voor het bespreken van De Jurk en het kiezen van de bruidsmeisjes. 'Jij moet mijn boeket vangen, Kitty, want jij bent de volgende bruid.' Kitty zei niets. Als ze ooit de bruid zou zijn, dan alleen met Jack als bruidegom. Wanneer zou hij eindelijk vrijkomen, vroeg ze zich wanhopig af.

Op 22 augustus werd Michael Collins, die de onderhandelingen had gevoerd waaruit de Ierse tweedeling was voortgekomen, door fanatieke nationalisten in een hinderlaag gelokt en vermoord. Kitty was diep geschokt toen ze het in de krant las. 'Ze hebben Michael Collins vermoord! Wat vreselijk!' riep ze uit terwijl ze *The Times* op de ontbijttafel smeet en dacht aan Jack die nog in de gevangenis zat. 'Houdt het geweld dan nooit op?'

'Michael Collins? Dat is toch een van die Ierse terroristen?' Celia begreep niet waarom haar nichtje zo van streek was.

Kitty schudde verbaasd haar hoofd. 'Maar weet je dat dan niet? Michael Collins was een held. Een opstandeling, een strijder voor de vrijheid. Een dappere man die alles overhad voor zijn land. Ik hoop dat ze de daders vinden! En wat mij betreft worden ze aan de hoogste boom opgeknoopt!' Het gezelschap rond de tafel keek elkaar ongemakkelijk aan. Niemand was geïnteresseerd in Ierland en in wat daar gebeurde, alleen Harry, die de krant pakte en zwijgend begon te lezen. Boysie keek bezorgd en er viel een ongemakkelijke stilte.

'Hemeltje lief, wat akelig allemaal. Weet je wat, laten we gaan picknicken. Daar vrolijk je van op, Kitty. En dan kunnen we kastie spelen op de heuvel,' stelde Celia voor.

'Wat een geweldige idee, lieveling.' Archie keerde zich bewonderend en in aanbidding naar haar toe. 'Dat geeft ons iets leukers om aan te denken dan die Michael Collins.'

Er werd een trouwdatum vastgesteld. Het huwelijk zou in de lente worden gesloten, de herfst was een aaneenschakeling van verlovingsfeestjes, naast het gebruikelijke vertier. Kitty onderhield een hecht contact met haar grootmoeder, die haar lange, poëtische en in toenemende mate krankzinnige brieven stuurde. Adeline schreef over de dwergen in de hagen, over de elfen in de bloembedden, over Bertie die haar had gedwongen om vanwege de kou haar intrek te nemen in het jachthuis. Ze ging er alleen naartoe om te eten en te slapen, want Hubert was erg veeleisend en wilde dat ze hem de hele dag gezelschap hield. De Struikjes durfden niet meer langs te komen en leefden min of meer als kluizenaars in hun huis in Ballinakelly. Ze stuurde hun cannabis om de zenuwen te kalmeren, maar niemand zou het weten als ze op een dag in hun slaap kwamen te overlijden. Adeline informeerde ook naar de toelage die ze Kitty stuurde. *Is het genoeg, kindje? Want ik wil niet dat je als een pauper moet leven. Als iemand verdient om het goed te hebben, ben jij het. Zelf heb ik nog maar weinig nodig nu ik nauwelijks verder kom dan de toren. Ik voel me een tweede Raponsje, maar dan zonder heks. En Hubert, mijn prins, is niet in staat me te redden. Het ga je goed, lieve Kitty. Bid dat er een eind mag komen aan het geweld, zodat je met de kleine jongen kunt terugkeren en hem op kasteel Deverill kunt grootbrengen. Want dit is zijn huis. Hier hoort hij.*

Kitty schreef Jack nog altijd met grote regelmaat. Ook al had hij haar op het hart gedrukt niet op hem te wachten, toch was ze verbijsterd en gekwetst door zijn weigering om terug te schrijven. Besefte hij dan niet dat ze zo veel van hem hield dat ze desnoods haar hele leven op hem zou wachten? En toen, op 17 december 1922, nadat op 6 december de Ierse Vrijstaat was uitgeroepen, vertrokken de laatste Britse troepen uit de kazerne in Dublin. Het zuiden was eindelijk onafhankelijk. Kitty twijfelde er niet aan of Jack zou nu spoedig vrijkomen.

De bevrijding was een historisch moment waarvan Kitty al zo lang had gedroomd. Ze was trots op haar eigen bescheiden rol daarin en samen met Grace vierde ze het heuglijke feit in het Ritz, met champagne en een diner, waarbij ze herinneringen ophaalden aan hun tijd als opstandelingen, aan de gruwelijke moord op kolonel Manley, aan het moment waarop Kitty had beseft dat Grace niet de vijand was maar haar bondgenoot, en aan die keer dat Kitty bijna door de Auxiliaries was betrapt met een schoenendoos waarin een pistool verstopt zat. 'Zonder het improvisatietalent van pastoor Quinn was je misschien wel in de gevangenis beland, net als gravin Markievicz.' Het was Grace aan te zien dat ze heimwee had naar die opwindende tijden. Kitty verwachtte dat Jack onmiddellijk zou worden vrijgelaten, maar de weken verstreken zonder dat ze iets hoorde, en geleidelijk aan maakte het gevoel van triomf plaats voor teleurstelling en verbittering.

De kleine Jack Deverill groeide voorspoedig. Van het broze kindje dat Kitty op de veranda had gevonden, had hij zich ontwikkeld tot een kleine dikzak, blakend van gezondheid. Omdat ze niet wist wanneer hij was geboren, verklaarde ze 1 januari tot zijn verjaardag. Ze bakte een taart voor hem en nodigde Celia en Harry uit voor de viering. Terwijl de kleine Jack de kaars uit blies, dacht Kitty aan Bridie. Was ze inmiddels teruggekeerd naar Ballinakelly? Het liefst zou ze haar schrijven, om haar gerust te stellen dat alles goed was met de kleine en dat hij van haar alle liefde kreeg die Bridie hem niet kon geven. Wanneer hij sliep, zat ze soms naast zijn bedje en vergat ze de tijd. Hoe had ze ooit kunnen vermoeden dat zo'n klein mensje haar zo veel vreugde zou schenken? Wanneer ze eraan dacht wat Bridie allemaal miste, voelde ze een steek van pijn in haar hart.

Hoewel Grace regelmatig naar Londen kwam, had ze geen nieuws over Jack. En Bertie was koppiger dan ooit in zijn weigering om Kitty en de kleine Jack naar huis te laten terugkeren. 'Hij erkent het kind niet,' zei Grace zacht. 'In zijn ogen is Jack geen Deverill.'

'Dan kan ik niet terug.' Kitty stak haar kin naar voren om haar verdriet terug te dringen. 'Maar ooit zal ik Jack Deverill laten zien wat zijn thuis is. Hij heeft meer Iers bloed dan ik en ik zal niet rusten voordat ik hem heb herenigd met de zetel van zijn voorgeslacht.'

'Je kunt altijd bij mij in huis komen,' bood Grace aan.

'En van een afstand naar mijn eigen huis kijken? Nee, dat zou ik niet kunnen verdragen. Uiteindelijk zal papa moeten toegeven. Al is het maar ter wille van grootmama. Zou jij met hem willen praten, Grace?' Kitty legde een hand op de arm van haar vriendin. 'Jij bent de enige naar wie hij luistert.'

Grace vertelde maar niet dat Bertie weer veel te veel dronk en dat ze hem nog maar zelden zag. Jagen deed hij amper meer, bij de rennen liet hij zich niet zien en bezoek ontving hij ook nauwelijks. Al met al was hij nog slechts een schim van de charismatische figuur die hij ooit was geweest. De zwierige, onbekommerde man was een paranoïde angsthaas geworden. Alleen whiskey – heel veel whiskey – kon zijn gekwelde ziel nog sussen, en Grace was bang dat het niet lang zou duren of hij ging ook elfen en dwergen zien, net als Adeline.

'Is er nog nieuws van Bridie?' vroeg Kitty.

'Het laatste wat ik heb gehoord, is dat ze als dienstmeisje werkt in Manhattan. Ze maakt het goed. Je hoeft je over haar geen zorgen te maken.' Grace keerde zich naar het raam. 'Ze wilde een nieuw leven beginnen. En je vader is buitengewoon royaal geweest. Royaler dan de meeste mannen zouden zijn in een dergelijke situatie.'

'Komt ze ooit nog terug, denk je?'

Grace keek haar ernstig aan. 'Zou je dat willen? Dat ze terugkomt en haar kind opeist?'

Daar had Kitty niet aan gedacht. 'Nee. Nee, dat wil ik niet. Als ik eerlijk ben, moet ik bekennen dat ik de kleine Jack voor mezelf wil. Is het harteloos om zo te denken?'

'Helemaal niet. Het zou harteloos zijn als je er anders over dacht.'

'Ik hou van hem alsof hij mijn eigen zoon is, Grace,' verklaarde Kitty stralend. 'Ik hoef maar naar hem te kijken of al mijn zorgen verdwijnen en ik heb er weer vertrouwen in dat alles goed komt met de wereld.'

'Dan moet je Bridie uit je hoofd zetten. Ze heeft vrijwillig afstand gedaan van haar kind. Wie de kleine Jack ook bij jou voor de deur heeft gelegd, wist dat je goed voor hem zou zorgen en dat je hem als een Deverill zou grootbrengen. Want dat is hij tenslotte. Ik weet zeker dat Bridie dat zelf zo heeft geregeld. Jullie zijn vriendinnen. Ze wist dat ze op je kon rekenen.'

'Ja, dat denk ik ook.' Kitty voelde zich op slag een stuk beter. 'Als de rollen omgedraaid waren, zou ze voor mij hetzelfde doen.'

Naarmate de bruiloft dichterbij kwam, werd Celia steeds nerveuzer over de eerste huwelijksnacht. 'Hoe zou *het* zijn? Denk je dat het pijn doet?'

Het gezicht van Michael Doyle verscheen voor Kitty's geestesoog. 'Als de bruidegom voorzichtig is, doet het geen pijn. Dat weet ik zeker.'

'Ik zou *het* liever met Lachlan doen,' zei Celia, doelend op Archies getuige.

'Celia!' De bekentenis van haar nichtje betekende voor Kitty een welkome afleiding.

'O, ik weet heus wel dat ik dat soort dingen niet hoor te denken. Maar als hij naar me kijkt, is het net alsof alle haartjes over mijn hele lichaam rechtop gaan staan, als soldaatjes die in de houding springen. En dat heb ik bij Archie helemaal niet.'

'Wat wil je daarmee zeggen?'

'Niks. Ik trouw over twee weken met Archie. En tegen de tijd dat ik hem een stamhouder heb gegeven, en wie weet zelfs nóg een zoon als reserve, word ik misschien wel verliefd op Lachlan Kirkpatrick.'

Het huwelijk van Celia Deverill zou waarschijnlijk dé gebeurtenis van het seizoen zijn geweest, ware het niet dat prins George, de hertog van York, die aprilmaand trouwde met Lady Elizabeth Bowes-Lyon. Het koninklijke huwelijk werd niet, zoals de traditie wilde, in de Royal Chapel gesloten, maar in Westminster Abbey waardoor het welbewust tot een publieke aangelegenheid werd gemaakt, om het moreel op te vijzelen na het geweld en de verwoestingen van de oorlog. Beatrice was diep teleurgesteld dat Celia's bruiloft, die in mei zou plaatsvinden, zou worden overschaduwd door een huwelijk waarmee ze onmogelijk kon concurreren, zelfs niet met al Digby's miljoenen en haar unieke, gevarieerde gastenlijst.

De plechtigheid vond plaats in St. Peter's Church in Belgravia, de receptie werd gehouden in het Ritz. Celia zag er schitterend uit in een japon van ivoorwitte zijde en met op haar hoofd de indrukwekkende diamanten tiara die Digby voor Leona's huwelijk had laten maken, en die ook haar zus Vivien als bruid had gedragen. Over beide huwelijken was destijds een stuk in *The Tatler* verschenen, compleet met een foto van het bruidspaar. Voor het huwelijk van haar jongste dochter koesterde Beatrice dezelfde hooggespannen verwachtingen.

Kitty droeg als bruidsmeisje ook een lange witte jurk, afgestemd op de zijden creatie van de bruid. Ze had jasmijn door haar haar gevlochten en de geur van haar boeketje lelies en kersenbloesem vervulde haar met nostalgie, want het was de geur van kasteel Deverill in de lente. Celia beloofde plechtig dat ze Archie Mayberry zou liefhebben en gehoorzamen, en het koor zong hymnen die zelfs het ijzigste hart zouden hebben doen smelten. Tenminste, dat dacht Kitty. Maar één blik op het strakke profiel van haar moeder deed haar beseffen dat alleen haar huwelijk met een aristocraat die aan Mauds onmogelijk hoge eisen voldeed, het hart van haar moeder zou kunnen ontdooien. Wat jammer dat prins George net gestrikt was, dacht ze kwaadaardig, een glimlach verbijtend.

Na de plechtigheid gingen de gasten naar het Ritz voor thee met bruidstaart. Kitty vond het een saaie bedoening, want op de gastenlijst stonden – zoals gebruikelijk was – voornamelijk vrienden van Digby en

Beatrice, niet van Celia of Archie. Met haar kop thee liep ze wat rond en maakte hier en daar een praatje. Augusta was even ongenietbaar als altijd en somde met nauwelijks verholen genot een lange lijst vrienden op die recentelijk het tijdelijke met het eeuwige hadden verwisseld. 'Bunny Spencer is vorige week dood gebleven in haar border,' vertelde ze gretig. 'Het ene moment rook ze nog aan de rozen, het volgende was ze compost! En Arthur Sillars is heel ernstig ziek. Hij zal het niet lang meer maken, zeggen ze. En moet je Stoke nu eens zien.' Ze wees naar haar man die er met zijn zware snor en rode wangen meer dan ooit uitzag als een kabouter. 'Je kunt je niet voorstellen dat hij ook ooit doodgaat. Toch kan het elk moment afgelopen zijn.'

Kitty wist zich van haar los te maken met het excuus dat ze zich om de bruid moest bekommeren. Haastig liep ze naar buiten, het terras op. Daar leunde ze met een diepe zucht op de balustrade met uitzicht op Green Park, waar wandelaars ongehaast tussen de platanen slenterden. 'Nee maar, miss Deverill!' klonk een stem naast haar.

Toen ze zich omdraaide keek ze recht in de ogen van Mr. Trench. Ze was zelf verbaasd over de blijdschap die ze voelde om het weerzien. 'Mr. Trench, wat een onverwacht genoegen...'

Hij nam haar hand in de zijne en boog. 'Inderdaad, een groot genoegen om u na al die tijd weer te zien. En staat u mij toe u te complimenteren. U ziet er buitengewoon lieftallig uit.'

'Dank u wel.' Ze glimlachte. Hij was veranderd. Minder stijf, misschien ook zelfverzekerder, en veel minder ernstig. 'Ik had u hier niet verwacht,' zei ze nogmaals.

'Hoe dat zo? Tenslotte heeft uw nicht Beatrice me destijds bij uw moeder aanbevolen. Digby en Beatrice behoren tot de intieme vriendenkring van mijn familie.'

'Maar waarom komen we elkaar dan nu pas tegen? Ik ben al meer dan een jaar in Londen.'

'Ik kom net terug uit Italië.'

'Uit Italië! Wat heerlijk. En wat deed u daar, als ik vragen mag?'

'Ik heb een boek geschreven.'

'Een wetenschappelijke studie?'

Hij schudde zijn hoofd. 'Nee, een roman,' vertelde hij met een verlegen grijns.

‘Nee maar, wat opwindend! En waar gaat die roman over?’
‘Over de liefde.’
‘De liefde?’
‘Kijk maar niet zo verschrikt. Wat is er in het leven nou belangrijker dan de liefde?’
Kitty wist even niet wat ze moest zeggen. ‘Lieve hemel, Mr. Trench. Maar natuurlijk. U hebt gelijk. Er is niets zo belangrijk als de liefde.’
‘Noemt u me alstublieft gewoon Robert. De tijd dat ik uw leraar was, ligt tenslotte ver achter ons.’
‘Goed, Robert. Maar dan ook geen “miss Deverill” meer.’
Zijn gezicht werd plotseling ernstig. ‘Ik heb gehoord wat er met het kasteel is gebeurd. En met je arme grootvader. Wat verschrikkelijk.’
Ze sloeg haar ogen neer. ‘Ja, dat is het zeker.’
‘Ben je daarom uit Ierland weggegaan?’
‘Nee.’ Kitty aarzelde, plotseling vermoeid. ‘Het is een lang verhaal. En een verdrietig verhaal. Maar ik ben er nog niet aan toe om het te vertellen.’
‘Neem me niet kwalijk. Dat begrijp ik. Kan ik misschien…’
Op dat moment kwam er iemand het terras op stormen, hevig ongerust om zich heen kijkend. ‘Heeft iemand de bruid gezien? We hebben overal gezocht!’
‘O, lieve hemel!’ riep Kitty uit.
‘Miss Deverill, u bent een van de bruidsmeisjes. Wanneer hebt u haar voor het laatst gezien? Het is tijd voor het bruidspaar om de taart aan te snijden.’
‘Weet u zeker dat ze zich niet even is gaan opfrissen?’ vroeg Kitty.
‘We hebben overal gekeken!’
‘Je denkt toch niet dat ze ervandoor is, hè?’ vroeg Robert zacht. Hij liet zijn blik over de gasten gaan. De commotie verspreidde zich als een olievlek, overal werd besmuikt gefluisterd.
‘Ik weet niet wat ik ervan moet denken,’ zei Kitty bezorgd. ‘Maar volgens mij moeten we op zoek naar Lachlan Kirkpatrick, de getuige van de bruidegom.’

27

New York, Amerika, 1922

Bridie ontdekte dat er achter de harde buitenkant van Mrs. Grimsby een zachte, gevoelige vrouw schuilging. Ze wist niets van haar verleden, dus ze kon niet verklaren waarom de oude dame zo verbitterd en ongelukkig was. Maar gedichten en verhalen bleken de sleutel tot haar kwetsbare kern. Mrs. Grimsby hield van taal. Van mooie woorden. Die herhaalde ze en proefde ze als snoepjes op haar tong. Ze wilde elke middag dat Bridie haar voorlas op de veranda en ze vroeg telkens opnieuw om verhalen over Ierland. De verhalen over kasteel Deverill waren haar het liefst. Ze was gefascineerd door de geesten die als gevolg van een vloek gevangen zaten binnen de muren van het kasteel, net zoals ze geboeid was door de uitzonderlijke gave die zowel Lady Deverill als Kitty bezat. En zo werd Bridie gedwongen terug te gaan naar het verleden. De deur die ze zo vastberaden achter zich had dichtgetrokken, ging op een kier open en haar herinneringen werden blootgelegd als de donkere hoeken van een kamer waarin plotseling het licht aanging. 's Nachts droomde Bridie van haar vader, van de geur van gerookte haring, van het geluid van de viool en van de oude volksliedjes waarmee ze was opgegroeid. Soms zag ze in haar dromen ook de Banshee, en de landlopers, en de intimiderende gedaante van pastoor Quinn in zijn zwarte habijt. Dan was het alsof zijn brandende ogen tot in haar ziel keken, op zoek naar de zonden die ze had begaan, en dan schoot ze wakker met tranen op haar wangen en haar kussen.

De zee rook in Amerika heel anders dan in Ierland en daar was Bridie blij om. Ze stond zichzelf niet toe te treuren om wat ze had achtergelaten. Amerika was nu haar thuis, het verleden bestond alleen in haar hoofd.

Ierland was zo ver weg – helemaal aan de andere kant van de wereld – dat Bridie het niet kon bevatten. Ze las geen kranten, ze luisterde niet naar de gesprekken in de kerk, en wanneer ze in de salon flarden opving van gesprekken over de burgeroorlog, verdrong ze haar nieuwsgierigheid en drukte ze haar ongerustheid de kop in. Haar enige contact met haar geboorteland waren de brieven die ze aan haar moeder schreef, en het geld dat ze naar huis stuurde. Haar enige teken van zwakte was haar betraande kussen.

Miss Ferrel, Mrs. Gottersman en Mr. Gordon waren Bridies enige metgezellen, maar van vriendschap was geen sprake. Vroeger, toen ze haar moeder had geholpen in de keuken van het kasteel, had Bridie een sterke verbondenheid gevoeld onder de bedienden, en een oprechte genegenheid jegens de familie Deverill. Ze herinnerde zich hoe haar moeder plezier had gemaakt met de keukenmeiden, hoe ze vaak op hen had gemopperd, maar heimelijk had genoten van hun drukke, vrolijke gepraat. Ze herinnerde zich Skiddy, de oude kamenier van Lord Deverill, en O'Flynn, de butler, die nog ouder was dan Mr. Gordon. Van Skiddy had ze hem mogen helpen met het poetsen van de gouden knopen op de jagersjas van Lord Deverill. En O'Flynn had haar ooit met een vaatdoek achternagezeten rond de keukentafel, tot ze zich stikkend van het lachen op de plavuizen had laten vallen. De twee oude mannen waren een en al vrolijkheid en welwillendheid geweest. Maar in de huizen van Mrs. Grimsby heerste een ijzige stilte, als in een graftombe. Gelach klonk er nooit, hoogstens het cynische grinniken van Mrs. Grimsby wanneer ze aan haar inhalige familie dacht. Bridie vond Mrs. Gottersman zo zuur als een citroen, Mr. Gordon zo stijf als een stengel selderij en miss Ferrel, die wel altijd vriendelijk tegen haar was, zo formeel als een perfect gedekte tafel. Ze bedienden Mrs. Grimsby op haar wenken en werden om beurten bij haar geroepen voor vertrouwelijke, korte gesprekjes. Ze hielden elkaar nauwlettend in de gaten. Ze vertrouwden niemand. En ze leefden voor dat klopje op de hand, voor die gefluisterde onderonsjes. Op haar beurt zat Mrs. Grimsby in haar enorme stoel, als een dikke spin die loerde naar de vliegen in haar web. En Bridie sloeg het allemaal gade, zei niets, vroeg niets, maar deed gewoon haar werk.

Toen ze na de zomer teruggingen naar Manhattan, vond ze eindelijk een vriendin. Ze heette Rosetta, een kranig, dapper meisje uit Italië. Bridie en zij zagen elkaar bij de mis en nadat ze een paar zondagen aarzelend hadden geglimlacht maakten ze eindelijk een praatje. Rosetta was ook met een stoomschip naar Amerika gekomen. Haar ouders hadden zich in Brooklyn gevestigd, waar haar vader met andere Italianen een bedrijfje was begonnen, terwijl haar moeder voor Rosetta's broertjes en zusjes zorgde en thuis als naaister werkte. Rosetta had een betrekking als dienstmeisje in een van de grote huizen, net om de hoek bij de kerk. Ze werkte voor een echtpaar van wie zij actrice was en hij theaterproducent. De actrice was grillig, overgevoelig en verwend, en ze had een heleboel minnaars, volgens Rosetta, die zeer bedreven was in het luisteren aan deuren en het gluren door sleutelgaten. Ze deed Bridie een beetje aan Kitty denken. Toen het contact hechter werd, spraken ze af op de dagen dat ze vrij waren. Dan zaten ze samen op een bankje in Central Park of ze dronken thee in een café, totdat ze – het was inmiddels hartje winter – de trein namen naar Brooklyn en de dag bij Rosetta thuis doorbrachten, waar Bridie het lekkerste eten kreeg dat ze ooit had geproefd. Door Rosetta besefte ze pas hoe eenzaam ze was geweest en hoezeer ze had gesnakt naar vriendschap.

Niet lang na Kerstmis gebeurden er vreemde dingen in het huis van Mrs. Grimsby. Om te beginnen ontdekte Bridie een dikke rol dollarbiljetten met een touwtje eromheen onder het bed van de oude dame. Zo veel geld had ze nog nooit bij elkaar gezien. Sterker nog, als het van haar was geweest, dacht ze niet dat ze het ooit allemaal zou kunnen uitgeven. Terwijl ze ermee in haar bevende handen stond, moest ze denken aan de brief van Jack die ze had gelezen. De brief die hij aan Kitty had geschreven. En ze voelde zich weer net zo schuldig als toen, alsof God naar haar keek en afwachtte wat ze zou doen. Zonder er nog langer over na te denken legde ze het geld op het nachtkastje van Mrs. Grimsby, want ze veronderstelde dat het daarvanaf was gevallen, en ze ging verder met het aan kant maken van de kamer. Een paar dagen later ontdekte ze in de zak van een van Mrs. Grimsby japonnen een stel diamanten oorknoppen. Bridie wierp een bewonderende blik op de glinsterende, kostbare edelstenen en legde de oorknoppen vervolgens netjes op de kaptafel. Het derde incident betrof een porseleinen beeldje, op de schoorsteenmantel boven de haard in de eetkamer. Toen Bridie het oppakte om het af te stoffen, liet het bovenlichaam los van de rok. Doodsbang dat

Mrs. Grimsby haar de mantel zou uitvegen vanwege haar onvoorzichtigheid, zette ze de twee helften weer op elkaar. Het was een keurige breuk. Niemand zou er iets van merken. Maar haar eerlijkheid was sterker dan haar angst, dus ze liep met het kapotte beeldje naar de oude dame.

'Madam.' Ze maakte een reverence. Mrs. Grimsby zat een brief te lezen in haar stoel in de oranjerie. Het kostte haar moeite, want haar ogen werden steeds slechter.

'Wat is er, Bridget?' Haar gezicht betrok toen Bridie haar de twee helften van het beeldje voorhield. 'Heb jij dat gedaan?'

'Het was al gebroken toen ik het wilde afstoffen, madam.'

'Ja, ja, dat zal wel.' De oude dame nam haar wantrouwend op. 'Weet je wel hoe kostbaar dat beeldje is?'

Bridies wangen brandden van schaamte. 'Nee, madam.'

'Het is honderden dollars waard. Honderden dollars. Zelfs al zou je de rest van je leven je salaris opsparen, dan nog zou je het niet kunnen terugbetalen. Wat heb je voor excuus?'

Ontkennen was zinloos. Mrs. Grimsby zou haar toch niet geloven. 'Ik kan alleen maar zeggen dat het me heel erg spijt, madam.' Ze boog haar hoofd.

Dat leek de oude dame tevreden te stellen. Ze hield Bridie de brief voor. 'Weet je wat hierin staat?'

'Nee, madam.'

'Mijn twee nichten uit Boston komen volgend voorjaar naar de stad en ze vragen of ze hier mogen logeren. Denk je dat je voor ons alle drie kunt zorgen?'

Bridie dacht aan het huwelijk van miss Elspeth, toen Lady Elmrod ook in het jachthuis had verbleven en ze voor alle drie de zussen had moeten zorgen. 'Dat zal wel lukken, madam.' Ze was niet in de positie om te weigeren, al helemaal niet nu Mrs. Grimsby haar ervan verdacht het beeldje te hebben gebroken.

'Ik erger me dood aan ze. Want ze denken dat ik elk moment de geest kan geven en ze willen er zeker van zijn dat ze in mijn testament komen.' Mrs. Grimsby zuchtte, met een zelfvoldane glimlach. 'We zullen eens zien hoe hard ze hun best doen.' Ze grinnikte zodat haar kinnen wiebelden.

Toen Bridie de kamer uit liep, stond Mr. Gordon in een hoekje van de gang te luisteren. Hij keek hoofdschuddend op haar neer toen ze langs hem liep. Bridie ziedde van verontwaardiging. Er was in het hele huis niemand die zo plichtsgetrouw haar werk deed als zij. Ze wierp een blik over haar schouder. De butler ging de kamer van Mrs. Grimsby binnen en trok de deur zorgvuldig achter zich dicht.

De volgende keer dat ze Rosetta zag, deed Bridie verslag van wat er was gebeurd. Rosetta had onmiddellijk door dat er iets niet in de haak was. 'Is er iemand van het personeel jaloers op je?'

Bridie dacht aan miss Ferrel. 'Misschien de huishoudster. Ze werkt al twaalf jaar voor Mrs. Grimsby. We zijn geen vriendinnen, maar ze is wel altijd aardig tegen me.'

'Toch zou ik haar niet vertrouwen,' zei Rosetta. 'Als ik jou was, zou ik goed op mijn tellen passen. Het klinkt alsof ze probeert je in de val te lokken. Waarschijnlijk had ze gehoopt dat je het geld en de oorringen zou stelen. En waarschijnlijk was zij het die dat beeldje heeft gebroken.'

'Denk je dat echt?' vroeg Bridie geschokt.

'Je moet voorzichtig zijn, Bridget. Als je je baan kwijtraakt... Het valt niet mee om hier werk te vinden.'

'Over werk gesproken, miss Ferrel dacht dat ik binnen een maand weer weg zou zijn. De vorige dienstmeisjes hadden het ook nog geen maand volgehouden, zei ze. Maar Mrs. Grimsby is goed voor me. Ze vindt het prettig als ik haar voorlees en als ik haar vertel over Ierland.'

'Vindt ze het ook prettig als de huishoudster haar voorleest?'

'Nee.'

'*Ecco*!' riep Rosetta triomfantelijk. 'Ze is jaloers! Een slang, dat is ze! Wees voorzichtig, Bridget.'

Het was nooit bij Bridie opgekomen dat miss Ferrel wel eens jaloers op haar zou kunnen zijn. Maar de vondst van het geld en de sieraden was inderdaad merkwaardig, alsof iemand probeerde te bewijzen dat ze niet eerlijk was. Mr. Gordon, de butler, kon het niet geweest zijn. Hij mocht haar weliswaar niet, maar hij had geen toegang tot de slaapkamer van Mrs. Grimsby. Anders dan miss Ferrel, die Bridie regelmatig papieren uit het bureau van de oude dame had zien halen en die de roodfluwelen juwelencassettes weer in de kluis deed wanneer Mrs. Grimsby naar de opera of een andere avond in gala was geweest. Miss Ferrer was de naaste vertrouwelinge van de oude dame. Dus het was niet ondenkbaar dat ze zich stoorde aan de intimiteit tussen Bridie en Mrs. Grimsby wanneer Bridie voorlas in de oranjerie. Maar ze hoefde zich geen zorgen te maken. Bridie werd in geen enkel opzicht voorgetrokken. Ze was simpelweg beschikbaar om een verveelde, eenzame oude vrouw voor te lezen.

Vanaf dat moment nam Bridie het zekere voor het onzekere. Elke avond voordat ze naar bed ging, controleerde ze haar slaapkamer, voor het geval dat de huishoudster iets van waarde in haar la of onder haar kussen had verstopt. En bij het afstoffen keek ze goed uit of er niet iets gevaarlijk op de rand van een tafeltje of een schoorsteenmantel was gezet. Wanneer ze op iets waardevols stuitte dat niet op zijn plek lag, legde ze het netjes terug, telkens met het tevreden gevoel dat ze miss Ferrel te slim af was geweest. Bridies gereserveerdheid leek de huishoudster niet te ontgaan en ze deed extra haar best om aardig te zijn, maar daar trapte Bridie niet in. Ze bleef wantrouwend, in het besef dat miss Ferrels vriendelijkheid maar schijn was en dat de huishoudster probeerde haar een hak te zetten.

Zoals afgesproken kwamen in het voorjaar de twee nichten uit Boston logeren. Mrs. Halloway en Mrs. Kesler waren zussen, allebei begin dertig, getrouwd en moeder van jonge kinderen die ze thuis hadden gelaten en over wie amper werd gesproken. Ze omhelsden hun tante uitbundig. 'O, wat hebben we u lang niet gezien! Het is gewoon schandalig!' Ze complimenteerden Mrs. Grimsby met haar juwelen en haar schitterende huis. En ze hadden cadeautjes meegebracht, verpakt in het mooiste papier, dichtgebonden met de prachtigste, kleurigste zijden linten en strikken. Mrs. Grimsby deed alsof ze er blij mee was en legde ze opzij. Ze zou ze later openmaken, zei ze. Eigenlijk gaf ze niet om cadeaus.

Ze organiseerde etentjes ter ere van haar logees en ze ging met hen naar de opera en naar balletvoorstellingen. De nichten waren knappe, modieus geklede vrouwen, die ogenschijnlijk onbezorgd als kolibries door het huis fladderden in hun fleurige verenkleed. 'Ja, thuis is alles in orde, tante. Het kon niet beter.' Ze vertelden over de zakelijke successen van hun man, over hun buitengewoon drukke en interessante sociale leven. Wanneer hun illustere vriendenkring ter sprake kwam, vielen er beroemde namen en deden ze in geuren en kleuren verslag van de extravagante feesten waarvoor ze werden uitgenodigd.

Bridie keek huizenhoog op tegen zulke bijzondere, bevoorrechte wezens die door God rijkelijk met schoonheid waren gezegend. Maar terwijl ze zich onopvallend door het huis bewoog en onopgemerkt haar werk deed, hoorde ze de nichten praten over de enorme schulden die ze hadden gemaakt omdat ze niet wilden onderdoen voor hun vrienden, over de spanningen waaronder ze leden als gevolg van de worsteling het hoofd boven water te houden. 'Dat ouwe wijf heeft miljoenen op de bank,' zei Mrs. Halloway, net op het moment dat Bridie langs hun kamer kwam.

'Een inhalige vrek, dat is ze, Evie,' mopperde haar zus. 'Volgens mama gaat alles naar Paul. Het schijnt dat hij drie keer in de week langskomt. En dat tante hem adoreert.'

'Onzin,' snauwde Mrs. Halloway. 'Paul is de zoon van oom Joe en tante kan haar broer niet uitstaan omdat hij gokt. Dus het lijkt me erg onwaarschijnlijk dat ze Paul, of zijn broers en zussen, ook maar een penny nalaat.'

'En ons wel? Waarom zou ze?'

'Omdat ze geen kinderen heeft en omdat mama haar zus is. Ze moet het toch aan iemand nalaten. Wij zijn haar enige familie en ze heeft twee huizen stampvol dure spullen, om nog maar te zwijgen over haar bankrekeningen. Volgens mama is tante zo rijk als Croesus. Wie dat ook mag zijn.'

'Ze ziet er veel te goed uit, vind je ook niet?'

'Dikke mensen worden niet oud,' zei Mrs. Halloway vals.

'Ik hoop dat je gelijk hebt, want ik kan papa niet nog een keer om geld vragen.'

'Je bent niet de enige,' zei Mrs. Halloway met een diepe zucht. 'We hoeven haar nog maar een paar dagen naar de mond te praten, dan kunnen we weer naar huis. En dan is het een kwestie van afwachten. Volgens mij maakt ze het niet lang meer...'

'Wat een geluk dat ze geen kinderen heeft!'

'Zeg dat wel. Ze heeft het anders een eind geschopt, als je bedenkt dat haar moeder uit dat zompige Ierland komt.'

'Ssst! Dat mag niemand weten! Dat onze grootmoeder een Ierse boerin was! Het is ook te gênant voor woorden!' Ze begonnen allebei te giechelen.

'Ik zeg altijd dat onze voorouders met de *Mayflower* zijn meegekomen!' zei Mrs. Halloway. 'Dat moet jij ook doen, Evie. Immigranten uit Ierland, dat is uitschot!'

Bridie haastte zich de gang door, naar de kamer van Mrs. Grimsby om de gordijnen dicht te trekken en het bed open te slaan. Had ze het goed gehoord? Was de moeder van Mrs. Grimsby uit Ierland naar hier gekomen? Daar had Mrs. Grimsby nooit iets over gezegd. Was dat de reden dat ze geen genoeg kon krijgen van verhalen over Ierland? Wilde ze gewoon meer weten over het land waar haar moeder vandaan kwam? Bridie had met Mrs. Grimsby te doen. Haar hele familie deed alsof ze hun dierbaar was, maar het ging hun alleen maar om haar geld. Daar hoefde Bridie zich tenminste geen zorgen over te maken. Rosetta vond haar gewoon aardig om wie ze was.

Een paar dagen later gingen de nichten terug naar Boston en had Mrs. Grimsby alleen nog haar neef, Paul Heskin, die haar regelmatig bleef bezoeken. Wanneer ze thee dronken in de oranjerie, informeerde hij belangstellend naar haar gezondheid. Een beetje té belangstellend, vond Bridie.

Sinds ze had ontdekt dat miss Ferrel probeerde haar zwart te maken in de ogen van de oude dame, hadden zich geen vreemde incidenten meer voorgedaan. Maar Bridie liet zich niet in slaap sussen door een misplaatst gevoel van veiligheid. Ook al kreeg ze weinig betaald, ze wilde haar betrekking niet kwijtraken. Dus ze zou miss Ferrel geen schijn van kans geven.

Die zomer was de hitte in Manhattan dusdanig moordend dat Mrs. Grimsby eerder dan gebruikelijk het hele huishouden naar de Hamptons verplaatste. Maar de reis was vermoeiend, de rit met de auto en het in- en uitstappen kostten haar erg veel inspanning. Bridie en miss Ferrel ondersteunden haar, maar de oude dame was zo zwaar dat ze het zonder de chauffeur niet afkonden. Toen ze eindelijk bij het huis in de Hamptons arriveerden, was Mrs. Grimsby zo uitgeput dat ze op bed ging liggen. Met Precious naast zich. En ze kwam de hele maand juli haar bed niet uit. Mr. Gordon en miss Ferrel omringden haar met goede zorgen, maar ze was niet in de stemming voor geheime onderonsjes. De enige die ze om zich heen duldde, was Bridie. Ze vroeg Bridie om haar te draaien, om haar voeten toe te dekken wanneer ze zich blootwoelde, en om haar voorhoofd te deppen wanneer ze erg veel last had van de hitte. In augustus waagde ze zich eindelijk op de veranda en terwijl ze uitkeek over zee leek ze eindelijk tot rust te komen.

'Ik wil dat je me voorleest,' zei ze op een avond toen de zon wegzakte achter het huis.

'Wat zal ik lezen?' vroeg Bridie.

'Yeats.'

Bridie liep naar de slaapkamer. Het boek lag – zoals steeds, de laatste tijd – op het nachtkastje. Ze ging ermee in de rieten stoel zitten en sloeg het open. 'Welk gedicht zal ik voorlezen, madam?'

'"Het lied van zwervende Aengus",' zei Mrs. Grimsby. 'Mijn moeder kwam uit Ierland. Wist je dat?'

Bridie deed alsof ze verbaasd was. 'Nee, madam, dat wist ik niet.'

'Ze praatte net als jij. Met een zuidelijk Iers accent. Zacht, lyrisch, bijna alsof ze zong. En zingen deed ze ook echt. De oude liedjes uit haar vaderland. Aan haar dank ik de liefde voor poëzie. Die liefde was haar erfenis, samen met dit.' Mrs. Grimsby tastte onbeholpen naar het medaillon op haar boezem. 'Het is niets waard, maar voor mij is het kostbaar.' Ze zuchtte diep, hijgend. 'Lees maar voor, Bridget.' Vol verwachting sloot ze haar ogen.

Precious ging bij Bridie op schoot zitten, zoals ze dat tegenwoordig wel vaker deed. '*Ik stapte tussen hazelaars, Omdat het brandde in mijn brein, En brak een tak af, pelde hem, En stak een besje op die lijn. En witte vlinders vlogen rond, En witte sterren doofden uit; Het besje in de stroom gaf mij, Een zilveren forel als buit.*' Aan het eind van de eerste strofe gekomen keek Bridie op. De zware oogleden van de oude dame waren gesloten. Ze ademde rustig. In haar ooghoek flonkerde een traan, helder als kristal. Bridie las verder. Toen het gedicht uit was, besloot ze Mrs. Grimsby niet te storen, maar koos ze een ander gedicht. '*Als slaap je overmant en jij daar oud En grijs het vuur inkijkt, neem dan dit boek, En lees, droom van je zachte blik en zoek Je diepe ogenschaduw, eens vertrouwd.*' Iets deed Bridie opnieuw opkijken. Misschien was het de roep van een zeevogel, misschien het verslappen van het gezicht van de oude dame of van haar hand die langs haar lichaam viel. Of misschien was het Bridies intuïtie die haar vertelde dat er iets was veranderd, als de onzichtbaar schuivende platen onder het aardoppervlak; iets wat haar vertelde dat een ziel was heengegaan, vertrokken naar een beter oord. Bridie keek naar Mrs. Grimsby en wist onmiddellijk dat de oude dame de aarde had verlaten.

Langzaam stond ze op en sloeg een kruis. Ze was verrast door het verdriet dat in haar opwelde. Plotseling voelde ze zich erg alleen, als een vlot dat op drift was geraakt, stuurloos overgeleverd aan de stormen en de hoge golven. Behalve Mrs. Grimsby had ze niemand. En Mrs. Grimsby was er niet meer.

Ze riep miss Ferrel, die haastig kwam toesnellen. De huishoudster voelde de pols van de oude dame, toen schudde ze haar hoofd. 'Ze is dood,' zei ze zacht. 'Ze heeft het leven eindelijk losgelaten. Moge ze rusten in vrede. En moge God haar haar zonden vergeven.' Precious had zich opgekruld op de schoot van haar bazinnetje. Mr. Gordon verscheen in de deuropening en boog zijn hoofd, maar Bridie kon geen spoor van verdriet in zijn gezicht ontdekken. Ze liep de treden van de veranda af, het strand op. Het was haar eerste vrije moment sinds ze een maand eerder waren gearriveerd, maar ze kon er niet van genieten. Wat moest er nu van haar worden? Zou degene die de huizen van Mrs. Grimsby erfde, haar in dienst houden? Of zou ze haar ontslag krijgen en op zoek moeten naar een andere betrekking?

Tegen de tijd dat ze terugkwam was het lichaam van Mrs. Grimsby weggehaald. Haar stoel bood een verloren aanblik. Het huis leek groot en koud en heel erg leeg. Miss Ferrel had de familie geïnformeerd. 'Ze zullen zich als aasgieren op de erfenis storten,' zei ze verbitterd. Ze ging op de treden van de veranda zitten, met haar armen om haar knieën.

'Wat gebeurt er nu met ons?' vroeg Bridie.

'Dat weet ik niet. Ik denk dat ze u wel in dienst zullen houden. Iedereen heeft een kamenier nodig. Maar wat mezelf betreft weet ik het nog niet zo zeker. Ik ben moeilijker te plaatsen.' Ze schonk Bridie een glimlach. 'Ze was erg op u gesteld. Dat bleek wel uit alle keren dat ze u vroeg haar voor te lezen.'

'Ze vond mijn accent leuk, geloof ik.'

'Het ontroerde haar. Dat kwam omdat haar moeder Ierse was.'

'Dat vertelde ze. Vanmiddag pas. Vlak voordat ze stierf.'

'Ze schaamde zich voor haar Ierse afkomst, dus ze had het er nooit over. Voordat u kwam, had ze dat boek met gedichten van Yeats volgens mij nog nooit ingekeken. Alice las haar andere boeken voor. Geen Yeats. Je hebt een gevoelige snaar bij haar geraakt, Bridget. Mag ik Bridget zeggen?' Ze glimlachte. 'Ik hoop dat je me als een vriendin wilt beschouwen.'

Bridie voelde zich in verwarring gebracht. 'Ik dacht dat u me niet mocht.'

Miss Ferrel fronste. 'Hoe kom je daar nou bij?'

Bridie verstijfde. 'Ik dacht dat u een hekel aan me had. U had twaalf jaar voor haar gewerkt, maar ze vroeg mij om haar voor te lezen...'

'Dacht je dat ik jaloers op je was?'

Bridie haalde haar schouders op. 'Dat geld onder het bed, dat had u daar toch neergelegd? Om me te betrappen op stelen?'

Miss Ferrel keek haar verbijsterd aan. 'Geld? Waar heb je het over?'

'En die oorbellen...'

'Welke oorbellen?'

'U wilde dat Mrs. Grimsby zou denken dat ik niet eerlijk was.'

'Ik weet echt niet waar je het over hebt.'

Bridie begon zich hoe langer hoe slechter op haar gemak te voelen. 'Er lag wel een paar duizend dollar onder haar bed. En in een zak van een van haar japonnen vond ik diamanten oorbellen. Ik dacht dat u dat had gedaan. Wie kan het anders zijn geweest?'

'Ik was het in elk geval niet, Bridget. Echt niet.'

'Maar wie dan wel?'

Miss Ferrel dacht even na. 'Mr. Gordon?'

'Waarom zou hij dat hebben gedaan?'

'Misschien omdat hij wel jaloers was. Tenslotte heeft hij het langst voor haar gewerkt. Hij was nog meer dan ik haar vertrouweling.'

'Nou ja, wie het ook was, het doet er niet meer toe. Ze is dood,' verzuchtte Bridie.

'Nee, het doet er niet meer toe,' herhaalde Miss Ferrel peinzend. Ze zei niets over het geld dat zíj onder het bed van Mrs. Grimsby had gevonden. En dat ze in haar zak had gestoken.

Nadat Bridie en de rest van het personeel naar New York waren teruggekeerd, duurde het niet lang of de nichten arriveerden, samen met hun moeder, precies zoals miss Ferrel had voorspeld. En terwijl ze door het huis liepen begonnen ze al ruzie te maken over wie wat zou krijgen van de schilderijen, de kostbare snuisterijen en de meubels. 'Die tafel zal beeldig in mijn eetkamer staan,' zei Mrs. Halloway. 'En dan horen de stoelen er natuurlijk ook bij.'

'Maar die wil ik.' Mrs.Kesler stak haar onderlip naar voren en keerde zich vragend naar hun moeder.

'De stoelen horen bij de tafel, Tally. Dus je zult iets anders moeten kiezen. Waarom neem jij dat prachtige bed niet?'

Mrs. Kesler trok haar neus op. 'Ik moet er niet aan denken! Daar heeft zij in gelegen. En vanwege dat kolossale lijf is het vast en zeker doorgezakt in het midden.'

'Je kunt er toch een nieuwe matras op leggen?' opperde haar zus grijnzend.

'Met het geld dat ik van haar erf kan ik wel twintig nieuwe matrassen kopen!' verklaarde Mrs. Kesler uitbundig. 'Goed dan, Evie, jij mag de stoelen hebben. En ik neem het bed, zonder de matras. En ik wil de Perzische tapijten. Alle Perzische tapijten.'

'Is dat niet een beetje hebberig?' vroeg hun moeder.

'Evie hoeft ze niet. Die heeft zelf al prachtige kleden. En ze krijgt de stoelen. Dus ik heb recht op de tapijten!'

Bridie liep de kamer uit. Ze kon het niet langer aanhoren, het gekibbel om de bezittingen van Mrs. Grimsby terwijl de oude dame nog niet eens begraven was. Bij hun vorige bezoek hadden de twee nichten eendrachtig hun tante naar de mond gepraat. Nu ruzieden ze als kraaien om een kadaver. Als Mrs. Grimsby had geweten hoe inhalig en respectloos ze waren, had ze haar huis misschien nog liever in brand gestoken dan haar nichten ook maar iets na te laten.

'Voordat het testament is geopend kunnen ze natuurlijk niets meenemen,' zei miss Ferrel later tegen Bridie. De twee nichten en hun moeder waren inmiddels verbeten zwijgend en woedend op elkaar weer vertrokken. 'Het zou me niets verbazen als Mrs. Grimsby alles aan een goed doel heeft nagelaten.'

'Mij ook niet. En dat zou hun verdiende loon zijn,' viel Bridie haar bij.

'Als ze niets, geen cent, zouden erven!'

'Zelfs Precious kan nog beter naar het goede doel,' voegde miss Ferrel eraantoe. 'Want die akelige nichten schoppen het beestje de straat op.'

'Werk is werk, maar ik denk niet dat ik blijf als zij hier komen wonen,' zei Bridie. 'Ik had nooit gedacht dat ik Mrs. Grimsby nog eens zou missen.'

Miss Ferrel trok hoofdschuddend haar wenkbrauwen op. 'Je bent een merkwaardig meisje, Bridget.'

De daaropvolgende week bleven Bridie en miss Ferrel in het huis aan Fifth Avenue. Ze hoorden niets van de familie, dus ook al was Mrs. Grimsby er niet meer, toch deden ze zo veel mogelijk gewoon hun werk. Bridie nam stof af en miss Ferrel ruimde het bureau op en ordende de papieren van de oude dame. Toen ze daarmee klaar was, haalde ze alle boeken uit de kast en zette ze in alfabetische volgorde.

Aan het eind van die week stopte de glimmende auto van Mr. Williams voor het huis. De advocaat zag er in zijn pak met hoed even onberispelijk uit als altijd. Toen Miss Ferrel hem opendeed, vroeg hij miss Doyle te spreken. Hij had haar iets belangrijks te zeggen.

In de studeerkamer zette hij zijn koffertje op het bureau en schonk Bridie een welwillende glimlach. 'Goedemorgen, miss Doyle. Zoals u weet ben ik de advocaat van Mrs. Grimsby. Om te beginnen mijn deelneming met uw verlies.' Hij ging zitten en zette zijn bril op. 'Ter zake. U bent er misschien van op de hoogte dat haar testament gisteren is geopend, in aanwezigheid van haar familie.' Bridie sloeg haar ogen neer en keek naar haar handen die rusteloos in haar schoot lagen. 'Het kwam als een enorme verrassing voor de familie toen bleek dat Mrs. Grimsby u tot enige erfgenaam had aangewezen, miss Doyle.'

'Eh... Ik... ik begrijp het niet.' Bridie was doodsbleek geworden.

Er dansten pretlichtjes in de ogen van Mr. Williams. Hij genoot zichtbaar van de situatie. 'Dan zal ik me duidelijker uitdrukken, miss Doyle. Amper een paar maanden geleden heeft Mrs. Grimsby me bij zich laten komen om haar testament te veranderen. Haar familie zou raar opkijken, zei ze, maar die had haar nooit een greintje oprechte liefde of genegenheid betoond. "Miss Doyle is daarentegen altijd volstrekt loyaal geweest." Zo zei ze het letterlijk. "Loyaler dan alle anderen in mijn omgeving. Dus het is met enorm veel genoegen dat ik haar alles nalaat wat ik bezit. En het doet me nog veel meer genoegen om mijn familie uit mijn testament te schrappen. Geen cent krijgen ze van me!"' Met behendige vingers opende Mr. Williams zijn koffertje. 'Ik zal u de papieren laten zien. Het gaat om haar volledige bezit en een aanzienlijk kapitaal op de bank.' Hij schonk Bridie een tevreden glimlach. 'Maar er zijn twee dingen die ze met name heeft genoemd. Haar boek met de gedichten van Yeats. En dit.' Hij haalde het gouden medaillon tevoorschijn en gaf het aan Bridie. 'Mrs. Grimsby heeft de wens uitgesproken dat u zowel het boek als het medaillon met dezelfde zorg en liefde zult behandelen als zij dat altijd heeft gedaan.' Bridie hield het medaillon in haar bevende handen. 'Maakt u het gerust open, miss Doyle,' moedigde Mr. Williams haar aan.

Dat deed Bridie. Door een waas van tranen zag ze achter het glazen venstertje een klein groen klaverblad.

28

Londen, Engeland, voorjaar 1923

Dat Celia Deverill de benen had genomen met Lachlan Kirkpatrick – nota bene tijdens haar trouwreceptie – zorgde voor een schandaal dat de hoogste kringen van Londen diep schokte en dat in alle salons met ongeloof en verontwaardiging werd besproken. Digby en Beatrice waren emotioneel geruïneerd door het verbijsterende besluit van hun dochter om haar kersverse echtgenoot in de steek te laten en met diens getuige te vluchten naar het landgoed van Lachlans vader in Schotland. Vivien en Leona waren razend vanwege de schande die hun zuster over de familie had afgeroepen. En Kitty begreep niet dat haar nichtje er niet eerder vandoor was gegaan; dat ze had gewacht tot na het afleggen van de huwelijksgeloften. In de exclusieve clubs verzamelden de aristocraten zich met een sigaar en een glas port rond Digby. Ze sloegen hem bemoedigend op de rug. Zijn dochter zou spoedig tot inkeer komen en als een op hol geslagen paard naar Londen terugkeren zodra bleek dat haar geliefde minder uitzonderlijk was dan ze had gedacht, stelden ze hem gerust. Want als Lachlan ook maar enigszins op zijn vader leek – de onbetrouwbare, pompeuze Porky Kirkpatrick – zou ze spijt hebben als haren op haar hoofd en Archie Mayberry smeken haar terug te nemen.

En de vrouwen, die Beatrice benijdden om haar rijkdom en haar gevarieerde vriendenkring, genoten van de onverwachte zondeval van haar dochter en roddelden kwaadaardig in de tearooms van Fortnum & Mason en het Ritz Hotel, waar de onzalige trouwreceptie had plaatsgevonden.

Er was echter niemand die zo van het schandaal genoot als Maud Deverill. 'Arme Beatrice,' verzuchtte ze onoprecht terwijl ze het sierlijke theekopje naar haar lippen bracht. 'Mensen zijn zo grillig. Ik betwijfel of haar salons na dit rampzalige incident nog wel zo goed bezocht zullen worden.'

'Ik kan niet zeggen dat het me verrast,' zei Victoria. Ze zat tegenover haar moeder in haar groen gestoffeerde en gemeubileerde Londense zitkamer met uitzicht op de roze camelia's en wit bloeiende viburnum in haar tuin. 'Celia had altijd al iets ongezeglijks. Weet u nog hoe ze er vroeger in de zomer met Kitty opuit trok als een stel zwerfhonden? En hoe ze voortdurend kattenkwaad uithaalden?'

'Kitty en zij deden niet voor elkaar onder, maar Beatrice was veel te toegeeflijk. Ze vond alles wat Celia deed amusant. Terwijl ik haar het liefst een pak rammel had gegeven.'

'En denk maar niet dat de salons van Beatrice nu minder gasten trekken. Mensen vinden niets zo heerlijk als een schandaal en iedereen wil natuurlijk het naadje van de kous weten. Dus volgens mij komen ze massaal opdraven, om niets van het drama te missen.'

'Denk je dat echt?' Maud was zichtbaar teleurgesteld.

'Hoe dan ook, niemand heeft het nog over Kitty en haar kind. Daar zou u Celia dankbaar voor moeten zijn.'

Maud zuchtte. 'Ik wil het er niet over hebben. Je zuster is zo onverantwoordelijk, zo egoïstisch. Ze heeft er geen moment bij stilgestaan wat het voor mij betekende. Of voor jou. Trouwens, wat vindt Eric ervan?'

'O, die kan het geen fluit schelen. Hij houdt niet van geroddel en zoals de meeste mannen vindt hij Kitty onweerstaanbaar.'

'Het wordt tijd dat ze trouwt,' zei Maud ferm. 'Met een krachtige man die zorgt dat ze haar plaats kent.'

Victoria was niet overtuigd. 'Dat zou dan wel een erg krachtige man moeten zijn.'

Zodra Harry wist waar Celia zat, namen Boysie en hij de Flying Scotsman naar Edinburgh. 'Wie wil er in 's hemelsnaam in Schotland wonen?' verzuchtte Boysie terwijl hij zich installeerde in de restauratiewagon van de eersteklas. 'Het stikt er van de Schotten.'

Harry schoot in de lach. 'Daar heeft Celia vast niet aan gedacht.'

'Het noorden is leuk en aardig om te vissen en te jagen, maar na een week natte voeten en koude tenen wil je toch desnoods kruipend weer terug naar het zuiden! En dan die verschrikkelijke kilts! De meeste mannen die ze dragen, hebben ballonkuiten en knokige knieën. Ik vind de knie hoe dan ook het minst aantrekkelijke deel van het menselijk lichaam. Die zou onder alle omstandigheden bedekt moeten blijven.'

'Lieve hemel, ik durf me nauwelijks af te vragen welk lichaamsdeel je graag onbedekt zou zien. Lachlan draagt ook een kilt, neem ik aan?'

'Ongetwijfeld. En daar is hij vast reuze trots op. Terwijl alleen de koning een kilt zou mogen dragen. Daar ben je tenslotte koning voor. Toeristen zijn dol op dat soort pracht en praal. Maar aristocraten die de mond vol hebben van hun clan, hun eigen Schotse ruit, en dan heb ik het nog niet eens over die idiote Schotse *reels*... dat vind ik echt niet om aan te horen.' Hij trok een lelijk gezicht. 'Waarom gingen we ook alweer naar Schotland, ouwe reus?'

De stationschef blies op zijn fluit, het perron verdween in een wolk van stoom die snel weer oploste en de trein zette zich langzaam, met krijsende wielen in beweging. 'We moeten Celia tot inkeer brengen,' antwoordde Harry. 'Misschien moet ze op haar knieën, maar ik weet zeker dat Archie haar terugneemt. Ze zijn tenslotte getrouwd. In voor- en tegenspoed, en wat ze allemaal nog meer hebben beloofd.'

'Lachlan mag dan deksels knap zijn en alle conventies aan zijn laars lappen, maar om daar nou je leven mee te delen... Bovendien is hij een verschrikkelijke egoïst. Arme Celia!'

'Als hij ook maar een moment aan haar had gedacht, zou hij het nooit zover hebben laten komen. Want haar reputatie is aan flarden.'

'Integendeel, ouwe reus. Door dit hele drama is ze alleen maar interessanter geworden. Als ze bij Archie terugkomt, is ze op elk feest het gevierde middelpunt. Iedere gastvrouw in Londen zal haar en Archie gretig verwelkomen. Op een paar stoffige oude douairières na, maar die heb je altijd.' Boysie haalde een zilveren koker uit zijn binnenzak. 'Sigaret?' Harry pakte er een. Boysie gaf hem een vuurtje. 'Ik hoop echt dat ze tot inkeer komt,' verzuchtte hij nadat hij zelf ook een sigaret had opgestoken. 'Ik ga niet voor niets dat hele eind naar Schotland.'

'Dan zul je al je overredingskunsten in de strijd moeten gooien.'

'Ik hoop eigenlijk dat ze haar vergissing zelf al heeft ingezien. Hoewel... ze is niet wat je noemt een groot denker. Ik ben dol op haar. Celia is echt een schat. Maar volgens mij zijn de hersens in de familie Deverill bij Kitty terechtgekomen. Dat bedoel ik niet kwetsend, ouwe reus, maar het is niet je briljante brein waarom ik van je houd.'

'Vooruit, dan zal ik het maar niet als kwetsend opvatten.' Harry grijnsde. 'Maar om het goed te maken, verwacht ik nu wel een lijstje van alle redenen waarom je dan wel van me houdt.'

Bij aankomst de volgende ochtend, na een nacht in een hotelletje in Edinburgh, troffen ze Celia in een van de koude salons, waar ze met een beker warme chocolademelk dicht bij het vuur was gekropen. De butler had hen binnengelaten en was hun voorgegaan door een grimmige hal met een rijke collectie geweien aan de muren en een reusachtig berenvel op de plavuizen vloer, waarvan de kop geluidloos grommend zijn tanden liet zien. Vanuit de deuropening had de butler hen aangekondigd, terwijl twee jonge livreiknechten hun bagage uit de auto haalden. 'O, schatten! Wat lief dat jullie me komen redden!' Celia schoot overeind en viel hen uitbundig om de hals.

'Is dat nodig dan? Moet je gered worden, lieverd?' vroeg Boysie.

'Natuurlijk.' Ze schonk hun een stralende glimlach. 'Jullie zijn mijn redders in nood!'

'Wat een verrukkelijk landhuis! Tenminste, dat zou het zijn met wat opsmuk. En met de kachel aan.' Boysie wreef zijn handen warm. 'Waar is hij? Onze bruidsdief?'

'Sst. We kunnen niet vrijuit praten!' fluisterde Celia, die heimelijk genoot van de spanning en het drama. 'Jullie zullen wel moe zijn. Wat een afschuwelijke reis, hè?'

'Ik vind vooral Schotland afschuwelijk.' Boysie liet zijn blik over het afgeleefde, verschoten meubilair gaan.

'Wat bezielde je?' vroeg Harry.

Celia trok een schaapachtig gezicht. 'Wat het ook was, ik ben ervan genezen. Denk je dat Archie me terugneemt? *Ook al ben ik niet langer ongerept*?' Dat laatste fluisterde ze.

'Je zult misschien op je knieën moeten,' antwoordde Harry.

'O, dat kan ik als de beste. Kunnen we Lachlan niet de schuld geven? En doen alsof hij me heeft ontvoerd?' stelde ze voor.

'Dat zou niet eerlijk zijn,' vroeg Harry.

'Niets is eerlijk in de oorlog en de liefde.' Boysie liet zich op de bank ploffen.

'Neem een kop thee,' zei Celia. 'Patterson, een verse pot thee graag.' Ze keerde zich weer naar de twee jonge mannen. 'Harry, ga ook lekker dicht bij het vuur zitten. Het is hier verschrikkelijk koud. Vergeleken daarmee lijkt kasteel Deverill wel een tropische kas.'

Ze ging bij de haard staan om haar rug te warmen. 'Wat moeten we doen? Lachlan vindt het allemaal prachtig. Een geweldige grap dat wij in heel Londen het gesprek van de dag zijn. En hij wil met me trouwen.'

'Dan had hij je moeten ontvoeren voordat je ja zei,' merkte Harry op.

'Ja, erg slim is hij niet.' Celia trok haar fraaie neus op. 'Ik ben bang dat ik een afschuwelijke vergissing hebt gemaakt.'

Boysie stak een sigaret op. 'Er zijn twee mogelijkheden. Of je laat het huwelijk ontbinden en je trouwt met Lachlan. Maar als je het mij vraagt, hou je het hier niet lang vol. Ik zou hier tenminste gek worden.'

'En wat is de tweede mogelijkheid?' vroeg Celia angstig.

'Dat je met ons mee teruggaat naar Londen. Je legt Archie uit dat je ineens een gruwelijke aanval van bruidszenuwen kreeg en je smeekt hem je te vergeven.'

'Je zult het natuurlijk wel aan Lachlan moeten uitleggen,' hielp Harry haar herinneren.

Celia reageerde geschokt. 'Nee, dat kan ik niet! Ik leg wel een briefje neer. Want ik kan het hem onmogelijk recht in zijn gezicht zeggen.'

Het duurde niet lang of Patterson verscheen met de thee. Nadat hij het blad op tafel had gezet trok hij zich discreet weer terug. 'Waarom ben je er uitgerekend tijdens de trouwreceptie vandoor gegaan?' vroeg Boysie toen de deur achter de butler was dichtgevallen. 'Waarom heb je niet even gewacht? Waarom moest je die arme Archie zo vernederen? Om nog maar te zwijgen over je arme moeder?'

'Ik was ineens bang voor de eerste huwelijksnacht. Ik kon het niet. Want Archie laat me in dat opzicht koud. Met Lachlan lag het anders. Hij is zo onweerstaanbaar, zo aantrekkelijk.'

'Ik heb altijd gedacht dat je het als meisje lijdzaam over je liet komen, denkend aan je plicht als echtgenote. En dat jullie na het baren van een erfgenaam en een reservestamhouder verliefd werden op een man die wel bevredigde tussen de lakens. Tenminste, dat lijkt mij het verstandigst.

Het gaat bij het huwelijk niet om liefde, maar om plicht en loyaliteit.' Boysie keerde zich naar Harry. 'Ik trouw met "de pudding" omdat ik als enige zoon de plicht heb te zorgen voor een stamhouder. Niet omdat ik van haar hou. En als zij wel van mij houdt, dan wordt ze diep ongelukkig.'

'Arme Deirdre,' zei Celia zonder dat ze het meende. 'Dodelijk saaie Deirdre.' Ze slaakte een diepe zucht alsof de beproevingen van het hele vrouwelijke geslacht op haar schouders drukten. 'Ik neem aan dat ik terug moet naar Archie.'

'Waar is Lachlan?' vroeg Boysie.

'Vissen. Tot vanavond.' Ze zag er plotseling erg ongelukkig uit. 'Hij blijft vaak uren weg.'

'En wat word jij geacht al die tijd te doen?' vroeg Harry.

Celia glimlachte meelijwekkend. 'Dat weet ik niet. Wat doen vrouwen in Schotland eigenlijk de hele dag?'

'De *sporran* van hun man borstelen.' Boysie grinnikte.

'O, Boysie!' Celia schoot in de lach. 'Ik begrijp niet hoe je het met hem uithoudt, Harry.'

Ze lunchten in de eetzaal, terwijl Lachlan in zalige onwetendheid op de oever van een riviertje zat en naar zijn hengel staarde, genietend van de picknick die de kok hem had meegegeven. Bij thuiskomst die avond zou hij een briefje op de tafel in de hal aantreffen en ontdekken dat Celia was verdwenen.

Beatrice was Harry en Boysie eeuwig dankbaar dat ze Celia weer thuisbrachten. Ze omhelsde haar dochter snikkend, alsof Celia niet het probleem was maar de oplossing. Digby toonde zich aanzienlijk minder vergevingsgezind. 'Je hebt ons tot de risee van heel Londen gemaakt!' zei hij beschuldigend. 'Na alles wat we voor je hebben gedaan! Heb je enig idee hoeveel dat huwelijk ons heeft gekost, aan geld en aan inspanning? Ik hoop dat Archie je terugneemt, maar ik kan het hem niet kwalijk nemen als hij het vertikt en op zoek gaat naar een ander. Je zult op je knieën moeten, meisje. Want zonder Archie ziet je toekomst er somber uit, vrees ik.'

Celia was met stomheid geslagen. Haar vader was altijd zo toegeeflijk geweest. Doorgaans zag hij al snel de humor van een situatie en hij mopperde zelden op haar. Ze had verwacht dat hij het vermakelijk en moedig zou vinden wat ze had gedaan, dat hij zijn hoofd zou schudden – 'Dat is weer echt iets voor jou, kindje' – maar niet dat hij zo woedend zou reageren. Ze barstte in snikken uit. 'Is het echt hopeloos, papa?'

Digby hief schouderophalend zijn handen, waarbij zijn grote gouden zegelring het licht weerkaatste. 'Misschien kan ik nog iets voor je doen.'

Hij ontving Archie in de bibliotheek van Deverill House aan Kensington Palace Gardens, waar hij de jonge man een stevige borrel inschonk. 'Mijn oprechte verontschuldigingen voor het betreurenswaardige gedrag van mijn dochter. Een aanval van bruidszenuwen zou haar dwaasheid kunnen verklaren, maar niet rechtvaardigen. Hoe dan ook, jullie zijn getrouwd en in de ogen van God is het huwelijk een band die de mens niet mag verbreken. Dus ik heb besloten haar bruidsschat met 100.000 pond te verhogen, als een kleine schadeloosstelling voor de beproevingen die mijn dochter je heeft laten doormaken. Ik hoop dat je het kunt opbrengen haar te vergeven, of haar althans terug te nemen, om ons nog meer schandalen te besparen. Celia heeft ingezien dat het verkeerd was wat ze heeft gedaan en ze wil niets liever dan dat je haar de kans geeft het goed te maken.' Digby besefte hoe vernederend zijn aanbod was en dat alleen het dreigende bankroet van zijn familie Archie ertoe zou kunnen brengen het te accepteren. Dankzij zijn contacten in het financiële centrum had Digby ontdekt dat de Mayberry's zuchtten onder een kolossale schuldenlast en dat het kaartenhuis op het punt van instorten stond. Met zijn handen gevouwen wachtte hij af.

Er verscheen een blos op Archies wangen en hij ademde krachtig door zijn neus. 'U vraagt erg veel van me, Sir Digby,' zei hij ten slotte. 'Wanneer ze in een aanval van bruidszenuwen naar een vriendin was gevlucht, had ik het kunnen begrijpen. Maar ervandoor gaan met Lachlan, helemaal naar Schotland, dat is overspel. Ik kan het niet anders zien. Anderzijds, u hebt gelijk. We zijn getrouwd en wat God heeft verbonden, zal de mens niet scheiden. Dus ik ben bereid haar terug te nemen, ook al werpt het gebeurde een gruwelijke smet op ons geluk. Ik weet niet of ik haar ooit nog kan vertrouwen, laat staan van haar houden. Maar ik zal mijn best doen haar te vergeven.' De twee mannen schudden elkaar de hand. Zoals zo vaak zou geld de pijn verzachten en had Digby zijn dochter een nog grotere schande weten te besparen door met zijn portemonnee te zwaaien. De stemming was er dusdanig door opgeklaard dat de twee mannen alweer geanimeerd over de opwindende start van het uitgaansseizoen stonden te praten toen Celia op het matje werd geroepen.

Ze toonde zich gepast berouwvol. Archie kon het echter niet opbrengen haar aan te kijken. Hij schudde Digby nogmaals de hand en liep naar buiten, naar de glimmende T-Ford met chauffeur die zijn vader – van geleend geld – voor het bruidspaar had gekocht. Celia volgde onzeker, angstig om de zekerheid van het ouderlijk huis en haar onbekommerde jeugd achter zich te laten. Maar ze besefte dat ze die laatste moedwillig en onherroepelijk had verspeeld in Lachlans bed. En wat haar ouderlijk huis betrof, bij haar vader was ze niet langer welkom. Trouwens, bij Archie waarschijnlijk ook niet. En zelfs Lachlan die haar zo vurig – en ongepast – het hof had gemaakt, had zich al minder geïnteresseerd getoond toen de eerste opwinding over hun spectaculaire vlucht eenmaal was gezakt. Het was allemaal erg spannend, erg dramatisch geweest, maar nu stond ze in de kou. Dus ze klom braaf in de auto en ging naast Archie zitten.

'Kun je me vergeven?' vroeg ze, en ze zocht naar de oude Archie achter zijn harde, meedogenloze masker.

'Ik dacht dat ik je begreep, Celia.' Hij keek hoofdschuddend uit het raampje terwijl de auto het plein rondde en koers zette naar Mayfair. 'Maar zo ken ik je niet.'

'Het spijt me,' zei ze zacht. 'Ik wilde je geen pijn doen. Ik dacht alleen aan mezelf. Het was dwaas wat ik heb gedaan. Daar zal ik mee moeten leven.'

'Ik ook.' Zijn gezicht bleef onbewogen. 'Bovendien zul je alles moeten accepteren wat ik van je verlang.'

En zo begon hun nieuwe leven in het huis in Mayfair. Celia deed erg haar best een goede echtgenote te zijn. Ze hield toezicht op de bedienden, ze gaf etentjes en ze nam de vloedgolf van uitnodigingen in ontvangst, afkomstig van de chicste gastvrouwen in Londen. Precies zoals Boysie had voorspeld, waren ze door de dramatische gebeurtenissen alleen maar interessanter geworden. In het openbaar hielden Archie en zij overtuigend een schijn van verbondenheid op. Maar 's nachts bleef

Celia's bed leeg en werd het huwelijk niet voltrokken. Tenzij ze in gezelschap waren, zei Archie geen woord tegen haar. Vandaar dat Celia zo veel en zo vaak mogelijk gasten uitnodigde. Haar voordeur stond altijd open, bezoekers waren van harte welkom. En ze kwamen in drommen, simpelweg om verslag te kunnen doen over de 'weggelopen bruid' en haar arme bedrogen echtgenoot. Maar zowel Celia als Archie deed er alles aan om een façade van geluk en eensgezindheid op te houden.

'Het is allemaal schijn,' bekende Celia toen ze op een middag samen met Kitty in de tuin zat, op een ijzeren bank die Archie en zij als huwelijksgeschenk hadden gekregen. 'We spelen het stralend gelukkige jonge stel, maar in werkelijkheid zijn we allebei diep ongelukkig. En dat is mijn schuld.'

'Ach, het komt wel weer goed.' Kitty pakte haar hand.

'Nee, hij wil me niet vergeven, Kitty. Ik heb hem diep gekwetst en dat zal hij nooit kunnen vergeten.'

'Dat komt wel als jullie eenmaal kinderen hebben.'

Celia gooide met een hese lach haar hoofd achterover, zodat het zonlicht op haar roomblanke, kwetsbare hals viel. 'Ik slaap alleen. Hij is nog nooit bij me geweest. Nog niet een keer. Hij behandelt me als een paria.'

'Je moet hem de tijd geven.'

Celia keek Kitty wanhopig aan. 'Terwijl ik dolgraag zou willen dat hij kwam. Het is de ironie ten top!'

'O, Celia.'

'Ik verlang naar hem, Kitty. Ik wil hem in mijn armen houden. Kon ik de klok maar terugdraaien! Ik weet dat ik huiverde voor zijn aanraking toen we nog niet getrouwd waren. Maar nu verlang ik ernaar.' Haar stem werd zachter, de emoties dreigden haar te machtig te worden. 'Maar ik ben onrein, bezoedeld. Ik heb het bed gedeeld met een ander. Geen man wil me nog. En ik hoorde dat Lachlan die afschuwelijke Annabel Whitely het hof maakt. Hij heeft in elk geval niet lang om me getreurd.'

'Je moet Lachlan uit je hoofd zetten en je concentreren op je huwelijk. En je moet geduld hebben. Je kunt niet verwachten dat de wond van de ene op de andere dag genezen is. Maar ik weet zeker dat Archie uiteindelijk bijdraait.'

'Laten we het hopen, anders kwijn ik hier weg. De bruid zonder bruidsnacht.' Ze schonk Kitty een verdrietige glimlach. 'En jij? Vertel.'

‘Wat bedoel je?’

‘Jack heeft een vader nodig. Hij kan niet opgroeien zonder een man om tegenop te kijken.’

Kitty fronste haar wenkbrauwen. Zo had ze het nog nooit bekeken, maar Celia had gelijk. Het zou niet eerlijk zijn om Jack de liefde van een vader te ontzeggen. ‘Ik dacht altijd dat ik zou trouwen met de man van wie ik hield,’ zei ze ten slotte. ‘Misschien ben ik naïef geweest. Niet realistisch. Want zo gaat het nu eenmaal niet, hè?’ Ze staarde dromerig voor zich uit, met haar gedachten in Ierland, bij de herinneringen die ze daar had achtergelaten.

‘Je moet geluk hebben,’ zei Celia met een zucht. ‘En ik heb nooit beseft hoeveel geluk ik had.’

‘Er was een man van wie ik hield,’ bekende Kitty plotseling, met tranen in haar ogen. ‘Ik hield zielsveel van hem, Celia. Zoveel dat ik mijn leven voor hem had willen geven. Maar we hadden geen toekomst samen.’

Celia keek haar nichtje verbaasd aan. ‘Was hij Iers?’ Kitty knikte. ‘Wat is er gebeurd?’

‘Hij belandde in de gevangenis.’ Kitty wendde haar blik af. Niemand mocht de pijn in haar ogen zien, zelfs Celia niet.

‘Waarom?’

‘Hij behoorde tot de opstandelingen.’

‘O!’ Celia hield geschokt haar adem in. Hoewel ze de draagwijdte niet helemaal kon bevatten, wist ze wel dat het te maken moest hebben met de reden waarom er een eind was gekomen aan hun zomers op kasteel Deverill.

‘Ik heb beloofd dat ik op hem zou wachten,’ vervolgde Kitty. ‘En dat zou ik de rest van mijn leven hebben gedaan. Maar hij schreef dat hij me mijn vrijheid teruggaf. Ik heb hem ontelbare brieven gestuurd. Maar die heeft hij nooit beantwoord.’ Ze liet haar schouders hangen. ‘Want hij weet dat het niets kan worden. Dat er te veel obstakels zijn. Die waren er van meet af aan al, maar ik dacht dat we daar wel overheen konden springen.’ Ze glimlachte verdrietig. ‘Tenslotte durfde ik op een paard overal overheen.’

Celia sloeg haar armen om haar nichtje. ‘Moet je ons nou zien zitten. Wat een treurig stel.’ Ze trok Kitty nog dichter tegen zich aan. ‘De nichtjes Deverill en hun gecompliceerde liefdesleven. Zou het in de familie zitten?'

'Ik weet het niet. Onze zussen zijn allemaal getrouwd.'

'Met de saaiste mannen van heel Engeland! Ik zou niet met ze willen ruilen. Dan nog liever Archie, ook al praat hij niet tegen me.'

'Ik heb geen keus. Ik zal ook moeten trouwen. Met een man voor wie ik niets voel. Want zoveel als van Jack zal ik nooit meer van iemand houden.'

Celia deinsde achteruit. 'Jack? Je bedoelt Jack O'Leary? De jongen die van kikkers hield?'

Kitty knikte. 'Ik heb de kleine Jack Deverill naar hem vernoemd. Jack O'Leary is moedig, knap, grappig, intelligent en bovendien een goed mens. Dus ik kon geen betere man bedenken om de kleine Jack naar te vernoemen.'

'Je moet inderdaad niet hopen op een tweede grote liefde. Want dan word je nooit gelukkig,' zei Celia verrassend wijs. 'Zoek een man voor wie je respect kunt hebben. En die jou respecteert. Een levensgezel. Die moet er zijn. Je kunt niet op de zak van je grootmoeder blijven teren. En Jack Deverill heeft recht op zekerheid.'

Dus het is echt voorbij, dacht Kitty, en diep in haar hart doofde ook het laatste sprankje hoop.

Het liep al tegen het eind van de zomer toen Archie op een nacht naar Celia's kamer kwam. Zwijgend trok hij zijn kamerjas uit, knoopte zijn pyjamajasje los en stapte uit zijn pantoffels en zijn pyjamabroek. Celia sloeg hem vanuit het bed gade, nerveus, niet wetend wat ze moest zeggen. Zijn naakte lichaam glansde als goud in het schijnsel van de straatlantaarn dat door een kier in de gordijnen viel. Zijn gezicht bleef echter in de schaduw. Kwam hij uit liefde, vroeg Celia zich wanhopig af. Om haar in zijn armen te nemen zoals ze zo vaak had gedroomd? Of werd hij slechts gedreven door zijn plicht om te zorgen voor een erfgenaam?

Voorzichtig sloeg hij de dekens terug en kroop hij naast haar. Celia beet op haar onderlip, er ging een huivering van gespannen verwachting door haar heen. Toen zijn hand over haar nachtjapon gleed, legde ze aarzelend de hare erop en drukte hem tegen haar buik. Hij hield iets in zijn hand. Iets wat zijdezacht aanvoelde. In het donker zocht ze zijn ogen.

Toen keek hij haar eindelijk aan. 'Ik wil dat je deze aantrekt,' zei hij.

Ze fronste haar wenkbrauwen. 'Wat zijn het?'

'Witte handschoenen.' Toen ze wilde protesteren kapte hij haar af. 'Dat was de afspraak, liefste. Je zou alles accepteren wat ik van je verlangde.'

Ze voelde dat haar wangen begonnen te gloeien. 'Witte handschoenen… Is dat alles?'

'Alleen witte handschoenen. Verder niets.'

Even was ze vervuld van afschuw, toen ontspande ze. 'Als dat je enige zonde is,' zei ze lachend, 'dan worden we heel erg gelukkig samen.'

Toen kuste hij haar.

29

Londen, Engeland, herfst 1923

Kitty deed haar ogen open. En staarde recht in het duistere gezicht van Michael Doyle, die met een triomfantelijke grijns op haar neerkeek terwijl hij zijn broek dichtknoopte. Haar maagdelijkheid was voor hem een trofee, net als de moord op kolonel Manley en op talloze Auxiliaries, uit naam van een vrij Ierland. 'Je bent van mij,' zei hij dreigend. 'Ik heb mijn zaad in je gespoten. En ook al heeft het nooit vrucht gedragen, het heeft zich diep in je genesteld, als een doorn die je nooit zult kunnen verwijderen. Hoe je ook je best doet me te vergeten.'

In het donker knipperde ze met haar ogen, haar hart ging wild tekeer, haar adem schuurde in haar keel. Was hij gestorven? En achtervolgde hij haar nu als geest? Ze tastte naar de knop van het licht. Er was niemand in de kamer. Ze had alles gedroomd. Toch rook ze de geur van alcohol en tabak. De zinsbegoocheling was zo sterk dat er een huivering door haar heen ging. Bevend nam ze een slok water. Ze had gezworen dat ze hem voorgoed zou blijven achtervolgen. Maar in werkelijkheid was het andersom. Haar lichaam had zich hersteld, maar de herinnering aan wat hij haar had aangedaan, stond voorgoed geëtst in haar ziel, als het teken van de duivel. Wat had haar bezield om naar de boerderij te rijden? Was ze maar niet zo overmoedig geweest… Had ze maar…

De kleine Jack Deverill was inmiddels ruim anderhalf. Een schattig ventje, het aanbiddelijkste kind dat Kitty ooit had gezien. Zonder enige terughoudendheid schonk ze al haar liefde voor Jack O'Leary aan haar halfbroertje dat zijn naam droeg. Harry en Boysie kwamen vaak langs. Ook zij waren verrukt van de kleine Jack, maar hun regelmatige bezoeken stonden in schril contrast met het gebrek aan belangstelling bij de rest van de familie. Maud toonde geen interesse uit gekwetstheid, Victoria uit afkeuring, Bertie uit schaamte. Kitty moest accepteren dat Jack door haar kant van de Deverills nooit zou worden erkend. De Deverills uit Wiltshire hadden hem echter in de armen gesloten met het aplomb en de doortastendheid die hun kant van de familie kenmerkten.

Harry had zich verloofd met Charlotte Stalbridge, Boysie had de dodelijk saaie Deirdre ten huwelijk gevraagd. Maud was in extase. De Stalbridges waren een rijk, voornaam geslacht met een groot landgoed in Norfolk, vlak bij Sandringham, het bezit van de koninklijke familie. Sterker nog, Sir Charles Stalbridge was een goede vriend van de koning. En hoewel Harry niet langer de erfgenaam was van een indrukwekkend kasteel, waren de Stalbridges verrukt van zijn charmes. Bovendien had het ook wel iets romantisch, zo'n tragische ruïne, tijdens de Troebelen door de Fenians in de as gelegd. Harry was een Deverill, en de toekomstige Lord Deverill, kasteel of geen kasteel. Dat was voor de Stalbridges meer dan genoeg. Bovendien was Charlotte dolverliefd op hem, wat voor Lady Stalbridge zwaarder woog dan een eeuwenoud kasteel – of wat daarvan over was – en landerijen zonder enige waarde.

Beatrice bood beide gelukkige paren een gezamenlijk verlovingsfeest aan op Deverill Rising. Ze ging meteen met de voorbereidingen aan de slag. De verlovingen zouden op oudjaarsdag worden gevierd. Maud bracht Kerstmis door bij Victoria. Elspeth, die in verwachting was van haar tweede, nodigde haar vader en grootmoeder uit, want het was wel duidelijk dat Bertie en Maud inmiddels beiden hun eigen leven leidden. Bertie woonde nog altijd in het jachthuis, samen met zijn moeder die steeds excentrieker werd. Maud verbleef in Engeland, bij Victoria, en tijdens het uitgaansseizoen bij Beatrice. Ze had Bertie gesmeekt een huis voor haar te kopen, omdat het niet meeviel om 'als een aan de bedelstaf geraakt familielid' blijvend gebruik te maken van de gastvrijheid van Digby en Beatrice. Maar Bertie wond er geen doekjes om. Er was geen geld voor dat soort buitensporigheden. En als het haar in Londen niet beviel kon ze terugkomen naar Cork. Alleen al de gedachte vervulde Maud met weerzin. Zonder kasteel was er van haar status weinig meer over. Bovendien had ze alle banden verbroken met het land dat ze nooit in haar hart had gesloten. Ze voelde zich verraden door haar beste vriendin, afgewezen door haar man, beledigd door het bestaan van zijn buitenechtelijke kind, waarover Kitty zich tot overmaat van ramp zo nodig had moeten ontfermen, en kasteelvrouwe van een ruïne. Dat alles was voor haar reden genoeg om er nooit meer een voet aan wal te zetten.

Kitty zou daarentegen niets liever willen dan teruggaan naar Ierland, terwijl ze noodgedwongen en met tegenzin een nieuw leven opbouwde in Engeland. Ze vierde Kerstmis op Deverill Rising, met Digby en Beatrice. Het landgoed vulde zich met familie en vrienden, en dankzij alle feestelijkheden en de gezellige drukte slaagde Kitty er althans tijdelijk in haar heimwee te vergeten. Zolang ze maar bezig bleef, kon ze het verlangen naar Ierland naar de achtergrond dringen. Zolang ze door de schitterende tuinen in Wiltshire zwierf, dacht ze niet aan de groentetuin van haar grootmoeder, aan de muur daaromheen waarin ze de briefjes van Jack had gevonden, aan de kassen waar ze met Celia en Bridie hun geheime bijeenkomsten had belegd, aan de doolhof waarin ze als kind zo vaak verdwaald was geraakt dat haar voetsporen op de berijpte grond elkaar uiteindelijk hadden gekruist.

Bij het verlovingsfeest van de jongens, op oudejaarsavond, kwam ze aan tafel naast Robert Trench te zitten. Tijdens het diner informeerde ze naar zijn boek. 'Het is af,' zei hij met een stralend gezicht. 'Dit voorjaar komt het uit.'

'Wat geweldig! Ik wil het graag lezen,' zei Kitty enthousiast.

'Dan mag jij het eerste exemplaar in ontvangst nemen. Ik zal het je sturen.'

'Ik voel me gevleid. En ik weet zeker dat ik ervan zal genieten.'

Terwijl hij naar haar glimlachte, besefte Kitty hoe aantrekkelijk hij was wanneer hij geluk uitstraalde. Destijds in Ierland was hij altijd zo ernstig geweest. Nu keek hij haar aan met een blik vol warmte en Kitty verbaasde zich erover hoe mensen konden veranderen. Zijn vertrouwdheid had iets geruststellends. Hij herinnerde haar aan thuis. 'In Ierland was je altijd zo ernstig. Je lachte nooit,' zei ze. 'Hoe kwam dat?'

'Ik was toen niet gelukkig,' bekende hij.

'Ierland kon je niet gelukkig maken?'

'Nee, daar werd ik alleen maar steeds ongelukkiger. Ik had aan het front moeten zitten. Dus ik voelde me een mislukkeling, niet volwaardig als man. Ik ben in mijn hele leven niet zo ongelukkig geweest als uitgerekend in die periode.'

Ze fronste haar wenkbrauwen. 'Dat spijt me. Maar dat wist ik niet.'
'Je was nog zo jong. Hoe had je dat kunnen weten?'
'Ik ging volledig op in mezelf. Volgens mij heb ik me onmogelijk gedragen.'
'Helemaal niet. Je had andere dingen aan je hoofd.'
Kitty dacht aan Jack. 'Ik maakte me zorgen om Ierland.'
'Ja, je was erg idealistisch.'
'En die vrijstaat is er gekomen, waar of niet?'
'Dat wel, maar Ierland is nog altijd verdeeld.'
'Het zuiden is onafhankelijk. Dat hebben we in elk geval bereikt.'
'Maar tegen welke prijs?'
Terwijl ze hem aankeek, verlangde ze er ineens naar over alles te kunnen praten wat ze zo lang, zo diep had weggestopt. In dit nieuwe leven, ver van Ierland, was Robert de enige die haar zou begrijpen. 'De Onafhankelijkheidsoorlog heeft me alles afgenomen wat me dierbaar was,' zei ze zacht. 'Het was een oorlog waar ik in geloofde en waar ik op mijn manier een bescheiden rol in heb gespeeld. Maar ik had nooit gedacht dat hij me persoonlijk zou raken.'
'Vergis ik me, of is dat nog heel voorzichtig uitgedrukt?'
Ze sloeg verdrietig haar ogen neer, overweldigd door de compassie in zijn stem en door de emoties die deze bij haar opriep. 'O, Robert, als je eens wist hoe waar dat is.' Ze zuchtte. 'Maar Ierland is in elk geval onafhankelijk.'
'En jij?'
'Ik ben Ierland kwijt.' Ze pakte haar wijn en putte kracht uit de bron diep binnen in haar waarop ze altijd kon rekenen. 'Maar ooit ga ik terug. Ierland loopt niet weg. Ook al ben ik mijn thuis kwijtgeraakt en...' Ze haperde. 'Ierland blijft. Even ruig en groen en mooi als altijd.' Ze stond op van de tafel en haastte zich naar buiten, door de openslaande deuren het terras op.

De fontein was bevroren, op de hagen lag een glinsterende deken van verse sneeuw, de ijzige maan was omringd door een aura van mist. De sterren flonkerden helderder dan ooit en diep in het bos, achter de duiventil, klonk de roep van een uil. 'Je krijgt nog longontsteking.' Robert kwam naast haar staan. Hij trok zijn jasje uit en hing het om haar schouders. 'Het spijt me. Misschien had ik niet over Ierland moeten beginnen.'

Kitty trok huiverend het jasje aan, nog warm van zijn lichaam. 'Ik doe zo mijn best om er niet steeds aan te denken. Dat probeer ik echt. Maar het is elke dag weer een worsteling. Mijn hart huilt om Ierland. Het is mijn thuis. Niets op de hele wereld is me zo dierbaar.'

'Dat begrijp ik heel goed. Kasteel Deverill was een van de heerlijkste plekken waar ik ooit ben geweest. Ik heb door Italië gereisd, door Spanje, Marokko en Frankrijk, maar de ruige groene heuvels van Cork behoren tot het mooiste wat ik heb gezien. Ierland raakt je, tot in het diepst van je ziel. Dus ik ben dankbaar voor de tijd als jouw leraar.'

'Maar je zei net dat je toen diep ongelukkig was?'

'Dat klopt, maar ik was omringd door schoonheid.' Haar ogen glansden in het maanlicht en terwijl Robert in die ogen keek stroomde zijn hart over van liefde. 'Als ik dat kon zou ik je Ierland teruggeven,' zei hij zacht. Zijn ogen stonden ernstig achter zijn ronde brillenglazen. 'Dan zou ik met je naar Ballinakelly gaan en je zien opbloeien als de paarse heide op de heuvels.' Hij streek met zijn vingers over haar vochtige wang. 'Niets zou me gelukkiger maken dan terugkeren naar kasteel Deverill en het steen voor steen herbouwen. Daarvoor zou ik desnoods mijn ziel verkopen.'

'O Robert,' zei ze met een zucht, want ineens begreep ze het. 'Je was ongelukkig omdat je...'

'Omdat ik van je hield.' Hij knikte. 'Elke dag was een worsteling. Net zoals jij nu worstelt met je verlangen naar Ierland. Maar ik heb het overleefd en hier sta ik, bij de vrouw die ik liefheb en in wier ogen sterren stralen.' Hij lachte om zijn eigen dwaasheid. 'Ooit ga je terug naar Ierland en dan is je worsteling niet voor niets geweest. Want het gemis zal je liefde alleen maar verdiepen. Wanneer je je dierbare Ierland terugziet, zul je de schoonheid van het land als nog intenser, nog stimulerender ervaren. Je zult je er nog meer door opgetild voelen. Net zoals ik jou nu nog mooier vind dan toen.'

'Pas op, anders ga ik huilen. Als je boek net zo ontroerend is denk ik niet dat ik het kan lezen.'

Met zijn duim veegde hij een traan van haar wang. 'Jij was mijn inspiratie, Kitty.'

'Loopt het goed af?'

'Nee.'

Ze legde haar hand op de zijne en drukte die tegen haar wang. 'En met ons?'

'Dat hangt van jou af.'

Ze hief haar gezicht naar hem op en hij boog zich naar haar toe om zijn lippen op de hare te drukken in een lange, tedere kus. Ze deed haar ogen dicht en huilde een laatste traan om Jack. Dat hoofdstuk van haar leven moest ze afsluiten. Het boek met daarin al het verdriet, alle pijn van de Ierse Troebelen, maar ook haar eigen pijn en verdriet, ging definitief de kast in en ze begon aan een nieuw boek, gevuld met licht en vreugde.

Ze besefte dat ze niet van Robert hield, maar ze had hem nodig. Want als ze alleen bleef, zou ze haar ballingschap niet aankunnen. Robert begreep haar liefde voor Ierland en hij vormde de schakel met een periode in haar leven toen ze oprecht gelukkig was geweest. Hij kende de tuinen van kasteel Deverill net zo goed als zij. En hij hield net als zij van de rotsachtige heuvels en hun ruige, eeuwige pracht. Hij kende haar beter dan wie ook, want hij had haar alles geleerd wat ze wist. Ze respecteerde hem om zijn kennis, om zijn intelligentie, en tegelijkertijd wist ze dat hij haar bewonderde om haar onderzoekende geest. Als ze iemand haar hart zou kunnen schenken – ook al zou ze altijd van Jack blijven houden – dan was het Robert.

Ze sloeg haar armen om hem heen en zocht bij hem beschutting tegen de kou, tegen de angsten die als monsters oprezen uit haar verleden, tegen de toekomst die zo onbekend en onzeker was. Toen kuste ze hem, dankbaar dat ze ondanks haar twijfels of ze ooit nog van iemand zou kunnen houden, de liefde had gevonden bij de man die haar van meet af aan in zijn hart had gesloten. In Roberts armen voelde ze de warmte en de troost van het vertrouwde. En in stilte bedankte ze God omdat ze een tweede kans had gekregen.

Grace was in de tuin toen de butler kwam aanlopen over het gazon. De lente was in het land, haar zoete adem had het gras stralend groen gekleurd en de takken van de eeuwenoude eiken gestreeld zodat de tere knoppen zich openden. De kaarsen aan de paardenkastanjes begonnen te ontluiken, terwijl de vlierbomen hun blaadjes als confetti lieten meevoeren op de wind. Deze tijd van het jaar was Grace het dierbaarst, dus ze vond het spijtig dat ze uitgerekend nu, terwijl het Ierse landschap in zijn volle glorie opbloeide en uitbotte, op het punt stond naar Londen te vertrekken. 'Neemt u me niet kwalijk dat ik u stoor, milady, maar er staat een jongeman in de hal. Hij moet u spreken, zegt hij.'

Grace zuchtte geërgerd. Ze had intens genoten van haar vredige tuin, van de aanblik van de vogels die tussen het jonge blad dartelden en onder vrolijk gekwetter hun nest bouwden. Niets stemde haar zo gelukkig als het lied van de vogels. 'Heeft hij ook gezegd hoe hij heet?' vroeg ze. Misschien kon ze hem vragen later terug te komen.

'Ja, milady. Hij heet Jack O'Leary.'

Ze schrok. 'Dank je wel, Brennan. Ik kom eraan.'

Grace volgde de butler over het gras en ging het huis binnen via de zijdeur. Vanuit de hal kon ze zien dat Jack voor een van de ramen van de zitkamer naar de tuin stond te kijken. 'Wat heb ik dat gemist! De vogels, de geur van de grond, het uitbotten van de knoppen.' Hij draaide zich om en nam zijn pet af. 'Het is heerlijk om weer vrij te zijn. Hoe maakt u het, Lady Rowan-Hampton?'

Staande in de deuropening zag ze hoe de gretige jongen door de oorlog was gehard tot een ruige, vermoeide man die ouder leek dan hij was. De passie die ze in zijn ogen had gezien op de avond dat hij een mes tussen de ribben van kolonel Manley stak, had plaatsgemaakt voor een uitdrukking van berusting en van verdriet die haar diep raakte. 'Waarom hebben ze je zo lang vastgehouden?' vroeg ze.

'Ze dachten dat ik meer wist dan ik losliet,' antwoordde hij.

Grace reageerde verbaasd. 'Wisten ze van jou en Kitty?'

'Ze hebben de brief gevonden die ze me had meegegeven. Die zat in mijn zak.' Hij grijnsde. Grace zag dat hij een tand miste. 'Ze is net op tijd weggekomen.'

'Het verbaast me dat je nog leeft.'

'Dat heb ik aan pastoor Quinn te danken. Zonder hem was ik dood geweest.'

'Dat is dan de tweede keer,' zei Grace wrang, indachtig de nasleep van de moord op kolonel Manley.

'Inderdaad. God heeft altijd aan onze kant gestaan.'

Grace wist waarvoor hij kwam. 'Laten we even de tuin in lopen,' stelde ze voor.

Ze gingen naar buiten, waar de zon scheen en waar de roep van een kwartelkoning over het gazon klonk, samen met het gezoem van de eerste bijen die rond de verleidelijk stralende paardenbloemen tussen het hoge gras dansten. 'Waarom moest het kasteel het ontgelden? Hoe hebben ze dat in godsnaam kunnen doen?' vroeg Jack. 'Het is tragisch. Zeker als je bedenkt wat Kitty voor de goede zaak heeft gedaan.' Haar naam hing loodzwaar tussen hen in. 'Ze had al veel eerder weg moeten gaan.'

'Dat geldt voor jullie allebei. Jullie hadden naar Amerika moeten gaan toen het nog kon.'

'Het was al te laat.'

'Je had mij om hulp moeten vragen. Het voordeel van een rijke echtgenoot is dat ik anderen kan helpen, die het alleen niet redden.'

'Waar is ze?'

Grace slaakte een zucht. 'In Londen.'

'Ik heb gezegd dat ze me moest loslaten. Maar ze bleef schrijven. En nu ben ik vrij. Is het dwaas om nog hoop te koesteren?'

'Ja, ik ben bang van wel.'

Hij knikte en keek naar de grond. Zijn teleurstelling was bijna tastbaar. 'Ik had moeten vragen of ze op me wilde wachten.'

'Het is goed zoals het is, Jack. Ze heeft een klein jongetje.' Grace legde een hand op zijn arm toen hij verbijsterd opkeek. 'Nee, het is niet haar eigen kind. Het was te vondeling gelegd bij het jachthuis. En toen heeft ze besloten zich erover te ontfermen. Dat is de reden waarom ze niet naar Ierland kan terugkomen. Haar vader weigert haar in huis te nemen met een kind dat niet van haar is. Dus ze is in Londen een nieuw leven begonnen.' Jacks ogen waren dof geworden. Grace ontweek zijn blik toen ze de genadeslag uitdeelde. 'En ze is verloofd.'

'Jaysus!' Hij schudde zijn hoofd alsof hij probeerde het beeld van Kitty met een ander van zich af te schudden.

'Het kind heeft behoefte aan een vader, en zij aan zekerheid.'

'Als ik dacht dat het zin had zou ik voor haar vechten.'

'En als ik dacht dat je daar goed aan deed, zou ik jullie financieel steunen. Maar je moet het loslaten, Jack. Je moet haar loslaten. Ze heeft het geluk gevonden. En na alles wat ze heeft doorgemaakt, heeft ze dat meer dan verdiend.'

Ze liepen een houten hek door, naar een veld met gele sleutelbloemen waar een stel duiven verschrikt opvloog. 'We hebben gevochten voor onze onafhankelijkheid,' zei Jack met een wrange grijns. 'De Ierse Vrijstaat is een feit. Hoe dankbaar dat ook stemt, inmiddels vechten broers tegen broers. Door de burgeroorlog zijn we verworden tot een monster dat zichzelf opeet.'

'De IRA zal niet rusten voordat heel Ierland verenigd en onafhankelijk is,' zei Grace ernstig. 'Maar ik ben tevreden met wat we hebben. Voor mij is de opstand voorbij.' Ze keek hem aan en schonk hem een warme glimlach. 'En voor jou ook.'

'Het is goed om als vrij man door Ballinakelly te kunnen lopen. Onze kinderen zullen dankbaar zijn voor de offers die we hebben gebracht, wanneer ze op school en thuis aan de eettafel de verhalen horen.'

'Helaas brengt de geschiedenis lang niet altijd dank aan wie dankbaarheid verdienen. En nu? Wat zijn je plannen?' vroeg Grace.

Hij haalde zijn schouders op. 'Ik ga terug naar huis.'

'Om de praktijk over te nemen?'

'Ballinakelly heeft een goede dierenarts nodig. En mijn vader wordt een dagje ouder. De oorlog heeft hem behoorlijk aangepakt. Zijn krachten beginnen af te nemen. Dus ik pak mijn bestaan weer op en neem het van hem over. Wat moet ik anders?'

'Er is hier altijd werk voor je. Dat is gelukkig niet veranderd.'

Hij keek haar verdrietig aan. 'Maar verder is niets meer hetzelfde, Lady Rowan-Hampton. De Onafhankelijkheidsoorlog heeft ons alles afgenomen wat ons lief was.'

'Maar het heeft ons ook gegeven wat ons het meest dierbaar is. Een vrij Ierland. Jij en Kitty hebben offers gebracht, en God weet dat ik me ook niet onbetuigd heb gelaten. Maar het is niet voor niets geweest.' Ze keek om zich heen naar de glooiende, fluweelzachte heuvels en slaakte een zucht van bitterzoet genot. 'Dit hebben ze ons niet afgenomen, Jack. Ierland is van ons en we hebben allemaal onze eigen rol gespeeld in de bevrijding.'

Grace kwam naar Londen voor Kitty's huwelijk, een bescheiden plechtigheid in intieme kring. Kitty had geen behoefte aan een grootse bruiloft met een indrukwekkende gastenlijst zoals het huwelijk van Harry beloofde te worden. Haar vader zou er niet bij zijn om haar weg te geven, haar moeder was niet geïnteresseerd om haar te helpen met het uitkiezen van de japon en de bloemen voor het bruidsboeket. En dus trouwden Robert en zij tegen het eind van de zomer in Old Church, in Chelsea. Elspeth en Peter kwamen ervoor over uit Cork. Beatrice stond erop de receptie te betalen bij een restaurant aan Pavilion Road en ze versierde de ruimte uitbundig met witte rozen, in de hoop dat Maud zich schuldig zou voelen om de manier waarop ze Kitty en het kind waarover ze zich had ontfermd, in de kou liet staan. Als Kitty met een hertog was getrouwd, zou Maud misschien zijn bijgedraaid. Maar Kitty's keuze voor Mr. Trench, die niet van adel was en bovendien als leraar had gewerkt, kon Maud allesbehalve bekoren. Met Peter MacCartain was ze ook verre van gelukkig geweest, maar die bezat tenminste nog een kasteel.

Elspeth wierp een blik op de kleine Jack en hield haar adem in. 'Maar dat is jouw zoon!' riep ze uit, net zoals haar moeder dat had gedaan.

Kitty grijnsde. 'Ja, hij lijkt op me, hè?'

'Wanneer is hij geboren? Waarom wist ik dat niet?'

'Hij is niet van mij, Elspeth.' Kitty lachte om het verbaasde gezicht van haar zus.

Elspeth liet zich in een stoel ploffen. 'Van wie is hij dan?'

Kitty had genoeg van alle geheimzinnigheid. 'Van papa,' verklaarde ze beheerst. Elspeth hijgde van afschuw, haar mond viel open. 'Papa is indiscreet geweest met een van de dienstmeisjes,' vervolgde Kitty voorzichtig. 'Dus de kleine Jack is ons halfbroertje.'

'O Kitty! Geen wonder dat je thuis niet meer welkom bent!'

'Jack is zijn zoon. Uiteindelijk zal hij ons toch moeten accepteren.'

'Lieve hemel, waarom hoor ik dat nu pas?'

'Ik wilde je niet van streek maken.'

'Heb je het al die tijd voor je gehouden?'

'Harry weet het. En Robert natuurlijk ook. En mama...'

'Geen wonder dat ze er zo ellendig uitzag op je bruiloft.'

'Ze weigert zelfs maar naar Jack te kijken. En dat kan ik haar niet eens kwalijk nemen. Hij vertegenwoordigt het verraad van papa.'

'Ze is diep ongelukkig. En dat is ook geen wonder. Dat heeft ze aan zichzelf te danken. Maar jij verdient het om gelukkig te worden, Kitty! Ik ben zo blij dat je een goede man hebt gevonden. En een lieve man.' Ze pakte de hand van haar zus. 'Kom alsjeblieft terug naar Ierland. Ik mis je zo. Jullie zijn van harte welkom. Zolang je maar wilt.' Ze dempte haar stem. 'En het huis van oom Rupert is er ook nog. De ramen zijn dichtgetimmerd en sinds zijn dood is er niemand meer geweest. Maar als Robert met papa gaat praten, weet ik zeker dat jullie er mogen wonen. Probeer het!' zei ze smekend. 'Ik weet hoe verschrikkelijk je Ierland mist. En niemand hield zo veel van kasteel Deverill als jij.'

Kitty zag al geruime tijd als een berg tegen de eerste huwelijksnacht op. Robert had gereserveerd in een klein hotel in Chelsea en Kitty had geregeld dat Jack thuisbleef met het kindermeisje. Toen ze eindelijk alleen waren pakte Robert haar hand en nam haar mee naar de slaapkamer. Maar nadat ze elkaar hadden gekust wimpelde Kitty hem af. Ze was moe, zei ze. Achter het kamerscherm trok ze haar nachtjapon aan, waarna ze in bed kroop, met de dekens tot haar kin opgetrokken. Robert kwam naast haar liggen. Hij nam haar in zijn armen en kuste haar teder op haar voorhoofd, maar hij respecteerde haar vermoeidheid, zonder zich teleurgesteld te tonen. De volgende morgen reisden ze per boot en trein naar Italië, en twee dagen later arriveerden ze met een sjees in Florence. Na de lange, zware reis kon Kitty zich opnieuw beroepen op vermoeidheid.

De onbekende geuren van droge aarde, eucalyptusbomen, wilde rozemarijn en tijm verdrongen haar verlangen naar Ierland; naar de ruige groene heuvels en de kabbelende beekjes van Ballinakelly, naar de zachte regen, de donkere wolken, de dreigende hemel wanneer er storm op komst was. Met een gevoel van respijt liet Kitty zich meevoeren door het moment, door het heden. Gretig en bijna opgewonden gaf ze zich over aan de Italiaanse kunst en cultuur. Ze genoot van de prachtige, eeuwenoude stad met zijn lichtgekleurde gebouwen, terracotta daken, pleinen met zuilengaanderijen en smalle straatjes. Vanaf haar balkon kon ze de schitterende basiliek hoog boven de stad zien uitrijzen, als een indrukwekkend schip omringd door een zee van rode dakpannen. De reusachtige koepel leek de wetten van de zwaartekracht en de grenzen aan de menselijke vermogens te tarten. Vervuld van bewondering en ontzag zag ze hoe de ondergaande zon de stad bedekte met een sluier van stoffig roze.

Robert kwam achter haar staan, sloeg zijn armen om haar heen en kuste haar hals. 'Is het niet prachtig?' Kitty zuchtte, in een poging het onvermijdelijke zo lang mogelijk uit te stellen.

'Ik verlang naar je, Kitty,' zei hij zacht. 'Ik verlang naar mijn vrouw. Ik wil met je vrijen.'

Op slag werd ze verlamd door angst. Blijkbaar voelde Robert dat ze verstijfde. 'Liefste, wat is er?' Hij legde zijn handen op haar schouders. 'Ben je bang? Ik zal je geen pijn doen. Dat beloof ik.' Toen ze nog altijd niets zei draaide hij haar naar zich toe. Hij was verbaasd oprechte angst in haar ogen te lezen. 'Kitty, wat is er?'

Haar roomblanke huid zag grauw, haar lippen beefden door het geheim waarmee ze worstelde. Ze wist niet hoe ze onder woorden moest brengen wat Michael Doyle haar die dag op de boerderij had aangedaan. Als ze het vertelde, was ze bang dat de herinnering haar voorgoed zou blijven beheersen, als een schaduw over haar geluk, en haar zou beroven van al het mooie, al het goede in haar leven.

Bezorgd, met zijn handen nog altijd op haar schouders keek Robert haar aan. 'Kitty, wat is er? Zeg het alsjeblieft. Ik ben je man, ik hou van je. Wat het ook is, het zal niets kunnen afdoen aan mijn liefde.'

Kitty slikte. Een serene kalmte nam bezit van haar. Een onwezenlijke rust, alsof ze hoog boven de hemelse koepel van Brunelleschi zweefde. 'Ik ben verkracht,' fluisterde ze. De woorden verlieten haar mond als een broze aaneenschakeling van klanken. Maar Robert had ze verstaan.

Ook hij werd asgrauw. 'Door wie?' vroeg hij ademloos. 'En wanneer is dat gebeurd...'

Er biggelde een traan over haar wang. 'In Ierland. Op de dag dat het kasteel afbrandde. Ik wist wie het had gedaan. Dus ik ben naar hem toe gegaan, om hem ter verantwoording te roepen.'

'O Kitty.' Hij nam haar in zijn armen, meer dan ooit vervuld van liefde en tederheid. 'Mijn liefste, liefste Kitty. Ik zal ervoor zorgen dat niemand je ooit nog pijn kan doen. Dat beloof ik!' Ze sloot haar ogen en liet haar tranen om wat Michael Doyle haar had aangedaan, eindelijk de vrije loop. En met een diepe huiverende zucht zocht ze beschutting in Roberts beschermende armen.

30

New York, Amerika, 1923

Bridie zat in de tuin van Mrs. Grimsby's huis aan Fifth Avenue, met de schoenendoos uit Ballinakelly op schoot. De doos was het enige wat haar verbond met haar verleden, en met haarzelf. Ze zou dolgelukkig moeten zijn dankzij de reusachtige erfenis, maar ze voelde zich angstig. En klein, en verloren, en erg ver van huis.

Tot op dat moment had Bridie nooit enige zeggenschap gehad over haar bestaan, maar altijd gedaan wat haar werd opgedragen. Ze had zich door de stroom van het leven laten meevoeren, haar bestemming was altijd duidelijk geweest. Maar door Mr. Deverill had haar leven een andere loop genomen en was ze in een vreemd land, helemaal aan de andere kant van de oceaan, terechtgekomen. Ondanks alle onzekerheid had ze een zekere troost geput uit de grenzen die de tirannieke Mrs. Grimsby haar oplegde. Met de dood van de oude dame was Bridie plotseling onafhankelijk geworden, maar ook stuurloos, zonder iemand die haar zei wat te doen.

Voorzichtig deed ze de doos open. Het zwarte lakleer van de dansschoenen die ze jaren geleden van Lady Deverill had gekregen, glansde nog net als toen. Er welde een snik op in Bridies keel, een dikke traan viel op haar hand toen ze een van de schoenen uit de doos nam. De zilveren gesp glinsterde in de zon en Bridie dacht aan haar vader. Ze zou er al het geld van Mrs. Grimsby voor willen geven om hem terug te hebben, desnoods voor één dag. Hij zou wel weten wat ze moest doen. Ze probeerde zichzelf moed en vertrouwen in te spreken, maar het was tevergeefs. Ze werd verteerd door heimwee, door een gevoel van leegte en eenzaamheid dat als een loden last op haar drukte.

Net toen de wanhoop haar te machtig dreigde te worden, zag ze in de glimmende gespen de gezichten van de meisjes op school die haar hadden bespot omdat ze 'als landloper' zulke mooie schoenen droeg. Op slag veranderde haar wanhoop in wrok. Uitdagend stak ze haar kin naar voren en veegde ze met de rug van haar hand over haar ogen. Ze was geen landloper! Ze was een rijke vrouw! Op haar drieëntwintigste had ze niet alleen geld maar ook bezittingen die een vermogen waard waren. Ze kon wel honderd paar schoenen kopen als ze dat wilde. En van het ene op het andere moment verhardde de angst die haar week maakte, tot graniet. Ze zou iedereen laten zien dat ze niet met zich liet spotten! Zelfs Kitty, die het hart van Jack had gestolen en het hare daardoor had gebroken. Als ze dat niet had gedaan, zou Bridie niet gevoelig zijn geweest voor de avances van Mr. Deverill. Dan was het allemaal niet gebeurd. Zonder Kitty had ze nog met haar moeder en haar oma bij het vuur gezeten. En misschien ook wel met Jack. Zonder Kitty zou hij misschien ook van haar hebben gehouden.

Ze stond op en liep naar binnen. Miss Ferrel, Mr. Gordon en Mrs. Gottersman waren vertrokken, met een verbitterde trek om hun mond die verried hoe onrechtvaardig ze zich behandeld voelden. Bridie besefte dat ze allemaal op althans een deel van Mrs. Grimsby's fortuin hadden gehoopt. Dat ze daar zelfs op hadden gerekend. Door die zachte klopjes op hun hand, door de vertrouwelijke gesprekjes die ze met hen voerde, had Mrs. Grimsby hen allemaal in de waan gebracht dat ze een bijzondere positie innamen. De oude spin in het web had ervan genoten hen te manipuleren. En hun uiteindelijk het nakijken te geven. Inmiddels had Bridie begrepen dat niet Mr. Gordon of miss Ferrel dat geld onder het bed had gelegd, maar Mrs. Grimsby zelf. Misschien bij wijze van test. Om te zien wie ze kon vertrouwen, wie het verdiende van haar te erven. Nou, zij verdiende dat veel minder dan de rest van het personeel, vond Bridie. Nu ze rijk was zou ze het geld met de anderen delen. Al was het maar om de oude dame dwars te zitten. Mrs. Grimsby had haar personeel tijdens haar leven genoeg narigheid bezorgd. Het leek niet meer dan rechtvaardig wanneer de bedienden door haar dood werden beloond voor wat ze hadden moeten verdragen.

Bridie dacht terug aan de tijd toen Kitty en Celia zich hadden opgedoft voor het zomerbal, terwijl zij in de keuken had moeten werken en alleen door een kier van een deur, door een spleet in de gordijnen naar al die pracht had mogen kijken. Ze herinnerde zich de mooie japonnen van Kitty en Celia, hun zorgvuldig ingevlochten haar, hun leren laarsjes en zijden kousen, hun fraaie jassen en handschoenen. En een gevoel van haat dat haar tot op dat moment vreemd was geweest, ontkiemde in haar. Een gevoel van haat dat zich als woekerkruid rond haar hart zou slingeren, om de goedheid daarin te verstikken die haar niets had opgeleverd. Haar tijd was gekomen, dacht ze rancuneus. Ze ging schoenen en japonnen kopen, net zo mooi als die van Kitty en Celia, en ze ging trouwen met de rijkste man die ze kon vinden, want dat was de manier om status te verwerven en respect af te dwingen. Nu ze rijk was, zou ze een felbegeerde partij zijn.

Vastberaden om iets van haar leven te maken nam Bridie bezit van het huis aan Fifth Avenue, waarvan de heksentoren haar niet langer angst aanjoeg. Ze had jarenlang de kans gehad Kitty te observeren, dus ze wist hoe ze zich als een dame diende te gedragen. Hoe ze zich moest kleden, hoe ze moest staan, hoe ze zich in een gezelschap hoorde te bewegen. Ze wist hoe ze haar Ierse accent moest camoufleren, hoe ze met opgeheven hoofd door het leven moest gaan en hoe ze de schone schijn moest ophouden. Was dit niet wat ze altijd had gewild? Een ander leven? Een ander leven dan dat van Bridie uit Ballinakelly?

Om te beginnen vroeg ze Rosetta om bij haar in dienst te komen als kamenier. Ze genoot van haar nieuwe rol. Nu was zij de vrouw des huizes, met Rosetta als haar bediende, net zoals zij vroeger Kitty's kamenier was geweest. Aanvankelijk wees Rosetta het aanbod af. Ze zou zich niet op haar gemak voelen, als kamenier van haar vriendin, zei ze. Maar Bridie wist haar over te halen door haar meer loon te bieden dan ze ergens anders ooit zou krijgen. 'Laten we zeggen dat je mijn gezelschapsdame bent,' opperde Bridie. 'Het kan me niet schelen hoe je jezelf noemt. Ik wil je gewoon bij me hebben, dat is alles. Je bent mijn enige echte vriendin en ik heb je nodig.' Uiteindelijk zwichtte Rosetta. Bridie schakelde Mrs. McGuire in om, tegen een royale vergoeding, een kok en een butler voor haar te vinden. Ze gooide de ramen open om het huis te luchten; om het te bevrijden van de laatste restanten van Mrs. Grimsby's norse aanwezigheid en van de verschaalde geur van haar oude lichaam. Ze liet de zon binnen, om het huis te doen stralen van geluk, net als kasteel Deverill in de zomer, wanneer de Ierse zon door de hoge ramen naar binnen scheen en de hal in een gouden gloed dompelde.

Het nieuws dat de rijke weduwe haar hele bezit aan haar kamenier had nagelaten, kreeg uitvoerig aandacht in de pers en het duurde niet lang of Bridie was een *cause célèbre*. Ze bracht de tongen danig in beroering. Sommigen vonden het schandalig dat de weduwe haar familie het nakijken had gegeven en beschuldigden Bridie ervan dat ze van meet af aan op het geld van de oude dame uit was geweest. Anderen geloofden daarentegen dat de hardwerkende kamenier recht had op elke penny die ze van Mrs. Grimsby had geërfd. Amerika was tenslotte het land waar hard werken werd beloond en miss Doyle had keihard gewerkt voor haar erfenis, terwijl de familie van Mrs. Grimsby niets had gedaan om haar kapitaal te verdienen, behalve haar in de laatste maanden van haar leven opportunistisch naar de mond praten. De discussie werd behalve in de pers ook in de hogere kringen van New York gevoerd, waar Bridie hét onderwerp van gesprek was tijdens voorname lunches en diners. De meningen bleven verdeeld. De deftige oude families aan Fifth Avenue haalden hun neus op voor de parvenu uit Ierland die hun buurvrouw was geworden, en hielden hun deuren voor haar gesloten. De minder conventionele jongere generatie daarentegen, die veren in het haar droeg en danste op jazzmuziek in geheime kroegen waar illegale drank rijkelijk vloeide, was nieuwsgierig naar de beruchte miss Doyle.

Het duurde niet lang of Bridie kreeg niet alleen damesbezoek, uit nieuwsgierigheid en uit de behoefte om fondsen te werven voor goede doelen, maar er kwamen ook mannen aan de deur; types zonder scrupules die op zoek waren naar een rijke vrouw. De eerste man die Bridie een bezoek bracht, was niemand minder dan Paul Henkin, 'mijn neef de hyena' zoals Mrs. Grimsby hem had genoemd. Bridie had hem nooit gemogen, met zijn terugwijkende kin en de berekenende blik in zijn ogen. Toen ze nog voor zijn tante werkte, had er nog geen 'dankjewel' afgekund, maar nu was hij een en al onoprechte charme en pluimstrijkerij. Vanuit Mrs. Grimsby's stoel in de oranjerie nam Bridie hem minachtend op, want ze doorzag hem als de opportunist die hij was en die misbruik probeerde te maken van haar naïviteit en onervarenheid. Maar ze was niet gek. Mrs. Grimsby had haar geleerd cynisch te zijn ten aanzien van de beweegredenen van haar medemens. Dus ze stuurde de neef zonder pardon de deur uit en besloot op zoek te gaan naar een man die net zo rijk was als zij. Nu ze geld had, was ze niet van plan dat weer kwijt te raken door een onverstandig huwelijk.

Maar als alleenstaande jonge vrouw was ze kwetsbaar, een gemakkelijke prooi voor mannen met oneerbare bedoelingen. Zonder chaperon of iemand die haar vergezelde, kon ze zich niet vrijelijk bewegen. Ze had geen vader en geen broer om haar te escorteren, geen vriendin die zich over haar kon ontfermen. Er was echter een man op wie ze veilig een beroep kon doen; een man die haar kon adviseren in deze uiterst ongebruikelijke en delicate situatie.

'Bedankt voor uw komst, Mr. Wiliams,' zei ze vanuit Mrs. Grimsby's stoel in de oranjerie, waar het zachte zonlicht van de vroege herfst haar in een warme, gouden gloed dompelde.

De advocaat schonk haar een geamuseerde, maar tegelijkertijd bewonderende glimlacht. Het lelijke eendje was veranderd in een zwaan. 'Mag ik u complimenteren met uw charmante verschijning, miss Doyle?'

'Tja, Mr. Williams, geld stelt een vrouw in staat er op haar best uit te zien.'

'Geld is geen oplossing, maar het maakt de dingen wel gemakkelijker. Hoe dan ook, Mrs. Grimsby zou trots op u zijn.'

'Ik ben haar dankbaar voor haar ruimhartigheid. Ze koesterde geen enkele genegenheid jegens haar familie. Wanneer haar nichten en haar neef haar bezochten – hier, in deze zelfde kamer – doorzag ze hun valse vleierij. Ze sprak hen niet tegen, maar ze wist waarvoor ze kwamen.'

'Ooit is ze net zo begonnen als u, miss Doyle. Haar moeder was als klein meisje met haar ouders en de rest van het gezin uit Ierland hierheen gekomen. Behalve de kleren die ze droegen, hadden ze niets. Helemaal niets. Wat haar onderscheidde van haar familie, was haar liefde voor de literatuur. Ze was dol op lezen, iets wat Mrs. Grimsby van haar erfde. Als kind al las ze alles wat ze te pakken kon krijgen. Mr. Grimsby was veel ouder dan zij. Hij had een goede opleiding genoten, maar ze zeggen dat hij getroffen was door haar intelligentie. Ze hebben elkaar leren kennen in de bibliotheek!'

'Waar is hij zo rijk mee geworden?'

'Met de fabricage van drukpersen,' antwoordde Mr. Williams glimlachend. 'Mr. Grimsby was een van die briljante ondernemers die een succes maken van elk project dat ze aanpakken. Voordat hij stierf was Mrs. Grimsby de ongekroonde koningin van het uitgaansleven in New York. Triest genoeg bleven haar baljurken in de kast toen ze alleen kwam te staan en werd ze in toenemende mate cynisch en zwartgallig. U kunt zich voorstellen dat de huwelijkskandidaten zich om haar verdrongen. Vanwege haar geld. Maar ze vertrouwde niemand. Ik vlei mezelf met de gedachte dat ze in mij wel vertrouwen had. Ik was niet op haar hand uit, noch op haar geld. Ze steunde op me als haar raadsman en vertrouweling. Toen u haar leerde kennen was ze een oude vrouw, miss Doyle. Maar ooit, in haar jonge jaren, was ze een schoonheid.'

'Ik las haar altijd voor,' vertelde Bridie weemoedig. 'En dan leek het wel alsof ze milder werd. Alsof wat ik las, door het harde pantser drong waarachter degene die ze werkelijk was, zich verborg. Ik vond het fijn om haar voor te lezen.'

'En nu staan al haar boeken tot uw beschikking.'

'Inderdaad.' Ze liet haar blikken over de planken gaan. 'Haar boeken waren haar waarschijnlijk dierbaarder dan alles wat ze verder bezat.' Bridie zuchtte en dwong zichzelf terug te keren naar het heden. 'Ik heb uw hulp nodig, Mr. Williams.'

'Zegt u het maar, miss Doyle. Wat kan ik voor u doen?'

'Ik verkeer in een lastige positie...' Ze aarzelde, niet goed wetend hoe ze haar situatie moest uitleggen zonder indiscreet te worden. 'Ik ben alleen, in een stad waar ik nauwelijks iemand ken, zonder ook maar een echte goede vriend of vriendin in de hogere kringen...'

Mr. Williams glimlachte meelevend. 'Wat vindt u ervan als ik u voorstel aan Mrs. Williams? Mijn vrouw heeft een rijk sociaal leven en ze zou het heerlijk vinden u te introduceren in haar vriendenkring. Een kleurrijke groep mensen die oprecht in u geïnteresseerd zullen zijn. Want dat is wat u nodig hebt, miss Doyle. Aanspraak en vermaak.'

'Inderdaad.'

'Een mooi huis en dure kleren, dat is allemaal prachtig, maar een vrouw in uw positie heeft vrienden nodig.'

'Een vrouw in mijn positie heeft een man nodig, Mr. Williams. Vergeeft u me mijn openhartigheid. Een vrouw zonder man heeft geen status in onze maatschappij en kan zich niet vrijelijk bewegen. Ik heb een man nodig die net zo rijk is als ik. Niet iemand die alleen maar op mijn geld uit is.'

De advocaat leek verrast door haar openhartigheid. 'Dat begrijp ik.'

Ze stond op. 'Ik denk inderdaad dat u me begrijpt, Mr. Williams. Daarom heb ik u ook laten komen.'

De advocaat volgde haar naar de overloop. 'Om een rijke man te vinden bent u hier in de juiste stad, miss Doyle.' Hij schudde haar de hand.

'Ik maak heel graag kennis met uw vrouw.'

'Waarom komt u morgenavond niet bij ons eten?' stelde hij enthousiast voor.

Bridie glimlachte. 'Dat lijkt me enig.'

Bridie vond Elaine Williams onmiddellijk sympathiek. De vrouw van de advocaat was vrijmoedig, bruisend en energiek. Bridie schatte haar begin dertig. Rusteloos als een vogeltje zat ze geen moment stil, ze kwetterde onophoudelijk, bewoog druk met haar kleine witte handen, en haar lach klonk licht en luchtig als vogelgetsjilp. Haar korte, blonde haar viel in zwierige krullen om haar hoofd, haar grote blauwe ogen straalden, haar vlotte glimlach was warm en ondeugend.

'Beaumont zegt altijd dat geld geven aan goede doelen dé manier is om de juiste mensen te leren kennen,' vertelde ze Bridie. 'En daar heeft hij gelijk in. Bij fundraisers ontmoeten de rijken elkaar. In deze stad draait alles om geld, Bridget. Oud geld gaat alleen met oud geld om, maar nieuw geld staat open voor iedereen. Dus met jouw geld ben je overal welkom! Dat zul je snel genoeg merken.'

Elaine ging meteen aan de slag. Ze nam Bridie mee naar de kapper, waar haar korte haar in een modieuze boblijn werd geknipt, licht golvend bij de slapen. Ze hielp haar met de keuze van een nieuwe garderobe – de meest flatteuze, soepel vallende japonnen tot net boven de knie, kunstzijden kousen, clochehoeden, veren boa's, hoofdbanden met pailletten en schoenen met hakken. Ze leerde Bridie hoe ze zich moest opmaken, terwijl ze in Elaines rommelige slaapkamer naar jazz luisterden die uit de radio schalde. Bridie was een snelle leerling. Ze stortte zich op haar nieuwe rol met dezelfde toewijding als waarmee ze jarenlang op kasteel Deverill haar werk had gedaan, hetgeen haar uiteindelijk de promotie tot kamenier had opgeleverd. Terwijl Mr. Williams haar op financieel gebied adviseerde, ontfermde zijn vrouw zich over Bridies sociale leven. En allebei genoten ze ervan op te trekken met de jonge vrouw die in heel New York nog altijd het gesprek van de dag was.

In gezelschap van Elaine durfde Bridie te stralen. Ze liet zich dankbaar alle aandacht aanleunen tijdens bijeenkomsten waar geld werd ingezameld voor een goed doel. Bij aankomst liet ze zich fotograferen door de pers, en eenmaal binnen was ze het middelpunt van alle aandacht. En ze werd met respect behandeld, alsof ze meetelde! Behalve de oude New Yorkse families leek het niemand te kunnen schelen dat ze nog maar kort geleden als dienstmeisje had gewerkt. En er was niemand die haar verleden kende, niemand die wist hoe ver ze zich had opgewerkt vanuit een dorp als Ballinakelly. Ze speelde haar rol als een ervaren actrice en iedereen ging erin mee. Bridie zelf ook, want ze had geen keus. Dit was de rol van haar leven. Het duurde niet lang of ze vergat wie Bridie Doyle werkelijk was en waar ze vandaan kwam. Bridget Doyle was mooi, beroemd en – dat was het meest opwindend – geliefd en gewild. Ze had geen verleden, geen verdriet, geen zorgen want ze had geld genoeg om haar geluk te kopen. Met het enorme kapitaal dat ze had geërfd, vertrouwde ze erop dat ze nooit meer ongelukkig zou zijn.

In het nieuwe jaar liet Bridie zich meevoeren in een opwindende nieuwe wereld van overdaad. Ze had plotseling drommen vrienden en werd omstuwd door mannen die naar haar hand dongen. Ze ging van het ene feest naar het andere, waar ondanks de Drooglegging zwaar werd gedronken. Bridie ontdekte tot haar verrukking dat ze zich zelfverzekerder voelde wanneer ze drank op had. Een gin-tonic stelde haar in staat Kitty Deverill perfect te imiteren. De alcohol maakte dat ze haar remmingen verloor. Ze werd er spraakzamer en goedlachser van. En ze vond het heerlijk om te dansen. Om de armen van een man om zich heen te voelen. Om te worden bewonderd. In haar herinnering ging ze terug naar de meisjes in Ballinakelly die zo gemeen tegen haar waren geweest, en ze wenste dat ze haar nu konden zien. Ze vroeg zich af of haar toekomst toen al in de sterren geschreven had gestaan. Of alles voorbestemd was geweest.

De mannen die haar het hof maakten, waren zo verschillend als bonbons in een doos. Sommige – de chocolaatjes in een simpel papiertje – waren weliswaar romantisch, maar het ontbrak hun aan het enige wat voor Bridie telde: geld. Andere – de deftig verpakte bonbons – hadden wel geld, maar ze waren vulgair en vrijpostig, en ze hadden het veel te goed met zichzelf getroffen. En ten slotte waren er de exoten, de uitzonderingen in kleurige wikkels, die Bridie angst aanjoegen want ze was niet aan deze Europeanen gewend, hoewel hun indrukwekkende buitenlandse titels wel een zekere aantrekkingskracht op haar uitoefenden. Wanneer ze 's avonds thuiskwam vertelde ze al haar avonturen in geuren en kleuren aan Rosetta, die geduldig op haar wachtte om haar te helpen met uitkleden wanneer ze te veel had gedronken, en die leek te genieten van haar verhalen over ongeschikte huwelijkskandidaten. Wanneer ze samen op Bridies bed lagen, gierend van de lach, vergaten ze hun nieuwe rol en waren ze gewoon weer vriendinnen, zoals ze ooit waren begonnen.

Het gebeurde een paar keer dat Bridie zich liet betoveren door een dichter of een schrijver, wiens gevoelige gezicht en zachtaardige manieren haar aan Jack deden denken, maar dan herinnerde ze zich wat ze zich had voorgenomen en wimpelde ze hun avances koeltjes af. Ze was niet van plan ooit nog verliefd te worden. Op niemand. De liefde had haar niets opgeleverd, behalve een gebroken hart. Als ze trouwde, dan deed ze dat om zekerheid in haar leven te hebben en omdat het huwelijk nu eenmaal een maatschappelijke vereiste was. De man met wie ze trouwde, zou haar metgezel zijn in het leven. Maar ze zou niet van hem houden.

Met Kerstmis ging ze alleen naar de mis. Rosetta bracht de dag door bij haar familie. In gedachten ging Bridie naar haar moeder en haar oma, naar Sean en Michael, en ze verdrong het gevoel van heimwee dat haar dreigde te overweldigen. Het was stil in de kerk. Zo stil dat ze de zachte, hardnekkig verdrongen stem van haar geweten kon horen. Zonder muziek, zonder het geluid van dansende, pratende, lachende mensen dat haar afleidde, kwamen de herinneringen aan Ballinakelly naar boven. De boerderij, de warme haard, de koeienstallen, de kou, de modder, het vocht, de armoede. Ja, vooral de armoede herinnerde ze zich maar al te goed. Nog niet zo lang geleden had ze niet eens schoenen gehad, los van de dansschoenen die ze van Lady Deverill had gekregen en die nog steeds in de doos zaten. Terwijl ze naar de marmeren Christus aan het kruis boven het altaar keek, dacht ze eraan hoe ze twee keer per dag had gebeden wanneer het Angelus werd geluid, hoe ze allemaal hadden geknield na het eten, hoe haar moeder was voorgegaan in gebed: *Heer, open Gij mijn lippen door Uw kracht...* Miste ze haar dochter? Bad ze voor haar? Bridie boog beschaamd haar hoofd en besloot vaker naar de mis te gaan. Ze mocht dan soms vergeten wie ze zelf was, maar wie God was, daarvan moest ze altijd doordrongen blijven.

Ineens kwam het idee bij haar op om naar huis te gaan, als een kurk die omhoogschoot naar de oppervlakte. Ze voelde een steek van heimwee naar de boerderij en naar de stoofpot van haar oma, naar de geur van natte grond en van koeien, naar de stemmen van haar broers die met een groot glas donker bier de sombere staat van Ierland bespraken. Ze verlangde naar de smaak van karnemelk en sodabrood, naar het stampen van dansende voeten, naar het ontroerende crescendo van stemmen die zongen, naar de hartverscheurende klanken van een eenzame viool. Maar de kurk zonk weer net zo snel als hij was komen bovendrijven. Naar huis gaan was onmogelijk. Ze was niet meer het meisje van vroeger. Het leven zoals ze dat in Ierland had geleid, bestond niet meer. Het enige wat ze daar zou vinden, was verdriet en verlies, herinneringen aan Jack, aan Mr. Deverill, aan het kindje dat ze had moeten afstaan en aan het kindje dat bij de geboorte was gestorven. Hier in New York had ze een nieuw leven opgebouwd. Hier was ze Bridget. En dat beviel haar. Hoe zou ze in haar mooie kleren naar Ierland kunnen teruggaan? Hou zou ze weer kunnen slapen op de stromatras van haar oude bed? Haar leven was zo anders geworden, ze was aan een bepaalde luxe gewend geraakt. Zelfs hier wist ze dat haar rijkdom onvermijdelijk een afstand zou scheppen tussen haar en Rosetta, hoezeer ze ook probeerde dat te voorkomen. Dus misschien was er door haar geld ook een afstand ontstaan tussen haar en haar familie. Zij was verdergegaan, haar familie was gebleven. Die deur was voorgoed achter haar dichtgevallen.

Na afloop van de dienst stak ze vier kaarsen aan voor haar familie, twee voor de kinderen die ze het leven had geschonken, en ten slotte een kaars voor de zielenrust van haar vader. Vervolgens liep ze mistroostig de kerk uit.

Bij de deur gekomen kruiste haar blik die van een heer met zilvergrijs haar en een keurige grijze baard. Hij schonk haar een welwillende glimlach. 'Het is niet goed om met Kerstmis zo verdrietig te kijken, jongedame.'

Ze boog licht haar hoofd. 'Ik ben niet verdrietig,' zei ze beleefd. Toen liep ze naar buiten, waar de zon scheen.

'Mij houdt u niet voor de gek.' Hij kwam naast haar lopen. 'Ik heb u tijdens de mis gadegeslagen. Als dit uw niet-verdrietige gezicht is, dan durf ik me nauwelijks af te vragen hoe u kijkt wanneer u verdrietig bent.' Hij stak zijn hand uit. 'Lockwood is de naam.'

Bridie wierp een blik op zijn mooie jas, zijn dure pak en hoed, zijn paraplu met zilveren handvat waarin zijn initialen waren gegraveerd, en ze legde haar hand in de zijne. 'Miss Doyle,' stelde ze zich voor.

'Dat wist ik al.' Hij glimlachte schalks. 'U bent tenslotte een beroemdheid in de stad.' Bridie bloosde. 'Het spijt me, ik wilde u niet in verlegenheid brengen,' haastte hij zich te verklaren. 'Maar u lijkt me zo alleen, en dat zie ik niet graag. Een vrouw alleen, die bovendien verdrietig kijkt. En helemaal als het gaat om een knappe vrouw.'

Bridie glimlachte, zwichtend voor zijn charme en voor de glimmende groene auto die langs de stoep stond, met daarnaast een gedienstige chauffeur met een pet, gekleed in een gesteven uniform, die blijkbaar zelfs met Kerstmis werkte. 'Kijk, zo mag ik het zien. U woont hier vlakbij, dus sta me toe dat ik een eindje met u meeloop.' Mr. Lockwood wuifde naar de chauffeur. 'Ga maar vast naar huis, Maxwell. Ik red me wel.' De chauffeur stapte in, de auto zette zich in beweging en reed weg door de gesmolten sneeuw.

Bridie keek de straat uit, die er verlaten bij lag. Iedereen was naar huis, voor de kerstlunch. Ze stopte haar handen in haar jaszakken en begon te lopen. 'Zo te zien bent u ook alleen, Mr. Lockwood,' zei ze glimlachend.

'Mijn zoon is al naar huis. Hij had trek, dus hij kon niet langer wachten. Ik heb vier kinderen, maar de andere drie wonen niet in de stad. Mijn twee dochters zitten aan de westkust en in het diepe zuiden, en mijn andere zoon is naar Canada vertrokken. Ashley, die nog thuis woont, is mijn jongste.' Ze stonden inmiddels voor Bridies huis. Mr. Lockwood had pretlichtjes in zijn grijze ogen. 'We zijn bijna buren, u en ik. Ik heb Mrs. Grimsby gekend. Ze was een krachtige persoonlijkheid. Een vrouw die niet met zich liet spotten. Maar ik heb dit huis altijd wat grimmig gevonden. Dat komt waarschijnlijk door de toren. Die doet me denken aan een heksenhoed.'

Bridie schoot in de lach. 'Dat is precies wat ik dacht toen ik hier kwam. Maar het huis jaagt me nu geen angst meer aan.'

'Volgens mij is er maar weinig dat u angst aanjaagt, miss Doyle.' Hij keek met een medelevende glimlach op haar neer. 'Weet u zeker dat u zich niet eenzaam voelt, zo helemaal alleen?'

'O, maar ik ben niet alleen. Ik heb een heleboel vrienden en -'

'Natuurlijk hebt u die,' viel hij haar in de rede. 'Een knappe, rijke vrouw als u is altijd omringd door vrienden.' Hij grinnikte vermoeid en een beetje cynisch. 'Maar met wie viert u Kerstmis? Voor zover ik heb begrepen is uw familie in Ierland achtergebleven.'

'Ja, ze...'

'Ik ben een goed christen, miss Doyle. Dus ik zou u willen uitnodigen voor de kerstlunch. Het is niet goed dat een jonge vrouw zoals u alleen is met Kerstmis. Mijn zoon Ashley zal het verrukkelijk vinden, zo'n knappe jonge vrouw aan tafel. En ik zou u dankbaar zijn voor uw gezelschap. Want ik vrees dat Ashley en ik samen weinig inspirerend zijn.'

'Is er geen Mrs. Lockwood?' vroeg Bridie.

'Nee, helaas niet. Ik ben weduwnaar.'

'O, neemt u me niet kwalijk.'

'Ik neem u helemaal niets kwalijk. Het leven geeft en het leven neemt. Er is een tijd van komen en er is een tijd van gaan. U zou een oude man heel gelukkig maken wanneer u mijn uitnodiging aannam. Maar de beslissing is aan u, miss Doyle. Gaat u mee om het kerstmaal met ons te gebruiken?' Hij had iets zwierigs, met de pretlichtjes in zijn ogen, zijn ondeugende glimlach en zijn kalme zelfvertrouwen. Hij wist wie ze was en Bridie veronderstelde dat hij haar een geschikte vrouw vond voor zijn zoon. Ze kon niet ontkennen dat ze nieuwsgierig was. En ze vond Mr. Lockwood sympathiek. Zijn manier van doen beviel haar wel. Misschien was zijn zoon net zo sympathiek. En misschien was hij rijk genoeg voor haar. Anderzijds, misschien...

Glimlachend schoof ze haar arm door de zijne. 'Wat bijzonder vriendelijk van u, Mr. Lockwood. Ik ga graag met u mee voor de kerstmaaltijd en om kennis te maken met uw zoon. Maar in Ierland zeggen we: Hoe ouder de viool hoe zoeter de klank.'

Mr. Lockwood grinnikte en ze liepen samen de straat uit, waarvan het natte plaveisel glansde. 'U hebt de Ierse charme mee hierheen genomen, miss Doyle.' Hij klopte haar op de hand. 'En daar kunnen we allemaal ons voordeel mee doen.'

31

Londen, Engeland, 1925

Londen zag eruit als een magisch koninkrijk van suiker. De straten waren bedekt met een dik pak sneeuw en de vlokken dwarrelden nog steeds uit de hemel, dansend op de wind, als vergulde veren in het gouden schijnsel van de straatlantaarns. Ze daalden neer op de kale takken van platanen en paardenkastanjes, en ze vormden een beschermende deken op de voorjaarsbollen die diep onder de grond hun winterslaap hielden, net als de muizen en egels in hun warme holen.

Kitty keek uit het raam van haar huis aan Ladbroke Square in Notting Hill. Het was geen deftige buurt waar ze woonden, maar dat kon haar niet schelen. De landerijen van de familie Ladbroke die halverwege de negentiende eeuw bouwrijp waren gemaakt, hadden een chique buitenwijk van Londen moeten worden, maar vooralsnog gaven de rijke Londenaren de voorkeur aan Mayfair en Belgravia, dichter bij het centrum. De buurt sprak echter wel de hogere middenklasse aan, vanwege de royale huizen in de stijl van Belgravia, voor een fractie van de prijs. Kitty vond het alleen al heerlijk dat ze er ver genoeg weg zat van haar moeder, die tijdens het uitgaansseizoen bij Victoria en Eric in Belgravia woonde, en de rest van het jaar in hun landhuis in Kent. Haar vader kwam alleen naar Londen voor bijzondere gelegenheden, zoals Royal Ascot en het huwelijk van Harry. Wonen deed hij in het jachthuis, in Ballinakelly, waar zijn vrouw sinds de brand geen voet meer over de drempel had gezet. Kitty had taal noch teken van hem vernomen. Hij had niet eens de moeite genomen aanwezig te zijn bij haar huwelijk. Ze voelde zich bezeerd en gekwetst door zijn afwijzing, maar ze was het gewend om haar verdriet diep weg te stoppen. Bovendien putte ze troost uit de liefde van de kleine Jack en van Robert. Adeline was te zwak geweest om de reis te maken, maar ze schreef Kitty regelmatig. En Kitty koesterde haar brieven.

Het was inmiddels vijf maanden sinds hun terugkeer uit Florence. Vijf maanden nadat ze Robert over Michael Doyle had verteld. Vijf maanden van geduld, compassie en terughoudendheid die een enorme beproeving moesten betekenen voor haar kersverse echtgenoot. Maar Kitty kon het niet verdragen dat hij haar aanraakte. Het zou ooit wel veranderen, stelde ze hem gerust. Maar wanneer ze in bed naar het plafond lag te staren, vroeg ze zich soms af óf het wel ooit zou veranderen. Want Michael Doyle had haar die ochtend van meer beroofd dan alleen haar maagdelijkheid. Hij had haar ook haar kern, haar diepste wezen ontnomen.

Kitty hield niet van Robert zoals ze van Jack hield, en ze verwachtte niet dat haar gevoelens voor hem ooit zouden veranderen. De liefde tussen haar en Jack was gesmeed in de onschuld van de jeugd en dieper geworteld geraakt met elke beproeving waarmee God hun had geconfronteerd. Daarmee zou Robert nooit kunnen wedijveren. Maar hij was een toegewijde vader voor de kleine Jack en het kind hield onvoorwaardelijk van hem. Kitty hoopte dat zij, met het verstrijken van de jaren, ook zou leren zo onvoorwaardelijk van hem te houden.

Zodra het licht was liep ze naar buiten, de dwarrelende sneeuw in, warm ingepakt in haar dikke jas. De tuinen lagen er stil en ongerept bij. Een roodborstje hipte rond, op zoek naar eten, en liet nauwelijks afdrukken na in de sneeuw. Helemaal boven in een sparrenboom keek een merel op haar neer. Kitty snoof diep de tintelfrisse lucht op, genietend van de schoonheid van die verborgen witte wereld, in het hart van de drukke stad. Ze slaakte een diepe zucht, haar rusteloosheid verdween in de dichte, vochtige mist. Terwijl ze daar stond, midden in de tuin, en toeliet dat de eeuwige stilte van de natuur weerklank vond bij de eeuwige stilte binnen in haar, stroomde de spanning uit haar schouders. O, wat miste ze de natuur, het bos, de velden!

Plotseling trok een glinstering haar aandacht. Toen ze beter keek, zag ze tot haar verwondering een kleine, glanzende bol boven de struiken dansen. Een natuurgeest, besefte ze onmiddellijk. Die had ze niet meer gezien sinds ze een klein meisje was. Destijds waren de tuinen van Kasteel Deverill het speelterrein van de kleine wezentjes geweest en hadden ze gedanst tussen de bloemen. Met stijgende opwinding liep Kitty langzaam door de sneeuw en liet ze zich op haar hurken zakken, glimlachend om de onschuld van haar lang vervlogen jeugd.

En op dat moment, toen ze eindelijk haar gave herontdekte, wist ze ineens heel zeker dat haar toekomst niet hier lag, in de steenwoestenij van een wereldstad, maar op kasteel Deverill. Ze voelde vreugde opborrelen in haar hart, als de kabbelende beek die zich door Ballinakelly naar zee slingerde. Plotseling lachte ze hardop. De merel in de spar begon te zingen, het roodborstje vloog op en verdween in de besneeuwde struiken. Het deed er niet toe wat haar vader vond, besefte ze. Het maakte niet uit dat het kasteel niet langer geschikt was voor bewoning. Ze hoorde daar. Dat was de plek die ze onvoorwaardelijk liefhad. En ze zou nergens anders echt gelukkig kunnen zijn.

Vervuld van nieuwe hoop haastte ze zich naar huis terug. Robert zat met de kranten aan de eettafel. Toen ze binnenkwam keek hij verrast op van *The Times*. Hij had haar sinds hun trouwdag niet zo stralend gezien. 'Robert!' Ze viel hem om de hals en dwong hem de krant neer te leggen. 'Weet je nog dat je zei dat je me Ierland zou geven, als je dat kon?'

'Ja?' Hij nam zijn leesbril af.

'Nou, dat kun je.'

'O ja?'

Ze trok een stoel naar achteren en ging naast hem zitten. 'Ik wil naar huis. Ik weet zeker dat we daar gelukkig zullen zijn. Jij kunt er schrijven. Ierland zal je meer inspireren dan deze sombere stad.'

Robert streek haar glimlachend over haar wang. 'Als jij terugwilt naar Ierland, dan gaan we.'

'Ik wil dat Jack weet waar hij vandaan komt. Kasteel Deverill zit in zijn bloed. Maar dat betekent dat jij met papa moet gaan praten. Naar jou luistert hij. Dat weet ik zeker. Het huis van oom Rupert staat leeg. Al tien jaar. Volgens Elspeth zijn alle ramen en deuren dichtgetimmerd. Nadat oom Rupert was gesneuveld, kon grootmama het niet opbrengen er naar binnen te gaan. Dus ze heeft het huis gelaten zoals het was. Mijn vader is gemachtigd om het aan mij te geven. En als jij hem dat vraagt, weet ik zeker dat hij het doet.'

Robert wilde het haar zo graag naar de zin maken, dat hij onmiddellijk aan de slag ging om hun overtocht te regelen. Ze besloten niemand over hun plannen te vertellen. Ze zouden in alle stilte vertrekken en pas wanneer alles geregeld was, zouden ze Harry, Beatrice en Celia inlichten. Kitty begon te pakken, geholpen door haar kamenier. Toen alles in gereedheid was, vertrokken ze uit Londen, met de kleine Jack en zijn Nanny, en met Kitty's kamenier en Bridgeman, Roberts persoonlijke bediende – een bescheiden huishouden, mogelijk gemaakt door het eveneens bescheiden jaargeld dat Robert van zijn vader kreeg. Robert zou de rest van het huishouden laten overkomen zodra ze een huis hadden gevonden. Tot het zover was, zouden ze bij Elspeth en Peter logeren.

Toen Kitty van de boot stapte en voet op Ierse bodem zette, werd ze overweldigd door het verlangen dat ze zo lang, zo diep had weggestopt. Ze kreeg tranen in haar ogen, van vreugde en dankbaarheid. Terwijl ze haar gezicht ophief naar de zachte regen, voelde ze haar hart opengaan, als een klaproos die zich opende voor de koesterende warmte van de zon. Ze was eindelijk weer thuis.

Elspeth had hun chauffeur met de auto gestuurd om hen te halen. Bridgeman zou in een taxi volgen met de bagage. Kitty ging op de achterbank zitten, met Roberts hand in de hare, en keek uit het raampje naar de groenfluwelen heuvels waarvan de top in mist was gehuld. De bomen waren kaal, hun knoestige takken glinsterden in de druilerige regen. Grote zwarte roeken hipten op het dak van een verlaten boerderij. Koeien liepen te grazen op velden met sappig gras, wollige schapen tekenden zich als witte stippen af op de hellingen en tussen de rotsblokken. Kitty was te ontroerd om ook maar een woord te kunnen uitbrengen. Af en toe legde ze zuchtend een hand op haar hart, alsof elke nieuwe aanblik herinneringen opriep die ze wilde koesteren en vasthouden. Ondanks de gewelddadige strijd die er was uitgevochten, bezat Ierland nog altijd het vermogen haar met zijn onvergankelijke schoonheid tot in het diepst van haar ziel te beroeren.

Het kasteel van Peter en Elspeth MacCartain was een verweerde, weinig aantrekkelijke, oude kolos in neo-palladiaanse stijl. De grijze muren waren somber en grimmig, de hoge ramen leken bewolkt, als de ogen van een oude man. Het gebouw stond boven op een heuvel, zonder bomen die zorgden voor een fraaie omlijsting en die het beschutten tegen de felle winterstormen. Het bood een geïsoleerde, verlaten aanblik, overgeleverd aan de tijd die het geleidelijk had beroofd van zijn glans, als een generaal die door zijn manschappen in de steek was gelaten. Ooit had het kunnen wedijveren met kasteel Deverill, maar de tuinen waren verdwenen, net als de liefdevol onderhouden gazons. Niets wees nog op de vroegere luister. Het werd slechts omringd door velden met schapen. Kitty voelde zich overweldigd door verdriet, alsof het kasteel symbool stond voor alles wat de Anglo-Ierse gemeenschap in de Onafhankelijkheidsoorlog had verloren.

Zodra de auto stopte, vloog de voordeur open en haastte Elspeth zich de treden af. Ze omhelsde haar zuster uitbundig en gunde zich amper de tijd om adem te halen. 'Wat heerlijk dat jullie er zijn! Wat fijn om jullie en de kleine Jack bij ons te hebben. We gaan er een heerlijke tijd van maken! Peter heeft een perfecte merrie voor je, Kitty. Je zult er verrukt van zijn, dat weet ik zeker. Ze loopt als de wind! En jullie willen natuurlijk jagen. Het stikt hier van de watersnippen, Robert. Jaag jij ook? Dat kan ik me niet meer herinneren. Kom binnen! In de salon brandt de haard.' Ze lachte verontschuldigend. 'We gebruiken maar een beperkt aantal kamers, want het is hier 's winters zo koud! Dus we rennen als opgeschrikte muizen van het ene vertrek naar het andere. En het is hier ook nogal vochtig. Maar dat vind je niet erg, hè Kitty?'

Ze betraden de hal, waar het net zo kil was als buiten, ondanks de tot op de draad versleten tapijten op de plavuizenvloer. De enorme haard was leeg. Aan de muren hingen wapenrustingen en stoffige portretten van voorouders, gekleed in fraaie zijden stoffen, als om de bewoners te herinneren aan hun illustere erfenis, die inmiddels net zo sjofel en haveloos was als het mottige wandtapijt met daarop de geschiedenis van het geslacht MacCartain, aan de muur tegenover de haard. Alles ademde een sfeer van vergane glorie die Maud met afschuw zou hebben vervuld. Het ontging Kitty niet dat er geen butler was om hen te ontvangen. En zelfs als die er wel was geweest, zou ze hebben geaarzeld haar jas af te geven. Een smoezelig dienstmeisje verscheen om Nanny en de kleine Jack hun kamer te wijzen. Toen Robert zei dat hun bagage elk moment kon arriveren, knipperde ze onnozel met haar ogen, als een brave, maar dommige koe.

De salon was verrassend gezellig. Het leek wel alsof Elspeth en Peter alleen deze kamer gebruikten, dacht Kitty, want dankzij het laaiende turfvuur was het er heerlijk warm, en het stond er vol met boeken, familiekiekjes, snuisterijen en andere spulletjes van een echtpaar dat niets weggooide. In de rugleuning van de bank zat een gat, dat Elspeth trachtte te camoufleren met een kussen. De fluwelen bekleding op de stoelen was op de armleuningen kaalgesleten en zat onder de vlekken. Geld om de meubels op te knappen was er blijkbaar niet.

Peter kwam de kamer binnen, gevolgd door twee grote honden. Hij had een blozend gezicht van het buitenleven, zijn laarzen maakten moddervlekken op het tapijt, zijn tweed jas zag er net zo sjofel uit als de jassen die Hubert had gedragen. Hij omhelsde Kitty hartelijk en schudde Robert de hand. 'Welkom op kasteel Dunderry,' zei hij joviaal. 'Hebben jullie nog niets te drinken?' vroeg hij verschrikt bij het zien van Roberts lege handen. 'Waar is O'Malley?'

'Die parkeert de auto, schat.' Elspeth keerde zich met een schaapachtig gezicht naar Kitty. 'O'Malley is onze butler, chauffeur en manusje-van-alles. Hij is geweldig. En hij kan alles.'

'Behalve op twee plekken tegelijk zijn,' zei Peter laconiek. 'Wat mag ik jullie inschenken? Sherry? Whiskey-soda?'

'Kitty wil sherry, denk ik,' antwoordde Robert.

'Dan doe ik met jou mee met een glas whiskey,' zei Peter opgewekt. Hij trok een modderspoor naar het blad met karaffen en drankflessen, helemaal aan de andere kant van het vertrek, naast een haveloze vleugel. 'Hoe was de reis? Jullie hadden vast een ruwe zee.'

'Erg ruw,' zei Kitty. 'Maar het is heerlijk om terug te zijn.'

'Ierland verandert niet, hè?' zei Elspeth. 'De generaties volgen elkaar op en doen elkaar de afschuwelijkste dingen aan, maar Ierland blijft hetzelfde. Al duizenden jaren lang.'

Kitty ging bij het vuur zitten. Een van de brokken turf was over het rooster naar voren geschoven, zodat de rook de kamer in walmde, maar Elspeth noch Peter leek het te merken. 'Hebben jullie papa nog gezien?' Kitty probeerde de rook weg te wuiven.

'Ja, maar je moet niet schrikken. Hij is erg veranderd,' vertelde Elspeth met een diepe fronsrimpel op haar voorhoofd. 'Hij drinkt te veel. En je weet nooit hoe hij reageert. Soms is hij redelijk, soms is er geen land met hem te bezeilen. Allemaal erg onaangenaam. Grootmama gaat nog altijd naar de toren en zit de hele dag in zichzelf te praten. Triest, anders kan ik het niet noemen. Het is allemaal zo veranderd. Ik ga elke dag bij de Struikjes langs. Je moet maar gauw een keer meegaan. Dat zullen ze heerlijk vinden. Ze komen de deur nauwelijks meer uit, dus ik doe de boodschappen en zorg dat ze alles hebben. In hun ogen heeft heel Ballinakelly het op ze gemunt, ook al heb ik ze al honderd keer verteld dat de oorlog voorbij is en dat de Ieren nu alleen nog ruzie hebben met elkaar. Dat wij, als Anglo-Ieren, hier volkomen veilig zijn. Veiliger dan ooit, zou ik bijna zeggen. Maar de Struikjes missen het Britse Leger en ze klagen dat er in Ballinakelly een sfeer van onrust en wantrouwen heerst.'

'Ik wil vandaag meteen naar grootmama,' zei Kitty. 'En ik dacht dat Robert dan misschien met papa kon gaan praten over het huis van oom Rupert. Want ik wil jou en Peter niet te lang tot last zijn.'

'Dat zijn jullie niet,' protesteerde Elspeth. 'We hebben hier zo naar uitgekeken.'

Peter gaf hun een glas sherry. 'Ik breng Kitty wel even,' stelde hij voor.

'Als je het niet erg vindt, spreek ik liever daar af,' zei Kitty. Ze wilde alleen zijn wanneer ze terugging naar kasteel Deverill. 'Elspeth zei dat je een perfect paard voor me hebt,' voegde ze er hoopvol aan toe.

'Dat klopt. Tempest. En ze loopt als de wind.'

'Dat had ik ook al gehoord. Dus ik verheug me op een rit door de bossen. Net als vroeger.'

Elspeth glimlachte verlegen. 'Ik zou anders wel met je mee zijn gegaan.' Ze legde een hand op haar buik. 'Maar ik ben weer in verwachting.'

'O Elspeth!' riep Kitty uit. 'Je derde!'

'Het is nog erg pril, maar ik wilde het jou als eerste vertellen.'

Peter hief zijn glas. 'Op mijn knappe vrouw,' zei hij stralend. Robert en Kitty volgden zijn voorbeeld. 'En de volgende keer toosten we op jou,' voegde Peter eraan toe, tegen Kitty.

Ze dwong zichzelf te glimlachen. 'Wanneer zullen we gaan?' vroeg ze toen haastig.

'Na de lunch. Ik neem Robert mee in de auto. Kitty, jou zien we daar. En jij gaat even rusten, liefste.'

'Dan laat ik Kitty voor de lunch het huis zien. En ik ga haar voorstellen aan haar neefjes!' Elspeth keerde zich naar haar zus. 'Het kasteel is nogal vervallen, ben ik bang. Maar ik vind het hier heerlijk. En Peter en ik zijn zo gelukkig met de jongens.' Ze klopte zachtjes op haar buik. 'Ik hoop echt dat het nu een meisje wordt. En ik zal haar koesteren zoals een moeder haar dochter hoort te koesteren!'

'Dus mama weet het nog niet?'

Elspeth grijnsde. 'Ze krijgt het pas te horen als het zover is. Na de geboorte van de jongens stuurde ze alleen een onpersoonlijk gelukstelegram. En ze heeft nooit enige moeite gedaan om ze te leren kennen.'

'Kom mee, want ík wil John en Jasper wel leren kennen.' Kitty stond op. 'Laten we maar ophouden over mama. Daar worden we niet vrolijk van. Ik wil alles zien! Het huis, de kinderen, alles!'

Later die middag reed ze, in een lange broek met een tweed jasje en rijlaarzen, door de heuvels naar kasteel Deverill. Niet langer in amazonezit. De laatste keer dat ze in het zadel een lange rok had gedragen, was op de dag dat ze Michael Doyle ter verantwoording had geroepen. Toen ze daarna thuiskwam, had ze haar rijkostuum uitgetrokken, als een slang die zijn huid afwierp, en het in de kachel van de vergetelheid gegooid, samen met wat er die ochtend was gebeurd. De vrouw die ze toen was geweest, zou ze nooit meer zijn. Aan haar schrijlingse zit ontleende ze een geruststellend gevoel van controle en het besef dat ze zich had losgemaakt van het meisje dat destijds had opgehouden te bestaan.

Toen de verkoolde ruïnes in zicht kwamen was het alsof haar keel werd dichtgesnoerd door emotie. Ze hield haar paard in en keek verdwaasd, met betraande ogen naar wat eens haar thuis was geweest, verloren oprijzend uit de mist die kwam aanrollen over het water. Zoals het daar lag, genesteld tussen de bomen, keek het met doffe ogen waaruit het leven was verdwenen, neer op de tuinen waar de herinneringen aan zijn glorietijd verspreid lagen tussen de rotsblokken en de kraaien die tussen het onkruid rondhipten. Achter de doffe ramen was nergens een teken van leven te ontdekken. Alleen uit de schoorsteen van de westelijke vleugel kringelde rook omhoog die door de genadeloze wind werd meegesleurd.

Zo snel als ze kon galoppeerde Kitty de heuvel af, de velden over. Moeiteloos dreef ze het paard over de muur. Op wat ooit het croquetveld was, hield ze de teugels in, steeg af en bond het paard aan een boom. Diep inademend, alsof ze daar kracht aan hoopte te ontlenen, liet ze haar blik over de ruïnes gaan, vechtend tegen de herinneringen die als geesten uit alle hoeken en gaten tevoorschijn kwamen. Bedrukt en verdrietig liep ze naar de oude keukendeur. Binnen was veel gespaard gebleven. De gang met de plavuizen zag er nog net zo uit als toen Kitty en Bridie er als kinderen doorheen renden. De kast onder de trap, waarin ze zich hadden verstopt, was er ook nog. De keuken zelf, waar Mrs. Doyle voor de familie had gekookt en waar dienstmeisjes en livreiknechten met zware dienbladen af en aan waren gelopen, was bedekt met een dikke laag stof. In het midden stond nog altijd de lange eiken tafel, de potten en pannen hingen aan het rek boven het koude fornuis besprenkeld met as. En ook de hoge kasten en ladeblokken waren onbeschadigd. Een oase, een plekje waar alles nog normaal leek. Kitty verwachtte bijna dat Mrs. Doyle de provisiekamer uit zou komen en haar verbaasd zou aankijken. *Wat staat u me nou aan te kijken, miss Kitty? Ziet u niet dat ik het druk heb?*

Maar toen ze de trap beklom, hing daar een zware brandlucht. Ze opende de groene personeelsdeur naar de vertrekken van haar grootouders en zag dat alles was bedekt met een dikke laag roet. De rommel en het puin lagen hoog opgestapeld, blootgesteld aan de elementen. En aan de kraaien die nog altijd kleine schatten vonden tussen de brokstukken. Hier en daar was een stuk muur te zien dat niet door het vuur was aangetast, een glimp van hoe het kasteel ooit was geweest, een flard van vroeger waar Kitty zich weemoedig aan vastklampte. Duizelig van verdriet klom ze nog verder naar boven, naar de kleine kamer in de westelijke toren waar ze zich zo vaak had verstopt met Celia en Bridie, en waar ze regelmatig een praatje had gemaakt met Barton Deverill in zijn fauteuil, met zijn voeten op het krukje.

Ze hoorde de stem van haar grootmoeder al voordat ze de kamer binnenging. Zangerig, van hoog naar laag en weer terug, terwijl ze opgewekt met Hubert herinneringen ophaalde bij het turfvuur, alsof ze nog net als vroeger in de bibliotheek zaten. Kitty smoorde een snik en duwde de deur open. Adeline keek op, haar ogen werden groot, haar gezicht begon te stralen. 'Ik zei net tegen Hubert dat we je al zo'n tijd niet hadden gezien. Waar zat je, kindje? Ben je mee geweest met de jacht? Het is er heerlijk weer voor, zeggen ze. Hubert heeft vanmorgen wat watersnippen geschoten. Het schijnt ervan te wemelen in het moeras. En de honden weten ze zo behendig uit het water te halen en te apporteren!'

Kitty knipperde haar tranen weg, ze ging naast de stoel op haar knieën zitten en liet zich door haar grootmoeder over haar hoofd strijken. 'Ik heb u gemist.' Ze keek in het gezicht dat zo lang jong was gebleven, maar dat ineens oud leek, alsof de tijd haar was vergeten maar nu haast maakte om de verloren jaren in te halen.

'Ik had prachtig rood haar, net als jij, toen ik jong was. In mijn tijd moest ik het natuurlijk opsteken, maar zodra ik uit het zicht was trok ik de linten eruit en liet ik het los hangen.' Ze woelde door Kitty's haar. 'Je moeder heeft je haar nooit mooi gevonden. Sterker nog, ze vond het lelijk. Ze wist niet dat het was gemaakt van gesponnen goud en zonnestralen. Ik heb Maud nooit gemogen. En toen je vader met haar trouwde was ik er niet gerust op. Want ik keek door haar heen. Ik zag hoe ze werkelijk was. Maar mannen laten zich nu eenmaal verblinden door schoonheid. Maud was een en al uiterlijke schijn en ambitie. En toen kwam de hertog van Rothmeade die haar het hoofd op hol joeg. Ik weet eigenlijk niet of ze van hém hield, of van zijn titel. Maar volgens mij zou ze er met hem vandoor zijn gegaan, als ze niet van jou in verwachting was geweest.'

Kitty schoot overeind. Een vage herinnering aan iets wat de Struikjes ooit hadden gezegd, kwam bij haar op. 'Grootmama, over wie hebt u het?'

'Over de hertog van Rothmeade. Erg knap, een geweldig ruiter en een goede vriend van Bertie. Hij logeerde regelmatig op het kasteel om te jagen. Dan ging Maud ook altijd mee. Soms wel drie keer in de week. Vandaar al die miskramen na de geboorte van Harry. Ze was er zo op gebrand om bij de hertog te zijn, dat ze zich op geen enkele manier ontzag. Want de hertog was ook bijzonder van haar gecharmeerd. En toen raakte ze zwanger van jou. Maar wat ze ook deed, over hoeveel beken en hagen ze ook sprong, jij bleef waar je was! Alleen rotte appels vallen van de boom. En jij was de beste appel in de hele boomgaard. Eddie Rothmeade brak met haar omdat ze in verwachting was. Ik heb ze horen praten. Want ik stond in de kas. Hij was razend. Blijkbaar had Maud gedaan alsof haar huwelijk met Bertie alleen nog op papier bestond. Ze kon manipuleren als geen ander.' Adeline vernauwde haar ogen tot spleetjes. 'Ik denk dat ze zelfs Harry in de steek zou hebben gelaten als de hertog haar dat had gevraagd. Zo verrukt was ze van hem. Maar hij brak met haar en heeft nooit meer iets van zich laten horen. Eerlijk gezegd denk ik dat hij er toch al een streep onder wilde zetten en dat hij jou als excuus heeft gebruikt.'

Kitty was stomverbaasd. Ze wist niet wat ze moest zeggen. 'Wil je een plak cake? Hij is erg lekker,' vervolgde Adeline. 'Mrs. Doyle bakt de verrukkelijkste portercake.' Kitty keek de kamer rond. Er was geen cake te zien. 'Hubert wil graag een robber bridge spelen. De Struikjes komen beneden zodra ze klaar zijn. Laurel zit altijd zo lang in bad. En kolonel Manley komt ook eten. Zou hij het leuk vinden om te bridgen? Wat denk jij, Hubert?' Adeline keek naar de stoel tegenover de hare, alsof ze luisterde naar wat Hubert antwoordde. Het was zo lang geleden dat Kitty voor het laatst een geest had gezien dat ze bijna verrast was toen Hubert zichtbaar werd. Een vluchtige, wazige, maar duidelijk herkenbare verschijning.

'Het duurt niet lang meer,' zei hij, waarop Kitty angstig naar haar grootmoeder keek.

'Leuk. Een robber bridge. Ik doe mee.' Ze legde haar hand op Adelines schoot en sloot haar ogen om haar tranen terug te dringen. 'Hebt u nog cannabis, grootmama? Ik lust wel een kop cannabisthee. Net als vroeger, in de bibliotheek. Ach, we hebben wat afgepraat. En gelachen. En geroddeld! Wat een heerlijke tijd was dat.'

'Ik heb cannabis in de kas. Hele bossen. Waarom ga je niet wat plukken? De Struikjes lusten ook wel een kop thee. Cannabis doet wonderen om hun zenuwen te kalmeren. En ik moet me wel heel erg vergissen, of kolonel Manley heeft een zwak voor Hazel.'

Terwijl Kitty zich naar de moestuin haastte, moest ze af en toe een snik smoren. Haar grootmoeder leefde niet langer in de werkelijkheid. Zoals ze daar zat, de hele dag alleen in die toren, gleed ze langzaam weg, de dood tegemoet. Haar grootvader had gezegd dat het niet lang meer zou duren. En ze was niet alleen haar besef van de werkelijkheid kwijtgeraakt, ook haar gevoel voor discretie. Wat was dat voor verhaal, over de hertog van Rothmeade? Had haar moeder een verhouding met de hertog gehad? En was daar een eind aan gekomen doordat haar moeder zwanger was geworden van háár? Had haar moeder daarom zo'n hekel aan haar? Ze struikelde over het hoge, dichte onkruid, maar uiteindelijk kwam ze bij de kassen waarvan het glas was bedekt met mos. De deur klemde door het vocht. Binnen was het aangenaam warm en rook het nog net als vroeger, ondanks het gebrek aan onderhoud. Tussen de overwoekerde planten ging ze op zoek naar cannabis.

De stervormige bladeren waren duidelijk herkenbaar, dus het duurde niet lang of ze had gevonden wat ze zocht. De dikke stralend groene bossen hadden zich uitbundig uitgezaaid. Al werd ze honderd, dan nog kreeg Adeline het niet op. Kitty glimlachte. Maar zíj kon in elk geval een begin maken. Als cannabis goed was voor de zenuwen van haar grootmoeder, dan kon zij er ook haar voordeel mee doen. Kitty plukte een flinke bos en liep weer naar buiten, waar het inmiddels zachtjes regende. Op de terugweg naar het kasteel zag ze vanuit haar ooghoeken de muur met de losse steen, waarachter Jack en zij hun briefjes hadden verstopt. Haar hart sloeg een slag over. Ze bleef staan en dacht aan die laatste keer dat ze hem had gezien, op het perron. Toen hij door een stomp met een geweerkolf in zijn maag in elkaar was gezakt. Als zijn plan was gelukt, hadden ze nu in Amerika gezeten. Hoe zou hun leven er dan hebben uitgezien?

Langzaam, bijna onbewust, begon ze naar de muur te lopen. Voor haar geestesoog verscheen Jacks gezicht. Haar benen dreigden haar in de steek te laten. Ze kon zijn nabijheid bijna voelen. De herinnering was zo levendig dat ze de geur van zijn huid rook, dat ze zijn kus op haar lippen proefde. Overweldigd door het verleden streek ze met haar vingers over de steen, met daarachter het gat waarin ze hun geheime boodschappen hadden gelegd. Voorzichtig haalde ze de steen weg. Toen ze het vierkante, dichtgevouwen briefje zag, sloeg haar hart op hol. Verward, verbijsterd pakte ze het en vouwde het open.

Mijn liefste Kitty,
Ik ben vrij, maar jij niet. Ik heb gehoord dat je gaat trouwen. En dat is mijn eigen schuld. Ik had je nooit los moeten laten. Ik heb al je brieven gekregen, maar nooit geantwoord omdat ik het oprecht meende toen ik schreef dat je moest kiezen voor een leven zonder mij. Want ik dacht dat mijn leven voorbij was, dat ik het achter de tralies zou slijten. Maar nu ben ik vrij en ik heb gehoopt, zelfs gebeden, dat je nog op me wachtte. Mijn liefste Kitty, ik hou meer van je dan je ooit

zult weten. Ik laat deze brief hier achter, maar de kans is niet groot dat je hem ooit zult vinden. Grace heeft me op het hart gedrukt dat ik je geluk niet kapot mocht maken. Dus dat zal ik niet doen. Maar ik moet het je nog één keer zeggen: ik hou van je, mijn liefste vriendin en medestrijder voor ons vaderland. Ik hou van je met alles wat ik in me heb, en ik zal altijd van je blijven houden. Jack

Kitty liet zich op het natte gras zakken, sloeg haar handen voor haar gezicht en huilde.

32

Bevend van woede haastte Kitty zich door het hoge gras naar de boom waaraan ze haar paard had vastgebonden. Ze propte de cannabis in haar jaszak, samen met het briefje van Jack, en sprong in het zadel. De hemel was donker geworden, dikke wolken kwamen aanrollen, zwaar van de regen. De wind wakkerde aan en beet in haar gezicht terwijl ze door de heuvels naar Ballinakelly galoppeerde.

Ze was razend! Op Grace, omdat ze tegen Jack had gezegd geen contact met haar te zoeken. En op Jack, omdat hij naar haar had geluisterd. Met haar hoofd gebogen drukte ze haar hielen in de flanken van het paard. Als Jack in Ballinakelly was moest ze hem kunnen vinden. Maar wat ze zou doen als ze eenmaal oog in oog met hem stond, dat wist ze niet.

Het stadje zag er nog net zo uit als in haar herinnering. De huizen leken grauw in het schemerige middaglicht, de straat glom van de regen, de zee was net zo somber loodgrijs als de hemel erboven. Met haar ogen neergeslagen, haar kin op haar borst draafde Kitty over de bemodderde keien, in de hoop geen bekende tegen te komen. Haar hart bonsde in haar keel bij de gedachte dat ze Michael Doyle tegen het lijf zou kunnen lopen, ook al zei haar gezond verstand dat ze niets meer van hem te vrezen had.

Bij het huis van Jacks ouders gekomen steeg ze af. Ze liep naar de voordeur en klopte aan. Het duurde niet lang of er werd opengedaan. 'Wat kan ik voor u doen?' Jacks moeder gluurde met een wantrouwend gezicht om het hoekje van de deur.

'Ik ben op zoek naar Jack. Is hij thuis?'

'Hebt u soms weer problemen met uw paard?'

Kitty negeerde het sarcasme in haar stem. 'Ik moet hem dringend spreken.'

'Jack is er niet. Hij is naar de boerderij van John Whiting geroepen, even buiten Bandon.'

De moed zonk Kitty in de schoenen. Het had geen zin om helemaal naar Bandon te rijden. 'Wilt u zeggen dat ik aan de deur ben geweest?'

'Jack woont hier niet meer. Hij is op zichzelf gaan wonen. En dat werd tijd ook.'

'O, dat wist ik niet.'

'Prettige dag verder, miss Deverill.'

'Mrs. Trench,' verbeterde Kitty haar hooghartig. Ze sprong weer in het zadel en draafde weg terwijl Mrs. O'Leary haar verwonderd nakeek, boordevol vragen, maar te trots om ze te stellen.

Zonder haast reed Kitty naar de Elfenkring. Eenmaal daar steeg ze af, ze leunde met haar rug tegen een van de enorme stenen en sloot haar ogen. Kon ze de klok maar terugdraaien. Kon ze haar ogen maar opendoen en weer zestien zijn. Voordat ze bij de Onafhankelijkheidsoorlog betrokken was geraakt. Voordat ze Michael Doyle ter verantwoording had geroepen. Voordat het allemaal afschuwelijk mis was gelopen. In haar herinnering ging ze terug naar de tijd toen ze hier altijd met Jack had afgesproken, op deze magische plek waar de stenen bij zonsondergang tot leven kwamen en waar in de zomer de natuurgeesten dansten. Ze verlangde terug naar die jaren vol onschuld en vertrouwen, toen ze had gedacht dat de liefde eenvoudig was. Toen ze had geloofd dat er een toekomst voor Jack en haar was weggelegd.

Terwijl ze haar blik over de zee liet gaan, voelde ze dat ze niet langer alleen was. Ze draaide zich om. En keek recht in de ogen van Jack. Hij had zijn paard bij het hare achtergelaten en stond buiten de ring van stenen naar haar te kijken. De adem stokte in haar keel, alle woede kwam weer naar boven. Hij deed een stap in haar richting. Kitty zag de aanslag niet die de gevangenis had gepleegd op zijn jeugd, noch de grimmige trek van spijt en verbittering om zijn mond. Ze zag alleen de man van wie ze hield, de man die haar in de steek had gelaten.

'Waarom heb je me niet eerder geschreven dat je vrij was?' Ze liep driftig naar hem toe. 'Waarom ben je niet naar me toe gekomen? Ik heb zo lang op je gewacht! Ik heb zo naar je verlangd. Ik heb je niet losgelaten, ook niet toen jij schreef dat ik dat wel moest doen. Want ik wilde alleen jou en niemand anders. Ik zou desnoods mijn hele leven op je hebben gewacht.'

'Maar dat heb je niet gedaan.'

Blinde woede maakte zich van haar meester. 'Hoe durf je het te zeggen? Wat had ik dan moeten doen?' Verslagen liet ze haar armen langs haar lichaam vallen. 'Ik heb een kind.'

'Dat weet ik,' zei hij zacht. 'Dat heeft Grace me verteld.'

'Dan had ze je ook moeten vertellen dat ik mijn kind een vader moest geven. Dat ik mijn eigen gevoelens opzij moest zetten voor hém. Je had me alle hoop ontnomen. Dus uiteindelijk ben ik met Robert Trench getrouwd. Hij is altijd goed voor me geweest en hij is een geweldige vader voor Jack.' Bij het noemen van zijn naam keken ze elkaar aan. Kitty hijgde, alsof ze zich had gebrand.

'Jack?' herhaalde hij.

Kitty knikte. 'Ik heb hem naar jou vernoemd.'

'O, Kitty.' Hij deed nog een stap in haar richting en Kitty kromp ineen bij het zien van de bezeerde blik in zijn ogen. 'Hou je van Robert?' Terwijl hij op haar neerkeek, zag ze de hoop in zijn gezicht.

'Nee.' Ze wilde zeggen dat ze erg op Robert gesteld was. Dat ze hem respecteerde en hem dankbaar was. Maar er was iets wat haar tegenhield.

'Wees niet boos, Kitty. Ik deed het voor jou, omdat ik dacht dat het voor jou het beste was. Maar het was het ergste wat ik had kunnen doen. En daar zal ik de rest van mijn leven spijt van hebben.'

'Maar je hebt een briefje in de muur gelegd!' Ze tastte in haar zak, want hij was ineens zo dichtbij dat ze haar blik moest afwenden. Maar hij pakte haar hand en het gevoel van zijn warme huid op de hare ondermijnde haar vastberadenheid. Toen ze hem weer in de ogen keek was er van haar woede niets meer over.

'Ik móést je vertellen dat ik van je hou. Daarom heb ik dat briefje geschreven.'

'Je wist dat ik getrouwd zou zijn als ik terugkwam.'

'Ja, maar ik dacht oprecht dat je het nooit zou lezen. Ik dacht dat de tijd van geheime briefjes en ontmoetingen voorbij was. Ik dacht dat je Ierland voorgoed achter je had gelaten.' Zijn stem brak, zijn lippen beefden, en Kitty's hart haperde toen ze besefte dat alles wat haar met Ierland verbond, werd belichaamd in deze man van wie ze altijd had gehouden.

'O, Jack,' zei ze kreunend. 'Waarom moest het zo lopen?'

Toen hij haar in zijn armen nam leunde ze gewillig tegen hem aan. Het begon te regenen, de wind wakkerde aan tot storm, maar ze hielden elkaar stijf vast alsof niets ooit nog tussen hen zou kunnen komen. En toen ze elkaar kusten, vielen de jaren weg en waren ze weer jong, nog niet beschadigd door de wreedheid van de wereld, nog niet getekend door de tijd.

Toen Kitty eindelijk terugkwam op kasteel Dunderry, vierden Robert en Peter de succesvolle afloop van hun gesprek met Lord Deverill in het jachthuis. 'Hij vindt het goed dat we in het huis van je oom Rupert gaan wonen,' vertelde Robert opgewekt, zonder te beseffen hoe bleek zijn vrouw was.

'De man is een tandeloze leeuw,' voegde Peter eraan toe. 'Het ging veel gemakkelijker dan ik had verwacht.'

'Wat er ook is gebeurd, Kitty blijft zijn dochter. En kasteel Deverill is haar ouderlijk huis. Ze heeft alle recht om er te wonen,' zei Robert.

'Lieve hemel, je bent doorweekt!' zei Elspeth die op dat moment de kamer binnenkwam. 'Je moet meteen in bad, anders krijg je nog longontsteking. Ik zal O'Malley vragen heet water naar boven te brengen.' Ze pakte Kitty's hand en trok haar mee, de ijskoude hal door. 'Is alles goed met je?' vroeg ze bezorgd toen ze de trap op liepen.

'Ik ben bij grootmama geweest.' Kitty's stem klonk dof. 'Ze is volslagen in de war.'

'Dat is precies waar ik bang voor was. Dat je erg van streek zou raken. Want ik weet hoe hecht jullie altijd waren. Trouwens, wat is dat? Wat heb je daar?' Ze keek naar de groene bladeren die uit Kitty's zak staken.

'Cannabis,' antwoordde Kitty met een vermoeide grijns.

'O, Kitty! Dat gebruik je toch niet?'

'Grootmama vroeg erom, dus ik ben wat gaan plukken. Maar uiteindelijk heb ik het haar niet gegeven, want ik moest terug. Misschien kalmeert het mijn zenuwen ook.'

'Het enige wat jij nodig hebt is een warm bad en een nacht lekker slapen. Dan ben je weer zo vief als een hoentje.' Kitty volgde haar zus de trap op. Elspeth zou nooit weten hoe van streek ze was. En dat kon ze ook niet weten.

Die avond sloop Kitty naar Roberts kamer. Het licht was uit, ze dacht dat hij sliep. Maar toen ze haar kamerjas op de grond liet glijden en naar het bed liep, hoorde hij het gekraak van de vloer. Hij rolde op zijn zij. 'Kitty?' vroeg hij fluisterend.

'Ja,' fluisterde ze terug. 'Ik heb het koud.'

'Kom dan maar gauw onder de dekens.' Hij sloeg het dek terug. 'Dicht tegen me aan.'

Ze kroop onder het dek en ging in zijn armen liggen. 'Ik wil helemaal je vrouw zijn.' Ze liet haar hand over zijn borst glijden.

Robert trok haar nog dichter tegen zich aan. 'O, Kitty. Mijn liefste Kitty!' Zijn mond zocht de hare en hij kuste haar teder. Met haar ogen gesloten sloeg Kitty een arm om hem heen. Ze had hem meer dan ooit nodig. Jack was vrij en hij hield nog altijd van haar. Ze vertrouwde zichzelf niet met die wetenschap, noch met de vonk die diep in haar hart nog altijd voor hem smeulde. Ze moest zich aan Robert geven. Ze moest voelen dat ze bij hem hoorde. Ze moest zich zo volledig, zo vastberaden inzetten voor haar huwelijk dat ze niet het gevaar liep haar hoofd te verliezen, en daarmee de zekerheid die ze voor zichzelf en voor de kleine Jack had gevonden. En dus gaf ze zich aan haar echtgenoot, in de hoop dat ze door een daad waar ze zichzelf om verafschuwde, zwanger zou raken van een kind dat haar onherroepelijk aan Robert zou binden.

De volgende dag bracht Peter hen met de auto naar het witte huis van Rupert, lieflijk gelegen op de kliffen, met uitzicht op zee. Robert had bericht gestuurd naar Londen dat de rest van het personeel zich bij hen moest voegen, samen met hun spullen en de auto. Met de hulp van O'Malley en Bridgeman en het dienstmeisje van Elspeth gingen ze aan de slag. De stoflakens werden van het meubilair gehaald en de ramen werden opengezet om het huis te laten doorwaaien. Niemand had er meer een voet over de drempel gezet nadat Rupert aan het front was gesneuveld, dus alles zag er nog precies zo uit als hij het had achtergelaten. Kitty was dankbaar voor de afleiding. Ze stortte zich volledig op de schoonmaak, om te voorkomen dat haar gedachten afdwaalden naar Ballinakelly of naar de Elfenkring, waar Jack misschien wel op haar wachtte. Robert straalde omdat hun huwelijk eindelijk in alle opzichten volmaakt was, en hij keek nog liefhebbender naar zijn vrouw dan anders, zich niet bewust van de verwarrende gevoelens achter haar glimlach.

Terwijl werklieden uit Ballinakelly het lekkende dak repareerden en een deel van de kamers schilderden, bleven Robert en Kitty nog in kasteel Dunderry. De rest van het personeel arriveerde. De kok ging in de keuken aan de slag, ze maakte de potten en pannen schoon en bevoorraadde de provisiekamer. Bridgeman pakte alle kisten uit. Kitty's kamenier maakte de kasten vanbinnen en vanbuiten schoon en hing de kleren erin. De bedden werden gelucht en opgemaakt. Er werd turf bezorgd en in het hele huis werden de haarden aangestoken om het vocht kwijt te raken. Ruperts papieren gingen naar de zolder. Zijn kleren werden verdeeld tussen de twee zwagers, omdat verder niemand ze wilde.

Kitty wist dat het niet verstandig was om Jack weer te zien. Ze had geaccepteerd dat ze hem als getrouwde vrouw niet meer onder vier ogen kon ontmoeten. Dat gold echter niet voor Grace. Ze miste haar, ook al was ze nog altijd boos om wat Grace tegen Jack had gezegd. Grace was de enige die ze in vertrouwen kon nemen en naarmate de dagen verstreken, maakte haar woede plaats voor het besef dat Grace het voor haar had gedaan toen ze Jack op het hart drukte haar los te laten. En Grace had gelijk gehad. Kitty zou zich geen betere echtgenoot kunnen wensen dan Robert Trench. Dat besefte ze maar al te goed, ook al zou ze nooit van hem houden zoals ze van Jack hield.

Zodra ze hoorde dat Grace terug was uit Dublin, reed Kitty naar haar toe. Ze koesterde een angstig ontzag voor Roberts auto, maar vastberaden als ze was, slaagde ze erin niet van de weg te raken en niet in botsing te komen met de schapen die met hun herder op weg waren naar een andere wei. Grace was dolgelukkig toen ze hoorde dat Kitty weer in Ballinakelly woonde. 'Ik ben zo blij dat je vader het goedvindt dat jullie White House huren. Je oom Rupert had smaak. Ik weet zeker dat het huis een ware schatkamer is.'

'Mijn grootmoeder zit in de toren en ze raakt hoe langer hoe meer in de war. Ik kon het bijna niet aanzien. Het is hartverscheurend.'

'Ze is gelukkig in de wereld waarin ze leeft,' stelde Grace haar gerust. 'Ook al is dat dan niet onze wereld.'

'Ik denk niet dat ze nog lang te leven heeft,' zei Kitty, indachtig de woorden van haar grootvader.

'Dat zal voor je vader een opluchting zijn, ben ik bang. Je grootmoeder is een zware last voor hem geworden. Omdat hij voor haar moet zorgen komt hij amper de deur uit.'

'Hij zorgt helemaal niet voor haar! Mijn grootmoeder zit helemaal alleen in die toren.'

'Maar je vader is er, voor als ze hem nodig heeft. Hij jaagt bijna nooit meer en vrienden heeft hij nauwelijks meer. Terwijl hij vroeger zo geliefd was! In het hele graafschap. Hij is nog maar een schim van de man die hij ooit was.'

'Ik hoor dat hij drinkt.'

Grace schudde haar hoofd. 'Ik heb zo vaak geprobeerd om hem van de drank af te krijgen,' zei ze wanhopig. 'Maar alcohol is een duivel die hem niet loslaat. Het verlies van het kasteel was een klap voor hem, maar de ontdekking dat hij een buitenechtelijk kind had, was de genadeslag. En toen jij je over het kind ontfermde is hij nog meer gaan drinken.'

'Zie je hem nog?'

'Zo vaak als ik kan. Hij heeft behoefte aan gezelschap, anders wordt hij gek en begint hij ook tegen zichzelf te praten, net als zijn moeder.'

Kitty nam haar laatste slok sherry. 'Ik heb Jack gezien.' Ze keek Grace recht in de ogen. 'Ik begrijp waarom je hebt gezegd dat hij geen contact met me moest zoeken. Maar ik wou dat je je er niet mee had bemoeid. Want ik hou nog steeds van hem.'

'Natuurlijk begrijp je waarom ik dat heb gezegd.' Grace ontmoette Kitty's blik met dezelfde vrijmoedigheid. 'Je bent veel te slim om niet te beseffen waar je belang ligt. We krijgen in het leven niet altijd wat we willen. En soms moeten we de belangen van anderen laten voorgaan. Jij en ik hebben aan den lijve ervaren wat het betekent om jezelf op te offeren.'

'Jack houdt ook nog steeds van mij.'

'Hij zal moeten leren met die gevoelens te leven. Net als jij. Je hebt een kind waaraan je moet denken. Je bent moeder. Je kind is een Deverill.'

'Jíj bent Sir Ronald ontrouw geweest.'

'Pas nadat ik hem zoons had gegeven om zijn naam voort te zetten.'

Grace zette haar glas neer en ging naast Kitty op de bank zitten. 'Ik heb erg veel van je vader gehouden. We zijn samen heel gelukkig geweest. Ronald begreep dat. Hij vond het niet erg, zolang we er discreet mee omgingen. En trouwens, hij had zelf de ene na de andere maîtresse. Maar het is verre van ideaal om zo te leven.'

'Heb je de verhouding beëindigd omdat je niet meer van mijn vader hield?'

'Nee, dat heb ik om jou gedaan.'

'Om mij?'

'Ja, natuurlijk. Je had mijn leven gered. Daar moest ik iets tegenover stellen. Ik kon niet achter je rug met je vader blijven omgaan. Bovendien kwam het door onze verhouding dat je een hekel aan me kreeg. Waar of niet?'

'Ja, dat klopt.'

'Hoe ben je erachter gekomen?'

'Ik heb jullie gezien. Op de avond van het zomerbal. In een van de slaapkamers.'

Grace bloosde gegeneerd. 'Je hebt ons gezien?' herhaalde ze.

'Ja. Ik was samen met Celia op verkenning door het kasteel. En toen we bij een kamer kwamen waar licht naar buiten scheen, heb ik de deur op een kiertje opengedaan. En toen zag ik jou met mijn vader...'

'O, Kitty.' Grace sloeg kreunend een hand voor haar mond. 'Wat afschuwelijk. Dat spijt me echt heel erg.'

'Ach, het is al zo lang geleden.'

'Misschien, maar je bent het nooit vergeten. Ik hoop dat je me inmiddels hebt vergeven.'

'Er valt niets te vergeven. Ik bemoeide me met dingen die me niet aangingen.' Kitty glimlachte grootmoedig. 'Trouwens, na alles wat je voor me hebt gedaan, kan ik je moeilijk nog verwijten maken.'

'Ik zal altijd van je vader blijven houden, ook al is hij niet meer de man op wie ik ooit verliefd ben geworden. Sterker nog, soms herken ik hem bijna niet meer. Jij zult altijd van Jack blijven houden en hij van jou. Maar je hebt er goed aan gedaan door met Robert te trouwen. Robert is een goed mens, met een warm hart, en hij zal jou en de kleine Jack de zekerheid geven die je zocht. En laten we hopen dat jullie samen ook kinderen krijgen. Dus doe geen domme dingen, Kitty. Hou je hoofd erbij, laat je niet meeslepen door je gevoelens. Want ik weet hoe vurig ze zijn. En hoe onbeheersbaar.' Ze had gelijk, besefte Kitty. Want ondanks haar vastberadenheid om geen domme dingen te doen, joegen haar gevoelens ook háár angst aan.

Op de eerste vrijdag in maart reden Kitty en Robert naar Ballinakelly om een paard te kopen. Uit de stallen van kasteel Deverill had ze het tuig gehaald wat ze nodig had, maar ze kon geen paard meenemen zonder dat haar vader het merkte.

Het was een frisse, koude dag. De zon scheen, de hemel was azuurblauw. Vanuit de hele omgeving waren de mensen naar de markt gekomen om hun dieren te verkopen of om vee aan te schaffen. Landlopers zwierven tussen de menigte en boden hei te koop aan. Wie niet geïnteresseerd was, kreeg een verwensing naar zijn hoofd. Net als vroeger, toen Kitty nog een klein meisje was, werden kinderen betaald om op de koeien te passen. En net als vroeger raakten ze uiteindelijk verveeld en gingen ze ervandoor met hun vriendjes, zodat de koeien aan het zwerven sloegen en soms zelfs in de woonkamer belandden van omwonenden bij wie de voordeur openstond. De pubs zaten vol. Kitty kon het bier ruiken. De geur vermengde zich met die van paardenmest en -zweet. Het geroezemoes van stemmen steeg op naar het gekrijs van de meeuwen op de daken, die met hun zwarte kraalogen naar het marktplein tuurden, op zoek naar voedsel.

'Weet je nog, de vorige keer dat we hier samen naartoe gingen?' Robert pakte Kitty's hand.

'Die keer dat ik een aardappel naar mijn hoofd kreeg,' antwoordde Kitty.

'Die misschien wel voor mij bedoeld was, zoals je in je jeugdige wijsheid opmerkte.' Hij schonk haar een glimlach.

'Dat was erg gemeen van me. Het spijt me.'

'Je had gelijk.'

'Nee, die aardappel was voor mij bedoeld. Ik stond symbool voor de Britten, ook al heb ik me in mijn hart altijd Ierse gevoeld.'

'En daar gaat het om. Om je hart.'

Kitty voelde plotseling een overweldigende genegenheid voor deze man die zijn leven in Londen had opgegeven, om haar gelukkig te maken in Ierland. 'Robert, ik vind het zo lief van je dat je met me mee terug bent gegaan. En daar heb ik je nog helemaal niet voor bedankt. Dat komt door alles wat er hier op me afkwam. Maar ik ben je echt heel erg dankbaar.'

Hij nam haar handen in de zijne. 'Dat weet ik, liefste. En je hoeft me niet te bedanken. Trouwens, dat heb je al gedaan door zo stralend gelukkig te zijn.'

'Ben jij ook gelukkig?'

'Dankzij jou ben ik de gelukkigste man van de wereld. Hoe zou ik ook maar een moment niet gelukkig kunnen zijn als ik jou heb? Alle mannen in Londen waren jaloers op me, en dat is hier in Ballinakelly vast en zeker niet anders.' Hij loodste haar door de menigte. 'Kom, dan gaan we op zoek naar het beste paard dat we op de hele markt voor je kunnen vinden.'

Terwijl Kitty haar blik in het rond liet gaan, over de petten van kopers en verkopers, viel haar oog plotseling op een bekend gezicht. Michael Doyle! Ze hield geschokt haar adem in en keek naar de grond. Maar het was al te laat. Hij had haar ook gezien. Met haar hand in die van Robert liep ze haastig door. Het klamme zweet brak haar uit. Plotseling was ze de hand van Robert kwijt. Op slag voelde ze zich hulpeloos alleen, omringd door een zee van mensen. Ze probeerde met opgeheven hoofd verder te gaan, zonder de blik te vangen van de man die haar sinds die noodlottige ochtend had achtervolgd tot in haar nachtmerries.

Toen ze een hand op haar arm voelde, draaide ze zich verschrikt om. Michael Doyle keek op haar neer, net als toen, in de boerderij, voordat hij haar op de tafel had gegooid en verkracht. Hij bracht zijn kwaadaardige gezicht zo dicht voor het hare dat ze kon ruiken dat hij naar drank stonk. Vervuld van afschuw deinsde ze achteruit. Met een kreet ging ze onderuit. De menigte week uiteen. Toen ze opkeek was Michael verdwenen en stond Jack verward, niet-begrijpend op haar neer te kijken. Maar het was Robert die haar overeind hielp en haar met zijn arm om haar schouders wegleidde uit de drukte.

33

Bridie was diep onder de indruk. Het witte huis van Mr. Lockwood leek wel een paleis. Het telde vijf verdiepingen, de ramen werden bekroond door rijk gebeeldhouwde timpanen, en dankzij de deels gewelfde façade bood het een warme, uitnodigende aanblik, bijna alsof het glimlachte.

'Welkom in mijn bescheiden optrekje,' grapte Mr. Lockwood terwijl hij naar de voordeur liep. Er werd onmiddellijk opengedaan door een butler in zwarte pandjesjas en wit gesteven overhemd. Hij maakte een hoffelijke buiging en deed een stap opzij, waarop Bridie uit haar jas werd geholpen door Mr. Lockwood die haar mantel aan de butler gaf. Deze nam ook de cameljas van Mr. Lockwood en diens vilten hoed aan en haakte de paraplu over zijn arm. Onder zijn mantel bleek Mr. Lockwood te zijn gekleed in een smaakvol driedelig pak, met de gouden ketting van zijn zakhorloge over zijn bescheiden embonpoint gedrapeerd. Ook de grote gouden zegelring aan zijn linkerhand en zijn diamanten manchetknopen ontgingen Bridie niet. Zelfs Mr. Deverill had er in zijn mooiste kleren niet zo elegant en verfijnd uitgezien. Bridies hart begon sneller te slaan. 'Sta me toe u voor te stellen aan mijn zoon,' zei Mr. Lockwood toen er een jonge man in de hal verscheen.

Vergeleken met zijn indrukwekkende vader bood de zoon een teleurstellende aanblik. Hij was niet onknap, en hij had ook geen ingevallen kin zoals Paul Heskin de hyena, maar hij miste de persoonlijkheid van zijn vader. Zijn hand voelde klam en zacht als deeg toen hij Bridie begroette. Zijn waterige ogen stonden weemoedig, hij had volle roze lippen en een aantrekkelijke glimlach, maar Bridie vond hem te kinderlijk, te jongensachtig naar haar smaak. Hij zag eruit alsof hij nog geen enkele levenservaring had opgedaan, alsof alles hem in de schoot was geworpen en hij nergens voor had hoeven vechten. Een zwakkeling. 'Ik kwam miss Doyle tegen bij de mis,' vertelde Mr. Lockwood. 'En ik heb haar gevraagd ons kerstfeest wat op te vrolijken. Met zo'n knap meisje aan tafel hebben we geen kerstboom meer nodig, wat jij?'

Ze beklommen de imposante trap, die leidde naar een lange, brede gang met een hoog plafond en aan weerskanten zware houten deuren met grote koperen knoppen. Via een van die deuren betraden ze een salon, gedomineerd door een kristallen kroonluchter. In de haard brandde een lustig vuur. De muren gingen schuil achter planken vol boeken, in donker leer gebonden, de letters in goud gebosseleerd. Op de vloer lagen schitterende Perzische tapijten. Het meubilair verschilde weinig van dat op kasteel Deverill, maar hier glom alles alsof het nieuw was. De stoelen bekleed met karmozijnrode zijde zagen er onberispelijk uit, de vergulde lijst van de spiegel boven de marmeren schoorsteenmantel straalde als de zon. Zelfs de muren glansden, waardoor de schilderijen nog beter tot hun recht kwamen. Maar wat Bridie het meest trof, was het licht dat door de hoge ramen naar binnen viel. Het zorgde voor een behaaglijke sfeer en verried een zachte vrouwenhand. Bridie twijfelde er niet aan of de kamer was ingericht door de overleden vrouw van Mr. Lockwood, die blijkbaar een verfijnde smaak had gehad.

Toen haar een glas champagne werd aangeboden, accepteerde ze dat gretig en liet ze de belletjes haar onzekerheid sussen. 'Wat hebt u veel boeken, Mr. Lockwood.' Ze liep naar de kast en streek met haar hand langs de ruggen. 'Daar ben ik ook dol op. Ik vind niets heerlijker dan lezen,' vertelde ze welbewust.

Mr. Lockwood was duidelijk aangenaam getroffen. 'Meent u dat echt?'

'Absoluut!'

'Wat leest u graag?' Hij kwam naast haar staan.

Ze somde alle boeken op die ze Mrs. Grimsby had voorgelezen. 'Yeats is mijn lievelingsdichter. Waarschijnlijk omdat hij Iers is. Hij doet me aan thuis denken.' Ze schonk Mr. Lockwood een beminnelijke glimlach. '*Ik stapte tussen hazelaars, Omdat het brandde in mijn brein, En brak een tak af, pelde hem, En stak een besje op die lijn…*'

'U verrast me, miss Doyle. Ik weet dat Mrs. Grimsby een uitgebreide bibliotheek bezit, maar mocht u dat willen, dan kunt u natuurlijk ook altijd boeken uit de mijne lenen.'

Bridie las bewondering in zijn ogen. 'O, wat heerlijk! Heel graag, dank u wel. Houdt u ook zo van lezen, Mr. Lockwood?' vroeg ze aan de zoon.

'Ik ben bang van niet,' antwoordde Ashley verlegen. 'Boeken interesseren me niet echt. Vader heeft me vroeger wel aangemoedigd om te lezen, maar ik houd me liever sportief bezig.'

'Ashley tennist en hij golft,' vertelde Mr. Lockwood. 'Volgens mij is het vijf jaar geleden dat hij voor het laatst een boek heeft gelezen.'

Bridie keerde zich weer naar Mr. Lockwood senior. 'Kunt u me misschien een titel aanbevelen?' vroeg ze, want ze herinnerde zich ineens dat Mrs. Grimsby door haar liefde voor boeken indruk had gemaakt op haar latere echtgenoot. 'Wat is uw lievelingsboek?'

Mr. Lockwood liet zijn blik over de planken gaan. 'Tja, wat zal ik daar eens op zeggen? Ik weet niet of mijn smaak de uwe is, miss Doyle. Tenslotte bent u een vrouw, met de gevoeligheid die vrouwen eigen is. Maar wijlen mijn echtgenote was ook dol op lezen, dus ik kan u een van haar lievelingsboeken aanbevelen.' Hij keek langs de ruggen, pakte een boek van de plank en gaf het aan Bridie. '*De rode letter*. Ik denk dat u het met plezier zult lezen. Het is hier in Amerika een klassieker.'

'Dank u wel,' zei ze stralend. Ze drukte het boek tegen haar hart. 'Een mooi boek en een knapperend vuur, terwijl buiten een winterse storm woedt. Daar gaat niets boven.'

Mr. Lockwood toonde zich opnieuw aangenaam verrast. 'Laten we aan tafel gaan,' zei hij toen. 'Ik weet niet hoe het met u is, maar ik rammel.'

Ashley kon Bridie niet boeien. Dat was van meet af aan duidelijk. En hoewel omgekeerd hetzelfde gold, maakte hij haar braaf het hof, omdat zijn vader dat wilde. Bridie las *De rode letter* en dankzij de notities van Mrs. Lockwood, met potlood in de marges, toonde ze zich intelligent en belezen wanneer ze het boek met Mr. Lockwood senior besprak. Ze zorgde er wel voor dat Ashley haar zo vaak mogelijk thuis uitnodigde, hetgeen haar in staat stelde steeds weer nieuwe boeken van zijn vader te lenen en daarover met hem van gedachten te wisselen. Wanneer ze met zijn vader in gesprek was, maakte Ashley zich onopvallend uit de voeten, dankbaar dat hij zijn eigen gang kon gaan. En Mr. Lockwood wekte niet de indruk daar bezwaar tegen te hebben.

Bridie voelde dat de oude vos met zijn zilvergrijze haar erg van haar gecharmeerd was. In zijn ogen zag ze soms dezelfde blik als waarmee Mr. Deverill haar had aangekeken, op de dag dat hij haar voor het eerst had verleid. Dan las ze bewondering in zijn ogen en speelde er een vluchtige glimlach om zijn mond. Bridie deed haar best om hem zo lief en onschuldig mogelijk aan te kijken, voordat ze zedig haar blik neersloeg, met haar lippen iets uiteen, alsof ze moest vechten tegen gevoelens die ze nauwelijks in bedwang kon houden.

Uiteindelijk kwam het moment dat Mr. Lockwood zichzelf niet langer in de hand had. Ze stonden samen voor een van de boekenkasten toen hij plotseling zijn handen op haar schouders legde en zijn lippen op de hare drukte. Bridie had niet verwacht dat het zo snel zou gebeuren, maar het verraste haar niet. En ze had zich erop voorbereid. Met haar ogen gesloten zakte ze licht door haar knieën en opende ze haar lippen, alsof ze werd overweldigd door begeerte. Hij kuste haar hartstochtelijk en Bridie besefte dat het haar geen enkele moeite kostte zijn kus te beantwoorden. Dat ze niet hoefde te doen alsof, maar oprecht genoot van zijn tong die zich om de hare krulde, van zijn zachte baard die langs haar gezicht streek. Het voelde alsof het jaren geleden was dat een man haar in zijn armen had gehouden, en ze liet het maar al te graag gebeuren.

'O, Mr. Lockwood,' fluisterde ze en ze sloeg haar ogen op. 'Dit... dit mag niet, wat we doen.'

'Waarom niet? Vanwege Ashley?' Hij grinnikte en kuste haar opnieuw. Bridie was verrast door de opwinding die ze voelde. Ze dacht aan Mr. Deverill en verlangde ernaar dat Mr. Lockwood zijn hand onder haar rok zou laten glijden, net zoals hij dat had gedaan.

'O, Mr. Lockwood,' zei ze nogmaals. 'Ik weet niet wat me overkomt! U maakt gevoelens in me wakker die ik niet ken. Het duizelt me.'

Glimlachend begroef Mr. Lockwood zijn gezicht in haar hals. Ze voelde het bewijs van zijn opwinding tegen haar buik, drukte zich zacht tegen hem aan en begon met haar heupen te bewegen. Dat leek zijn vurige begeerte nog meer aan te wakkeren. 'U ruikt zo lekker, Mr. Lockwood,' fluisterde Bridie, oprecht opgewonden door de mannelijke geur van zijn reukwater dat naar kruiden en citroen rook. Hij legde een hand op haar borst, terwijl zijn tong opnieuw en nog hartstochtelijker bezit nam van de hare. Zijn neusvleugels trilden, zijn ademhaling werd zwaarder. Met zijn hand om haar borst drukte hij haar tegen de boekenkast en begon hij haar rok op te tillen. 'O, Mr. Lockwood. Niet doen,' protesteerde ze en ze duwde hem van zich af. 'Dat hoort niet. Dat mag niet.'

'Vanwege mijn zoon?' vroeg hij nogmaals. 'Denk maar niet meer aan Ashley, miss Doyle. Ik wil u voor mezelf.' Zijn hand gleed over haar dij naar de rand van haar kous en bleef rusten op haar blote huid. Het gevoel dat zijn strelende vingers in haar wekten was zo verrukkelijk dat ze hem bijna zijn gang had laten gaan. Maar toen dacht ze aan wat ze zich had voorgenomen. Ze wilde geen herhaling van wat er met Mr. Deverill was gebeurd. Van Mr. Lockwood zou ze eisen dat hij haar behandelde als een dame.

'Dan zult u met me moeten trouwen, Mr. Lockwood,' zei ze ademloos. 'Want ik wil ongerept blijven tot de eerste huwelijksnacht.'

Hij hoefde niet lang na te denken. 'Goed, miss Doyle. Ik trouw met u, om mijn laatste jaren nog ten volle van het leven te kunnen genieten.'

'Misschien moest u me dan maar Bridget noemen,' zei ze met een glimlach.

'En ik heet Walter.' Hij kuste haar nogmaals, maar zijn hand ging terug naar haar taille. En bleef daar. 'We trouwen zo snel mogelijk, voordat ik gek word van begeerte. En voordat mijn familie de kans krijgt te protesteren.'

De familie van Walter Lockwood protesteerde inderdaad, maar daar trok Bridie zich niets van aan. Binnen een maand waren ze getrouwd, nog voordat de bevroren grond begon te ontdooien en de eerste groene scheuten zichtbaar werden. Ashley vertrok, vervuld van weerzin om zijn vaders huwelijk, en Bridie zette zonder aarzelen het huis van Mrs. Grimsby te koop. Ze nam Rosetta mee. De kok en de butler, die amper een halfjaar voor haar hadden gewerkt, kregen ontslag. De kranten besteedden gretig aandacht aan het onwaarschijnlijke paar, met een leeftijdsverschil van bijna veertig jaar, en schreven over het enorme kapitaal dat de echtelieden nu samen bezaten. Er werd driftig geroddeld over de uitzonderlijke 'carrière' van de nieuwe Mrs. Lockwood, die met zowel minachting als verbazing werd bekeken. 'Ze is niet eens mooi,' klaagden sommige vrouwen.

'Voor het geld hoefde hij het niet te doen,' zeiden andere.

'Maar ze is jong. Oude mannen kunnen de verleiding van een jong lichaam nu eenmaal niet weerstaan,' was de vulgaire consensus.

Mr. Williams bleef Bridies financiële belangen behartigen, maar Mr. Lockwood hield toezicht op haar investeringen, met dezelfde kennis en geslepenheid als waar hij zelf schatrijk door was geworden. De aandelenmarkt was een spel waarvan de oude, slimme vos genoot en hij voorspelde trots dat hij haar kapitaal zou verdubbelen door in goud te beleggen. Terwijl hun echtgenoten zich over Bridies financiën bogen, werd de verstandhouding tussen Bridie en Elaine hechter dan ooit. Het duurde niet lang of ze waren onafscheidelijk. Wanneer Bridie iets voor zichzelf kocht, kocht ze ook iets voor Elaine. Wanneer ze ergens voor de lunch werd uitgenodigd, kwam Elaine met haar mee. En wanneer haar man 's avonds te moe was om uit te gaan, zette Bridie de bloemetjes buiten met Elaine. Samen gingen ze weer naar de vertrouwde ondergrondse clubs, ze dronken champagne in clandestiene kroegen en ze dansten tot de zon aan zijn tocht langs de hemel begon en de Hudson goud kleurde.

Bridie had zich nog nooit zo veilig gevoeld. Mr. Lockwood was een gevoelige, tedere minnaar en het kostte Bridie geen enkele moeite zich voor te doen als onschuldig en onervaren. Haar man verwende en koesterde haar, hij gaf haar in alles haar zin en Bridie genoot ervan om dankzij haar voorname, onbevreesde echtgenoot deuren te zien opengaan die voorheen gesloten waren gebleven. Als Mrs. Lockwood stond ze bekend als de meest ambitieuze sociale stijger in New York.

Walter had weer een vrouw, maar zijn kinderen was hij kwijtgeraakt. Ze waren zo woedend over zijn huwelijk met een vrouw die zijn dochter had kunnen zijn, dat ze niet meer met hem spraken. Zijn dochters huilden en tierden en luchtten hun woede tegenover iedereen die het maar wilde horen, zijn zoons eisten dat hij in zijn testament liet vastleggen dat althans zíjn kapitaal rechtstreeks naar hen ging, en niet naar eventuele kinderen van hem en zijn nieuwe echtgenote. Met haar oor tegen de deur van de studeerkamer gedrukt, hoorde Bridie wat zijn zoons hun vader voor de voeten wierpen. Hij was getrouwd met een Ierse hoer, zeiden ze. Met een golddigger, een slet, een sloerie, een genadeloze opportuniste die misbruik maakte van oude mensen. Met haar onverzadigbare zucht naar vermaak zou ze hem uitputten. Als hij niet oppaste, was hij binnen het jaar dood. Ze smeekten hem om zich van haar te laten scheiden. Om toch aan hun moeder te denken, van wie hij zo innig veel had gehouden. Wij eruit of zij eruit, zeiden ze. Maar Walter nam het vurig voor Bridie op, hij verweet zijn kinderen dat ze alleen maar aan zichzelf dachten en dat ze hem het geluk in de herfst van zijn leven misgunden. De zoons vertrokken en Walter zei tegen zichzelf dat hij hard moest zijn. Hij stopte zijn verdriet diep weg, zodat zelfs híj er niet meer bij kon. Zodra ze de voordeur achter de zoons hoorde dichtvallen, kwam Bridie tevoorschijn en sloeg haar armen om hem heen. 'Uiteindelijk zullen ze me wel accepteren.' Ze kuste hem op zijn baard. Maar ze wist dat zijn kinderen hun verzet nooit zouden opgeven.

Ze zorgde voortdurend voor afleiding, zodat haar echtgenoot geen tijd had om over zijn kinderen te piekeren. 's Avonds waren ze zelden thuis en de uitnodigingen bleven binnenstromen. Wanneer Walter klaagde dat hij moe was, kuste ze hem lachend op zijn witte baard en trok hem mee de dansvloer op. Ze was veel te gelukkig om stil te zitten, zei ze dan. En wanneer ze wel thuis waren, kroop ze als een aanhankelijke zwarte kat bij hem op schoot.

Ze was nog nooit zo gelukkig geweest, zei ze tegen zichzelf. Ze had eindelijk alles waarvan ze had gedroomd. En hoewel ze niet van haar man hield, mocht ze hem graag. Hij stelde haar in staat het leven te leiden waarnaar ze altijd had verlangd. De sterren die ze uit haar kleine slaapkamerraam in Ballinakelly had gezien, hadden haar wens verhoord. Ze wás iemand. Niemand kon nog op haar neerkijken. Kitty niet, Celia niet. Elspeth niet. Zelfs Victoria, gravin van Elmrod, niet. Niemand zou nog op haar durven neerkijken.

Maar op een avond tegen het eind van de zomer, toen Bridie haar naakte lichaam tegen dat van Walter drukte, begaf zijn vermoeide oude hart het en hield op met slaan. Even snel en onverwacht als Bridie het geluk had gevonden, was ze het ook weer kwijtgeraakt. Walter had zijn laatste zeven maanden inderdaad ten volle van het leven genoten. Maar aan Bridies geluk was voortijdig een eind gekomen.

Vol afschuw staarde ze naar het gezicht van haar man waaruit alle kleur wegtrok. Behalve uit zijn lippen, die donkerblauw werden. Zijn hand, die op haar buik lag, gleed slap op de matras. Hij had heel rustig, zonder zich te verzetten zijn laatste adem uitgeblazen, alsof hij gewillig de geest gaf. Bridie schudde hem door elkaar. Ze riep zijn naam. Ze deed alles om hem terug te halen naar het leven. Maar het was tevergeefs. Hij was dood en zij was op haar vijfentwintigste weduwe geworden.

Hysterisch snikkend belde ze de butler. Ze belde, en belde, en belde, net zolang tot hij geschrokken de kamer kwam binnenstormen. Daar trof hij Bridie in kamerjas, zich wanhopig vastklampend aan het ontzielde lichaam van haar man. Van streek als ze was, zag ze de beschuldiging in de ogen van de butler niet toen hij voelde of er nog een hartslag was. Ten slotte schudde hij spijtig zijn hoofd en liep de kamer uit om een ziekenwagen te bestellen. Bridie keek toe terwijl er een laken over het lichaam van haar man werd gelegd, waarna hij op een brancard de kamer en het huis uit werd gereden en voorgoed uit haar leven verdween. Met hem verloor ze haar zekerheid, haar status en haar geluk, waarvan ze gedacht had dat niemand het haar, dankzij haar enorme rijkdom, zou kunnen afnemen.

Alleen achtergebleven staarde ze naar buiten, naar de straat die er verlaten bij lag, en vroeg zich af hoe het nu verder moest. Zonder Walter kon ze hier niet blijven. Ze hoorde hier niet. Zijn kinderen zouden het huis opeisen en zij zou ergens anders heen moeten. Maar waarheen? Haar hart haperde bij de gedachte dat ze opnieuw een beroep zou moeten doen op Mr. Williams en dat ze op zoek zou moeten naar andere woonruimte. Walters kinderen zouden er wel voor zorgen dat alle deuren aan Fifth Avenue weer voor haar dichtgingen zodat ze zich opnieuw een paria zou voelen. Ze zou bovendien met wantrouwen worden bekeken. Kort nadat ze voor Mrs. Grimsby was gaan werken, had de oude dame de geest gegeven. En iets meer dan een halfjaar na haar huwelijk met Mr. Lockwood was ook de oude heer overleden. Rosetta had haar willen troosten, maar Bridie had haar weggestuurd. Ze wilde niemand spreken. Net toen ze eindelijk het gevoel had dat ze ergens thuis was, dat ze erbij hoorde, had God in Zijn wijsheid besloten haar opnieuw stuurloos te maken.

De volgende dag belde ze Elaine om haar het nieuws te vertellen. Haar vriendin reageerde geschokt. 'Ik kom naar je toe,' zei ze en ze gooide de hoorn op de haak. Het duurde niet lang of ze stond voor de deur om haar te troosten, terwijl haar man Bridie kwam adviseren over haar toekomst. Mr. Williams draaide er niet om heen, net zoals Bridie destijds ook vrijuit tegen hem had gesproken over haar voornemen een rijke man te vinden. 'Ik raad je ten sterkste aan uit New York weg te gaan,' aldus Mr. Williams. 'De familie van Mr. Lockwood zal geen middel onbeproefd laten om je het bestaan onmogelijk te maken. En dat zal ze lukken ook, want ze kennen iedereen in de stad.'

'Precies. En ze zullen zich willen wreken.'

'Ik ben bang van wel, ja.'

'Maar waar moet ik heen?' Bridie keek handenwringend uit het raam.

'Amerika is groot, Bridget. Met jouw geld kun je overal opnieuw beginnen.'

'Maar ik ken hier niemand. Jij en Elaine zijn de enige vrienden die ik heb.'

'Beaumont heeft gelijk, Bridget.' Elaine knikte instemmend. 'Je hebt het al een keer gedaan. Dus het zal je ook nu weer lukken. Wat vind je van Texas? Daar is het altijd mooi weer.'

'Texas? Ik weet niet eens waar het ligt!' Bridie smoorde een snik.

'Als jij zegt waar je heen wilt, zal ik je helpen met alles wat er moet worden geregeld.' Mr. Williams stond op.

'En ik zal je helpen kiezen. Het wordt vast leuk,' zei Elaine enthousiast. 'Je koopt een groot huis en je maakt een nieuwe start, ergens waar je niemand kent.'

'Maar dat is het nu juist. Ik wil niet ergens heen waar ik niemand ken. Ik wil geen nieuwe start, Elaine. Ik snak naar iets wat vertrouwd is.'

Toen ze weg waren verscheen Rosetta in de deuropening, met een boek in haar hand. 'Wat is er, Rosetta?' vroeg Bridie.

'Misschien helpt dit.' Ze gaf Bridie het boek. Het was de bundel met gedichten van Yeats.

Bridie pakte het boek aan en keek er weemoedig naar. 'Dank je wel,' zei ze zacht. 'Ja, je hebt gelijk. Dit is wat ik nodig heb.' Ze ging bij het vuur in de salon zitten, sloeg het boek open en begon te lezen.

Ik wil hier alles laten en heengaan, en gaan naar Innisfree...

Ze staarde naar het gedicht tot de woorden vervaagden tot een grote donkere vlek. Ineens wist ze het. Ineens wist ze waar ze heen zou gaan en wat haar te doen stond. Het was zinloos om naar een ander gedeelte van het land te verhuizen. Want haar verleden ging overal met haar mee. Dat droeg ze altijd bij zich, diep weggestopt in haar hart. Waar ze ook heen ging, het zou haar vergezellen, en op de stille momenten wanneer ze in haar hart durfde te kijken, zou ze het kindje zien dat ze had afgestaan maar dat voorgoed een deel van haar was. Ze had nu het geld om haar zoon een mooier thuis te kunnen bieden dan zij ooit had gehad. Ze kon hem een eersteklas opleiding laten volgen en hem een toekomst geven in het land waar hij hoorde. Ze kon Ierland nog zo hard verloochenen, maar dat schitterende land zat in haar bloed en riep haar toe, met elke klop van haar hart, om weer thuis te komen.

Tijdens de begrafenis van haar man verborg Bridie zich achter een zwarte sluier. Ze ontweek de blikken van zijn kinderen, maar ze voelde hun kwaadaardige afkeer prikken, als messteken in haar huid. De enorme vriendenkring, die haar naar de ogen had gekeken en naar de mond gepraat toen Walter nog leefde, keerde haar nu de rug toe. Nog nooit had ze zich zo geïsoleerd, zo alleen gevoeld.

Na afloop van de begrafenis trok ze de deur van het huis aan Fifth Avenue voorgoed achter zich dicht. Haar bagage was al op weg naar het Shelbourne Hotel in Dublin. Ze omhelsde Elaine, bedankte Mr. Williams voor zijn vriendschap en zijn goede raad en stapte samen met Rosetta op de boot naar Ierland.

Bij haar aankomst in Amerika was ze nog bijna een kind geweest, naïef en zonder geld. Maar ze verliet het land als een volwassen vrouw, schatrijk en door de wol geverfd. Bij de gedachte dat ze Ierland zou terugzien maakte opwinding zich van haar meester. Ze ging terug, naar Ierland en naar het kind dat ze daar had achtergelaten. Dát zou God haar toch niet ontzeggen.

34

Londen, Engeland, 1925

Celia was diep geschokt toen ze hoorde dat Kitty en Robert naar Ierland waren vertrokken. Woedend omdat ze niet door haar nichtje in vertrouwen was genomen, deed ze verbitterd haar beklag bij Harry en Boysie, die meer dan ooit samen optrokken ondanks het feit dat ze inmiddels allebei getrouwd waren. 'Waarom heeft ze niets gezegd? Betekent onze vriendschap dan zo weinig voor haar?' verzuchtte ze boven haar wijnglas. 'Zonder haar zijn onze lunches niet meer hetzelfde.' Hun tafeltje voor vier bij Claridge's was inderdaad pijnlijk incompleet.

'Volgens mij heeft ze tegen niemand iets gezegd, om zo min mogelijk de kans te lopen dat de enige die het echt niet mocht weten, erachter zou komen,' zei Boysie.

'Mama!' Harry nam een trek van zijn sigaret. 'Nu mijn erfenis in rook is opgegaan wil mama niets meer van Ierland weten.'

'Je erfenis is niet in rook opgegaan,' wees Celia hem terecht. 'Het kasteel is een ruïne, maar waarom herbouw je het niet?'

'Waar zou ik het geld vandaan moeten halen'

'Geld, dat heeft je saaie vrouw wel,' zei Boysie grinnikend, met een knipoog naar Celia.

'De jouwe is saaier dan de mijne.' Harry schoot in de lach. 'Ik zal het je nog sterker vertellen. Volgens mij zijn we getrouwd met de saaiste meisjes van heel Londen.'

'De jouwe is tenminste nog rijk. Ik denk dat haar vader met plezier je kasteel zou herbouwen,' zei Boysie.

Harry trok een lelijk gezicht. 'Ik wil helemaal niet in Ierland wonen. En dat weet je best. Die erfenis was altijd een blok aan mijn been. Ik ben er nooit gelukkig geweest.' Joseph vergat hij voor het gemak maar even. 'Mijn bestemming ligt hier, in Engeland.'

'En wat gaat er dan met het kasteel gebeuren? Want ik ben juist nergens zo gelukkig geweest als daar.' Terwijl Celia van haar wijn nipte, kon ze de tomaten in de kassen van kasteel Deverill bijna ruiken.

'Mama wil papa zover zien te krijgen dat hij het verkoopt.'

Celia reageerde verontwaardigd. 'Je kunt de zetel van je familie toch niet zomaar verkopen? Zelfs al zou je er voor geen goud willen wonen! Het kasteel is je erfgoed. Het erfgoed van de Deverills. Al toen ik klein was, vond ik het heerlijk om op te scheppen over ons kasteel in Ierland. Hoe moet dat als het wordt verkocht? Waar kan ik dan nog mee pronken?'

'Lieverd, het is voorbij. Ierland is verleden tijd. De Ieren zijn onafhankelijk en wij hebben er als Anglo-Ierse gemeenschap niets meer te zoeken. Dus het kasteel wordt verkocht aan een Ier met meer geld dan hersens.'

'Zijn er wel Ieren met geld?' vroeg Celia.

'Er zijn in elk geval niet veel Ieren met hersens,' vulde Boysie aan. 'Voor zover ik heb begrepen zijn ze nog steeds bezig elkaar uit te moorden.'

Celia gooide ten einde raad haar handen in de lucht. 'Ze mogen het niet verkopen. Dat zou je grootmoeder niet overleven!'

'Grootmama zal het hoe dan ook niet lang meer maken. Volgens mama is ze van verdriet haar verstand kwijtgeraakt. Zodra zij er niet meer is, gaat mama naar Ierland om papa te overtuigen dat ze een huis in Engeland moeten kopen. Ze kan niet tot in het oneindige bij Victoria blijven wonen.'

Boysie trok een wenkbrauw op. 'Nee, daar komen ongelukken van. Ze maken elkaar gek. De enige vraag is nog wie als eerste volledig doordraait, Victoria of je moeder. Ze zijn allebei net zo verschrikkelijk.' Boysie knipte met zijn vingers om nog een fles wijn te bestellen.

'Laten we er nog één keer een zomer naartoe gaan, voordat ze het verkopen!' stelde Celia opgewonden voor. 'Ja, laten we dat doen! Wat zou dat geweldig zijn! Dan kunnen we de ruïne verkennen. Wie weet wat we vinden. En we kunnen bij Kitty logeren. Moeten jullie je vrouw meenemen? Of kunnen jullie zeggen dat het alleen voor familie is? Dat ze thuis moeten blijven? Of misschien kunnen jullie zorgen dat ze tegen die tijd zwanger zijn? Ik zou ze niet de hele zomer om me heen kunnen hebben!'

Door een sluier van sigarettenrook keek Harry naar Boysie. 'Wat vind je, ouwe reus?'

Boysie haalde zijn schouders op. 'Het zou kunnen.' De ober kwam met de nieuwe fles en schonk hun glazen nog eens bij. 'Kun jij Archie dan ook hier laten?'

'Natuurlijk,' antwoordde Celia prompt. 'Die vertrekt op twaalf augustus naar Schotland, om te jagen en te vissen en God mag weten wat hij er nog meer doet. Jullie weten hoe ik over Schotland denk. Maar ik gun hem zijn pleziertje en dat geeft mij ook de vrijheid om te doen wat ik leuk vind. Hè, toe! Laten we het doen. Harry, jij kunt tegen Charlotte zeggen dat je naar huis moet om familiezaken te bespreken. En Boysie, het kan me niet schelen wat je tegen Deirdre zegt, zolang je maar alleen komt, zonder je vrouw. Je bent vindingrijk genoeg, dus je bedenkt wel iets.'

Ze hieven hun glas. 'Op onze laatste zomer in Ierland!'

Celia moest Kitty schrijven om haar het plan voor te leggen, want kasteel Dunderry had nog geen telefoon. Sinds die confrontatie op de markt was Kitty de deur niet meer uit geweest, uit angst dat ze Michael Doyle weer zou tegenkomen. Ze had tegen Robert gelogen over haar moment van zwakte en het op een aanval van claustrofobie geschoven. Hij had haar naar huis gebracht en was teruggegaan met Peter, die meer verstand van paarden had en die een mooie grijze merrie op de kop had weten te tikken. Kitty was verrukt van het dier. Niet in de laatste plaats omdat ze daardoor niet meer naar Ballinakelly hoefde.

Toen ze Celia's brief las maakte haar hart een sprongetje van opwinding en blijdschap. Ze haastte zich naar boven, waar Elspeth een spelletje deed met de kinderen, en vertelde dat Celia, Harry en Boysie in augustus kwamen logeren. 'Was het maar vast zover!' jubelde ze. 'Wat zal dat heerlijk zijn. Weer allemaal samen, net als vroeger.'

'Alleen is het kasteel er niet meer,' zei Elspeth mistroostig.

'Dat doet er niet toe. We zijn weer met z'n allen.' Met een steek in haar hart dacht ze aan Bridie. 'Nou ja, bijna allemaal. Celia en Harry zijn er in elk geval, en met Boysie kun je ook zo veel plezier hebben. We gaan picknicken op het strand, we nemen de roeiboten mee de zee op, we maken lange ritten door de heuvels... alles wat we vroeger ook deden.' Ze ging op de grond zitten en trok de kleine Jack tegen zich aan. Hij ging helemaal op in zijn speelgoedmotor. 'Ik moet hem leren hoe hij natuurgeesten kan vinden.' Ze kuste hem op zijn mollige wangetje. 'Zou hij de gave ook geërfd hebben?'

Elspeth rolde met haar ogen. 'Jij altijd met je fantasie!' Maar Kitty streek de kleine jongen door zijn rode haren, mijmerend over hun grootmoeder en haar bijzondere gave.

Half maart was het werk in White House af. Kitty nam er met Robert en de kleine Jack haar intrek en ging meteen aan de slag om er een echt thuis van te maken. Haar jurken bleven in de kast, want meestal liep ze in een broek en een overhemd met opgerolde mouwen. Ze spitte de tuin om, zaaide bloemperken in en legde een moestuin aan. Haar oom Rupert had over personeel beschikt dat de prachtige tuin had aangelegd en onderhouden. Robert had echter geen geld voor dat soort luxe uitgaven, dus Kitty moest alles alleen doen. Maar ze genoot ervan om in de aarde te wroeten en om te zien hoe de kleine Jack wurmen en slakken opgroef uit de omgewoelde grond. Samen keken ze urenlang naar de vogels die hun nest maakten in de haagdoorns en naar de konijnen die aan de jonge scheuten knabbelden zodra ze boven de grond verschenen. Jack was vooral dol op de bloementuin en Kitty vroeg zich af of hij de kleine dansende lichtjes kon zien die rond de kleurige kelken zweefden. Voelde hij de aanwezigheid van die gelukkige geesten of waren het de bijen en de vlinders die zijn aandacht trokken?

Hoe druk Kitty het ook had met het creëren van een thuis, een plek om van te houden, Jack O'Leary was voortdurend in haar gedachten. Voor haar geestesoog zag ze zijn gezicht, zowel in haar herinnering als in haar fantasieën, en in plaats van zich daartegen te verzetten gaf ze zich eraan over. In Ierland wonen zonder dat Jack deel uitmaakte van haar wereld, was onmogelijk. Jack was Ierland, en Ierland was Jack. Het een was niet compleet zonder het ander. Dus het was zinloos te proberen haar gevoelens te verdringen. Ze hield van Jack zoals ze hield van de zachte regen, de ruige heuvels, de witte stranden, de stormachtige zee: onvoorwaardelijk, met alles wat ze in zich had.

De confrontatie met Michael Doyle had een deurtje geopend in haar geheugen dat heel lang verzegeld was geweest, waardoor ook zijn dreigende gezicht en onheilspellende nabijheid zich aan haar opdrongen zodra ze haar gedachten de vrije loop liet. Ze was getroffen door zijn duistere aura dat ze op de markt had gevoeld, alsof hij een boze geest was, gevangen in een voorgeborchte, net als Egerton Deverill. Maar Michael Doyle was niet dood. Integendeel. En de gedachte dat ze hem opnieuw zou kunnen tegenkomen, vervulde haar met pure doodsangst. Ze wenste vurig dat ze die angst kon overwinnen. Er was wel meer wat ze had overwonnen. Maar de wreedheid van miss Grieve was niets geweest vergeleken met het geweld, die ochtend op de boerderij. Michael Doyle woonde nog altijd in Ballinakelly en zijn nabijheid wierp een smet op de vreugde om haar thuiskomst.

Het duurde niet lang of haar angst werd concreet. Aanvankelijk dacht ze dat ze het zich verbeeldde, dat het een speling van het licht was waardoor ze Michael in de struiken meende te zien. Dan verschanste ze zich in huis en gluurde ze vanachter het gordijn van haar slaapkamerraam naar buiten. En wanneer ze 's nachts in bed lag en de wind de ramen in hun sponning deed trillen, dacht ze dat het Michael was die langs de muur naar boven klom, om haar opnieuw te verkrachten. Ze wendde zich aan om bij Robert te slapen, want alleen bij hem voelde ze zich veilig, dicht tegen hem aan gekropen. Bij het tuinieren vroeg ze Nanny om bij haar te blijven, en wanneer het kindermeisje even naar binnen moest om de kleine Jack zijn lunch te geven, sloeg het klamme zweet haar uit. Dan stond ze met bonzend hart te spitten en keek ze strak naar de grond, terwijl ze zichzelf voorhield dat ze zich niet moest aanstellen. Dat Michael hier niet durfde te komen.

Maar dat durfde hij wél. Op een ochtend stond hij voor de deur en belde aan. Kitty liet zich niet zien en zei tegen Bridgeman hem weg te sturen. Maar als hij brutaal genoeg was om aan de deur te komen, wat kon ze dan nog meer verwachten? In paniek stuurde ze de staljongen op de fiets naar Ballinakelly, met een briefje voor Jack. Hij moest onmiddellijk naar haar toe komen, zogenaamd om een kreupel paard te onderzoeken. Ze had zijn hulp nodig. Nu meteen!

Kitty liep handenwringend, ongeduldig in de tuin op en neer. Eindelijk hoorde ze de kleine auto van Jack op de oprijlaan. Ze rende hem over het gazon tegemoet. Hij stapte uit en nam zijn pet af. 'Goedemorgen, Mrs. Trench.' Hij liet zijn blik over het huis gaan, om te controleren of er iemand naar hen keek.

'Fijn dat u er bent, Mr. O'Leary. De merrie is in de stallen. Ik loop even met u mee.' Kitty stopte haar bevende handen in haar zakken. 'Wat een heerlijke dag vandaag,' zei ze geforceerd.

'Ja, het is inderdaad heerlijk weer.'

Ze liepen om het huis heen naar de stallen, waar de jongen die voor haar naar Ballinakelly was gefietst, het erf aanveegde. 'Seamus, zou je de kruiwagen willen leeggooien? Hij staat in de tuin, vol met onkruid. Het kan allemaal op het vuur, buiten het hek. Dan wijs ik Mr. O'Leary waar de merrie staat.' De jongen knikte, zette zijn bezem tegen de muur en haastte zich weg.

Kitty deed de staldeur open en ze liepen naar de box van de grijze merrie, die kerngezond op haar schone stro stond. Jack klopte haar op de hals. Toen keerde hij zich naar Kitty. 'Wat is er aan de hand?'

'Het gaat om Michael. Hij zit achter me aan,' antwoordde ze fluisterend, met een hand op haar borst om haar op hol geslagen hart te kalmeren. 'Ik ben bang, Jack.'

'Waarom zou je bang zijn voor Michael Doyle?' vroeg Jack fronsend.

'Hij heeft het kasteel in brand gestoken.'

Jack knikte. 'Dat vermoedde ik al.'

'Hij heeft het kasteel in brand gestoken en hij heeft jou verraden aan de Britten. Daarom konden ze je destijds op heterdaad betrappen.'

Jack verstijfde. De hand waarmee hij het paard op de hals klopte, viel stil. 'Besef je wel wat je zegt?'

'Het is zo.'

'Hoe weet je dat?'

'Dat heeft hij me zelf verteld.'

'Wanneer?'

'Toen ik naar de boerderij ging, op de ochtend na de brand. Ik wist dat hij het had gedaan. Dus ik wilde hem ter verantwoording roepen.'

'En toen heeft hij je verteld dat hij mij erbij had gelapt?'

'Ja. Hij zei dat hij het kasteel in brand had gestoken en dat hij jou had verraden.'

'Waarom zou hij dat doen? We vochten aan dezelfde kant.'

'Vanwege mij.' In de schemerige stal glinsterden haar ogen. 'Omdat jij en ik samen waren. En dat kon hij niet uitstaan.' Het paard snoof ongeduldig en duwde haar hoofd tegen Jack, bedelend om aandacht. Hij legde afwezig een hand op haar neus. 'Ik had het je willen vertellen, maar je werd gearresteerd. En toen we elkaar eindelijk terugzagen wist ik niet waar ik moest beginnen.'

'Nou, vertel het me nu dan maar.' Er was een harde klank in zijn stem geslopen. Hij keek haar recht in de ogen. 'Vanaf het begin.'

Kitty haalde diep adem. 'Bridie is de moeder van de kleine Jack.'

'Jaysus!' Hij deinsde geschokt achteruit.

'Mijn vader...' Ze slikte. 'Volgens Michael heeft hij haar verkracht.' Ze schudde heftig haar hoofd. 'Maar dat geloof ik niet. Ik weiger te geloven dat mijn vader in staat is tot dat soort... geweld.' Van pure weerzin legde ze extra de nadruk op dat laatste woord. Ze wreef over haar nek. 'Hoe dan ook, Michael heeft het kasteel in brand gestoken om wraak te nemen.'

'Jaysus!' zei Jack opnieuw. 'En hoe is het kind dan bij jou terechtgekomen?'

'Dat moet Bridie op de een of andere manier hebben geregeld, voordat ze naar Amerika vertrok. Daarom heeft mijn vader me de deur gewezen. Omdat de kleine Jack zijn zoon is. Hij schaamt zich zo dat hij hem niet wil zien.' Ze haalde diep adem, terugdenkend aan die ochtend op de boerderij van de Doyles. 'Michael vertelde ook dat jij hun wapens zou stelen terwijl de politie de handen vol had aan de brand. Je zou de spullen naar een geheime bergplaats brengen, maar hij had ervoor gezorgd dat je op heterdaad zou worden betrapt. Daar was hij heel duidelijk over.'

Jack nam haar in zijn armen en trok haar hartstochtelijk tegen zich aan. 'Die vuile ellendeling! Hij heeft me niet verraden omdat ik van een Prod hield, maar omdat hij je voor zichzelf wilde.'

'Ik ben bang, Jack. Hij houdt me in de gaten.'

'Je hoeft niet bang te zijn, Kitty. Hij zal je niets doen. Daar zorg ik voor.' Ze sloot haar ogen, er biggelde een traan over haar wang. Kon ze hem maar vertellen wat er was gebeurd. Dat Michael zich al aan haar had vergrepen!

Jack wachtte Michael Doyle op in een greppel. De hemel was bezaaid met sterren, maar boven zee verzamelden zich dikke wolken die snel landinwaarts werden gedreven door een kwaadaardige wind. Met een paar glazen whiskey had Jack zichzelf moed ingedronken en zijn felle woede net voldoende afgevlakt om Michael niet meteen als een dolleman op zijn nek te springen. Zijn hart was koud en hard als graniet. Door Michaels toedoen hadden de Britten hem gevangengezet. Door Michaels toedoen was zijn droom uiteengespat om samen met Kitty een nieuw leven op te bouwen in Amerika. Door Michaels toedoen was de vrouw die hij liefhad, gedwongen geweest Ierland te verlaten en naar Londen te vertrekken, waar ze voor hem onbereikbaar was geweest. Zijn woede smeulde diep binnen in hem terwijl hij wachtte op Michael Doyle.

Ver weg in de bossen, waar de kreet van de Banshee dezer dagen maar al te vaak werd gehoord, klonk de griezelige roep van een uil. De branding ruiste, siste, terwijl de hoge golven braken op de rotsen. De koeien sliepen maar af en toe klonk er een zacht loeien wanneer een van de dieren vluchtig wakker schrok van de wind. Klein wild ritselde tussen de heidestruiken. Toen hoorde Jack trage voetstappen op het pad. Het was Michael die uit de pub kwam.

De weg van Ballinakelly naar de boerderij van de Doyles werd weinig gebruikt en lag er verlaten bij. Lieflijk oplichtend in het maanlicht, als een zacht kabbelende stroom, slingerde hij zich tussen de rotsachtige heuvels. De voetstappen klonken nu luider, knarsend op het puin en de stenen. Toen doemde het donkere, gespierde silhouet van een man op tegen de achtergrond van de gitzwarte hemel. Jack richtte zich op en liep naar het midden van de weg. Michael deinsde achteruit. De jaren van strijd en hinderlagen hadden hem geleerd op zijn hoede te zijn.

'Jack O'Leary!' Behalve opluchting verried zijn stem ook dat hij dronken was. 'Ik dacht dat je een vervloekte *garda* was! Wat doe jij hier?'

'Ik moet je spreken.'

Michael zwaaide als de mast van een schip. 'En waaraan dank ik dat genoegen?' Het praten ging moeizaam, alsof de woorden te groot waren voor zijn mond. De twee mannen keken elkaar aan – twee mannen die ooit als wapenbroeders, schouder aan schouder hadden gevochten.

'Heb jij kasteel Deverill in brand gestoken?' Toen de wind de wolken uiteendreef en de maan erdoorheen scheen, was de kille schittering in Jacks ogen te zien.

'En wat dan nog? Het kasteel was een symbool van Britse overheersing. Dus het moest weg!' Zijn gezicht vertrok in een wilde lach. 'Heb je daarom de hele avond in een greppel gelegen, O'Leary?'

'Lieg niet! Je hebt het niet gedaan omdat het Brits was. Je hebt het gedaan om je zuster te wreken!'

Michael vertrok opnieuw zijn gezicht, maar hij zei niets.

'En je hebt mij erbij gelapt! Om van me af te zijn! Ontken het maar niet.'

'Waar heb je het over? Waarom zou ik je verraden? We vochten voor hetzelfde doel!' Hij knipperde met zijn ogen en probeerde helder te blijven.

'Omdat ik de vrouw had die jij niet kon krijgen!'

'Denk je nou echt dat ik je om een vrouw de dood in zou jagen? Jaysus, je hebt blijkbaar veel te veel tijd gehad om na te denken in de bak!'

'Integendeel. Ik had beter moeten nadenken! Want het is geen moment bij me opgekomen dat je in staat zou zijn een van je eigen mensen te verraden!'

'Ach, man! Wijvengeleuter! Daar moet je niet naar luisteren!'

Bij het zien van de verachtelijke trek op Michaels gezicht besefte Jack hoe naïef hij was geweest. 'Jij hebt de Tans gewaarschuwd dat ik op het station zou zijn!' Ineens werd alles hem duidelijk. 'Daarom hebben ze jou laten lopen, terwijl ik achter de tralies verdween. Er was een arrestatiebevel uitgevaardigd voor ons allebei. Wat ben jij een schoft! Ik zou onderhand beter moeten weten, maar ik had nooit gedacht dat je zo diep zou zinken.'

'Je kletst uit je nek. Ga naar huis. Je had allang in bed moeten liggen.' Michael wilde doorlopen, maar Jack versperde hem de weg.

'Waarom hang je bij het huis van Kitty rond? Wat heb je daar te zoeken?' vroeg hij.

'Dat gaat je geen donder aan.'

'Ik heb je iets gevraagd.'

'Dat kind van haar is mijn neefje. Of wist je dat soms niet?'

'Laat dat joch met rust.'

Michael grijnsde, zijn witte tanden staken scherp af tegen zijn donkere gezicht. 'Heeft zij je soms op me afgestuurd?'

'Waag het niet dat kind ook maar met een vinger aan te raken!' Jack moest zijn stem verheffen om boven de wind uit te komen. 'Trouwens, dat geldt ook voor Kitty. Ik wil dat je ze allebei met rust laat!'

'Wat ben jij ineens braaf geworden! De strijd is nog niet gestreden, O'Leary. Maar je hebt ons laten stikken! Er is een tijd geweest dat je in vuur en vlam stond voor een vrij en onafhankelijk Ierland. Maar het enige waar je nu aan denkt, is een burgermansbestaan, met die hoer...' De vuist van Jack trof hem vol op zijn kin. Michael deinsde achteruit, hij ging met zijn vingers over zijn gezicht en proefde bloed op zijn tong. 'Jaysus! Wat bezielt je?'

Jack beefde over zijn hele lichaam. Hij hield zijn vuist nog altijd geheven. 'Waag het niet haar nog eens zo te noemen, want ik maak je af!'

Maar Michael genoot en ging nog verder, beneveld door de drank, niet in staat zich in te houden. 'Ze vroeg erom, Jack. Ze is uit zichzelf naar me toe gekomen. Niemand had haar gedwongen. Ik al helemaal niet. Maar ik heb haar gegeven waar ze om vroeg.' Grijnzend vernauwde hij zijn ogen tot spleetjes. 'Ik heb haar op de tafel gegooid en haar geneukt! Van achteren! Als een hoer! Heeft ze je dát ook verteld?' Jack kon geen woord uitbrengen. Hij aarzelde, met zijn vuist in de lucht, en probeerde te bevatten wat Michael had gezegd. Daardoor reageerde hij te traag en kon Michael een vuist in zijn maag planten. Jack sloeg dubbel, happend naar lucht. 'Ben jij nou een vent, Jack? Kon je het zelf niet? Moest je het aan mij overlaten, om haar te laten zien waar een echte man toe in staat is?' Michael stootte een knie in zijn ribben, zodat Jack kreunend tegen de grond sloeg. 'Waag het niet me ooit nog te bedreigen!' schreeuwde hij. 'We staan niet langer aan dezelfde kant, Jack. Jij was te laf om de strijd voort te zetten. Michael Collins heeft onze belangen verkwanseld en jij vond het allemaal best. Maar je hebt gezien hoe het hem is vergaan. In een hinderlaag gelokt bij Béal na Bláth. De oorlog is nog niet voorbij, Jack. En jij hebt voor de verliezer gekozen.'

Michael haalde uit en trapte hem in zijn nieren. Maar Jack had een grote steen gevonden. Zijn vingers sloten zich eromheen. Zijn woede verdoofde de pijn in zijn ribben. Het enige waaraan hij kon denken, was Kitty, zijn Kitty, die tegen de tafel werd gedrukt terwijl Michael in haar stootte. Hij gooide de steen, in de hoop Michael ergens te raken en daardoor tijd te winnen. De steen raakte hem inderdaad. Op zijn slaap! Michael viel achterover in het gras, als de verslagen reus in een sprookje.

Jack kwam wankelend overeind, met zijn armen om zijn pijnlijke maag geklemd. De wolken schoven opnieuw van elkaar, de maan wierp haar zilveren schijnsel over Michael Doyle die zijn handen tegen zijn hoofd geklemd hield. 'Jaysus, Jack!' Hij kronkelde van pijn. Jack was zo door het dolle heen dat hij hem wel kon vermoorden! Doodschoppen! Maar Michael was dronken. En hulpeloos, terwijl hij met trillende vingers het gat in zijn hoofd aftastte.

'Waag het niet ooit nog bij Kitty in de buurt te komen!' beet Jack hem toe. 'Want ik maak je af! En moge de duivel je halen!'

Toen Kitty de volgende ochtend aan het ontbijt zat verscheen Bridgeman in de deuropening van de eetkamer. 'Mr. O'Leary is er. Hij moet u spreken, Mrs. Trench.'

Robert keek Kitty fronsend aan. 'Is dat niet de dierenarts?'

'Ja,' antwoordde Kitty beheerst.

'Heb je gevraagd of hij langskwam?'

'Nee.'

'O.' Robert trok zijn wenkbrauwen op. 'Rare mensen, die Ieren.'

Kitty glimlachte. 'Dat is niet aardig, lieverd. Ik ga wel even kijken wat er is.' Ze haastte zich de hal in. Toen ze Jack zag staan, met een blauw oog en een dikke, gescheurde lip, was het alsof zich een ijzige vuist om haar hart sloot.

'Goedemorgen, Mrs. Trench.' Hij nam zijn pet af.

Vol afschuw keek Kitty hem aan. Voor haar geestesoog verscheen het beeld van miss Grieve, die dood op het grind lag. Het was alsof de geschiedenis zich herhaalde. 'Wat is er gebeurd?' vroeg ze fluisterend.

'Michael Doyle zal je niet meer lastigvallen. Als hij niet stomdronken was geweest, had ik hem vermoord.'

Kitty hield geschokt haar adem in en greep zich vast aan de deurpost. 'Misschien kunt u inderdaad even bij haar gaan kijken, Mr. O'Leary,' zei ze hardop. Zwijgend ging ze hem voor naar de stallen. Pas toen ze alleen waren verbrak ze de stilte. En opnieuw was alleen de merrie getuige van wat er werd besproken.

'O, Jack. Wat is er gebeurd?' Ze liet haar blik over zijn gehavende gezicht gaan.

'Waarom heb je niets gezegd, Kitty?' vroeg hij kreunend. Bij het zien van de pijn en de wanhoop in zijn ogen besefte ze dat hij het wist. Michael moest het hem hebben verteld. 'Waarom heb je niets gezegd...'

'Ik kon het niet...' zei ze fluisterend.

'Zoiets kun je niet alleen dragen, Kitty. Het is te erg, te zwaar.' Hij legde een hand op haar arm. 'Ik zou je hebben geholpen. Dan hadden we het samen kunnen dragen.'

'Ik schaamde me.'

'Waarvoor? Je hoeft je nergens voor te schamen. Je hebt er niet om gevraagd.'

Kitty's wangen gloeiden. 'Maar ik ben uit mezelf naar hem toe gegaan. Om hem de huid vol te schelden omdat hij het kasteel in brand had gestoken. Wat bezielde me?'

Hij legde zijn handen langs haar gezicht en ontmoette haar geschokte blik. 'Je bent zo dapper, Kitty Deverill. En dat je hem ter verantwoording hebt geroepen, gaf hem niet het recht je ook maar met een vinger aan te raken! Moge de duivel hem halen!' Met zijn duimen veegde hij teder haar tranen weg, toen drukte hij zijn lippen op haar voorhoofd. 'Laat het los, liefste. Laat mij het voor je dragen.'

Kitty begon te huilen, met haar gezicht tegen zijn jasje gedrukt. 'Ik kan niet zonder je, Jack.' Hoe had ze ooit kunnen denken dat ze wel zonder hem kon? 'En dat wil ik ook niet langer!'

35

Kitty joeg in galop door de heuvels. De hemel was een palet van indigo en goud terwijl de zon langzaam achter de horizon verdween, om aan de andere kant van de wereld weer op te komen. De zee leek een bed van violetkleurig satijn, met schuimkoppen van kant. De golven rimpelden als plooien, rijzend en dalend op het ritme van de wind die ze liefkozend streelde. Jack woonde afgelegen, zijn huis stond aan het eind van een stoffig pad, omringd door ruige velden, met uitzicht op een zanderige baai. Hij keek al naar haar uit, klaar om haar paard op stal te zetten. Zijn gezicht straalde terwijl hij haar in zijn armen nam en kuste. De zorgrimpels begonnen te vervagen, in zijn blik lag geen verdriet en wanhoop meer te lezen, en om zijn mond speelde een glimlach, net als vroeger, voordat Michael Doyle hem alles had afgenomen wat hem dierbaar was.

Met haar hand in de zijne trok hij haar mee naar binnen. De haard in de salon brandde. Het rook er naar brandende turf, naar boeken en naar versgebakken brood. Toen hij zich lachend naar haar omdraaide, was hij weer de jongen met zijn havik en zijn hond en zijn liefde voor al wat leefde, zelfs voor de spinnen en de ratten waar Bridie zo bang voor was geweest. Hij liep naar de trap, waarvan de loper was gerafeld van ouderdom. Er werd geen woord gesproken terwijl ze hem naar boven volgde. De stilte had iets magisch, wat ze geen van beiden wilden verstoren.

De slaapkamer was sober ingericht, met een bed, een eenvoudige houten ladekast, een kleerkast, een staande spiegel en een paar planken met boeken. Het raam stond open, de gordijnen bolden in de bries die de aardse geuren van de prille lente meebracht. In zijn ogen las ze dat hij jaren op dit moment had gewacht. Dat zijn liefde grenzeloos en onvoorwaardelijk was. En ze wist dat die liefde de wonden van het verleden zou genezen en de herinnering aan Michael Doyle zou doen verbleken.

Hij legde zijn handen om haar hals, nog warm van de rit. Met zijn duimen streelde hij haar wangen. Zijn ogen leken haar beeld in te drinken, alsof hij haar gezicht voor altijd in zijn geheugen wilde prenten. Ze hoefden geen haast te maken, want ze hadden alle tijd. Hier, in zijn afgelegen cottage, waren ze in hun eigen wereld. Jack boog zich naar haar toe en legde alle verlangens, alle dromen en fantasieën van de jongen die hij ooit was geweest, in zijn kus. Kitty liet haar handen langs zijn overhemd gaan, zich bewust van zijn warme lichaam, en sloot haar ogen. Ze was niet bang. In de armen van Jack was ze veilig. In zijn omhelzing kon ze alles vergeten.

Ze trok zijn overhemd uit zijn broek, knoopte het los en streek met haar vingers voorzichtig over zijn gekneusde ribben, waarop de blauwe plekken begonnen te verbleken. De borst van Robert was glad en onbehaard, maar Jack had het gespierde lichaam van een man die geen geld had om anderen voor zich te laten werken, en zijn borst was bedekt met haar. Opwindend, vond Kitty. Ze legde haar oor erop om zijn hart te horen kloppen, om zijn geur in te ademen die haar zo vertrouwd was.

Jack trok haar blouse over haar hoofd, zodat ze in haar hemdje en haar rijbroek stond. Haar schouders staken bleek af tegen haar dieprode haar dat er in weelderige golven omheen viel. Niet in staat zich nog langer te beheersen begroef hij zijn gezicht in haar hals en kuste haar. De sensatie van zijn lippen en zijn ruwe baardstoppels werd haar te machtig. Kitty maakte zich los uit zijn omhelzing en liet zich op het bed vallen, zodat Jack haar kon helpen haar laarzen en haar broek uit te trekken. Ineens werden ze ongeduldig, ineens snakten ze naar het moment waarop ze elkaar zo innig konden omhelzen dat niets hen meer kon scheiden. Hier, in deze eenvoudige kamer, bij Jack die haar zo vertrouwd was en die al zolang als ze zich kon herinneren van haar hield, voelde Kitty geen remmingen.

Hij liep naar het voeteneinde van het bed en maakte zijn broekriem los. Terwijl hij zich bukte en zijn kastanjebruine haar over zijn voorhoofd viel, dacht Kitty terug aan die dag waarop hij haar had geholpen een kikker te vinden in het riviertje. Hij was nog niets veranderd, alleen ouder geworden, meer verweerd. De tijd en het leven hadden diepe lijnen getrokken rond zijn ogen en zijn mond, en hadden zijn huid donkerder gekleurd. Haar hart stroomde over van dankbaarheid omdat God hem had gespaard, ondanks alle ontberingen, alle gevaren die hij had moeten doorstaan.

Toen Jack eindelijk naast haar kwam liggen, vielen de jaren waarin ze gescheiden waren geweest, abrupt weg. Met zijn handen volgde hij liefkozend de welvingen van haar zachte lichaam, alsof hij de eerste man was met wie ze sliep. En zij genoot van zijn strelingen alsof haar vertrouwen in de aanrakingen van een man nooit was beschaamd. Terwijl Jack de liefde met haar bedreef, ontdekte ze dat wat ze tot op dat moment had verafschuwd, niet afstotelijk was, maar een uiting van de diepgewortelde, onvoorwaardelijke toewijding van twee mensen die van elkaar houden.

Roberts boek kwam begin mei uit. Kitty was de eerste die het las. Ze lag op een kleed in het gras, omringd door de bloemen en struiken die ze zelf had geplant, en terwijl ze de zoete geuren van de lente inademde, werd ze meegevoerd door de liefdesgeschiedenis die haar man zo duidelijk voor haar had geschreven. Het was een prachtig verhaal. Zo prachtig dat Kitty het boek niet kon wegleggen. Robert had een vloeiende, lyrische stijl waarmee hij de lezer onmiddellijk wist te boeien. Soms lachte ze zelfs hardop, wat haar verraste omdat Robert in het gewone leven niet bijzonder geestig of grappig was. Ze werd vervuld door trots op haar man. Ook al had hij er maar weinig aan verdiend, toch hoopte ze dat het boek zo veel succes zou hebben dat hij van het schrijven zijn beroep kon maken. Ze hadden het huis in Londen verkocht en voorgoed afscheid van Engeland genomen. Voor Kitty lag haar toekomst in Ierland. Hier hoorde ze. Hier was ze eindelijk gelukkig. En dicht bij Jack.

De lente maakte plaats voor de zomer en de kleine Jack werd steeds avontuurlijker. Hij vond het heerlijk om het strand te verkennen, om met de honden te spelen die Robert had gekocht uit het nest dat Peter had gefokt. Hij genoot ervan plezier te maken met zijn neefjes. Kitty had nog altijd geen contact met haar vader. Ze ging bij haar grootmoeder langs en bij de Struikjes, ze trok veel op met haar zus en met Grace, en ze glipte zo vaak als dat kon zonder wantrouwen te wekken, weg naar de cottage van Jack.

Zo kwam het dat ze amper tijd had om zich druk te maken over haar vader. Zolang hij haar en de kleine Jack niet wilde zien, zou ze met een grote boog om hem heen lopen.

In augustus brachten Celia, Harry en Boysie leven in de brouwerij. Er werd gelachen en plezier gemaakt. Kitty organiseerde picknicks, ritten door de heuvels, uitstapjes naar Cork. De buren werden uitgenodigd voor geanimeerde lunches en feestelijke diners, waarbij Boysie het gezelschap vermaakte met zijn pianospel en waarbij Celia iedereen op de dansvloer wist te krijgen.

Het was haar aan te zien hoezeer ze ervan genoot weer in Ballinakelly te zijn. 'Dit oude kasteel is me zo dierbaar,' zei ze op een dag, toen ze bij Adeline in de toren zat. Boysie en Harry hadden zich in een door muizen aangevreten bank geperst, terwijl Kitty zich in de stoel van Hubert liet ploffen.

'Het wordt hier wel erg vol,' zei Adeline, genietend van de cannabisthee die Kitty had gezet. 'Hubert is voor geen kleintje vervaard, maar zelfs hem lukt het niet Barton buiten de deur te houden. Barton zegt dat hij hier als eerste was. Dus dat hij de oudste rechten heeft. En daar is natuurlijk geen speld tussen te krijgen.'

Celia giechelde. 'Volgens mij drinkt u te veel cannabisthee.' Maar Kitty wist dat ze gelijk had. Hubert en Barton stonden bij het raam, hevig uit hun humeur vanwege de invasie in hun torenkamer.

Adeline gaf de theepot aan Boysie. 'Ik ben tenminste nooit alleen,' zei ze. 'En ik heb altijd de haard aan, zelfs in de zomer. Anders wordt het hier erg vochtig. Maar ik zou nergens anders willen zitten. Tenslotte kan ik Hubert niet aan zijn lot overlaten, met al die familieleden tegen wie hij zich moet verweren.'

Boysie schonk zichzelf een kop thee in en gaf de pot door aan Harry. 'We zouden meer van zulke thee moeten drinken. De wereld van Lady Deverill klinkt heerlijk. Daar wil ik ook wel heen.'

'Ik ben bang dat het niet door de thee komt,' zei Harry. 'Grootmama en Kitty kunnen overledenen zien. Het is een gave, zeggen ze. Mij lijkt het meer een constructiefout.'

Kitty ontmoette de blik van haar grootmoeder. 'Vroeger zouden we tot de brandstapel zijn veroordeeld,' zei ze met een grijns.

'Ik heb altijd gedacht dat je het uit je duim zoog,' zei Celia. 'Dat verhaal over die vloek waardoor Barton Deverill en zijn erfgenamen in het kasteel gevangen zaten. Net zolang tot er weer een O'Leary kwam wonen.' Ze pakte de pot van Harry aan en schonk zichzelf nog eens in. Toen keerde ze zich naar Kitty, want ze moest ineens denken aan haar bekentenis in de tuin, over de man van wie ze had gehouden en naar wie ze de kleine Jack had vernoemd. 'Wat is er eigenlijk van Jack O'Leary geworden?'

'Die werkt als dierenarts, hier in Ballinakelly,' antwoordde Kitty, maar ze wendde haar blik af. 'Zijn vader is gewond van het front teruggekeerd. Dus Jack heeft de praktijk van hem overgenomen.'

'O ja, dat is waar ook.' Er verscheen een peinzende uitdrukking op Celia's gezicht. 'Hij kon altijd al goed met dieren overweg. Ze waren helemaal niet bang voor hem. Zelfs herten en wilde konijnen niet. Weet je nog dat hij ons de namen van de vogels leerde? Hij kende ze allemaal.'

'Het lijkt Franciscus van Assisi wel,' zei Boysie laconiek.

'Nou, hij was bepaald geen heilige. En deksels knap, als ik me goed herinner,' zei Celia. 'Is hij eigenlijk ooit getrouwd?' Dat laatste vroeg ze weer aan Kitty.

'Nee, hij is nog vrijgezel.'

Celia grijnsde. 'Pas maar op! Levensgevaarlijk!' Ze gaf de pot aan Kitty, die zichzelf het laatste beetje thee inschonk, denkend aan Jack, in zijn cottage bij de zee. Zou hij uiteindelijk behoefte krijgen aan een gezin? Ze nam een slok en verdrong het schuldgevoel dat als een donkere wolk aan een heldere hemel een schaduw over haar hart wierp.

'Ooit zal een O'Leary zijn land weer opeisen,' verklaarde Adeline plechtig.

'Denkt u dat echt?' vroeg Celia. 'Misschien trouwt een zoon van Harry en Charlotte wel met een dochter van Jack. Zou dat genoeg zijn om de vloek op te heffen?'

'Dat zou het zeker,' antwoordde Adeline vol overtuiging. 'Dan kunnen al deze arme opgesloten zielen eindelijk naar huis.' Harry gaf Boysie een por en grijnsde. Hij geloofde alleen in wat hij kon zien. 'Als dat niet gebeurt, kom jij hier aan het eind van je leven ook terecht.' Adeline keek haar kleinzoon streng aan. 'Als een boze, dolende ziel die niet kan opstijgen naar het licht. Het voorgeborchte is een duistere wereld.'

De grijns verdween van Harry's gezicht. 'Het spijt me, grootmama, maar ik geloof niet in geesten.'

'Geluidsgolven kun je ook niet zien, maar toch luister je naar de radio. Je scepsis zal niets aan je lot kunnen veranderen, jongen. En je er ook niet tegen kunnen beschermen, vrees ik. De vloek van Maggie O'Leary geldt nog steeds en kan alleen worden opgeheven wanneer een O'Leary zijn land terugeist.'

Celia verschoof rusteloos op de bank. 'O, ik ben dol op spookverhalen! Vertelt u er nog eens een, tante Adeline!'

'Je bent verdoemd, ouwe reus,' zei Boysie. 'Het zou me niks verbazen als je inderdaad in deze toren terechtkomt.'

Harry rolde met zijn ogen. 'Nou ja, dan ben ik in elk geval niet de enige.'

Een paar dagen daarna verliet de ziel van Adeline haar vermoeide oude lichaam en steeg op naar het licht. Toen Bertie die avond laat thuiskwam trof hij zijn moeder niet in het jachthuis. Met lood in zijn schoenen beklom hij de treden naar de westelijke toren, waar hij haar koude lichaam aantrof in haar stoel bij de haard, griezelig verlicht door de dovende sintels van het vuur. Vanuit de duisternis tussen de werelden gadegeslagen door zijn vader, droeg hij haar de trap af. Hubert had Adeline zien gaan en bij het afscheid had ze beloofd zo snel mogelijk bij hem terug te keren. 'Liefde verbindt ons, voor altijd en eeuwig,' had ze gezegd. Dus hij zou geduldig wachten. Trouwens, wat moest hij anders doen?

Adeline werd opgebaard in het jachthuis. Bertie stak kaarsen aan naast het bed en legde een Bijbel onder haar handen. Ze bood een serene aanblik, alsof ze vlak voor haar dood nog een kop cannabisthee had gedronken waarvan ze altijd zo had genoten. Haar huid leek bijna doorzichtig, om haar lippen speelde een zweem van een glimlach, de glimlach van iemand die wist dat er een hemel was, met daarin een plaatsje voor haar. Bertie liet zich op de rand van het bed zakken en sloeg zijn handen voor zijn gezicht. Zijn vader en moeder waren dood, net als zijn broer Rupert. Samen met zijn zus, die lang geleden met schande overladen naar Amerika was vertrokken, was hij de enige overlevende van het gezin van zijn ouders. Zijn vrouw sprak hij nauwelijks meer, zijn jongste dochter had met hem gebroken, en ook Harry, Victoria en Elspeth zag hij amper. En dan was er nog de kleine Jack, zijn zoon die hij weigerde te erkennen, de belichaming van zijn grootste schande. Hoe had zijn eens zo hechte gezin zo volledig uiteen kunnen vallen?

Adeline werd begraven op het kerkhof van de St. Patrick in Ballinakelly, bij Hubert en de andere leden van de familie die helemaal teruggging tot Barton Deverill, wiens inscriptie onder het mos nauwelijks meer leesbaar was. Maud en Victoria met haar man Eric, Stoke en Augusta, Digby en Beatrice met de tweeling Vivien en Leona kwamen over voor de begrafenis. De familie was herenigd, maar behalve dat de aanleiding een droevige was, ademde de hereniging een sfeer van afscheid, van een definitief vaarwel. Ze voelden allemaal dat er een tijdperk ten einde was gekomen. Adeline had hen bij elkaar gehouden, hoe zwak haar greep in haar laatste jaren ook was geweest. Nu leek het alsof de band voorgoed was verbroken, alsof de Deverills als vogels zouden uitzwermen, ieder zijn of haar eigen bestemming tegemoet.

De Struikjes huilden in hun zakdoek, het gezicht van Maud leek uit marmer gehouwen. Bertie had zo veel van zijn moeders cannabisthee gedronken dat hij zijn vrouw een toegeeflijke glimlach schonk, net als vroeger, voordat Maud zo ontevreden en ongelukkig was geworden dat zijn ogenschijnlijk onaantastbare joie de vivre eronder was gaan lijden. Kitty huilde en dacht aan de kleine zitkamer waar ze als kind naartoe was gevlucht om te ontsnappen aan de wrede, kille miss Grieve, snakkend naar de warmte en de liefde waarmee haar grootmoeder haar omringde. Robert nam haar hand in de zijne en daar was ze hem dankbaar voor. Victoria zat met droge ogen naast haar moeder en dacht aan alles wat ze misliep in Londen, terwijl Elspeth huilde om de grootmoeder die ze nooit echt had gekend. Harry en Boysie zaten naast elkaar. Boysie vroeg zich af hoe lang de plechtigheid nog duurde en wanneer ze met goed fatsoen weg konden. Harry piekerde over de vloek van Maggie O'Leary. Had zijn grootmoeder gelijk gehad? Zouden zijn pogingen om Ierland voorgoed achter zich te laten uiteindelijk, na zijn dood, tevergeefs blijken te zijn geweest? Eeuwig opgesloten in het kasteel, dat duurde wel heel erg lang. Celia bette haar ogen, denkend aan de goede oude tijd, die ze in haar verdriet steeds mooier maakte. Zou ze ooit weer zo gelukkig worden als ze dat vroeger, in haar jeugd op kasteel Deverill was geweest?

De familie verzamelde zich in het jachthuis voor de lunch, waar de aanwezigheid van de dominee zorgde voor een formele sfeer, net als vroeger toen Hubert en Adeline dominee Daunt met voorspelbare regelmaat voor het diner uitnodigden. Bertie zat aan het hoofd van de tafel. Zijn ogen stonden wazig, alsof hij ver weg was met zijn gedachten. Zijn ooit zo knappe gezicht was gezwollen en roodaangelopen. Er parelden zweetdruppeltjes op zijn voorhoofd en zijn bovenlip. Hij had Kitty hartelijk begroet – tot verrassing van hen allebei – en gevraagd of ze het naar haar zin had in het White House. Vervolgens had hij naar de kleine Jack geïnformeerd. Toen Kitty antwoordde dat het kind zich ontwikkelde tot een echte, knappe Deverill, was er een glimlach om zijn weke mond verschenen en had hij geknikt. 'Dat is mooi.' Maar daarna waren zijn gedachten weer afgedwaald.

Na de lunch kwam Bertie overeind om het gezelschap toe te spreken. Hij stond onvast op zijn benen, licht zwaaiend alsof hij zich op een deinend schip bevond. 'Lieve vrienden en familie,' begon hij. Een beetje nerveus zocht Kitty de blik van Harry, want ze betwijfelde of hun vader het er goed vanaf zou brengen. Toen Harry schuldbewust zijn ogen neersloeg, nam Kitty hem fronsend op, maar hij bleef hardnekkig naar zijn bord kijken. 'Het stemt me droevig dat we vandaag, op deze buitengewoon trieste dag, afscheid moesten nemen van mijn lieve moeder, Adeline. Daarmee zijn we aan het einde gekomen van een tijdperk. Maar elk einde is een nieuw begin, en dat geldt ook nu, voor ons allemaal. Ik bedank al degenen die uit Engeland zijn overgekomen. Mijn grootvader noemde de Engelse Deverills altijd de gelukkige tak van de familie. De "lucky devils".' Bertie grinnikte. 'En in veel opzichten had hij gelijk. Maar we hebben allemaal in de oorlog gevochten, schouder aan schouder tegen een gezamenlijke vijand, en we hebben allemaal offers gebracht. Jullie hebben jullie dierbare George verloren, wij moeten Rupert missen. Beide takken van de familie hebben ernstig geleden. Ook in ons verdriet waren we verenigd. Toen de oorlog in Europa ten einde was, begon hier de strijd om de onafhankelijkheid. In die oorlog zijn wij de zetel van onze familie kwijtgeraakt. Ons ooit zo schitterende kasteel. Een van de mooiste in heel Ierland. In dat opzicht zijn we weinig gelukkig geweest. Maar ik zou het allemaal zo weer overdoen. Ik had nergens anders willen wonen. Want het is nergens zo mooi als hier, aan de kust van het graafschap Cork.'

Hij zweeg even, zijn neusvleugels trilden. Het was doodstil in de kamer. Niemand verroerde zich, maar de blikken die werden uitgewisseld, verrieden dat ze allemaal aanvoelden dat Bertie toewerkte naar een schokkende climax. 'Dus het is met grote spijt dat ik jullie dit besluit bekendmaak. Een besluit dat geen landeigenaar onder normale omstandigheden zelfs maar zou overwegen. Maar we hebben geen keus.' Iedereen rond de tafel hield geschokt de adem in. Kitty had het gevoel dat alle lucht uit haar longen werd geslagen. Ze keek naar haar moeder. Mauds dunne lippen vormden een grimmige streep, maar Kitty wist dat zij hierachter zat. Sinds de brand had ze van het kasteel af gewild. Daarvoor was het voor haar een statusobject geweest, iets om mee te pronken. Maar nu het kasteel weinig meer was dan een ruïne, had Maud haar handen ervanaf getrokken. Net als van Ierland.

'Ik besef dat de meesten van jullie hierdoor geschokt zullen zijn,' vervolgde Bertie. 'Ik heb mijn plannen besproken met Harry en hij staat achter me. Zodra we een koper hebben gevonden voor het kasteel, verhuizen Maud en ik naar Londen. Ik besef dat Barton, de eerste Lord Deverill, zich zou omdraaien in zijn graf, maar ik zie geen andere mogelijkheid.' Hij keek de tafel rond, zijn blik ging langs de verbaasde gezichten van zijn familie. Maud klopte hem op zijn hand, alsof ze een hond of een kat aaide die haar met weerzin vervulde. Bertie vertrok zijn gezicht. Hij keek naar haar koude witte vingers en vertrok zijn mond. 'En net als je denkt dat het allemaal niet erger kan, heb ik nog iets wat ik jullie moet vertellen.' Mauds hand schoot naar haar keel. 'Namelijk dat ik formeel en in het openbaar Jack Deverill, mijn jongste zoon, wil erkennen. Kitty heeft zich over hem ontfermd, zodat hij hier in Ierland kan opgroeien. Want hier hoort hij, dit is zijn thuis. Hij is het resultaat van een moment van zwakte waar ik bepaald niet trots op ben. Maar ik ben wel trots op mijn zoon.' Hij schonk Kitty een berouwvolle glimlach. 'Kastelen, landerijen, bezittingen… het is allemaal tijdelijk. Maar familie blijft. Die is voor altijd.'

De poten van haar stoel schraapten over de vloer toen Maud opstond, haar servet op de tafel smeet en de kamer uit beende. Niemand verroerde zich. Iedereen keek naar Bertie, nog amper bekomen van wat hij had gezegd. Het bleef doodstil totdat een beverige stem aan de andere kant van de tafel het zwijgen verbrak. Het was Augusta, die het zoals gebruikelijk niet had kunnen volgen.

'Wat zei hij nou allemaal? Die jongen praat zo deksels binnensmonds!'

Maud vertrok op hoge poten naar Londen. Hevig verontwaardigd en in alle staten. Nu iedereen wist dat Bertie een bastaardzoon had, zou dat een smet werpen op het familieblazoen, met als gevolg dat ze zich niet in de stad kon vertonen en bij Victoria in Kent zou moeten blijven tot het schandaal was overgewaaid. Ze vervloekte haar man. En ze vervloekte zichzelf omdat ze met hem was getrouwd. Ze had haar kans moeten grijpen en er met de hertog van Rothmeade vandoor moeten gaan! Gelukkig had ze Bertie wel zover weten te krijgen dat hij het kasteel verkocht. Dus ze kon vast op zoek gaan naar een huis in Londen.

Kitty was wanhopig. Haar blijdschap over haar vaders erkenning van de kleine Jack werd overschaduwd door zijn besluit het kasteel te verkopen. Ook al wist ze natuurlijk maar al te goed dat het niet zijn besluit was, maar dat van haar moeder. Als hij niet zo afhankelijk was geweest van de drank, zou hij zich nooit door zijn vrouw hebben laten manipuleren. Maar het leven had hem teleurgesteld, hij voelde zich ontgoocheld en de alcohol had hem gesloopt. Harry kon het niet schelen wat er met het kasteel gebeurde. Zolang hij maar bij Boysie kon zijn was hij gelukkig. Voor Kitty's gevoel was zij de enige die om het kasteel gaf.

'Als ik geld had, kocht ik het,' zei ze tegen Jack. Ze lagen samen in bed in zijn vertrouwde slaapkamer. 'Maar ik heb het niet. En Robert ook niet.'

Jack grijnsde. 'Misschien heeft hij een rijke tante. En misschien gaat ze wel heel toevallig, heel plotseling dood.'

Kitty schoot in de lach. 'Wat ben jij slecht!'

'Ik zou het kasteel voor je kopen als ik dat kon.' Hij kuste haar op haar voorhoofd. 'En dan zou ik het steen voor steen herbouwen.'

'Dat weet ik.' Ze trok met haar nagels een spoor over zijn borst. 'Ik wou dat ik met jou in het kasteel kon wonen. Dat we een gewoon leven konden leiden. Zonder stiekem te moeten doen. Jij en ik, en de kleine Jack.'

'Dan zouden we al die geesten van je bevrijden.'

'Ja, dan waren ze vrij. Dan was het gedaan met de drukte in de torenkamer.'

'We zouden de tuinen opknappen. En een heleboel paarden kopen. En een heleboel kinderen maken.'

Kitty zuchtte. 'O, Jack...'

Hij duwde haar teder weer in de kussens en keek haar diep in de ogen. 'We zouden een heleboel kinderen krijgen, een heel kasteel vol!'

'O, Jack...' verzuchtte ze opnieuw.

Hij streek met zijn hand over haar buik. 'Ik wil meer, Kitty. Ik wil meer dan wat gestolen momenten.' Hij drukte zijn lippen op de zachte welving van haar maag. 'Ik wil je helemaal, met lichaam en ziel.'

'Dat heb je al.'

Hij tilde zijn hoofd op en keek haar ernstig aan. 'Dan wil ik je hand. Ik wil je man zijn. Ik wil met jou aan mijn arm door Ballinakelly kunnen lopen, zodat iedereen ons kan zien. Dit... wat we nu hebben... daar heb ik niet langer genoeg aan.'

36

Bridie stond aan dek. Ze had de oversteek gemaakt in een eersteklashut. Toen ze de Ierse kustlijn in zicht zag komen, werd ze zo overweldigd door emoties dat de tranen over haar wangen stroomden. Tranen van vreugde om wat ze in haar vaderland hoopte te vinden, maar ook van verdriet om alles wat er was gebeurd. Een vriendelijke heer met een vilten hoed haalde een zakdoek uit zijn jaszak en gaf haar die. Ze pakte hem dankbaar aan en snoot haar neus. 'Indrukwekkend, hè?' zei hij terwijl zijn blik, als een meeuw die neerstreek op zijn nest, bleef rusten op de kliffen die Bridie zo vertrouwd waren.

'Ik ben weer thuis,' verzuchtte Bridie. 'Ik kan het nauwelijks bevatten, maar ik ben eindelijk weer thuis.'

'En mooier dan thuis is het nergens. Ook voor wie de hele wereld heeft afgereisd.'

'Bent u lang weg geweest?'

'Heel lang,' zei hij met een zucht van dankbaarheid. 'Vijftig jaar, om precies te zijn.'

Bridie hield op met huilen. 'Dat is inderdaad lang,' zei ze en haar hart ging naar hem uit.

'De langste reis is de kortste weg naar huis.' Met die oude Ierse wijsheid verliet hij glimlachend het dek. Bridie bleef achter, mijmerend over de toekomst.

Eenmaal van boord liet ze zich rechtstreeks naar het Shelbourne-hotel in Dublin brengen, een indrukwekkend, voornaam gebouw in regencystijl, opgetrokken uit rode baksteen. Het hotel was gelegen aan St. Stephen's Green, de prachtige tuinen waar Bridie zo vaak had gewandeld toen ze voor Lady Rowan-Hampton werkte. Hoe had ze destijds kunnen vermoeden dat ze Dublin arm en overladen met schande zou verlaten, maar drie jaar later schatrijk, met een kamenier en koffers vol mooie kleren, zou terugkeren?

De portier kwam haar tegemoet en hield de deur voor haar open naar de foyer, waar dieprode tapijten en een fraaie, royale trap het beroemde hotel een uitstraling van luxe en aanzien gaven. Het personeel ontving haar met een warme glimlach en verwelkomde haar alsof ze een hertogin was. Ondertussen knipte de portier met zijn vingers om te zorgen dat haar kostbare bagage naar haar kamer werd gebracht. In haar schitterende mantel met clochehoed, en met om haar hals een parelsnoer dat tot haar middel reikte, beantwoordde Bridie hun gastvrijheid met een waardig knikje en een licht krullen van de lippen, zoals ze dat Kitty's moeder had zien doen. Want als het ging om klasse en voornaamheid kon in Bridies ogen nog altijd niemand Maud Deverill naar de kroon steken. Terwijl ze het hotelregister tekende, legde ze haar andere hand opvallend op de receptiebalie, zodat iedereen aan haar verlovingsdiamant en haar gouden trouwring kon zien dat ze niet alleen respectabel was, maar bovendien schatrijk. Ze antwoordde beleefd op de vragen van de receptionist terwijl hij haar inschreef. 'Ja, uit New York... Een lange reis, dat wel, maar buitengewoon comfortabel... O, ik twijfel er niet aan of ik zal het hier erg naar mijn zin hebben... Nee, ik weet nog niet hoe lang ik blijf, maar minstens een week.'

Even later, in haar suite, liet ze zich op het bed vallen terwijl Rosetta het bad voor haar liet vollopen en wachtte op de bagage. Bridie liet haar blik over het uitgelezen meubilair gaan, over het kleurrijke boeket op het bureau, over de zijden gordijnen en de weelderige vloerbedekking. Een zucht van genot ontsnapte haar. Hier had ze van gedroomd, in haar smalle bed in Ballinakelly. Destijds had ze gehoopt om, als ze geluk had, een nieuw leven te beginnen in Londen, als Kitty's kamenier. Maar dit had ze zelfs in haar stoutste dromen niet kunnen bedenken. Als Mrs. Lockwood was ze een onafhankelijke, bereisde vrouw, op haar vijfentwintigste een steenrijke weduwe. Glimlachend sloot ze haar ogen. Ze zou op zoek gaan naar haar kind en wanneer ze haar zoontje eenmaal had gevonden, zou haar leven compleet zijn.

Die avond kroop ze met een zucht van verlichting onder de dekens.

Want ze was weer thuis, op vaderlandse bodem, vlak bij haar moeder, haar oma en haar broers. Als op vleugels liet ze zich door haar zoete dromen meevoeren en ze sliep die nacht beter dan ooit.

De volgende morgen waren alle vermoeienissen van de lange zeereis vergeten. Haar kleren lagen al klaar en terwijl Rosetta in de suite bleef om daar te ontbijten, ging Bridie naar beneden, naar de eetzaal. Ze wilde deel hebben aan het leven in Dublin, ze verlangde naar mensen om zich heen. In de eetzaal was het aangenaam druk. Smaakvol geklede dames en heren in dure kostuums zaten aan ronde tafels gedempt te converseren. Het gerinkel van porseleinen kopjes en zilveren bestek droeg bij aan de chique, ingetogen sfeer, terwijl obers en serveersters de verrukkelijkste schalen op het buffet zetten en de lege weer meenamen. Zodra Bridie de eetzaal binnenkwam, wenste de eerste ober haar hoffelijk goedemorgen en begeleidde haar naar een zonnig tafeltje bij het raam. Buiten reden auto's en rijtuigen af en aan en haastten voetgangers zich over de trottoirs. Niemand van de hotelgasten onderbrak zijn gesprek om Bridie aan te staren. Ze was zich slechts bewust van hier en daar een blik van bewondering, van zowel de mannelijke als de vrouwelijke hotelgasten, voor haar modieuze kleding en chique kapsel. Daarnaast trok ook het feit dat ze alleen was de aandacht. Toch voelde ze zich niet misplaatst. Integendeel. Ze voelde zich volledig thuis in dit voorname gezelschap.

Glimlachend vroeg ze de ober om een kop thee en een stevig ontbijt. Nadat hij haar de *Irish Times* had gegeven, verdween hij om haar bestelling door te geven. Bridie had geen behoefte aan een krant, maar omdat ze niemand had om mee te praten, bladerde ze hem vluchtig door. Totdat haar oog viel op de naam Deverill. '*Lord Deverill uit Ballinakelly ziet zich genoodzaakt zijn kasteel te verkopen.*' Vervuld van afschuw las ze verder, zo geconcentreerd dat ze niet eens merkte dat de ober haar thee bracht en een kopje voor haar inschonk.

Ze las dat het kasteel tijdens de Troebelen door opstandelingen in de as was gelegd. Dat Lord Deverill bij de brand was omgekomen en dat Lady Deverill nog maar een paar weken geleden was gestorven. Omdat de nieuwe Lord Deverill de kosten van levensonderhoud te hoog vond, had hij besloten het kasteel te verkopen en naar Londen te verhuizen. Bij het artikel stond een zwart-witfoto van de ruïne en een oude foto van de huidige Lord en Lady Deverill bij de Dublin Horse Show. Terwijl ze keek naar de man van wie ze had gehouden, voelde Bridie tranen in haar ogen prikken. Hij had haar van haar onschuld beroofd, maar zij had het laten gebeuren. Sterker nog, ze had ervan genoten. Maar toen ze terugdacht aan de kille, hardvochtige manier waarop hij haar had weggestuurd – als een lastige horzel, een blok aan zijn been – veranderde haar hart in een brok graniet. Ze had zijn kinderen ter wereld gebracht. Een klein meisje dat bij de geboorte was gestorven, en een jongetje. Maar hij had haar op de boot naar Amerika gezet, zonder zelfs maar afscheid van haar te nemen. En om zijn schanddaad geheim te houden, liet hij zijn zoon aan zijn lot over in een klooster. Maar dat onrecht zou ze ongedaan maken. Want ze was niet langer jong en naïef, maar vastberaden om haar recht op te eisen. Een recht dat alleen God haar kon ontnemen.

Ze vouwde de krant dicht en nam een slok thee. Als het kasteel in de as was gelegd, zat haar moeder dan zonder werk? Had ze ergens anders een betrekking moeten zoeken? Of kon ze zich redden dankzij het geld dat Bridie haar had gestuurd? En hoe was het met Kitty? Woonde ze nog in het jachthuis? Rusteloos at Bridie haar ontbijt, zich koortsachtig afvragend hoe het iedereen was vergaan.

Na het ontbijt nam ze samen met Rosetta een taxi naar het klooster van Onze Lieve Vrouwe Koningin van de Hemel, ver weggestopt in een uithoek van Dublin. Bij de aanblik van de vertrouwde muren sloeg het klamme zweet haar uit. Ze was hier destijds heen gebracht om te bevallen, maar ze was zonder haar kinderen weer vertrokken. Wat zich achter die bruine muren had afgespeeld, was iets waar ze nog steeds niet over kon praten. Dus ze vroeg Rosetta om in de taxi te wachten en liep naar de grote deur. Wat had ze daar te zoeken, vroeg Rosetta zich af terwijl ze haar nakeek. En waarom was ze zo nerveus?

Er werd opengedaan door een non in een donkerblauw habijt. Bridie vertelde waar ze voor kwam en zei dat ze de moederoverste wilde spreken. Duidelijk niet op haar gemak vroeg de non haar desondanks binnen. Bridie volgde haar een gang door. De vertrouwde geur, een combinatie van vocht met schoonmaakmiddel en kaarsenwas, maakte dat ze zich duizelig voelde. Ze herinnerde zich hoe ze hierheen was gebracht nadat de vliezen waren gebroken, en even voelde ze weer dezelfde verwarring, dezelfde vervreemding, dezelfde angst. Om het gevoel van misselijkheid te verdringen, concentreerde ze zich op haar ademhaling.

De non vroeg haar plaats te nemen in een wachtkamer. Op een lage tafel stond een armzalig bosje gele bloemen. De kleine haard brandde niet. Bridie ging op de harde bank zitten en vouwde haar handen. Ze hield zichzelf voor dat ze rijk was. Dat ze haar kind desnoods terug zou kopen als ze het haar anders niet wilden meegeven.

Ten slotte kwam er een oudere non binnen. Bij het zien van haar welwillende glimlach kreeg Bridie weer moed. 'Mrs. Lockwood, ik ben zuster Agatha.' Ze ging op het puntje van een van de stoelen zitten. 'Ik heb begrepen dat u voor uw zoon komt.'

'Dat klopt.' Bridies hart bonsde zo dat ze zich moest inspannen om zuster Agatha te verstaan.

'Heette u destijds soms Bridie Doyle?'

'Inderdaad.'

'Ik kan me uw zoontje nog goed herinneren. Een wolk van een kind.'

Bridie knikte heftig.

'En ik herinner me het kleine meisje ook nog. God hebbe haar ziel.' Zuster Agatha slaakte een zucht. 'Ik zou willen dat ik u kon helpen. Maar uw zoontje is hier niet meer.'

Bridie had het gevoel dat de bodem onder haar werd weggeslagen. Die mogelijkheid was geen moment bij haar opgekomen. 'Waar is hij dan?'

'Hij is door een buitengewoon liefhebbend gezin opgenomen. Bij het plaatsen van de kinderen gaan we altijd uiterst zorgvuldig te werk.'

Bridie sloeg een hand voor haar mond om het niet uit te schreeuwen. Met stomheid geslagen staarde ze de non aan. Ten slotte schudde ze haar hoofd. 'Nee... nee... Dat kan niet! Dat kan niet waar zijn!'

'Zelfs als ik wist waar hij was, zou ik het u niet mogen vertellen,' vervolgde zuster Agatha. 'Zijn nieuwe ouders hebben uw zoontje in goed vertrouwen geadopteerd. Het zou niet juist zijn hun naam vrij te geven. U moet hem loslaten, Mrs. Lockwood.'

'Maar dat kan ik niet,' stamelde Bridie schor. 'Hij is mijn zoon.' In een flits zag ze het kleine gezichtje voor zich, gewikkeld in doeken. Ze rook de zoete vanilleachtige geur van zijn huidje. Het was alsof ze haar kindje bijna kon aanraken. 'O, lieve Heer Jaysus, wat heb ik gedaan?'

Zuster Agatha stond op. 'Neem gerust alle tijd, Mrs. Lockwoord. Ik vind het heel erg voor u,' zei ze niet onvriendelijk, maar het was duidelijk dat zuster Agatha al vaker een moeder die haar kind had afgestaan, nul op het rekest had moeten geven. Met een hand op haar voorhoofd begon Bridie te huilen. Haar hele lichaam schokte in het besef dat ze haar zoontje nooit meer terug zou zien.

Zuster Agatha liep de kamer uit en kwam even later terug met een glas water. 'Nogmaals, neemt u gerust alle tijd. Als u dat wilt, bent u van harte welkom in de kapel. Zuster Margaret zal u de weg wijzen en u daarna uitlaten.'

'Mag ik dan tenminste het graf van mijn dochter zien?' vroeg Bridie.

De lippen van zuster Agatha vormden een grimmige lijn. 'Er is geen graf, Mrs. Lockwood. Maar u kunt in de kapel bidden voor haar ziel.'

Bridie bleef in de wachtkamer zitten tot ze haar ademhaling weer enigszins onder controle had. Terwijl haar nog slechts af en toe een gesmoorde snik ontsnapte, drong het tot haar door dat zuster Margaret in de deuropening stond.

'Ik wil graag naar de kapel.' Ze stond op. Dat was nog het enige wat ze kon doen. Bidden voor de ziel van haar dochter.

'Komt u maar mee,' zei zuster Margaret. Bridie volgde haar het gebouw door, naar een binnentuin waar de nonnen hun eigen groenten kweekten. De tuin bood een sombere, vochtige, liefdeloze aanblik. Bridie liep haastig verder.

In de kapel was het warm. De gebedsruimte had een hoog, gewelfd plafond en aan weerskanten een zuilengaanderij met sierlijke bogen. De brandende kaarsen verspreidden een uitnodigend schijnsel en het rook er vertrouwd, naar wierook. Voor het altaar bleef Bridie staan, ze sloeg een kruis en liep naar de tafel met de kaarsen. Vechtend tegen haar tranen stak ze twee kaarsen aan, toen sloot ze haar ogen en bad tot God. 'Heer, ik hoop dat U naar me luistert. Dat U zich ontfermt over mijn kleine meisje. En dat u me helpt mijn kleine jongen te vinden. Zo waar als U mijn getuige bent, verklaar ik dat ik niet zal rusten totdat ik mijn kind heb gevonden. Ik zal niet opgeven. En met de hulp van Uw engelen zal ik mijn zoontje terugkrijgen.'

Ze keek naar de kleurige muurschilderingen van Maria en de Heiligen. En naar de gouden crucifix boven het altaar, bezet met edelstenen die flonkerden in het kaarslicht. Het schitterende kruisbeeld leek verrassend kostbaar in de voor het overige zo sobere kapel. Ten slotte veegde

Bridie de tranen uit haar ogen en liep ze naar de voorste kerkbank, waar ze knielde en het Onzevader bad. Toen ze zich weer oprichtte vroeg ze zuster Margaret haar uit te laten. Het klooster had haar niets meer te bieden, behalve pijnlijke herinneringen en een diepe teleurstelling.

Toen zuster Margaret de deur opendeed, keek ze steels om zich heen en legde ze een hand op Bridies arm. 'Ik weet wat er met uw zoontje is gebeurd,' fluisterde ze gejaagd.

Bridie greep haar hand. 'Wat dan? Waar is hij?'

'Ik heb gezien dat hij werd opgehaald. Door een man.'

'En weet u ook wie die man was?'

'Nee, alleen dat hij Michael heette. Meer heb ik niet kunnen verstaan.'

Bridies hart maakte een sprongetje van hoop en dankbaarheid. 'Michael? Michael Doyle?'

'Ik weet het niet. Het was een grote, breedgeschouderde man, met zwarte krullen...'

'Dat was mijn broer.' Bridie lachte door haar tranen heen. 'Dank u wel, zuster Margaret! Moge God u rijk belonen!'

'Dat hoeft niet, Mrs. Lockwood. Ik ben blij dat ik u misschien heb kunnen helpen.'

Bridie haastte zich naar de taxi, waar Rosetta inmiddels ongerust begon te worden. 'Bridget? Is alles in orde?' vroeg ze toen Bridie weer naast haar zat.

'Nou en of! Alles is dik in orde. We gaan terug naar het hotel. Want ik moet het een en ander regelen. En dan gaan we naar Ballinakelly.'

'Naar Ballinakelly?'

'Ja, Rosetta. Ik ga naar huis.'

Bij terugkomst in het hotel scheurde Bridie het artikel over Lord Deverill uit de *Irish Times*. Ze had zo veel geld dat ze wel tien kastelen kon kopen. Ze zou ze eens wat laten zien! En ze zou kasteel Deverill in de oude glorie herstellen. Dat zou Mr. Deverill leren! De nieuwe Lord Deverill, het mocht wat! Niemand zou ooit nog op haar neerkijken. Ze zou de bezitter zijn van een indrukwekkend kasteel, met een indrukwekkende geschiedenis. En later zouden het haar nakomelingen zijn die er woonden. Het zouden haar nazaten zijn die elkaar de verhalen over de illustere Deverills vertelden. En ooit, in een verre toekomst, zou ook haar naam met de geschiedenis van het kasteel verbonden zijn.

'Ik wil een telegram naar New York sturen. Naar Mr. Beaumont Williams,' zei ze tegen de receptionist.

Haar bagage liet ze in het hotel en in de trein naar Cork dacht ze aan haar reis naar Dublin, meer dan drie jaar geleden, die ze met een klein koffertje, een buik die al begon te groeien en kramp in haar maag van de zenuwen in een derdeklaswagon had moeten maken. Nu zaten ze in de eersteklas, van alle gemakken voorzien, en was iedereen beleefd tegen haar, gretig om het haar naar de zin te maken. En dat alleen maar omdat ze rijk was.

Van Cork namen ze een taxi naar Ballinakelly, een ritje van nog geen uur. Toen ze het stadje naderden begon haar hart wild te slaan. Het landschap werd steeds vertrouwder. De hobbelige wegen, de rotsachtige heuvels, de hei en de gaspeldoorn, de grijze stapelmuren, de ruige hagen en de velden vol wollige schapen... Het was alsof ze haar toefluisterden, alsof ze haar naar huis riepen.

En toen zag ze eindelijk de witte boerderij, in een plooi van de helling, met daarnaast de schuren met het paard, de landbouwmachines en de boerengereedschappen. In het hoge gras graasden koeien. De hemel achter de heuvels was bleek, waterig blauw met witte wolken als zachte watten. Het zag er allemaal nog net zo uit als in haar herinnering. Bridies hart sloeg een slag over. 'Hier ben ik opgegroeid,' zei ze tegen Rosetta.

'Het is prachtig,' zei haar kamenier. 'En zo groen.'

Bridie schoot in de lach. 'Dat komt doordat het zo vaak regent.'

De auto sloeg het rotsachtige pad in en stopte voor de boerderij. Bridie betaalde de chauffeur, hing haar tas om haar arm en liep naar de deur. Zonder kloppen duwde ze hem open. En daar, op haar vaste plek bij de haard, zat de oude Mrs. Nagle. Toen Bridie binnenkwam, zag ze op het gezicht van haar oma geen enkel blijk van herkenning. 'Ik ben het, oma. Bridie.' Rosetta, die achter haar stond, vroeg zich verbaasd af waarom ze zich ineens anders noemde.

De oude Mrs. Nagel vernauwde haar ogen tot spleetjes. 'Bridie?' Haar stem beefde. 'Ónze Bridie?'

'Ja, oma! Ik ben weer thuis.' Ze liet zich naast haar oma op haar knieën vallen en terwijl ze haar omhelsde, besefte ze hoe broos en klein haar oma was geworden.

'Nee maar, wat zie jij er deftig uit. Het is je daar in Amerika blijkbaar voor de wind gegaan. God zij gedankt.'

Op dat moment kwam Mrs. Doyle gejaagd binnenlopen. 'Bridie?' Er welden tranen op in haar ogen.

'Mam!' Bridie vergat dat ze een rijke vrouw was. Mrs. Lockwood met haar mooie kleren en haar dure schoenen moest wijken voor Bridie Doyle, die haar moeder om de hals vloog.

'Nee maar, kindje toch!' De stem van Mrs. Doyle brak. Ze legde haar handen langs Bridies gezicht en keek haar in de ogen, op zoek naar haar verloren dochter.

'Ik ben rijk, mam. Ik kan alles voor je kopen wat je maar wilt!'

'God behoede ons voor rijkdom, Bridie Doyle. Geld brengt niks dan ellende. Een arbeidzaam leven en Gods liefde, dat is het enige wat een mens gelukkig kan maken.' Ze keek haar dochter aan, maar Bridie hoorde niet wat haar moeder zei en zag de pijn niet in haar ogen. 'Ben je voorgoed thuisgekomen, kindje?'

'Waar is Michael?' vroeg Bridie, verlangend naar haar zoon. De oude Mrs. Nagle boog haar hoofd. Mrs. Doyle sloeg een hand voor haar mond. Bridie keek verbouwereerd van de een naar de ander.

'Michael zit in Mount Melleray, in Waterford,' antwoordde haar moeder zacht.

'Wat doet hij daar?' Bridie liet zich in een stoel vallen.

'Pastoor Quinn heeft hem naar de abdij gestuurd om van de drank af te komen.'

De oude Mrs. Nagel sloeg een kruis. 'Hij is er onder Gods hoede, Bridie. Daar heeft de duivel geen greep meer op hem.'

En het kind, vroeg Bridie zich af. Als het inderdaad Michael was geweest die haar zoontje uit het klooster had gehaald, dan zou hij het kind toch mee hierheen hebben genomen? 'Ik las in de krant dat ze het kasteel in de as hebben gelegd,' zei ze als verdoofd.

'Ja, het was verschrikkelijk! En nu wil Lord Deverill het verkopen.'

'Vertel haar eens over het kind!' zei de oude Mrs. Nagle.

'Een kind? Wat voor kind?' Bridie voelde een sprankje hoop opwellen.

'Lord Deverill heeft een bastaardzoon.' Mrs. Doyle schudde afkeurend haar hoofd. 'Iedereen heeft er de mond vol van.'

'En wie is de moeder?'

'Dat wil hij niet zeggen. Maar Kitty heeft zich erover ontfermd. Trouwens, ze heet tegenwoordig Mrs. Trench.'

'God beware ons!' De oude Mrs. Nagle sloeg vurig een kruis.

Het sprankje hoop laaide hoger op. 'Is Kitty met Mr. Trench getrouwd?' vroeg Bridie.

'Ja.'

'En wonen ze hier, in Ierland?'

'Ja, in het White House. Je weet wel, het huis van Mr. Rupert.'

'Die arme Mr. Rupert,' zei de oude Mrs. Nagle. 'Hij kwam me vaak een zalm brengen. Altijd netjes schoongemaakt. Een goed mens, dat was hij.'

'Hebben jullie het kind gezien?'

'Nee, maar ik heb begrepen dat het een wolk van een joch is, met rood haar, net als zijn zus en zijn oma.'

'O, Michael,' verzuchtte Bridie, en in stilte bedankte ze haar broer dat hij haar zoontje had thuisgebracht. 'Hoe heet hij?'

'Jack,' antwoordde haar moeder.

'Jack?' herhaalde Bridie, als door een wesp gestoken.

'Ja, een mooie naam, hè?'

Maar omdat Bridie wist wie hem zo had genoemd, werd ze op slag verteerd door jaloezie.

'Je zult wel honger hebben.' Mrs. Doyle keerde zich naar Rosetta die nog altijd bij de deur stond. 'En is dat je vriendin?'

'Dit is Rosetta, mijn gezelschapsdame.'

'Je gezelschapsdame? God bewaar ons!' verzuchtte Mrs. Doyle misprijzend. 'Nou, ik zou zeggen, doe alsof je thuis bent. Bridie, jij kunt in je oude kamer slapen. Rosetta zal het bed met je moeten delen. Of we leggen een matras op de grond. We hebben hier geen bediendenkamers. Zo heb ik je niet grootgebracht, Bridie. Een gezelschapsdame!' Ze schudde opnieuw misprijzend haar hoofd. 'Je bent verwend geraakt. De wereld is gek geworden. Stapelgek.' Bridies blik kruiste die van Rosetta. Als haar moeder alles zou weten, zou ze haar naar pastoor Quinn sturen om te biechten, en die zou haar de rest van haar leven weesgegroetjes laten bidden, op haar knieën.

Toen Sean die avond thuiskwam, was een blik op de knappe Rosetta genoeg om een brede glimlach op zijn gezicht te toveren. Hij had nog nooit een Italiaanse gezien en was verrukt van haar gitzwarte ogen, van haar exotische teint. Op haar beurt werd Rosetta op slag spraakzamer en ze kreeg een charmante blos op haar wangen. Bridie zat in de vertrouwde keuken met haar moeder, haar oma en haar broer, en koesterde zich in haar herinneringen. Maar het leek alsof ze van heel ver kwamen, alsof ze afkomstig waren uit een ander leven, uit een lang vervlogen verleden. Het eten dat ze als kind heerlijk had gevonden, had geen smaak en tot grote ergernis van haar moeder liet ze de helft staan. Ze knielde toen het tijd was om te bidden, maar de vloer was hard aan haar knieën en ze kon zich niet concentreren. Ze stelde zich haar vader en Michael voor, samen aan tafel, met de hoofden dicht naar elkaar, altijd in discussie, het nooit met elkaar eens. En ze probeerde zich een deel te voelen van dat beeld, van dat verbale vuurwerk, maar ze was niet langer dat kleine meisje dat met een beker karnemelk op de trap had gezeten. Dat kleine meisje was iemand geworden waarin Bridie zichzelf niet meer herkende.

En toen ze later in bed naar de vertrouwde geluiden van de nacht luisterde, ontleende ze daar geen troost aan, maar bezorgden ze haar een verontrustend gevoel van vervreemding. Ze was niet langer Bridie Doyle. Ze was haar ontgroeid. Als een rups die uit zijn pop was gekropen, zo hoorde zij in dit huis, in deze gedaante niet langer thuis.

37

De volgende dag ging Bridie alleen, met de ponysjees van Sean, naar het White House. Rosetta liet ze thuis, om haar moeder te helpen, terwijl Sean elk excuus aangreep om tijdens het werk op de boerderij even binnen te komen. Het was opnieuw een warme septemberdag, met zacht herfstlicht en een zilte zeelucht die door de wind werd aangevoerd. Bridie wilde genieten van de echo's van het verleden die van alle kanten op haar af kwamen, maar het enige waaraan ze kon denken was haar zoon.

Het bloed bonsde achter haar slapen, ze had kramp in haar maag en was misselijk van de zenuwen. Ze had geen idee wat ze tegen Kitty zou zeggen. En al helemaal geen idee hoe de ontmoeting met haar zoon zou verlopen. In gedachten probeerde ze zich een beeld van hem te vormen. Hij was nu ruim drie en ze stelde zich voor dat hij haar om de hals zou vliegen. Aan dat beeld hield ze zich vast, om te voorkomen dat de moed haar in de schoenen zonk en ze rechtsomkeert maakte. Ze probeerde Kitty dankbaar te zijn. Tenslotte had haar zoontje ook bij wildvreemden terecht kunnen komen en dan had ze hem nooit meer teruggezien. Nu wist ze tenminste waar hij was en dat hij opgroeide in een liefdevolle omgeving. Toch was wrok haar overheersende emotie. Het had nooit mogen gebeuren dat haar kind haar was afgenomen!

Ten slotte zag ze het White House opdoemen tussen de bomen. Het lag op een heuvel, met uitzicht op zee, aan het eind van een lange oprijlaan. Ze klom van de bok, zette de pony vast aan het hek en begon aan de klim naar boven. Wat zou er van Jack zijn geworden, vroeg ze zich ondertussen af. Kitty was met haar leraar getrouwd, terwijl ze hem ooit oersaai had genoemd, gespeend van elk gevoel voor humor. Waarom was ze er niet met Jack vandoor gegaan? Bridie kon een gevoel van triomf, van boosaardig leedvermaak niet ontkennen. Dus niet alleen zij had achter het net gevist, maar Kitty ook. Daarin school een zekere gerechtigheid.

Plotseling hoorde ze stemmen – een vrouw die lachte, een kind dat joelde van plezier. Bridie liep verder, in de richting van het geluid. Naarmate ze dichterbij kwam, besefte ze dat ze steeds krampachtiger haar adem inhield. Dat angst en gespannen verwachting haar keel dichtsnoerden. Toen zag ze hem, en ze kon niet voorkomen dat ze kreunde. Er kwam een kleine jongen aanrennen, in een bruine broek en een witte bloes, met op zijn hoofd een pet zoals Jack die altijd droeg. Naast hem liep een vrouw die hem bij de hand hield. Het was niet Kitty. Bridie bleef staan, met haar handen tegen haar hart gedrukt. Zo keek ze naar die kleine onbekende die haar vlees en bloed was. Een mooi kind. Zijn glimlach brak opnieuw haar hart, net als meer dan drie jaar geleden, toen ze hem had moeten afstaan. Op dat moment verscheen Kitty in de deuropening van het huis. Ze spreidde met een brede glimlach haar armen. 'Kitty!' riep de kleine jongen en hij rende op zijn korte beentjes naar haar toe. Juichend van verrukking tilde ze hem op en knuffelde hem. Ze pakte zijn pet en zette die op haar eigen hoofd, waarop het kind schaterend probeerde hem terug te pakken. Voordat Bridie zich van de schok had kunnen herstellen, was Kitty weer naar binnen verdwenen. Samen met het kind.

Bridie staarde nog altijd naar de plek waar ze hen had gezien. Ze stond als aan de grond genageld, met een brandende pijn in haar hart. De vrouw die Jack bij de hand had gehouden, draaide zich om en zag haar staan. Bridie besefte zelf hoe merkwaardig de aanblik moest zijn die ze bood. Een voornaam geklede dame, zichtbaar van streek, helemaal alleen op de oprijlaan. Haar ogen afschermend tegen de zon kwam de vrouw naar haar toe. 'Goedemorgen, zoekt u iemand?' vroeg ze.

Het kostte Bridie moeite haar stem terug te vinden. 'Neemt u mij niet kwalijk. Ik ben aan het verkeerde adres, geloof ik,' wist ze uit te brengen. Toen draaide ze zich om en vluchtte de oprijlaan af. De vrouw keek haar fronsend na.

Buiten het hek liet Bridie zich in het gras vallen en sloeg snikkend haar handen voor haar gezicht. Al haar hoop was vervlogen. Het kleine jongetje dat ze zo-even had gezien, beschouwde Kitty ongetwijfeld als zijn moeder, ook al had hij haar niet zo genoemd. Hoe had ze ooit kunnen denken dat Kitty blij zou zijn haar te zien? Dat ze haar het kind vrijwillig zou teruggeven? Ze had moeten weten dat Kitty van het kind zou houden als van haar eigen zoon. Zíj mocht hem dan ter wereld hebben gebracht, in alle andere opzichten was Kitty zijn moeder. Bij die gedachte nam een vurige, radeloze jaloezie bezit van haar. Ze sloeg haar armen om zich heen en gaf zich over aan haar wanhoop.

Na een tijdje krabbelde ze beverig overeind. Maar net toen ze de leidsels van de pony losmaakte, hoorde ze voetstappen. Ze draaide zich om. Het was Kitty die kwam aanlopen. Haar gezicht stond ernstig en zag bleek in het zonlicht. 'Bridie?'

Bridie ontmoette haar blik. En in de ogen van haar vroegere vriendinnetje, dat haar ooit zo dierbaar was geweest als een zusje, las ze een wilde, onverholen angst. Als de angst van de vos, waarmee ze altijd was vergeleken, voor de jager. En door die angst gaapte er plotseling een ravijn tussen hen in. 'Kitty,' was alles wat ze zei.

'Je bent teruggekomen.' Kitty klonk hees.

'Ik kom mijn zoon halen.' Bridie stak haar kin naar voren en Kitty zag dat de tijd in Amerika haar bijna onherkenbaar had verhard.

'Je bent lang weg geweest. Je zoon is al een echte jongen.'

'Het is míjn zoon.'

'Maar je hebt hem aan míj gegeven. Je hebt hem bij mij op de veranda gelegd. En ik heb gezworen dat ik hem zou grootbrengen. Dat ik van hem zou houden als van mijn eigen kind. Ik heb alles voor hem opgeofferd. Maar dat heb ik ook voor jou gedaan.'

'Ik heb hem niet aan jou gegeven,' beet Bridie haar toe. 'Dat heeft Michael gedaan.'

'Michael?' Alleen al zijn naam deed Kitty huiveren.

'De nonnen hebben hem bij me weggehaald. Ze hebben hem van me gestolen!' In haar wanhoop ging Bridie steeds harder praten. 'Michael heeft hem daar weggehaald en hem bij jou gebracht. Zodat ik mijn zoon ooit, wanneer ik zelf weer voor hem kon zorgen, zou terugkrijgen. Daarom ben ik teruggekomen, Kitty. Het is mijn kind. Begrijp je dan niet hoeveel mijn zoon voor me betekent? Zo harteloos kun je toch niet zijn?'

'Ik heb de man van wie ik hield, opgegeven juist omdat ik een hart heb! Ik heb niet aan mezelf gedacht, maar alleen aan jouw zoon. Hij was bij ons te vondeling gelegd omdat hij een Deverill is. Mijn vader heeft hem erkend. Hij is mijn broer. Hij hoort hier, bij mij.'

'Maar ik ben zijn moeder!'

'Jij hebt hem ter wereld gebracht. En hem toen in de steek gelaten.'

'Ik had geen keus.'

'Jack denkt dat hij geen moeder meer heeft, Bridie.'

Kitty zei het heel zacht en voorzichtig, maar Bridie was diep geschokt. Haar hand vloog naar haar keel. Ze smoorde een kreet. 'Heb je hem verteld dat ik dood ben?' vroeg ze happend naar lucht.

'Wat moest ik anders doen? Ik kon toch niet zeggen dat zijn moeder hem in een klooster had achtergelaten?'

'Was er echt geen andere mogelijkheid?' bracht Bridie kreunend uit.

'Hij bidt voor je,' zei Kitty zacht. Ze voelde een steek van schuldbesef bij het zien van Bridies geschokte, wanhopige gezicht. 'Hij bidt elke avond voor zijn moeder die ergens tussen de sterren op hem neerkijkt.'

'God bewaar ons!' jammerde Bridie.

'Ik heb alleen aan Jack gedacht.'

Bridie keerde zich woedend naar haar vriendin. 'Je denkt alleen aan jezelf! Je hebt me Jack O'Leary afgetroggeld en nu neem je me mijn zoon ook nog af!'

'Laat Jack O'Leary erbuiten!' beet Kitty haar toe. Haar medelijden met Bridie was op slag verdwenen. 'Die heb ik je niet afgetroggeld, want hij is nooit van jou geweest.'

'En nu is hij ook niet meer van jou,' zei Bridie met grimmige bevrediging. 'Ik laat het hier niet bij zitten, Kitty. Het laatste woord is hierover nog niet gezegd.' Ze klom in de sjees en pakte de leidsels. 'Amerika heeft me niet alleen schatrijk gemaakt, maar ook sterk! Jack Deverill is mijn zoon. Hij hoort bij mij. Destijds heb ik afstand van hem moeten doen, maar dat laat ik niet nog eens gebeuren.'

Pas toen ze uit het zicht verdwenen was, gaf Kitty toe aan haar verdriet. Ze liet zich op haar knieën vallen, sloeg haar armen om zich heen en begon wanhopig te snikken.

Bertie legde de hoorn op de haak en staarde met een mengeling van verdriet en moedeloosheid in zijn glas whiskey. Dus het kasteel was verkocht. Zomaar ineens. Het had niet lang geduurd. De koper had erop gestaan dat de overdracht zo snel mogelijk en in strikte vertrouwelijkheid plaatsvond, aldus Berties advocaat. Hij had niet geprobeerd af te dingen maar de volledige vraagprijs betaald. Bertie begreep niet waarom de koop geheim moest blijven, maar daar had hij niet naar geïnformeerd. Hij werd er zo neerslachtig van dat hij maar het liefst zo snel mogelijk zijn handtekening wilde zetten, om er vanaf te zijn.

'Het kasteel is verkocht? Nu al?' riep Maud aan de andere kant van de lijn. 'Wie is de koper?'

Nadat ze had opgehangen liep ze naar de zitkamer waar Victoria en Eric in avondkleding aan een glas sherry zaten. 'Jullie zullen het niet geloven, maar het kasteel is verkocht!'

'Lieve hemel!' zei Eric. 'Dat is snel gegaan.'

'De koper had blijkbaar erg veel haast,' vertelde Maud. Ze ging zitten en pakte haar half lege glas sherry. 'Nou ja, zolang we ons geld maar krijgen.'

'Weten we ook wie het heeft gekocht?' vroeg Victoria.

'Nee, volgens Bertie is dat geheim.'

'Merkwaardig. Waarom zou iemand de aankoop van een kasteel geheim willen houden?' Victoria snoof.

'Ik weet het niet, maar daar komen we nog wel achter,' veronderstelde Maud.

'Misschien vermoedt de koper dat u het anders niet aan hem zou hebben verkocht.' Eric krabde aan zijn baard.

'Daar zit iets in,' viel Victoria hem bij. 'Van wie zouden we niet willen dat hij het kasteel kocht?'

Maud schudde haar hoofd. Haar witblonde haar, geknipt in een modieuze boblijn, bleef perfect in model. 'Ik geloof niet dat het me ook maar iets zou kunnen schelen wie de koper is.'

'Echt niet?' vroeg Victoria. 'Ik denk dat u toch wel een beetje gepikeerd zou zijn als het naar iemand van de familie ging. Naar Digby, bijvoorbeeld.'

'Daar heb je gelijk in. Dat zou ik niet leuk vinden, nee. Als er een Deverill gaat wonen, dan moet Harry dat zijn. Maar Digby is niet in het kasteel geïnteresseerd. En Beatrice al helemaal niet. Ze hebben Deverill Rising. Dus waarom zouden ze in 's hemelsnaam een berg stenen willen kopen?'

'Misschien Kitty?' opperde Victoria.

'Die hebben geen geld,' zei Maud vals.

'Of Grace?'

Maud werd spierwit. 'Grace Rowan-Hampton? Meen je dat serieus of maak je een grapje?'

Victoria haalde haar schouders op. 'Ze heeft geld genoeg.'

'Maar waarom zou ze het willen kopen?'

'Omdat het mooi is,' antwoordde Victoria. 'Ik hoef het niet, want ik wil niet in Ierland wonen. Maar als je van Ierland houdt, dan woon je nergens zo mooi als op kasteel Deverill. Dus ik zou me goed kunnen voorstellen dat Grace geïnteresseerd is.'

Grace hield van Bertie, dus het was bepaald niet ondenkbaar dat ze het kasteel zou willen herbouwen. Maud sloeg geschokt een hand voor haar mond. 'Denk je dat echt...' De implicaties waren zo verschrikkelijk dat ze er niet aan durfde te denken.

Digby kwam de eetkamer binnen, waar zijn vrouw nog aan tafel zat, samen met Stoke en Augusta. 'Ik had Bertie net aan de telefoon. Het kasteel is al verkocht.' Hij ging weer zitten en legde zijn servet op zijn schoot. 'Maar Bertie weet niet aan wie.'

'Wat heerlijk voor Maud dat het zo snel is gegaan,' zei Beatrice. 'Ze heeft gisteren nog naar een huis aan Chester Square gekeken.'

'En die arme Bertie moet hier in Londen komen wonen?' vroeg Stoke. 'Met een vrouw waar hij niet tegenop kan?'

'Ik denk niet dat ze genoeg geld hebben voor twee huizen,' veronderstelde Beatrice. 'Dus ik ben inderdaad bang dat ze weer onder één dak moeten gaan wonen.'

'Maud is zo inhalig,' zei Augusta. 'Dat had ik Bertie al voor zijn trouwen kunnen vertellen. En dat zou hem een hoop narigheid hebben bespaard.'

'Ach, in het begin waren ze heel gelukkig,' beweerde Digby.

'Ja, maar daarna niet meer,' vervolgde Augusta op besliste toon. 'Gelukkig zijn in het begin, dat is niet genoeg. Het leven heeft ook nog een midden en een eind. Ik ben inmiddels aan het eind gekomen en ondanks alles wat ik heb moeten doormaken, kan ik in alle eerlijkheid zeggen dat Stoke en ik nog altijd erg gelukkig zijn samen.'

'God heeft ons rijk gezegend,' viel Stoke haar bij, maar het klonk erg ongelukkig.

'Het vlees is zwak, maar daar mag een mens niet aan toegeven,' vervolgde Augusta met schelle stem. 'Maud was te mooi om aan één man genoeg te hebben. Had ze op enig moment niet een oogje op Eddie Rothmeade?'

'Eddie Rothmeade?' herhaalde Digby. 'Dat hoor ik voor het eerst. Wat een onzin.'

'Ja, die was het. Adeline en ik hebben het er vaak over gehad. Ik heb zelfs even gedacht dat Maud de benen met hem zou nemen. Daar achtte ik haar wel toe in staat. Maar Eddie kreeg uiteindelijk genoeg van haar. En dat heeft Bertie inmiddels ook. IJdele vrouwen zoals Maud putten een man uit. Het huwelijk is voor een vrouw nu eenmaal een kwestie van geven en nemen. Maar geven is niet Mauds sterkste kant.'

'Lieve hemel, Augusta! Dat heb je me nooit verteld,' zei Stoke. Zijn grote hangsnor trilde als de snorharen van een walrus.

'Adeline zou me wat hebben aangedaan! Maar nu ze dood is kan ik het wel vertellen.' Augusta bette haar lippen met haar servet. 'Als je eens wist wat ik allemaal weet, lieve. Maar ik vrees dat ik al mijn andere geheimen zal meenemen in het graf. Helaas. Ik hoop alleen wel dat ik nog lang genoeg leef om te horen wie het kasteel heeft gekocht!'

38

Graafschap Cork, Ierland, 1925

De twee kleine jongens keken elkaar verbijsterd aan. De vrouw die uit de auto was gestapt, had duidelijk gezegd dat ze het kasteel ging herbouwen. Dan zouden zij er niet meer kunnen spelen! Ze luisterden nog aandachtiger. 'Hier speelde ik vroeger als kind! Hier keek ik naar de voorname dames die in schitterende japonnen en met flonkerende juwelen voor het zomerbal naar het kasteel kwamen! Dat vond ik zo prachtig! Daar kon ik me echt aan vergapen. Want het was ook echt prachtig. Het was, denk ik, het mooiste wat ik ooit heb gezien. Kasteel Deverill op de avond van het zomerbal. Wanneer de zon onderging, leek het alsof alles in goud was gedompeld. Het was ongelooflijk! Daar kun je je geen voorstelling van maken. Maar ik herinner het me nog als de dag van gisteren. En daarom wilde ik dat het kasteel in de familie bleef. Omdat ik dat allemaal nooit ben vergeten. Ik zou het niet kunnen verdragen als het kasteel naar iemand anders ging,' verzuchtte ze hoofdschuddend. 'Maar nu is het van mij. En ik ga het steen voor steen herbouwen en het terugbrengen in de oude luister. Samen gaan we zorgen voor een nieuwe glorietijd voor kasteel Deverill. Want zonder jou had ik het nooit kunnen kopen. O, Archie, je bent een schat!' Celia nam zijn hand in de hare. 'En onze kinderen zullen met die van Kitty spelen, net zoals wij dat vroeger deden. De geschiedenis herhaalt zich. We worden een grote, hechte familie.' Archie sloeg een arm om haar schouder en lachte haar toe. 'En zo hoort het. Een grote, hechte familie,' herhaalde hij genietend, voor het gemak een eeuwenlange geschiedenis van wreedheid, hebzucht en onmatigheid vergetend. En niet te vergeten de vloek die over de familie was uitgesproken.

En zo was het geld van de Deverills uiteindelijk weer bij de bron teruggekeerd. Want toen hij Archie Mayberry de helpende hand toestak, in ruil waarvoor Archie zijn overspelige vrouw terugnam, had Digby zijn schoonzoon de middelen gegeven om zich dankbaar te tonen voor zijn onverwacht gelukkige huwelijk. Misschien was het zelfs verdedigbaar om te zeggen dat een leeghoofdig meisje, slechts gekleed in een paar witte zijden handschoenen, kasteel Deverill had gered.

Epiloog

Amerika, 1925

Het kleine meisje had donker haar en sproetjes. Ze lag op haar buik in het gras naar de gele bloem te kijken. Daaromheen danste een kleine, glanzende bol van licht. Er speelde een glimlach om de mond van het meisje. Telkens wanneer ze met haar ogen knipperde, verscheen de bol weer ergens anders, alsof hij een spelletje met haar speelde. Ze reikte ernaar, om hem te vangen, maar de bol danste steeds net op tijd buiten haar bereik. Ze probeerde het nog eens. Nu dacht ze dat ze hem te pakken had. Maar toen ze haar handje opende, was het leeg. En danste de bol nog steeds rond de bloem.

'Ze ligt al een eeuwigheid naar die bloem te kijken,' zei de moeder van het kleine meisje, die door het raam naar haar stond te kijken. 'Is dat wel normaal?'

'Ach, Pam. Ze houdt gewoon van bloemen, van buiten zijn. Ik zou me maar geen zorgen maken, lieverd.'

'Dat doe ik ook niet, mam. Maar als je een kind adopteert, is het niet ondenkbaar dat je voor verrassingen komt te staan.'

'Ze houdt gewoon van bloemen.'

Pam keek haar moeder fronsend aan. 'Misschien. Maar het lijkt net alsof ze iets ziet. Alsof ze meer ziet dan alleen die bloem. Kijk dan! Nu probeert ze het te pakken.'

'Waarschijnlijk een vliegje, of een torretje.'

Pam schudde haar hoofd. 'Nee, dat is het niet. Ik heb het haar al eerder zien doen. Ze heeft een imaginair vriendje.'

Haar moeder glimlachte. 'Dat hebben alle kinderen. Ze hebben zo'n levendige fantasie. Dus het is heel normaal dat ze een speelkameraadje bedenken. Ze was er tenslotte een van een tweeling. Misschien voelt ze onbewust het verlies van haar broertje.'

'Ik weet het niet... Ik heb zo'n gevoel dat ze dingen ziet... dingen die andere mensen niet kunnen zien.'

'Maar ze is gelukkig.'

'Ja, het is een heel blij kindje,' zei Pam.

'Dan moet je je geen zorgen maken, lieverd. Zolang ze gelukkig is, komt het allemaal best goed.'

'Je zult wel gelijk hebben,' verzuchtte Pam, maar de frons verdween niet helemaal van haar voorhoofd terwijl ze nog altijd naar haar dochtertje keek. 'Ik voel me zo gezegend. Het was echt een wonder dat er net een pasgeboren kindje beschikbaar was toen wij in Dublin kwamen. En ik ben zuster Agatha zo dankbaar. Het was strikt tegen de regels, zei ze, maar je kent Larry. Die kan erg overtuigend zijn.'

'Ja, wat wil je! Met de grootste crucifix in heel Ierland. Van puur goud! Toen hij die naargeestige kapel van ze eenmaal had opgefleurd, had ze jullie desnoods alle kinderen in het hele klooster meegegeven,' grapte haar moeder. 'Daar had God, of het lot, weinig mee te maken, als je het mij vraagt.'

Het kleine meisje gaf haar pogingen op om de natuurgeest te vangen. In plaats daarvan sloeg ze haar ogen op naar de lieve vrouw met rood haar, de geest van Adeline Deverill. 'Dag, grootmama,' zei ze met een glimlach.

In zijn kasteel is een Deverill koning

Een woord van dank

Wat was dit een heerlijk boek om te schrijven! Een enorme uitdaging, maar ook zó stimulerend. En wat een heerlijk vooruitzicht om de personages die ik heb bedacht, nog twee boeken lang te kunnen volgen!

Ik moet om te beginnen de engelen bedanken, want door een verrukkelijke, magische speling van het lot kreeg ik een mail naar aanleiding van mijn eerdere werk, afkomstig van een zekere Tim Kelly, uitgerekend op het moment dat ik met de eerste ideeën voor dit boek rondliep. Na een hilarische correspondentie – Tim is echt erg grappig – bleek dat hij was geboren en getogen in het graafschap Cork, het gebied waar ik met mijn research voor 'de Deverills' was begonnen. Tim is een onuitputtelijke bron van kennis en wijsheid. Hij heeft oog voor het absurde en hij bezit behalve een bijna fotografisch geheugen voor detail, ook een scherp inzicht in zijn medemens. Hij werd al spoedig mijn mentor, raadsman en – dat is het allerbelangrijkste – een goede vriend. Zonder hem had ik dit boek niet kunnen schrijven. Vandaar dat ik het in liefde en dankbaarheid aan hem heb opgedragen. Ik prijs me innig gelukkig dat hij op mijn pad is gekomen!

Verder bedank ik Elmer Melody en Frank Lyons, mijn Ierse vrienden, die me zo gastvrij hebben ontvangen in hun huis in Bandon, in het graafschap Cork, en die me dit ruige en schitterende gebied hebben laten zien dat me zo heeft geïnspireerd. We hebben de prachtigste, vervallen kastelen bezocht, die tijdens de Troebelen door de opstandelingen in de as zijn gelegd, en lange wandelingen gemaakt over uitgestrekte, witte stranden, slechts vergezeld door de zeevogels en de wind. Opgetogen keerde ik naar Londen terug, ongeduldig om aan dit boek te beginnen, over een land dat voorgoed een plaats heeft veroverd in mijn hart.

Ik bedank ook mijn Anglo-Ierse vriend Bill Montgomery, voor zijn onschatbare adviezen en fascinerende anekdotes. Tijdens onze uitgebreide lunch bij Sotheby's Café in Londen heb ik een blocnote volgeschreven met aantekeningen en een lange leeslijst genoteerd voor mijn research naar de Ierse geschiedenis. Ik ben van jongs af aan al dol op Bill, en Daphne, zijn verrukkelijk flamboyante vrouw. Want ook toen we nog kinderen waren, waren ze altijd oprecht in ons geïnteresseerd. Dan ging Daphne achter de piano zitten en nodigde ons uit mee te zingen. En Bill betrok ons in gesprekken waarbij hij ons als volwassenen behandelde. Heerlijke, bijzondere mensen, dat zijn het! En de herinneringen aan die magische zomervakantie in hun huis in Connemara zullen me altijd bijblijven. Ze zijn me allebei heel erg dierbaar, dus behalve Bill bedank ik ook Daphne.

Mijn ouders zijn er altijd, al is het maar aan de telefoon, nooit te beroerd om mijn vragen te beantwoorden, over tuinieren of het werk op de boerderij, maar ook om me te helpen bij het vinden van het juiste woord, of om gewoon hun eerlijke mening te geven over wat ik heb geschreven. Ik doe nooit tevergeefs een beroep op hen. Mijn moeder is de eerste die mijn manuscripten leest en voorziet de tekst uitbundig van suggesties en correcties. Ze doet het omdat ze ervan geniet en ik ben haar innig dankbaar dat ze er de tijd voor weet te vinden. Naarmate ik ouder word besef ik steeds meer hoe belangrijk mijn ouders voor me zijn. Ze hebben me gemaakt tot wie ik ben. En omdat mijn werk een verlengstuk is van mezelf, kan ik rustig zeggen dat ik alles in mijn leven aan hen te danken heb.

Mijn schoonmoeder, April Sebag-Montefiore, was in haar jonge jaren zelf een succesvolle auteur. Ze leest alle boeken van mijn man, Sebag, en dat zijn wat je noemt dikke pillen. Dus ik vind het geweldig dat ze ook nog tijd heeft om de mijne te lezen. Haar aanmoediging en haar wijsheid zijn van onschatbare waarde.

Ook dank aan Nora May Cremin en Noel Coakley, voor hun Keltische vertaling van de vloek; aan Nicky de Montfort, voor haar adviezen over de Anglo-Ierse gemeenschap; aan Peter Nyhan, voor zijn ondersteuning en zijn vriendschap; en aan Mary Tomlinson, voor de grondige, betrokken manier waarop ze mijn manuscripten persklaarmaakt.

Schrijven is een van mijn grootste vreugden. Dat ik er ook de kost mee verdien, is volledig te danken aan mijn agent en mijn uitgever. Dus daarom bedank ik, uit de grond van mijn hart, Sheila Crowley van Curtis Brown – ze is briljant en ik prijs me gelukkig een van haar auteurs te zijn – en Ian Chapman en Suzanne Babonneau, mijn redacteuren bij Simon & Schuster UK, omdat ze in me blijven geloven. Samen met hun collega's Clare Hey, James Horobin, Dawn Brunett, Hannah Corbett, Sarah-Jade Virtue, Melissa Flour, Ally Grant, Gill Richardson, Rumana Haider en Dominic Brendon hebben ze van iets wat begon als een hobby, een groter succes gemaakt dan ik ooit had durven dromen. Dank jullie wel!

Ten slotte bedank ik de drie mensen die me op de hele wereld het dierbaarst zijn: Sebag, Lily en Sasha. En ben ik mijn man extra dankbaar voor de tijd en de moeite die hij heeft gestoken in het ontwikkelen van de verhaallijnen en plotwisselingen waardoor het schrijven over de Deverills zo'n feestje was. En dat terwijl hijzelf midden in zijn boek over de Romanovs zat. Ik koester onze samenwerking.